玫瑰与她的神明（下）

白日上楼 著

长江出版社

图书在版编目（CIP）数据

玫瑰与她的神明 / 白日上楼著. — 武汉：长江出版社，2024.1

ISBN 978-7-5492-9133-5

Ⅰ．①玫… Ⅱ．①白… Ⅲ．①长篇小说－中国－当代
Ⅳ．① I247.5

中国国家版本馆 CIP 数据核字（2023）第 180933 号

玫瑰与她的神明 / 白日上楼 著
MEIGUI YU TA DE SHENMING

出　　版	长江出版社
	（武汉市解放大道 1863 号　邮政编码：430010）
市场发行	长江出版社发行部
网　　址	http://www.cjpress.cn
责任编辑	向丽晖
印　　刷	北京盛通印刷股份有限公司
	（地址：北京市大兴区亦庄经济技术开发区经海三路 18 号）
版　　次	2024 年 1 月第 1 版
印　　次	2024 年 3 月第 1 次印刷
开　　本	710mm×1000mm　1/16
印　　张	44.25
字　　数	1104 千字
书　　号	ISBN 978-7-5492-9133-5
定　　价	79.80 元（全两册）

版权所有，侵权必究。如有质量问题，请与本社联系退换。
电话：027-82926557（总编室）027-82926806（市场营销部）

"我接受你的爱，贝莉娅·弗格斯。"
"我接受你的接受。"

白日上楼

目录
CONENTS

第三十一章　001

第三十二章　005

第三十三章　030

第三十四章　042

第三十五章　058

第三十六章　077

第三十七章　091

第三十八章　109

第三十九章　119

第四十章　　　132

第四十一章　　148

第四十二章　　164

第四十三章　　175

第四十四章　　192

第四十五章　　199

第四十六章　　212

第四十七章　　245

第四十八章　　275

第四十九章　　289

目录
CONENTS

番外一 　　　　　　　　　　　300

番外二 　　　　　　　　　　　303

番外三·帕加索斯的日记　　　306

番外四·莱斯利的独白　　　　310

番外五·路易斯的独白　　　　315

番外六·卡洛王子　　　　　　317

番外·异世界脑洞——游戏　　319

第三十一章

……真的是神。柳余感觉到喉咙发紧。

她从不知道,自己竟然这么虚弱。

在近在咫尺的强大存在面前,她渺小得如同一粒尘埃。

"您……来做什么?"话才出口,后背已经湿了。

汗细细密密地出了一层,有种沉闷的、叫人发晕的气息。

手也出汗了。

被他包住的右掌掌心有种濡湿的感觉。

柳余往后一挣,没挣开,却见他右手一展,一块纯白色的丝帕就凭空出现在他的掌心。

沐浴在月色中的丝帕轻盈欲飞,十分精致。

而这样一块丝帕,却被他用来擦手。他轻轻一碰,她紧握的手就张开了。

雪白的丝帕一点点滑过。在柳余的视线里,只能看到那双骨节分明、修长如玉的手,白底金边的袖口摩擦过掌心,有种酥麻感。

安静的房间里,细小的感知被格外放大,柳余吓了一跳,猛地一退,却一下子撞到了门上。

"砰"的一声,腰抵到了门把手……

冷硬的触感让她渐渐冷静了下来。

"……我以为,您在深夜出现在一位淑女的房间,这不合规矩。"

"我就是规矩,贝莉娅·弗格斯。"他向她宣告,语气平淡,态度优雅,可意思却极度傲慢……

柳余垂下了眼睛,是的,对能创造世界、制定规则的神来说,他就是一切。

"抬起头来,贝莉娅·弗格斯……"他靠近了一步,"我的耐心有限。"

柳余不由自主地抬头,却不敢直视那张近在眼前的、常人完全无法拒绝的绝美面庞,她将视线凝在了他脖子上那颗精致的蔷薇花扣上……

而后才注意到,他穿了一身纯白色的宫廷礼服。

宽大的金丝腰带上,红色玛瑙和绿宝石在月下流淌着光。

"看着我。"他又吩咐道。

柳余只得继续仰头，一下子对上他的眼睛，撞入翡翠一般的深湖。

湖面平静极了。

他在观察她。柳余几乎立刻得出了这个结论。

"我想，高贵而伟大的神，不会卑鄙到欺负一个柔弱的女孩。"她努力让自己平静一些。

"柔弱？"神笑了。

柳余第一次那么近距离地看到他笑。那么美，像是能让天地都失色。

"我想，一个大胆到连神都敢欺骗的女孩，称不上柔弱。"

他矮下身来，雪松般的气息一下子将她包裹。

水银般的长发落进她的脖子，又铺在她的胸口。柳余能感觉到他胸前蔷薇花扣的冷硬质感，鸡皮疙瘩一下子起来了。

"瞧，这燃烧着愤怒、恐惧和不甘的眼神，多美。"他冰凉的手指划过她的眼睛，"你就是用这双眼睛欺骗了所有人吗？让那些男人为你神魂颠倒……"

"我没有！"柳余为自己辩解。

"……路易斯，卡洛，克赛尔，"他顿了顿，"……还有，愚蠢的盖亚·莱斯利。"

从他口中说出的"盖亚·莱斯利"一下子激怒了她："别这么说他！您没资格！"

"相信我，我才是这世界上最有资格的。"

下颌被他攫住，柳余被迫仰头，和他对视。

她才发现，他湖绿色的眼眸如同一片波澜不惊的深海。深海下翻涌的一切，无人知晓。

"莱斯利先生是这世界上最好的人，他温柔果敢，绝不愚蠢。"她反驳道。

"他被你玩弄于股掌，贝莉娅·弗格斯。临死前，他还以为你爱他，这还不足够愚蠢吗？"他厌恶地道。

"闭嘴！我爱他……"

"……爱？"

他一下子靠近。她被罩在他的阴影里，和他那双绿眸对视，她看到了平静深海下的暗流。

"你的爱，就是用讨人喜欢的笑和别人聊天，和别人跳舞，和黑暗使徒做肮脏的交易？贝莉娅·弗格斯，你的爱真廉价。"

"那您呢？"柳余被激怒了，"如此高贵的您半夜出现在我的房间，不嫌廉价吗？"

"不。"他突然平静下来。

"我明明应该感到厌恶。"

拇指抚着她的嘴唇，头微微一低，嘴唇就要碰上。

柳余扭头，却又被他强迫性地扳了回来。

黑暗中，两人看着彼此。

"你喝了青柑果酒。"他用肯定的语气道。

冰凉的手指捏住她的下颌，这次，他微微一低头，就吻了上来。

这是一个冰凉的吻。

柳余被他抵在门上，被迫抬头，和他接吻。

青柑果的香气在唇齿间萦绕，清新如同春日，却又带着缠绵。

他吻得极为克制，银发落到她的脸颊。她睁开眼，发现，他也在看着她。

很奇怪的感觉。明明唇舌在亲密地交缠，他们像一对亲密的爱人，可胶着的视线让他们如同彼此提防的敌人。

谁也没退缩，热度渐渐攀升起来。

就在那双湖绿荡漾起涟漪，柳余以为他要控制不住时，他却退后了一步。

他恢复了平静，甚至还替她将弄乱的领口抚平。

"您刚才吻了我，主动。"柳余提醒他。

她还记得他刚才对她的侮辱。

"不，是你向我提出了邀请。"他平静地叙述着。

"我没有。"

"弗格斯小姐，难道没有人告诉过您，青垧果酒的另一重意思是……"他顿了顿，"吻我。"

"花园里几乎所有的人都喝了，您可以去吻他们。"柳余寸步不让地道。

两人在黑暗中对峙。

庭院里开始热闹起来，嘈杂的话音，伴随着细碎的脚步，由远而近。

"神也不知道什么时候走了……谁都没有得到祝福。伊迪丝，你看没看见伦纳德小姐气歪的鼻子？"

"玛格丽特，你又淘气了。倒是……弗格斯小姐突然离开，是不是身体不太舒服？"

"不如……我们去敲敲门？"

"咚咚咚……"门被敲响了。

"弗格斯小姐，您在里面吗？"

"弗格斯小姐，您在里面吗？"

柳余没有答话，她看着对面，那双湖绿色的眼睛在黑暗中像是最美的宝石。

"看来不在……比伯先生，这次，您要失望了。"

"不，能送两位淑女回家，怎么也不会失望。伊迪丝，明天见。"

脚步声渐渐远去。

玛格丽特和伊迪丝在门外告别，两边的房门合上了。

长久的静默后，他突然道："很抱歉，我在这儿，阻碍了你请会跳舞的比伯先生进门喝一杯。"

"是的，"柳余不甘示弱地道，"比伯先生不会一边说我的爱廉价，又一边亲吻我。"

"不廉价吗？转瞬即逝，比流星还短暂的爱。"神用了然的口气道。

无声的风暴，于那一片汹涌的绿里，就如同极光掠过黑夜，美极了。

而与之形成对比的，是男人的沉默。

房间里似乎有根弦紧绷——仿佛只要来一丝风，就能将一切打破。

柳余喘了口气，当那口气轻轻吐出时，他白色的精致的衣袖已经伸到面前，她下意识地一躲，却还是被按住了。

门旁边就是窗，七彩的琉璃窗在月光照耀下，流淌出梦幻似的色彩。她就被这么摁在了窗玻璃上，一小半裸露的后背被那冰凉一激，冒出密密的鸡皮疙瘩。

而身前钳制住她的手是那么的有力、强势，不容拒绝。

他低下头来，高挺的鼻梁如秀美的山峰，几乎挨到她的脸。

柳余的睫毛颤了颤，她有种错觉，他似乎要吻她。

"抱歉，弗格斯小姐，"他一低头，嘴唇碰到她，"如果您期待的是这样，这一回，恐怕无法如您所愿。"

说完，他就直起身，放开了她，动作是那样的优雅谦和，如果不听那内容的话。

"您什么意思？！"柳余立刻明白了他的意思，"难道您以为，我是为了勾引您，才试图激怒您？"

他并没回答，可那双平静的绿眸，已经昭示了他的意思。

"抱歉，"柳余强硬地道，"您的自我感觉太良好了。"

"这世界上，没有一个女人，不渴望我。"他理所当然地道。

"那也绝不包括我。"柳余顶了回去。

他看着她，试图在她脸上看出破绽来。

"在纳撒尼尔时，你不惜下药，用眼泪，用你那奸诈之舌，只为了引诱那愚蠢的盖亚·莱斯利，成为你向上的阶梯。那么，作为神的我……"他平静地陈述着，"你不可能放弃。"

"不，您错了。当尝过爱的滋味，就不会再愿意尝试无爱的感觉。我是人，不是野兽。"她堂堂正正地道。

金发少女在黑暗中的蓝色眼眸，简直在闪闪发光，像是最纯净的宝石。

"所以，我没有引诱您的意思，一丝一毫都没有。"

他伸出手，柳余想躲开，却发现不知道什么时候全身都被一股力量控制住了。

他成功地触摸到了她，冰凉的指尖划过她的眼角："……恶之花并没有盛开。"

轻轻的叹息回荡在黑暗中："为什么，他会爱你？一个奸诈之徒。"

柳余没有说话。

被制住的愤怒，以及对自身无力的痛恨，让她一点开口的意思都没有。

"伴在我身边。"他道，"直到我找到原因，或者，直到……我厌弃你。"

"我拒绝。"柳余斩钉截铁地道。

"你会接受的。"他摊开手，洁白如玉的掌心出现一本薄薄的书册，封面上是她熟悉的字体，"听说……你在找这本书？"

柳余瞪大了眼睛。

他收回了手："去找丽娜神官，她知道怎么做。"

柳余眼睁睁地看着那本书消失在了他的手中，看他转身要走，一急，就拽住了他："您等等。"

他却抽回了袖子，手掌在她的发间抚过，一朵粉色的小花落到了他的掌心。

"以我之名，以光明之心，赐福于你。"

浅粉色的光晕，在一瞬间爆开，笼罩住了她。

柳余只感觉浑身像浸在了暖暖的温泉里，正要开口，他高大的身影就消失在了黑暗里。

"这是对你吻的邀约的回礼。"

"……我在正殿等你，贝莉娅·弗格斯。"

第三十二章

"早安，丽娜神官。"

"早安，丽娜神官。"

丽娜神官走在每天都要经过一遍的长廊上，微笑着和圣子、圣女们打招呼。

"丽娜神官又要去祈祷室吗？"

"噢，今天有点不同。"丽娜神官看向长廊尽头，"我得去等一个人。"

"一个人？丽娜神官和人约好了吗？"

"我想……应该是的。"丽娜神官始终保持笑容。

"那么，再见了。"

年轻的圣子、圣女们提着花篮走了。

丽娜神官走到长廊的尽头，停住了脚步。

清晨的阳光很暖，空气中飘荡着蔷薇花的香气，神宫内一年四季都是春天。她看向天空，一群白鸽拍打着翅膀飞过。她看起来和平常有些不同，常年舒展的眉头有些皱，想起昨晚突如其来的神谕，还有些疑惑。

神让她在这儿等一个人。等谁呢？

是那个伊迪丝吗，神亲自选择的圣女？

神自纳撒尼尔世界回来，就有些奇怪……只是丽娜神官说不出来。

神从来不需要人服侍。

即使她和莱尔，也只是负责管束这些年轻活泼的孩子们。

神宫内其他的事，都由神创造出的灵物们负责。

比如送饭的绿螳螂，做饭的八爪鱼，种花的红铁球，看门的绿玛瑙球……而他们这些神官，每过十年就要换一批，换下的会被放逐到神之国度里，在那儿生活。

至于圣女们，只过三年也就放出去了。

……再过两年，她和莱尔也要去神之国度生活了。

丽娜神官正感慨着，就有一位眼熟的金发少女踏入了眼帘。

阳光照耀着她，她穿着一身白裙，发间粉色的四瓣小花闪着柔和的光晕，整个人清新得像是晨间的露珠。

可当她抬起头朝丽娜神官笑时，立马就鲜活可爱了起来。这让丽娜神官想起神宫外大片大片的红蔷薇。

丽娜神官想：果然是伊迪丝小姐，神对她，还是有些不同的。

"早安，伊迪丝小姐。"丽娜神官微笑着打招呼，"您看起来，比昨天更美呢。"

金发少女愣住了，紧接着，那双有些冷淡的冰蓝色眼睛微微弯起。"丽娜神官，您认错人了。我是贝莉娅·弗格斯。"

丽娜神官顿时有些尴尬："噢，抱歉，失礼了，弗格斯小姐。"

仔细看，还是能看出些区别的。

伊迪丝小姐就像被溪水打磨过的圆石头，温柔顺从，一旦走入人群，分辨起来就需要一些时间。而弗格斯小姐就不同了，她的头颅永远高高昂起，背脊永远挺拔不屈……

即使她摆出最温顺的姿态，也还是能看到凸出的棱角。

丽娜神官从没有见过这样的圣女，就像一匹不驯的野马，迟早会给她管理神宫带来麻烦。

"没关系，我和伊迪丝小姐很像，丽娜神官认错，也很正常。"

柳余当然看得出，丽娜神官对她态度冷淡，不过，也无所谓了。

"那弗格斯小姐来是……"

"神说，让我来找您。"柳余微笑着道。

她就看着丽娜神官脸上的表情从平静变为惊讶，最后，又恢复了平静。

"请随我来。"丽娜神官朝她微微屈身，行了个礼，而后转身朝里走。

柳余提起裙摆，跟了上去。

走了十几分钟，绕过几条长长的走廊，面前就出现了一座金碧辉煌的大殿。

雪白的墙壁上是大片金色的涂层。

一只黄金狂兽盘踞其上，狰狞的大嘴张开，下颌上的长须疯长，缭绕开来，包裹住了整个大殿。

金色大门上，狂兽巨大的眼睛瞪着她们，而后，突然变得温顺下来。

丽娜神官上前，轻轻扣了下门上的圆环。

"咔啦啦……"大门从内打开了。

"弗格斯小姐，请随我来。"

丽娜神官跨过高高的门槛，率先走了进去，柳余提起裙摆跟了进去。

她新奇地看着眼前的一切——这里她没来过，在记忆珠里也不曾见过。

金色的殿堂，像是用流淌的金子做的，从壁画到摆设，无一不华美精致。而遍布各处的狂兽图腾，又给这殿堂增加了来自远古的、野蛮而威赫的气息。

神座就在高高的台阶上，只是那上面空无一人。

神座下，倒是有十来个年轻貌美的少男少女在嬉戏。

他们有的在编花环，有的膝盖上放了一本书，有的干脆坐着打瞌睡……

一见到丽娜神官进来，他们就热情地跟她打招呼："丽娜神官，您来了！"

而后，目光就落到柳余身上来："这位新挑的圣女吗？"

"……噢，我想起来了，是昨晚的幸运小姐！"

柳余也扬起笑："很高兴见到你们，我是来自纳撒尼尔世界的贝莉娅·弗格斯。你们可以叫我贝莉娅。"

"噢，贝莉娅，您笑起来真美，就像头顶的太阳！"

有人热情洋溢地称赞她。

柳余脸上的笑就真心了些……

不论怎么说，被人夸赞美貌，总是让人高兴的。

圣子、圣女们打过招呼，就又移开了目光，好像她来这儿只是一件寻常事。

而柳余的目光，却落到了殿堂的中央。

那儿，高高的穹顶上，连接着一片无垠的黑洞。

黑洞里密布着无数星球，有的表面凹凸不平，有的被绿植包裹，有的燃烧着火焰……这些星球，像被一股力量摄住，以一种玄妙的轨迹不断运转着。

宇宙的奇景真实而宏大地展现在面前时，让人油然生出一丝感慨：人类，可真渺小啊！

"弗格斯小姐，您不能看，那是神的领域。"丽娜神官提醒她。

柳余眨了眨眼睛，不过几秒的工夫，眼睛已经被刺激得流了泪。

她揉了揉眼睛，"哦"了一声。

丽娜神官领着她绕了一大圈，并小心翼翼地避开了那些星球投射下来的影子。

"您得注意了，弗格斯小姐，这些影子，可是会'吃人'的。以前就有个孩子控制不住好奇，踩上了影子，后来……"

"后来就消失了，对吗？"

柳余想起了黑洞理论。

"是的。神虽然仁慈，却从不容轻视规则之人。"

柳余抬起头，看了一眼，那儿，有一幅宏大而瑰丽的星图……

这些，全是神所掌控的疆域。

而她，就来自其中一个星球，与其他千千万万个渺小的生物一样。

生死都由他掌控。

金色地面上密布着无数大大小小的星阵。

丽娜神官踩过一个圆圆的六芒星，那六芒星才两个脚掌大，柳余出于谨慎，一直循着她的足迹走，谁知，才踩上，脚底下就一阵光芒大作。

六芒星腾地放大，覆盖住半个大殿，一路扩展至神座。

神座之下嬉戏的少男少女们蓦地回首，脸上不约而同地露出惊讶的表情："这到底怎么回事，丽娜神官？"

金发少女被笼在了圣洁的白光里，浓郁的光明力从天花板倒灌下来，将她整个都淹没了。

"噢，光明神在上……"

"哐当……"丽娜神官的法杖都掉到了地上。

这时，笼罩在金发少女身上的白光开始消退。

在众人灼灼的目光下，她的背后，生出了一对小小的洁白的光翼，光翼轻轻拍了拍，就有光明力化作点点光晕。

她几乎及地的金色长发被风吹起，眉间，独属于神的烙印浮现了出来，那是一根洁白的羽毛。

"是……是神仆契！"丽娜神官惊呼出声，她再也无法保持淡定。

"神仆契？什么是神仆契？"有那没听过的问道。

原来在看书的那位圣子抬起头，喃喃道："神亲自与之签订契约的仆人，为神仆。"

"丽娜神官就是神的仆人啊，可为什么她看起来那么惊讶？"

"不，那不一样。"那位圣子摇头，"与神签过神仆契的，都是真正得到神认可的。当他们遭遇灾难时，即使远隔万里，神也能感知并且出手。如果还是不幸死亡，神也能从万千世界里重新找回她的灵魂，这是无上的荣光！"

"不过，许多世界都把神仆叫作'神的安琪儿'。"

"那丽娜神官和莱尔神官这种……"

丽娜神官失神地看着面前的金发少女，喃喃道："……神从未与人签订过任何契约。"

这时，神座上，缓缓坐下来一人。

他雪白的袍子垂下来，如水一般流淌在神座之上。

声音如曼妙的扬琴音："你来了，贝莉娅·弗格斯。"

柳余懵懵懂懂地看向他，并不知道，她什么时候跟他签了所谓的"神仆契"。

心念才动，身后的翅膀就一拍，她像只鸟一样地飞了过去。

白裙落地，人还没站稳，一只胖鸟就猛地朝她脸上蹦去："斑斑斑！"

"哪来的怪物！竟然敢冒充我贝比，我……我……我啄啄啄死你……"

柳余一把捏住它的鸟喙，对着神座上的男人道："我已经按照您的要求来了。"

"那么神，请您兑现您的诺言。"

一本书飘到了柳余的面前，就在她伸出的手要碰到时，书却躲开了。"我以为，你会先问我神仆契的事。"

"也许，您觉得这是一种恩赐。"

"这世上，没有人不渴求我的契约，为了这一份契约，他们甚至愿意付出生命。"他用平淡的语气陈述着，"他们都渴望成为神仆。"

"除了我。"柳余在心里道。

而她也确定，他从她的眼中看到了拒绝。

"为什么？"

那双绿眸里，泛起深深的茫然。他是真的在疑惑。

"我的人格是独立的，它不愿意依附于任何人。"

即使从前企图用欺骗来获得一切，但她信仰的，依然只有自己。

"我以为，你会用谎话来恭维我。"

"有恶之花在，贝莉娅不敢说谎。"柳余温顺地低下头道。

长久的沉默后，书一下子掉在地上，发出"啪"的一声响。

"在这儿看。"

他指着靠近神座的那一阶台阶，袖子荡起的幅度有些大。

柳余弯腰捡起了书。

起身时发现，正对着她的黄金扶手上，一只黄金色的竖瞳睁了开来，它懒洋洋地看了眼她，又闭上了。

"神语不是那么简单的，神仆。"

美貌的少男少女们时不时地向神座处扫两眼。

那拥有着惊人美貌的少女坐在台阶上，安静地捧着一本书看。

再往上去一阶，就是神的黄金座椅。

阳光穿过半透明的玻璃，落到神的身上，将他那雪白的、流云似的宽袍也镀上了一层温暖的金色。神就这样支着下颌，懒洋洋地倚靠在神座上，目光投向不远处。

风吹起他雪白的衣袍，宽大的袖口轻轻摆动，与座下少女那纯白的衣裙交错在一起。

恍惚间，竟然让人生出一种错觉——他们天生相配。

"噢，我真是疯了。我竟然觉得，神和弗格斯小姐看起来很相配！"一个栗发圣女捂住了脸。

她手上编到一半的花环掉了下来，还没到地上，就被一道柔和的力量托住，神美妙的声音传来："这样美丽的花朵，不应该浪费。"

栗发少女抬头，当对上神温柔的绿眸时，脸一下红了，手足无措地道："是……是的！花朵不应该浪费。"

其他人都惊讶地看着这一幕。

一年前，也有个女孩，编到一半时没拿稳，花环掉在地上，一半的花瓣都摔散了。女孩不高兴地哭了，神却只是感慨了一句："这是命运。"

就像人类的命运，最终都要走向死亡一样——神从不会干涉。

"卡尔比，您说，神是不是不会再宠爱我们了？"有人担忧地道。

"你瞧，弗格斯小姐居然坐在了那儿，即使是最受宠爱的圣女，都不能靠近台阶一步呢。"

"弗格斯小姐一定是世界上最虔诚的光明信徒，神才会选择她常伴左右。"

而作为其中的话题人物，柳余却在心无旁骛地翻着手中的书册。

难！果然就像神所说的那样，神语不是那么简单的。

作为一个经历了九年义务教育，蹚过无数次考试，连高考的"毒打"都轻松度过的学生，她竟然……看不懂。

屁股底下的台阶意外地不冷，还有种微温的舒适，可手上的书，却像滚烫的水，让她升起一丝烦躁。

神语就像是天书。

即使你强记过许多，可不懂的，还是不懂。

柳余陷入了纠结——要用掉最后一个承诺，让神教她神语吗？

不，得留着。不到万不得已，不能动用。

万一她当不了神，还可以用这个承诺，请求神帮忙复活弗格斯夫人……

她有些想弗格斯夫人了。

斑斑挪着又圆了一圈的胖身子，围着她跳来跳去，一会儿用翅膀给她扇扇风，一会儿又用翅膀给她"捏捏肩"。

"贝比，你都长了翅膀了。斑斑还以为，是怪物变成了你的样子……"

"斑斑，就算你胖得像小猪崽，我也知道你是斑斑。"

"喂，贝比，斑斑生气了！"

斑斑生气了，屁股一扭，两行眼泪一掉，就往神怀里扑去："神，贝比欺负斑斑！她居然说……说斑斑胖得像小猪崽！斑斑可是这世界上最英俊的鸟！"

柳余很想给斑斑送一面镜子，让它照照自己背上灰扑扑的羽毛和那双黑豆眼。

鸟贵自知。

"……抱歉。"神摸了摸斑斑的胖脑袋和胖肚皮，"小猪崽的重量不轻。看来……明天确实得少喂一顿。"

"斑？"

斑斑眨了眨它的黑豆眼，不一会儿，眼泪就"滴滴答答"地掉了下来。

"偏心！神你偏心！斑斑很英俊，斑斑是世界上最英俊的鸟！斑斑不是小猪崽……神你偏心，噢，斑斑真可怜，谁都不爱斑斑……"

如果不是那偷偷摸摸斜飞的小黑豆眼，柳余就要信它了。现在居然还学会了装可怜。

斑斑偷偷用神的袖子擦眼泪，看看贝比，发现她正用一种特别奇怪的眼神看它……

再看看神，他脸上的微笑一如既往的温柔，温柔得让人心动……

噢，不对！谁都没来哄斑斑！

斑斑生气了！

"斑斑斑斑斑斑！

"别以为斑斑不知道，斑斑知道一切！神您一定是觉得贝比比斑斑好，才总是向着贝比！您昨天还挑了很久的衣服！"

挑了很久的……衣服？

柳余下意识地想起昨夜的宫廷制服，回头看了眼，却正对上一双流霭一样的绿眸。

他平静地收回视线，摸了摸斑斑翻着的胖肚皮，而后道："禁言术。"

聒噪的鸟鸣戛然而止，大殿陷入一片寂静。

斑斑被丢进了一只凭空出现的鸟笼里。

"您……要关它？"

"当然。"神支着下颌，微笑地看着在鸟笼里蹦来蹦去的胖鸟，"……看起来少吃一顿的决定，让它难过得都说起了胡话。"

"胡话？"柳余道，"斑斑从不说谎。"

鸟笼动得更厉害了，小黑豆眼忽闪忽闪地看着她，满满都是爱。

圣女们却不服了，她们谴责斑斑的满口胡言，并且道："神从不撒谎。"

这时，一排绿螳螂"丁零当啷"地拎着篮子走进大殿，篮子里盛满了鲜花饼和牛乳。

"噢，还有牛奶酥塔！"圣子、圣女们立刻高兴起来，"神，您今天让我们在这儿……"

一回头，那高贵俊美的神祇已经不见了。

只有那金发少女还坐在台阶上，看向他们的眼里满是懵懂，像是迷了路的小鸟。

"弗格斯小姐！您不来吃吗？"

"可神……"

"噢，神不喜欢看我们吃东西……一般，我们都是回去吃的，不过偶尔也会像现在这样，只是神会避开。"

"那神不需要吃东西吗？"

"当然不需要，虽然偶尔他也会吃上一些。"

柳余被分了一块鲜花饼、一杯牛乳和两块牛奶酥塔。

鲜花饼甜而不腻，牛乳里大概加了杏仁，喝起来有种甜香。

"没想到今天会有牛奶酥塔。"

"看来跟幸运女孩在一块儿，我们都变得幸运了起来。"

"很难得吗？"

柳余往口中送了一块。

浓郁的奶香，酥脆的口感……这让她想起在艾尔文大陆时，卡洛王子为了替玛丽赔罪而送来的宫廷糕点。

她忍不住又吃了一块。

"很好吃，对吗？"一位长相甜美的少女道，"绿螳螂不太送这个……八爪叔叔说，这个做起来有些麻烦，需要用最新鲜的牛乳不断地捶打……"

"八爪叔叔？它也会说话吗？"

"噢，当然，绿螳螂也会，只是它不爱说话……在神宫内，所有动物的话，我们都能听得懂。"

柳余跟圣子、圣女们坐在了一起。

他们对她好奇又憧憬，性格大都简单温和，对她这个凭空冒出来的"神仆"也没有什么恶意。

"神仆大人，您和神怎么认识的？是在纳撒尼尔世界吗？"

"你们可以叫我贝莉娅·弗格斯，或者弗格斯小姐，这样听起来亲切些。"柳余露出了个温暖的笑容。

在职场里，跟同僚打好交道也是一门学问，微笑是永远不会出错的法宝。

一只手伸到她面前："卡尔比·托塔，您可以叫我卡尔比。"

柳余抬头看去，一个清秀的、略有些腼腆的少年正努力地朝她微笑，在她回以微笑时，他脸一下红了。

"噢，卡尔比！你喜欢她！"旁边的人起哄道。

"不……不是！"卡尔比突然口吃了起来，"只……只是……神仆大人，不，弗格斯小姐太过美丽。"

"谢谢。"

柳余笑着伸出手，还没握到，卡尔比的脚却突然崴了下，他撞到了旁边那个正在喝牛乳的女孩。牛乳泼到了他的裤脚上。

"抱……抱歉。"

"卡尔比，快回去！你看起来像将牛乳打翻了的小狗！"

卡尔比摇了摇头，笑道："那就只好再见了，弗格斯小姐，丽娜神官，还有你们。"

卡尔比朝他们所有人点点头，红着脸走了。

柳余就干脆问起这些圣子、圣女们，他们平时留在神的身边都要做些什么。

"不需要啊，神宫内，只有神官们会忙一些。"

他们七嘴八舌地道。

"就像卡尔比，他喜欢看书，就会带着书来这儿看，我喜欢花，妮娜喜欢玩游戏……神从来不管我们做什么。只是偶尔他会倾听，或看着我们玩游戏……卡尔比有时会给神讲故事，他讲故事可好听了。"

"那神平时做什么？"

"神啊……"圣子、圣女们茫然地摇头，"神从来不说自己的事。"

"他喜欢看着这些奇怪的球……有时，会坐很久，就像……对，一块温柔的石头。"

一个圣子用了奇怪的比喻。

"不可妄言神。"丽娜神官提醒他们。

"抱歉。"

柳余露出了个淘气的笑。

下午，所有的圣子、圣女都走了。

柳余没有得到命令，就干脆还坐在台阶上看书。也不知道是台阶太舒服，还是阳光太温暖，她看着看着，就打起了瞌睡。

丽娜神官提着花篮进来，却突然愣住了。

台阶上，那从来高高在上的存在正直起身子，银色的长发滑过金发少女雪白的脸蛋。少女闭着眼睛，安然地枕在神的腿间，身上盖了一件白色的袍子。

阳光洒在他们身上。

不可窥探神，丽娜神官心想。她准备收回视线时，却正对上神向她看来的眼睛。

眼神对接的一刹那，丽娜神官的呼吸猛地一窒，等再回过神来时，自己已经站在了殿门之外。后背整个都湿了。

她茫然地看向殿中。

神……好像变了。

柳余醒来时，还有些恍惚。

大殿整个都暗了，只剩下几盏幽幽的壁灯，黑洞中无数的星球以一种固定的轨道在默默旋转。

她仰着脖子看了一会儿。

"在看什么？"身后传来淡淡的声音。

"我在看……这世上有没有一颗水蓝色的星球。"

"很有趣的想法。"

柳余一愣，散漫的意识立刻清醒，回头，发现神座之上的人还未离去，他正支着额头，安静地看着她。

长长的睫毛如丰茂的水草。水草下，一汪绿眸清浅。

"您还在？"她很好地掩饰了自己的惊讶，问道。

"为什么是水蓝色的？"他答非所问。

"没有为什么。"柳余闭上了嘴，拒绝交流这个问题。

她站了起来："天色不早，我该回去了。"

在台阶上睡了那么久，身体居然没有感觉到不适。

"那你忘了你的任务。"神座上的人突然开口。

"任务？"

柳余想起昨夜的话。

"为什么，他会爱你？

"一个奸诈之徒。

"伴在我身边，直到我找到原因，或者，直到……我厌弃你。"

她保持了一抹微笑："我明天还会再来。"

"不，不止。"神走下神座，向她走来。

白色的绣着暗纹的精美马靴踏在了遍布六芒星的地面。

他走到她面前，站定："你也许忘了，那么，我再提醒你一次。答案，或者……厌弃。"

"厌弃？"柳突然明白过来，重点是"厌弃"。

"您希望，我怎么做？"她心一沉，连微笑都消失了。

"是做出让您会厌恶我的事吗？噢，那可不行，万一您太厌恶我，我可就没命了。"

独属于女人的直觉告诉她，神对她纵使好感欠奉，可也没有太大的恶感——真正厌恶一个人，是连看都不想看到她的，更别提去亲吻她了。

"我可以保证，即使我厌弃了你，也不会取你的性命。"

"真的？"金发少女的脸上突然露出一抹纯真的笑，她显然十分知道自己的长处，"我想……让您教我神语。"

她仰着头，纯净的冰蓝色眼里盛满了祈求。

一个总是提出要求的女人，是会让男人感到厌恶的，尤其是当她贪得无厌的时候。

果然，他高高的眉峰微微攒簇起来："你想到的，是这个？"

少女点头道："是的，您的语言，对我来说太难了。"

她语气真挚地恭维他。

神却用他冰冷的手指托起她的下巴。

她被迫抬起头来，壁灯晕黄色的光暧昧地照下来，在他深刻的五官上留下一道剪影，微凹下去的绿眸深邃。

他盯着她："别总是轻浮地笑。

"你那浸满了毒汁的嘴唇，再也迷惑不了我。"

柳余被激怒了。她发现，当他顶着一张与盖亚·莱斯利相似的脸，轻飘飘地对她甩出"轻浮"两字时，依然对她拥有杀伤力。

"抱歉，昨晚，您还偷偷溜到我的房间，将我摁在窗前，亲吻这张……"她嘟起嘴，看着那双绿眸变得幽深，"浸满了毒汁的嘴唇。"

神看着她，良久才问："你在他面前，也会这样吗？"

柳余知道，他口中的"他"是指莱斯利。

"当然不，莱斯利是这个世界上最温柔的人，他从来不会对我说这样刻薄的话。"

"贝莉娅·弗格斯，你显然十分善于美化过去。"

神似是懒得再与她多说，放开了她，与她擦肩而过。柳余追了几步。

"那您还会将您美妙的语言，教给我吗？"她不怕死地问。

神一言九鼎，他说不会杀她，就不会杀她。那么，她就不怕了。

"明天……"他转过身来，"不过，我有条件。"

"什么条件？"

"你明天就会知道了。"

神扬长而去，柳余只得看到他雪白的袍摆如云一样飘荡，然后消失在了黄金大门之外。

柳余也赶紧出去了。

黄金扶手上的金色竖瞳悄悄睁开，朝外看了一眼，又闭上了。

一夜无梦。

等到第二天，柳余早早就来了大殿。

今天是莱尔神官在，还有个——她蹙了蹙眉——黏糊糊的鼻涕虫。

"贝莉娅姐姐，你好啊。"娜塔西朝她露出亲切的微笑。

"伦纳德小姐,您又叫错了,您该叫我弗格斯小姐。"柳余提醒她。

"弗格斯小姐,早安!"莱尔神官右手置于左胸,对她行了个下对上的礼,"恭喜您,成为神真正认可的仆人。"

仆人?可真是刺耳呢。

柳余回以含蓄的微笑,她并不打算与这些信徒们阐释她对"仆人"的认知……

想必他们也不会理解,只会认为,她把珍珠当成了鱼目。

今天来的圣子、圣女们和昨天不一样了。

不过,卡尔比还在。

她将书放到一边,自己过去打招呼:"卡尔比先生,你们……每天都轮换吗?"

"是的,弗格斯小姐。"卡尔比今天换了一身红色的骑装,这让他看起来容姿焕发,"神官们为了避免神无聊,会经常带一些不同的人来。"

"卡尔比先生今天也十分英俊呢。"

"谢谢。"卡尔比腼腆地笑着,"莱尔神官下午会带我们去最近的集市,如果弗格斯小姐没事的话,也可以跟我们一起去。那里有许多新奇有趣的东西,噢,伦纳德小姐也会去。"

柳余却突然想起一段原著剧情。

娜塔西确实曾经在神宫附近的集市上获得一个罗盘样的东西,并且成功用这东西开启了纳撒尼尔世界的圣战。

不行!弗格斯夫人的身体还留在医馆,如果纳撒尼尔陷入战争……

"那我去,我也想看看,这儿的集市是什么样。"柳余笑道。

卡尔比的脸上泛起一抹红,略有些婴儿肥的小脸微微紧绷,问:"能……冒昧地问一句,您和神……是情人吗?不,抱歉,我原来不是那么失礼的,只是昨天我听斑斑说……虽然觉得不可能,但在追求您之前,我想,还是该问问清楚。"

"不是!"柳余矢口否认。

就在她准备拒绝少年的追求时,神座上,一个高大的身影突然出现。

他坐在了神座之上。

当他出现时,所有人的目光都无法移开,他们看着他,而后匍匐在地:"拜见神。"

"拜见神。"

"拜见神。"

"拜见神。"柳余也跟着匍匐了下去。

"莱尔,你去神之国度一趟,丰收季要开始了。"

莱尔一怔,连忙点头:"听从您的吩咐。"

他只能抱歉地看着卡尔比等人:"抱歉,下次我再带你们去集市。"

而后,莱尔就匆匆走了。

圣子、圣女们各自干起了自己的事,柳余则捧着书,走到了神座之下。

她仰起头,看着神座上俊美的神祇道:"您可以提您的条件了,神。"

一张纸像羽毛一样飘到她的面前,柳余接了过来,展开一看,发现上面是简单的纳撒尼尔文:

① 给神编辫子。

② 每天对神说一遍爱他。

③ 帮神处理一些无聊的祈祷。

④ 一周变成一次粉色的小羊羔。
⑤ 陪神逛集市。
⑥ 想到再补充。

柳余："……"

"您这是……"

"厌弃一个人的方式,是不断地重复他讨厌的事情。"神温柔地微笑道。

"我拒绝。"

"为什么?你……不是想学神语?"

"第二条、第四条,抱歉,我都做不到。"

"这是你与他经历过的。"

"是的……这份记忆很珍贵。我不想与人分享。"柳余冷冰冰地道,"……我既不想脸上开满恶之花,也不想再变成别人手中的玩物、羔羊……"

她看向另一边懵懂的圣子、圣女们,他们似乎听不到她和神的对话:"我不愿意将我笔直的膝盖打折,神。"

"那么,神仆……"他的脸色白得跟纸一样,华丽的声腔中透出一丝嘲讽,"您要用您高贵的、从不弯下的脊梁,向人乞怜吗?"

他的话如此尖锐。

柳余不由自主地攥紧手中的纸张,手抖了起来。

他说的没错,一点没错。迄今为止,她在他面前所有的骄傲、冰冷、拒绝……不过是隐约察觉到,他对她有一分容忍。

可正因没错,才显得那么可恨。

他戳破了她小心维护的自尊,将一切都摊在阳光之下。她没有自己想的那么高贵。

"那您呢?高高在上的您,可曾体会过乞怜人的惶恐、不安和挫败?她总是恐惧,恐惧对方会抽回帮助的手……为了获得帮助,她可以将自尊踩入泥里,可以想尽一切办法……可偶尔,也会想活得像一个人,一个值得尊重的人……"少女流着泪道。

一声轻轻的叹息过后,那人突然出现在她面前,伸出袖子想要替她揩泪……柳余扭头,避开了。

"抱歉。"她冷冰冰的,像一块石头,"虽然您说得没错,我应该像一个真正的乞讨人那样卑躬屈膝地乞讨。但现在……我做不到。"

话才说完,大片大片的红色莲花出现了,不一会儿,就将整个大殿都填满了。

柳余看见了神收回去的指尖。

旁边的圣子、圣女们还不知道怎么回事,他们听不到神和神仆大人之间的对话,只是看着神仆大人不一会儿流泪了,神伸了伸手,而后,这漫天的红莲就出现了。

"第二条、第四条,可以去掉。我教你神语。"

在漫天的红莲里,高大的男人站在那儿,有一瞬间几乎和盖亚·莱斯利重合起来。

他曾经为了哄她开心,在学院的河边也用过这个法术……

可柳余很快就清醒了,他不是莱斯利。

他是神。一眼就看穿她伪装的神。

"真美啊……"

"好像是神之国度在秋收季时会放的烟花!"

"真羡慕弗格斯小姐！她哭了，神就给她变出了红莲……"

圣子、圣女们并没有多想，神一向宽容而仁慈，弗格斯小姐又是尊贵的神仆大人，有些特殊的待遇还是可以理解的。

只有娜塔西小脸苍白。

卡尔比好奇地看了她一眼，关切地问："伦纳德小姐，您看起来有些不舒服，需要让丽娜神官来给您个祝福吗……"

在神宫，生病了是不需要看医师的，一个祝福就够了。神官们的神术还是相当不错的。

"不！我没有生病。"娜塔西拒绝道，她看向神座之下的两人，"我……只是胸口有些闷。"

"……哦。"

卡尔比不说话了，这样的眼神太熟悉了——他每天都能在神宫内见到无数。

又一个可怜的、被神迷住的女孩儿，他想。

可惜，神从来不会回应这些人的痴恋。

"退下吧。"这时，神美妙的声音传来，含着命令之意。

"是。"

圣子、圣女们低下了头。

偶尔，也会出现这样的情况，神并不总愿意他们陪伴。他们习以为常地拿起各自的东西往外走，娜塔西也跟着出门，在快要走出大殿时，忍不住回头看了一眼，却发现贝莉娅竟然还在神座之下。

她没有走。

娜塔西瞬间意识到了什么。恐慌、无助、困顿，又一次缠绕住了她……如同曾经在纳撒尼尔的日日夜夜。

即使到了神宫，到了神殿，到了神的面前，贝莉娅依然是她的噩梦，像一片厚厚的阴霾，永远地罩在她的头顶，让她无法呼吸。

她想要短暂地离开，去没有贝莉娅存在的地方。

"卡尔比先生，您下午……本来是要去集市的，对吗？"她问。

"是的，但是莱尔神官不在，我们出不去……"

"……我们可以自己出去！"娜塔西提议，她歪着脑袋，"再说，为什么一定要莱尔神官带着呢？神并没有规定我们不能出神宫啊。"

卡尔比一愣，神宫内确实没有这样的规定，很自由。

其他人心动了。

"是的，我们已经很久没有出去了！莱尔神官和丽娜神官不总是有空……而且，我们在神宫附近的小镇内玩，不会有危险……大家都是光明信徒，怕什么呢？"

"是的，是的！我听蒂娜小姐说，小镇里最近出现了一种七彩的云朵糖，特别好吃！"

"去吧，去吧……卡尔比……"

圣子、圣女们撺掇着，他们都还年轻，即使拥有着虔诚无比的信仰，可偶尔，也会嫌这偌大的神宫寂寞。

他们太闲了，什么都不需要干，有大把大把的时间要打发。

"那就……去吧。"卡尔比自己也有些跃跃欲试。

"走！出发！"

"那需要跟丽娜神官说一声吗？"

娜塔西也不知道自己这一刻出去的欲望为什么会那么强烈，她说："告诉丽娜神官，万一她不允许怎么办？我们回来后，跟她撒个娇……丽娜神官心肠很好，一定不会重罚我们……"

"也对，神今天也不需要我们陪伴……走！"

"现在就去！"

一群人浩浩荡荡地出了神宫。

柳余还不知道，没有莱尔神官的带领，这群活泼的少男少女依然要去逛集市。

在某种程度上，剧情依然如同列车，顺着原先的轨迹"轰隆隆"地往前开去。

她被扣在了神殿里。神果然信守承诺。

他变出了一张鎏金桌子，配了一把漂亮的蔷薇花椅，就挨着他的神座。

柳余则坐在椅子上，听他将几个简单的字符讲一遍。

神语和世界上所有的语言都不同，它发音的方式古怪无比，不仅需要舌头，还需要用到声腔共鸣；它的组合排列方式也异常复杂，如果没有神的讲解，即使她研究一百年，也无法将那组合方式摸出来。

"神语很难，但……很美。"她用赞叹的语气道，"它一定是这个世界上最美的语言，像诗一样。"

"我知道，它很难……你的夸奖，也并不会让它变得友善。"

柳余无语，好吧，她闭嘴。

这时，神的手指轻轻一指，一块方方正正的白板出现了，还有一支金色的羽毛笔，金色的字符在笔尖流淌着。

不一会儿，二十个圆圆胖胖的字符出现在了白板上，一跳一跳地。

"今天，先学习二十个基础字符……别轻视它们，如果基础不够扎实，也许它们能让你摔跟头。"

圆胖的金字符们一起在白板上摔跟头。

柳余忍不住向旁边看了眼，神座上，神的手撑在腿上，清透的绿眸看了过来……

"四十个。"她道。

神语里光基础字符就有一千个，二十个二十个地学，光基础字符就要五十天，她等不起。

"贝莉娅·弗格斯，学习需要严谨，我并不是一个会纵容学生的老师。"

神的脸板了起来。如果换成圣子、圣女们，也许会吓得瑟瑟发抖，但连着怼过几回，柳余早就不是猫胆子了："四十个，您可以先让我试试！"

她可并不认为，遭受过大大小小考试的地球人会怕强记这种东西。

"不行。"

"您都没有让我试过，怎么知道我不行？"少女用她那双水蓝色的大眼睛看着他问。

神绷紧了嘴唇，道："再聪慧的圣灵体，也从没有在一天学会超过二十个。"

"如果我做不到的话，以后不会再对您的安排提出异议。"少女据理力争。

神沉默了会儿，羽毛笔尖下又流出了二十个金色的基础字符。

四十个字符在白板上闪闪发光，美丽极了。

"我不喜欢有人顶撞我。"

"噢！当然！我不是在顶撞您，我是在跟您商量。"

神满意了，柳余看着那四十个金闪闪的字符，也满意了。

一天的时间，都用来学习神语。不仅要记住，还要会发音。

在发音这一块，柳余早发现，对她不怎么友好的大舌音现在已经困扰不了她了。

只是确实如神说的那样，字符记起来有些难度——明明知道它是什么形状，可要印到脑子里，却像隔了一层朦朦胧胧的纱，十分困难。

但她从来不是个气馁的人。

她习惯在这些字符里找规律，任何一种语言，但凡能形成体系的，都是能找到规律的。她之前找不着进入的大门，而现在，有神带领着，就轻松多了。他美妙的声音在耳边静静流淌，时间都好像停止了。

在图书馆没日没夜地强记的一个月时间，到底没有浪费，在这时候回报了她。

她掌握的速度比想象的还要快，一个上午的时间，已经掌握了三十个。

她几乎没有休息过一秒，嘴里叽里咕噜的，手中也拿着羽毛笔写写画画……

神将那支羽毛笔赐给她了。神奇的是，写了一上午，羽毛笔的墨像是用不完似的。金色的液体像是流动的金水，有种华贵而精致的美，柳余简直爱死了这支笔……

也许是小时候过得太朴素，等长大后，她就更偏爱那些看起来华丽精致的东西。

神也许习惯教导孩子们了，他在讲课时，态度严谨而细致，在她犯错时，也大多是温柔地鼓励她。

"很好！"

"是这样的。"

"……没关系，贝莉娅，你还只是个孩子……孩子，是容许犯错的。"

当熟悉的语句再在耳边响起时，柳余忍不住朝前看去。

他就站在桌子的另一边，微微俯身，那张和盖亚·莱斯利相像的脸上露出困惑。

"……怎么了？"

柳余压下心底的一丝酸涩，摇头道："没什么。"

往事不复，多想无益。

谁知对方却不肯放过她，伸手托起她的脸，冰凉的手指和他那双绿眸形成了对比："……又是这样的眼神。"

"贝莉娅·弗格斯，我不是替代品。"他平静地陈述着，"不要总用这双哭泣的眼睛看着我。"

"我是神。"他向她宣告。

柳余垂下眼眸："是的，您是神，我当然知道。"

他放开了她，重新开始教导下一个字符。

柳余抬头看去，只看见他线条清晰的侧脸，雪袍让那张脸显得越发剔透，也越发……冰冷。

"专注。"

柳余收回视线，专注地看着白板。

下午没过多久，那四十个基础字符，她已经可以一字不落地读写出来了。

自豪再一次填满她的心间，柳余找回了曾经在课堂上游刃有余的感觉，嘴角弯了弯："我学会了！您看，我说的没错，四十个字！"

这时，神已经坐回了他的神座。

神将手支在黄金扶手上，正闭着眼睛休息，听到她的话，眼皮抬起，那清透的绿眸就这样撞入她的眼睛。"哦？背一遍。"

柳余流利地背了一遍，又用那羽毛笔一个个地写了出来。

圆胖的金色字体在白纸上如一闪一闪的金色星星。

神弯起了眼睛："很好。"

柳余还没反应过来，自己就飞了起来，落到台阶前，一只手搭到她的头顶，轻轻按了按，"你做到了。

"那么，学会这句咒语。"

华丽的声腔以一种玄妙的方式震颤着。

柳余听着那一句咒语，重复了一遍，问："这是什么？"

"这是我对你的奖励。第三条，帮神处理一些无聊的祈祷。这咒语，能够将我聆听到的祈祷分享给你。

"你还有半天的时间。好了，现在，第一条祈祷来了。"

随着神的话音落下，柳余的身体内出现了一种神奇的感觉，她像是与他达成了共振一样……耳边，一道如百灵鸟叫声般清脆的女音出现："神，我请求与您共度一天。"

神又坐了回去，银发披散着，那张华美的脸一如往常地平静。

"总是会有这样让人困扰的祈祷。那么，作为我忠诚的神仆，帮神解忧，是你的职责。"

"叫我贝莉娅·弗格斯，甚至不叫也行。"

"处理它。"神说。

"所以，我该怎么做？拒绝，还是答应？"

柳余迅速地进入了状态，脸上还带着职业式的笑容。

谁知一抬头，却只看到一截雪白的袍摆，神于神座上消失了。

柳余只感觉到穿堂的凉风。

金色的大殿内只剩下无尽的黑洞，和黑洞内旋转的星辰。

"斑！"

这时，一只灰色的小胖鸟从窗户吃力地钻进来一个脑袋、半个身体，而后，被卡住了。

那窗户是长扁形的，就在大殿的顶端。

"斑斑！"

斑斑急切地朝她叫："贝比！快救我！伟大的斑斑大爷被这破窗卡住了！"

小胖鸟扑棱着翅膀，像只可笑的玩偶……

柳余踱到窗户下，高仰着头："伟大的斑斑大爷，你都跟了神了，要不……就向神祈祷，说'让斑斑大爷赶快从这该死的窗户里跳出来'，怎么样？！"

斑斑朝她用力地"斑"了一声后，失落地垂下脑袋说："神不会倾听斑斑的祈祷的……斑斑把他换衣服的事说了，神从昨天起就没有跟斑斑说话了。"

"他平时还会跟你说话吗？"柳余一愣。

"噢，当然，神会叫斑斑'好孩子'，还说斑斑是他见过的最可爱、最机灵的小鸟儿，还奖励斑斑好多好吃的，彩虹饼、曲曲虫……曲曲虫是世界上最好吃的虫子……"

"真……叫人吃惊。"

柳余实在没法想象，那光风霁月的神喂一只小胖鸟吃虫的画面。

斑斑又叫唤："贝比！你不是有翅膀吗？快飞上来救斑斑，斑斑太魁梧啦，进不来……"

"明明是你像小猪崽，肚子太大，才卡住的……"

柳余心念一动，背后的光翼就伸了出来。光翼拍了拍，她就像轻盈的羽毛一样飞了起来……自从踩过那个六芒星，她就感觉到体内多了一股力量。

斑斑目不转睛地盯着她，鸟喙张成"o"形："噢，贝比，你真美……你的翅膀真好看，像传说中的安琪儿一样……斑斑得承认，你现在看起来比所有雌鸟都漂亮……反正你现在不跟神在一起了，要不就考虑下当斑斑的雌鸟？斑斑一定会将所有的曲曲虫都省下来给你……"

她飞到一半时停住了。

这时，却听斑斑"嗷"的一声惨叫，"啪叽"掉在了地上。

"斑斑？！"她连忙奔过去。

却见斑斑一个鲤鱼打挺跳了起来，翅膀叉在圆滚滚的腰间："谁？！谁敢攻击你斑斑大爷？！"

一双小黑豆眼机警地左看右看，等看到柳余时，眼泪就"啪嗒啪嗒"地掉下来，还伸出一只翅膀给她看："贝比，斑斑受伤了……翅膀一定不美了……"

柳余无语地看着掉了几片羽毛的翅膀，违心地称赞了一声："还很漂亮。"

"真的？"斑斑的眼泪掉到一半，小灰脑袋一下子钻进她怀里，脆弱地叫了声，"贝比，还是你好。斑斑爱你……"

柳余摸了摸它的脑袋："可是，斑斑……"她温柔又绝情地说，"我不爱你了啊。"

斑斑的眼泪流得更凶了，它抽抽搭搭、伤心欲绝地说："斑斑……斑斑也不知道怎么办……斑斑的心分成了三份……一份给了神，一份给了你，只有一点点……"它比出一个尾巴尖，"……给了我的雌鸟……噢，斑斑也是不得已的。"

"噢，我也是不得已的。"她调侃道，"我不爱别人的小鸟儿。"

"不！斑斑属于你！"

"那你的神呢？"

斑斑的黑豆眼转了转，顿时有了主意，说："……可是，贝比，你是尊贵的神仆，你属于神，斑斑属于你……所以……"它兴奋地道，"我们是相亲相爱的一家！"

风中传来浓郁得化不开的蔷薇花香。

柳余则弹了斑斑的脑门一下，厉声警告它："闭嘴！斑斑！我不属于任何人。"

"即使贝比你这么说，也依然属于……"

"唔……"斑斑的鸟喙被一下捏住了，它眨巴了下它的黑豆眼，"唔唔唔……"

"闭嘴，不然神宫里就会多出一只烤小鸟。"

斑斑虽然不信贝莉娅会烤它，却也看得出来她生气了，干脆就闭上了嘴，两只小爪子扒拉着她的衣服，不一会儿竟然肚皮朝天地睡着了。

小小的鸟身蜷缩在她怀里，她给它盖了一块手帕。

人的感情就是这么奇怪，明明在上一回，还下定决心不要理这三心二意的臭鸟，可等它每天巴巴地拿来自己藏起的食物，那张毛茸茸的脸硬挤出讨好的笑容时，那颗心就又忍不住软了又软……一退再退。

不能这样。

柳余伸手将手帕扯了下来，软弱与温情并不适合此时的她。

而在这短短的一段时间内，耳边又接连响起了几个祈祷，都是对神"花式"表白的。

比如这种温柔婉约派，"……看见太阳，想到神；看见月亮，想到神；看见青草、大地、牛羊，都想到……神您永远在我心间。"

她重新念了遍咒语。

那种奇妙的、仿佛与某个强大存在拥有着某种联系的感觉又一次出现了。

面前出现了七八幅画面。

而她似乎只要伸出手指，轻轻一点，就可以回应这些人的祈祷。

柳余选了白发老婆婆。

她感觉自己像是被包裹在一团云雾里。冥冥之中，似乎有股奇特的力量，将她与那老婆婆的灵魂连接……就在这时，一股强大的力量突然出现，直接斩断了两人之间的联系。

神于半空落下，长长的银发几乎飘到她的脸上。

"贝莉娅·弗格斯，当你选择回应的那一刻起，祈祷就会生效。"

柳余眨了眨眼睛，无辜地道："可是……您之前没说清楚。"

神看着她，什么都没说。

挺拔的身影如云雾般消散，投入了那幅画面。

柳余瞥了一眼，发现刚才装着老婆婆的画面被黑色的雾气填满了，谁也窥见不到里面的情形。

不到十几秒，身前又出现了一道影子。

那浓浓的阴影将柳余罩住，她下意识地抬头，却见神那张冰雪铸就的脸上，一双绿眸如汹涌的暗河，仿佛有什么要迸发出来……

可一会儿，那暗河就消失了，快得几乎让人以为是错觉。

"贝莉娅·弗格斯。"

他唤了她一声。就在柳余以为他要再度开口时，他却如一阵风般消失在了面前。

她在原地站了会儿。

连自己都不明白，在刚才那一刻，她到底想了什么。

柳余将椅子、桌子归位，就带着羽毛笔往回走。

走到一半，却碰到了卡尔比一行人。

他们像刚放飞的小鸟儿，脸上带着兴奋的笑容，"叽叽喳喳"说个不停……有几个人手里拿着一支彩虹糖。

"噢，集市上好有趣！卡尔比，我们下次再去！"

"我要再多买几支彩虹糖回来送人！"

柳余心生一股不妙之感。

大概是她盯着彩虹糖太久，让卡尔比误会了。他将手里还没剥糖纸的彩虹糖递了过来，道："弗格斯小姐，我多买了一支，但愿您不要觉得冒昧。"

卡尔比其实就买了这一支。

柳余却盯着他另一只手里拿着的黑色圆盘子，上面有一根指针在不断地晃来晃去，盘子上有无数纵横交错的线。

她摆出好奇的表情："噢，这个盘子看起来真特别……它是什么？"

卡尔比向她解释："这是伦纳德小姐在集市上见到的，因为我对罗盘上的星图很有兴趣，就买了下来。"

"是您买的？"

柳余看了娜塔西一眼，她好像对这个罗盘并不感兴趣，只是一直盯着自己。

剧情变化了……本该去娜塔西手里的罗盘落到了卡尔比手里，虽然不知道变化的原因是什么，可如果是卡尔比的话……

向他要过来，应该不难。

她心想着，就笑得越发亲切柔美了，像一朵含苞欲放的花，清纯与娇艳兼具，在人群里简直闪闪发光。

卡尔比的脸一下就红了，还不等柳余开口，就一股脑地就将罗盘和彩虹糖塞了过来："这……这个给您！希望您不要嫌弃！"

"谢谢，卡尔比先生。"柳余脸上的笑更灿烂了。

卡尔比羞赧地跑了，这个知识渊博的少年真是意外地清纯。其他人也纷纷跟柳余告辞。她抱着得来不费工夫的罗盘和彩虹糖高高兴兴地回了庭院。

才到庭院，门还没开，绿螳螂就"丁零当啷"地来送食物了。

篮子里，是三块绿油油的、像是用植物汁液混合面粉做成的饼，还有一小片干奶酪、肉卷和牛乳。

玛格丽特像清风一样经过，在快要走过她时停了下来，问："噢，瞧瞧，今天是什么晚餐？"

"噢，是波利饼！怎么会有波利饼？"

她惊讶得眉毛都一高一低了。

柳余将东西从篮子里取出，打发绿螳螂走："波利饼？为什么不能有波利饼？"

玛格丽特更惊讶了："噢，我怀疑你以前一定是活在另一个世界……波利饼的寓意是忠诚。"

"这也有寓意？！"

柳余顿时觉得，手里的饼不香了。

饼背后的故事挺狗血的，一个丈夫因为知道自己的妻子出轨，伤心欲绝中做出了这种酸得要命的饼干，后面的结局也挺悲惨的。

柳余面无表情地啃了一口。

酸涩的口感让这绿油油的饼看起来更可怕了。

"玛格丽特小姐，您要来一块吗？"

"噢，不，我今晚减肥！"玛格丽特看着她吃，眼睛、鼻子都皱一块儿了，"……正好，最近肚子上长了些肉，我就不吃了！再见，幸运女孩！"

她迈着轻巧的步伐走了。

柳余受不了这重口味，把波力饼放到一边，吃了干奶酪、肉卷，还喝了牛乳。吃完食物后，柳余就开始研究起那块罗盘。暗沉普通的一块铁盘，冷冰冰的手感，其上纵横交错着银线。

为什么……它会这么轻易地到她手里？也许是坏运气久了，难得这么轻易地得到，柳余反倒有些患得患失。

旁边银色的西洋镜里照出一个窈窕柔纤的少女，她发间的粉色花朵在壁灯晕黄的光下，有种朦胧的美感……

难道，真的是因为这幸运花？柳余若有所思，不知不觉捏着罗盘在镜子前傻站了很久。

罗盘没什么反应，明明在小说里，它一碰到娜塔西，就像碰到了知己，光芒大作，而现在，只是黑沉沉的一块铁，暗淡无光。

柳余试了试传说中的"滴血认主"——很显然，这东方的法子不适用于西方。

她和这罗盘天生磁场不合。折腾了半天，柳余放弃了。她将它藏到了屋子的最高处，那儿，有一块突出的岩石……放好后，还用灰扑扑的石头盖住了，谁也不会想到这儿有东西。
　　柳余像只藏了食物的鼹鼠，梳洗好后，就心满意足地躺到床上睡觉了。
　　睡睡前，还在想明天一定要让神教她六十个字符才行……这样她就能尽快学会神语，看懂铁片。另外，弗格斯夫人可等不了太久……
　　一肚子的心事让她的眉毛紧紧攒簇，而过了会儿，眉毛又舒展开来。
　　梦里，银色的月亮飘啊飘，飘到她手里，她一捏，捏出了两泡水。
　　柳余吓了一跳就醒了。发现天亮了。
　　玛格丽特和伊迪丝在庭院里交谈。
　　"伊迪丝小姐，早安！这么早，您去哪儿？"
　　"丽娜神官传话，说神召唤我！"
　　"噢，你真幸运！你回来，一定要告诉我，神长什么样……我猜，神一定特别美……"
　　柳余的意识立刻清醒了：神召唤伊迪丝，为什么？
　　很快，她就知道为什么了。
　　当她左手拿着书、右手拿着羽毛笔跨进大殿时，就看到她平时坐的台阶上，蓝裙子的伊迪丝就坐在那儿。
　　她正捧着书，专注地看着，而她背后的神座上，神已经坐在那儿了。
　　他左手撑在腿上，整个人懒懒散散地靠着一边的扶手，微侧着头，在和伊迪丝说些什么。当柳余进来时，还抬头看了她一眼。
　　那眼里，什么都没有，似一望无际的深海。
　　柳余若无其事地走到台阶之下，右手置于左胸，行了个礼："神，早安。"
　　神未答她。
　　柳余却已经抬起头，笑得自然又亲切："神，我想，今天也许我可以一次学习六十个基础字符。"
　　"弗格斯小姐的笑，总是那么让人如沐春风。"
　　"谢谢，那么……"
　　"……今天我答应了伊迪丝。"神道。
　　柳余一愣，她看入他的眼底，纯净妩媚的一片绿，波澜不惊。
　　"我不会耽误您太多时间。六十个不行的话，五十，四十也行。"柳余摆出更谦逊的姿态。
　　她能感觉到头顶炽热的目光，像是有人在用烫得火热的刀片切开她的头盖骨，想看清里面到底有什么。
　　神良久不语，柳余抬头，却见他双眸微敛，明白了他的拒绝。
　　于是，她知道了，他今天不会再教她——起码现在不会。
　　"那么，不打扰您了。"
　　柳余还朝明显有些紧张的伊迪丝小姐露出个鼓励的微笑，而后带着书和笔去和其他的圣子、圣女们坐了。
　　也许，她能求助下卡尔比，听说他是个语言天才。
　　卡尔比挪出了一个位置，热情地招呼她："弗格斯小姐，坐这儿！"
　　柳余朝他笑了笑，顺势坐了下来："卡尔比先生，早安。"

卡尔比笑得像朵太阳花,他问她:"弗格斯小姐,早安。昨天的彩虹糖好吃吗?"

"非常好吃,很甜。"柳余笑出了一排整齐的牙齿,"还有……谢谢您的罗盘,我很喜欢。"

卡尔比挠了挠后脑勺,他的脸又红彤彤的像苹果了:"您……您要是喜欢,我回头,再……再去给您买点!"

柳余微笑着说"谢谢",而后摊开了书。"卡尔比先生,听说,您学什么语言都很快。"

卡尔比凑了过来,他眯着眼辨认着柳余膝上的书,而后晃了晃头:"噢,神语。"

他努力睁大他那双圆溜溜的眼睛:"弗格斯小姐,这神语……我可一窍不通。那是神的领域,我想……也许是因为弗格斯小姐是与神签订过契约的神仆,才有这本领。我,无能为力。"

"那您能跟我说说,您平时学习语言时,都是用什么样的办法?"

这就难不倒卡尔比了。

他那张略带婴儿肥的、白净的脸舒展开,看起来可爱极了:"噢,您要不听听……但愿能给您帮助……"

可爱的少年与娇美的少女,一个专注地说,一个专注地听,气氛十分融洽。

只是年轻的圣子、圣女们感觉有点……怪。

今天在神殿既闻不到花香,也感觉不到气流——它像是被冻住了。

可向左右看去,一切都还是原样,神高坐于神座之上,黑洞内的星球不断旋转,金色墙壁上的狂兽正威严地看着他们。

没有任何变化,时间悄悄流淌着。

柳余发现,卡尔比说的几个语言技巧十分实用,即使放到神语上,也是适用的。对着他的笑容就不由得更加真挚起来,"谢谢,卡尔比!您帮了我大忙!"

卡尔比挠了挠头,似想起什么,对她发起邀请:"……再过三天,就是神之国度的秋收节!那天会非常有趣,我……我想邀请您……噢,不,您愿意出去看看吗?到时,您会看到满城的焰火……"

"对了,其他人也会去,包括您的妹妹,伦纳德小姐。"卡尔比补充了一句。

娜塔西?柳余想起那个毫无动静的罗盘,也许……不是这只罗盘?

"我接受您的邀请。"她笑着答应。

卡尔比立刻就高兴了,连忙道:"那……那到时见!"

一阵风过,神座上的人消失了。圣子、圣女们立刻就发现了。

"噢,神今天离开得真早。"

"看起来,神……有什么困扰。"

窗外下起了大雨,天阴沉沉的,雨打在透明的窗玻璃上,发出"啪啦啦"的响声。

外面一下子黑了起来,圣子、圣女面面相觑,他们看起来有些不安。

丽娜神官站出来道:"神离开了,你们也该离开。"她看向柳余,"弗格斯小姐留下。"

圣子、圣女们纷纷站起来,提花篮的提花篮,拿书的拿书,然后小心翼翼地沿着墙边走,谁也不敢靠近正殿中央,生怕被那阴影吞噬了灵魂。

伊迪丝经过柳余时,小声地道:"我知道,神不是为了我。"

柳余看向她:"也许,神只是偏爱你我这样的长相。"

伊迪丝摇头,什么都没说,提起裙摆小心翼翼地出了门。

所有人都离开后,大殿一下子空旷了起来。

丽娜神官走到她面前，将花篮递来："弗格斯小姐，我能拜托您一件事吗？"

"丽娜神官，请说。"

柳余接过花篮，看见花篮里有一碟子玫瑰色的……星星饼？星星饼还冒着热气。

"我想请您将它送到神的身边。"

"星星饼？我记得，神并不喜欢人类的食物，为了避开，他还会在绿螳螂来前离开。"

"看到外面的雨了吗？神之国度四季如春，它是被神眷顾的土地，常年充满阳光，空气里洋溢着花香……从没下过雨。"丽娜神官的脸上有着忧伤，"现在，它下雨了。"

柳余一愣，她想起一个荒谬的猜测……

"您的意思是……"

"所以，我想请您将这些星星饼送过去。几天前，神让伊迪丝小姐在厨房做了许多……我想，神也许会喜欢这些星星饼。"

"您可以自己送。"柳余道。

丽娜神官摇头："弗格斯小姐，您是尊贵的神仆，是得到神认可的信徒，您和我们不一样。"

柳余想起今天没有达成的目标，接了过去："神在哪儿？"

"请随我来。"丽娜神官领着她，绕过无数长廊，最后，走到了尽头处一条被白光笼罩着的长廊。

"前面，就是神的内殿。"丽娜神官用鼓励的眼神看着她，"我们无法进去。但您身上有神的烙印，您能过去。"

丽娜神官虽然经常板着脸，但性格不坏，她不会害她。

柳余踏上了长廊，一步步稳当地走了过去，当踏上最后一个台阶时，金色的大门轰然打开——比之前更华美、更精致的殿堂对她敞开了。

入眼，是无尽的奢华。

金色的、如流淌着金子一般的华美殿堂内，到处都是纳撒尼尔无比昂贵的水晶，还有嵌了绿宝石的鎏金壁灯，随处怒放的红色蔷薇，雪白的嵌了金丝的毛绒地毯……

圆形的穹顶上，是一幅巨大的壁画，浓墨重彩。壁画上，身披金色铠甲的男人站于高山之巅，胯下是一只纯白的独角兽，而他的目光所及之处，黑白两大阵营如被收割的麦子，一茬茬倒下。

鲜血浇灌着苍茫的大地，白鸽在天空之上飞翔。

男人银色的长发，从盔甲精美的镂纹里飘了出来。

柳余仿佛闻到了空气中铁与血的气息，她被迎面而来的磅礴气势震在原地，动弹不得。

一只和华美殿堂毫不相称的小胖鸟跌跌撞撞地飞来，它像是喝醉了。

"噢，贝比……你……你怎么到这儿了……你……你在看……看什么？"

"看画。"柳余仰着头道。

"画？噢，那画啊……"斑斑打了个嗝儿，浓烈的酒味扑面而来。

"你喝酒了？"柳余惊讶地说，"他居然给你一只鸟喝酒……"

"嘘……"斑斑飘到地上，翻了个身，"不要告诉神……斑斑……斑斑偷喝了一口，就……就一口……你……你是来找神的？他……他就在里面，一直……一直往前……走……走到头儿，你……你就会看到了……"

斑斑还没说完，眼皮就耷拉了下去，不一会儿，响亮而有规律的鼾声就响了起来。

她将斑斑放到一边，用手帕盖好，提着花篮，踏着雪白的绒毯继续往里走。

玫瑰与她的神明

内殿比想象中要大，柳余一连穿过几条长廊，才到了斑斑说的尽头。

金色的大门微微敞开着，她之前见过的狂兽盘踞在门上，它睁开眼睛，看了她一眼，又闭上了。

晕黄的光从里面流泻出来，柳余提着花篮走了进去。一股浓烈的酒味扑面而来，她一眼就看到了伏在桌前的男人。

金色的、雕满了缠枝花纹的长形桌子旁是铺着蓬松被子的鎏金大床，雪白的宽袍和长长的银发散在金色的宽椅上，这一切衬得那个一杯杯喝酒的男人有种清透又执拗的矛盾感。光打在他身上，那执着鎏金杯的手骨节分明，像最上等的白玉。

柳余走到了桌前，他似是没有注意到她的到来，又给自己倒了一杯酒。

"这是丽娜神官让我送来的。"柳余恭敬地行了个礼，而后将篮子里的星星饼放到了桌上。她知道，刚才的打算破灭了。

神的心情，确实不怎么样。她的四十个字符，泡汤了。

他喝了一杯酒，没理她。

"那神，再见。"柳余提着空花篮，转身往外走。

"坐。"他道。

柳余转过身："您可以叫伊迪丝小姐来陪您。"

男人抬起头，那双绿眸泛起微微的涟漪，很快，又变得平静："她进不来。"

"您可以跟她签订契约。"柳余面色平静地提议道。

"我也可以毁去纳撒尼尔。"他温柔地笑道。

可柳余却从那平静的口气里听到了威胁，她坐了下来。

神从半空中又招出一个鎏金酒杯，倒满酒，推到她面前："喝。"

黄澄澄的酒液在杯中，像是清透的琥珀。柳余喝了一口，绵密又醇厚的口感，品起来倒像是……樱桃。

"很好喝。"她放下酒杯道。

他却与她碰杯："我一杯，你一口。"

说完，一仰脖，漂亮的下颌线露出来，性感的喉结往下滑了一下，酒杯里的酒就干了。

柳余又喝了一口，酒却像永远都喝不完似的。两人谁都没说话，沉默地对着，整整喝了大半天……直到天黑，窗外，雨还未停。

柳余有些醉了，脑袋里，开始蒸发起热气，有些晕乎乎的。她知道，不能继续了。

"时间不早，我该走了。"她向他告辞。

他却将桌上的碟子推过来，当眼神对上时，柳余才发现不对劲。他……像是醉了。

他指着盘子："吃！"

"我……"

对着一个"武力值"明显超过自己的男人，柳余没想起冲突，她拿起盘子上的星星饼，正要张嘴，星星饼就被一股力量打掉了。

玫瑰色的饼掉在地上，碎成了两瓣，乍看起来，像颗破碎的心。

"您干什么？"柳余看着地上的星星饼，又看看桌边的男人，问道。

"你吃过了！"他控诉般地说，玉白的脸上有一层薄薄的红晕，"就在三天前，噢，不，四天前！"

"您醉了。"

"我没醉！我记得，那天，图书馆……你看我的眼神，就像……就像……一个陌生人。没有星星，绝对没有！"他用强调的语气说道。

柳余没有答话，她想起在图书馆里，神将她抵在书架上端详的情景，心中不由得生起一种让她不快的猜测："您……一直在监视我？"

"噢，当然！"他理所当然地道，"我的羔羊群里，混进来一只狼，我当然得保证羔羊们的安全。"

"您醉了。"柳余不想再说，转身要走。

眼前却出现了一个光罩，光罩阻隔了她的去路。

"我没醉，我记得一切！

"……你跟比伯跳舞，你夸他跳得很好，你还夸他英俊！你跟卡尔比聊得很高兴，你拿了他的彩虹糖，还有罗盘，你还要跟他去秋收节！噢，想都别想！我是不会让一个诡计多端的女人去蛊惑这些纯洁的孩子的！我要让你吃波利饼，很多很多波利饼……"

他的话变得多了起来，这让柳余想起，在艾尔文大陆时，第一次喝醉酒的莱斯利，他也像个小话痨。

她紧紧地闭上了嘴巴，身体却不由自主地被一股力道牵着，往回转。她被按到了桌前。

他端端正正地坐在对面，那双纯净到了极致的眼睛，此时蒙了一层水："我都记得，我什么都记得……

"我记得，你说……爱，是自私和占有。既然这样，你为什么不问伊迪丝？我让她占了你的位置！你为什么不叫我吃一块星星饼？你不想知道，我看见谁了吗？我偏要告诉你！我，我看见你了……"

"我……"柳余张了张口，停顿了一下说，"我不爱莱斯利先生以外的任何人。"

"噢，我看见你了……很难过，很难过，很难过……"

他似乎连耳朵都耷拉下来了，柳余的眼神软了下来……

他太像喝醉酒的莱斯利了……

"骗子，狡诈者！"他突然抬头，看着她的眼神似茫然又痛苦，"我为什么会看见你……我不爱你……莱斯利那蠢货才爱你……我会忘记你！一定会。"

他一杯又一杯地灌起酒来，酒液进得急，将雪白的袍子都打湿了。

柳余起身，发现面前的罩子打开了，正要走，却听身后却传来一句熟悉的话："愿你似星辰！"

她转身，却见刚才还胡话连篇的男人高举着鎏金杯，朝空中做了个碰杯的姿势。

他喊："愿你似星辰，永不坠落！"

"愿你似星辰，永恒闪耀！"

他喝得更醉了，那张俊美的脸上露出纯真而稚气的笑容。

柳余想起了学院旁的伯纳湖，想起了那个星辰之夜，想起了无数时光。

他似是看到她，皱着的眉头松开，像是忘记她刚还陪着他喝酒："是贝莉娅……是莱斯利先生的贝莉娅……"

柳余觉得不对，下意识地要跑，却被他伸手一拽，直接拽入他的怀里。

"放开我！"

柳余挣扎起来，可那点力气，与他浩瀚的神力相比，起不了任何作用。

他用手捧住她的脸，在她的唇角轻轻一碰："……奴隶，亲吻了国王。现在，换国王亲吻奴隶了。"

他朝她露出满足的笑，柳余的挣扎一瞬间停止了。

雪松的气味，夹杂着浓烈的酒气将她包围，氤氲的热气里，一切显得真实又不真实。

而面前这张带着笑的脸，与记忆中的少年、青年重合了起来，他褪去了身上层层叠叠的伪装，在她面前展露了真实。

这是一个极为英俊的男人，有着锋利的眉骨、高挺的鼻梁，唇很薄。一双绿眸明媚如春水，而现在，满满地装着对她的记忆和爱意。

他对她说："奴隶，亲吻了国王。"

这是她的莱斯利先生。

"贝丽……你又流泪了，你总是这么爱流泪。"他替她擦泪，冰凉的指尖轻轻落到她的脸颊上，轻盈得像一道羽毛。

这是她的莱斯利先生。

"你是谁？"柳余凝聚起最后一丝理智，她问，"你是盖亚·莱斯利，还是……神？"

"我是谁？"他晃了晃脑袋。

"你是我的莱斯利先生吗？"她抚上他的脸问。

酒精让他的大脑也开始混乱了："我不知道……莱斯利？噢，那个蠢货？我怎么可能是他！我希望我是，不，我希望我不是……我憎恨他，厌恶他……可他是我……我是谁……对，我是……我是盖亚·莱斯利，是贝丽发誓，会永远爱着的莱斯利先生……不……她欺骗了我，不对，她欺骗了莱斯利……从一开始……"

"我是莱斯利先生。"最后，他固执地点头，像是要让自己确信。

"那么，换国王亲吻奴隶。"柳余捧起他的脸，吻了上去。

如果有错，也请让她在这孤独的现实里放纵片刻……

他们拥抱着彼此，热烈地亲吻着彼此，像是亲吻着走丢多日的爱人。

她被他箍住的地方有些疼痛，他却不放开她，她忍不住张大嘴喘息。一点点的酒意，就已经让她恍惚。

她只能看到头顶摇曳的光影，一圈，一圈，又一圈。

窗外，淅淅沥沥的雨停了。

月亮悄悄地躲进云层，鲜花盛开，空气里弥漫着热烈的、芬芳的气息。

柳余昏了过去，再醒来时，却对上一双结了冰的绿眸。

他看着她："贝莉娅·弗格斯，你还和从前一样轻浮，总是趁着我喝醉……勾引我。"

对着那双眼睛，柳余瞬间意识到，昨晚的莱斯利消失了，取而代之的，是面前这个冷酷的、高高在上的男人。只是那层神圣的薄纱，再也无法罩到他的头上。

她更清晰地看清了他，他也许是神，却更是个男人。

刻薄又严酷的男人。

"神也会失忆吗？"柳余冷冰冰地看了他一眼，"如果您没失忆，应该记得，一开始，是您以要毁了纳撒尼尔胁迫我陪您喝酒，也是您强迫地亲吻了我。"

他近在咫尺的脸，美得像是被上帝亲吻过……当然，他本身就是上帝。

"如果你没进来，什么都不会发生。"

柳余呼吸一室，她当时真是昏了头了。

"那您要我付费吗？我不介意给您一块卢索。"她反唇相讥。

"贝莉娅·弗格斯！"男人的脸色一下子暗了下来。

柳余掀开被子，下了床，捡起地上的衣裙，要穿时却发现，从腰间到领口都被撕破了。

身后抛来一件雪白的、绣了银色日月的宽袍，柳余听到他生硬的声音："即使中了你的计，我也会负责。今天，我会向所有的世界宣布，我，盖亚，拥有了神妃。"

神妃？莫非之后还会有神后？

"抱歉，我没兴趣。"柳余"福至心灵"地道，"如果神您一定要负责的话，我有一个请求，求您救活弗格斯夫人。"

"叫我盖亚。"

第三十三章

"咚咚咚。"

"咚咚咚。"

一大清早，位于神宫僻静角落的庭院内就传出清脆的敲门声。

"……弗格斯小姐？"

"……弗格斯小姐？"

"……您在不在？在不在？"

丽娜神官连敲了两回，屋内都没有反应。

她思考了下，决定去敲旁边的门问一问，玛格丽特经常在外面厮混，伊迪丝小姐……应该在。

伊迪丝过了一会儿才开门，她半掩着门，看起来有些不安："丽娜神官，您这么早来……是有事吗？"

丽娜神官看见她头发乱得像刚在草地上滚过，晨衣也没披好。

朝她安抚般地笑笑："别紧张。我来……只是问一问，您知道弗格斯小姐去哪了吗？我找她有些事。"

"弗格斯小姐？噢，她应该……"

旁边的窗户打开了，露出一颗栗色的脑袋："弗格斯小姐昨晚没回来！"

玛格丽特用一种格外暧昧的语气回答了这个问题。

"没有……回来？"丽娜神官像是吃了一惊。

伊迪丝从来没见过这个向来沉稳的女神官露出这样的表情——她的嘴巴张得像是生生吞了一个鸡蛋。

"是……有什么问题吗？"伊迪丝想起那个总是高高昂着头的少女，想要帮她说些话，"弗格斯小姐也许是去了图书馆……她很喜欢看书。"

丽娜神官看了她一眼，说了一句莫名其妙的话："伊迪丝小姐，我情愿是你。"

"您在说什么？"

屋内突然传来的动静让伊迪丝的脸突然涨红，"丽……丽娜神官，我……"

"进去吧。"丽娜神官摆摆手。

伊迪丝看了她一眼："那……丽娜神官，抱歉，早安。"

她小心翼翼地关上了门。

"伊迪丝小姐的情人，总是很神秘。"

玛格丽特翻了个白眼。丽娜神官看了她一眼："玛格丽特小姐！请记住，一位淑女，应该时刻保持优雅和适度的好奇心。"

"抱歉！"玛格丽特耸了耸肩，"这神宫太无聊了……您不能让我这点儿乐趣都没了。"

"再见。"

丽娜神官不愿意在蠢人身上浪费时间，她去了祈祷室，又提着花篮去布置宫殿。圣子、圣女们已经来了，他们看见她，都高兴地打招呼："丽娜神官，早安！"

"丽娜神官，早安！"

丽娜神官一个个招呼打过去，当莱尔神官又领着他弟弟的情人过来时，丽娜神官把他叫到了一旁。

"莱尔神官，以后……您不能再让伦纳德小姐进来了。"

莱尔神官一愣，他和丽娜神官向来不干涉彼此的工作，不禁问道："为什么？"

"您难道不记得，神说过，她是该被驱逐的存在。"

"可神留下了她。"莱尔神官说道，"您如果跟她相处过，就会知道，她是一个多谦逊、多善良的女孩！她从来没有想过害人，也没有做过对不起别人的事……那些过去，也是因为她太善良，才受了恶魔的蛊惑！"

"噢，光明神在上……"丽娜神官不可置信看着他，"莱尔神官，您……爱上她了？您居然跟您的弟弟，爱上了同一个女人？"

莱尔神官沉默了一会儿，道："我无法控制我的心。"

"一个好女孩，绝对不会挑动兄弟两个同时对她动心。她应该避嫌。"丽娜神官板着脸道，"玛格丽特没骂错。"

"丽娜神官……"

就在这时，大殿的门开了，神缓缓地从门外走来。

光与他同行，流云似的白袍几乎曳地，连着垂顺的、水银一般的长发和令人惊艳的美貌，一齐对人形成剧烈的冲击……

丽娜神官、莱尔神官、圣子、圣女们下意识地要匍匐下去，可弯到一半的腰和膝盖，又都停住了。

他们不由自主地看向神背后安静地跟着的少女，她低垂着头，姿态谦恭，可他们都注意到，她身上穿着与神一模一样的白袍。

那是神之国度一年才能上贡一匹的云布裁剪而成……云布从诞生之日起，就耗费了大量的人力物力。吐丝的春蚕，必须用最纯净的玉露培养，那样它吐出的丝才会纯净如雪，毫无杂质，能够承载这世上最强大的神力。而织布的，必须是神之国度中最纯净的少女，她们自心灵到身体，都纯洁无比，平时不会干任何活计，以保持指腹最佳的柔软度，一过二十岁，就自动淘汰。而白袍上的日月银纹，是神之国度中最厉害的大神官亲自刻成……

神珍爱他们对光明的虔诚，从未将它赐予过旁人，即使是传说中最受宠的圣灵体，也不曾拥有过。

而现在，这样珍贵的云袍，就穿在一位窈窕纤瘦的少女身上。

玫瑰与她的神明

不不不，弗格斯小姐本来就是尊贵的神仆，拥有任何赏赐，他们都不该感到惊讶。他们这样告诉自己。

娜塔西的头磕在了地上，神殿的地面又冷又硬，却不及她的心，她努力地走到了她梦寐以求的地方，可这个地方，却始终有一层乌云罩着，使她够不到她想要的东西——她与莱恩约会，她对莱尔微笑，她付出了那么多的努力，却仍比不上贝莉娅姐姐。

她冷得牙齿都开始打战，却还是拼命闭紧嘴，不敢发出任何一点声响。

唯有动作慢了半拍的丽娜神官看出了点不同。她看到了少女身上比昨天更缥缈、更神秘的气质，那气质让人想起神，让人望而生畏——仿佛少女与他们这些人，已经分出了明确的界线。

那是属于神秘领域的东西。

而更叫人惊讶的，是少女的神情——被人人羡慕的少女，并没有他们想象的那样高兴。

救弗格斯夫人的请求还是被毫不留情地拒绝了。

"盖亚？那您尊贵的姓氏呢？"柳余问。

"……世界还未诞生，我就诞生了。我没有父族，也没有母族，醒来时，我就知道，我是盖亚，唯一的神。不需要姓氏，我，是唯一。"

他用平静的语气陈述着。

"贝莉娅·弗格斯。"

那双看着她的绿眸里荡漾着讥刺。

"抱歉，我拒绝。我不会救弗格斯夫人。"

"为什么？这对您来说，轻而易举。"

"轻而易举？是从那肮脏的黑暗生物口中听来的？是的，不算难。"冷漠的他像是冰冷的大理石雕，"但这违背了我的原则，我不会插手人类的生和死。"

"原则？什么原则？"

她像是重新被绑到了火刑柱上，炽热的火舌开始灼烧她的裙摆、烘烤她的皮肤，她闻到了长发被燎焦的气味，也看到了弗格斯夫人隔着重重的火焰对她微笑。

这让她愤怒，而神脸上的无谓，又加深了这愤怒。

"您的原则，难道是看着一个又一个的人类，被绑在火刑柱上？"她讥讽地问。

神奇怪地看了她一眼："当你们人类将猪、羊架在烤架上烤熟时，也会心软吗？"

"这不一样！"

"哪里不一样？贝莉娅·弗格斯，承认自己没有想象中那样大义凛然并不难。我想，当猪变成烤乳猪时，肯定也是不情愿的。"

"啪……"柳余打了他一巴掌。

他被打偏过头去，脸上有着不可思议，因太过惊讶，那表情甚至未变："是我纵容了你。"

他的平静超过了愤怒，当那双绿眸接触到少女的眼泪时，又移开了："眼泪并不是武器……讲些道理，贝莉娅·弗格斯。"

"道理？"柳余咬着牙，她无法控制自己，眼泪不断地从眼眶里往下掉。

昨夜的酒精似乎还在身体里，并未蒸发，让她头脑发晕，"什么道理？！是您要将烤乳猪封成神妃的道理？"

"……贝莉娅·弗格斯。"他打断她，脸上有着一丝狼狈，"适可而止。"

"适可而止？"柳余笑了，"是的，没错，人类很残忍，他们什么都吃，那又怎么样？这是生存需要。弱肉强食，适者生存。如果猪、羊有能力吃人，我想，它们的獠牙也绝对会刺穿我们的胸膛。"

"是的，适者生存。"神看着她，"适者生存。"

"如果是我的莱斯利先生，他一定会答应。"

柳余怔怔地看着他，她终于知道，昨晚那个莱斯利只是昙花一现。

她的眼泪干了。

"不要将我和那愚蠢的家伙相提并论！"神恼怒地道，"他简直毫无原则。公平，生死，承诺，在他面前，全部成了笑话。"

"当然！您当然无法跟他相提并论！您不过是个冷酷又无趣的男人，连他的一根小指头都比不上。如果不是莱斯利先生，我根本不会让您碰我一下！"

他不再说话了，像是被刺到，瞳孔猛地一缩，又恢复了原样，"我想，恶之花咒语并未在你身上生效。"

柳余却立刻道："我爱你。"

她那冰蓝色的眼眸一动不动地盯着他，试图要通过那深绿的瞳孔看清自己。

"我爱你，盖亚。"她又说了遍。

神盯了她一会儿，而后，那张脸变得惨白无比，他扭过头去。在眼神接触的一刹那，她看到他碧绿的瞳孔里，爬满了她半张脸的红色蔷薇。

张牙舞爪的，像是妖异的图腾。

她忍不住向旁边看去，大床的一边，杵着面立式的西洋镜。

"哗啦啦……"镜子碎了一地。

柳余却笑了，短短一瞬间，她已经看到了红色的、妖异的纹路。

"恶之花"已经生效，她也开不了口了。

"当你口出恶言时，脸上将开出恶之花。恶之花下，你将无法再吐露蛇的毒汁、花的芬芳。"这是他回归时，对她下的咒语。

而神似乎不愿再看她一眼，率先走到她前面，出门去了。

袍摆消失在门后，"去神殿。"

柳余摇头。

"六十个字符。"神道。

她很想任性一把，最终，还是跟了上去。

看来，最终只能靠自己。

唯有拥有力量，不会再被人钳制的力量，才能让她救回弗格斯夫人，才能让她保护自己，选择生活的自由。

神语学得很顺利，也许是不能开口，柳余只能更加用心地揣摩，用上卡尔比教过的方法后，她还找到了在艾尔文大陆时学习默法的感觉。

不过半天，六十个字符已经融会贯通。

下午，依然是处理一堆无聊的祈祷。而这些祈祷，也开始慢慢丰富了。

比如，谁家的栅栏破了，找不到一样东西，祈求神帮忙寻找……

除了教授神语，神没有再对她说任何一句话，那薄薄的嘴唇紧闭着，像是扣不开的蚌壳……

不过柳余无所谓，她摆出向他告辞的姿势，回了庭院。

在少女消失在眼帘时，神出现在了神宫的后花园里，巨大的生命之树几乎参天，它被罩在浅绿的光里，周围一片空旷，什么都没有。

和之前不同，扎根在干燥的土壤里的树身，此时浸在一片小小的湖泊里。碧绿的湖面，被风吹起淡淡的涟漪。空气中，有股扑面而来的勃勃的生机。

神走到湖边，手一招，一个浅金色的、泛着光晕的球体飞出了湖面。

那球体内，隐隐约约能看出个人形。浅色的光晕一直在流动，一道声音从球内传出来："拜见神。"

它朦胧的视线里，碧绿湖泊前的神祇，负手而立，一身纯净的白袍，长发被风吹起，银色的光点跳跃在那长发之上，让他看起来缥缈而圣洁。他看着它，就像它只是一团无聊的、可有可无的死物。

那眼神毫无温度，高高在上。

光球开始战栗，而神却一言不发，消失了。

夜色昏暗。

柳余心里乱糟糟的，怎么捋也捋不顺，干脆顺着小路走，顶着那张大花脸避开人群，最后，走到了图书馆。

绿玛瑙球一看见她，浑身就一闪一闪的，在夜色中像吹了气的、膨胀的萤火虫，"萤火虫"往门上一撞，图书馆的门就开了。

柳余去了二楼，只有在这里，她才能感觉到，自己在神宫的时间并没有荒废。

她的心慢慢静了下来……今天和前天学的一百个基础字符，在这时发挥了作用。她迅速找到了她需要的书册。

"禁言术。"

"卸下武器。"

这两条咒语所用到的字符，恰好就在这一百个基础字符里。

她迅速学会了它们……和之前不同，现在她的舌头灵活无比，不需要捋，就能轻易地念出每一个字符。感受着神力在身体内的涌动，而后，她发现了更大的不同。

她的身体似乎发生了某种奇妙的变化，说不上来，就像是一个原来装满破布头、凹凸不平的棉布娃娃，被装入了芬芳饱满的顶级棉絮。从此后，它也变成了漂亮橱窗里最顶级的货了。

神力从指间弹出……金色的光芒没有找到施术对象，消失在了半空。

是金色的！

如果说光明力分等级，稀稀拉拉的白色是最低级，纯净饱满的白色是中级，那金色，就是顶级！

圣光！

柳余记得，在伯纳湖边的那个夜晚，莱斯利发出的"审判之矛"就是金色的。而这金色的审判之矛，几乎一出现，就让那些施暴的人臣服了，他们立刻就认定了莱斯利"星辰骑士"的身份。

那么现在，她是什么……也是星辰骑士吗？

柳余连忙放了个光明弹，是金色的。

反变羊术，没有施术对象，落空了。

但也是金色的。

柳余靠着书架，闭上了眼睛。她想起了神临那日。

神高坐于太阳车之内，自胸口取出了莹白骨头，他修复好了她的手臂。

她也想起了伯纳湖边金色絮状的流光……

那么，现在……

许多问题在脑子里打转，让她无从想起昨晚的混乱以及醒来时的愤怒。

是的，愤怒。

她迁怒于酒精，迁怒于神灵，却对自己感到更愤怒。脆弱、依恋、沉湎过去，这些软弱的情绪，不该属于她。

她怎么能哭泣、愤怒，像个孩子一样，要不到东西还撒泼呢？

至于神对她的忍让，也让她感到惊奇，不过……柳余警告自己，不要多想。

莱斯利也曾经给过她许多错误的信号，更别提忽冷忽热、心思捉摸不定的神明了。

爱情，虚无缥缈。唯有力量才是永恒。

柳余将刚才挑选出来的书拿了出来，决定去问问门口的绿玛瑙球，能不能外借。

"啪嗒……"正要离开，书架上却掉下了一本书。

大概是被她的衣服带的，柳余不以为意地捡起，可当目光落到封面上歪歪扭扭的字上时，却一愣，"路×斯的学×日记"。

路易斯？她的第一反应就是这个。

也是用神语写的，只是之前她还辨认不出来。

柳余大大方方地翻开了扉页。

"路×斯想要永×伴×在父神的×边。"

路易斯想要永远伴随在父神的身边。

第二页。

第三页。

第四页……

能辨认出的字有限，但柳余看得出，这上面记载了许多神术，还有一些小字的注释，看起来非常有用。等翻到最后一页时，她看到了一行斑驳的、像是眼泪滴在书册上的痕迹。

金色的字，被洇得模糊不清。

"路×斯被父神放×了。"

路易斯被父神放逐了。

柳余大胆地猜测，按照日记看，路易斯应该曾经是个十分受宠的孩子，只是不知道为什么，惹恼了神……

是因为，他想永远陪在神的身边，捣鼓了些不该捣鼓的事？

比如堕入黑暗，还是因为……妄想成神？

柳余将书全部放回书架，而后，回了庭院。

这时，天已经彻底黑了下来。丽娜神官却站在她的门口。

"丽娜神官？"她惊讶地喊道，人已经走到她的面前，"您怎么来了？"

话一出口，才意识到，恶之花咒语时效已过。

借着走廊的光,丽娜神官看清了她脸上的花纹,像是某种妖异的、不祥的图腾……

一点不难看。相反,这花纹和她很相衬。

而且,现在正从她脸上如潮水般退去。

"我来,是帮您搬东西的。神说,您以后就住在内宫。"

丽娜神官话才说完,就看见少女蓝色的眼睛一下子瞪得圆溜溜的,眼里满是抗拒。

"内宫?不,我不去。"

"您不去?"丽娜神官万万没想到,所有人梦寐以求的待遇,竟然会被毫不留情地拒绝。

"我说的,是神的内宫。神居住的地方。"丽娜神官认为她没听清,又解释了一遍,"那是我们所有人都向往又无法靠近的神圣之地。"

"可是,那绝不包括我。"少女依然斩钉截铁地拒绝。

丽娜神官又惊讶又愤怒,这是对神的大不敬!

"这是神的意志!您居然违抗神?!"

"您可以照实说,神宽大而仁慈,他必定不会怪您。"柳余平静地道。

红色纹路未消完的半张脸,在走廊的灯下,显出少女的桀骜不驯。

丽娜神官板起的脸上有着两条深深的法令纹,她道:"神的意志不容违抗……如果神仆大人坚持拒绝,那我只能采取特殊手段了。"

她举起手中的权杖:"束……"

"卸下武器。"柳余的默法比她更快。

一道金色的光从她指间弹出,"啪嗒"一声,丽娜神官手中的权杖掉在地上,滚了滚。

丽娜神官不可置信地看着她:"弗格斯小姐,您太过傲慢了!"

"抱歉,丽娜神官,很显然,我的礼仪学得还不够到家。"柳余耸了耸肩,"没有别的事,请您离开。"

丽娜神官沉住了气,她勉强扯出一丝笑,道:"神吩咐过,如果您搬进内宫,他会亲自教导您神术。"

她又强调了一遍"亲自"。

柳余开门的手停住了,他太了解她了,他给她呈上了无法抗拒的"满汉全席"。

"丽娜神官,您先回去。我明天……"她看向半空,像是对着什么人说话似的,"会亲自过去。"

而后,柳余推门进去了,丽娜神官被隔绝在门外,她怎么也没想到,学了这么多年的神术,竟然败给了一个年轻的圣女。

她挫败地走到了神殿。神座之上,高大的男人正支着额头休憩,他银色的长发和他的白袍流水一样垂了下来。

丽娜神官深深地低下头汇报:"弗格斯小姐说,明天会亲自过去。她太无……"。

"丽娜,"神睁开眼,那绿色的眸光如柔和的春波,"不可冒犯。"

丽娜神官一下子跪了下去,她的膝盖打战,头磕在地上,不过几秒,汗已经透过了脊背。

"下去吧。"神道。

"是,尊敬的神。"

丽娜神官直起身时,脚步有些踉跄,就在她快要走出大殿时,身后传来美妙却冷酷的声音。

"你和莱尔,找个接班人。"那声音顿了顿,"另外,卡尔比和那个与黑暗有染的,不必再来。"

"是。"丽娜神官深深地拜下去。

她拜了很久，很久，再次起身时，人竟像是老了十岁，第一次看向神座之上，她的眼睛被刺得不住地往下流眼泪，却不愿闭上双眼："神，丽娜在您身边已经七年了。"

神并未说话。

"可我从未见过您这样。您消失了几个月，回来后，就总对着黑洞中的一个星球发呆……我本来以为，您只是不适应。可当那个星球上和伊迪丝小姐长得一模一样的女孩走进神宫时，我就知道，您真正要寻找的，是她。

"神，您象征着公平、秩序、光明和信仰！当您偏爱时……"

"丽娜。"神的声音中听不出情绪，"世界是我创造的。"

丽娜神官如遭重击："求您怜悯。"

她重新拜下去，站起身朝外走时，背更佝偻了。

神……真的变了。

而她恐惧的那一天，终于到来。

神座之上的那人，长长的银发上，被阴影染出一段灰。

小胖鸟无忧无虑地在他附近飞来飞去，他伸出一只手，它就落到了他的手上："斑斑？"

"也许……连我，都会被欲望吞噬。"他温柔地叹气。

"斑？"斑斑歪了歪脑袋。

神突然看向高空，接着消失在了空中。

只留下斑斑奇怪地看着天空，拍打了下翅膀："斑？"

而房中的柳余，在利用浮空术飞到藏起罗盘的地方时，罗盘竟"嗡嗡嗡"地自动转了起来。

一道声音从罗盘内传出："噢，弗格斯小姐？！没想到竟然是你捡到了这个罗盘……让我看看，天，父神在上，您现在这是……半神？！"

他惊讶得声音都变了："你身上为什么会有父神的气息？！"

"路易斯？"柳余怎么也没想到，这号称能引起圣战的罗盘里，传出的，竟然是路易斯的声音，"怎么会是你？"

"……父神居然和你……"路易斯气急败坏地叫道，"父神从来不会和任何一个人类有超过手扶头顶的接触！"

"莱斯利早就和我……"

"那不一样！莱斯利虽然是父神……不，父神虽然是莱斯利……"路易斯自己都混乱了，"……反正，父神除了在赐予神光时会接触人的头顶，他从不会在其他时候碰触任何人类……即使我还是个婴儿时，他都没有抱过我……"

"你知道吗，路易斯？你现在表现得像个还没上学的小孩！"柳余毫不留情地讽刺他，又道，"你知道这个罗盘会引起圣战吗？"

"这个罗盘……会引起圣战？"路易斯哈哈大笑，"圣战？！噢，圣战一直存在，五百年就发生一次……这个罗盘，只是我幼时的玩具。倒是你，血取到了吗？不要迷恋我父神而失去了自己……"

"那不可能！"

"这个世界，没有人……没有人能在靠近我父神时保持理智。他们无一例外，都深深地爱上了他。糟糕，来得可真快……"罗盘"嗡"一下，不动了。

柳余落到地面，房间里空无一人："是您吗，神？"

声音在空荡的房间里回响。

除此之外，再无其他。

幽幽的月光穿过玻璃窗，照进黑暗。柳余弹出一枚光明弹，在浅金色的光里，只见半空中有一个黑乎乎的东西遽然下落，与空气摩擦出尖厉的声响……

柳余还没反应过来，那东西就"砰"地摔在地上，造成巨大的回响。

隔壁的玛格丽特和伊迪丝同时开窗："弗格斯小姐？弗格斯小姐？是不是……发生了什么事？"

"没事！只是我不小心摔坏了东西！"柳余定了定神，扬声道。

她走到那东西摔下的地方，只找到碎成无数块、已经无法拼凑的碎片。

碎片上，隐约可见纵横的星纹。柳余将碎片捡了起来，放到一个布袋里。

"这是卡尔比的东西，我需要还给他。"

一片寂静，对面的人似乎不愿意回答她。

可柳余知道，他在。他摔碎这个罗盘，意在警告她。

"我知道，神宫内所有的事，都瞒不过您。您可以问。"

而她不会隐瞒。

柳余将布袋放到一边，安静地坐在椅上，等候着即将到来的质询。

可什么都没有，那长久地被注视着的感觉消失了。随之一同消失的，是那磅礴的、几乎压得人喘不过气起来的威势。

他消失了。

柳余推开窗，看向窗外，风有些大，月亮被云层遮住了。

她又关上了窗，躺到床上，不一会儿，就睡着了。

梦里，刮起了狂风，冰霜将她的整个梦境都掩埋了，她是被冻醒的。醒来时，发现窗上竟然结起了窗花，一眼望去，大地一片白茫茫。

门外传来玛格丽特快活的叫声："下雪了！

"弗格斯小姐！伊迪丝小姐！快出来看，下雪了！

"啊……真美啊……这可是我第一次见到雪。"

柳余在橱柜里找到了一件斗篷，斗篷很轻，边沿镶着一圈雪白的狐狸毛。她披在身上，推门出去。

玛格丽特只穿了一条裙子，脸冻得青紫，却还赤着脚在雪里撒欢，看见她，就像小鹿一样奔过来，脸上全是快活的笑："弗格斯小姐！看到了吗？这是雪！雪！好美啊……

"就像是另一个世界！"

"玛格丽特小姐，您……不冷吗？"

玛格丽特打了个哆嗦："冷，可我没有衣服！我从特吉塞姆世界过来时，就带了两条裙子……他们都说，神宫四季如春！"

伊迪丝也从房间里走了出来，她也被冻得打哆嗦，但看起来要比玛格丽特好些，手里拿着两块暖石，递了一块给玛格丽特，还抱歉地对柳余道："……只有两块。"

"噢，没关系……"柳余摇头，"我不冷。"

这斗篷分量虽然很轻，却意外地很暖，就像是有个烤炉在不停歇地烤着她。

三个人一起看雪。

玛格丽特搓搓手，又跺跺脚："……在我们特吉塞姆世界，从来没有过雪。"

柳余惊讶地睁大眼睛："你们那儿,没有下过雪?"

"是的,特吉塞姆只有两个季节,春天和秋天……但是,我们那儿一直有关于雪的传说……在传说中,下雪的那一天,所有人都要穿上红衣服。老爷爷们会戴上红帽子、白胡须,从烟囱里钻进去,给孩子们送礼物……而女孩们,要穿上最美的红裙子,去雪地里邂逅她的真爱……"

玛格丽特像是想到什么,"噔噔噔"地跑到屋里去,然后就传来一阵翻箱倒柜声。

"玛格丽特还是孩子……"伊迪丝轻轻地道,"真爱?这世上……没有真爱。"

她的声音很轻,却被柳余捕捉到了。

但柳余无意去管他人的闲事,只是看着雪,想起那天丽娜神官说的话:"神宫四季如春……"

"看!红裙子!"玛格丽特冲出来道。短短的时间,她已经换上了一条红裙子,看起来明丽大方。

她还大方地一人给了一条:"我们都穿上!去雪地里,见到的第一个男孩,就是我们的真爱!"

她推她们进去,凶巴巴地堵着门,说:"也许这辈子,也就见到这一回雪,难道,你们就不想知道,你们的真爱是谁?神宫的雪,一定是被施了魔法的,百试百灵!"

不过是一条裙子,柳余无所谓地想,与其被玛格丽特念叨个不停,还不如换上。

只是她在换的时候,朝大空喊了一声:"您别看。"

没有回音,柳余大大方方地换上了。

西洋镜内,女孩明艳逼人,像是一幅色泽浓郁的油画,大面积的红色下,皮肤白得晃眼。只是领口……低了些。玛格丽特作风豪放,就连裙子的风格也如出一辙。

她披上斗篷,推门出去。玛格丽特拉开斗篷的一角,满意地看着她换的红裙子,才要挪开眼睛,眼睛却直了。

"弗格斯小姐,您是不是长高了?噢,不,胖了?"

柳余正要开口,玛格丽特却"嗷"了一声,捂着手背,像被谁弹了石子似的,左右看:"谁?!谁攻击我?!"

"玛格丽特,怎么了?"

伊迪丝出来,她也穿了红裙子,可这红裙与她的风格不太相称,她不自在地扯了扯裙摆,"还……还行吗?"

玛格丽特一下把刚才的事忘了。

她绕着伊迪丝走了一圈:"还不错!不过,你要是能像弗格斯小姐这样……"

她高高挑眉、抬下巴,摆出个趾高气扬的表情:"也许,要和红色更相称!"

柳余看着她搞怪:"抱歉,玛格丽特,我从来不知道,我表现得像一只斗鸡!"

"不要太当真……"玛格丽特还沉浸在第一次见到雪的兴奋里,小脸通红,"现在,我要去邂逅我的真爱了……我们去后花园?噢,或者湖边……"

"抱歉,我恐怕需要去神殿。"柳余打断了她。

"神殿?噢,这可真是好主意!这世上,可没有哪个男人及得上伟大而仁慈的神明!如果可以,我也想去……"

玛格丽特握着拳,一副艳羡的表情。

就在这时,庭院外走来一个面生的女人。

她穿着神官的衣服,年纪看起来要比她们大些,提着一只篮子:"你们好啊,我是新来的神官,你们可以叫我吉蒂。"

"吉蒂？"玛格丽特奇怪地道，"丽娜神官呢？"

"噢，丽娜神官和莱尔神官都去了神之国度，听说，是有些事。以后，都是我来负责。"

吉蒂的一张脸圆圆润润的，看起来十分亲切。

"那您来是……"

吉蒂是个温柔的女神官，和丽娜神官不同，她看起来要随和得多，脸上总是带着笑。她从篮子里拿出了三个星星挂饰。

"这……是什么？"玛格丽特好奇地问。

她发现，吉蒂神官的篮子里，装满了五颜六色的星星。

"这是来自神的赐予。你将它挂在身上，就不会冷了。"吉蒂将红色的星星给了柳余，蓝色的给了伊迪丝，绿色的给了玛格丽特，"我想，你们应该喜欢这些颜色。"

"谢谢神官！"她们异口同声道。

"那么，现在，我能跟弗格斯小姐说几句话吗？"

"噢！当然！伊迪丝，我们走！"玛格丽特和伊迪丝欢欢喜喜地走了。

吉蒂走到柳余面前，当目光触及她那纯白无一丝杂质的斗篷时，姿态就更谦恭了，道："弗格斯小姐，神还有样东西，让我给您。"

"什么？"

吉蒂从篮子里取出了一把彩虹糖和一个圆溜溜的盘子，那盘子美丽极了，深蓝色的雾面，乍一眼看去，像是无尽的星空。

她恭敬地将它们都递到柳余面前，说："神还有一句话，让我带到。"

柳余看着盘子和彩虹糖，突生一股荒谬的感觉——她竟然觉得，这是他打碎卡尔比那罗盘的补偿。

吉蒂的头垂得更低了："神说，记得你的诺言。"

"诺言？"

"这……我就不知道了。"吉蒂看向庭院外，大雪纷纷扬扬，她眯着眼睛，说起了另一件事，"……传闻，神宫曾经也下过雪。听说，是神的一个孩子，伤了他的心。"

柳余想起了路易斯，她攥紧了手，彩虹糖的锡纸发出刺刺啦啦的声响："那个孩子……做了什么？"

"具体我就不清楚了。"吉蒂摇摇头，"有人说，他竟然妄想成为另一个神，他用一把小刀割破了神的手指……"

"那个孩子，后来怎么样了？"

"仁慈的神明，将他放逐到下面的世界去了……听说，他堕落了……"吉蒂唏嘘道，"神总是很寂寞……如果弗格斯小姐能陪在神的身边，我想，神会很开心。"

柳余垂下了眼睑……可她，也想成神啊。她永远都不可能作为一个解闷的宠物，陪伴在别人身边，即使对方是个神。

"神让我来帮您搬东西，弗格斯小姐，方便的话，我现在就可以帮您把东西搬过去。"

柳余拒绝道："我还没和我的朋友告别，您可以晚上来。而且，我现在还要去神殿。"

"神殿？"吉蒂神官摇头，"今天是万星日，神殿不开放。而且，神已经不在神之国度了，他去了黑洞。"

"万星日？"

"是的。这一天,所有的星星都会在一条线上,那时,光与影相会,黑洞之中的恶魔就会出现,神去处理这些恶魔了。"

而这时,玛格丽特和伊迪丝深一脚浅一脚地回来了,她们朝她兴奋地招手:"弗格斯小姐!今天是万星日,不需要去神殿!我们可以去集市玩,明天就是神之国度的秋收节,我们可以在那里过夜!"

柳余打趣她:"玛格丽特小姐,您不需要邂逅您的真爱了吗?"

玛格丽特像只兴奋的小鸟一样冲进自己的房间,拿出来几个面具:"戴上它们,如果碰到喜欢的,再揭下面具……"她调皮地拉长声音,"那……就是真爱!"

"不是见到的第一个才算?"

"不,不算!"玛格丽特不以为然地道,"得他们也看见我才行,整个的!"

"吉蒂神官,神之国度有'真爱'的传说吗?"

"噢,当然,也有……"吉蒂神官看着这活泼的女孩,打趣道,"不过,你们得当心,如果碰到的真爱正好胸口插着修鸠花,那得千万小心。"

"为什么?"

"修鸠花表示偏执的爱。这个真爱,可能无法容忍移情别恋……如果你爱上了别人,那么,他就会把你和他自己一起埋在修鸠花下,直到永远。"

玛格丽特打了个哆嗦,柳余也被那看似深情实则变态的传说给激得浑身发冷。

第三十四章

"弗格斯小姐,走吧?"

玛格丽特要来拉她,她却避开了。

柳余没有被她期待的眼神打动,只是抱歉地看着她,说:"我得去图书馆。"

"图书馆?!"玛格丽特的嘴巴都张成了"O"形,她不可置信地看着她,"这样的日子,您要去图书馆?!噢,光明神在上,如果这世界还有另外一个神存在的话,您一定是智慧女神的化身!"

"玛格丽特,慎言。"吉蒂板起了脸道。

玛格丽特做了个抱歉的表情,才道:"下雪!是下雪,弗格斯小姐!以后都可能不会再有!而且,图书馆又不会长脚,你有大把的时间……"

"抱歉。"柳余抱歉地看着她,"如果只是在神宫内逛一逛,倒也没关系。"

她的时间很紧迫,没办法浪费在这充满少女浪漫的梦幻里……何况,她讨厌雪。

即使眼前的景色够梦幻、够浪漫,却只让她想起那些湿冷、困顿的记忆,这并不让她感到愉快。

"那你呢?你去吗,伊迪丝小姐?"

玛格丽特懊恼地皱起了眉头,看向伊迪丝。

伊迪丝向来是个很为他人着想的女孩,她笑着道:"我陪你去,玛格丽特!弗格斯小姐有事要忙,我们可以等她下次有空。神之国度的集镇,一定很热闹,我还没见过。"

"……我看到伦纳德小姐和莱恩也出去了,万一碰到,你可得帮我……"

她们渐渐走远了,声音飘了过来。

柳余想到那没起作用,反倒招来路易斯的罗盘,心里一个激灵,扬声道:"我跟你们去!"她急急忙忙地和吉蒂神官道别,提起裙摆,跟了上去。

小羊皮靴在雪地里踩出了一个个清晰的印子,吉蒂神官微笑着摇头,心想:弗格斯小姐比想象中要活泼呢。

玛格丽特看见她,冷哼了一声,但很快,又主动跟她搭话了。

三个人亲亲热热地出了神宫,才走出去几步,身后就传来一阵高亢的"斑斑斑斑"的叫声。

"你们有没有听见什么？"伊迪丝奇怪地问道。

柳余已经转过身来，不一会儿，视线所及处，一只灰色的大胖鸟慢慢悠悠地飞来了。

它大概是吃得太胖了，短短一段路，扑棱着翅膀愣是飞了很久："斑斑！斑斑！"

一出神宫的范围，其他人就听不懂它的话了。

只有柳余如常地回答它："你跟出来干吗？"

"斑斑也要去寻找真爱！"

斑斑努力地挺起胸膛，柳余这才发现，它将一朵大大的红花嵌在了自己的肚皮上。

"噗……"她笑了起来，"斑斑，我得告诉你，你是只雄鸟，不能穿红裙子！而且，你已经有雌鸟了，就在纳撒尼尔。"

"斑……"

"可她没有来……我们已经分居很久很久了……"斑斑羞红着脸道。

于是，斑斑高高兴兴地落到了她的肩膀，用爪子挠挠头，又挠挠尾巴，高兴地唱起了"斑斑"歌。

破锣嗓音传出老远，要不是有救命之恩，柳余早把它扔远了。

玛格丽特和伊迪丝却羡慕地看着她。

"弗格斯小姐，斑斑可是神的鸟！"

"您还能听见斑斑大人讲话？！噢……当然，您是神亲自签过契约的神仆大人，当然会有些特别的本事……"

斑斑胸口的小红花越发鲜艳了。

三人顺着大路往前走，一路上碰到了许多戴着面具的圣子、圣女们，他们嘻嘻哈哈的，小羊皮靴踩在雪地上，快活无比。

还有些人跑来问柳余的斗篷："您这斗篷真漂亮！是从哪儿买的？"

"神之国度的衣服，总是轻飘飘的……不过说起来，也从来没有下过雪……幸好神赐予了我们星星石……"

年轻的孩子们无忧无虑地交谈着，结成伴往神宫外最近的集镇走去……

这也是整个神之国度最繁华的地方。

柳余远远地就见到了那高高的城墙。

城墙用青金色的砖石砌成，城墙上没有佩剑持刀的勇士，城门口也没有等着收入城税的守卫。进进出出的人们，大都穿着体面的衣裳，带着满足的笑容，看起来亲切又和善。

玛格丽特看了一会儿，突然道："这里和特吉塞姆不太一样呢。"

"……是不一样。"

这是伊甸园，柳余心想。

伊迪丝向往地看着："三年过后，我们都会被放出神宫，来神之国度生活……这里没有饥荒、没有灾难，人们只要辛勤劳作，就能生活富足，这是神的仁慈。"

"这是神的仁慈。"

玛格丽特也收敛了她的跳脱，一脸严肃地行了个礼。

她们顺着人流，走进了城池。天上还在纷纷扬扬地下着雪，雪花落地，将这里渲染成了梦幻的国度。

路边生起了许多小火炉。有小火炉烤着，人置身其间，并不会感觉到寒冷。

走到集镇中心,那里有一条繁华的商业街。街上有许多新奇的东西,比如,会唱歌的种子、会发光的石头,还有会跳舞的木头人。但柳余发现,这样繁华的地方,竟然还是采用以物易物的方式。

一个农人拎着一大袋农产品摊到路边,有人上去咨询,或换一匹布,或换一袋种子……

"没有货币?"她惊讶地问。

当商业繁荣到一定水平时,货币就产生了。看得出来,这里并不落后。

"货币?"玛格丽特皱了皱眉,"你是说那些统一的、用来体现价值的兑币,对吗?"

柳余点头。

伊迪丝若有所思地道:"……我听神官们说过,神并不喜欢商人……他认为,是这些商人带来了罪恶和战争,他们品德低劣,为利益所驱使,随时会为了巨额的财富挑起争端……兑币代表着贪婪……"

柳余没有说话。

她无意去说服别人,即使在前世,也有一位大家说过,当资本来到人间时,每一个毛孔都是带着血的。

"那……我们怎么买东西?"

少女们似乎忘了,她们是来这儿"邂逅"真爱的。

倒是斑斑,看到一只漂亮的七彩雌鸟飞过,一下子扑棱着翅膀飞了起来:"贝比,我找到真爱了!再见!"

柳余看着它的肥身子,很为它的追爱之路担忧。

斑斑没心没肺地飞走了。

柳余挑着一些新奇的东西买了,比如,吃下就会长出狐狸耳朵和尾巴的药丸、会唱歌的小人。金发绿眼的小人朝她微微笑着,这让她想起了莱斯利,她把小人装在了一辆白色的马车里。

而买到这些东西,只需要她施予"圣光祝福",尤其是她的金色祝福,刚施展出来时,险些造成踩踏事故。

玛格丽特和伊迪丝都看呆了。她们一致认定,这金色的圣光,是神仆大人的"象征"。

逛了一天,三个人早忘了"真爱"的故事,谁都忘了摘面具。

不过柳余始终都没有忘记这次的目的——她得找到娜塔西,看看她会不会得到另外一个罗盘。

最后,反倒是玛格丽特先找到了。

她们在傍晚跨进了一个酒馆,酒馆内都是狂欢的人,空气中弥漫着荞麦和酒精的浓烈气味。

老板是个长满络腮胡、体毛旺盛的年轻人,他有一副健硕的体格,一见到三人,就迎了上来,热情地问道:"圣光在上,三位美丽的姑娘,喝点什么?"

"三杯荞麦酒!"玛格丽特笑着道,当视线落到角落时,猛地顿住了。

紧接着,她撸起袖子,像只暴躁的母狮子一样冲了过去:"伦纳德!"

柳余被她吓了一跳,看过去时,发现在酒馆的角落,娜恩和莱恩正吻得难分难舍,莱恩脸上的神情,十分沉醉……周围,还有一些喝了酒,在那儿鼓掌数拍子的人。

"莱恩先生?!"伊迪丝急急忙忙地提着裙摆追了过去,"玛格丽特!玛格丽特!你等等!"

柳余不疾不徐地跟了过去。

但玛格丽特的行动太快了,等她们走到角落,她已经一个光明弹打了过去。

没什么效用的光明弹落在两人中间,像根才点燃又熄灭的火柴,只是将两人炸开了。

"玛格丽特小姐?"娜塔西躲到了莱恩身后,"您……您……这是要做什么?"

"这里是酒馆,不是旅店。"玛格丽特不留情面地讽刺道。

这时,柳余恰好走到两人面前,拥有一头柔顺的大波浪金发的她,在酒馆的灯光下,显得格外华贵和高傲,而面具下,那双顾盼生辉的蓝眸,更让娜塔西一瞬间就辨认出了她。

两人目光相触,娜塔西困窘地低下头去,很快,又抬了起来。

莱恩挡到了她的面前:"玛格丽特,好聚好散!不懂吗?!"

"莱恩先生!我来,只是想问问你,波利饼好吃吗?"

"你……"莱恩的脸色一下子变得铁青。

"看来,你是清楚啊……神宫里谁不知道,伦纳德小姐和你的哥哥在后花园的长椅上接吻,噢,对了,你恐怕还不知道,你的莱尔哥哥已经被驱逐出了神宫……"

玛格丽特表现得像只斗志昂扬的狮子,可柳余却从她绷得紧紧的背脊上看到了她受伤的自尊。

"闭嘴!"

"我偏不!"玛格丽特指着莱恩身后的娜塔西。

"啪……"一道清脆的巴掌声响起,快得柳余根本来不及阻止。

玛格丽特捂着脸,这一巴掌,让她脸上的面具都断了,面具的裂口在她惨白的小脸上深深地划了一道,血顺着伤口掉落,让她看起来既狼狈又丑陋。"你就……这么爱她?"她不可置信地道。

至此,柳余突然明白过来:玛格丽特一直喜欢着莱恩,即使她表现得毫不在乎,她的面具一直没有摘下,是因为,她还抱有希望……

而现在,希望已经从那忽闪的棕色眼睛里消失了。

莱恩看了手一眼,不太明白,自己为什么会打出这样有失风度的一巴掌,"我……玛格丽特,我……"

莱恩的眼里划过一丝迷茫。

娜塔西扯了扯他的衣服,不安地道:"莱恩……"

莱恩像是看陌生人一样看了她一眼:"我……为什么?"

"束缚。"柳余手指一点,一道金色的光环从空中落下……

突然,一道白色的光和她的金色光环撞到了一起。

两道力量在空中消融。

娜塔西糊里糊涂地看着,还不明白怎么回事。

莱恩也没明白,但他看到了玛格丽特心如死灰的模样,他的心漏跳了一拍,不知怎的,就站了出来:"玛格丽特!你……"

"滚!"玛格丽特以极其厌恶的目光看了他一眼。

她捂着脸,慢慢地往外走。

"玛格丽特!等等!"

莱恩想要追出去,却被娜塔西从后抱住了。

"莱恩,连你也不要我了吗?这个世界上,我只有你了……"

莱恩看着腰间的双手,还是那样纤细柔弱,可不知道为什么……感觉那么陌生,那不知从何而起的狂热爱意，像沙子一样流走了。

"莱恩！"娜塔西委屈地看着他，"你怎么了？"

娜塔西站到了他面前，莱恩看向她那双盈满了眼泪的眼睛，嘴巴张了张："我……我……"

"你也……要离开我了吗？"娜塔西咬着嘴唇，无声地哭泣着。

莱恩犹疑地看向快要走出酒馆的人影，又看向她，最后一闭眼，重新抱住了她，只是口气是那么迷茫："抱歉，我……我也不知道。"

柳余则盯着刚才那一刹那跳出来阻止的人……

一张老树皮般粗糙的脸，手上全是纵横的纹路，穿着一身黑乎乎的不怎么起眼的衣服，这是一个行将就木的老人。

可他的动作，却利落得像一个正值壮年的年轻人。他看了一眼，趁着人群的慌乱，退出了酒馆。

柳余心念一动，两道光翼就从体内生了出来。

"神仆大人！"

"是尊贵的神仆大人！"小酒馆内还留着的人顿时惊叹了起来。

"弗格斯小姐！"伊迪丝喊道。

"跟好玛格丽特！"

柳余飞了出去，她眼角的余光瞥见玛格丽特跑出了酒馆，伊迪丝正跟在她后面，就收回了视线。

她从屋檐上掠过，比起需要神力的浮空术，这对光翼完全不需要她耗费多余的神力。

她紧紧地跟着那枯瘦的身影，越来越近，越来越近……最后，到了集镇的中央。

那里，矗立着十几丈高的光明神石像，光明神身披铠甲，高举权杖，看向远处……那目光无悲无喜，却又饱含怜悯。这是柳余见过的最像光明神的一尊石像了。

虽然，风姿远远不及。

枯瘦的老头儿落了地，柳余这才发现，石像周围，还匍匐着无数的村民。

夜已经降临，他们燃起了篝火，而正前方，一个戴着皇冠的领头人样的中年人站上了高台："我们将迎来神之国度的秋收节！

"我们拥有无尽的果实，我们拥有健康的生命，我们拥有富足的人生……这一切，都归功于我们伟大而仁慈的神明！抬出祭品！"

一行穿着白袍的神职人员抬出了牲畜。他们点燃了火炬，裸着上身、穿着皮裙的年轻人们上台跳着奇怪又和谐的舞蹈……柳余的目光精准地落到人群中一个老者的身上。

"……路易斯，出来吧，我知道是你。"她低声道。

那老者抬起头，本来还浑浊的目光顿时变得清澈，"……弗格斯小姐的智慧，从没有让我失望过。"

周围的人群还在专注地看着台上的祭祀，篝火在毕毕剥剥地跳跃着。

"你怎么猜得出是我？"

柳余没有回答他的问话："你，一个黑暗使徒，怎么能来到神之国度？是娜塔西帮助了你？"

路易斯也同样没有回答她："弗格斯小姐，我得告诉您一件事，您不能动娜塔西。"

"看来路易斯大人很痴心。可您的娜塔西又多了好几个情人，您不嫉妒吗？"

"不，路易斯没有心，弗格斯小姐忘记了？"

路易斯突然变回了他本来的模样。他深情款款地看着她："我是为了您，弗格斯小姐。这个世界，有三种人，您不能动。"

"哦？哪三种？"

柳余悄悄地靠近他。

"第一种，神，这毋庸置疑。第二种，不死者，比如，我。"路易斯大言不惭地道，"第三种，就是命运指定的承载者，他们背负着将命运推到指定方向的使命，比如，娜塔西·伦纳德。"他问她，"弗格斯小姐，您承受得起命运的报复吗？"

"难道说，神也要受她的束缚？"

柳余想起了书中的情节——如果说，娜塔西肩负了什么使命的话，那么，是……圣战？

"不，当您成为神时，将超脱命运。"

"为什么你会知道？"

柳余看着她和路易斯的距离，只差一步，她就能攻击到他。

"人活得久了，什么都知道。神也知道。打住，弗格斯小姐……"

路易斯亮出一个圆溜溜的东西，柳余认出来，那是猫眼石。"您杀不死我。但如果您攻击我，我将立刻毁掉它，而弗格斯夫人嘴里的那颗也将立刻破碎。"

柳余停住了脚步。

"很好，乖女孩。"路易斯靠近了她。

谁也没有留意这一对，人们都专注地看着祭祀，即使偶尔看过来，也只当她们是一对闹别扭的情侣。

"你就不怕神发现？"

"噢，我期待他的到来……"路易斯用那颤抖的声音道。

"你的企图到底是什么？"

"神宫居然下起了雪……看来，父神真的很喜欢你……"

路易斯仰头看着天，大雪纷纷扬扬地落下来。

他就站在距离她只有一拳之隔的地方。柳余这才发现，路易斯的胸口别了朵紫色的小花。

她想起了修鸠花的传说。

"你想干什么？可别告诉我，你爱上了我。"

路易斯的黑瞳猛然间看向她，他那苍白的、俊俏的脸蛋，在黑暗中看起来竟然和神有五分相似。

他笑了："噢，我当然爱你。"

他猛地靠近她，冰冷的鼻息喷在她的脖颈，像是要揭开她的面具亲吻她……

与此同时，一把短匕带着金色的圣光，插入他的胸口。

路易斯朝她露出无声的笑，柳余只感觉短匕像是插入一段枯木，毫无人体组织的弹性。

这时，一道刺目的金色神光从天而降，一瞬间掀开了她和路易斯。

柳余狼狈地落在地上，路易斯的身体落在了另一边，他朝她露出淘气又开心的笑容，无声地说："瞧，父神来了……"

祭祀者们猛地欢呼起来："神，降临了！"

"神，降临了！"

信徒们匍匐一地。

柳余则半仰着头，看向祭台的中央。

高大的男人缓缓下落，月光在他头顶。他白色的宽袍被风吹起，银发披散开，浑身布满着斑斓的、浓郁的红，那红映得天空都像变了色。

他落到了她的面前。

柳余闻到了浓郁的血腥味，喉头被哽住了，一颗心快要跳出了嗓子眼。

这时，一只懵懂的灰色胖鸟飞过，它的嘴里衔着一朵小小的紫色花朵，落到了神的肩膀上。

"贝莉娅·弗格斯。"

呼唤她的声音，华丽又空灵，仿佛来自另一个维度。

柳余却似乎又回到了艾尔文大陆的那斯雪山之巅。那时，他就是这样降临的，比春光更明媚，比凛冬更严酷。

高高的祭台被重重的篝火包围，火光跳跃在所有信徒的脸上，他们的眼里泛起狂热，挺直的背脊大幅度地弯曲，直到整个人贴在地上，双手向前一拜，高呼："我神降临！"

"拜见神！"

"拜见神！"

"拜见神！"

而在山呼海啸般的狂热里，柳余却感觉到了冷，还有不动声色的怒——近在咫尺的那张脸，像被寒冰冻住了。

她忍不住往后退了一步。

"过来，贝莉娅·弗格斯。"他道。

柳余没动，即使裙下的双腿忍不住战栗，但她还是站直了。

"您……"

"你忘了你的诺言。"

一只手伸了过来，柳余下意识地躲开，面具后面的细绳却断了。

"啪……"极其轻微的一阵声响后，面具掉了下来。

露出一张比玫瑰更娇艳、比初雪更明净的脸庞。

她的头发，比阿克琉的金子更纯净；她的眼睛，比头顶的星辰更闪亮。

"忠诚。"他道。

不等柳余回话，他就扬起了双手，宽大的袖子被风吹得猎猎响。

"路易斯。"

无数浅金色的光点从天而降，大地像经历了一场巨大的洗礼，黑暗、恐惧、厄运，在这一刻，远离了这片土地。

信众们开始大声祈祷。

路易斯无声地笑着，他僵硬地躺在地上。像是经历了一场无声的涤荡，路易斯成了被清扫的尘埃，随着这漫天的光点，变成了齑粉。

斑斑"咦"了一声，嘴巴一张，那浅紫色的花朵就掉了下来，却被一只白皙如玉的手接住。

"修鸠花？"

那声音带着疑惑，修长的手指轻轻一拂，浅紫色的花就变成了花屑，纷纷扬扬地落下，撒到了两人中间。一些粘到了他的白袍上，还有一些，落在了她的裙摆上。

柳余恭敬地低下头去："神，您来了？"

神并未回答她。

柳余只感觉眩晕了一下，眼角的余光才瞥到人群里的伊迪丝站在一个别着花朵的男人面前，下一个瞬间，已经站在了神宫里一个陌生又带了一点……熟悉的房间。

她看到了那张纯金打造的、雕着缠枝花纹的大床，看到了床边的落地西洋镜——上次来时，明明被打碎了。还有熟悉的方桌、椅子……

"您……"

才开口，就被丢到了床上，柔软的被褥托住了她。

"您想干什么？"柳余皱着眉问。

她没跑。在神的领域，能跑到哪里去呢？挣扎或者逃跑，都不过是无用功。

她甚至还有闲暇想：路易斯这回……死透了吗？应当没有……何况，她匕首插进去的地方，绝不是活人的胸膛，他连人类都不是。

"你在想那罪恶之徒。"他用的，是肯定的语气。

浓重的血腥味、重重的阴影，一起将她罩住。他站到了床边，柳余想起了他在祭台上的话。

"……您难道就没有看到，我插入罪恶之徒胸膛的匕首？至于忠诚……我的忠诚，一直给的都是莱斯利，不是您。"

"莱斯利？"他像是笑了。

冰凉的手指搭在她的下巴上，迫使她抬头，让她看向自己。

"贝莉娅·弗格斯，你太容易自我感动……清醒一些，想想过去，别美化它。从头到尾，它都不过是一个谎言……不论是你对光明，还是你对莱斯利，包括现在。别表现得像个受害者。你，不配。"

柳余的脸色一下子变得惨白无比。

她感觉自己包在骨头外面的一层皮，被眼前人血淋淋地往下扯。于是，她那些阴暗的、肮脏的、小心翼翼掩藏的心思，就这么被暴晒在了阳光之下。

是的，她用谎言欺骗了莱斯利，却在之后，又努力地把这段爱情包装得深刻又伟大，她愤怒、苦大仇深，表现得像个受害者……

就如现在，她潜意识里知道他待她时的特殊，却还在自我欺骗、自我标榜，而明明，她还在利用这份特殊，爬到了现在的位置。

她从没变过，她还是那个自私自利、野心膨胀的柳余。

她看向他，壁灯的光落到他漂亮的眼睛里，那眼里满是厌恶，就像面前的人不过是招他讨厌的、他生命里的一块烂藓。

柳余被这轻蔑的眼神刺痛了。

是的，她是烂藓，被丢到这个世界、人人欲除之而后快的烂藓。

可那又怎么样呢？烂藓也想活下去啊，活得像个人，更好、更自由的人。

"那您呢？高高在上的您呢？您鄙薄我，为什么还要趁着酒醉，和我坦白？"她朝他亮出了"爪子"，像被踩到尾巴的猫一样，"在我努力将您和莱斯利分开的时候，您为什么，总要时不时地出现，来撩拨我的心？"

她将身上的斗篷解开，丢到他的脸上，而后跳下床，试图离开。

手却被箍住了："站住。"

男人拉住了她，斗篷掉在了两人的中间。

"我，撩拨你的心？你这样一条毒蛇？"他用嘲讽的语气道。

柳余抬起头，正视着那双世上最纯净的、翡翠都不及的眼睛："那您为什么要出现在图书馆三楼？您明明知道，我在那儿。别说是巧遇，您的领域内，如果您不愿意，一只蚂蚁都靠不近。星星饼，奶酥塔，幸运花，还有……您主动吻了我，您要我陪伴在您身边，您让我进了谁也进不去的内宫。您喝了酒，您吻了我，吻了我这条毒蛇……"她也露出嘲讽的笑，"要我提醒您吗？"

她指了指自己，"用与您脸蛋极不相称的热情亲吻了我！"

她停下了意味深长的话。

"是酒精的蛊惑。"他低头，声音很冷静地说道。

柳余却觉得，手腕都快要被捏断了。

"那您现在敢吗？就站在这儿，别动。"

他看向她，冰冷的银发和苍白的面孔让他看起来简直像个没有生命的石雕。

"对我来说，这世上没有敢不敢，只有想不想。"他道，"我现在，不想。"

她的手伸到后面，一扯，大红色的裙子像花一样绽开，落下。

他的绿眸暗淡下来："一条毒蛇……"

她上前一步，手攀上他的脖颈："是吗，不想？"

他倔强地站着，嘴唇抿成了一条直线："是的，不想。"

她亲了下他，又抬头端详着他的神色，他一动不动，像是僵硬的木头。她又亲了下他，他依然一动不动，可身体却微微往后侧了一下。

"莱斯利。"

他僵在那儿，可紧绷的背部让他看起来像是要奋起一战的斗士，随时要将面前的毒蛇撕碎、斩杀。

她继续踮起脚尖亲他，气温渐渐攀升，两人像是回到了过去，树林、灌木丛、马车、弗格斯家——任何一个他们曾经有过记忆的地方。

"吻我。"她命令他。

他愣住了，可嘴唇却微微张开。柳余却突然退后，她看着他，眸光自上而下地扫过他，而后露出似讽非讽的笑："您，不想？"

他站在那儿，面孔还是冰冷的，唯独耳尖悄悄地红了一点，转过头去："你从今天起，住在这儿。我去将你的东西拿来。"

"我需要另外一间房！"柳余朝天空喊。

什么动静都没有。过了不到几秒，一个包袱凭空落了下来，"记住，不要让我发现第三次，你和路易斯。"

这时，柳余已经披上了斗篷，她拎起包袱往外走，打算另外找间偏殿住……谁知，还没到门口，就被一道金色的光膜给挡住了。

"我不要住这儿。"她又道。

一只灰扑扑的胖鸟儿颤颤巍巍地飞进来，它的爪子上挂着一个篮子，气喘吁吁地钻进了光罩里："斑斑！"

"贝比！快，看我给你带来了什么？"

柳余一眼就看到了一篮子的彩虹糖，奇异的是，这些彩虹糖，很好地安抚了她刚才的躁动、焦虑——所有复杂的情绪。她渐渐平静下来。

"哪来的？"

斑斑挠了挠头，"在外面的一个角落找到的，很漂亮，对不对？斑斑吃过啦，特别特别甜呢……"

"……哦。"柳余想起另一件事，"你找到情人鸟了吗？"

斑斑的脑袋耷拉下来："……没有，她们都不喜欢斑斑的红衣服……但我找到了一朵修鸠花。修鸠花一直很受雌鸟们欢迎，但还没等我送过去，就被神弄碎了……"

小胖鸟号啕大哭。

"那是修鸠花？"柳余一愣。

代表着偏执、独占的花。

"噢，当然！斑斑找了很久，好不容易才找到……"

小胖鸟喋喋不休。

柳余随手从篮子里取了块彩虹糖，往斑斑嘴里一塞，它立刻嚼了起来，不一会儿，就忘记了自己失去情人鸟的痛苦。她也给自己剥了颗糖，甜甜的味道在嘴里散开，倒是比卡尔比的糖的味道好了很多呢。

她不想多想，她现在只有一个目的：成神，救下弗格斯夫人。

当晚，神没有回来。

第二天早上，早餐篮是由斑斑叼进来的。

"螳螂哥哥进不来，只有斑斑可以，斑斑是神宫里最重要的吉祥物！"它骄傲地挺起胖胸脯道。

"……哦。"

柳余吃完煎小羊排、培根卷，喝完一杯牛奶后，就去了神殿。神就坐在神殿上，圣子、圣女们来得很早，纷纷用异样的眼神看着她和神，他们中的许多人都看到了祭台上的一幕。

神染血而来，明明是万星日，却在祭台上出现，还揭了神仆大人的面具，并在众目睽睽之下带走了她。

"弗格斯小姐，您和神，是什么关系？！"他们藏不了心事，直白地问了出来。

柳余充耳不闻，走到属于自己的书桌前，她和神谁也没看彼此一眼，就开始了今天的教学。

今天的基础字符，像凌厉的刀枪，远远看去，都觉得眼睛被刺得疼。她学了八十个。下午的祈祷不用她处理。

"回去。"

"您忘了，您答应我，亲自教我神术。"柳余知道，自己脸皮厚，但无所谓，"我想学以前莱斯利救我时用的神术，治愈术，可以吗？"

她低垂着头，摆出谦恭的姿态，好像昨天那个伶牙俐齿的人不是她。

神深深地看了她一眼，一挥手，玉白的手掌上就出现一张羊皮卷。

柳余只觉得手中一空，握的羽毛笔就飘到了他的手里，那修长的手指握着羽毛笔，轻轻在羊皮卷上滑动，如一幅美丽的画卷。

他停笔后，羽毛笔和羊皮卷一起飘到了她的面前："回去。"

"有一些字符，我还没学过。"柳余低头看了一眼，立马就看到了几个十分复杂的字符。

神看了她很久："以后会学到的。"

"我有一个朋友受伤了。"她仰起头，用那漂亮的、会说话的大眼睛盯着他，"我想尽快学会。"

"等待，也是一种能力。"他道。

柳余将羊皮卷放到了她的篮子里，提着篮子朝他行了个礼，走出了神殿。

当晚，神依然没有出现。

第三天。

第四天。

第五天……

时间悄悄地过去，十天内，柳余和神，除了学习基础字符和每天必有的一张羊皮卷外，再没有额外的交流。一个总是恭敬地低着头，一个总是平静地讲着课，除此之外，连个眼神接触都没有。

整个神宫，陷入了一种奇怪的、说不出来的氛围——平静，但紧绷。

柳余当然也感觉到了，不过，她没有多余的精力去想，每天的基础字符学习和神术课，已经占据了她大部分的精力，至于神那冷冰冰的态度，她一点都不介意。

原本，一切都很正常。

第十天。

斑斑提来篮子，她吃完，洗漱后，穿好晨衣躺到床上时，突然碰到了一具冷冰冰的身体……

她险些张嘴尖叫起来，嘴巴却被捂住了："闭嘴。"

"神？！"

柳余弹出了一个光明弹，在阴暗的、被床幔紧紧遮住的地方，神那过分昳丽的脸庞突然出现在了面前。

他躺在那儿，薄薄的羽被盖住了大半个身体，敞开的玉色胸膛像是最美丽的艺术品。像是不适应这光线，他眯起了眼睛，长长的睫毛像齐刷刷的鸦羽。

"您来这儿做什么？"她惊讶得声音都变了调。

"这是我的房间。"他用平淡的语气陈述道。

"可它现在属于我了。"柳余不可思议地道，"还是说，您……"

"你属于我，贝莉娅·弗格斯。"他转过头来，在还未消失的金色光芒里，他像是世间最美的精灵，"就和这世界上的一切一样。"

他用一种理所当然的口气道。

柳余很想往他脸上扔石子，然后骂一声："呸，想得美，神棍头子！"

光明弹的最后一丝余光消失了。

帐幔里一下子变得黑黢黢的，只有月光悄悄地透进一丝来。柳余看见了他漆黑的眉峰和挺拔的鼻梁勾勒出的阴影。那一双绿眸也陷在阴影里，半明半灭，犹如一泓流动的、潺潺的春水。

柳余险些受到迷惑。

但她很快清醒了过来，说："不，我不属于谁。"

"我用一根肋骨重塑了你，贝莉娅·弗格斯。"他看向她，传递过来的眼神温柔却冰冷，仿佛在看自己最得意的作品一样，不带一丝温度，"……你的现在，来自我的赐予……你当然属于我。"

他理所当然地宣布着。

柳余敢肯定，他就是这么觉得的。也或者，在神的生命里，从来没有人告诉过他，有什么东西不该属于他。因为不属于他的，比如黑暗，都被他消灭了。

"我属于我自己。"她强调道，像是在告诉自己，"比如一个孩子，虽然他的生命来自父母的赐予，但他的人格、他的人生，应该由他自己掌控。"

神并未说话，看向她的眼神，好像在看一个跟他闹脾气的孩子。

他不认同这一点，柳余没也有再继续。她无意说服他，他们来自不同的世界，接受着不同的知识熏陶，谁也无法认同谁。

"那您，今晚要在这儿睡？"她指出现在最重要的问题。

"是的，当然。"

"那请您另外给我准备一间房。"柳余微笑着请求。

神看了她一眼，那眼神像是能看到她不够温顺的脊梁，然后一言不发地转身，背对着她。长长的银发像海藻一样披散在雪白的床上，月光在他的银发上跳跃。

柳余闷不吭声地掀被，下床。

可当脚要跨出床沿时，却碰到了一层金色的软膜，她立刻就辨认出来，这是防御魔法罩，还是最高级的那一种，十二星芒阵——她最近接触到的有关神术、魔法阵的知识非常多。

她的脚立刻缩了回来。

"您……"

"……最近有些不安全。"神慢吞吞地道。

"您是创世神，还有谁能在您的神宫撒野？"柳余当然不信。

"……不论如何，我得保护我的属民、我的财产。"他转过身来，目光淡淡地划过她，"当然，这也包括……你。"

柳余抬眸，黑暗中，他的眼睛依然清澈明媚，却也冰冷高贵，看起来……似乎没有任何商榷的余地。

她明白了，他在告诉她：神的意志不容违背。

柳余醒来时，身边已经没人了。

只有旁边浅浅的凹陷提醒她，昨夜不是一场梦，神确实来过，还睡在了她旁边。

斑斑用爪子提着篮子进来，和往常一样，她洗漱，吃早餐，又去了神宫。

神已经坐在了神殿的神座之上。

他们没有任何眼神接触，就开始了一天的教学。大概还有五六天，一千个基础字符，她就要学完了。不过，"治愈术"的字符，她已经完全掌握了。

在下午时，柳余向神告退，并告诉他："我要去找玛格丽特小姐。"

"玛格丽特？"神座上的男人拧着他那形状优美的眉毛，想了半天才想起，"可以。"

柳余这才有些高兴起来。

她决定，将那些能带来愉悦感的彩虹糖也分给玛格丽特一些，十来天没见，也不知道她最近怎么样。

少女高高兴兴地提着篮子出去了，华丽的白色裙摆随着轻快的脚步飘荡着，露出小巧的鞋尖，不一会儿，就消失在了殿门之后。

神支着额头，白色的袖口松松地垂下来，被一只小胖鸟踩来踩去。

他似乎毫不在意："鸟，你说，她喜欢你，还是更喜欢那个叫玛格丽特的……"

斑斑猛地抬起头来："玛格丽特小姐？！噢，贝比当然更喜欢斑斑！"小胖鸟骄傲地挺起胖胸脯，"不过，斑斑敢肯定，相比神您，贝比一定更喜欢玛格丽特小姐！您总是凶她！"

"你今晚的虫子没了。"神平静地道。

小胖鸟一听，号啕大哭："坏神，大坏神，居然要饿可怜的斑斑……斑斑饿了，就再也没有魁梧的身材，再也不会有漂亮的雌鸟看上斑斑了……呜哇呜哇……"

"两顿。"

斑斑打了个嗝儿，立马不哭了："知……知道了……斑斑要瘦一点、精神一点，才会更英俊……"

柳余不知道，那边斑斑还被欺负哭了，她在原来的住处找到了玛格丽特。

玛格丽特看起来比之前要沉郁上许多，细嫩的脸上，一道深深的伤痕很是明显，皮肉有些外翻，没好透，整张脸看起来都有些可怖。

"……似乎比受伤那会儿还严重。"柳余将篮子放下，"您没去找神官要些药？"

玛格丽特摸了摸脸："……是不是看起来特别丑？"

"有点。"柳余老实地道，"不过，我能治。"

"可我现在不想治，我得留着，告诉自己，以后不要轻易相信男人的鬼话……噢，那太蠢了。"玛格丽特捂住脸，怪叫了一声，"我玛格丽特天不怕地不怕，没想到，栽到了一个瞎眼睛的男人手里。"

她的眼眶有些红，柳余知道，她并没有走出来。玛格丽特没有自己说的那样潇洒。

她剥了颗彩虹糖给她："您试试吗？"

玛格丽特不太稀罕地接过来，这彩虹糖只是看起来漂亮些，跟街面上的其他糖没什么区别，一样的甜腻。

等一入口，表情却变了，整个人看起来有些飘飘然："这糖……"

"噢，这不是彩虹糖。"她一下一下地舔着糖，"弗格斯小姐，尊贵的神仆大人，这糖……倒让我想起传说中的快乐糖。快乐糖是用神宫内最珍贵的七彩花碾成汁做出来的，吃下去，能让人感觉到快乐。外面的彩虹糖只是赝品。快说，是神赐给您的吗？"

柳余一愣，紧接着笑了："难怪我觉得每次吃完，心情都愉快很多。"

玛格丽特小心翼翼地比出两根手指："我能不能……多拿两颗？"

"当然可以。"柳余抓了一把，"我有很多。"

"噢，神仆大人的待遇真让人嫉妒。"

玛格丽特耸了耸肩，她看起来没有那么沉郁了，柳余立刻提出，要给她治脸上的疤。

"一点痕迹不会留。"

但玛格丽特还是拒绝了："……不管怎样，我得让他愧疚。"

"愧疚？不会的。"

柳余想起小说中那些前赴后继地爱上娜塔西的人，他们都像着了魔，没有一个反悔的。

"我也觉得奇怪……"玛格丽特抿了抿嘴，"莱恩之前表现得那么坚决，简直像是昏了头，可最近却来找过我几次，说了一些奇怪的话……我得出了这口气。"她看起来不太甘心。

"那等你想治的时候，再来找我。"

柳余又给她拿了十来颗糖，告诉她分一些给伊迪丝，就提出了告辞。

她得去找卡尔比。不知道为什么，最近卡尔比都没有到神殿去。罗盘碎了，她得跟他道声歉，再赔一个给他。可才出庭院，还没找到卡尔比，就碰到了一脸颓然的莱恩。

莱恩是个长相英俊的年轻人，他的桃花眼盯着人时，总给人深情款款的错觉。只是现在，这个年轻人胡子拉碴，看起来像是遭了风霜的小草。

"弗格斯小姐。"他叫住了她，"玛格丽特她……怎么样？"

"您该关心的，是您现在的情人。"柳余冷冷地讽刺道。

"我……"莱恩苦恼地挠挠头，他那一向打理得干净整齐的头发现在却像团鸡窝似的，"我也知道，我混账……可不知道为什么，我总觉得，我爱的不该是娜塔西，而是……玛格丽特。但当我一对上娜塔西的眼泪时，我又神魂颠倒了。可娜塔西总叫我觉得陌生……"

"莱恩！"这时，小路上走出了红着眼睛的娜塔西。

她不可置信地看着莱恩，单薄的黄色裙子被风吹得飘荡起来，她看起来像一朵在风中瑟瑟发抖的小花，脸上的泪淌得像小溪似的："你说过，你会一辈子、一辈子……爱我的，还说过，永远、永远不会背叛我！"

莱恩的眼里闪过迷惑。

娜塔西已经走了过来，她纤细的胳膊挽住了他："我们走，好吗？"

她祈求般地仰着小脸。

莱恩的手搭上娜塔西的手腕，就在柳余以为要旧景重现时，他竟然扯开了她，避开娜塔西的视线，朝柳余毕恭毕敬地行了个礼："抱歉，我得告辞。"

而后，莱恩快步往外走去，好像后面有什么可怕的怪物在追一样，只留下娜塔西站在原地，啜泣了起来。

她看起来，像是真的伤心，好像失去了最重要的玩具的孩子一样。

"……贝莉娅姐姐，如果是你，他一定不舍得抛弃。"

"不，如果是我，我一定不会做第三者。"

"第三者？"

"两人感情里的第三位，就像你一直企图破坏我和莱斯利一样。"

柳余若有所思地看着莱恩消失的地方，心想：好像……女主角的"玛丽苏"光环在变弱？

那么，是不是说明，命运的承载者，换成了别人？

"抱歉，我得走了。"

很显然，不论是哪种猜测，暂时都无法得到证实。

柳余彬彬有礼地向娜塔西提出告辞，而后，往外走去。她漂亮的白色裙摆旋出一个弧度，掠过路边的草丛，不一会儿，她就消失在道路尽头。

娜塔西怔怔地看着，只觉得，风刮到身上，那么冷。她就像是趴在草丛里仰望月亮的虫子，而贝莉娅姐姐……却已经跃到了月亮之上，远得她彻底够不着了，可明明，梦里，不是这样的。

娜塔西抚摸着自己的脸，喃喃道："如果……我是贝莉娅姐姐就好了……"

柳余没找到卡尔比，但也不想回内宫。

她坐到了走廊的栏杆上，仰头看着天，一颗颗星星似嵌在黑乎乎的幕布上，像是漂亮的蓝宝石。神之国度的天空比纳撒尼尔的更纯净更美丽，她甚至看见过极光，可她感觉到了寂寞。

这儿的人明明更友善、更热情，可不知道为什么，她却更怀念艾尔文大陆上的一切。她想念弗格斯夫人，想念那只黑猫，甚至还想念在艾尔文学院努力奋斗的时光……

相比这儿，她更习惯人们为自己奋斗的模样。这里的一切，仿佛是虚假而梦幻的泡沫，让她不安，找不到着落。

她看了会儿天，收拾好低落的心情，回了内宫。出乎意料的是，一到夜晚，总是消失不见的人出现了。

他就坐在桌边，一只手支着额头，一只手拿着雕花鎏金酒杯在看，见她来，头也不抬，好像手中的酒杯是稀世珍宝。

桌上放了几碟食物，柳余一眼就看到了她很爱吃的奶酥塔、杏仁奶和……可丽饼？

她怀疑自己看错了，在神宫这么久，她还没有吃到过这个，那是艾尔文大陆才有的食物。

神伸出手，那玉白的手指拿起一块饼，看了一会儿："……我记得，他很喜欢这个。"

而后，抬头望向她，绿眸如流动的水："你也很喜欢。"

柳余不太明白他的意思："但我记得，您不喜欢人类的食物。"甚至不愿意看到。

丽娜神官曾经提过一句，每当圣子、圣女们进食时，神总会消失。

"是的，我不喜欢。"

他将那装了可丽饼的碟子推向她，示意她接过去。

柳余看了他一眼："您的意思是……"

"吃吧，现在。"

"当着您的面？"

"我想……也许是莱斯利的经历对我来说太过特别。"他道，面色还算平静，"所以，再经历几遍，才不会总是想起。"

柳余沉默地看了他一眼，最后，什么都没说，坐了下来，拿起可丽饼，轻轻地咬了一口。神看着她。少女樱花般的唇瓣微微张开，洁白的牙齿轻轻咬合，那金黄色的饼就消失了一角。

朦胧的灯光笼罩住她。

她拿起水晶杯喝了一口，奶白色的杏仁乳残留了一滴在她的唇角，嘴唇上亮晶晶的，还有细细的饼屑。

他突然倾身过去，在她还未反应过来时，在那唇角印下了一吻。

少女愣住了，她像是受到了惊吓，蔚蓝色的瞳孔蓦地睁大，嘴唇还微微张开着……

柳余只感觉，那冰冷的丝袍划过她的脖子，而后，熟悉的、像是某种灵魂都随之打战的感觉，在两人的唇齿间传递。

那么近，近得能看清那绿眸里的涟漪，以及那长长的乌压压的睫毛。他闭上了眼睛，扣住她的后脑勺，用力地亲吻着她。

那力度大得像是要将所有情感都传递过去，她"唔"了一声："疼……"

他轻了些。身体一个腾空，人已经被他抱到腿上。他拉过她的手，让她环住他的脖子，重新吻了过来。

恍惚间，她竟然产生一丝错觉，那个吻着她的男人，正是……莱斯利。

死去的莱斯利。

她突然不想抵抗了，熟悉的手臂，熟悉的气息，熟悉的……

"唔……"她往后仰头，被重重地咬了一口。

冷冷的银发披散在她的胸口。

"不，除非……"她让他抬头，他的绿眸里有着旧日的恍惚，她的声音颤抖，"除非你承认，你就是……莱斯利。"

披散的银发下，圣洁的脸上，欲望开始消退，他清醒了过来。

柳余沉默地看着这一切，突然明白了过来：她那么努力地试图区分开莱斯利和盖亚，不过是因为他的抗拒和轻蔑，让她太难过、太难过了。

就如同此时。

"你错了。"她喃喃道，"我确实是爱他的……"

他没有说话，坐在他身上的少女，眼泪扑簌簌地落下，像晶莹的珍珠。

"……也许一开始是算计，不，后面也是算计……可在他摸着我的头对我说'孩子，值得一个原谅的机会'时……在他对我说'让那个小女孩，不要继续哭泣了'时……在他为了让我高兴，放出满天红莲时……我早就沦陷了……只是，我一直在欺骗自己……我发现得太晚了……

"所以，我遭到了报应。"她看向他，"我爱的人，轻蔑、鄙视我。"

他冷硬得像大理石雕，好像刚才温柔缱绻的人不是他。

他轻轻地将她放在床上，擦去她的眼泪。

他声音温柔，却神情冰冷："够了，贝莉娅·弗格斯。你的谎言，已经够多了。"

柳余不再说话，她将头转向了另一边。

人的想法真奇怪，上一刻还觉得是这样，下一刻，却又不一样了。她之前不合时宜的愤怒和跳脚，终于有了缘由，也许是恃宠而骄，也许……只是，她不甘心。

是的，她不甘心。他明明愿意为了她而死，却在记忆回归时，那么排斥她、厌恶她、轻蔑她。

所以，她不愿意承认，神和莱斯利，是一体。

她情愿，他们不是一个人。

"我有更重要的事要做。"

她在心里提醒自己。眼泪渐渐收了回去。

他轻轻抚着她的头发道："三天后，就是神诞日。我带你去街上逛逛。"

"那我们现在这样……算什么呢？"柳余问。

她已经掰扯不清他们之间的关系了，她也从来不知道，自己竟然会那么脆弱。

就像是被某种莫名其妙的东西撞击到了心灵，她一下子变得脆弱起来。

"你愿意的话，可以当我的神妃。"

他继续提出之前的提议。

柳余依然拒绝了。

第三十五章

柳余闭上了眼睛，身边传来窸窣的声音，他躺到了她的身边。若有似无的雪松味又萦绕在鼻尖，和他这个人一样，清冷又温柔……

在迷迷糊糊地快要睡着时，又一阵声音传来："……还是，你想当神后？"

柳余被炸醒了，睡意像潮水一般退去。她睁开眼，他不知什么时候已经越过了他们之间的界线，正支着额头，静静地看她，那绿色的眼眸在帐幔的阴影下，如神秘而幽深的静湖。

"神后？"她眨了眨眼睛问。

他却摇头，自己否决了这个提议。

"……够了，贝莉娅·弗格斯。你被我宠坏了。别太贪心。"

柳余面无表情地拉高被子，闭上眼睛："抱歉，我要睡了。"

她摆出拒绝交流的姿态，只是脸上残留的泪痕，让她看起来有着不同往常的脆弱。

他躺了下去，不再说话，只是紧拧的眉头，显示他像是被某种东西深深困扰着。当身边传来平稳的鼻息时，才往旁边看了一眼。

年轻的女孩已经睡着了，漂亮的脸蛋红扑扑的，睫毛上残留着的泪珠让她看起来像个纯洁的安琪儿。

他看了一会儿，才闭上眼睛。

时间悄悄地过去。神诞日的前一天，柳余凭着超绝的记忆力和勤奋，提前将九百九十九个基础字符都学完了。最后，只剩下一个字符。

"光。"神道。

他修长的指尖一点，迥异于之前所有字符的金黄色字符从他的指尖流出，仿佛金色的细沙，在半空中凝聚。

它无法被写在纸上，只能飘飘荡荡地在空中摇摆，渐渐凝实，而后，随着浅金色的光线变幻……柳余出神地看着。

她从没见过这样的字，任何一种语言都无法正确地描绘出它的存在。

它太美了，仿佛凝聚了这世上所有光的精粹，灿烂的，温暖的，不可捉摸的。

它无法在脑海里停留，既不可描绘，又无法记住。

"我降生之时，吐露的第一个字，是'光'。"

他转身，看向窗外，白色的广袍被风吹起，银发在光中跳跃。

"神说，要有光，于是，天地间就有了光。"柳余喃喃地道。

神的声音像是穿过亘古，带着悠长的岁月扑面而来："……世界的一切，都自'光'始。光，是永恒。它是过去，是现在，是未来。"

"现在，碰触它。"

"光"飘了过来，在她面前伸了个懒腰。

柳余伸手，试图碰触这个字。

但神奇的一幕出现了，本来凝实的字符像细沙一样从她的指间溜走，而后，在远离她的另一边重新凝聚。

"它跑了。"柳余无奈地转过头来。

偌大的殿堂内，除了她和神，再没有第二个人。圣子、圣女们最近来得少了，他们都被神官们派去布置各处的宫殿了。因为，神诞日就要到了。

空气中传来一声轻轻的叹息。

黄金扶手上，金色的竖瞳悄悄睁开了。

"……没有人学得会，贝莉娅·弗格斯。"神走到她的面前，居高临下地看着她，绿眸里流淌着的是遗憾，"看来，你也不例外。"

"没有人？您创造的那些圣灵体也不行？"

柳余想起了路易斯。

路易斯写出来的神语是黑色的，她最近尝试过，用别的羽毛笔，再蘸上黑色的墨水，可写出来的神语依然是金色的。如果把颜色等同属性，那么，一切就都好理解了。

"没有，那个黑暗使徒也没有。"他似乎看穿了她的心思，直接道。紧抿的唇角让他看起来冷冰冰的。

"我不明白。"

"我是光，光也是我。而它，"神伸出手指，刚才还调皮地逃开她追逐的字符，像是遇到了父亲一样亲昵地靠上去，蹭了蹭，"是我力量的外化。我创造了它，而其他的字符，也都是自它衍化而来，它们组合成了一套神语体系，你无法掌握它，那么，你学习的一切，就都无法形成闭环，是零碎的，是空中楼阁。"他告诉她。

柳余似乎窥探到了什么，可那一闪而逝的灵感，就像是空中的流星，等她要去抓时，已经消失不见了。

"让我想想。"

她出神地看向"光"。

神看着她："世上没有人能做到。"

他似乎有些寂寞："……即使是我用生命之树的树心创造出来的生灵，也不行。"

柳余没听清，她还在专注地看着那变幻的，明明经过视网膜却无法在脑中留下记忆的神奇字符。

她有一种直觉，有什么被她忽略了。它是构建神语的基础，缺少它，就无法形成闭环……

这时，斑斑从门口探进来一只鸟脑袋："斑……

"斑斑饿了……斑斑想吃虫子，彩虹虫，噢，不，斑斑也想吃嘀嘀谷……该吃什么呢……"

虫子、谷子，虫子、谷子……明明不是一个物种，却都是斑斑的食物……

柳余突然间"福至心灵"地想到，是的，"光"已经构建出了封闭而完美的力量体系，它是唯一的、不可复制的。

金字塔已经稳固……那么，塔尖上永远只会站着一个人！

"光"，永远不可能被创造者以外的任何人掌控和驯服。

只要她学习的还是光明力、光明语，那么，不论她学得多好，永远都只会是金字塔的第二梯队，永远都只会从属于光明神。

这是一个死循环，因为，她的力量源于……

柳余忍不住抬头，看向眼前已臻完美的脸庞。

可如果……如果另外构建一座金字塔呢？跳出这个封闭的结构，跳出"光"，跳出这种……命运呢。

柳余的面前，浮现出艾尔文大陆上发生过的一切……她没有被吸干血液，没有被投入监牢，没有被挂上城墙……娜塔西没有伴在神的身边，她的女主光环变弱了……

命运，早就悄然发生了变化……

抗争！反叛！跳出牢笼！

"轰隆隆……"

一瞬间，仿佛有什么东西在意识里坍塌。

金黄色的字符，在她的视线里扭曲，左冲右突，而后，在某一瞬间，迸裂开来。

无数细小的金沙漫天飞舞。随着时间的流逝，金色渐渐变幻成静谧的深蓝，细沙在空中不断凝聚、变幻……最后，凝结成一个流动的深蓝字符，没等柳余看清，就"轰"地冲向了她。

她眼前一黑，倒了下去。

还没落地，就被一个宽大的怀抱接住了。柳余眼角的余光似乎瞥见那深蓝字符一下子冲入她的身体。

"贝莉娅·弗格斯？"

出现在头顶的，是惊讶的、带着一丝焦虑的脸。

那样绝顶的美貌，让人忍不住跟着心颤。

柳余伸手，还没碰到他，就垂了下去。

她的意识陷入了一片黑暗，而在黑暗湮没她之前，似乎听到一声轻轻的"贝丽"。

应当是听错了，她想。

他又没喝醉。

再醒来时，发现自己躺在内宫的床上。金色的帐幔上，爬着张牙舞爪的狂兽。神斜倚着床，目光正投向窗外，不知在想什么。

神见她醒来，低头，银发几乎擦过她的脸颊："贝莉娅·弗格斯。"

听起来语速比平时快一些。

"我……"柳余一张口，发现嗓音变了。

从软糯娇柔，变成了带着某种厚度和韵律的华丽、空灵，这让她想起了盖亚，当他念起神语时……

"我怎么了？"声音正常了，软糯得像是在跟人撒娇。

柳余看向头顶，他华丽的五官近在眼前。

"你突然昏倒了,我想,也许……'光'与你相冲。"

"相冲?"

他轻抚她的脸颊,带着温柔的意味,声音却不含一丝温柔:"……毕竟,你对光明并无信仰。"

柳余想起从前无数次当着他的面,宣称"对光明无比虔诚"。

"……也许。"她闷闷地道。

但心里却突生一种感觉……不,不是这样。她想起昏倒时冲进她身体的东西,悄悄看向掌心,仿佛看到那白净的掌心上多出了一个蓝色字符,那字符前所未见,正在不断地流动、变幻,让人目眩神迷。

是……什么呢?

是……像神的"光"一样的字符吗?

但柳余没有因此感觉到体内有任何不一样的地方。

不,也有不一样的。

她真正感觉到了旁边人浩瀚如深海的神力。那神力,正如一重又一重的潮水向她涌来。不一会儿,她就面色煞白了,就像是突破了某种界线,而后,清晰地摸到了对方力量的边际。

相比他,她渺小得连一滴水都称不上,但在从前,她从没有过这样具象的感知。

青蛙终于跳出水井,看见了天空。但这天太宽太广了,它大得让人绝望。

不,不能气馁。柳余告诉自己,她进门了。

总有一天,她也能变成"天空"。

这时,"天空"压下来,在她的眼角留下了一个吻。

冰凉的嘴唇离开她时,轻声道:"贝莉娅·弗格斯,睡吧……等你醒来,就是神诞日了。"

睡意像清风一样笼来,不一会儿,柳余就闭上眼睛睡着了。

所谓神诞日,就是神诞生的日子。

神宫内到处张灯结彩,前所未有的热闹。

柳余醒来后,就被塞了一条红色的蓬蓬裙,裙摆上缀着一朵朵精致的红蔷薇,领口是小布扣。

"扣子也太多了。"她抱怨了一句。

然后面前就出现了一只手,那手修长如玉,骨节分明,轻轻一拨,就拨开了她的手,接着她之前的动作,细致而温柔地替她将小布扣一颗颗地扣上去……

柳余看着面前换了一身白色神官袍的男人。他银色的长发以一根白丝绦束在脑后,整张脸露了出来。那俊朗的脸近在,似乎往前一步,就能碰到他长长的丰茂的睫毛。眼睑微垂,湖绿色的双眸此时专注地盯着那一颗颗小布扣,好像这世上没有比它更重要的东西了……

"好了。"

他退后一步,清冽的雪松一样的气息消散了。

柳余看向西洋镜,镜子里,小布扣一直扣到顶,少女露出一截纤细白皙的天鹅颈,热烈和典雅这两种截然不同的气质同时出现在镜中的少女身上。

"谢谢。"她看着镜中圣洁而高贵的男人,"我们去哪儿?"

"去一个地方。"

他揽上她的腰肢,带着她往外走。

他们在走过外宫的一道长廊时,看到了伊迪丝。伊迪丝也换了一条漂亮的裙子,提着花篮往里走,像是要去找吉蒂神官。她没有发现特地隐藏了气息的两人。

柳余却愣住了，刚才一个照面，她好像看到……

伊迪丝被火罩住了。再去看，却又什么都没有。

"怎么了？"神停住了脚步问。

柳余摇摇头，若有所思地道："……没事，我们走吧。"

走了几步，又忍不住回头看了一眼，伊迪丝轻快的歌声传来："……我们幸福，我们快乐……尊敬的神明……"

她看起来那么快乐。

"走吧。"

两人"掩人耳目"地出了神宫，幻化成普通的长相，扮成一对贵族男女，来到了距离神宫最远的一块大陆上。

春城。

整个城市都被鲜花包围，空气中传来淡淡的花香，街面干净得像是被人仔细打扫过，行人来来往往，面带笑容，他们穿着自己最漂亮的衣服，见到人，就乐呵呵地打招呼。

"噢，感谢神，玛利亚，新的一年，您看起来更精神了。"

"还不赖，多谢神的眷顾！今天早上，珍妮特生了一个小天使……"

"噢，那她就和神同一天生日？！真幸运，洗礼的时候一定要叫上我……"

白鸽在城市上空盘旋，它们似乎也受到了节日气氛的感染，连叫声都比平时动听。

柳余走在城市中最繁华的街上，穿着鲜亮的红色裙子混入人群，一下子就不那么显眼了。

倒是身旁的人……人们看到他身上的白色神官袍后，都不约而同地停下脚步，向他敬礼。

两人都变幻成了平凡的模样，除了彼此看来还是原样，落到其他人眼里，不过是这对年轻人的气质格外出众一些。

"您诞生时，就是现在的模样吗？"

柳余有很多好奇的问题。

"我诞生时……已经是个少年，"他看向人群，"你见过的。"

"莱斯利？"

"是的，差不多就是那样。"

没有童年，柳余心想。

不过想想自己的童年也不是很有趣就不遗憾了。

街道两旁的建筑小小的，有尖尖的屋顶、直直的烟囱，墙壁涂上了五彩斑斓的颜色，像童话镇里的小屋。小屋里贩卖着各种稀奇的东西，偶尔还有伙计在外面叫卖。

她被带进了一家丝绸铺里。

"我……"拒绝的话还没出口，柳余就看到了一件眼熟的斗篷。

雪白、无一丝杂质的狐狸毛，边沿是暗银色绣线……

她心生一种猜测，伙计已经熟稔地打着招呼："神官先生，今天，要来点什么？"

伙计似乎认识他。

"有什么新鲜的吗？"身旁人的声音难得地放松和亲切。

柳余忍不住看了神一眼，他站在这果冻般的店铺里，竟然意外地和谐。

伙计已经机灵地看到了神官先生身旁的女孩，她穿着红色的裙子，五官虽然不算漂亮，但气质十分出众，和神官先生看起来十分相配。

"噢，当然！神官先生来得真巧，我们店长刚从鹳鹳区回来，他带回来一匹特别的布料，您一定没见过。那布料会随着天气而变。晴天时，它是粉色的，就像枝头最嫩的桃花。阴天时，就变成了灰色的，像是迷蒙的灰雾。如果碰上下雨，那它就变成了绿色，就像……刚生长出的绿叶。下雪时，它又变成纯白的了，像阿尔匹山的雪那样白……"

"神之国度，只下过一次雪。"

柳余认为，他在说假话。

伙计没有恼，他微笑着道："是的，这布料太奇特了……我敢打赌，整个神之国度只有我们店有……是鹳鹳区的一位大师傅染出来的，染布的水就是那天降下的神雪融化而成……我想，以后，可能也不会再有。"

"拿出来看看。"柳余还没说话，身边人就开口了。

伙计"噔噔噔"往里去，不一会儿，就小心翼翼地抱出来一匹布。他像是怕弄坏了，小心翼翼地将布放在柜台上。布料的颜色确实像樱花一样粉嫩，而且，她从未见过粉色和纯净搭边，但这匹布料却做到了。

"可是，神之国度除了晴天，很少会有阴天，下雨或下雪更少……"

似乎是看出女孩不信，伙计"哈哈"笑了一声，"美丽的小姐，您放心，鹳鹳区是神特地留给我们的一块土地，在那里，您可以体验一年四季，体验晴天、雨天，只可惜……下雪只有之前那么一次。您带着布料去，就知道我说的是不是真的。"

"怎么卖？"柳余立刻忘了之前的不愉快，高兴地问。

她得承认，她特别肤浅。

"这布料只有一匹……"

"马法尔，这布料我要了！"这时，从门外走进来一个漂亮鲜妍的少女，她穿着马靴、红色骑装，长发高高地束在脑后，整个人看起来活泼跳脱。身后还跟着一个英俊的少年，青色短发、棕色眼睛，腰间佩剑上的红玛瑙闪闪发光。

叫马法尔的伙计显然认识这位少女："阿加莎小姐！达特先生！

"……是这位神官先生先看到的。"

神之国度，幅员辽阔，没有国，只有无数城池组成的自由联邦。

自由联邦内，有十二位城池主，每位城池主掌握着数目不一、大小不同的城池，而阿加莎小姐，就是最大的城池主卡斯顿公爵家最受宠爱的公爵小姐。卡斯顿城池主掌握了上百座城池，算是雄霸一方的霸主。

而达特先生，是第二城池主的小儿子。听说两大城池主有意联姻。但不论如何，神官先生从属于神宫，不归城池主管。

马法尔看起来有些为难。

阿加莎也忍不住看了一眼旁边安静站着的神官先生。他体形修长，面貌平凡，但不知道为什么，才看一眼，她的心就"扑通扑通"地乱跳起来。

"十块圣晶！"阿加莎丢出一个布袋子，忍不住又看了神官先生一眼。

圣晶是极其高端的物品，以物易物的话，也只存在于高层人士间，普通人根本接触不到。

马法尔的天平开始倾斜。

"一百块圣晶。"神官先生开口道。

他的声音那样优美，落到马法尔的耳朵里，像是圣晶"丁零当啷"地碰撞时的美妙声音。

"阿加莎小姐……"马法尔为难地看向尊贵的公爵小姐，他知道，她出不了那么多，即使是城池主，一下子拿出一百块圣晶也会绿了脸。毕竟，圣晶代表着最纯粹的神力。

"神官先生！您要这块布料做什么呢？这是女孩的东西。"

阿加莎的眼里从来看不进别人，何况，神官先生旁边的女孩看起来那么平凡，跟自己完全没法比，她不相信神官先生的眼光竟然会那么差。

"噢，当然，这是女孩的东西。所以，我也得买给我的女孩。"

柳余看向他，他不知什么时候已看向了她，那双绿眸正凝视着她，里面是一汪温柔的湖水。

她的心悄悄地揪紧了。我的……女孩？多久没有听到这样的称呼了。

盖亚……

不过很快，她就回过了神。记忆这种东西，就是这么可恶，每当你放松时，就会悄悄地跑出来干扰你、动摇你。唯一能做的，就是无视。

神也收回了视线，他面无表情地丢给马法尔一个更大的布袋子："清点。"

马法尔立刻就高兴了，他从没见过这样贵重的东西，兴奋得脸发红："一、二、三……"

而阿加莎则在不忿地瞪着柳余……她得承认，对方比她高一些，身材也相当不赖，胸脯丰满，腰肢纤细，皮肤也要更白一些，但脸蛋简是直平平无奇……

她不敢相信！这世上竟然还有无视她魅力的男人，尤其对比的还是那样一个女人。

瞧瞧，那女人在干什么？她竟然在目不转睛地盯着达特。

柳余确实是在看达特。在她准备收回视线时，竟然在达特身上看到了隐隐约约的蓝色细线。那细线歪歪扭扭的，盘踞在他身上，像是一张网。而在网上的一个节点上，她仿佛看见……

达特持剑刺死了一个和他相貌相似的男人。

那男人看起来年纪要长些，叫他……弟弟？

她产生了一种奇妙的感觉。像是透过那蓝色的织网，触摸到了一个人生命的脉络。而网上的节点，似乎只要她轻轻一拽，就会松散开来。

"贝莉娅·弗格斯。"这时，传来的声音打断了她的冥想。

柳余转过头去，金色的长发下，白净的脸剔透得像雪，带着一丝迷茫："嗯？"

"你的布。"樱花粉的布料被推了过来。

当触到丝滑的布面时，才从那玄妙的感觉里走了出来。这时，她很敏锐地察觉到男人平静面色下的不悦："您……怎么了？"

他一言不发，走了出去。

"等等。"柳余追了出去，在经过达特时，忍不住停了下来。

"您的哥哥，是不是刚刚去世？"

达特棕色的瞳孔一瞬间紧缩了起来，紧抿的嘴唇显出强烈的不悦和拒绝。

倒是旁边的阿加莎大剌剌地回答了她："这件事没人知道！哈利叔叔现在只有达特一个孩子，他是第一顺位继承人。怎么，你看上他了？那我可以跟你换！"她指着门外修长挺拔的男人，"我要神官先生！"

柳余瞪着她道："你想得美。"说完，抱着布料就出了店铺。

银发青年站在门口，白色的神官袍衬出他的圣洁，他安静地等待着，似乎没有一丝不耐。

柳余毫不客气地将布丢给他："一位绅士，是绝对不会让淑女提这么重的东西的。"

他漂亮的眼睛弯了起来，像一轮温柔的弯月。在柳余失神时，他手掌一张，那布就消失在了掌心。

"一位淑女，也绝对不会直勾勾地盯着一个陌生男人看。"

他说着，伸手过来牵她。柳余想将手背到身后，却还是被捉住了。他紧紧地将那小小的、细嫩的手攥在了掌心。

"贝莉娅·弗格斯，今天是我的生日。"他告诉她。

"我知道……全世界都在庆祝您的生日。"

"我会将这布做成最漂亮的裙子送给你。"他又告诉她。

"您居然会做裙子？"少女像是发现了"新大陆"，但在对上他的视线时，声音渐渐低下来，"……噢，谢谢。"

他不再说话，银色长发下，紧抿的嘴唇彻底成了"蚌壳"，侧脸又冷又硬，连手都抽了回去。

柳余却趁机悄悄看了眼拳头。

那里，一个蓝色的字符在变幻，而她终于知道，那是什么字了。

"命"——命运。

之后，柳余的注意力就主要放在来来往往的行人上了。

神诞日这天，所有的信徒都走上了街，他们一起庆祝神的生日。但很可惜，像达特先生这样的，到底还是少数……她走了一会儿，也没在别人身上发现这样的网。

……到底，是哪里出了错呢？柳余在心里琢磨。

"贝莉娅·弗格斯。

"贝莉娅·弗格斯。

"……贝莉娅。"

"嗯？"柳余抬起头来，这才发现，神不知什么时候停住了脚步。

他站在她的面前，手里拿着一条镶满宝石的宽边腰带，那腰带美极了，在阳光下如波光粼粼的金色湖面，和他的银发一起，跳跃着光。

"……好看吗，贝莉娅？"

"好看吗，贝莉娅？"

"贝莉娅？"

"贝莉娅。"那呼唤她的声音，像是穿过重重的迷雾，重击着她的耳膜，似有一圈圈涟漪荡开。

柳余摇了摇头，又点点头："好看。"

而后，她发现，那正对着她的绿眸一下子亮了起来，跳跃着晃眼的光。

"真的好看？"他问她。

柳余点头："真的好看。"

那金色与他十分相配，她还没见过，世上有哪个男人穿金色能比他更出色——华美，天生高贵。

说完，却见他将那腰带往摊位上一放，而后，背着手慢悠悠地往前走去。束成一束的银发在脑后荡了一下。

"您等等我！"柳余以为他不要了，忙提起裙摆跟了上去，"您这也走得太快了。"

他睨了她一眼，那眼神有点奇怪。

"您怎么了，为什么这么看我？"柳余奇怪地道。

"没什么。"他转过头去，荡起的发梢带了点气怒的意味。

柳余以为自己看错了，他走了一段，突然停下来，猛地往回走，来到之前的摊边，一个圆圆脸的小男孩还记得他："尊贵的神官先生，您好。"

"腰带。"

小男孩要将腰带递给他，却被拒绝了。

"不。"白袍神官将头转向旁边的金发少女："给她。"

所以，是要她买吗？最后，穷且抠的少女掏出了她的全部家当——一大把快乐糖、三根斑斑的羽毛和一个金色的"圣光祝福"，艰难地从小男孩手里"骗去"了华丽的金色腰带。

"您的腰带。"

她将腰带递给了一旁看戏的俊美神官，只觉得他现在那岁月静好的模样看起来分外不顺眼。

"谢谢。"他接过去，眼睛弯成了一弯让人沉醉的月牙儿，这让他看起来有些难得的、不同以往的纯真，"我很喜欢。"

"很喜欢。"他用了两个"很喜欢"。

柳余出神了一会儿，才慢吞吞地"哦"了一声。

所以，他是在要……生日礼物？

她被自己偶然冒出的猜测，给吓了一跳。而旁边的神官先生却像被激发出了强烈的购物欲。

她跟在他旁边，看着他一个个店铺逛过去，买下许多华而不实的东西。当然，这些东西，对任何一个女孩来说，都是有致命诱惑的。

小巧的钻石王冠，上面晶晶亮的钻石就像天上的小星星，还有漂亮的羽毛头饰、精致的鹿皮小靴……

他不厌其烦，一样一样地挑过去，专注得像是在挑选这世上最珍贵的宝物，好用来打扮自己心爱的布娃娃。

"神，您……"

"盖亚。"他打断她。

"盖亚……够了，太多了。"

"哦，"银发青年抬头，用他那美丽而纯净的眼眸深深地看着她，"我买给我自己。

"另外，我的圣晶有很多。很多。不用担心。"

"……哦。"柳余彻底闭上了嘴。

不知道为什么，她觉得，今天的神和平常比起来有些不同，像是一下子变得幼稚了许多。难道是神诞日的关系？

大概是她的观察让对方察觉到了，神的表情重新恢复了平静："抱歉，我今天……带你去个地方。"

说完，柳余只觉得一阵天旋地转，人已经被带到了另一个地方。空气中传来海的气息，潮湿又闷热。

她站在了海边，看着静谧的深蓝色大海，海浪一浪一浪地涌来，她眯起眼睛，深深吸了口气。

银发青年站在一块高高的礁石上，白色的神官袍被风吹得猎猎作响，他看向海的深处："这是我……"声音悠远，"出生的地方。"

"这片海？"

"是的，这片海。"

"可《神约》上说，您创造了世界。我以为这片海也是您创造的。"

"不，只有这片海不是。"

这时，有渔民们列着队，站在海里齐齐吆喝着往外拉网，有无数调皮的小鱼钻出渔网，网内只剩下一些个头大的。他们看见礁石上的男人时，并不惊讶，还亲切地和他打招呼。

"神官先生！"

"神官先生，您又来啦！"

"晚上来我们村，今天猎到了一条两米长的霸拔鱼！"

霸拔鱼肉质鲜嫩，但十分不好抓。

"谢谢！我一定去！"

柳余听见，神用绝不像他的亲切语气回答了渔民们。

他在这儿，像是回到了他最熟悉、最喜爱的地方，以至于那满身的冰冷也像是被融化的冰川一样，消失了。

漂亮的脸上，连笑都是爽朗的。柳余诧异地看着他。

"神官先生！那是您的妻子吗？"有渔民发现了她，好奇地问。

"抱歉，我不是神官先生的妻子。"赶在盖亚开口前，柳余率先否决了。

已近傍晚。

渔民们哼哧哼哧地踩着水，半弓着腰，费劲地拖着巨大的渔网往海滩走。海天一线里，夕阳的余晖洒满深蓝色的海面……

柳余第一次看见这样的场景，感觉十分新奇。

凝目看去，渔网尽头，还漂着个红色的脑袋，定睛一看，发现是个瘦弱的孩子，约莫十来岁，脸上一点肉都没有，晒得黑黑的，在那儿费劲地推渔网。对成人来说齐腰深的海水，到这小孩那儿，他就只剩下一个头了。

"那么小的孩子，也要去捕鱼吗？"她问。

礁石上的男人没有回答她，他还在凝目看着那片蔚蓝的深海，似乎想要沉进去一样。

柳余只得将注意力重新投到捕捞的渔民身上，可当她的目光再度落到那红色的脑袋上时，却突然怔住了——她重新看到了蓝色的网！

那网若隐若现，一大半没于海面，一小半……绕在那红色的脑袋上！

是那孩子！对，是那孩子！

柳余上前一步，海水泛过她的鞋子，鞋底连着鞋面一下子湿了，可她完全顾及不到，只目不转睛地盯着推渔网的孩子。他的网要比达特先生的小很多，节点也只有五六个，一个在三岁，一个在五岁……最后一个在……

零碎的画面在眼前浮现，海浪翻涌……黑色的水草……双手不断拍打着水面……漂浮在海面的红色头发……

最后一个节点在十岁零八个月！

不知道为什么，柳余能模模糊糊地感知到这些节点对应的信息。

米拉卡·摩西，十岁。出生三年时父亲死去，五岁时母亲离开……终年，十岁零八个月。

一条蓝色细线在她的眼前不断延伸，缠绕成一个又一个的结，最后，"出生"与"死亡"的节点连接在一起，一个封闭的织网形成了。

柳余忍不住闭上了眼睛，海风轻轻拂过，她陷入了一种奇妙又特别的境地里。世界在她面前分裂成两半。

她一脚踩着虚无，一脚踩着现实，她的手指，与那代表着命运的蓝色织网挨着，仿佛只要轻轻一勾，就能将这织网打乱，重新编织……

"米拉卡！"

"米拉卡呢！"

"米拉卡不见了！"

……果然，是米拉卡吗？

海滩上发生骚乱，拖着渔网的渔民们惊叫起来，惊慌失措下，渔网没拖住，网里的鱼逃了一大半，只剩下几条半死不活的。人们顾了这头儿，顾不了那头儿，海面上一下子乱成一团。

渔民中有人朝礁石上的白袍神官求助。

"神官先生！"

"神官先生，求您救救米拉卡！"

"米拉卡不见了！摩西家就只剩下这一个孩子了……"

这时，柳余的手指已经碰到了蓝色的织网，织网上像是覆了一层薄薄的膜，无法撼动。

她用力地扯了一下，手指没有疼痛感，像滑溜的鱼一样从网上滑了出去，可她的头却开始疼了起来。

眼前的景象开始模糊……恍惚中，她仿佛看到米拉卡黑溜溜的眼睛盯着她，他在朝她求救。他的眼睛里溢出泪水，火红色的头发在海中像是乱蓬蓬的水草……

他叫她："命运女神……求您救救我……救救我……"

她又一扯……节点松动了，却又迅速结得更紧了。

不！不该是这样的！命运明明有无数种可能，它不该是唯一！

手指抠入那一层膜，代表着"死亡"的节点开始松散。

"啪！"一道轻轻的、仿佛只有柳余能听见的声音传来，她看见，节点整个松开了。

而视线所及处，始终静默的白袍神官突然动了。他凌空站在了静谧的大海之上。白色的袍袖一挥，神奇的一幕出现了。

逃逸的鱼儿倒退着回到渔网，渔网的线绳重新回到了去海中寻人的渔民们手里，他们回到了原来的位置，面上还带着迷惘。

"怎么回事？"

"我刚刚在找米拉卡……"

"米拉卡呢？"

这时，米拉卡红色的脑袋重新漂浮在海面，脸上还带着快活的笑。出乎渔民们的意料，他既向神官先生道了谢，也向旁边的红裙子少女道了谢，"米拉卡没事！谢谢您，美丽的小姐！"他喊道。

柳余回了个微笑，她发现，米拉卡身上的网变了，代表着"死亡"的节点消失了……可与此同时，那网，已经从封闭变成了敞开，后面的蓝色细线一片模糊，他的命运像是被人为斩成了两截，前一半明晰，后一半……只是一片模糊的影子。

命运改变了。这是好，还是……坏？

柳余想到了自己，能活着，总是好事。

她看向半途出手的男人，他仍然背对着她，银色的长发在夕阳的余晖下，如华丽的匹练。

不知道为什么，米拉卡消失的后半截蓝色细线，总让她有些不安。

渔民们拖着沉重的渔网，高声道谢："谢谢神官先生！"

"神会保佑您的，神官先生！"

神官先生转了过来，他沐浴在夕阳下的五官漂亮得不可思议，表情中带了点温和，也没看渔民们，而是旁若无人地问起柳余："想去吃霸拔鱼吗？"

"可是听说……霸拔鱼很多刺。"

说起这平常的话题，柳余心里的不安消失了一些。

渔民们笑道："可以让神官先生给您挑刺！神官先生什么都擅长！"

"不，我敢肯定，他讨女孩欢心不擅长。"柳余笑着道。

笑到一半，突然愣住了，如果命运是"定"，那么，它之外，就是"变"。

过去不可逆转，但未来，却有无限可能。

原来……这就是衍生出一种神语体系的感觉。

她的心仿佛被一股喧嚣和躁动占领，在刚才的一刹那，她仿佛窥到了不可估量的未来……终有一天，她也会像盖亚那样，以自己的理解创造出一种独立完整的神语体系。

命运。

是的，命运。

这一刻，瑰丽而宏大的未来，第一次向她展开了清晰的蓝图。

这才是她一直梦寐以求的力量——不依存于他人，不被旁人所支配，独立于这个世界的力量。想到这里，她就忍不住热血沸腾、激动无比。

不过，她看了旁边人一眼，她现在的力量还很弱小，在这之前，她必须小心，小心，再小心。

还有被她藏匿起来的铁片，还有弗格斯夫人……在她思虑万千之时，手被人牵了起来，抓着她的那只手十分冰凉。

"您今天有些奇怪，"她努力组织着语言，让自己从那激动的心绪里平复下来，"您说过，您厌恶我，而今天，却一直牵着我的手。"

"厌恶？噢，当然。"男人点头，"贝莉娅·弗格斯，我注重承诺，并且很乐意提醒您，第五条，陪我逛街。"

"……您的意思是，为了避免我成为一个失信的人，您才委屈自己来逛街？"

"也许。"他淡淡地道。

银发刮过她的手背。

柳余看了交握的双手一眼："逛街并不需要牵手。"

"你和莱斯利一直牵着。我说过，你和他做的一切，我都要重复一遍，不，好几遍，直到我厌恶为止。"

他看向海面的脸，在渐深的天色下，如朦胧的夜影，表情看不真切。

"您今天真的很反常。"她看着他，面上带着一丝怅惘，"如果您不爱我，那么，请别对我太……"

"……别动。"他打断了她。

如玉般的手掌展开，掌心凭空出现了一双精致的鹿皮小靴。

这时，夕阳的最后一丝余晖落入海平面，夜幕来临，漆漆的夜色从深蓝色的海面一路逶迤向海边，带着无尽的风。

海风吹到身上，有些冷，他的身体低了下去，神圣的神官袍随意地铺在沙子上。

月光悄悄地洒落在他的头顶，柳余这才发现，靴头湿了一块，脚底凉飕飕的。

他提起她的脚，靴子和绸袜被一起褪了下来，露在外面的脚趾忍不住缩了缩，被握住的地方酥酥麻麻的，有点痒。

她又忍不住缩了缩……雪白的脚趾在夜色中显得玲珑可爱。

"您……"

"……别动。"

他的声音低沉了些，抬头看她的眼里似乎藏着什么东西，这让她所有即将出口的话都咽在了喉咙里。

握住她脚踝的手指，越来越烫，越来越烫。这让柳余几乎产生一种错觉，以为他要亲吻她的脚趾……

他迅速地将绸袜和鹿皮小靴替她穿了上去，而后站了起来："贝莉娅·弗格斯，你看起来很厉害……"

"却总忘了你自己。"他看向她，"珍惜你自己。"

他的声音很淡，表情也很平静。

她一句话都说不出来，她仿佛看到了曾经的少年，他温柔地抚摸着她的头，告诉她："……珍惜你自己，贝莉娅。"

"我得收回刚才的话，您很会讨女孩欢心。"柳余勉强地笑了笑。

他好看的眉毛拧了起来："我说的，是事实。

"贝莉娅·弗格斯，偶尔，我会感觉，弗格斯夫人也许没有照顾好你。"

"不，母亲很好。"柳余否认。

"可一个生活在爱里的孩子，她不会总是因别人的关心而受宠若惊，也不会总是习惯于忽略自己的需要。"

柳余的脸一下子白了，她攥紧了手心，指甲一下子戳到肉里，却什么都感觉不到，她只看得到眼前人温柔的绿眸，他仿佛在抚慰她，又仿佛……在平淡地叙述一件事实。

这是多么可怕的一个人。他温柔又冰冷，亲切又疏离，让你分不清哪一刻才是真实的。

"弗格斯夫人对我很好。她很爱我。"

她捏紧了嗓子，勉强发出音来。

他看了她一眼，什么都没说，只是重新牵起那细嫩的手："走，去村长家。时间差不多了。"

卡纳村是一个很小很小的渔村，整个村子，从村头走到村尾，也就十几分钟。

村长家的门口长着棵歪脖子树，树叶是柳余见惯的大叶子，大叶子在黑夜里被风吹得沙沙作响，树下坐着许多黑不溜秋的村民。

村民们被海风吹得黢黑的脸上，全是热情的笑意。

"神官先生，又看见您了！"

"每年的神诞日，您总会出现！这是您的朋友吗？"

"是的，我的朋友。"

柳余听见身边人这么回答。

她往旁边看去，他笑起来时，嘴角会微微勾起，绿眸里荡漾着的不再是高高在上的冰冷，而是亲切和温暖。

这和神殿里的他……或者说,和她认知中的他,区别很大。

"噢,尊贵的神官先生,您又来了。"白胡子老村长被一个年轻的女孩扶着,慢悠悠地走出来,他的腿脚看起来不太灵便了,"很巧,苏珊她叔叔捉了一条霸拔鱼……"

当他的目光落到一旁的红裙少女身上时,明显愣了一愣:"噢,这位是……"

"神官先生的朋友!"有渔民替柳余回答。

"朋友啊,"老村长咧开嘴,露出亲切的笑容,"神官先生可从没带过朋友来……幸会,尊贵的朋友。"

柳余提起裙摆,也回了一礼:"您好,村长先生。"

她发现,扶着老村长的女孩朝着自己看了一眼,那眼神中没有恶意,但也绝对不是表示欢迎……不过,这种眼神,她见得太多了。作为这世界唯一的神,他即使掩盖住了绝顶的美貌,可依然挡不住前赴后继的爱意。

她朝对方露出抹善意的笑,浓眉大眼的女孩脸红了,再看过来时,眼神就有些躲闪和羞涩。

"苏珊,"村长拍了拍她的手背,"不用扶爷爷了,去叫你叔叔和其他人出来,尊贵的客人来了!"

"是的,村长爷爷!"

苏珊小跑着进屋了。

比起卡纳村的其他住户,村长家的房子最大,有三层,门口明显精心地捯饬过了,用青石板铺出了一块方方正正的小广场。歪脖子树就在小广场的东南角,而小广场中央,则摆着一座一人高的光明神石像。

现在,石像周围摆满了鲜花、渔网,还有树枝。

柳余踱了过去,她对比了下石像和真人:"不太像呢。"

迄今为止,她见过最像的一尊,还是在神殿。不过即使是这样,那没有生命的石像也无法体现出真人一丝一毫的风采。

"您每年都来?"她又问。

"是的,每年,我都会来海边看一看……"他看向远处,"世界在变,一切都在变,可只有这里……变化不大。"

老村长走了过来:"神官先生也变化不大呢。当我还是个孩子时,第一次见您,您就是这样。而到现在,我的眼睛快看不清了,背也驼了,您还是一样的年轻。"

柳余诧异了,她以为神进来,怎么都会掩饰下,没想到,竟然一直用这张脸……

"神官先生,您一定是神宫里的人吧。"老村长露出向往的神情,"我小时候很疑惑,可后来,当我见过跨海过来的神骑士们时,就明白了,您和他们,是一种人。"

"神骑士?"柳余又被一个新名词给整糊涂了。

"看来,神官先生没有跟您说过……是我失礼了。"

老村长转身吆喝着村民们,把篝火生起来。石像前堆积的干枝被点燃了。

熊熊的火光映在每一个人的脸上。村长家走出许多人,他们在地面铺上布,摆上一盘盘有些蔫儿的水果和各种海产。篝火前,一位精壮的青年在那儿剖鱼。那鱼有两米长,近距离看,大张着的嘴十分狰狞。

柳余收回了视线,她继续着之前的问题:"神骑士——是什么?丽娜神官没有说过。"

"神……骑士？"盖亚想了一会儿，像是要从记忆深处挖出来那样，有一丝茫然，"……噢，是他们。我用生命之树的树枝创造出的孩子……他们不常在神宫，在各个世界遨游……不过我想，也许，快回来了。"

"我以为，神宫只有您和那些神官们。"

生命之树的树枝创造的孩子，是……圣灵体吧？应当是很长寿的。

柳余想，她对神宫的了解还是太片面了——大多数都是道听途说，小部分是通过《神约》记载和记忆珠获知的。

也对，如果说各个世界的神殿是按照神宫建造的，那么，有负责治疗、布散道义的神官，还得有维护秩序、负责审判的骑士才对。

"等他们回来，我介绍你和他们认识……他们是一群可爱的孩子，你会喜欢他们的。"

他轻轻地替她将吹到腮边的一绺长发别到耳后，柳余下意识地抬头，却发现他说起"孩子"和"喜欢"时，绿眸中一点温度都没有……

仿佛那只是他创造出的布偶，能随时丢弃或毁坏的布偶。

这让她起了一层鸡皮疙瘩。

"神官先生，鱼烤好了！您可以带着您的朋友过来了！"这时，篝火旁的老村长乐呵呵地叫道。

"我们过去。"他自然地牵起她的手，柳余没有挣扎，直接走了过去。

尊贵的客人，当然应该坐在老村长身边，柳余则挨着神坐，村民们围火而坐。

柳余还发现，米拉卡也来了。他换了一身整齐的衣服，正龇着一口白牙对她笑，他太黑了。

"听说，是您和神官先生救了米拉卡，太感谢您了。"

老村长颤颤巍巍地起身，要行礼时，被柳余制止了。

"您不必这样，我们正好碰上了……"

"是米拉卡的命太苦了……如果他也走了，我就再没办法对摩西家交代了。"老村长坐了下去，"当年，许多年轻人一起出海……可惜，一个海浪翻来，他们就都没能回来，二十多个年轻人啊……"

柳余知道，这个时代的大海对于普通人威力太大。

"里面，就有苏珊的父亲，也就是我的二儿子……"

熊熊的火光映在老村长的脸上，可他的皱纹里酝酿着的却不是白发人送黑发人的愁苦，而是一种她无法理解的……安宁？或者知足？

"您……"她把疑问咽下去了。

老村长看她一眼，就明白这少女的疑惑了——同情都快从她冰蓝色的眼睛里溢出来了。

"我啊，当然很伤心。不过我想，这一切，都是神的安排。他们来这世间，注定要遭受这种命运。一切困苦，都是上天给我们的考验。我们生在卡纳渔村，注定了要以打鱼为生……风浪，是我们人生中必须经过的一关……我相信，摩西和我的孩子，还有村里那些年轻人的魂灵，一定已经在神的天国里徜徉……他们将不再需要经历世间的困苦，只有快乐。"

老村长的脸上露出知足的微笑，他并没有因为失去儿子而一蹶不振，反倒对生活充满向往。

柳余没有说话，她看向身旁的人，火光在他耀眼的银发和美丽的脸上跳跃，他安静而高贵。

这一刻，她突然明白了在艾尔文大陆时马兰曾经对她说过的话。

"……您总用高高在上的眼神看着我们，好像我们是被圈养的猪羊，只有您一个人清醒……您感到幸福吗？

"我们很幸福。"

是的，他们很幸福。即使是疟疾或是别的灾难，都无法摧毁他们的信仰，他们对灾难坦然接受……

这是信仰带来的正面的教化意义，它让人的心安定而富足，让社会结构趋于平稳，如果不看那些极端的例子的话。

可极端的例子，在任何维护政权的铁血统治下，也从来不缺。

子非鱼，安知鱼之乐？

当她高高在上地对一切予以嘲讽时，就已经落了下乘。

"可我，宁愿活得清醒。"她轻轻道。

"您在说什么？"

老村长没听清，头往柳余这边侧了一点，不知道碰到什么，又挺直了身体。

他转了转脖子。

"没什么。"柳余笑道，"吃鱼。"

苏珊正好走到这儿，她悄悄地看了一眼这白到发光的女孩，觉得这是她见过的最漂亮的姑娘，和神官先生很配。

"霸拔鱼，我小叔叔特地挑的，最嫩的一块。"她将碟子轻轻地放到柳余面前。

"谢谢。"柳余抬头道谢。

苏珊一下子脸红了，又讷讷地放了一个碟子在神官面前："您……您吃。"

"谢谢。"神官先生也朝她道谢。

苏珊端着盘子，心满意足地走了。

"苏珊这丫头，看来是死心了。"老村长哈哈一笑，"她小时候就总吵嚷着要嫁给神官先生。"

柳余对此充耳不闻，并不稀奇，甚至这个世界上的所有女人都爱慕他，她也觉得理所应当……毕竟，他是创造这个世界的唯一的神。

在她对着盘子中雪白的鱼肉无处下嘴时，面前突然蹲下一个身影。

是那个剖鱼的小伙，皮肤有些黑，但很俊俏，一双眼睛尤其活泼："霸拔鱼有很多刺，美丽小姐，不介意的话，我可以为您服务。我挑刺的手艺一流。"

"这是我的小儿子，卡多。"老村长乐呵呵地捋了捋胡子，"看来我的小卡多，也有心上人了。"

柳余始终无法习惯这里过分热情的风俗，正要拒绝，面前却伸过来了一双手。

柳余惊讶地瞪大眼睛。

身旁的人安静地将她的碟子拿过去，捡起一旁细长的骨针，在火上烤了烤，而后仔细地挑着鱼肉中的刺。搭在骨针上的手极富美感，骨节分明，修长如玉，像是最上等的艺术品。可动作，实在笨拙，不过一会儿，就利落了起来。

"吃吧。"碟子放回她的面前。

剔透的鱼肉上，一根刺都没有。

老村长哈哈大笑起来："我可从来没见神官先生您自己动过手。"

"抱歉，剔得不太好。"柳余听到旁边人彬彬有礼地致歉。

一时，放到嘴里的鱼肉有些难以下咽……滋味确实很好，鱼肉紧实而细密，带着烘烤过的香气。

"不好吃吗？"他问她，眸里带着疑惑。

"好吃。"

柳余将鱼片咽了下去。

卡多蹲下来，给尊贵的客人剔鱼刺，还和他说："神官先生，我爱慕您身边的小姐，虽然我从小就敬仰您，但在爱情里，没有谦让。"

卡多将剔好的霸拔鱼片递了过去。

神官先生回道："谢谢，卡多先生。我得告诉您，她属于我，您如果要侵犯我的财产，我恐怕会跟您打上一架。"

卡多噎住了，他用那双活泼的、黑溜溜的眼睛看着柳余，似乎在征询她的意见。

在这个世界，追求女人是一件浪漫而值得鼓励的事，但倘若这个女人是某个人的"私有财产"，那么，这项行为，就是犯罪。

柳余笑了："神官先生，您又忘了，我不属于谁，我可以接受任何人的追求，包括卡多先生。"

她看向旁边，男人那被篝火照亮的绿眸里，跳跃着红色的火焰。

篝火的另一边爆发出笑声。

苏珊在那儿和几位年轻的姑娘一起跳起了热情的踢踏舞，靴子在青石板地面上踩出清脆的声响。

"以光明之名，神的子民，神的子民，这里种满鲜花，这里洒满美酒，我们载歌载舞。

"生命譬如朝露，死亡迫切来临，可我们毫不畏惧。

"正义，自由，我们向往光明。

"神的子民，神的子民，古老而高贵的民族……"

熟悉的歌声，仿佛穿梭过无尽的时光，将人带回过去。银发青年站了起来，他一只手背在后，一只手风度翩翩地朝她伸来："美丽的弗格斯小姐，我想请您跳支舞。"

对着那双荡起丝丝涟漪的绿眸，柳余面前却浮现出了银发少年抱着独臂的她，在幽暗的、只有一盏花灯的溪边跳舞的情景。

"我……"她张了张嘴，即使知道，这两个人共有一个灵魂，可那只手，却伸不过去。有什么阻断了她。

"抱……"她要拒绝，可腰肢却被搂住了。

"抱歉，我想跳舞。"他强硬地搂住她，手掌搭在她的腰后，灼热的温度隔着那薄薄一层的绸料传递过来，"作为交换，我唱歌给你听。"

他用那美妙而空灵的声音随着他们轻轻哼唱："以光明之名，神的子民，神的子民……"

他看着她，那双绿眸里满是温柔。

周围静了下来。

柳余站在原地，周围的一切好像消失了，只有面前一人是真实的存在。她像是被时光的洪流冲刷，重新站到了那个少年面前，被他诚挚地、温柔地看着。

"你的气息，闻起来像……甜美的樱桃。"他低下头来。

一只手指抵住了他，手指的主人闪烁着她那双多情的、蕴满水泽的冰蓝色眸子，摇头："不，盖亚,我不愿意。"

"不愿意?"他凝视她良久。

那双绿眸里的涟漪似乎被冰冻了,就在她以为他会放开她时,他却拨开了她的手指:"可是,贝莉娅……

"我的世界里,没有不。"

他重新低下头,亲吻她。

柳余伸手要推,才触到他胸口的丝袍,就被他用单手握住了。然后他强迫般地将她的手放在他的腰后。那力道强硬无比,带着不容反抗的意味。

"您干什么?!"她挣扎起来。

"贝莉娅·弗格斯……"他安静下来,凝视着她,"他可以,我……为什么不可以?"

你……为什么不可以?

柳余被掐着下巴,看入那一汪幽幽的绿意里。那比春光更明媚、比钻石更纯净的绿色里,此时跳跃着火红的篝火中,仿佛有什么东西在一点一点地燃烧,而后剧烈起来。

"您不会喝酒了……"柳余张开嘴,最后一个"吧"字,却被他吞噬了去。

他用极大的劲咬着她的嘴唇,好像要惩罚她。

突然,眼睛被罩住了。

黑暗占据了她的视野,感官被格外放大,她的挣扎对他来说,仿佛只是一阵毛毛细雨。

他亲吻着她,动作有别于平常的克制,而如狂风暴雨一般,想要将她吞噬。可过了会儿,当她的挣扎变弱,那狂风就变成了细雨。

他亲吻着她的唇,仿佛那是世间最美味的甜点。

"……像樱桃。他说的说错。"

"您没喝酒。"柳余冷冷地道,丝毫不知,自己此时的声音是多么绵软。

他端详着她,眼神冰冷而克制,可很快,就低下头,用与表情丝毫不符的热情,重新吻她的嘴唇。雪松的香气充盈着她的鼻尖。

最后,他放开她,头抵着她的额头,声音沙哑:"……是的,没有酒。可是……是你把我变成这样的,贝莉娅·弗格斯。你在招惹我时,就该知道,需要承担的后果。"

他俯下身,柳余只觉得身体一轻,人已经在他怀里了。

视线恢复了,篝火旁的村民们还沉醉在他刚才的歌声里,脸上带着满足的笑。她看过去,却对上了指缝里一双黑溜溜的、过分活泼的眼睛……

米拉卡半捂着眼睛,偷偷往她这边看。

她想下来,却被拍了一下:"别动。"

"你……"

她气得瞪他,却在对方绽开的笑容里失了神,她第一次见到他这样笑,像是整个夜空都变亮了,满天繁星闪烁……

他带着她,走进了村长的房子。泥瓦筑的墙,即使是整个卡纳村最大最好的房子,依然是阴暗的。比不上神殿的华丽和精致,但意外的是,客房布置得很干净,一桌一椅一床,床上铺着蓝色碎花被褥。她被放到了那被褥上,盖亚俯身上来,银色的长发滑入她的脖子,带着点冰凉。

"您不能这样对我。"柳余推他。

却没推动,压在身上的男人像一块硬邦邦的木板。

他的眼底暗沉一片："相信我，没人比我更有权利。"

"您说过……欲望不可耻，放纵才是可耻。"少女急急地道，她金色的长发披散在床铺上，闪着金子般的光。"堕入深渊都是从放纵开始的……"

他笑了，银发在空中荡起。

"贝莉娅·弗格斯。"他轻轻抚摸她的脸，"你真天真。

"我得告诉你一件事，神从来不需要克制。莱斯利不需要，我也不需要。"

不需要克制……的神吗？柳余失神地想，当神失去了控制，那么这个世界……会变成什么样？

"弗格斯夫人我可以救。"他道。

柳余突然懂了，她的反抗变成了温柔的顺从："您想跟我做交易？"

"不，不是交易，是赏赐。"他摩挲着她的嘴唇，"……我要你主动吻我，像从前对莱斯利那样，热情的，激烈的。"

看着她的绿眸里，藏着一片深邃的海，海里藏着从前的时光。

不知道为什么，柳余感觉到了悲伤。他似乎在追溯过去，誓要将自己和莱斯利彻底撕裂开，却不肯放过她……

爱吗？爱的。她爱的少年，还活在他的心里。

她明明看到了。

她直起身，攀住他的脖子，亲吻了上去。

一浪又一浪的海水拍打着沙滩，规律地回响在耳边，月亮悄悄躲进了云层。

窗外的歌声穿过层层的黑夜传了过来："……我在找我的情郎……他有英俊的面庞，有深情的眼睛……他对着我唱，我是你的伊塔拉……美丽的星在天上，美丽的星在天上……"

"美丽的星在天上。"

她抚摸着他深邃的眼睛，他的表情并未有大的变化，甚至连呼吸都是规律的，唯有瞳孔微微紧缩，眸光紧紧地抓着她，像是要将此时的她刻到眼睛里。在她又一次失神时，才带着点温情抚摸了下她的脸问："贝莉娅·弗格斯，我和莱斯利，你更喜欢哪一个？"

第三十六章

"在我回答您之前,您先回答我一个问题。"

柳余伸手抚摸他的眼睛。他太美了。

"什么问题?"

柳余半天才组织起语言:"您打算……怎么救我母亲?"

"你确定要在这儿,和我讨论这个话题?"他问她。

"确定。"她闪闪发光的蓝眸如多情的卡多瑙河,此时正专注地看着他,"我想知道。"

他没有放开她,而是猛地凑近,温热的鼻息喷到了她的耳边:"弗格斯夫人的灵魂,在我这儿。"

"在你这?!"柳余一下子坐了起来。

他居高临下地看着她:"是的,在我这儿。"

"所以,现在,轮到你回答了。"他的目光似乎要穿过皮肉透进她的骨头,刺穿她的灵魂,"……我,和莱斯利,选一个。"

柳余垂下了眼睛:"您当然比莱斯利强。"

弗格斯夫人可还捏在他手里呢。

柳余决定哄哄他:"您比他厉害,比他……"

"……闭嘴。"谁知他却暴躁地打断了她。

柳余半天都吐不出一个字来。

她艰难地转过头,窗外,月影摇曳,歪脖子树的大叶摇得像要从树干上掉下来,粗犷的歌声含含糊糊的,听不真切。恍惚中,头又被扭了回来,被迫看向他,那绿眸里似是卷起风暴的深海。

她的意志都被那"深海"吞没了,等再醒过来,床边趴着个穿了棉布衣服的姑娘。

她一惊,正要说话,就见那姑娘抬起头来,朝她一笑:"神官夫人,您还好吗……"

那声音戛然而止,带着一丝惊惧:"您的脸……"

柳余张了张嘴,才发现自己说不了话了。

"恶之花"咒语生效了。

难怪后来他那么恼怒、那么粗暴。

窗外"呼呼"地刮过大风，冰雹胡乱地打在窗棂上，发出"噼里啪啦"的声响。柳余这才记起，这声音似乎伴随了她一夜。

苏珊也跟着看过去："卡纳村还是第一次下冰雹……噢，神官先生和村民们一起去海边帮忙了。真幸运，海潮退下去后，很多鱼都被冲上了岸。"

柳余眨了眨眼睛，无法想象，那高贵的神祇会去帮渔民们捡鱼。

"神官夫人，您的脸……"这个淳朴的姑娘很快就忘了害怕，她指了指她的脸，带着一丝关切，"怎么了？"

柳余又眨了眨眼睛，她指了指自己的喉咙，摇了摇头。

"您不能说话了？"苏珊捂住嘴巴，"我去找神官先生！"

她奔了出去，正好在门口撞上拎着一条鱼回来的神官先生。

神官先生看起来有些不一样，他束成一束的银发，都仿佛酝酿着好心情。

"神官先生，您回来了？"

神官先生将鱼给她："煮一锅鱼汤。"

"是的，神官先生。"

苏珊点点头，留恋地看了他一眼后，恋恋不舍地去煮鱼汤了。

柳余将这一切都收入眼底，暗叹着这世上没有哪个人能抵抗神的魅力，即使他遮住了他无与伦比的美貌——难怪路易斯之前说"没有人能不被神迷惑"。

"在想什么？"白袍男人走了进来。

"我母亲的灵魂，为什么会在你这儿？"柳余突然发现，自己能说话了。

他没有回答她，而是坐到她的身边，银发如雪一样铺在粗糙的床铺上，整个房间都似乎亮堂起来。

柳余将被子拉好，他看着她的眼神明明很平静，却不知怎么的，总让她想起昨晚的狂风和骤雨，她有点不堪忍受。

"我成全你的愿望。"

"愿望？"她疑惑地问，"是复活我的母亲吗？"

"另外一个。"他用纡尊降贵的口气宣布着，好像这是件让人荣幸的事，"我让你当我的神后。"

"神后？"柳余鹦鹉学舌般地道。

"是的，神后。"他抚摸着她的脸颊，雪松一样的气息从他的袍袖口一路攀上来，罩住她，"你不是一直渴望这个吗？我成全你。"

是的，如果在纳撒尼尔、在艾尔文，她听到这个消息，一定会欣喜若狂。

可现在，当他真的呈上她一直以来渴望的东西时，她发现，自己并没有那么开心，反而心里空荡荡的，像是有风穿过罅隙，卷入云端。

就像一个孩子，她渴望了一个玩具很久很久，可当这个玩具真的到手里时，她又觉得不够了。人就是这么贪心，没地位时想地位，有地位时，却又渴望尊重、平等和……爱。

"那你爱我吗？"她问。

"爱？"银发青年笑了起来，他笑时，仿佛天空都亮了，世界所有的光彩都在他身上。"我说过，我不是莱斯利……"

他靠近她，将她凌乱的金发别到耳后，轻轻道："贝莉娅·弗格斯，别太贪心。"

"可是没办法呢。"她轻轻地道,"我就是这么贪心。我想要爱,也想要王冠。"

如果是别人,她只需要王冠。可恰恰是他。唯独他与别人不同。

少女仰起头来:"你给吗,盖亚?"

青年的绿眸里像是有什么东西在涌动,可很快,又被他压下去了。

他摩挲着她的嘴唇:"贝莉娅·弗格斯,你的贪心总让我大开眼界。"

柳余笑了,她不愿再在他面前掩饰真实的自己:"所以?你给吗?"

"贝莉娅·弗格斯,你总是认不清你自己。"

他的语气又淡又凉,"我不是莱斯利,也不是任你摆布的笨人,你以为,凭着你对我那极其有限的诱惑力,我就会成为那无脑的莱斯利?"

少女冰蓝色的眼眸里燃起了大火。

她大声道:"既然如此,那您为什么要我当您的神后?"

"这是对你的赏赐。"

"那您真是慷慨。可抱歉,我不需要。如果您是因为占了我的便宜觉得愧疚,那也不必,我能睡到您,是我赚了。当然,如果您觉得需要,我们可以继续,毕竟,我和莱斯利也常常……唔……"

柳余的嘴被堵住了。他倾身下来,压住她反抗的手,开始亲吻她。

"啪……"这时,一道清脆的瓷器碎裂声响起。

柳余猛然间转过头,发现苏珊就站在门外,门半敞着,她脸上的惊讶让那五官都扭曲了。

热鱼汤洒了一地,瓷片碎在地上。

苏珊不可思议地看着面前的一幕,她印象中总是温文尔雅的神官先生竟然……

而当对上神官先生骤然抬起的眼眸时,她大脑一片空白,等意识恢复时,面前的门已经关了。

木板的声音传入耳里,苏珊像见鬼一样跑了出去。

而门内,被挠了好几爪才终于把人制住的青年停住了手,在对上少女的眼睛时别开了头,半晌才道:"弗格斯夫人,我已经送到纳撒尼尔了。"

少女停止了挣扎:"真的?"

"我带你去看。另外,神后的事,我已经昭告各个世界,不能更改。"

青年压低了声音道,像是解释,又像是宣布。

柳余看着头顶脏兮兮的天花板,心想,她抗拒也许是因为她窥到了更广阔的未来,也许是因为,她看到了他的鄙夷和厌弃。

"我想见我母亲。"她轻轻地道,"现在。"

他深深地看了她一眼:"如你所愿。"

他将她带回了神宫。

"我以为您会带我回纳撒尼尔。"柳余不解地道。

"纳撒尼尔,是那个星球。"他指着一个坑坑洼洼的土色星球,用华丽的腔调念出一段口诀,"用这个口诀,想着你想见的那个人,你就能见到她了。"

就在这时,一行人从神殿外列队进来。他们个个穿着金色的盔甲,腰佩长剑,身高腿长,远看气势非凡,而走近时看,都像是一个模子里出来的……

银发绿眼,英俊潇洒。

柳余瞪大眼睛,看着一个个"粗制滥造版"的光明神,一句话都说不出来。

她的密集恐惧症都要犯了。

"拜见父神,拜见母亲。"仿版盖亚们纷纷单膝跪下,对她行骑士礼。

突然多出这么些个"便宜儿子",柳余一时有些回不了神。

莫里艾是最年长的圣灵体了。

从降生到现在,刚刚好一千岁。再年长些的,都已经老去、死亡。外界的人喜欢叫他们"神骑士",但他们通常都自称为"守护者"。

他们中的每一个人,都曾经发过誓,要永远守护在父神左右。

所以,在深夜接到父神的昭告时,莫里艾和其他的守护者都惊呆了。

父神居然有了妻子,并且决定择日完婚?这简直比星球毁灭还叫人难以相信!

这世上,有哪一个人,能配得上他们高贵又伟大的父神大人?!

守护者们不约而同地结束在各个世界的游历,在第二天的清晨聚集到了神宫,而后,在莫里艾的带领下,手搭佩剑,迈着标准的骑士步,进了大殿。

神不可窥视。

以莫里艾为首的神骑士们低垂着眼睛,单膝跪地:"拜见父神,拜见母亲。"

而跪下前的惊鸿一瞥,却久久停留在眼前。

神座上,他们高贵而美丽的父神正揽着一个金发少女,那一幕,在他们心底掀起巨大的风浪——父神可从来没有让人那样靠近过。

"起来吧。"

父神优美的声音一如从前。

莫里艾领着神骑士们站起,眼睛微微低垂,视线停留在父神胸口的衣襟上,雪白的丝绸料上,银色的星月徽文像水银一样流淌着。

"你们……都回来了?"

"是的,父神。"

莫里艾回答问题时,稍稍抬起了头。这下,他将父神揽着的少女看清楚了。她美得像一幅油画,金发披在神座之上,红色裙子像张扬的烈火衬得她的皮肤越发晶莹,蓝眸灵动而清透,让他想起传说中的爱与美之神。

可不知道为什么,莫里艾有些不安。这不安在看到神座旁那只灰扑扑的乌鸦一样的鸟时,达到了顶点。

不过,他得承认,父神选的这位伴侣十分不赖。她身上隐隐有种与父神相似的气息,那气息威严而神秘,只是太过微弱,否则,他的膝盖恐怕会忍不住打弯,他会匍匐下去。

柳余也在看底下的"银发碧眼"们。

个个身高腿长,如果不是长得太像,还真像顶尖的男模队。

只是……有点瘆得慌。

"您……为什么都弄得……一样?"她压低了声问。

揽着她的男人轻轻笑了。

光落在他的脸上,让他英俊得非比寻常:"……你不觉得,他们看起来让人心情愉快?"

"噢,并不。"

"为什么?"他讶然,"他们温顺又听话……"

"……我觉得,是因为您想创造完美的物种,所以,以您自己为模板……"柳余还在继续之前的问题。

"完美？"

这话像是取悦了他，他的嘴角微微弯起，绿瞳里有浅金色的阳光轻轻洒落："如果你非要这么觉得的话。"

柳余闭上了嘴，并且决定控制住自己的鸡皮疙瘩。

"噢，真可怕，真可怕……"

斑斑之前一直蹲在神殿内，还没跟贝比打上招呼，就见到一群长得一模一样的人，它忍不住用翅膀遮住一双黑豆眼，"噢，斑斑的眼睛要瞎了，这么多莱斯利先生……"

莫里艾看着这只"灰乌鸦"，他从没见过这么胖的鸟，神宫里也从来没有鸟。

正想问，却听到从神座上传来的父神优美的声音："莫里艾，一切还顺利吗？"

莫里艾连忙低头："一切顺利，塔来德世界的异常已经解除……罪犯就关押在梅尔岛，等候父神您的裁决。"

父神沉吟了一会儿，却向他们宣布了一个月后他要成婚的消息。

莫里艾想要祝福父神，却听见一道有点沙哑的声音在殿内响起。

那少女瞪着父神："一个月？！盖亚，我可没有答应！"

盖亚？！竟敢直呼父神的名讳？！

莫里艾感觉受到了冒犯。他"唰"地拔出剑，和从前每一次那样，雪亮的剑锋对准神座上柔弱的少女，和其他神骑士一起怒吼："父神的名讳不可直呼！

"父神的意志不容违抗！

"渎神之罪罪不可恕！"

神骑士们的怒斥与剑锋，让柳余目瞪口呆。

她没想到，刚才还对她毕恭毕敬的"便宜儿子"们，居然立刻就反目了。这让她想起卡洛王子。

而渎神之罪，更是挑动了她某一根脆弱的神经。

"卸下武器。"她喊道。

大殿内刮过一阵清风，"嗡嗡嗡"声不断响起，莫里艾惊讶地看着几乎要脱手而出的佩剑……

这不可能！除非父神出手，这世上，没人能卸下他的剑。

莫里艾用眼角的余光看去，其他神骑士们的剑也有些握不稳……

柳余额头上的汗一滴滴地沁了下来。

她体内的神力在被迅速抽干——施展这样的群体神术，对此时的她来说，还是一个负担，尤其是对着这些不知活了多少岁的圣灵体。

就在这时，手背被一只手掌轻轻覆住了。

一股柔和的光明力进入她的身体，在她体内徘徊了一圈……

"卸下武器。"柳余使用了一次默法。

一阵"丁零当啷"后，僵持住的对抗结束了。

神骑士们惨白着脸，看着空荡荡的掌心，地上，横七竖八地卧着他们引以为豪的佩剑。

骑士的剑，就如同他们的命。

"没有第二次。"

这时，神站了起来，他高大的身影站于台阶之上，白袍被风吹得鼓起，表情平静："剑锋直指神后，等同于叛神。"

连莫里艾在内的神骑士们不约而同地垂下头："是！"

他们心悦诚服。

即使后来有父神的帮助，可在一开始就能靠最简单的神术和他们僵持住，已经可见她的能力。

莫里艾和神相处的时间最长，他甚至敢确定，未来神后的神力储备已经超过半神。只可惜，再无限接近神，也不能成为真正的神。

"现在，退下吧。"

神骑士们捡起地上的佩剑，纷纷向柳余重新施以敬礼。这回的礼，明显要比之前郑重很多。莫里艾甚至取出了一把光明法杖，法杖上的圣晶有一只拳头那么大。

"尊敬的母亲，这是我们准备的礼物，愿您喜欢。"

"如果可以，请叫我弗格斯小姐。"

不过，她正缺一把光明法杖，如果刚才有这法杖在，她就不需要那么费力了。

"是的，母亲。"

"算了。"

她接过了法杖。

神骑士们鱼贯而出，不一会儿，就消失在了大门之后。

"法杖。"盖亚伸出手。

"我不！"柳余将法杖藏到背后，"这是孩子们孝敬给我的礼物。"

"你看了莫里艾很久……"

盖亚的手一点，法杖就到了他手中。

金色的法杖衬得他的手指白皙，而在他抚摸过圣晶后，那有些杂质的圣晶看上去简直闪闪发光，纯净得像一汪水。

他重新将法杖递过来，在柳余要接时，又往后轻轻一抽："我后悔了。"

柳余感到莫名其妙，问："什么？"

"让人愉快的……一个就够了。"

神在话音落下的同时，已经消失在了大殿。

"斑……"

斑斑歪了歪脑袋："神在说什么？斑斑不懂……"

柳余摸了摸它的脑袋，看向头顶，找到刚才盖亚所指的星球，默念起咒语。

神奇的一幕出现了。她像是突然变成了星球外的一个点，而后，她看到了属于弗格斯家的那座小花园。

花园里，弗格斯夫人正对着一朵白色的蔷薇怔怔地出神，她看起来瘦了很多，金发没有盘成讲究的发髻，而是束成一束扎在脑后。

这时，旁边出现了一个魁梧的粗汉。

"弗格斯夫人，您的身体刚好，不应该吹风……您该回房间休息。"

"塔特尔医师，人死了，是有灵魂的……我见到了。"弗格斯夫人看着花园中的光明神石像，"我见到了……"

塔特尔医师叹了口气："当然，纯净的灵魂会进入天国……"

"我见到了神……他那样耀眼，那样仁慈而宽容……我活下来了，这是奇迹。"弗格斯夫人拿了把花铲，给花松着土，"可我的贝莉娅呢……塔特尔医师，你说，贝莉娅会回来吗？"

"当然，当然，她是个好孩子，一定会回来……"

"我的贝莉娅，贝莉娅……"弗格斯夫人喃喃地道。

她瘦得像一张纸，一阵风就能把她吹走。

可她还在。是活生生的，会喘气，会说话，而不是躺在床上的冰冷僵硬的一具尸体……

柳余按捺住自己往里跳的冲动。

不，还差一点。还差一点。

她还没有成神，她不能去……

她惊诧于自己的硬心肠，硬生生地挪开眼睛，不去看弗格斯夫人的眼泪。可那一声声"贝莉娅去哪儿了"却一下下钻进她的心里。

后脖颈被人捏住，往后一拽……她从刚才的感觉中脱离了出来。

柳余这才发现，自己还好端端地坐在神座之上。

面前没有弗格斯家的小花园，没有弗格斯夫人，更没有塔特尔医师。

只有一个美丽而高贵的银发青年。

青年半蹲着身子，柔软的丝绸轻轻擦过她的眼睛："你的眼泪对我来说没用，贝莉娅·弗格斯。

"不要总是企图用眼泪动摇我。"

"我是高兴的。"柳余捂着眼睛，"高兴的。"

连柳余自己都不明白，这样的情绪究竟从何而起。眼泪像开闸的洪水，止也止不住。

她胡乱擦了把，才要抬头，下巴却被捏住了。

他的手大而冷，搭在她满是泪水的脸颊上，有着极强的存在感，柔软的指腹轻轻抚过，凝视着她的绿眸像是要一下子看进她的眼睛里。

一声深深的叹息过后："贝莉娅……"

柳余还没反应过来，就被按入了一个宽大的怀抱里，雪松一样清冽的气息将她包围，丝绸柔而软，她枕着他的胸膛，感受着脑后一下又一下的抚摸。

"……你的眼泪，像鼻涕虫一样多。"

传入耳朵的声音轻而淡，不带一丝情绪。

可不知道为什么，柳余的眼泪反倒流得更凶了。

"你才是鼻涕虫……"她带着一丝鼻音道。

一直以来紧绷着的弦松了，三个月的惊惧、后怕，连着喜悦、高兴，种种的种种，一股脑地向她冲来。

他用袖子替她擦泪，却被她一把拽住了，"……您不知道，我有多害怕。很害怕，很害怕……我怕她再也没办法醒来……我才刚刚拥有……"

"……刚刚拥有。"

她说着自己才能听懂的话，声音又软又轻。

他低下头看看，少女的眼泪像断了线的珍珠。

他将她抱在怀里，下颌枕着她的头顶："贝莉娅，你总是让我意外。"

"嗯？"

她胡乱擦着泪，刚哭过的眼睛红红的。

"……坚强，又脆弱。"

他的声音太低，柳余试图听清，才抬头，就被吻住了。

"唔……"她被压到了椅背上。

模糊的视线中，青年美丽的面庞贴在眼前，幽绿的双眸半开，仿佛神秘的幽潭。

长长的睫毛上，跳跃着浅金色的光。

他似在观察她，又仿佛沉醉着。

柳余只感觉椅背又冷又硬，刻着狂兽的金色纹路凹凸不平，抵着她的腰，而唇间却是暖的，他亲吻她时，总是不吝啬力气……

"咸的。"他突然道。

"什么？"

"眼泪。"

他在她的唇间轻轻笑着，柳余讶然于他这一刻的爽朗，正要看，眼睛却被捂住了："唔……"

脖子后仰，纤细白皙的脖颈露了出来。她忍不住瑟缩了下。

"哇哦。"一道粗嘎声从旁边传来。

柳余清醒了过来，透过他的肩膀，看到一只胖嘟嘟的灰鸟在大殿中转悠。

翅膀还捂着眼睛，捂也捂不实，一双黑豆眼偷偷地透过羽毛的缝隙看向他们。

"斑斑……"

柳余推他。

他狭长的绿眸微微抬起。

这时，喋喋不休的小胖鸟格外惨烈地叫了一声："斑！"

胖乎乎的鸟身被一下子拍到了走廊外的墙上，灰鸟张着翅膀滑了下去。

"好了。"他重新拥住她。

"盖亚。"她叫住他，话在嘴里滚了一圈，还是抛了出去，"……你对我，还是有感觉的，是不是？"

谁知，像是踩到了他的某根神经，他一下子变得又冷又硬。

"没有，一点都没有。"似是怕她不信，他继续道，"如果有，那也是愚蠢的莱斯利在我心底的残留，我迟早会除去它。"

"丁点不留。"他强调道，回看着她的绿眸中一点温柔都没有了。

可柳余却像使性子，赤着脚站在他面前，火红的裙摆像花一样落在她柔嫩的脚面上。

她踮起脚尖，吻住了他。

"你看……你又没推开我，又一次。"

青年站在那儿，像一尊冰冷的、没有温度的石雕。

他一言不发。

"轰隆隆……"天空突然划过一道闪电，轰隆的雷鸣接踵而至。

窗外的天突然黑了。

冰雹没头没脑地砸下来，风卷起路边的树，雨夹杂着冰雹，打在窗棂上发出一阵响。

两人齐齐地望向窗外。闪电映亮了两双眼睛。

女孩被掀到了床上，红色的裙摆像花一样卷起，双手被压到了头顶。他宁静的绿眸里似是一片深海。

两人对视。

他突然开口："神无所不能。"

柳余一愣，不太明白话题怎么转到这儿了，他却低头吻住了她，像从前的每一次那样，而后，抬起头，像要对自己证明那样道："我会厌倦你。"

一道惊雷在耳边炸响，柳余捂住耳朵往外爬，却被捉了回来。

"也许……在你厌倦我之前，我会先厌倦你。"

"那不可能。"

"你既不温柔，也不体贴……我实在想不出不厌倦你的理由。"

他像是听到天方夜谭一样："莱斯利也一样！"

"可他……"

他凝视着她，仿佛她再多说一个字，她就会濒临死地。

柳余识趣地闭上了嘴，虽然他保证过不会杀死她，可这一刻，她也有点不能肯定了。

当柳余再次醒来时，发现他不见了。

枕边多了一枝纯白的蔷薇。

柳余拿起闻了一下，抬头道："盖亚？"

她对着天空喊了声。

"早安，我的神后。"优美的声音从半空中传来。

……现在还不是。

"早安，尊敬的神。我有个请求。"

"请不要提会让我为难的请求。"

"我要去找玛格丽特，我们女孩之间的话，您不许听。即使是羊圈里的羔羊，也有不想让人看的时候。何况，我是您的神后。您得学会尊重我。您别告诉我，您连莱斯利都不如，他总是很尊重我……更不会无时无刻监视我！"

"监视？"他轻轻地笑了，笑声好听极了，"这不是监视……你看不见在你眼皮下奔跑的羔羊吗？"

他像是在自言自语："好吧，如果这是你的愿望的话。"

柳余这才起身。

西洋镜旁的衣架上，挂了一条星空蓝的裙子，裙摆上的装饰星星点点，如梦似幻……

柳余的心情更好了些。

她穿上裙子，发现意外地很合身，腰身收得分毫不差，裙摆绽开，像盛放的蓝色花朵。

洗漱，吃完饭，在斑斑的赞叹中，她去了之前住的庭院。

让她失望的是，玛格丽特不在。

伊迪丝正好推门出来，一见她，就惊喜地捂住了嘴："噢，弗格斯小姐！您今天真美！"

柳余提起裙摆行了一礼："伊迪丝小姐，您也很美。看见玛格丽特小姐了吗？"

"玛格丽特小姐？噢，她向吉蒂神官告假，要去远方的集镇一趟散散心，一个月后回来。"

"一个月？"

柳余想起搬进内宫前，以防万一，她偷偷交给玛格丽特保管的铁片。

在外人看来，那只是一块铁片——她做了点防护措施。

伊迪丝像是想起什么："噢，对了，她还交给我一样东西，说是您来找她，就交给您。"

"您等等。"她推门进去，不一会儿又出来，拿出一个被布包裹着的东西，"这个。"

她递给她。

柳余接过去时，捏了捏，果然是铁片。目光落到她的手腕上时，停住了，那里……

伊迪丝似乎意识到柳余的目光，脸色一下子白了起来。她拉了拉袖子，动作带了点窘迫："抱……抱歉，我有点……有点不舒服。"

"伊迪丝小姐！"柳余叫住她，"您最近……是不是有事？"

柳余想起上次在她身上看见的火，可惜这次，干干净净的，什么都没有。

"没……没有，什么都没发生。"伊迪丝像受惊的兔子一样，大眼里全是惊惶，像是没话找话似的道，"……还……还没恭喜您，弗格斯小姐，您成了神后！噢，这可真幸运，您一定是全世界最幸运的女孩！"

柳余不再多话了，她并不是谁的知心姐姐，只是对着一个和贝莉娅面貌相似的人，有点心软。她想，这应该是一种代偿心理。

毕竟，她占了贝莉娅的母亲。

"……如果您有什么困难，可以叫吉蒂神官来神殿找我。我能帮得上的，一定帮。"

"谢谢您，弗格斯小姐。您和神一样仁慈宽厚。"

伊迪丝笑了，她还回房给柳余拿了一篮她最近新做的甜点："……我看您上次吃了好几块草莓饼，我猜，您一定喜欢草莓。所以，我给您准备了一些草莓挞。"

柳余提出告辞，她带着铁片去了图书馆。

图书馆很是僻静，一个人都没有，她坐到了平常经常坐的位置上，手指摩挲着铁片……

神的承诺可以相信，他说不会监视，就一定不会监视。

摩挲了良久，像是想起什么，最后，她还是将布拿开了。

铁片上的字符，赫然可见，而原来对她来说如同天书一样的字符一下子清楚了。

"众神陨落，复得光明。

"光明，为万物之始。

"一切神，当有神之体，掌神之奥义，才可成神……神之体，需抽神之骨，以神之泪、神之血中血，才能再造……神之奥义，掌神之语……"

神之血中血……

那就是心头血了。

路易斯没有撒谎。

而这个铁片，也绝不是他能做出来的。神语"光"，他可写不出来。

柳余攥紧了铁片，茫然地想：都九十九步了，最后一步，她……能走到吗？

旁边传来一阵脚步声，柳余不动声色地将铁片收了起来。书柜的拐角处，走出来一人，看见她时，愣了愣。

柳余也愣住了。

"母亲？"

"布鲁斯大人？"

两人几乎同时说了话。

"你是……"

柳余狐疑地看着对方的白头发、白胡须，又看了看他身上属于神骑士的制服和黄金佩剑。

面前的这张脸十分熟悉，简直是跟艾尔文大陆上的主教布鲁斯大人从一个模子里出来的，只是声音年轻得过分。

"我是莫里艾，母亲。"

白发老者利落地行了个礼。

"莫里艾？"

那个带队的神骑士队长？

莫里艾知道，他现在的情况，可能吓坏了面前年轻的女孩。

他用自豪的语气道："您别害怕，母亲。这是父神大人的恩赐。"

"恩赐？"

莫里艾又恭敬地行了个礼，手放在左胸，感恩地道："是的。父神大人太过仁慈宽厚了。他说从前对我们太粗心，才让我们一直都用一样的脸……现在，他很细心地给我们每个人都换了一张。我们很高兴。"

看着面前这老得牙齿都快掉光了的人，柳余无话可说。

柳余告别莫里艾，出了图书馆，沿着走廊一路往神殿而去。

想着铁片上的字，有些神思不属。

"……噢，她就是那位即将成为神后的幸运女孩？"

"是的，你看她头上的幸运花……伊迪丝小姐的幸运花可没有那么好看。"

"……看起来不太好亲近呢。"

当"嗡嗡嗡"的议论声传入耳朵时，柳余才发现，经过的圣子、圣女们都在用异样的眼神看着她。

她形容不出来，大约，就像是她小时候看着班里那些每天有人接送的小朋友一样，酸溜溜的……

她朝他们一笑。一个小鹿样的女孩吓了一大跳。

女孩脸红红的，捏着衣角，细声细气地问："……请问，您……您的裙子是从哪买的？很漂亮，就像夜晚的星空。"

"是的，"旁边人帮腔，"鹿伊去过神之国度的许多城池，都没见过这样的裙子……上面一闪闪的是什么？"

"是鲛珠。"一道干净的声音传来。

柳余抬头看去，一身白色神官袍的卡尔比走了过来。

"卡尔比先生？"她惊讶地问，"您当神官了？"

不是说……神官需要资历？

"是的，好久不见，弗格斯小姐。"

卡尔比看上去瘦了一些，不过精神不错，还彬彬有礼地同她问好。

"卡尔比，什么是鲛珠？"圣子、圣女们七嘴八舌地问他，他们看起来和卡尔比十分熟悉。

"……传说中，神所诞生的地方，是一片海。海中有一种奇怪的生物，他们长着人的身体、鱼的尾巴，每当潮水退去时，就会从海底浮出水面，对着月亮唱歌……路过的水手们被歌声蛊惑，他们手拉着手跳下船只，游向深海……而当水手们溺亡时，鲛人们就会伤心地哭泣，眼泪化为鲛珠……

"……比珍珠更剔透，比海砂更细腻的鲛珠……一粒粒，仿佛星辰的碎粒。"卡尔比用咏叹的语气道。

他像是十分向往那未知的世界。

"……噢，这故事听起来有些悲伤。"

女孩们嘻嘻哈哈的，她们并不认为这是真的。而男孩们则忍不住看着未来的神后，觉得她身上有种说不出来的、特别的气质，神秘如浩瀚的星空，可又热烈如初升的太阳……不只是美。

柳余则看着卡尔比："吉蒂神官说，您最近迷上了植物，我还以为您出神宫游历去了……原来，是当了神官。"

"植物？"卡尔比愣了愣，他像是想起什么，脸色有些白，"……是的，我最近迷上了植物。它们很可爱。"

"还有罗盘……"

柳余想跟他说，之前的罗盘坏了，她换一个给他，谁知卡尔比直接打断了她。

"噢，不必在意，我又得到了一个新的，那上面……"他挠了挠脑袋，"……有最新的星辰排布图。"

"那……"

"再见了，弗格斯小姐。"卡尔比像是有什么急事，匆匆地跟她告了别。

柳余转过身，对着那么多双好奇又歆羡的眼睛，提起裙摆："再见，各位。"

她彬彬有礼地告辞。

走过转角，神殿就到了。

黄金大门上的狂兽懒懒地睁开眼，看了她一眼……

"咔啦啦。"门开了。

神座之上的青年抬头，那悠长的目光穿过浅金色的阳光，落到她身上。

不等柳余看清，他已经落到她的面前。

"贝莉娅·弗格斯。"他唤道。

柳余讶然地抬头，话还没出口，脸就被捧住了。他给了她一个长长的吻。

阳光倾泻在他的脸上，将那冰冷也照得温柔起来。酥麻的感觉，一点点淌进心底，"啪嗒"一声，篮子掉在了地上。柳余被他拥在怀里，热烈地亲吻。

时光悠悠，像是流淌到那日午后的马车上，阳光暖融融地照在身上。

他拥着她，靠着车壁接吻。

"贝莉娅·弗格斯。"

"嗯？"

"贝莉娅·弗格斯。"

他一声声地唤着，仿佛这名字包含着什么奥义。

柳余懒洋洋地睁开眼睛，她得承认，这个吻好极了。不含任何欲望，像春天的风、秋天的雨。

"怎么了？"

"我得承认，"他抵着她的额头，"……我有点沉迷。"

"沉……迷？"

柳余眨了眨眼睛，她想起这两天连体婴般的生活。

他们极度亲密，如交颈的鸳鸯，偶尔，他兴致来时，甚至还会说一些与平时截然不同的话。身体的极度亲密，会让人不自觉地越过本该守着的界线。

不过几天，她竟然……又重新习惯了他的拥抱和亲吻。

而他似乎也是这样。

两人看着彼此。

空气中似乎弥漫起一种特别的、仅属于彼此的气氛。

"我……"

他又捧住她，吻了下来。

"莱斯利也这样亲吻过你。"

他的手指摩挲过她的脸蛋，绿眸里似是一片迷离幽暗的森林。

"您不会告诉我，刚才那样……也是为了厌倦我？"

紧接着，她学着他刚才的语气道，"我得承认，我……有点沉迷。"

"是的，沉迷。"他接话，"按照正常的发展顺序，一开始都是沉迷，虽然让我沉迷的东西几乎没有……沉迷过后，就是厌倦……"

他看了她一眼，少女睫毛微垂，被热气熏红的脸在一点点地恢复正常。

"别担心，你永远是我的神后。"

神什么后。

柳余撇了撇嘴，"谢谢，我的荣幸。"

他看了她一会儿，突然唤道："吉蒂神官。"

声音平静而温和。

柳余却是一惊：吉蒂神官在这儿？那她都看见了？

吉蒂神官不知从哪儿冒了出来，垂着头，毕恭毕敬地道："请您吩咐，神。"

她一眼都没敢往神座上看。

想起刚才不小心瞥见的一幕，吉蒂神官的头垂得更低了。

"叫那些人进来。"

"是。"她领命出去，不一会儿，就领着十几个人进来了。

这十几个人，男女老少都有，每个人手里都端着一个托盘，托盘上放着衣服。

"这……是什么？"吉蒂神官听那少女问。

"一个月后，就是婚礼。这是神之国度中最优秀的裁缝……你可以自己选择。"

在那少女身边，神的声音总要暖和一些，不再像冰冷山川上刮过的风，吉蒂神官听得有些走神，等回过神来时，那少女略带点骄蛮的声音就传入了耳朵："他们做的，我都不喜欢……您不是会做衣服吗？我更想要您做的！"

让神给她做衣服？！

这简直……简直……异想天开！她怎么敢？！

吉蒂神官猛地抬起头来。因太过惊讶，她都无法控制好脸上的表情，目光落到神座，却见穿着白袍、俊美无比的神祇正懒洋洋地拥着一个娇弱的少女，表情是难得的放松和散淡。

似是不悦她的目光，那绿眸朝她瞥来……

吉蒂神官感到眼睛刺痛，忙垂下头来，告诫自己，不可窥探神。

之后，神座上的交谈，她就一点都听不见了。

不过，看着遗憾地散去的裁缝们，吉蒂神官知道，自己得到了答案。

走出神殿时，她忍不住往回望了一眼，高高的神座之上，光明一如往昔，似乎什么都没发生。她关上了门。

柳余其实就是想折腾折腾神。

她知道,这些小节,他并不会跟她计较,毕竟在他悠长的岁月里,她就像一只刚出生的毛毛虫。

"我……"她抬起头,见他神色放松,便接着道,"您知道的,在纳撒尼尔,我是渎神者,我母亲被我拖累……即使复活了,日子也不会太好过……"

"继续。"

他专注地把玩着她的手指,似乎那是十分有趣的玩具。

"您昭告的我成为神后的世界中,也包括纳撒尼尔吗?"柳余知道,这个问题问得有些蠢,不过,不问出口,总是有些不安。

"你可以自己问。"

银发青年抬头,绿眸平静而温和,"基础字符你已经学完了,可以学习更高深一些的神语……"

"更高深的?"

"是的,更高深的。"

少女的眼睛瞬间瞪得溜溜圆,像是某种披着白色皮毛的动物,也就在这一刻,才显示出一些稚气……

她揪着他的衣襟:"真的吗?真的吗?您愿意教我?"

"或者,你愿意先学降临术?"

降临术?那应该是……神的范畴吧?

"莫里艾他们也会。"他似乎会错了她的想法,"不难。"

"降临术,是像您在之前回归时的那种降临吗?"

"不,不一样,那属于神的领域,只有掌握规则,跨越过重重的空间,才能做到。我说的,是'小降临术'。"

"小降临术?"

不一会儿,柳余就懂了。所谓小降临术,就是将自己的投影投到她想见的人身边,与之交谈……忽悠信徒们时,这小降临术绝对够用。

"那您之前挑选圣女时,也是用的小降临术吗?"

他看了她一眼,浅浅的眸光疏淡:"不是。"

"还想学吗?"

"想!"柳余连忙点头。

她得再去跟布鲁斯大人或者红衣大主教沟通一下,让他们帮忙照顾一下弗格斯夫人……不知道,弗格斯夫人现在好不好。

应该是不太好的,不过如果她能降临……

"不可以降临到弗格斯夫人那儿。"他提出了要求。

"为什么?"

"没有为什么。"他平静地告诉她,"我不喜欢。"

"她是我母亲!您这样不合情理……"柳余还想说话,嘴巴却被捏住了。

"贝莉娅·弗格斯,贪婪是人类的原罪……"

他改捏为抚,拇指触碰到嘴唇的地方有点冰。柳余对着青年那异常平静的双眸,心却像被西伯利亚高原上的风扫过,抖了抖。

"乖。"他亲吻了下她。

第三十七章

艾尔文大陆，光明神殿主殿。

"布鲁斯大人，您又要滥用您的仁慈，宽恕这些邪恶的黑暗使徒吗？"长脸的黑袍神使冷着一张脸质问道。

"马兰，审判需要依据。"首座上慈眉善目的白胡子主教拄着光明权杖，不赞成地看着他。

"依据？"

马兰从袖子里丢出一个树根样的雕塑。那雕塑黑得发亮，还生了两根弯弯的尖角。

殿内一阵骚动。

"这……这是恶魔？"有人脱口而出。

"这就是依据。"马兰道。

"不！这只是我丈夫从山里捡到的树根！他喜欢雕塑，又买不起专门的石头，所以才用这个……这雕的是羊，羊！"

"羊是白色的。没人会雕一只黑色的羊。"

大殿内，黄金骑士和白衣神使分站两列，大殿中央，一对年轻的夫妇惊恐地抱着彼此。

他们身上的衣服已经很旧了，但洗得很干净。

"马兰，够了。破谎术证明，他们没有撒谎。"布鲁斯大人挥挥手，"放他们走。"

"布鲁斯大人！您明明知道，黑暗使徒的狡诈足以让他们躲过破谎术。"马兰意有所指。

布鲁斯嘴角的笑消失了。他那睿智的眼睛盯着他，正要开口时，一道金色的华光穿过白色的穹顶，照了下来，洒在每个人的身上。金色的圣池水开始"咕咚咕咚"地冒泡。

这……这是……

《神约》记载，神降临时，金色的圣光洒满大地，圣池之水开始沸腾……

神使和骑士们不约而同地仰头，看向头顶，布鲁斯也随之看去，金色的圣光越来越浓郁，浓得几乎要化为实质，一道模糊的人影出现了……

"是神！"

"真的是神！"

"神降临了！"

马兰匍匐了下去。

白衣神使们和黄金骑士们匍匐了下去。

布鲁斯大人颤颤巍巍地下了他的主教之位，也匍匐了下去。

"拜见神！"

"拜见神！"

"拜见神！"

山呼海啸般的声音，在殿内一遍遍地回响。

柳余降临时，看到的就是这一幕。

信众们全身心地臣服，世界就在她脚下，她站于众生之巅，仿佛天地山河都为之颤抖。

这感觉很容易让人飘飘然。

不过，她来，可不是为了这个。

"大家好啊。布鲁斯大人，您好吗？马兰大人，您又在为难人了？"

马兰一愣，旋即抬头，当目光落到那金色圣光里的曼妙身影时，呆住了。

贝莉娅·弗格斯？！

布鲁斯主教却已经微笑着打起了招呼："弗格斯小姐，托神的福，我还不错。"

满殿的神使和骑士们也都抬起头，他们看到一位美丽的少女被金色的圣光包裹着，她的皮肤是那样的洁白，眼神是那样的明亮，蓝色的裙子和她的蓝眸一样迷人，就像蓝色的星空……

而不久前，他们曾经在神殿的火刑柱上见过她。那时，电闪雷鸣，天神震怒。

他们重新低下头去，表示了臣服。

马兰站了起来。他的黑袍让他在人群中像黑乌鸦一样显眼："抱歉，弗格斯小姐，我可不能跪您。这是神的权利。"

"噢，这无所谓。我对您跪不跪我毫无兴趣。"

柳余看向大殿中央面现茫然的夫妇。

只一眼，她就明白了，微微叹息了声，两个多月过去，世界一点没变。

"看来马兰大人又要用您的残酷来让人痛苦了。"

"他们都是邪恶的黑暗使徒。"

"就那个根雕塑？"柳余不可思议地道。

"那是不祥之物。弗格斯小姐，您既然是未来的神后，就应该维护神的利益。"马兰告诫她。

他依然记得，金发少女倔强地对着他说"她只信仰自己"时的模样……

一个异教徒怎么能成为神后？他坚定地认为，神是受了蛊惑。如果可以，他愿意用自己的生命唤醒神的理智。

"利益？不要用您狭隘的思想来忖度神。"

"光明的敌人，是黑暗。他们雕出了黑暗的羔羊……这是滋生黑暗的温床。"

"马兰大人，这样看来，您的黑袍也代表着邪恶，您……是不是也应该上绞刑架？"

"如果需要马兰的话。"

柳余和他说不通。没看到也就算了，她都看到了，就没法坐视两条生命就这样逝去……

那让她想到了自己，想到了弗格斯夫人。

她看向一旁的白胡子老头："布鲁斯大人，您的意思是？"

"当然，我想，宽容是一种美德。"布鲁斯大人示意放人。

"布鲁斯大人,您也被她蛊惑了吗?!"

"马兰!"

在布鲁斯主教警告的眼神之下,马兰愤愤地闭上了嘴。

而远在无数光年之外的柳余,则抬头看了神座上的青年一眼。

她很想看看,对这眼皮子底下发生的一切,他会有什么反应。可她失望了。神支着下颌,银发如华丽的匹练,无数缕金色的阳光被他捏成了一个球。现在,这个球正在他的掌心滚来滚去。

他看起来有些无聊,甚至冷漠。

柳余收回了视线。小降临术施展成功后,她像被分裂成了两个,真实的身体还在神宫,而虚影却落到了纳撒尼尔。

她目送着那对夫妇被平安地送出门外,才想起了这次的目的。

"布鲁斯大人,我来其实是想拜托您,看顾下我的母亲。"

"弗格斯夫人?噢,您不必担心,在神对着全世界降下神旨,宣布您成为他神后的那一刻起,卡洛王室已经赐予弗格斯家最尊贵的公爵头衔,最富有的派特纳郡也被划入弗格斯家族的名下……您母亲衣食无忧。"

布鲁斯大人简直深谙这位少女的意图,接着道:"卡洛王室还派遣了一支皇家护卫队,专门在弗格斯家附近巡逻……圣殿也派了一队圣骑士加入,弗格斯夫人的安全无虞……圣使和城邦内最好的医师也会定期上门,为弗格斯夫人检查……现在,弗格斯家代表着无上的荣耀,她有参加不完的宴会,每一个贵族都以能邀请到她为荣……"

"那她……看起来好吗?"柳余小心翼翼地问。

少女的心思被布鲁斯大人敏锐地窥到了:"除了有些想念您。"

"这就好,这就好……"

柳余怅然又欣慰,这样的话,她能有更多的时间……

"谢谢您,布鲁斯大人,代我向大主教和卡洛王室问好。"

"这是我们应该做的。"

"圣光保佑您。"

"圣光保佑您。"

两人友好地道别后,柳余中断了降临术。

降临术收回的一刹那,她身体的某个部分也回来了。这感觉很神奇。

她站了一会儿。就在她要转身时,才发现,神座之上的青年在看她,狭长的眼眸里一片绿意,如温和的静湖。

他看了她不知多久:"只此一次。"

"为什么?"柳余奇怪地问。

"每一个世界产生后,就形成了它自己的规则。你的降临,会对世界产生影响……"

"我不太明白。"

"你还太弱小,承载不了世界的命运。"他直截了当地道。

柳余明白了,以"蝴蝶效应"来比喻,她的每一次降临,都会对降临的世界产生不可估量的影响,而因此被转变的命运,将会转交给她承担。

那他……承载着那么多世界的命运,该有多强大?

柳余看向盖亚,这才恍然发现,那个男人,此时突然又变得遥远了。他有着她不知晓的、广阔的世界，只是他的亲近和坏脾气，偶尔会让她模糊这一点。

可他是莱斯利啊，但他又比莱斯利更自我、更霸道……

他长久以来的高高在上，让他俩沟通时，如同两个物种。

他不想让她联系弗格斯夫人，就可以不让她联系。他掌控她，简直轻而易举。

即使她偶尔伸出"爪子"，可也只能在他的容忍范围内小小地挠一下。

"……继续学习神语吧。"

要将"命"这一体系建立完整——没有力量，就什么都没有。

柳余再一次给自己提了把劲：不要气馁。

毕竟，以他的年纪，他都可以做她无数辈的老祖宗了。

当晚回内宫时，神并没有出现，柳余却被铁片困扰得失眠了。好不容易睡着，醒来后却发现，神就站在她的床边。

阳光透过透明的玻璃窗照了进来。

"什么时间了？"

他没有回答她，反而拧紧了眉："你……看起来像只丧家犬。"

柳余瞪了他一眼："是的，因为您不让我看我的母亲。"

青年闭上了嘴，他的银发湿漉漉的，像刚从水里出来，湿发贴着白生生的脸颊，让他看起来有些不同往常的脆弱和柔软。

"您……"

他的手指拂过她的脸颊，一股柔和的白光从她的额心沁入，柳余感觉到，因为失眠有点沉重的身体开始轻松起来，正要道谢，却听他道："第一条。"

"梳辫子？"

不会吧？柳余不可思议地看着他……

这却像是逗乐了他。他的嘴角微微弯起，连漂亮的眼睛也一同弯下："你没忘。"

看来没猜错了。柳余半坐起身，薄薄的被子从身上掉了下来，他看了她一会儿："虽然你很美妙，但我不会受到诱惑。"

他伸手过来，彬彬有礼地替她拢好睡散的衣襟，而后，递过来一把极其漂亮的梳子。

梳子是白玉做的，梳齿细腻洁白，映衬着他骨节分明的手指，一时分不清什么更白、更剔透了。

"第一条。"

柳余接过梳子："您的头发湿了，得先擦干。"

他坐到她的床边，安静地用那双绿眸看她，她一下子就明白了他的意思。

柳余认命地爬下床，取来吸水的软布，盘腿坐在他背后，仔细地替他擦起了头发。

他的发质好极了，那么长，却一点发叉都没有，每一根都像被水银镀过，泛着美丽的光泽，只是发尾的颜色……

柳余的目光凝在了那儿——有些深。

"您的头发……"

"噢，你看见了？"他平静地道，"活久了，总是会点变化的。"

柳余不再说话，继续擦拭着他的湿发。

而身前的男人也规规矩矩地坐在床沿上，双手摆在膝上，竟给人一种乖巧的错觉。房间里的气氛一下子变得温软了下来。

这样的相处状态，让柳余有些不习惯，大多数时候，他们都在争吵。

即使是最亲近的时候，也带着搏斗的意味。可现在，这种平常的、带点生活气息的亲昵，却让她收敛起浑身的刺，莫名地安静了下来。曾经的她，渴望的也只是一个简简单单的拥抱，可以在夏日的午后，在太阳的阴凉下，在庭院里，她坐在台阶上，有人带着温柔的笑替她擦头发……

虽然，现在反了过来，也太安静了。

心像泡在温水里，懒懒的，动不起来。

柳余让自己想些别的。

铁片。对，铁片。

取心头血……会有什么影响吗？

如果直接开口呢……

"贝莉娅·弗格斯。"身前的人突然开口，那声腔华丽又优美，"这世上爱我的人很多，很多，很多。"

柳余还懒洋洋的，问："所以？"

"但你也不能因为你丑陋的嫉妒，而企图把我薅成一个秃子。"

他回过头来，绿眸平静如水。

她低头看了眼，这才发现，床上有许多根被薅断了的银色头发。

而在她用来擦头发的软布里，也团了一团漂亮的银发。

"您的头发居然会断？"她惊道。

他看了她一眼，道："我可以让你试试，你的会不会断。"

柳余的第一反应是捂住脑袋，她现在可太喜欢这厚厚的、水草一样的浓密头发了。

他却收回了视线："我可以让你浑身上下都长满毛发。如果……"

"你需要的话。"他慢吞吞地道。

"不，不需要。现在正好。"

一想到那画面，柳余的密集恐惧症都要犯了，她可不想变成毛茸茸的。

"梳头，梳头。"她道。

"我要跟莱斯利一样的两条辫子，一条都不能少。"

"当然，一条都不会少。"

柳余还给他多编了十几条。

可顶着这样的长发，他依然美得不可思议，眉目纯净而安然。他照了照镜子，而后满意地跟她告别，并邀请她在神殿相见。

"梳子。"柳余追出去。

"你的了。"他头也不回地走出了宫殿。

飘起的白袍上，十几条长长的银色发辫在光下漾着柔和的白光。

看着这一幕，柳余得承认，有这张脸，配任何发型都可以，更别提只是辫子多了一些，这反倒让他有了精致的、活泼的少年感。

至于梳子，她低头看了一眼，决定找个地方好好放起来。

这时，斑斑用爪子拎着一个早餐篮进来，它又胖了些，飞起来摇摇晃晃的，柳余都忍不住替它捏把汗。她手指一点，篮子就脱离斑斑的爪子，飞到了旁边的桌上。

"贝比，早安！"斑斑睁着黑豆眼，看柳余找地方搁那梳子，"你想藏宝贝？斑斑知道个好地方，神总在那里放着他的宝贝，谁也不让看！"

它指着柳余的右手："那个花瓶！放蔷薇花的花瓶！对，就那里……"

柳余看向一旁："花瓶？"

这花瓶她第一次进来时就注意到了。花瓶有点大，像揣了一肚子的宝贝，宝石蓝的瓶身，像万里无云的蓝天。

她一般用来插蔷薇。

每个早晨，她的枕边总是会出现一朵滴露的蔷薇，这些蔷薇全部被她插到了这个胖肚花瓶里，到现在，还绽放着。

斑斑飞过去，想要落在那胖肚花瓶旁，谁知它的身体太胖了，翅膀直接刮到了花瓶的瓶身……

"哗啦啦"，花瓶砸到地上，碎了。

在花朵与薄薄的瓷片中，一个金色的东西，在闪闪发光。

还有一个小小的……

柳余捡起滚到脚边的东西。

她愣住了。

这是……一尊石雕像。

边角处理得圆润细致，它有金色的波浪卷长发，有冰蓝色的眼睛，还有红色的蓬蓬裙……连裙摆的波浪纹，都雕绘得栩栩如生。

"噢，贝比，它跟你长得很像！"这时，斑斑"哇"了一声，"真神奇……"

"它……跟我长得很像？"

柳余的心，像死水重新流动了起来。

"简直一模一样！当然，贝比你更漂亮些……"

斑斑聒噪的叫声，柳余已经听不见了。

她摩挲过裙边的一行小字——那样小，小到几乎看不见，却那样清晰，仿佛凝结着笔者浓郁的、无法让人忽略的情感……

"贝莉娅·弗格斯！"

是她。

他雕的是她。

似乎想要证明什么，柳余又上前一步，动作粗鲁地扔开地上碎裂的瓷片，捡起其中那小小的、金色的鸢尾花。眼泪，终于忍不住落了下来。

他从没有丢弃过。他一直保留着。

他真的是莱斯利。他爱她。

而她……终于找到了证据。

房中，银发青年突然出现，他面色平静，只在视线触及地上的碎片时，有些波动。

"给我。"他向她伸手。

柳余攥紧手中的鸢尾花，摇头。

"您从没忘了我。"她无比确认地道，"您爱我。"

"不，我怎么会爱你？一个满口谎言的女人。"

他的眉深深拧了起来。

"那这是什么？"她摊开掌心让他看，"您为什么要保留它？还有这尊雕塑……您给它刻了漂亮的裙子、金色的头发……还刻上了字。"

"我只是想让自己记住这个教训。"

他的目光落到她的掌心，看起来似乎更厌烦了。

柳余却满不在乎地擦了把泪："不管您怎么说，从现在开始，我会重新追求您一次，没有任何谎言。"

精致奢靡的房间内，流淌着某种说不出来的、紧绷的气息。

"追求？就像你追求莱斯利那样？"

白袍青年看着她，他神色漠然，看上去毫不动容。

就在柳余要开口时，他伸手过来，她下意识地背着手，警惕地看着他："您不能抢。"

"你送给我了。"他直接拉过了她背后的手，"别动。"

一缕白芒自他指间浮出，柳余只感觉一阵暖暖的、像是细絮的东西钻入她的伤口——刚才捡东西时，手指和掌心被瓷片划了几道口子。

她的嘴角翘了起来，眼睛亮晶晶的："您关心我。"

"不。"直到细小的伤口消失，他才收回了手，然后慢条斯理地道："我说过，你属于我。我不喜欢看到我的财产有损伤。"

柳余也不说话，只是安静地看着他，蓝眸里眼波流转。

他看了她一眼："另外，不需要追求……我该走了。"

转身时，白色的法袍扬起又落下，银色的发辫披散开，让他看起来像精致而美丽的精灵。

"即使您这样说，我也不会放弃追求。"柳余对着他的背影道。

"追求？"他转过身来，"你当时为了追求莱斯利，甚至可以为他死……可连这样都是虚假的。"

柳余什么都没说。她知道，现在说什么都没用。

可她想试一试，再试一试。否则，她不甘心。

她不想在日后的每一天，都反复地对自己说：如果当初，我再努努力就好了；如果当初，我努努力就好了……

"您等等……"似想起什么，她从颈子里拉出一条细链，细链上串了一颗水晶般的珠子，之前还挂着斑斑的羽毛，羽毛被用来换了他的腰带。"这个，我还给您。"

"记忆珠？"他蹙眉。

"对，您的记忆珠。"

如果要重新开始，那么，就从记忆珠开始。这一次，柳余想，她起码要做到真诚。

她不想再在两人之间的关系中掺杂虚假。

"我将您的记忆还给您，干干净净的。"

"抱歉，我不需要了。"

"在我回归的那一刻，所有的记忆……"盖亚深深地看了她一眼，"都恢复了。"

所以，即使每次亲密时，他看见了……也从来不问她要吗？

鸢尾花锐利的边缘刺得她开始疼痛，柳余忍住眼泪，原地站了会儿。

地上的瓷片消失了。

斑斑仰着小脑袋奇怪地看看她，又看看窗外，似乎有满肚子的疑问。

柳余却挥挥手："斑斑，我想一个人待会儿。"

斑斑点头："对啊，你是一个人啊。"

"连鸟都没有。"

"……哦。"

斑斑灰溜溜地飞走了。

柳余看向窗外，蓝澄澄的一片天，万里无云。

没关系，万事开头难，都会好的。她安慰自己。

当晚，盖亚依然没有回来。

柳余抱着石雕像和金色鸢尾花，窝在被窝里，做了个甜美的梦。

梦里，粉红兔茜茜撅着屁股，在花园里哼哧哼哧地啃着草，而斑斑则扑棱着它灰色的翅膀飞来飞去。

花园里种满了红色的蔷薇，风一吹，蔷薇花开了，花香四散开来。

一个穿着红色蓬蓬裙的小女孩坐在花园里，一边拿着小铲子铲土，一边眼巴巴地看着花园的入口，当看到有人进来时，就拍着手"咯咯咯咯"地笑。

第一缕阳光洒入梦里。

柳余是带着笑醒来的，她将头闷在枕头里，深深吸了口气，枕头被阳光晒得蓬松而柔软，好闻极了。

她又跟旁边的金发小人打招呼："你好呀，小弗格斯。"

"你好呀，贝比。"旁边传来一道沙哑的破锣嗓音。

柳余吓了一跳："斑斑？"

"早安，大弗格斯。"斑斑跟她问好。

柳余这才发现，胖鸟正垂头丧气地蹲在桌上，旁边有个比它的身子还大一倍的提篮。

黑豆眼抬起瞧了她一眼，又萎靡地垂了下去。

"怎么了，斑斑？"

柳余好心情地掀被下床，她决定，今天要选条漂亮的红裙子，红色是她的幸运色。

旁边华丽的金色衣柜里，挂着许多条漂亮裙子……

原来是没有那么多的。

柳余耐心地比较着，最后挑了一条跟石雕像的裙子差不多模样的，裙摆处有漂亮的波浪纹。

盖亚喜欢她的脖子和锁骨。一会儿再梳个漂亮的发型，得用小辫子将两边的碎发编进去……柳余认真地想着。

"贝比！你一点都不关心斑斑！你没有爱！"斑斑等了很久都没等到她的关心，忍不住委屈地控诉起来，"贝比坏！贝比和神一样坏！"

柳余这才发现，斑斑脑袋上原本竖着的灰色翎毛掉得只剩下一根了。

斑斑似是察觉到她的视线，一下子捂住脑袋，"哇"的一声哭了："斑斑，斑斑就睡了一觉……毛就掉了……斑斑秃了，斑斑秃了……再也没有雌鸟会爱上斑斑了……"

"斑斑，会长出来的。"柳余"不走心"地安慰道。

没办法，她现在的心情太好，完全没办法同一只秃鸟感同身受。

"哇"的一声，斑斑哭得更伤心了。

"要不，你去找盖亚？"

"神？斑斑去找过了，可他又不理斑斑了……难道是因为斑斑偷偷将他藏宝贝的地方告诉了贝比？"

斑斑觉得不能理解，它们鸟类里，有担当的雄鸟都要将虫子上交给心爱的雌鸟分配的。

"好了斑斑，等我学会生发术，我就来帮你。"

既然有秃头咒，柳余想，肯定有生发术。

"真的？"斑斑斜眼看她。

"真的。"

柳余安慰完哭闹个不停的灰肥鸟，洗漱过后，认真地打扮了一番，随口吃了点东西就出了门。

她先去找了吉蒂神官，向她打听盖亚平时的爱好。

吉蒂神官看向她的眼神很奇异："爱好？"

"神没有爱好。他捉摸不定，就像一阵风。"

"那他平时喜欢做什么？"在吉蒂开口之前，柳余又道，"除了看那些星球。"

"神的话……"

如果是其他人来问，吉蒂神官一定会板起脸来呵斥对方，告诉他，不可窥探神。可现在问话的，换成了未来的神后，很显然，神后似乎想讨神的欢心。

她认真地想了想："神喜欢听有趣的故事。他总是召来圣子、圣女们，听他们讲新奇的东西。也可以是笑话。"

"笑话？"

柳余记在了心里："别的呢？"

"抱歉，我不清楚。"吉蒂神官用饱含深意的眼神看着她，"也许您比我清楚。"

柳余瞬间懂了。

"您是说……"

"是的，弗格斯小姐，就是您。我从未见神让谁靠近过他的身边。"

柳余承认，她很高兴。之后，她还去问了从前的"男模队"。

她一向知道，盖亚很狠，却没想到，他竟然那么狠——看着面前的"真·夕阳红"老年队，她不由得发出如此感慨。

如果要问"看大变活人是什么感觉"。

就是现在这种感觉。

一排半条腿快迈进棺材里的老年人精神抖擞地穿着骑士装，踏着骑士步，雄赳赳、气昂昂地用"星星眼"看着她，好像等待上级检阅的队伍。柳余还在其中看到了几张熟面孔，大概率是……在艾尔文大陆上遇见的？

她不太确定地想。

"母亲，您来是有什么事吗？"莫里艾亲切地问候道。

柳余努力让自己忽略"母亲"这一称呼，问起他关于"父神喜好"的问题来。

神骑士们排着纵列，像唱号一样依次有序地回答着。

"白色的。"

"纯洁的。"

"忠诚的。"

"光明。"

"羔羊。"

"大海。"

"森林。"

……

最后，还是莫里艾提供了一个有用的信息："父神喜欢一种酒。"

"酒？"

柳余想起喝醉那日，他喝的酒，味道很好。

"艾诺酒，那是父神唯一无法酿制出来的酒。"

"他还会酿酒？"柳余奇了。

"父神什么都会！"神骑士们扬高声音，自豪地道。

"绘画！"

"雕塑！"

"唱歌！"

……

"谢谢，我知道了。"

柳余看向慈眉善目的"布鲁斯大人"，认为自己最近见他见得有点多，"艾诺酒是什么样的？"

"父神尝试过无数次，可总在最后一步失败……"

莫里艾带她去神的酒窖看，酒窖在地底下，嵌在墙壁上的壁灯像传说中的阿拉神灯。

整整齐齐排列着的酒罐子如稻田里一茬又一茬的青苗，一眼看不见头，醇厚而浓郁的酒香飘过来，还未靠近，柳余就已经微醺了。

"父神会的很多，虽然他能轻易地变出来，比如衣服，比如食物，但父神很少这样做。他说过，'万物从无到有，当它存在时，就有自己的规则。遵循它的规则，以诚意和时间做出来的东西，才拥有永恒的魅力'。"

柳余听得很认真。

原来……真正的盖亚，是这样的吗？她似乎此时才开始真正了解他。

"那他平时喜欢做什么呢？"

莫里艾想了会儿，摇头道："父神不太与我们聊他自己……但他很温柔。"

又是与她了解的不一样呢。

莫里艾带她走了大概十分钟，才走到目的地。

这是一块专门圈出来的地盘，大大小小、各式各样的精美酒罐放在一排排陈列柜里，壁灯幽幽。

但柳余很快就感觉到了奇怪之处。她闻不到酒香，甚至可以说……一点气味都没有。

这个世界上，大部分的东西都有气味，动物、植物都有，就更别说酒了。

"看来母亲也发现了。"

莫里艾拿起一个酒罐，拨开封口的东西，递了过来，"……父神酿制过很多酒，他的技艺无人能敌……醇厚的，辛辣的，清浅的，古怪的……

"可唯独有一种酒，即使有了酒方，他也没有酿造成功过。"

"艾诺酒？"

"是的，就是艾诺酒。传说，它是由布宜诺世界中一个平平无奇的酒商酿造出来的，最后那酒商成功用这酒娶到了他心爱的女人。父神一直很遗憾，他研究了许多年……可不论他怎么做，艾诺酒都没有任何香气。它尝起来就像水一样。"

"酒方能让我看一下吗？"柳余问。

"噢，当然可以。"

莫里艾脚尖一跷，伸手从陈列柜的顶端抽出了一张发黄的羊皮卷。柳余接过，羊皮卷上，用金色的羽毛笔写上了华丽优雅的神语。

"金钱草半磅，覆离子六颗……钟爱之心。"

旁边还有更小的、看起来十分随意的字，泄露出了笔者的疑惑："钟爱之心？爱之心？"之后附上了寻找到的各种"爱心"……

密密麻麻一排，几乎要将羊皮卷填满。

最后一行字龙飞凤舞："失败了九十九万九千九百九十九次……还差一次，保留。"

"这些就是父神最后一批酿制的，只差了最后一步。现在……被他封存在这儿。"

"他不能从布宜诺世界买吗？"柳余将羊皮卷递了回去。

"那商人死了。"莫里艾重新收好羊皮卷，"即使是他的儿子，也酿不出来同样的酒……艾诺酒就此失传。"

"那应该很好喝。"

"据说，艾诺酒能让人感觉到'幸福'。"莫里艾耸了耸肩，"父神说过，那是他尝过的最美味的酒，能让他美美地睡上一觉，做个梦。"

他期待地看着她："母亲，也许您可以试试。"

柳余的关注点却在另外一个方向上："您的意思是，神平时没办法睡上美美的一觉？"

"父神不需要睡觉，更不会做梦。"莫里艾惊讶地看着她，"母亲您竟然不知道？"

"噢，我会努力试试看。"

柳余想起，他会抱着她……直到入睡。

"祝您成功。"莫里艾真诚地祝福她。

柳余也希望自己能。

追求人时，需要让对方看到自己的诚意。这次她不想用什么套路，只想完全按照自己的心意来。

真诚地、认真地再追一次。当然，她同时还要学习神语……

柳余觉得，自己有点忙。

参观完酒窖，她去神宫外的花圃摘了些花。蔷薇上的刺被她细心地拔去，束成一束，而后带着去了神殿。她还准备了一个有趣的故事——中华历史，上下五千年，总还是能挑出故事来的。

神座下，又来了一批新的圣子、圣女。

"那是谁？"

"未来的神后。"

"噢，看起来确实很美……"

柳余听而不闻地走过，在圣子、圣女歆羡的眼神里来到神座前。

神座上，银发青年清透的绿眸始终看着她，一言不发。

柳余微笑了起来，她将花递给他："早安，盖亚。"

他看了花一眼，最后安静地接了过来。

"谢谢。"

"我听说，一大早看见花，一天的心情都会很好。"

"弗格斯小姐看起来确实不错。"他看着她略带点讨好的笑意，"睡得……也不错。"

"托您的福。"

柳余先给他讲了个有趣的小故事，才开始了一天的神语学习。

每当教学时，盖亚就异常认真。当然，柳余也是个好学生，还是勤快、悟性又高的学生。

"……是这样，对吗？"

即使是艰涩的神语，她也能很快地掌握，并流利地念出来。

"是的，非常不错。下一个……"

时间过得无声无息。

柳余将一半的时间用来学习神语，一半的时间用来认真地追求盖亚。

每天清晨，她都会去宫外采一束花，再挖空心思地准备一个故事，偶尔，也会是一些笑话。他的笑容和好心情，就像天边的彩虹，稀少又昂贵。

但柳余发现，这么几日下来，盖亚的心情不但没见好，反倒越来越坏了。

他不回内宫，不再跟她同床共枕，除了偶尔的礼貌问候和神语教学，几乎不和她说额外的话，总是板着脸。

柳余没有气馁，她不会轻言放弃，因为她知道，如果她成功了，将会品尝到最甜美的果实。这世上，从来没有轻而易举得来的东西，这是她自小就知道的道理。

只是那艾诺酒，她始终没有头绪，反倒浪费了他封存起来的好几罐酒。

五天后的傍晚。

在学完神语后，柳余看了眼神座上看着书卷的银发青年："您跟我去个地方。"

他似乎没有听到。

"盖亚！"她喊他。

青年动了，他合上手上的书卷，金色的羽毛笔也一并消失在他的袖口里。

"不论是什么地方，我都不会有兴趣。"视线落到她攥着他衣角的手指上，"放开。"

"不，"柳余摇头，她执拗地道，"除非您答应。"

一股力量拂开了她，青年起身要走，柔软的袖口却又被攥住了。

"您跟我去。"

"贝莉娅·弗格斯。"他用严厉的口吻警告她。

她却抿紧了唇一言不发，只是攥着他的手指因太过用力，都发了白。

"如果是你那些无聊的把戏，那就算了，我没有兴趣知道。"青年拧紧了眉，"我不是那愚蠢的莱斯利，会轻易地上你的当。"

"您最近总是避开我。"柳余还是开了口，"……您不是说，要趁早厌倦我？不和我在一块儿，怎么厌倦我呢？还是说，您对我感到恐惧？您害怕我靠近您，害怕自己会动摇？"

"贝莉娅·弗格斯，激将法对我来说没用。"他似是看穿了她的心思。

少女的嘴唇咬得发白，就在她以为自己又一次被拒绝时，他开了口："不过……带路。"

"您愿意去了？"柳余喜出望外地问。

"光明的教义，是仁慈。"

柳余领着盖亚，去了生命之树的附近。

一层又一层绿色的雾霭罩住了这一隅，这附近没什么人。

她走到上一次她和比伯先生跳舞的地方，这儿摆了一张方形的桌子，桌上铺了纯白色的布，红色的蔷薇插在鎏金花瓶里，桌子中央还摆了个漂亮的鎏金烛台。

烛火优雅地跳跃着，一个托盘静静地放在桌上。托盘上，是一件叠得整整齐齐的衣服。

他又一下子拧紧了眉。

"吉蒂神官说，今晚是星河夜，我想请您穿上这件礼服，和我跳舞……"

"弗格斯小姐，您的追求，还真是毫无新意——一如既往的轻浮。"

他看着她，眸光平静，却又仿佛含着一丝凛冽。

话音落下的同时，人已经消失在了原地。

柳余剩下的半截话，消散在了空中："这是我亲手做的……"很努力地做的。

柳余在原地站了会儿。

她走出后花园，来到金色长廊上时，发现吉蒂神官还站在那儿。

"您没回去？"她惊讶地问。

吉蒂神官却突然看向长廊外，恍惚道："噢，下雨了。"

天空不知什么时候飘起了细雨，雨滴落到人的肩膀，有点凉。

"是啊，下雨了。"柳余抬头看天。

吉蒂神官却注意到了她手中的衣服——白色的宽袍，虽然没有绘上银色的星月徽纹，却是弗格斯小姐做的最好的一件了。

她在心底叹了口气，不明白神和弗格斯小姐在闹什么别扭。

"您……还好吗？"她面带关切地问。

"还好。"柳余朝她笑了笑，"不过……没送出去。"

"他……大概对我有些误会。"

吉蒂神官看着她的表情一下子就变得有些同情了。

吉蒂神官从前以为，弗格斯小姐就是个长得漂亮些、娇弱些的女孩，和神宫里的那些圣女们没什么两样，可现在看来……还是不一样的。

很不一样，她身上有股韧劲。

即使每天对着神的冷脸，她都能摆出一张笑盈盈的、满不在乎的脸，给神献花，给神讲故事。要换成其他人，可做不到，那眼泪早就掉得像卡多瑙河的水了……听说，她还在学酿酒。

所以，当她找来，说要跟她学做衣服时，吉蒂神官才会觉得那么不可思议。

她的时间那么紧！一件衣服，要花费很多心思，画花样，裁剪，最后还要缝……可没想到，弗格斯小姐最后居然做成了，虽然代价是手指上出现了密密麻麻的伤口。

"神一向宽厚仁慈，即使您冒犯了神，但他也会想通的。"吉蒂神官试图安慰她。

金发少女扬起了笑："谢谢神官。那……告辞了。"

她拿着衣服回到了内宫。内宫空无一人，盖亚还是没有回来。她脸上的笑收了起来。

桌上，只有一个装食物的提篮，斑斑也不知道去哪儿了。

目光落到枕边被用小被子盖住的石雕像上，金发蓝眼的小女孩正对着她微笑。

"晚上好啊，小弗格斯。"她也扯起嘴角对她笑。

小弗格斯没有回答她，可她却像是满意了。放好衣服，拿起提篮里的东西吃了起来。洗漱完，又上床睡觉了。

雨淅淅沥沥地下了一夜。再醒来时，柳余有点恍惚。

她做了个噩梦，梦里烧起了一片大火，她在火的一头，盖亚在火的另一头，连弗格斯夫人也在他那边，他们纷纷厌恶地看着她，他们骂她……骂她什么来着？

柳余晃了晃脑袋，记不清了。

墙上的报时鸟准时地叫了起来。

窗外的天灰蒙蒙的，仿佛随时要再下一场雨，阳光藏匿得看不见。

"早安，小弗格斯。"

柳余掀开被子，"嘶"了一声，手指触到了柔软的丝绸。密密麻麻的小伤口看不见了，但碰到东西时就会牵扯着疼。

就在昨晚，她还在想，一定要让他看到这些伤口，好向他表示，她在很认真、很认真地追求他。

可现在……

"啊，我又将坏习惯带过去了。"柳余想。

小时候，她挨了男孩们的欺负后，总要留着伤口去跟院长妈妈告状，因为她知道，院长妈妈会心疼她，还会将那些小男孩教训一顿。

人的过去，总会在自己身上烙下无数烙印——好的，坏的。

就像现在，用惯了心机，偶然间要用真诚……

难怪，他说她轻浮，因为她还在卖弄她的小聪明，缺乏真诚。

一道白光自指间弹出，缓缓地抚过这些细小的、带点毛刺的伤口。不一会儿，手指上密密麻麻的伤口就消失了。

柳余却怅然若失，好像一直覆在她身上的壳，被她一点点地丢弃了。

可她又有点莫名的轻松。心一松，两个字突然蹦出来，在她的面前晃了晃，然后和其他的字符手拉手，跳入一张蓝色的网里。

"爱"，还有"真"。

原来，是这样。柳余有点明白了，她隐隐有种感觉，这张网快要成了……

她认真地打扮好，采了花，就和昨天一样去了神殿。出乎意料的是，神座之上没人。

吉蒂神官抱歉地看着她："神说，他有事，要出去两天。"

柳余一愣，问："有说什么事吗？要去几天？"

吉蒂神官摇头："神从来不告诉我们他的事。"

"那您能联系到他吗？"柳余问，她这才发现，他不出现的时候，她几乎无法找到他。

"母亲，父神去了梅尔岛。"莫里艾进来，恭敬地行了个骑士礼，"如果您有需要，我可以派人去梅尔岛转告父神。"

"也没什么。"

柳余想，正好她可以做些别的事。

当那个"爱"字跳出来时，艾诺酒怎么酿，她就突然有了点想法，只是还需要实验。"麻烦您替我问问他，他十天后能回来吗？"

"好的，母亲，我一定转达。"莫里艾微笑着道。

"谢谢。"

她觉得这个老头的脸看习惯了，也是很顺眼的。既然不能学神语，柳余就去了酒窖。

艾诺酒只差最后一样东西——"钟爱之心"。

可钟爱之心是什么呢？

不是"爱心"形状的东西，而是对一个人的爱！

"莫里艾，重新给我拿些材料来。"

"您要亲自酿？"

"是的。"

不亲自酿，怎么能有"钟爱之心"呢？

柳余想象着他喝到酒时的模样，他必定是唇角微扬，眸中是流动的春水，耳边是和煦的风——他感觉到幸福。

"可是父神……就差最后一步了。"

"莫里艾。"

"是的，母亲。"

莫里艾出去了，不一会儿就拿来了许多材料，金钱草，覆离子……还有专门酿酒的器具。

"都在这儿了。"

柳余检查了一遍。

自从变成半神体，身体的触感敏锐了很多，不论是制衣，还是酿酒，不用多久，她就能掌握……

酿酒，除了灵活的手指和正确的配方外，最需要的是敏锐的嗅觉。这些，她都有。

酿完，还需要沉淀，放置。

"父神会放在这儿。"莫里艾带她去了酒窖的另一头，那里挖出了一个圆圆的洞，"酒罐放在这儿，一天就好了。"

"一天？"

柳余伸手想进去摸一摸，却被莫里艾阻止了。

他在洞口一抽，抽出一个长形的木板，而后将酒坛放了上去。

木板"咔啦啦"地往里进，不一会儿，酒坛就消失在了洞口。

"您的手不能进去，这洞里的时间流速非常快，一天，就是百年。"莫里艾郑重地警告她。

"噢，这……"柳余叹了一声，"真了不起。"

"父神在里面设了一个时间法阵，一只兔子进去，只要一会儿，就成了一具白骨。"莫里艾自豪地道。

柳余酿了好几坛子，都放了进去。第二天来时，又抽出来，打开酒封。

莫里艾尝了一口，脸一下子皱了起来："母亲，是苦的。"

一行泪顺着他脸上纵横的"沟壑"掉了下来。

"苦的？"柳余也尝了一口。

苦，确实苦，比黄连都要苦。好像整个味觉都要被这苦味占据了。

好像生活全无指望，如一潭死水……

柳余的眼泪也落了下来。

两人看着彼此默默地掉了半天泪。

"一定是哪里出了错。"她擦着泪道。

莫里艾也点头："……对。父神酿的，是水。母亲酿的，是绝望。"

他将酒坛子重新封好，在上面写了个"苦艾酒"，就放回了另一排的陈列柜里。

柳余在脑子里将昨天酿酒的步骤复盘着……金钱草？没错。覆离子？没错。艾叶花？没错……步骤没错。

那就是钟爱之心……错了。

她昨天想了什么？她想到了那斯雪山上的那一役，想到了巨蛇将莱斯利胸口洞穿的那一幕……

柳余无比清晰地剥离着自己的心思，重新酿了一批放进去。

第二次，是"甜"。

莫里艾扶着墙壁，毫无风度地捧着肚子大笑，一边笑，一边道："母亲，应该对了！"

柳余看着他停不下来地笑："我觉得不对。"

"可我感觉到快乐。"莫里艾不自觉地笑着，嘴角上扬的幅度越来越大，那画面看起来诡异极了。

"总觉得哪里不对，再酿。"

柳余觉得，幸福，应该是更深层次的体验，而不只是让人大笑。

她又做了好几批。

其间，还找了伊迪丝。伊迪丝比上次见时还要瘦，眼眶深深地凹了进去，显得眼睛特别大，大得有些吓人……

这样一来，她看起来几乎跟柳余完全两样了——她瘦脱了形。

"伊迪丝小姐，您怎么了？"

"我……"伊迪丝沉默地摇头，"我没事。"

"您看起来……像大病了一场。"柳余狐疑地看着她，"到底怎么了？"

伊迪丝一下子捂住眼睛，似是这偶然的关心让她不知所措。她没哭出声，泪水却悄悄地从指缝里流了出来。"我……我想死。"

柳余吓了一跳，她本来是想来向伊迪丝请教怎么做甜点的。

"您怎么了？"

"我很痛苦，很痛苦……我犯了罪，没人能宽恕我。即使我们并没有血缘关系，但也不被世人接受。"她流着泪，语无伦次地道。

"我想恳请您一件事，求您将我的哥哥放逐到神之国度——神宫之外。"伊迪丝紧紧抓着柳余的手，请求她。

"比伯先生？"

伊迪丝什么都没说，只是恳求她："……您是未来的神后，一定有办法的。我希望他安全……可倘若他在我身边，我将永远无法自由。"

"您想好了吗？"

伊迪丝点头。

柳余就没有再多说什么，她和伊迪丝有交情，可跟比伯先生却没交情。

"如果这是您的愿望的话。"

伊迪丝擦了把泪："弗格斯小姐，您刚才来……是为了什么事？"

"是要我教您做甜点吗？"

"你怎么知道?"

柳余这才想起这回来的目的。

"神宫里都传遍了,说神生了您的气……您找吉蒂神官学了制衣,找莫里艾先生学酿酒,找我的话……我也只会做这些东西。"

柳余眨了眨眼睛:"都传遍了?"

"是的,圣子、圣女们平时没什么事,所以对神的事情就多关注了些。他们说,您惹恼了神,也许神后都要当不成了,谁也没见神对谁冷过脸……不过,我不信。"

她有点不高兴,可又没那么不高兴。

"……谢谢,如果可以的话,我想学做草莓蛋糕。"

其他人的风言风语有什么关系呢,她更在意的是,盖亚在六天后会不会回来。

六天后,是柳余真正的生日,她想和他分享。

真诚,是希望对方好,去除那些花里胡哨的东西,和他分享真正的自己。

"草莓蛋糕?"伊迪丝却是第一次听说。

"草莓饼我会做,蛋糕却是第一次听说……那是什么?好吃吗?"

伊迪丝说起甜点时,眼睛简直在闪闪发光,她是真的热爱做这些可口的食物,并且很乐意同人分享。

"很好吃……又甜又软,像奶酪做的棉花糖。"

"噢,听起来很有趣,如果您不介意的话,也许我可以跟您一起研究。您别看我这样……我做甜点很在行。玛格丽特小姐上次还找我做了她家乡特有的甜干酪……"

伊迪丝看起来很有自信,脸都红了。

"那就太感谢您了。"

伊迪丝做出来的甜品,确实很好吃,即使在前世,柳余也没吃过比她做的更好吃的。

两人约定好了时间,柳余就告辞了。

伊迪丝追出去,鼓起勇气提醒了句:"弗……弗格斯小姐,您……您别忘了。"

已经走到庭院门口的金发少女头也不回地摆了摆手:"知道了!放心。我会尽快让莫里艾送他出去的!"

"谢谢您。"

"她很酷。"伊迪丝自言自语,"换成是弗格斯小姐,绝对不会让自己陷入这样的境地。

"我太软弱了……才一次又一次地让事情变成现在这样。"

柳余走到庭院,找到了莫里艾。她并没有将比伯的事告诉对方,只是让他将比伯先生送去离神宫最远的地方。

"比伯先生冒犯了母亲您吗?"莫里艾问,"如果他冒犯了您,应该被送到梅尔岛。"

"梅尔岛?那是关押罪犯的地方吗?"

"是的,母亲。父神仁慈,建了一座岛,所有的罪犯都会流放到那儿。如果比伯先生冒犯到您……"

"……不用,他没冒犯我,您将他丢得远远的就成。"

"谨遵母亲之命。"莫里艾单膝跪地,尊敬地行了个礼。

他转身要走时,突然回过头来,朝她大大地笑着:"母亲,艾诺酒……成了!"

笑意在莫里艾的眼里流淌。柳余这才发现,他的眼睛是绿色的,草绿。

"真的？"

"噢，当然是真的。我来之前下了一趟酒窖，我敢肯定，那就是艾诺酒！噢，那感觉，就像是……回到了生命之树的怀抱，我被风吹着，阳光照在我的身上，有小鸟在我耳边叽叽喳喳地、快活地唱歌……十分美妙。"

柳余捂住了嘴巴："圣光在上……我以为，又要失败了。"

"母亲，您很棒。"莫里艾给了她一个大大的拥抱，他并没有碰触她的身体，而是绅士地留出了一段距离，"即使您冒犯了父神，我想，他只要了喝您酿的艾诺酒，就一定会原谅您。"

"您和其他人一样，都认为是我冒犯了盖亚？"

"父神宽容又仁慈，他从未犯过错。"莫里艾信誓旦旦地道。

走之前，莫里艾还对她说："宫里的孩子们开了个赌盘，他们赌父神会不会原谅您……"

"所以？"

"赔率是一比九十九。虽然他们都认为您得不到父神的原谅，不过，我还是支持您。"莫里艾高兴地告诉她，"作为您最忠诚的孩子，我给您投了一票！"

"谢谢。"她微笑着道。

时间悄悄地溜走，柳余为着生日的到来，准备好了草莓蛋糕，准备了艾诺酒，还另外做了一套衣服，而后就开始静静地等待。

第三十八章

　　柳余原以为生日前一天会失眠，谁知一躺到床上就睡着了，一个梦都没做。
　　她起了个大早。
　　窗外是难得的好天气，天空湛蓝湛蓝的，像一块巨大的蓝宝石，只有几片白色的云在漫无目的地飘着，云被浅金色的光镀了层边。
　　柳余在选衣服时犯了难。
　　金色的雕镂着蔷薇花纹的衣橱华丽而精美，一整柜的裙子有序地挂着，每一条都十分漂亮。
　　可她一定要选件特别的才行。
　　这时，斑斑提着篮子进来："早安，贝比！"
　　"早安，斑斑。你帮我看看，该选什么？"
　　斑斑用翅膀指着最左边的一件："那件！特别美，和斑斑的羽毛一模一样！"
　　是很美，泛着柔和的珍珠色泽，看起来素雅又高贵。
　　"颜色太暗。"
　　柳余的手指划了一圈，最后，落到了一条玫瑰紫的蓬蓬裙上，绣了金丝的裙子，华贵而精致。
　　"你要选这条，为什么？"斑斑歪了歪脑袋问。
　　它不太懂人类的审美。
　　柳余笑了："因为，我和莱斯利第一次见面时，穿的就是这样的裙子。"
　　那些日子就像童话……如果选不出来最特别的，那就选有意义的。
　　"……噢。"斑斑很快就失去了兴趣。
　　它对人类雌性喜欢穿什么一点都不关心，认为自己的羽毛最漂亮。
　　"那斑斑去吃虫子了，神给斑斑准备了很多很多的七彩虫……"斑斑想了想，觉得自己吃独食不是很好，"您要来吗？"
　　它有点不舍得。
　　"不！谢谢。那是你们鸟类的食物。"柳余拒绝道。
　　那七彩虫，她可是见过的。七节身子，每一节都是不同的颜色，软软肥肥的虫身在树叶上一弓一弓地。她不明白神为什么会辟个小花园，专门养这些东西给斑斑吃。她光看着那些虫子，鸡皮疙瘩都要掉一地。

"真的很好吃呢，软软的，一咬下去……"

"斑斑！"柳余瞪它。

斑斑脑袋上唯一的一根羽毛耷拉下来，心想：为什么贝比要排斥七彩虫呢？它们真的很好吃。

斑斑拍着翅膀飞走了。

发型还是跟上次一样，柳余还选了条钻石项链和水滴状的耳坠，梳洗打扮好后，就去了八爪鱼所在的厨房。

八爪鱼大叔看见她，努力睁大它那双"眯眯眼"："神后小姐，您又来做那软软的、圆圆的棉花糖？"

"那是蛋糕。"

柳余熟练地给自己戴上围裙。

"噢，蛋糕。"八爪鱼对这软绵绵的东西可没什么兴趣，它喜欢嘎嘣脆的，"您别弄脏了厨房。"

而后，八爪鱼慢悠悠地团着手，游去屋檐下晒太阳了。

这几天，柳余和伊迪丝已经将草莓蛋糕研究出来了。

虽然没有模具，但神术灶台很好地解决了这个问题，用它不仅能煎羊排，还能烤土豆饼，甚至能做出各种形状的食物，但柳余依然坚持做成最普通的圆形。

草莓是附近的草莓园献上来的，个头不大，但味道极好，酸酸甜甜的，让她想起第一次吃草莓时的感觉。在蛋糕周围贴上草莓片后，柳余还在中央画了对小人。

"神后小姐，您画得跟神比起来……可差远了。"

八爪鱼不知什么时候靠近了灶台，"咕噜噜"地笑了一声。

确实不太好，勉强看得出是手拉手的一对男女，就跟孩子涂鸦似的。

柳余笑了笑："没有机会学。"

"噢……"八爪鱼的知识范畴还不能让它理解什么叫"没有机会学"。

"那……神画得很好？"

柳余其实不怎么惊讶，毕竟，神骑士团已经跟她说过了。

"很好，非常好，神有一阵子沉迷画画……听说，神宫内有一幅壁画，是他亲自画的。"

柳余想起第一次进内宫时，在穹顶看到的那幅画。

色调饱满，大气磅礴……可笔触却让人想起夜晚的月光，凄清又寂寞。原来……那是他画的。

"不过，神已经很多年没有画画了……最后一幅，是画给莫尼我的。"八爪鱼大叔自豪地道，"神从不给人类画画……"

"我见他画过人。"

"但都没有脸。"八爪鱼的两条触手用力地在胸口交握，"神一定是觉得，八爪鱼才是世界上最可爱的生物。所以才愿意给莫尼画画。"

"晚上我想吃面，莫尼。"

"就是那长长的荞麦条？"八爪鱼点了点头，"当然可以，神后小姐。"

柳余将蛋糕放入事先准备好的水晶盒，又去宫外摘了花，去酒窖取了酒，而后就坐在房间静静地等。

她不擅长也不喜欢等待，因为那会让她想起小时候——还有期待的小时候。所有的小朋友都被一个一个地接走，最后，教室里只剩下她一个人。天色暗下来，路灯亮起来……可院长妈妈没有来。她太忙了。

所以，柳余怎么也没有想过，自己还会有这样的一天，静静地坐在某个地方，等一个人。

心很静。

夜有些凉，月亮悄悄地爬了上来。门口传来了动静，她下意识地往回望，却是斑斑用爪子提着篮子进来，心不由自主地往下沉。

斑斑对此一无所知，还在问："……贝比，莫尼做了什么？好沉，斑斑都快飞不动了。"

柳余的手指一点，用浮空术让提篮飞过来，落到桌上。

她从篮子里取出八爪鱼大叔做的两碗荞麦面，白瓷碗装着的汤面上漂了一点细碎的绿叶子，食物的香气扑鼻而来。

"噢，这是什么？第一次见。"斑斑好奇地问道。

它的翅膀伸过来。

柳余伸手打了下。

"不行，斑斑。"她用严厉的口气道，"这不能碰。"

她过分严肃的口吻吓坏了斑斑，它委屈地收回了翅膀："不能碰就不能碰，小气。斑斑知道，这是做给神吃的……他们说，贝比还做了一种圆圆的棉花糖，也是给神吃的……还有酒……"

斑斑似是想起什么，偷偷地看了她一眼："……也许神有事耽搁了，莫里艾先生也送比伯先生出去了，不然……"

柳余打断它："斑斑，我想一个人待一会儿。"

时间还没过。

斑斑用黑豆眼小心翼翼地觑了她一眼："那……斑斑先走了？"

柳余挥了挥手："去吧。"

斑斑走了，聒噪的声响也消失了，房间里一下子变得很安静。

荞麦面一点一点地冷了。

月亮爬到树梢，往上一跃，跳到了中天。报时鸟"叮叮咚咚"地响起，十二点了。

柳余这才意识到：生日已经过了，他没来。

面彻底地冷了，发胀后坨在一块，像结了冰。

柳余拿起旁边特意让人做的筷子，大口大口地将面吞了下去。

"生日快乐，柳余。"她对自己道。

像从前的每一次那样。

柳余呛了一口，揉着飙泪的眼睛，突然感觉到什么，抬起头来……

"盖……亚？"她惊讶地道。

水晶般的琉璃窗前，一个美丽的青年沉默地站着，月光落在他浮动的银色长发上，像梦幻的剪影。

柳余眨了眨眼睛。

人还在，没消失。

她嗳出长长的一口气，内心开始回暖。

"我以为，您不会回来了。"她道。

盖亚沉默地看着柳余，就在她以为，他不准备说话时，他的目光落到那铺了金色镂花桌布的桌上，问：“所以，你叫我回来，是为了这些？”

他用极其平静的语气阐述着。

柳余迎了上去，朝他笑道：“是的，如果您愿意的话，我想请您吃顿饭。”

她一边笑，一边将目光落到他身上。她第一次见盖亚穿成这样——华丽的黄金战甲，金色的甲片在壁灯下熠熠生光，衬得他身上有种逼人的锐气，让人想起战场之上的白马和银枪，想起沙漠之中的苍鹰。

只是这身打扮有些眼熟，像穹顶上的那幅画……

他去做什么了呢？柳余想。

青年将视线重新挪回到了她身上：“抱歉，我不太愿意。”

即使拒绝起来，他依然彬彬有礼，只是，比起愤怒和其他情绪，这种平静更叫人觉得冰冷。

"只是一顿饭。"柳余不可思议地道。

而后，她看着面前人的绿眸迅速暗了下来，眼底似有暗沉的暮霭。

"贝莉娅·弗格斯……"他拉长声音，"不要总把别人当傻瓜。"

"傻瓜？"

柳余不太明白，蓝眸里有着显而易见的疑惑。

盖亚却笑了一下，他笑时也是优雅的，嘴角微微弯起，绿眸如碧绿的湖，只可惜……那湖里凝着冰。

"只是一顿饭？"他重新看向桌子。

一个圆形的散发着甜美奶香的甜点，一个陶土制的酒罐，两个酒盏，两碗冷掉的黏糊糊的东西。

"让我想一想。"盖亚的语气始终温和，"接下来，你还会告诉我，这些都是你亲手做的……当然，确实会是你做的，为了达到某个目的，你总是不吝啬付出……毕竟，你很擅长这些……牺牲？付出？也只有那没脑子的莱斯利才会相信这些……等吃完甜点，你还会再让我喝点酒……"

柳余张了张嘴，又闭上了。

过去的那些谎言像副巨大的枷锁，让她现在所有的辩解都变得无用。

她确实想告诉他，这些是她亲手做的；想告诉他，今天是个特别的日子。仅此而已。

他却用她的过去，套住了她的现在。

这感觉，可真糟糕。

盖亚还在继续："确实，酒会让我对你的克制降到最低点……你还穿了这条裙子，是的，很美，我在莱斯利的记忆里看到时，也觉得美，像开在草原上的扶桑花……旧日重现……"

"我只是想让您陪我吃顿饭，仅此而已。"柳余打断了他。

他没说话，只是用判了她罪的眼神看着她。

"而且，我脸上的恶之花没有盛开。"她又道。

"……在卡纳村，我已经将它解开了。"

他凝视她良久，"……毕竟，它有些不太灵。你的话一直在变，贝莉娅·弗格斯。一开始，你说你爱莱斯利，不爱我；可后来，你又说爱我，要真诚地追求我……你反复无常，可它总不出现。"

柳余愣住了："您解开了？"

"是的。"

盖亚似乎对接下来的话题失去了兴趣，他有礼地同她告别，"我该走了，抱歉。"

"您去哪儿？"她拦住了他，"莫里艾说，梅尔岛只有一个犯人。"

"贝莉娅·弗格斯。"他看着她，"让开。"

"盖亚·莱斯利。"她也唤他，"今天是我生日。"

他愣住了，那一向平静的脸上露出惊讶的表情。

可紧接着，他笑了，眼神像冰冷的寒霜："弗格斯小姐，您忘了，您的生日，在二十天后，也就是我将您封为神后的那一天……为了留住我，您真是无所不用其极。"

柳余咬着唇，忍住想要向对方诉说的冲动。怎么能说呢？

图书馆中的神册典籍上说，神无法容忍任何规则之外的东西，任何东西。她冒不起这个险。

"您说的没错，"她的脸色暗淡下来，"我说了谎。"

窗外，雨淅淅沥沥地落了下来，打在窗棂上。

柳余继续道："我只是想请您吃一口蛋糕，喝一杯酒……这酒……"

她拿起桌上的酒盅。

"啪！"酒杯还没递到他面前，就落到地上，碎了。

瓷片的碎裂声回荡在房间里，太清脆了，就像响在人的心上。

柳余怔怔地看着地面，瓷盏碎裂成了许多片。

"抱歉，我想，一个撒谎成性的人，她酿出的酒，并不会美味。"

他那优美的、带了点凉意的声音在耳边轻轻响起。他消失了。

柳余蹲下身来，一点一点地捡着地上的碎片。

得弄干净，不然明天起床后，脚会踩到。

可眼泪，却一滴一滴地掉了下来，混入地面黄澄澄的酒里。

"……真的是我生日。"她用带了点鼻音的声音若无其事地道。

柳余收拾好地面，洗了手，重新坐下来。

她切了块蛋糕，自斟自饮起来，蛋糕甜得有些发腻，酒液绵软醇厚，入喉却是苦的。

明明在昨天之前，还不是这样的——一定是放得太久了。

柳余把酒喝光了，胃里胀得慌。上床时，还模模糊糊地往旁边看了眼，灯还亮着，没关，才安心地睡去了。

只是也没睡安稳，梦里，全是来来去去的人。

一个穿着职业装的女孩打开门，玄关的灯自动亮起。她朝里喊了声："我回来啦。"

门上的公仔欢快地叫着："欢迎光临，欢迎光临。"

不一会儿，女孩变小了，她穿着发白陈旧的衣服，背着破了道大口子的书包，走进教室。

教室里，孩子们跑来跑去，他们天真无邪地唱："野孩子，野孩子，没了爹，没了娘……"

穿着蓬蓬裙的女孩高兴地拍手，她也唱着："野孩子，野孩子，没了爹，没了娘，去流浪……啊呀呀，啊呀呀。"

小女孩跟"蓬蓬裙公主"打了一架。

"蓬蓬裙公主"是世界上最幸福的小孩。她有数不完的蓬蓬裙，她还有世界上最温柔的爸爸妈妈，会请所有的小朋友吃草莓蛋糕。蛋糕上有红红的草莓，有穿着公主裙的小玩偶。

"你为什么不吃呢，小余？"

"我吃太多东西啦。"

不，是因为嫉妒。

她要和她最爱也最爱她的人一起吃草莓蛋糕，像"蓬蓬裙公主"一样。

可惜，一年一年过去了。

小女孩一直没等到和她一起吃草莓蛋糕的人。

柳余醒来时，天已经亮了。

只是，天空还是黑沉沉的，云很低，下了一夜的雨，空气里都有种潮湿气。

柳余晃了晃昏沉沉的脑袋，她似乎做了一晚的梦，只是，醒来就不记得了。只隐约记得……不太开心。

她又躺了会儿，然后坐了起来。

艾诺酒喝光了，一共只成功了两罐，酒窖里只有一罐了，还得去摘花……

追求人，总不能一挫就败。柳余给自己打气。

只是，总还是有些难受的。不，是非常难受。

心似被他冰冷的语言扎成了窟窿。

她拿起枕边的铁片，沉吟了会儿，决定还是等下次有机会，再找他说清楚……至于剩下的一罐艾诺酒，要去取来……

也许等他喝了，就会明白她的真诚了。

梳洗打扮好后出去，一路走到酒窖，才打开门，斜刺里一个胡子拉碴的男人就冲了出来。

他朝她喊："弗格斯小姐！弗格斯小姐！求您救救伊迪丝！"

柳余吓了一跳："比伯先生，怎么是您？"

比伯先生的脸脏兮兮的，可那双蔚蓝色的眼睛让她一眼就认出了他。他衣衫褴褛，看上去就像个流浪汉，酸臭得像刚从梅菜缸里捞出来一样。

"对，是我。"比伯点头。

"您不是被莫里艾送出去了吗？"

柳余提起了警惕，她现在会很多神术，如果他攻击她，立马就会被她打趴下。

"趁莫里艾骑士不备，我偷偷跑回来了。"比伯先生蓝色的眼里满是祈求。

"我没找到伊迪丝，我也找不到其他人，求您，求您一定救救她！"

"你说清楚。"柳余严肃了起来，"伊迪丝前天还好好的。"

"伊迪丝让您把我送走，她一定有别的目的。她一直很痛苦，我猜她一定会向骑士队自首……可伊迪丝有什么罪呢，她那么温柔，那么善良……如果有罪，有罪的是我才对……"

一向风度翩翩的男人脸色晦暗，连他的金发也一齐暗淡无光。

"既然如此，你为什么不离开？！"柳余愤怒地道。

他突然想起曾经在伊迪丝身上看见的火光，想起梦中那熊熊燃烧的大火……

柳余这才发现，她藏在乱发里的蓝眼，是那么清澈，又那么痛苦。

"哪里是施行火刑的地方？快带我去。"

她突然有种预感，再不去，就来不及了。

酒窖旁空无一人，天空很低，云黑沉沉地压了下来。

比伯先生一下子就听明白了少女的意思。

"您……您是说伊迪丝会……"他顿了顿，艰难地将后半截话咽了下去，"我知道，您随我来。"

他走了酒窖旁的一条小路。

柳余还是第一次知道，酒窖旁竟然有这么隐蔽的一条路。路上没什么人，只有不知名的昆虫在此起彼伏地叫着。

鞋子踏在厚厚的积叶层上发出"沙沙"的声响，比伯先生看起来有些着急，却依然颇具风度地替她将挡路的树枝挑开，并未催她。

两人一路往西，这对柳余来说，完全是一块陌生的地界。

比起东边的华美，越往西走，就越感觉到那浸入骨子里的阴森，连树叶都好像泛着冷意。

"你为什么会知道这儿？"柳余问。

"我无聊时喜欢到处走，像从前一样……"比伯先生的声音有些低，"有一次，不小心走到了这儿，就被丽娜神官带回去了……丽娜神官告诫我，不能来这儿……但这样的地方，我在宫廷里见的太多了……看，黑乌鸦在上空徘徊……"他抬头看了看天。

柳余也朝天空看了一眼，成群结队的食腐动物从头顶飞过。

"……一眼就能看出来。"比伯道。

柳余一言不发，两人不约而同地沉默了下来。走了将近半小时，在接近一个拐角时，比伯停了下来："弗格斯小姐，前面就到了。"

柳余看了他一眼："你不能被人看到。"

比伯一愣，点头道："是的，那我……在这儿等您。"

"或者，您愿意变成别的什么吗？比如羔羊。"柳余想了想，又道。

"羔羊？"比伯连忙点头，"愿意，只要能见到伊迪丝。"

柳余默念了一声："变羊术。"

这是她曾经练得最熟练的神术，一道柔和的白光从她指间升起，落到比伯身上，面前出现了一只纯白色的羔羊，羔羊有一双蔚蓝色的眼睛。

"跟在我后面。"

羔羊抬头，"咩"了一声。

柳余率先走过拐角，一道直耸入天的高墙就映入眼帘，墙有百丈高，看起来气势赫赫。整面墙都以红色的砖瓦砌成，这红接近火的颜色，乍一眼看去，倒像是火墙……

火墙与头顶阴沉沉的天，组成了一幅诡异又苍凉的画。

两个挂着长枪的年轻骑士守在门口，见她来，只是冷峻地扫了一眼："神后小姐，这不是您该来的地方。"

"伊迪丝小姐在里面吗？"

骑士们互视了一眼后对她说："弗格斯小姐，请别直呼黑暗使徒的名字。"

看来……是在这儿了。

柳余露齿一笑，在对方的失神中，使出默法："昏睡咒。"

她从图书馆里学了很多有趣的小神术，这昏睡咒若成功的话，能让他们睡上两分钟。

一个骑士倒了下去。

"怎么了……"

"昏睡咒。"

又一个骑士倒了下去。

柳余伸手一推,闭得严严实实的拱形大门就开了,白色的羔羊率先钻了进去,柳余紧随其后。才进门,就感觉到一股逼人的热浪迎面而来,再要看,面前的路却被堵住了。

精神抖擞的骑士们一字排开,他们像一堵墙一样,牢牢地挡住了她的去路。

"是你们?"柳余讶然地道。

骑士们看着她,眼神从亲切敬慕变成了提防警惕:"母亲,您来这儿做什么?"

"伊迪丝,那被绑在石柱上的,是伊迪丝小姐,对吗?"

柳余看向他们身后,四面火色高墙筑起的围墙内,矗立着十几根两人合抱的大理石柱。它们直挺挺地立着,几乎参天,一眼望去,给人以古老又荒凉之感。

唯一不同的是,正中那根石柱前,大火正熊熊燃烧着,火焰将周遭的一切都染红了。从她的角度,只能看到被烧得微微卷曲的裙角,以及开始焦枯的金发……

她仿佛能听到空气中传来的皮肉被烧灼的声响。

"伊迪丝!"她喊了一声。

伊迪丝没回答她,反倒是骑士们回答了她:"那是黑暗使徒,母亲。"

曾经的慈眉善目,化成了冰冷的面具,他们理所当然地道:"当她做出有辱光明之事时,就已经是黑暗使徒了。"

柳余不由得想起了卡洛王子。他们多像啊,一样的风度翩翩,一样的友善亲切。可一旦她和光明起冲突,所有的友善都会变成锋刃,转头就向她刺过来。

"让开。"她不想耽搁时间,直接抽出腰间的光明法杖,对准他们。

"那么,失礼了。"

骑士们"唰"地抽出佩剑,迅速结成队形,二十多人将她包围在中间。

"浮空术。"

才离地一米,头就撞到了一层薄薄的光膜,柳余重新落了地。

骑士们又迅速奔跑起来,他们越跑越快,最后竟快得只能看见残影,一道道白芒自剑上流出,形成一个大的光膜,将她牢牢地困在里面。

旁边白色的羔羊试图突破封锁,却被一剑挥开,重重地撞到旁边的石墩上,四脚朝天地昏了过去。

"卸下武器。"

柳余举起法杖,再一次感觉到体内的神力在不断地流失,可似乎又比之前好了很多。

不过,骑士们也很厉害,一时之间,双方僵持不下。

柳余有点着急。

就在这时,门口传来一阵"嗒嗒嗒"的脚步声,柳余听着有些耳熟。

"吉蒂神官!"她叫了起来。

果然,吉蒂神官从门外匆匆地进了来。

"弗格斯小姐!请停下!"吉蒂神官急急忙忙地道。

"吉蒂神官!他们要烧死伊迪丝小姐!您救救她!"

柳余相信,吉蒂神官会救的,她性格温柔又和善……而且,听说,她和伊迪丝小姐关系融洽。

吉蒂神官却说道："弗格斯小姐，即使您是未来的神后，也不能破坏规则！伊迪丝小姐已经与黑暗为伍，烈火才是她最终的归宿！

"您停下！"

"那是伊迪丝！一条人命！"柳余不可置信地道。

"黑暗使徒怎么会是人？弗格斯小姐，您太善良了，才会被黑暗使徒蛊惑……赶快停手，否则，神更加不会宽恕您。"

"吉蒂神官！"柳余简直要对这世界绝望了。

不能再等了。

"卸下武器！"柳余喊了出来。

一股巨大的气浪震荡开来，骑士们晃了晃。

"丁零当啷……"有几个人实力不济，佩剑被震落下来。

就是这时！柳余施展默法，迅速利用浮空术突围而出，失去长剑的骑士们阻止不及，也跟着一起跳到了祭台上。

他们用身躯挡在她面前，火舌差一点就要舔上他们的背："母亲！请不要做让光明蒙羞的事！"

柳余想：这怎么就让光明蒙羞了？！简直荒谬极了。

"如果您执意要过去，请踏过我们的尸体！"

"让开！"

"在母亲您过去的一刹那，我们所有的骑士都会自刎，您将看到我们的尸体！守护光明，守护秩序，是我们一生的责任！即使您是未来的神后，也绝不能例外。"

柳余的法杖微微有些颤抖。

一条命，二十余条命。她能怎么选择？

她能怎么选择？！

这时，一道微弱得几乎快要让人听不见的声音传来："弗……弗格斯小姐……您……您不用救我，伊……伊迪丝有罪……"

少女的皮肤已经开始焦枯，火燎过她的双腿。她艰难地道："伊……伊迪丝是自愿的……愿……愿所有的罪，都……都随着火……火光……消逝……"

"伊迪丝！你没有罪，你只是受害者！"

柳余一挥法杖，默念："束缚。"

无数道白光从天而降，像套马索一样，将二十余个骑士缚住，骑士们又迅速挣开。虽然时间很短，但够柳余冲过去了。

一道白色的光盾阻止了她。

伊迪丝耗去了体内最后的一丝光明力。

"咩！"就在这时，昏迷的羔羊猛然间一蹦，在所有人都来不及反应时，突破重围，跳入火海。

羔羊落地的一刹那，柳余感觉，她施加在比伯身上的术法消失了。

一个英俊的青年被包裹在熊熊的烈火里。

"比伯先生！"

"母亲，您不能过去。"

骑士分成两列，一列将剑刃对向烈火中的青年，一列如临大敌地看着她，似乎生怕她突然跳入火中。

"比伯先生！伊迪丝希望您活着！"

可比伯却抬起头来对她笑着，他的金发开始焦了，那双风流的、总是轻浮地挑逗别人的蓝眸，此时却清澈得像一汪清水。

"即使是这样，可弗格斯小姐，这次我想任性一下呢，抱歉。"他轻轻地道。

不等柳余阻止，他就快狠准地将匕首插入了自己的心脏，手柄上的宝石被火光映得华美异常。

"比伯先生……"

空气中传来低低的歌声，似乎是比伯先生在轻轻地唱："……今夜我踏上旅途，去寻找我心爱的姑娘……这么多的星在天上，它们看着白色的羔羊……鸟儿在天上飞翔……噢，星星在天上……星星在天上……"

他像是在唱安睡曲，生怕惊醒伊迪丝。

谁也没说话。柳余看着火中的二人，忍不住闭上了眼睛，一滴泪顺着腮流了下来。

她错了，这不是伊甸园。

柳余的面前，出现了一张网，网中又出现了"死"字。随着这张网不断地张开，无数个字逐渐浮现……

命与运。

生与死。

存在与消亡……

在"生"与"死"之间，无数字符浮现，又不断地联结……最后，又回归到了"生"与"死"。一张完整的蓝色织网形成了。

柳余睁开了眼睛，那冰蓝色的眼眸里，像藏着无尽的星空和浩瀚的宇宙。

"命运！"

第三十九章

天阴沉沉的，云层很低，平地忽起一阵狂风……

"呼啦啦"，火灭了，四周一下子暗了下来，连火墙都显得无比暗淡，唯有面前的金发少女，她像是凝聚了这世上所有的光彩，她发着光……

所有人都痴痴地看着她。

吉蒂神官捂住嘴巴，"噢"了一声，"光明神在上！"

他们说不清此时的感觉，只觉得膝盖微微打战，背脊开始弯曲，似乎下一秒就要被扑面而来的威势压得匍匐下去……

骑士们敏锐地察觉到，空气中，似乎有什么在悄悄地发生变化，这感觉说不清道不明，明明什么都看不见，却仿佛能感觉到无数丝线在半空游走——世界成了一张巨大的网。

"命运！"

那华丽的、天籁般的声音，带着赫赫的威势，在每一个人的心间响起。

空气更加活跃，带着潮湿的水汽。骑士们迷惘地看向天空，黑乌鸦"嘎嘎嘎"地朝远处遁走。

空气里传来蔷薇的芬芳。

他们又看向面前的少女……她的目光悠远而绵长，似乎在透过他们的皮相，去触碰他们的灵魂，她的蓝眸里蕴藏着一片浩瀚的星辰。

骑士们感觉，她的力量，突然变得深不可测起来，像无垠的深海。这让他们想起父神。

少女伸出纤细的手，朝他们的方向轻轻一拨……

空气中似乎出现了某种力量，那力量也将他们轻轻一拨，刚才怎么都挪不动的脚，就往旁边挪了一步。

一条道分了开来，她走了过去，金发在脑后飞舞。

骑士们的目光追随着她。

熄灭的石柱前，她站了很久，脸上看不出悲伤。最后，她拔出了宝石匕首。

一道蓝色的网从天而降，将两人的尸骸紧紧缠绕，一股力量托着他们浮在半空。

这时，门口的守卫才匆匆进门，大声报告："神……神后小姐闯进来了！"

当他的目光落到正中的金发少女身上时，忍不住停下了。

119

神后小姐看起来有些不一样了,虽还是一样的脸,却带着某种让人不可直视的高贵。

"神……神后小姐?!"守卫的长枪颤抖地对着少女。

少女看了他们一眼,那枪就"轰"地插入旁边的火墙,枪尾颤了颤。

"抱歉。"她轻轻地道,声音美妙如琴音。

她和他们擦肩而过。守卫转过身,美丽而柔弱的女孩在火墙内安静地行走,她身后飘浮着一对焦黑的尸骸,这画面看起来十分诡异。可不知道为什么,却让人感觉莫名的庄严。

临出门前,少女往回看了一眼。

"轰隆隆……"

地动山摇,十余根巍峨的石柱拔地而起,化为齑粉。

骑士们仿佛置身于风浪中的小船,只能就这样惊骇地看着她踱步而去。少女纤细的身体内,仿佛藏着巨大的力量,这力量能让世界颤抖。

"你们看到了吗?那力量……"

"弗格斯小姐到底是……"

"是神吗?"

"不,有点不一样……"

骑士们说不出来,却隐隐觉得,弗格斯小姐和父神还是有些区别……

"要……要去禀告父神吗?"他们面面相觑。

吉蒂神官发现自己突然能开口了:"这是神的世界。"

柳余感觉到,天地山川,世界万物,在她眼中,都有了不同。

她能看到每一个人的生命脉络——那些大大小小的蓝色织网,遍布她的视野,仿佛只要她伸手轻轻拨一拨,这些人的命运就会改变。

不,不够,还不够。

浩瀚的神力不断涌入她体内,慢慢地,她感觉有点……她和世界之间似乎还隔了一层膜,这膜阻止了她探知世界。身体如同超负荷运转的机器,无法承载这天地之间所有的神力。

唯有真正的神体,才能承载所有的神力。

柳余找了块僻静无人的地方,将伊迪丝和比伯的尸骸埋了进去。

旁边是大片大片的松林,空气中传来风的气息。她没有立碑,只是在旁边插了束小花。

"伊迪丝,抱歉。"柳余将匕首和他们一起埋入土里,"……这并不是一件值得鼓励的事……"

柳余想,她还是无法习惯。也许,将永远无法习惯。

这个世界,对生命没有敬畏。他们敬畏的,不是冰冷的法度,而是一个有着憎恶与喜好的神。这伊甸园就像是一片温柔的湖泊,可平静的湖面下,却是礁石与暗流。

柳余有点悲伤。那感觉就像是活泼跳动的心脏,在慢慢地、慢慢地沉入湖底。所有的期待和喜悦,仿佛阳光下的泡沫,在现实面前迅速破灭了……而明明在这之前,她已下定了决心,要好好地、认真地追求他一次。

就在这时,一匹白马闪电般穿过这条小路,往神宫而去。

马上的男人风尘仆仆,柳余认出,正是莫里艾。

他眉头紧皱,看起来像是深受什么困扰着……

她跟了上去。冥冥之中有种声音在告诉她:"跟上去,你会发现新天地。"

柳余使出浮空术,悄悄地跟在了马后。

莫里艾一眼都没有往回看，不过，即使他回头，他也看不到她。

当那张织网形成时，所有学过的、未学过的神术已浑然一体，她触摸到了属于自己的规则——那感觉相当玄妙，仿佛天地间充满了蓝色细线，而这些细线全都归她所用。

柳余小心地用隐秘的细网罩住自己，没有惊动任何人，就进了神殿。

而后，她看见了神殿内所有人身上的网。

莫里艾的、圣子圣女们的、神官的，所有人的，唯独……

她看向神座，那穿着白袍的华美神祇高高地坐在神座之上，手抵额头，绿眸半敛。

莫里艾单膝跪地："拜见父神。"

神抬起了头："莫里艾。"

仿佛感应到她的视线，那水绿的眼眸朝她的方向瞥来，可似乎他什么都没感觉到，就又收回了视线。

柳余轻轻舒了口气。

"莫里艾有罪。"莫里艾将头磕到了硬邦邦的地面，"莫里艾办事不力，不小心放走了比伯先生……莫里艾有罪。"

圣子、圣女们在神官的带领下，无声地退出了神殿。

"比伯？他不重要。"神面色温和，一缕银发从他的肩头滑落。

"你再派一队人，去那人的世界一趟。"

"是，莫里艾遵命。"莫里艾顿了顿，"……那人十分狡猾，我和伊登花了许多时间才将他抓住。更奇怪的是，他的语言、行为，都与这里的世界不同，即使他小心掩饰……我和伊登打听过，这个人是突然出现在一座岛上的，他出现时伴随着风雨雷电……信徒们称他为天神降世，有些叛变了……"

"他就像是从石头里蹦出来的一样，全世界都找不到他的来处。他还说过类似'愚蠢的传教士'这样对光明大不敬的话……"

柳余越听越熟悉，难道这个世界中还存在着另外一个异界来客？

神似乎对这个话题毫无兴趣，只是道："破坏秩序之人，终将死去。"

他的语气温和而平静，好像这只是件最寻常的事。

"父神您已经审判他了吗？"莫里艾敬慕地看着他的父神问。

他的父神慈爱又伟大，但也冷酷而坚毅，他的强大和冷酷一样迷人。

"他已在梅尔岛永世沉眠。"

"这是父神您的仁慈。"

莫里艾整个匍匐下去。

柳余的心，继续往下沉，她几乎无法呼吸。

那个异界来客一定是自身前来的，所以才会被发现。而当他被发现的那一刻，就像灰尘一样被盖亚从这个世界轻轻抹去了。他的语气是那样轻描淡写、那样理所当然，好像一切都不值一提……

不应该是这样的。那她呢？当她被发现的那一刻……会怎么样？

柳余不寒而栗，彻底清醒。她仿佛置身于冰冷的荒原。

美丽的伊甸园，真正向她展露了权力之下的铁与血，它建立在层层的尸骸之上，而她，怎么就……忘了呢？

怎么就忘了呢？

"谁？"

就在这时，盖亚的视线投来，柳余只感觉被一股力量冲击。

金发少女狼狈地滚了出来。

神座上的人眉头紧皱："贝莉娅·弗格斯？"

柳余一撑地就站了起来。

灵巧的动作，让她看起来像只轻盈的小鹿。

看着神座上的人，她发现，即使这样，她依然很难讨厌他。人的情绪，为什么不能像行李一样，干干净净地整理清楚呢？该丢的丢，该留的留。

几乎是在一刹那，柳余就将所有的情绪都收敛在那略带窘迫的表情下，道："啊，被发现了。"

神座上的人并未被她迷惑，只是用那静湖一样的绿眸看着她："所以，贝莉娅·弗格斯，这次……你躲藏起来，为什么？"

"为什么要杀伊迪丝？"柳余选了个相对安全的问题用以躲避回答。

"伊迪丝？"他似乎想了一会儿，才意识到她说的是谁，"贝莉娅·弗格斯……这些事……我从不过问。"

"您的意思是，这些都与您无关？"柳余努力让自己保持微笑道。

他看着她，像是在看着一个不懂事的孩子："种子在不同的土壤中，会生长出不同的模样……也许好，也许坏……共同的约束，才不会让这一切乱了套……就像一棵树，要健康地成长，势必要剪去不必要的、坏死的枝丫……偶有牺牲，在所难免。"

"可作为被牺牲的个体……"

他打断她："那不重要。"

"怎么会不重要呢？"

柳余无法否认，她做不到高高在上、冷眼旁观，如果有一天被牺牲的是自己……

"我很自私的。"柳余道，"许多事，不发生在面前，我根本不会去管，比如，上次我明明看到伊迪丝手上自残的伤痕，却只是问了一声……也许，我原来有机会……"

"所以，我很难过。"她神色安静，抬起头看他，"我很难过。但你知道，我更难过的，是什么吗？"

不等他回答，她就轻轻地道："造成这一切的，是你。"

"贝莉娅·弗格斯，收起你无用的怜悯。"他用更加平静的语气回答她，"她是秩序的破坏者。"

"那刚才那个呢？永远沉眠在梅尔岛的那个呢？！"柳余终于问了出来。

问出来的一刹那，心就揪了起来。

"他，也破坏了秩序吗？"

"当然。"

"如果有一天……"柳余顿了顿，"你发现，我也是秩序的破坏者，也会将我投入梅尔岛，或者永沉海底吗？"

他停顿得有些久，就在柳余以为她会是例外时，他却道："当然。"

柳余看着他，试图让自己看起来轻松随意些，可她发现，这有点难。

"我可以申请跟您打一架吗？"她用更灿烂的笑，回应了他。

莫里艾在旁边听得云里雾里，可这一句，却听懂了。

"母亲！您不能对神不敬！"他郑重地警告她。

"不能？这得由您亲爱的父神来决定。"柳余看向盖亚，挑衅道："可以吗，神？"

她总得看看，他们之间的差距。

而且，她很确定，他不会因为羔羊突然亮出"爪子"而生气。

神站了起来，看了她一眼。

白色宽袍拂过她的裙边，声音从远处传来："如您所愿，我未来的神后。"

他已经走远了，柳余瞬间就跟了上去。

莫里艾茫然地左右看看，等意识到什么后，忙冲出门，却跟过来的骑士们打了个照面。

"父神呢？"骑士们开口问，"我们有事要禀告！"

"我也不知道。"

莫里艾努力让自己保持平静，父神说过，任何时候都不要失了自己的风度。

"母亲好像因为伊迪丝小姐的事，跟父神吵架了……现在，还说要和父神打架。"

"打架？"骑士们不敢相信，"我们要和父神汇报的，正是关于母亲的事……她不仅为黑暗使徒狡辩，还毁了我们的行刑之地。"

"这不可能！"莫里艾道，"母亲是父神看中的人，怎么可能与黑暗为伍？而且，行刑之地是父神当年亲自开创的……没人能毁了它。"

吉蒂神官提着裙子，气喘吁吁地赶来："他们说的没错，弗……弗格斯小姐确实这么干了……她在哪儿？"

莫里艾愣住了："所以，母亲真的把行刑之地都毁了？"

"是的。"骑士们面色严峻，"这意味着，母亲对光明并不忠诚。我怀疑……她也许会对父神不利。"

"不会的。"莫里艾摇头，"伟大的神灵，坚不可摧。"

"在那儿！"

吉蒂神官抬头，看向天空。

天阴沉沉的，狂风猎猎，两个极为出众之人站在半空，风吹起他们的长发和衣袍……

"噢，这可真糟糕……"吉蒂神官双手握在胸前，"弗格斯小姐，可千万不要将神宫拆了……"

宫内来来去去的圣子、圣女们，也发现了头顶上的一幕。他们惊奇地看着。

"快看，天空上是谁？"

"噢，是神，还有神后！"

"神后飞得可真高啊……"

虽然会"浮空术"的人很多，可大部分人只能飞到两层楼那么高。可神后现在……应该已经快十几个两层楼了吧……

半空的风特别大。

柳余看着对面，盖亚华丽的银发飞舞，他美得不似真人，也冷得不似真人。

两人谁也没有先出手，只是沉默地看着彼此。

"你已经不需要借助浮空术了。"

柳余也发现了，当她的神语体系建立完成的一刹那，一个动念，她就能做到以前看来完全不可思议之事。

"是的，您发现了。"

两人几乎同时动了起来，无数道白芒与蓝色的细线撞在一起……

"轰隆隆……"空中发出骇人的声响。

蓝色细线不断在白芒中穿梭，试图穿过白芒，将对面的人捆绑。

可惜，白芒像是牢不可破的盾牌，将她所有的攻势都阻隔在外。

"蓝色织网？"对面的人微微蹙眉，看向她的绿眸里掠过一丝诧异，"命运？"

趁他愣神，柳余像拨琴弦一样，轻轻地拨着蓝色细线，一股无声的气流冲了过去。

"噗噗噗……"白芒与蓝色的细线摩擦出尖啸，那声势，比传说中的禁咒还要骇人。

盖亚不慌不忙地伸手，光膜将整个神宫都罩住了。修长如玉的手轻轻一握，那看起来不可阻挡的蓝色攻势就这么被团成了一团。

柳余只感觉似乎连骨头都在被他碾压，她痛得连手脚都蜷缩了起来。

他放开蓝色线团，柳余却趁机将蓝色细线化成长鞭，一鞭甩了过去……

"啪！"长鞭甩到他的手背上，带起一串血珠。

那血珠溅到蓝色细线上，渗了进去。而与此同时，他顺着那头儿的细线轻轻一抖，柳余就被抖了过去，被他抱在怀里。

"看来，我还差得很远。"她攥紧他的手，眼眸微垂，收敛住所有情绪。

他却用空的那只手轻轻抚摸她的头顶，柔软的丝绸划过她的脖颈。

柳余听到头顶传来一道极轻极淡的声音："贝莉娅·弗格斯……心别太野了。"

他低下头看她。在柳余几乎以为自己所有的心思都要被看穿时……

他将她丢回了内宫。

金发少女消失在半空，战斗结束得很迅速，可底下的骑士们却都看呆了。

"从没有人能在父神战斗时的威压下撑过一秒……"

"莫里艾，不是一秒，是一瞬，是比一秒还要短上许多的一瞬……"

他们可都亲眼见过父神如何与恶魔对战，强大的怪物在父神的一剑下全部化为齑粉。

"也许父神留力了呢？"

"不，是弗格斯小姐过于强大……"莫里艾惊骇不已，"父神对战成群结队的恶魔时，可没有这时威压的一半。"

"弗格斯小姐甚至伤了父神……"他的眼力极其敏锐，"即使父神出于担忧，也不可能被人伤到，即使是那个黑暗使徒，也不曾做到……那种力量……你们见到过父神受伤吗？"

十几个人面面相觑，最后确定地道："没有。"

父神是世界上最强大的存在，能突破他的身躯防御力的人，根本不存在。

"这……"

所有人都感到了担忧。如果弗格斯小姐只是普通的或者只是强于普通人的人类，那么，即使父神娶一百个，他们都不会感到困扰。

可现在，弗格斯小姐不仅与黑暗为伍，还有那样可怕的实力……

"我们得尽快向父神报告。"莫里艾迅速道。

内宫。

青年美妙而空灵的声音从半空传来："二十日，神后大典，别忘了。另外，作为你毁坏行刑之地的惩罚，在大典之前，不许迈出神宫一步。"

"您要囚禁我？"柳余不可思议地道。

"如果你非要这么理解，也可以。"

他的声音消失了。

柳余坐回桌边。

今天发生的事，太多太多了。昨天之前的心境，再也找不回来了。

她一点半空中蓝色织网，两滴血就被蓝色的光球包裹，飘浮在空中。当然，除了她，没人能看见。

这也是她找他打架的目的之一，就像她从前做的那样，为了生存资源，为了获得更好的生活，为了一百分……

当时，她下意识地就这么做了。她从小就是这样过来的。

血是金色的，流光溢彩。

只要喝下，也许……她梦寐以求的未来，就在眼前。

从此后，她将不再受任何人的掣肘，她可以自由地选择生活，她不用再小心翼翼地看人脸色，等候别人的挑选——她将站在金字塔的顶端。

心底有个声音响起："喝下它，柳余。"

她的手不由自主地伸了过去。

两滴凝结的、像金色珍珠一样的血落到了雪白的掌心，美极了。

只要一步，只要一步，她的手颤抖地抬起，递到嘴边……

不，她不能。

柳余睁开了眼睛。

她不能让之前的真心，显得那么廉价，那么可笑，即使没人知道。

柳余找了个小拇指瓶，将这两滴血放了进去，挂在小石雕像的胸口。而后，闭上眼睛，睡觉了。

第二天柳余醒来时，斑斑已经将提篮放到桌边了。

窗外已经放晴，阳光大好，斑斑神神秘秘地将篮子推给她："贝比，今天莫尼做了很多好吃的……

"还有，里面有玛格丽特捎回来的礼物。"

"玛格丽特？"柳余惊讶道，她在篮子里翻了翻，最后在白瓷碟下找到了一本册子。

封面上什么都没有。

"这是什么？"

柳余不经意地翻开，却在对上扉页上的那行小字时，忍不住瞪大了眼睛——中文！

不知怎么的，她想起了那个沉眠于梅尔岛的人。

斑斑还在喋喋不休："传话的信使说，玛格丽特在路上结识了一个特别的朋友，那朋友非常风趣，他夸下海口，说这世上没人认识这种文字。

"因为你是她见过最好学的人，所以，寄回来让你看看……"

柳余看着第一页上的那行字："我叫唐英，如果你看得懂这行字，说明，你与我来自一个地方。我会很高兴。这个世界真奇妙。"

她翻得越来越快，越来越快。

这像是一本日记，记载着这个叫唐英的人的所见所闻。

她直接翻到了最后一页……而后，看到了血。

用血写下的字："不，他们来抓我了……也许，我即将死去。"

日记在这里结束了。

书页上的血迹，颜色还很新。柳余不由得生出一个猜测，也许，唐英，就是沉眠于梅尔岛的那位。

从日记中的内容来看，他是个风趣而幽默的人……并且，总有许多人愿意帮助他。

在被抓住之前，他似乎一直活得如鱼得水。

她想去梅尔岛一趟。

"玛格丽特小姐还有别的话捎来吗？"

斑斑认真地想了一会儿，回答："玛格丽特小姐说，斑斑太辛苦，让你给斑斑准备虫子吃。"斑斑小心翼翼地用那双黑豆眼觑了她一下，点头道，"嗯！她就是这样说的！一点没错！"

"斑斑……"柳余面无表情地看着这只小肥鸟。

斑斑黑溜溜的眼睛和她对视了一会儿，脑袋耷拉下来："是的，斑斑说谎了……"

"斑斑，撒谎是不好的。"

"可连神都撒谎啊。"

斑斑天经地义地道，用一种"你们大人都撒谎，我怎么不行"的眼神斜瞄着她。

"盖亚他……撒谎了？"

斑斑立马用翅膀捂住嘴巴，眼珠滴溜溜地转："没有！神怎么会撒谎！斑斑……是斑斑记错了……"

"斑斑……"柳余拖长了声音，左手放在它脑袋唯一的一根毛上，"你不说，我就拔了它。"

"斑斑说！斑斑说！"斑斑拼命点头，"其实……其实，其实吧……神没有离开那么多天，他就去了一下下，回……回来后，就一直待在图书馆……"

"所以，这些天，他一直在？"

柳余翻着日记的右手停住了，看着窗外突然又放晴的天，也不知道自己在想什么，一时间，身上冷一阵、热一阵……

她突然想起前世，不知道从哪儿看到的一句话：爱情就像一场高烧，将人烧得晕晕乎乎，可当热度退去……现实的疮痍就露出来了。

可她明明还在爱里，她明明还爱他，可却无法进行下去了。

柳余"啪"地将日记合上，站了起来。

她若无其事地摸了摸斑斑的脑袋："所以你就一直没告诉我，看着我在那儿傻傻地等？"

斑斑警惕地看着她，翅膀抱住了脑袋。可柳余眼明手快，"唰"地一下，将那脑袋上唯一的一根翎羽拔了。

"哇……"斑斑捂着脑门哭了。"明明说好斑斑说实话就不拔的！贝比坏！斑斑才不要告诉你，神每天晚上都会来看你……哇……哇……哇……"

房间里空得要命、静得要命，只有斑斑在那拼命扯着嗓子叫唤。

柳余静静地看着它，也不说话。

房间里，渐渐安静下来。斑斑的黑眼珠子从翅膀后面露出来，上面还挂着晶莹的泪珠，忍不住抽噎了一下："见比……你是不是不高兴了？"

它小心翼翼地觑着她,面前的人类雌性的脸上没什么表情,可不知道为什么,它就觉得,她像是吃了一大把的苦椰菜——看上去想哭,可又没哭。

"没有不高兴。"柳余认真地告诉它。

她只是想明白了一些事。

"斑斑,你听说过熬鹰吗?"她微笑着道,"先好生养着,之后,就饿着它、渴着它,等鹰撑不下去时,再给点水、给点食物。反复来几次,这鹰啊……就算熬成了。"

斑斑眨了眨眼睛说:"贝比,你说的斑斑不懂……"

"你当然不会懂,你本来就是宠物。"柳余摸了摸它的脑袋。

"宠物怎么了?宠物有彩虹虫吃!斑斑的那些鸟朋友可都羡慕斑斑呢!"

"其他人,也羡慕我。"柳余淡淡地道。

我得去梅尔岛一趟,她心想。

直觉告诉她,梅尔岛上,有什么东西在等着她。不过在这之前,她得先骗过盖亚。

当晚,柳余躺到床上时,拼命提醒自己不要睡,可当眼皮碰在一起时,一股浓重的睡意就席卷了她。

黑黢黢的夜晚,只有一轮月亮。

华丽的宫殿,窗外树影婆娑,月色清透,壁灯"啪"地熄了。一个美丽的人影出现在了房间。

他有银色的曳地的长发,有美丽的面容,于黑暗里,被溶溶的月色包裹,整个人仿佛凝聚了这钟灵世间的所有精华。

他慢悠悠地走到床边,金色帐幔无声地掀开,露出床上阖目而睡的金发少女。

少女睡熟了,眉头紧紧拧着,似乎做了一个噩梦。他一动不动地站着,既不说话,也不做事。

只是看。

那迷离的绿眸映着窗外的月影,可偏偏只有暗沉的一片。

当第一缕阳光穿过窗户,照在床前时,那抹白色已经消失了。

柳余醒来时,精神还好。吃完早饭,打发走斑斑,就继续待在房间。

这几天,她得安分些……神只有晚上才过来的话,就意味着,她只有白天能偷溜出去。要偷溜出去的话……

柳余将目光落到枕边的小石雕像上。

十天后。

在距离神后大典还有不到十天的时间,她成功地偷溜出神宫,到达了梅尔岛。

以前乘坐飞机都要五六个小时的距离,对现在的她来说,只是一个念头的问题。这要在从前,简直想都不敢想。

和她想象的不一样,梅尔岛并不像传说中的流放地,完全没有阴森之气。既没有高墙,也没有森然的冷兵器,而是鸟语花香,风和日丽。

风一吹,还能闻到远处潮热的海风和馥郁的花香。只是,没有人。

无数蓝色细线在空中穿梭,延伸开来,一张铺天盖地的织网将整个梅尔岛占据……

柳余小心翼翼地避开了有盖亚神力残留的地方。

看得出来,他并不太在乎这个传说中的罪犯关押之地,只是简单地让这片岛屿与世隔离。

她很快就找到了有行迹残留的地方,就在岛屿的中央。那里终于有点监狱的模样了。

一排小木屋,铁窗,门是用木条封起来的,只有一个送食物的地方。

柳余直接落到了最东边的那间——她现在，很相信自己的直觉。

一进房间，光线立刻就暗了下来，整个房间都黑黢黢的，只有顶上有一抹光。

她的视力不受黑暗影响，能清晰地看到这间逼仄的屋子里的情形。

从东走到西，最多三米，墙角的蜘蛛在不懈地织网，一个灰扑扑的瓷盆翻在地上，地上有一张稻草铺——除此之外，什么都没有。

稍微能让人感到安慰的是这地方的气味不难闻，只有空久了后的一点尘土气。墙壁上空空如也，没有任何信息留给她。

柳余的目光落到稻草铺上——不知道为什么，她有点心神不宁。

这种感觉，像是上次弗格斯夫人突然被绑在火刑柱上时那样，焦躁的，莫名的，好像有什么事情要发生了一样。

柳余按捺住烦躁，走了过去。一挥手，稻草铺被掀开了。

稻草被一股力量整整齐齐地堆到了墙角。

柳余的眼睛蓦然睁大，她看到了稻草铺下密密麻麻的血字。

"我是唐英。他们就像是冷酷的机器人一样，将我困在这里。

"我对着窗户唱歌。这个世界，就像荒诞而华丽的话剧舞台，所有人都围着一个不知道是不是人的存在起舞。

"我格格不入。我常常感觉痛苦。

"上帝为什么送我来这儿？

"不，老实说，我谁都不信。

"后来，我想明白了，上帝是让我来解放这些被束缚的臣民们。

"他们是那么淳朴、善良，可又那么偏执、狭隘。

"他们能对一个陌生人释放善意，却也能对另外一个人如冷酷的刽子手。

"我热爱他们的善良，我痛恨他们的狭隘。

"我告诉他们，人应该为自己。

"可他们都视我为异端。

"我很软弱，我逃跑了。

"后来，我发现，只有力量，才能让我实现我的愿望……

"我希望这个世界，人人信仰自己，人人以法度为准，人人热爱生活，公平、正义……

"我渴望这样的世界。我得到了一部分力量，我变得强大。

"我发现了一个秘密！

"一个秘密！

"每个世界，每五百年，都会发生一次圣战，从不例外。

"圣战过后，世界重新洗牌，信仰得到巩固……就像是一场清洗……

"你看得懂我的字，一定懂我的意思。

"真可怕……是我想象的那样吗？

"他出现了。

"他是那样的强大，那样的美丽……

"可我也恐惧他……

"我真不争气……"

后面的字，越来越凌乱了。

"当他对我无情地审判，对我的求情无动于衷时，我诅咒他。

"我诅咒他永世都会困在'爱和理智'的囚笼里，不断挣扎，他爱的人，永远永远都不会爱他，不会原谅他……

"逃！快逃！

"异乡者，你的存在，就是这个世界的漏洞！

"不要留在这儿！他不会放过你。

"让自己活得透明，像一滴水融入海里……

"只是在你离开之前，请为我唱一首歌……

"随便什么都行……

"噢，自由……

"自由……"

柳余看着那行字，轻轻地唱道："遥远的夜空，有一个弯弯的月亮……"

黑黢黢的、逼仄的房间里，歌声像水一样静静流淌，带着淡淡的忧伤。

"我的故乡人，祝你自由。"

这地方，连喘个气都嫌逼仄。蜘蛛还在不懈地织着网，似乎对不速之客的到来毫不意外。

柳余一弹指，蓝色的光芒划过地面，猛地膨胀成网，向角落扑去。

一团黑色雾气和蓝色织网一碰，猛地爆开，团聚到墙角，而后，幻化成人形。

"路易斯？"

当故人以一种完全意想不到的方式，出现在意想不到的地方时，柳余几乎在一瞬间就想明白了。

所以，玛格丽特认识的那位风趣的朋友是路易斯——路易斯假借玛格丽特的名义，将唐英的日记给她，将她引过来——可他凭什么确定，这本日记能将她引来？

这一刹那，柳余耳边如有惊雷乍响——路易斯知道了！他知道了她从哪儿来。

"噢，不不不，弗格斯小姐，打住您心里的想法，我可不想被您用匕首再捅一次……"

一个一身黑的男人走到她跟前，他黑发黑瞳，皮肤白得病态，像是多年没见过阳光，他还举起手朝她打了声招呼。

"我还以为，您很享受。"

柳余注意到，路易斯身上也没有蓝色的网。这是除盖亚以外，第二个她看不到命运轨迹的生物。

"如果是您的血……我确实很怀念。"

"怀念？我认为您应该找的不是我，而是娜塔西。她在神宫……需要我给您传个话吗？"

柳余的指尖缠绕着蓝色细线，打算在他一有异动时就丢出去。

路易斯笑了："不不不……弗格斯小姐，收起您的武器，您做的比我想象的还要好……地上，看见了吗？"

他的目光从地面掠过，又落到柳余的脸上。少女在暗处，但并不妨碍他看清她。

脸有些白，人像石头一样冷硬，与在纳撒尼尔时有些不同——更美，像经过打磨的玉石……

路易斯觉得，她似乎又迷人了许多，像经历风雨后的果实。

"那是什么？"柳余装傻。

"刚才那首歌很美。"路易斯自顾自地道，"……很忧伤。是你们那儿的歌，对吗？"

柳余没有回答他。

路易斯继续道："唐先生真是我见过最有趣也最奇怪的人……他喜欢喝酒，喝了酒，总会说些让人不懂的胡话……但很奇怪，那些话就像是从我心里说出来的一样……你知道吗？圣战，是我告诉他的秘密……偶尔，我是说偶尔，你和他的眼神有些像。

"对，就是现在这样，谁也不信，好像随时能将这天捅破了一样。"

"我对捅您一刀更有兴趣。"柳余看着他的胸口道。

"弗格斯小姐的狠心永远只对着路易斯，真让人伤心……还是说，弗格斯小姐爱上了我的父神，才让您的刀锋变钝了？"他凑近她的耳边，蛊惑般地道，"您就差最后一步了，不想吗？

"想想圣战，想想圣战中无辜失去性命的人类……"

"我对人类的命运没有兴趣，更不是救世主。"柳余面无表情地道。

"真奇怪，有时候，你的心很软，有时候却又很硬……"路易斯看着她，"既然别人的命运你不关心，那么，你自己的呢？

"你要继续优柔寡断地留在那个虚假的神宫，甘心自己被当成宠物饲养？他将永远无视你的意愿……他喜欢卷毛，你就不能是直毛；他喜欢顺服，你就必须顺服……当他需要你时，不论你开不开心，你都得表现得高高兴兴，哄他开心……

"你甘心吗？"

柳余的脸更冷了。她知道，路易斯说的没错。

"如果你拥有力量，他将正视你。"路易斯用蛊惑人心的语气在她耳边轻声道。

柳余往后退了一步："我也许不信盖亚，但更不信你。"

这份质疑，似乎深深伤了眼前人的心。"可我爱你啊。"他轻轻道，"如同爱父神一样真诚。"

柳余差点儿要信了，可也只是差点儿，就在她准备拒绝时……

"轰隆隆……"一道白芒从天而降。

逼仄、充满尘土气的小屋内，突然有了花的芬芳。

来人宽大的白袍在空中猎猎飞舞，他的愤怒像是席卷而来的飓风，飓风一下子将小屋吹得七零八落。

屋顶被掀翻了，黑发黑瞳的青年隐没在空气中，被一只无形的手轻轻一拽、一捏……

"噗……"

枝丫散了一地。

若有所思间，柳余的腰被一股力道一揽，飞到半空，重重地撞到了一个厚实的怀里。青年的手如同铁钳一样，将她牢牢禁锢住。

"盖亚？"她抬起头来。

"贝莉娅·弗格斯，你的信用还不如一个孩子。"

"我没有答应您的禁足……您无权禁锢我。"

他没有说话，柳余只能看到他高高抬起的、紧绷的下颌。

"您先放开我。"她试图和他商量。

他非但没放，还禁锢着她的腰，力道之大，似乎要将她折断一般。

"您放开。"

他低下头来，那绿眸里涌动的情绪，让柳余呼吸一窒……

等再回过神来，人已经被带到内宫。

"盖亚，你发什么疯？！"

"路易斯，第三次。"

他高大的身影压过来，银发像蛇一样钻入她的脖子。对着他那双眼睛，柳余感觉到了恐惧。

不可名状的恐惧。那恐惧来自力量的臣服，来自身体的颤抖，以及他明明不动风雨，却像要将一切毁去的冰冷。

"您冷静下来！"

"我很冷静。"

他表情平静，声音温和，可动作却绝不温柔，他像个强势的君王。

她蜷缩着身体，茫然地看着周围的一切。

世界在她面前，仿佛变成了飘忽的两半：一半是真实，一半是虚无。

虚无的他拿着石雕像和鸢尾花，真实的他拿着皮鞭和火石。

她仿佛看到了伊迪丝，看到了弗格斯夫人，看到了唐英，看到了无数在火刑柱上哀嚎的人，大火毕毕剥剥地将一切都烧尽了。

她重新被绑在了纳撒尼尔的火刑柱上。

石柱好冷啊，又冷又硬。

他亲自给她上刑。

"盖亚·莱斯利，你放开我。"她向他哀求。

火烧到了她的胸口。

"放开我……我不是任你糟蹋的羔羊。"

火烫着了她的灵魂。

"盖亚·莱斯利，我是人。

"盖亚·莱斯利，我是人！"

一道蓝色织网蓦地张开，带着无比强横、似乎能将一切笼罩的力量罩了下来。就在这时，他轻轻一点，她的织网就失去了力量，像孩子手中的绳索一样。

她轻而易举地被控制住了。

"执刑人"怜悯地看着她："贝莉娅·弗格斯，你当然不是羔羊，你是我的……财产。"

财产……

不是羔羊，不是人，是财产。

柳余绝望地想着，时间漫长得似乎永无止境。

而渐渐地，一道蛊惑的声音在耳边回响："……你要继续优柔寡断地留在那个虚假的神宫，甘心自己被当成宠物饲养？他将永远无视你的意愿……他喜欢卷毛，你就不能是直毛；他喜欢顺服，你就必须顺服……当他需要你时，不论你开不开心，你都得表现得高高兴兴，哄他开心……

"你甘心吗？"

不，不甘心。

如果你拥有力量，他将正视你。

如果你拥有力量，他将无法伤害你。

如果……你拥有力量。

窗外阴雨绵绵，在光照不见的黑暗里，那美丽的银发也似渗了进去，与黑暗浑然一体……

第四十章

柳余闭上了眼睛。

就在这时，一道柔和的、带着抚慰意味的力量进入她的身体，不适被减轻。她睁开眼睛，却见他微垂的眼帘下，一双绿眸如潺潺流水，好似怜惜……可出口的话，却像藏了锋刀："这是最后一次，你与路易斯。"

"当然，这是最后一次。"

少女温顺地垂下眼睛，下巴却被攫起。他托起她的下巴，认真地看进她的眼里，像是要从中看出一丝反叛或是敷衍。

可那双眼眸如蔚蓝的深海，里面什么都没有。

他放下了她："记住你的诺言。"

"当然，我会记住。"她嘴角弯弯地道。

绝不会让你第二次这样对待我。

"那么，再见。"

她困倦地闭上眼，任睡意淹没自己，意识被拖入沉沉的梦境里。

"啪！"墙上的壁灯熄灭了。

只有一弯月亮。

少女蜷缩在床角睡着了，她紧紧地抱住自己，卷曲的金发披散在她身上。

对比宽大的床，她显得那样小。他在床边站了很久，久到夜露成霜，才抬脚走开。

床边是一面华丽的落地镜，金框镂着精美的蔷薇花纹，他要经过时，突然停下了脚步。

镜中映出一个修长挺拔的青年，他有着美丽的眼睛、笔挺的鼻梁，全身拢在流云似的白袍里。他还有缎子一样的银色长发，只是那长发从中间分成了两截，一截依然银白如雪，一截却已变黑。黑色自发尾向上攀缘，越上，那黑色就越淡……

他似是愣住了。

紧接着，一点白芒从天而降，美丽的银色重新覆盖上长发，那浓墨般的黑发被掩盖住了，一切似乎都一如往常。

他跨出了房门，走了几步，突然又停下了，转身看着那沉寂在暴雨里的金色殿堂，不知在想些什么。

他的掌心出现一根树枝,那树枝连枝干都是碧绿浓翠的。他将那树枝往地上一甩,在白芒的注入下,树枝不断地抽条,长大,最后,竟然开出一个巨大的花苞。

花苞展开,从里面跳出一个漂亮鲜妍的美人。美人有长长的金发,有蔚蓝的眼睛,一笑,还会露出两排洁白的牙齿。

她朝他露出个大大的笑容,然后匍匐下去:"尊敬的父神大人。"声音也是软糯的。

他却是不满意似的,手指往前一点,金发美人顿时变成了迟暮的金发美人。她看起来有些瘦,一身黑色蓬蓬裙,颧骨略高,嘴唇紧抿,像是随时能骂出一段刻薄的话。

他收回了手。

"弗格斯,进去陪着神后。"

"是的,父神大人。"

金发美人似是理解了他的意思,朝他恭恭敬敬地屈身,而后转身往内殿走去。

她的声音有些尖厉,刮人耳朵,他却似满意了,连走路都开始轻盈起来。

走到内外宫交接的长廊上,吉蒂神官就等候在那儿,见他来,行了个礼:"拜见神。"

"让莫里艾来,守住内宫。"

吉蒂神官一愣,眼看尊贵的神祇就要这样一走而过,连忙小跑追了上去:"您的意思是,要……要……"

"大典之前,神后不能迈出内宫一步。"

这是要……囚禁弗格斯小姐?

吉蒂神官一惊,顿时什么都不敢说了,只是匍匐下去:"是,我尊敬的神。"

她抬起头时,只看见神流云似的宽袍消失在长廊的尽头。

长廊外,暴雨如注,电闪雷鸣。

神走到了神殿外,他也看向了天空,沉沉的雷云滚滚而来,闪电劈开大地。

雕镂着金色狂狮的大门无声地打开了。

白色的袍摆翻飞过高高的门槛,修长挺拔的银发青年一路往里,走到墙边。

"咔啦啦……"本无去路的墙上,一道门突然闪现。

他走了进去,金色的大门合上,闪了闪,消失在金壁之上。

门后,是一间略小些的次殿,金砖铺地,明珠嵌墙,整个次殿华丽奢侈非常。

正对着门的,是一张长长的鎏金桌,一只小巧的金色狂兽蹲在桌上,兽嘴朝天大张,嘴里放着一个小巧的金杯。

而铺在鎏金桌上的,却是一条初具雏形的裙子。那裙子美极了,颜色纯净又明媚,裙摆层层叠叠,却又轻盈无比,垂落下来,像绽放的玫瑰。

而那看起来高贵无比的银发青年,却在桌前停下。

他如玉一样的手轻轻拂过裙摆,裙摆上,以同色的丝线绣上了一朵又一朵的鸢尾花。他凝视着裙子,那浅绿的眼眸映着屋内流动的光影,像在凝视着自己的挚爱。

"还剩……九天。"低低的声音,散入空气,像是在呓语。

柳余是被一阵雷声惊醒的,拥着被坐起时,梦里不断追着她奔跑的野兽消失了。

耳边是"轰隆隆"的雷声,一只手伸过来,将那打开的窗合上,一道闪电划破夜空,亮光落到那人身上,她金色的长发略有些暗淡。

"谁？！"

一个光明弹从柳佘手中升起，不过，是蓝色的。

光明弹在房间内炸开，像是蓝色的焰火。

蓝光不够亮，却也足够她看清那个人的脸了。金发，蓝眼，法令纹，高颧骨——熟悉的脸，在梦里见过无数回的。

"母……亲？"柳佘诧异地道。

柳佘闭上眼，躺了回去，心想：原来还在做梦啊。

"母亲大人，您是不是有哪里不舒服？"

一道尖厉的、略有些刮耳朵的声音在屋内响起。

还是弗格斯夫人的声音？！

柳佘重新睁开眼，坐了起来。

"啪……"壁灯被点燃了。

火光映亮了弗格斯夫人那张风韵犹存的脸，只是这么一看，柳佘立刻就发现了不同。

弗格斯夫人偏好成熟的穿衣风格，喜欢黑色、紫色或红色，而眼前的人，穿着一身粉色的花苞裙，用极不符合她性情的、活泼又明媚的笑迎接着她的目光。

她还对柳佘道："母亲大人，您可以叫我弗格斯。"

"母亲……大人？"柳佘眨了眨眼睛，重复了一遍她的话。

想起像布鲁斯的莫里艾，一个荒谬的猜测在脑中浮现："难道，你也是……神创造的？"

仔细看，这个人的眼睛干净清亮，而弗格斯夫人的眼神要更风尘一些，因过去的经历，她看人时很警惕；她喜欢抽烟，食指和中指的指头被烟熏得微微发黄。这些这个人统统都没有。

更关键的是，弗格斯夫人看着她的眼神，总是慈爱的——那爱，像是满满的一湖水，随时都能溢出来。

假的。

柳佘嘴角的笑消失了。

"是的，母亲大人，父神创造了我，并赋予了我姓名。""弗格斯"欢快地回答。

然后，她就要听一个长得像弗格斯夫人的女孩叫她母亲？简直荒谬至极！

"所以，您来干什么？"

"父神大人让我来陪伴母亲。您有什么需要，敬请吩咐。"

柳佘冷着脸："不用叫我母亲，请叫我弗格斯小姐、贝莉娅，或者别的什么都成。"她可承受不起这个称呼。

"可是……"

"……贝莉娅。"柳佘强势地道。

这位"弗格斯"柔顺地低下头："是的，贝莉娅小姐。"

"……您什么都可以吩咐，我会的很多。"

"谢谢。"

柳佘的目光在这位"弗格斯"身上扫过一圈，她的生命线异常简单，只有生、死两个点，像是被人特意简化过的……

柳佘还注意到，外面罩了一层比之前更玄妙的光膜，那光膜像是一个倒扣的碗，将这房间扣住了。蓝色的细线与光膜甫一接触，就被弹开了。

柳余不可能不惊动光膜就出去……

柳余的目光落到这满眼敬慕的"弗格斯"身上："你父神大人派你来监视我？"

"不，父神大人怕您寂寞，才叫我来陪伴您……父神大人对您的宠爱，无人能及。"

柳余并不感到荣幸。

"所以，我能出去了？"

柳余披上晨衣，趿拉着软鞋走到窗边，重新将窗户打开，冷风直接刮到脸上。

穿过重重的黑暗，柳余仿佛看到，以莫里艾为首的骑士队不间断地在附近巡逻。

"不，没有得到父神的允许，您不能走出这个房间。"

果然，跟柳余想的一样，他打算彻底囚禁她。

"那我什么时候能出去？"少女淡淡地问。

一道闪电劈过长空，少女精致的侧脸也像是被劈成两半，一半沉于黑暗，一半亮于光下，"弗格斯"忍不住打了个寒战，方才某一瞬间，竟觉得如坠冰窖。

"弗格斯"伸手关上了窗："贝莉娅小姐，外面冷……"

柳余退后一步，静静地看着她。

"弗格斯"这才意识到，贝莉娅小姐在等她上一个问题的回答。

"神后大典结束，您就能出去了。"

柳余颔首，表示自己知道。然后配合度极高地上床睡觉了，只是这回无论如何也睡不着了，这几天发生的一切，不断在脑中徘徊……

唐英说："逃！快逃！一滴水融入海里……"

伊迪丝说："我犯了罪，没人能宽恕我……"

路易斯说："……你甘心吗？"

柳余伸手摸到石雕像身上的拇指瓶，塞入了怀里。

"我要睡觉了，你可以让我一个人待会儿吗？"

"可是神说……"

"……你可以去门外守着。"

"弗格斯"小心地觑了她一眼道："那您有需要叫我。"

轻巧的脚步声响起，随着一道关门声，全部被阻隔在了外面。

房间陷入安静，柳余摩挲着拇指瓶，将它重新放好……她当然会用，前提是，她取不到他的心头血。

如果斑斑在这儿，又知道了她的打算，必定要控诉她的狠心，柳余无所谓地想。

可那又怎样呢？他也可以取她的。

万一她不慎死了……那就死了吧。总比被当作随意对待的财产或者笼子里的金丝雀强。

第二天，天放晴了。

柳余去盥洗室梳洗，"弗格斯"就去门口取了提篮，布置好早餐，在一旁等她。

"一起坐。"她道。

"能与母亲大人，啊，不，贝莉娅小姐一起坐的，只有尊贵的父神大人。"

见劝不动，柳余也没继续。

柳余坐到桌边："斑斑呢？"

"贝莉娅小姐是说那只鸟吗？""弗格斯"歪着脑袋，"它进不来呢。"

"进不来？为什么？"

斑斑在内宫一直是来去自如的。

"抱歉，贝莉娅小姐，这是神的决定，我们无权质疑。""弗格斯"微笑着道。

柳余立刻就明白了，是怕斑斑帮她。

还真是防得滴水不漏。

柳余喝了口牛乳。这样一来，突破口就只有在神后大典那天——这几天，她得表现得安分些。

"弗格斯"见金发少女不高兴地嘟囔两声后，就安静下来，不由得舒了口气。

时间悄悄地过去了一半。

柳余表现得像是认命了，只是偶尔会直愣愣地对着窗户发呆，叫她，很久才会应。

"弗格斯"有点担心，去禀告神，神让她带了两个人进内宫。

一个是吉蒂神官，一个是路上随便碰到的圣女。

"贝莉娅小姐，您看谁来了？"

柳余迟钝得像生锈的铁剑，当眼神落到吉蒂神官身上时，才有了些色彩："您来了，吉蒂神官。"

"噢，天……您看起来瘦了很多。"吉蒂神官捂着嘴，又忘了之前柳余帮黑暗使徒说话的事了，"您……您……"

"没什么。"

柳余有气无力地道，"您来做什么？"

"神派我们来……陪您聊天，或者，玩些别的什么。"

"我想伊迪丝。"她突然道，"不对，伊迪丝已经死了。玛格丽特回来了吗？她脸上的伤好了吗？这里的日子太无聊了……卡尔比先生？他最近怎么样？……娜塔西呢？是不是还像从前那样？"

她将认识的人唠叨了一圈。

大约是很久没跟人说话了，她看上去有点焦虑。

"玛格丽特回来了，娜塔西小姐也在。"吉蒂神官告诉她。

她立马就高兴了，眉眼生动了许多，仰着头希冀地看着吉蒂神官："那我可以让玛格丽特来看我吗？或者，娜塔西也行……想一想，她毕竟是我的妹妹……吉蒂神官，您不放心的话，可以看着我……"

吉蒂神官沉吟了会儿，似是在听人指示，不一会儿就将旁边傻站着的圣女打发走了："我让人请她们过来。玛格丽特小姐从墨鲨主城带回来一个有趣的游戏……"

柳余有预感，她的帮手必定在这两个人中出现。

玛格丽特来得很快，头发剪短了，烫成栗色的小卷贴着头皮，因为脸小眼睛大，倒显得更加俏皮，如果没有脸上那道疤的话。

出人意料的是，玛格丽特带了副扑克牌，只是大王、小王，变成了神和神后，一些牌代表大主教、主教、神使、骑士之类，剩余的全是平民。

"这是我从墨鲨城带回来的游戏，特别好玩。有很多种花样……"

玛格丽特眉间的郁气像是消失了，她看起来活泼又灵动……

柳余看着她，垂下眼，掩去了眼中的一抹惊讶。

玛格丽特的命运线，是乱的。

似乎……有两条导向，一条长，一条短，只是时间太短，柳余一时拎不清……

娜塔西来得很晚，似乎特意打扮了下，穿了条水绿色的裙子，头发柔柔顺顺，看上去像一片清新的绿叶。见柳余看来，勉强朝她笑笑："贝……贝莉娅姐姐……"只是脸色有些青白，看起来气色不太好。

而当看到娜塔西眉眼间的阴影时，柳余立刻明白了：帮手，居然是娜塔西。

娜塔西的眉间，似乎浮现着一个影子，那影子，和柳余极为相像。

柳余想起她在神宫图书馆看到过的志怪内容里，有这样一条："起嫉恨之心，用神魂和恶魔做交易……"

所以……娜塔西跟恶魔做了交易，而那恶果即将孵出……

到时，娜塔西会和她长得一模一样。

神殿。

"弗格斯小姐这几天的胃口好了一些，早上还吃了三块奶酥塔……下午，她和玛格丽特小姐、娜塔西小姐打了一会儿牌，看起来很开心，只是，偶尔还是会有些落寞。"

吉蒂神官低垂着头，向那神座上高贵的男人禀告着。男人一只手支着额头，长长的银发垂下来，半阖着眼，像是睡着了。

吉蒂神官没等到指示，偷偷抬头看了一眼，什么都还没看到，就又连忙垂下头去。

"知道了。"神美妙的声音在殿内流淌。

"下去吧。"

"是，我尊敬的神。"

吉蒂神官右手置于左胸，毕恭毕敬地行了个礼。

她最近每天都要向神汇报弗格斯小姐的近况，神听完，从来没有说过一句多余的话，看起来似乎漠不关心……

在快走出神殿门口时，吉蒂神官忍不住回头看了一眼。

神座上的男人，不知什么时候睁开了眼睛，他抬头看向远处的天空，像是要穿过云层，看向云层的深处。

吉蒂神官的眼睛一疼，连忙收回视线，将门闭上了。

圣子、圣女们在附近的长廊等着她，"叽叽喳喳"地问："神最近为什么不见我们了？"

"是因为神后的关系吗？"

"神心情好吗？"

"神看起来还是一如往常吗？"

迎娶神后，对这些圣子、圣女来说是件大事，年轻的脸上都带着点不安，他们对未来充满了迷惘……

神，是唯一的、不可动摇的信仰，可多了一位神后……

时间越逼近，不安感就越重。

有了女主人的神宫，像是突然多了一重枷锁。

吉蒂神官对这些孩子充满怜悯，任他们扯着袖子，也不生气，温和地道："不可窥探神，你们都忘了吗？"

"吉蒂神官，我们……我们只是怕……神后会赶我们出去。"

"我们不想离开神。"

"神后是个大度而宽容的人。"

吉蒂神官说着自己都不信的话。要说对神后小姐的印象——神后小姐和神宫内所有的人都不一样，她生机勃勃，能够燃烧一切。整个人就像是一个巨大的谜团，叫人捉摸不透。

吉蒂神官偶尔觉得，神后小姐对神有着最虔诚的爱，可偶尔又会觉得，她更爱自己。比起纯粹只信仰神的信徒，她前后不一，矛盾又神秘……让人想起传说中的"狡诈者"。

吉蒂神官打住想法，不敢继续下去。

圣子、圣女们还在问："真的吗？"

"之前我们这么说她，神后小姐没有生气吗？"

"老实说，我们都很嫉妒她呢……神可从来没有这么关注过任何一个人类，不，所有的物种都没有。"

"够了！孩子们，快去布置神宫，大典明天就开始了！神之国度的各大城池主也会在明天把整个神宫填满……你们还有的忙！"

吉蒂神官像赶鸭子一样赶人。

圣子、圣女们一哄而散，确实，他们有很多很多事要忙。

神宫要重新打扫、布置，大典当天需要用到的酒水、果品，还有糕点……

莫里艾领着骑士队，兢兢业业地将内宫围了一圈。

这些天，他们寸步未离，确保里面连只鸟也飞不出去。

一个栗色短发、脸上生了一道疤的女孩，和一个像小鹿一样可爱的少女结伴从内宫走出。

莫里艾立正，微微颔首："玛格丽特小姐！娜塔西小姐！夜安！"

天边斜阳西照，玛格丽特给了他一个爽朗的笑："莫里艾先生，夜安！"

"莫里艾先生，"娜塔西也轻轻地道，"夜安，明天见。"

"明天见！"莫里艾微笑着道。

当那小鹿一样可爱的女孩消失后，他脸上的笑也消失了。

"莫里艾，怎么了？有什么不对吗？"

旁边人深知莫里艾的为人，他谦逊有礼，温文尔雅，时常挂着微笑，很少有这样板起脸的时候。

莫里艾摇了摇头，面色迟疑："……总觉得，不对。"

"不对？哪里不对？"

"就像是……"

莫里艾说不出来，那迎面而来的感觉，不太舒服，可她又确实是那个人。

"要和神说一声吗？"

莫里艾摇头："神无所不知。"

他镇定地陈述着这个事实。

第二天，当清晨的第一缕阳光照向大地时，神宫从沉眠中苏醒。

圣子、圣女们纷纷换上统一的衣裙和发型，等候在门口，接待从神之国度赶来的人们。

十二大城池主，在昨天已经入住附近的集镇。集镇上的酒栈已经爆满。来晚了的，或者个别中小城池主只能在野外露宿。他们领着妻子儿女和得力的属臣，带上最珍贵的礼物，来向神敬贺他的婚礼。

分散在世界各地的神官们也纷纷回来了，整个神宫热闹而喧嚣，即使这样，也依然是井然有序的。

神宫内外焕然一新，奇珍异宝遍布，红蔷薇点缀着各个宫殿——整个气氛，就像是陷入了一场热恋。

城池主们惊奇地走在神宫之内，他们是那些放逐出去的圣子、圣女们的后人，只在传说和吟游诗人的口中听过神宫的模样……

即使是那些商贩，也从未靠近过神宫，只在附近兜售物品。

"噢，圣光在上，神宫果然以金子铺地，你看到那只狂兽了吗……"

"我还瞧见了两个拳头大的明珠！那得多大的蚌才能孕育出来……"

"还有那紫色的珊瑚塔，比我们城池的第一勇士还高！"

他们赞叹着神殿的华丽和精致，目不暇接。

神官们则对神未来的妻子更为期待，他们期望她有美丽的面容，有高贵的品行和仁爱的心灵——唯有这样，才能配得上他们高贵美丽的神祇。

而这时，柳余则坐在内宫，由吉蒂神官领着一群手巧的人在打扮。她们用七彩花的花露浸泡她的长发，用鱼人的眼泪点润她的眼睛，用冷霜制成的霜膏涂抹她的身体……

柳余坐在梳妆镜前，像个被摆布的娃娃，耳边是不断的夸赞声。

她的目光，却与镜中娜塔西的目光相遇。娜塔西就站在她身后，直勾勾地看着镜中的她。确切地说，是看着她的脸，眼神炙热而疯狂，像是得了某种癔症一样。

柳余朝娜塔西笑了笑，娜塔西似是一惊，连忙垂下头去，苍白的面色看起来让人心生怜悯。

柳余收回了视线。

"玛格丽特小姐呢？"

吉蒂神官小心地从柜子里捧出一条裙子，那裙子美丽极了。颜色是最纯净的初雪都比不上的纯白，一丝杂色都没有，裙摆如玫瑰花般绽放，点缀着金色的鸢尾花纹，那是最高级的匠人都无法裁制出的美。

柳余的目光落到那裙摆之上。

金色的鸢尾花纹栩栩如生，细致得连花蕊和花叶上的纹路都纤毫毕见。这样小巧的鸢尾花，围了裙摆一圈。

柳余看向窗外，难得的艳阳天，万里无云。

她想，应该是……粉色的。

"昨天神交给我时，明明是粉色的……"吉蒂神官"咦"了一声，"怎么变成了白色？"

"吉蒂神官，您一定是看错了。神的礼服是白色的，神后的……当然也是白色啦！"

吉蒂神官想了想："也许是的，那时候天都黑了。"

柳余拿了裙子进去换，出来时，所有人都"哇"了一声。

她们握着拳赞叹地看着她："噢，弗格斯小姐！您美极了！就像……就像……"

她们说不出来，她美得像一幅浓墨重彩的油画，明明那样热烈，可不知道为什么，却让人感觉有点悲伤。

柳余看向镜子，弯了弯嘴角，又朝身后的娜塔西一笑："好看吗？"

娜塔西直勾勾地看着裙子："好看，十分好看。"

139

玫瑰与她的神明

吉蒂神官的眉皱了皱，她挡在柳余和娜塔西之间，将金色的宝石王冠戴到柳余的头顶，试了试，又摘下来，放到一旁的托盘上。然后拿来配套的项链和滴露状的耳坠给柳余戴上，又高声问："珍妮！珍妮来了吗？"

一个红发美人走了进来："来了！来了！"

叫珍妮的匆匆将手里的紫色花束塞给柳余："您的花，神后小姐！"

柳余看了眼，修鸠花？

还不等她说话，吉蒂神官已经开始催促："时间差不多了，我们该去大殿了。"

一群人又"呼啦啦"地拥着她往外走。

娜塔西站在她们身后，表情一下子变得十分落寞，罩在阴影里的脸，阴郁又苍白。

不过……娜塔西摸了摸自己的脸……很快，很快，她就能和贝莉娅姐姐一样了——拥有这样的脸，神一定也会宠爱她的……

神后大典，在正午阳光最烈的时候正式开始。

神殿的金色大门轰然打开……金色的阳光从门中流泻出来，像麦穗一样细碎地铺满整座大殿。

柳余看向远处高台上的男人，他站在那儿，目光穿过重重的光影，像在这儿第一次见面时那样，向她看来。她仿佛听到了那一声空灵的"贝莉娅·弗格斯"。

柳余的嘴角挂起笑，捧着花，向他走去。

她的皮肤比安迪山脉的初雪还要白净，眼眸比夜空中的星辰还要闪亮，手捧着紫色花束，穿着一条白色长裙，就这样安静地向金漆殿堂走来，整个人仿佛被阳光与清风亲吻过……

她是天神的宠儿，城池主们的心中不约而同地浮现出这样的想法，神官们默默地垂下头去，右手置于左胸，头颅低垂。

圣子、圣女们清亮的歌声在大殿内响起："……今天我戴上王冠，去迎娶我心爱的姑娘……噢，我看见了心爱的姑娘……她身穿纯洁的白裙，戴着花冠……多么美丽……多么美丽……"

所有人跟着唱起来，歌声回荡在整个殿堂。

柳余仿佛听到有声音在唱："……祝你幸福……祝你幸福……"

她闻到了空气中鲜花的香气，听到世界对她祝福……

柳余看着台阶上的男人，一步一步地往前走。

他穿着白底金边的法袍，法袍上金色的太阳和银色的月亮交相辉映，而更引人瞩目的是那披在脑后长长的、几乎曳地的银发，银发像天空的银河一样。头顶上，金色的王冠在闪闪发光。

他比阳光更耀目，比月色更清冷。她当然知道，他有多冷酷。

柳余闭了闭眼睛，提起裙子，走上台阶。

金子般的台阶上，他向她递出手，白色袖口干净得像天边的一抹云。

她将手搭了上去，而后，随着他递来的力道轻轻一跃，轻盈地跃到他身边，和他一起面对着来贺的人群。

殿堂内，穿着鲜亮衣裳的城池主和神官们不约而同地仰着头，脸上是真挚的敬慕、无比的喜悦。

他们大喊："赞美我神！恭喜我神！"

"赞美我神！恭喜我神！"

"赞美我神！恭喜我神！"

呼声震天，而后，他们匍匐下去。

乌泱泱一片的人头，身体带着激动的颤抖，像是无法承受过于充沛的情绪。

神开了口，声音华丽而空灵，像来自另一个维度。

"今日，我将迎娶我的神后。"

随着"后"字消散，空气中似乎传来轻轻的一声"啪"。

神现出了他的完全体。

两道巨大的羽翼从神背后伸出，在地上留下巨大的影子。

神站于高高的台阶之上，无人敢仰望，他们将头垂得更低了。

柳余看了一眼他，心里想着，索伦城邦的那座光明神石像好歹是有些相似的地方的，起码那一双翅膀很对。

他也看向她，高高的眉峰下，绿眸如水。

"从今日起，你将是我的神后……未来无论喜乐，无论痛苦，你都将永远臣服于我，将对我抱有忠诚、希望和信仰。不欺瞒，不背叛，不远离……"

少女柔顺地低下头去："是，我尊敬的神。"

她金色的长发，在阳光下如灿烂的金子。

一位圣女手捧托盘，走到台阶之下。托盘上，金色王冠小巧而精致。

神伸手轻轻一点，那王冠就出现在他的掌心。他郑重地将王冠戴到她的头顶，捧起她的脸颊，在她的额心留下一吻……

那吻，如轻盈的羽毛，却又似乎带着山岳般的重量。

她摸了摸额头："这是什么？"

声音很轻，确保只有他听到。

"以神后之冠，加冕。"他宣告。

柳余却感觉，身体内似乎多了什么比"神仆契"更牢固的东西，那东西将他和她联在一起。

"你又下了别的契约？"

她平静的声音里，听不出一丝懊恼。

他没有回答她，只是向她递出了手，声音回荡在整个殿堂。

"神后，我的世界，将与你共享。"

少女似不再追究，将手搭了上去："好啊。"

桃花眼微微弯起，如一弯月牙。

众人又齐齐匍匐下去："拜见神后！"

"拜见神后！"

"拜见神后！"

"愿我神与神后以爱、以快乐、以光明为生活，永远！"

呼声直穿云霄。

柳余一只手被他牵着，一只手捧着花，遥遥地看向远方。

天际，一道彩虹横跨东西，蓝天白云，百灵鸟在歌唱，白鸽在飞翔，无数花儿同时绽放。

空气里传来花的芬芳、鸟的啼鸣，似乎整个世界都在庆祝神的婚礼。

多么和平又美妙的一幕……

旁边传来一道声音，那声音轻得像是不存在："贝莉娅，我竟然有点期待……和你在一起的时光。"

柳余转过头去，身旁的人正抬头望向天空，侧脸浸入阳光里，美得不真实。

"……哦。"

她收回了视线。

这时，莫里艾站出来："神后大典结束！"

城池主和神官们互相搀扶着站起，当抬起头来时，哪里还能看见高台之上的那一对高贵、美丽、让人不可直视的存在。

"今晚还有一场盛宴，盛宴上的酒水，是神亲自酿制，你们可以喝上一些……"

吉蒂神官带着圣子、圣女们，招待着这些来自神之国度各个地方的宾客们，并且告诉他们，不能多喝……

"神不喜欢醉鬼。"

宾客们去了晚宴上喝酒，柳余则被盖亚带回了内宫。内宫也被装饰一新，连帐幔都换成了鲛珠做的流苏帐幔。柳余走到桌边，桌上摆了一个酒坛，一碟星星饼。

隔了几天没见，两人看起来都有些陌生了。

"坐。"

柳余提起酒坛，给彼此都倒了杯酒。鎏金嵌玛瑙杯中是黄澄澄的酒液，色清而淡。

他坐了下来，白底金边的法袍落到鎏金蔷薇花纹曲椅上。

柳余将杯子推了过去："来，我们喝酒。"

"喝酒？"他抬起头，望了她一眼。

绿眸干净得像是初春的第一缕新芽。

"艾诺酒。"柳余看着他，"我上次请你来，你却一口没喝的酒……"

少女的蓝眸里荡漾着柔波。

他似是愣了一下："艾诺酒？"

"是的，我为你酿的艾诺酒。"少女努力上扬的嘴角，似不堪重负般垂下，展出一个落寞的弧度，"留到今天，今晚……你，还要拒绝它吗？"

她在酿艾诺酒时，绝想不到，这酒竟然会用在今天，是这个用途。

他一言不发，拿起杯子一饮而尽。

白色的袍袖在空中扬起一个弧度，又落下。

她又推了一杯过去，他又一饮而尽。

连喝了两杯酒，他像是放松下来，绷得紧紧的背脊也开始放松，他松了松领口。

"是艾诺酒……"他抬起头道，"是艾诺酒，贝莉娅。"

那绿眸里泛起的涟漪，像是春雨落入湖面溅起的一层又一层的微波。

安静，却又不只安静。

少女的嘴角弯起，又给他倒了杯，他又喝光了。

"还有星星饼。"她给他递了块圆圆的饼干。

他看了她一眼，接过去，也不吃，只是道："其实，星星饼……的传说不对。"

"哪里不对？"柳余问。

"只有一次的……不对。"他看向她，"人生漫长……你们人类总将爱挂在嘴边，我就想看一看，什么是爱……

"可惜，在这之前，我从来没有在任何一种生物的头顶看到星星……"

"您是说，星星饼是您创造的？"

"当然，我的寿命很长很长……不，永无止境……漫长得就像看不见尽头的云雾……"这次，他给自己倒了杯艾诺酒，又抚了抚她的脸颊，"可奇怪的是，你们人类即使寿命如此短暂，但爱也没有超过哪怕一个周期……"

"一个周期？"

"是的，十年。星星饼下次生效的时间，是十年。十年后，如果你还爱着同样一个人，那么，你将再次在他的头顶看到星星。"

"您还很有童心呢。"

柳余没有就此进行辩驳。虽然，她没有爱一个人那样长久过，但她相信，这世上持续的爱永远存在。

只是，她不是那样的人，也未碰到那样的爱情。

"那时，我刚诞生一百年，还是两百年？"

似乎年代太久远了，他眯起眼睛，回忆了一会儿，才摇摇头，"记不清了……一个年轻的女孩对我示爱……我想看看，我会不会像人类一样爱……可惜，失败了。"

柳余继续给他倒酒。

莫里艾在给她介绍艾诺酒时说过，艾诺酒，是唯一能让盖亚感觉幸福、好好睡上一觉的酒。这也意味着……这酒，他喝起来易醉。

两人一个倒，一个喝，气氛竟是前所未有的平和。一时间，竟像是变成了莱斯利时期的相处模式。

他们第一次聊了许多，如他的过去，经历过哪些有趣的事……

只是，出乎柳余意料的是，他的人生贫乏到几乎没几句话可说。

"您其实一直就像人类观察鱼池里的鱼一样，观察着各种生物……您创造鱼池，丢下鱼饵，偶尔，做出鱼种筛选……但您从来没有……"

猝不及防之下，柳余被他抱了怀里，紧紧地扣着。

他的脸上，有微微的醉意，下颌靠在她的头顶："是的，我从来没有进入过鱼池。

"不，我进入过……只是，他们不有趣……他们是我培养出来的鱼，你却像个异种……"

柳余一惊，他却捧起她的脸，像小鸡啄米一样亲了她一下，"贝莉娅，你酿的艾诺酒，很好喝。我很高兴，很高兴……"

他看着她，王冠有些歪，银发披散，可眼里的光，却前所未有的亮。

"您喝醉了……"

"艾诺酒，幸福……幸福……"他抱住她，头枕在她的颈间，"我很高兴，很高兴，很高兴……"

温热的气息喷在她的脖颈，不一会儿，就没有动静了。他枕着她的肩膀，像抱娃娃一样抱着她，沉沉地睡去了。

柳余坐在原地，看着远处的天。

夜幕低垂，星辰满天。不管世间发生什么，时间从不会为谁停留。

从这个角度说，神也不是万能的。

她靠着他的胸口，那里，支撑着生命的心脏在一起一伏。在铁片没有完全被解读出来时，她也在图书馆查过许多资料，里面说：……不会危及性命，只是，会有一段时间的虚弱……

可一旦做了，就回不了头了。

柳余的手抖都未抖，蓝色细线从指尖探出，在他的左胸停留了一瞬，就坚决地刺入他的胸口……

不会疼的。

这个细线，不是实物，是她力量的汇聚，只会像蚊虫叮咬一样……不会惊动他。

快了，快了……就在这时，柳余的手被擒住了。

她诧异地抬头，却正对上一双漂亮的绿眸，那眸光清明透亮，哪还有一丝醉意？

"盖亚？！"

黑夜沉沉，一盏孤灯，一杯酒。

窗外一声惊雷猛地炸响，大雨瓢泼似的落下来。

柳余只觉得一阵心惊肉跳，他近在咫尺的眼眸里，什么都没有，只有一片欲起的风暴。

"又一次。"他道，"贝莉娅·弗格斯，又一次。"

"您先放开我。"少女迅速垂下眼，又抬起，带着点央求，"我手疼。"

"手……疼？我以为，你贝莉娅·弗格斯有一副钢筋铁骨，才敢一次、一次又一次地欺骗我。"

他箍得更用力了，她能听到手腕的腕骨在他手下"咔啦咔啦"作响。

柳余的心往下沉。她不装了。

她脸上的温柔消失了，道："您没醉。"

他没说话，只是眼尾有一点红。

"不，我醉了。所以，在我饮下艾诺酒时，我竟然短暂地相信了你，认为你拥有真心，甚至认为，你也许不会用到铁片……"

铁片？在她讶然的眼神里，他的手一张，一块铁片不知从哪儿飞出，"哐"地撞到墙上，发出清脆的一声响。

这声响，也落到了柳余的心里。

"众神陨落，复得光明……"

他明明一眼都没看，却能一字一字又准确无误地叙述出来。

"……需抽神之骨，以神之泪、神之血中血……"

他拿起她的手指按到自己的胸口，柳余能感觉到他法袍下紧绷的肌肉、流动的血液，以及跳动的心脏。

"你要挖我的心，取我的血，贝莉娅·弗格斯……"他的声音很平静，却给人一种风雨欲来之感，"我暗示过你。"

"暗示？"

柳余突然生出一种毛骨悚然的感觉。背脊开始发凉，一阵阵寒气从脚底板往上钻，一种可怕的猜测占据了她的脑海，甩也甩不掉。

"看来，你也猜出来了。没错，你的想法是对的。"

他用鼓励的眼神看着她。

"您是说……铁片是您创造出来的？"柳余终于问了出来。

话出口的刹那，心提到了嗓子眼。

他却点头："是的，没错。"

"轰隆隆……"

失去救命稻草的感觉，是什么样的呢？柳余想，大概就是现在这样的。

天旋地转，找不到依托。

原来这一切都是假的，根本没有成神的法子。

"为什么？"她听到自己问，"您为什么这么做呢？"

"人生漫长……"

他看着她，绿眸里似是一片迷离的大雾。

"是的，人生漫长……"少女喃喃道，"所以，您尝试了很多东西，酿酒、绘画……可您还是无聊，您也没有天敌，于是，您就想了个有趣的游戏……"

他就像个肆意又天真的孩童，整个世界都是他的游乐场。

他在许多世界丢下铁片，等待着捡到的人解开谜团，像玩勇者游戏一样，来向他挑战。而她，就是咬下这个鱼饵的人。

甚至路易斯也是。

"您真可怕，真可怕……"少女看着他，她没有眼泪，那蓝眸里充满绝望，"我们的人生，不过是您的一幕戏……您无聊了，就丢下一个鱼饵……您看着我在渔网里跳来跳去，丑态百出地去够那鱼饵，是不是很可笑？"

他什么都知道！他一直都知道！

多可笑啊，她就像个供人取乐的小丑。

"是的，可笑。"他道，声音与他的银发一样冰冷。

她被激怒了。

"我可笑？那您呢？您不可笑吗？还有这个……"她指着枕边的石雕像和金色鸢尾花，又指着身上的裙子，"不可笑吗？您为了这样一个女人……"

"贝莉娅·弗格斯，不要让你的恼怒变成不理智的岩浆。"他掐住她的下巴。

柳余别开了头。

"不理智？不，您错了，这不是不理智，是真心话。您不是一直想听我的真心话吗？您说得对，没错，我从一开始就没有真心，我骗您的。"

她的话，像一把利刃，将所有被掩盖的、从未愈合的伤口再次割开，露出血淋淋的现实。

他闭了闭眼睛，绿眸内，仿佛有风云在涌。

柳余却感觉到了快意。她想让他和她一样痛苦。

"我挖了你的眼睛，但是有人告诉我，你是神。我得活着啊，如果能成为神钟爱的女人，那多好……所以，我百般讨好你，我还追求你……"

"那个人是路易斯。"他的声音和表情一样冰冷。

真是完美的答案。

"对，没错，是他！他帮了我很多……噢，刚才说到哪儿了？对，你像个油盐不进的石头。为了成为神眷者，我找路易斯交易，给你下了药，你终于动容了……也不过是个普通的男人……可你又因为娜塔西，将我抛在了一边，让我断了手臂，我恨你，我就又想办法，联合路易斯，噢，黑暗力量侵蚀了你……你终于松动了……后来你为我死了……"

少女一一道来，眼泪却像连绵不绝的珍珠，随着记忆的回溯，不断滚落。

她又扯出手腕上的记忆珠，透明的琉璃珠映衬着少女雪白的皮肤，透着珍珠般的光泽。

"还有这记忆珠，对，一开始，记忆珠就是我藏起来的……"

他低头，目光落到她的手腕，端详了一会儿，突然一扯，那串着记忆珠的细线就断了。记忆珠落到了他的掌心。

"所以，都是假的？"

"对，是假的。更可笑的，是您。您回归了，明明知道我做了什么，却放过了我……您依然让我当上了圣女，现在，是神后……您刚才还将我抱在怀里，说您很高兴，说您感觉到了幸福……"

少女极度刻薄，她哈哈大笑，笑时，眼泪却扑簌簌地不断滴下，"不过是一杯酒。"

"一杯酒而已。"她抬头望他，"您说，您可不可笑？"

他的绿眸望着她："所以，你之前说爱我，要认真地追求我一次，也是假的，是为了今天。"

"当然。"

柳余发誓，她在他的眼睛里看到了刮起风暴的大海，大海上的风浪像是要将她吞噬，可他的表情还是那样平静。可这，恰恰更让人生气的。

"盖亚·莱斯利，您想证明什么？证明我爱您吗？噢，那不存在。从头到尾，我都是为了我自己。我想成神。"

"我一点都不爱你。你只是我向上爬的台阶。"她踮起脚尖，在他耳边轻轻地道。

他的脸色，肉眼可见地白了起来。

"贝莉娅·弗格斯。"

他端详了掌心的记忆珠一眼，而后，手一握——记忆珠碎了。

无数细小的白芒在这间暗室升起，像萤火虫一样飞舞，最后汇拢到了银发青年的身上。

一片模糊的白色光晕里，他睁开了眼睛，那绿眸像冰一样冷，不，比冰更冷。

她在他面前，似是无所遁形。

柳余从未见神用这种眼神看着自己，不含任何情感。

她迅速意识到了不同……之前，不管他如何呵斥、如何不耐，可从没有哪一刻，对她有过杀意。

这一刻，他真的想杀她。

为什么？是记忆珠回归的关系吗？

可是，他之前就恢复了记忆。

不……如果记忆珠有记录功能，它带着对她的记录回归……

那么，他知道了！他一定是知道她是异世来客了……

柳余敏锐地想到了关键点。

意外的是，她很平静，还很轻松。

她发现，自己被一股力量禁锢在原地，既开不了口，也动弹不得。

他冰冷的手指搭在她纤细的脖颈上，而后，突然收拢。

脖子被一股巨大的力量挤压出"咯咯咯"的声响，渐渐地，进气越来越少，她感觉到一股眩晕。

面前的人，那样冰冷，不可撼动。

柳余只感觉，笼罩住自己的黑暗越来越浓重，越来越浓重，她的眼皮耷拉了下来……

就在这时，面前的人像是被突然烫了下，猝然松开手，大量的气流一下子灌入喉咙里，冲得柳余咳了起来。

眼泪被咳了出来。她抬起头，隔着一层朦胧的水汽，仿佛见盖亚那美丽的面庞惨白之极，而这白，也衬得那绿眸越发苍翠浓郁，如同滴玉。

"为什么不杀我？"

她捂着喉咙，剧烈地咳起来。

他看着她，目光如宁静的湖，不起波澜，可手似乎在颤抖，再看去，又什么异样都没有。

"我是想杀的。"他看着她，"但我的手，受了你的诅咒。"

他叙述要杀她的声音那么平静，盯着她的视线却炙热到让她以为，她脸上开了朵稀奇的花。

"诅咒？"柳余笑了。

"一个异端，总会有些特别的本事。"他冷冷地道。

"您真看得起我。不过如果我会诅咒，一定诅咒您现在跌个跟头。"

柳余所有的情绪，也随着咳嗽，从身体里退去了。

"我还剩最后一个承诺。"

"最后一个承诺？"

"既然您不杀我，您就放我离开吧，离开这儿，离开神宫。"她看向窗外，似已心灰意懒，"我想回……纳撒尼尔了。"

那里有弗格斯夫人，她的母亲。

"所以，你最后一个要我兑现的承诺，是要我放你离开？"

"是的。"

男人的绿眸，又恢复成了一片冰原，冰原里，一切都波澜不惊。

刚才的情绪丝毫不留地收敛起来，整个人看起来就像座完美无缺的石雕像，除了太过冷硬和苍白。

"一个破坏秩序的异端，你的归宿不是死亡，就是流放梅尔岛。"他用嘲讽而冰冷的语气道。

"您要将我流放到梅尔岛？"

"你还有别的选择吗？"

第四十一章

"那您呢？我至高无上的神祇，您打算毁诺吗？"

月光透过窗户，照在少女美丽的脸庞，像是给她罩了层朦胧的轻纱。

那蓝眸里全是水光。

他看向窗外，声音平静地道："你可以换一个，贝莉娅·弗格斯。"

"像您当初对娜塔西那样？"

他没有说话。

柳余却笑了笑："换一个，您会永远将我囚禁在梅尔岛吗？"

"你是秩序的破坏者，"银发青年回过头来，"永远地囚禁你，这是铁律。"

"所以，杀了我。"她斩钉截铁地道。

"杀你？不。"

"为什么不？前不久，你才刚杀了一个。"下巴被轻轻地抬起，他那双绿眸端详着她，"没有人能够在欺骗神之后，轻易地死去。"

"再换一个。"他放开她。

柳余却笑了："既然这样，那么，我恳求您永远永远不要再出现在我的面前。"

这时，一道闪电猛地劈过长空……突然而至的光照进了他的眼睛，那漂亮的、如无机物一样的绿色玻璃球里，藏着刀锋，像是要直直地刺入她的灵魂。

他没说话。她也没说话。

两人隔着刺目的光对视，闪电停止了。就在她以为他要再一次拒绝时，他突然笑了。

那笑，如冰冷的霜花，又美又凉："如您所愿，我的……神后。"

话音落下的当下，柳余发现，刚才被禁锢的感觉又回来了。手和脚不再受自己支配，似是拥有了自己的意志，带着她走到床边，脱鞋上床。

他走到床边，她被罩在他高大的阴影里。

"您想做什么？"

只有眼睛和嘴巴能动。

视线所及处，所有的装饰都已经焕然一新，鲛丝做的流苏帐幔梦幻得像一片星空。不久前，这还是一场受人期待的、寓意着幸福的婚礼。

而现在，婚礼的主角却像是一对仇人。

青年也坐了下来。

他的衣襟不知什么时候解开了，白色的袍带松松垮垮地系着，有种有别于往常的风流旖旎。那近在咫尺的五官漂亮得惊人。柳余就见他的手往胸口一伸，他的眉稍稍一蹙，那手就从胸口拿了出来。

璀璨的金色流光像流沙一样从他的指间泻落，整个房间顿时被照得亮堂起来。

"您想做什么？"她又问了一次。

"我想做什么？"他轻轻地道，不像是在问她，倒像是在复述。

柳余只感觉下巴被他轻轻一捏，嘴巴就张开了。

一滴金色的液体，注入她的喉咙。

"我会兑现我的承诺，不再出现在你的面前。可是……

"贝莉娅·弗格斯，你将时时刻刻记起我，只要你还活着，你就会永远记得，你所有的一切，都来自我的赐予。"

柳余眨了眨眼睛。

他冰凉的手指轻轻划过她的脖子，在她的红印上停留，又移开。

"你的骨头，你的血液，你的所有……都刻下了我的印记。"他声音温和。

"咳……"

柳余咳了一声，发现自己能动了。

而这时，神已经放开她，站了起来："作为我的神后，你可以在这儿休息一晚。明天，我会亲自送你去梅尔岛。"

柳余却顾不得他了。

那金色的液体开始在她的血管里乱窜，像一把大火，一路往里窜，像要将她整个儿燃烧殆尽。

"您给我吃了什么？"

喉咙都快被那股火烧穿了，哑得很。

柳余疼得想要在床上滚，却还是用理智抑制住了，额头上全是汗，脸白得像纸。

他没有答话，而少女等不到他的回答，竟在一股股袭来的痛意里，昏了过去。

青年在床边看了她一会儿，手伸过去，似乎想要帮她揩汗，可在快要触及她的脸颊时，收了回去。

"异端。"他用难辨的口吻道。

抬起头，正对着床头的镜子里，照出了一个灰色的影子。那浓郁的灰，像大雾一样包裹住了镜中人。

"有点麻烦了。"他道。

柳余醒来时，已经不在内宫了，她躺在一间黑黢黢的牢房里。

房间狭小而逼仄，一盏灯都没有，只有月光从小小的、高高的窗户淌进来，照见这一切。

墙角有蜘蛛在不懈地织着网，她躺在稻草铺上，鼻尖下满是尘土。

梅尔岛？关押唐英的那一间？

不过柳余很快就察觉到了不同。

这个房间朝南，唐英那个朝北……动作可真快，一点私情都不讲。

昏迷前的一幕又重新回到了脑海里……盖亚给她吃了什么？为什么那么疼？金色的……

柳余想起之前拿到的两滴血，神的血是金色的……难道……是心头血？

不可能。

可这个想法又在脑子里徘徊不去。身体似乎不太一样了，像是充满了爆发力，骨骼轻盈，血气充沛，她轻得像是随时能飞起来，不需借助任何外力……

柳余下意识地弹了个光明弹……

而后，她愣住了，她什么都没发出来。

她被他封印了。

神力被无数道金色的细线困在了身体里，左冲右突，都突破不了他设下的枷锁。

"盖亚？"柳余朝着头顶喊。

牢房内一遍遍地回荡着她的声音，没有人回答她，整个空间只有她，寂静得可怕。

屋外一重又一重的金色魔法阵，将她这间牢房困得犹如铁桶一般——她出不去。

他真的将她困在了这个囚牢里，她会在这里度过余下漫长的人生。

柳余从未有哪一刻，对未来有这样清醒的认知。

突然，一阵"叽叽叽叽"声响起——溜灰扑扑的老鼠蹿过她的脚尖，她一下子缩回了脚。

没什么的，愿赌服输，柳余。她告诉自己。

你输了，就要承受这样的后果。

得习惯。

与此同时，神殿内。

斑斑老气横秋地背着翅膀在台阶上踱了一会儿了，偶尔还会飞起来斜睨一下神座上的神，神支着下颌，双目微阖，像是睡着了。

"你想说什么，鸟？"神睁开了眼睛道。

"就……就……尊敬的神，这次您为什么要把贝比关到梅尔岛去？就算贝比犯了错，您作为雄性，也该有宽阔的胸怀，原谅她啊……贝比一个人在梅尔岛，该多可怜……"

"她那么爱您，为了讨您的欢心，她还给您做蛋糕，给您酿酒……噢，只要一想到贝比离开时有多痛苦，斑斑就想哭……"

灰扑扑的肥鸟用翅膀捂住了眼睛，羽毛都暗淡了下来。

神没有回答它。

斑斑抬头，却见他石雕一样完美的脸上，绿眸像一片让人伤心的森林。

"怎……怎么了？"斑斑吓了一跳。

不知道为什么，它的眼睛酸酸的，像有东西要掉出来。

神挪开了目光，斑斑这才发现，神的嘴唇和脸一样白。

"您……您……"

"你想去陪她？"

斑斑愣住了。

"如果我的鸟朋友们、七彩虫，还有神您一起去，斑斑愿意！斑斑想贝比，贝比虽然脾气不是很好，不太善良，还有点凶，可她是斑斑的第二个人类朋友……斑斑很想贝比……"

"可是……"神的声音很轻很淡,"鸟,你不能什么都想要。"

"斑?"什么意思?斑斑歪了歪脑袋。

"懂得取舍。"神摸了摸它的脑袋,"留下对的,剔除错的……"

"斑?"斑斑苦恼了,它用翅膀拍了拍脑袋。

"可是斑斑笨,不知道哪个是对的……万一选错了,怎么办?"

"万一选错了……"神抬起头,看向远处。

就在这时,神殿的大门开了,一位长相温柔的神官提着花篮先进来,后面跟进来一位蓝裙子的少女。

那少女有金色的长发、温柔的蓝眼睛,当她看向神座时,眼神是那样的快活……

"贝比!"斑斑一下子忘了刚才的问题,"你没走,贝比?!"

它扑棱着翅膀就要冲过去,却被人从后面扯住了。

一根白色的细绳拴住了它,细绳的另一端就在神的小拇指上。

"斑?"

"神,您在做什么?您是嫉妒我和贝比的友谊比您强吗?噢,您放心,您在斑斑的心里永远是第一位……您不用嫉妒,斑斑跟贝比拥抱一下就放开了……"

斑斑的声音越来越小、越来越小,最后,竟然在他的视线里将脑袋藏到了翅膀后面。

吉蒂神官远远地行了个礼:"尊敬的神,我看神后在长廊附近徘徊,就将她请了进来……如果您和她之间存在什么误会的话……"

从前一夜开始,天空就暗沉沉的。

又下雪了,一层又一层的雪快将整个神宫都埋住了,神宫内的天气比之前都要冷。

"没有误会。"神座上的人,用华丽的语调回答她。

"没有误会……"

吉蒂神官明显一愣,她转头看向一边,蓝裙子少女正仰着头,痴痴地看着神座。

"神后?"

"神后"没有回答她,她看着神,眼泪流得那样汹涌。

看来,这误会闹得有些大,神都不让神后直视他了。

"与黑暗做交易,黑暗使徒。"

神的声音冷得像西伯利亚高原上的雪。

吉蒂神官更惊讶了,她想起一种可能,转过头,见那蓝裙少女颤抖着身体匍匐了下去。

"仁慈的神啊,请您宽恕我……我并不是有意隐瞒,我有事想向您禀告,是关于……我的贝莉娅姐姐的。"

"伦纳德小姐?"吉蒂神官惊讶得声音都变了调,"您……您怎么会……"

"抱歉,吉蒂神官,我只是想见神一面。"伦纳德小姐朝她柔柔地笑了笑。

"可……可是……"

神似乎不耐烦了:"送她去行刑之地。"

吉蒂神官垂头:"是。"再抬头时,眼里就有了冷意。

"伦纳德小姐,走吧。"

"不!"蓝裙子少女惊叫道,"神,我……我要向您禀告,禀告贝莉娅姐姐的事,她要……要逃离您!她对您不忠!她想让我混淆视听,帮她逃离您……她说……说让我代替她永远陪伴在您身边……

"啊！放开！你放开我！"

蓝裙子少女被白衣神官拖着往外走，尖叫的声音惨烈无比。

白衣神官没压住，一下子被掀开了。

蓝裙少女扑到台阶之上，又像是撞到了什么，"咕噜噜"滚落在了地上。

刚才还在神座之上的神祇走下了台阶，就在她以为，神要宽恕她时，他走过了她的身边。

"您看看我，我爱您，我爱您啊……我还拥有了和贝莉娅姐姐一模一样的美貌……您看看我，您让我代替贝莉娅姐姐陪在您身边好不好……"

少女的声音听起来哀婉又深情。

神停下了脚步，他转过身，眉毛微微拧着，绿眸落到她的脸上，然后，移开了。

"送她去梅尔岛，在这之前……"他顿了顿道，"审判。"

一道金色的光自他指间弹起，像一把利矛，狠狠地刺穿了蓝裙少女的身体。

她猛地弓起身，痛得在地上打起了滚，体内的黑暗被金光消融，而这剥离黑暗的过程，就像是一场凌迟……

她捂住脸喊："啊，我的脸……我的脸……"

"送去梅尔岛。"

神重新迈开了脚步。

"是。"吉蒂神官恭敬地低下头去。

神已经走远了，白色的袍摆消失在走廊转角："……错的，毋庸置疑。"

斑斑抓着他的肩膀，整个身体激动得颤抖，似乎在同神争辩："什么对的错的，斑斑才不管，斑斑都想要！"

"贪婪是你的原罪。"

"可您不能要求一只鸟不吃虫，不交鸟朋友，不敬神明！斑斑不管，斑斑想去见贝比……"

神宫中。

"神最近越来越奇怪了。"

"……是的，他不仅将毫无过错的神后流放到了梅尔岛，昨天，还将神宫内的所有人都变成了羔羊。噢，莫里艾先生，早安。您知道神最近发生了什么吗？"莫里艾被叫住了。

圣子、圣女们一脸关切地跟他打招呼，还问他："……是神生病了吗？"

莫里艾板起脸："不可妄言神。"

"噢，抱歉，莫里艾先生，孩子们年纪小不懂事，求您宽恕他们一回……"吉蒂神官恰好经过，给圣子、圣女们解了围，假意呵斥了两声，才赶他们走。

"莫里艾先生，您才从梅尔岛回来吗？"

"是的，我正要去禀父神。吉蒂神官，你也要去神殿吗？"

"是的……神之国度已经很久很久没有见到太阳了，不是雨，就是雪，风也大……再继续下去，恐怕会发生灾祸。城池主们都以为自己触怒了神，才惹得天神发怒，现在都匍匐在神宫外请罪，我得去问一问神，是否要接见他们……"

吉蒂神官忧心忡忡地看着头顶阴沉沉的天，祈祷天气能尽快放晴。

莫里艾陷入了沉默，吉蒂神官早就已经习惯骑士们的寡言，也不以为意。

谁知莫里艾竟然开了口："孩子们说，神昨天将神宫内的所有人都变成了羔羊，这是……真的吗？"

"噢，当然。是真的。"

吉蒂神官想起昨天，金色的圣光降落，神宫内所有的人都在一瞬间变成了只会"咩咩"叫的羔羊。羔羊们惊慌失措地满神宫跑……

那时候的神宫，就像是一个巨大的羊圈，一切都乱了套。

"噢，这可真是……"

"神将我们变成羔羊后，还说了一句话。"

"一句话？"

吉蒂神官面露迷惘："是的，一句话。神说，白色的，这……"她转头问莫里艾，"什么意思？"

"我也不太明白。"莫里艾摇头，"神很少说他的事。"

神的心事，对他们来说是一片迷雾，没人看得清。

"但神看起来……"

吉蒂神官形容不出来那一瞬间的感觉，但她想起了神当时的眼神，不禁打了个寒战。

"你说……最近的异常，会不会和梅尔岛的那位有关？"吉蒂神官压低了声音问。

那位的名字，如今在神宫已经变成了禁忌，没人敢提。

"吉蒂神官！"

"噢，抱歉，我失言了……"

两人走到神殿门口，却被告知神去了宫外。

"宫外？"

"是的，昨夜的冰雹将神宫外的红蔷薇都打坏了……神应该在那儿。"

梅尔岛。

已经将近半个月没有出太阳了，看着小窗外流泻进来的一点点微弱的光，柳余轻轻地叹息了声。阴沉湿冷的天气，让稻草铺都泛着潮气，躺不下人。

她只能听听风声、雨声、雷声。昨晚还下了冰雹，冰雹把门窗都打得"噼噼啪啪"响。

她发现，她现在不吃东西也不会饿了，肠胃不会再因为饥饿而不适地绞在一起，不会再发出"咕咕咕"的声响，让她辗转难安——她小时候的愿望，竟然在这个地方，阴差阳错地实现了，可这并不让人愉快。

在这从东走到西只有三米的监牢里，她每挨过一秒都像是过了一年。

这里没有人、没有灯，有的，只是无尽的黑暗。偶尔白天光线好些，她还能跟墙角那群瘦不拉几的灰老鼠们对看上几眼。它们很瘦，一点油水都没有，看见她时眼里都能冒绿光……

柳余猜，它们把自己当储备粮了。而这个猜测，在第二天，脚踝被啃了一口后得到证实。

但更让她惊讶的是，她还没叫，反倒是啃她的老鼠惨叫了一声，翻了肚皮，躺那儿一动不动了。

柳余抹抹没忍住掉出的眼泪，小心翼翼地跑过去，她的脚踝上只有一点点破皮，而在昏迷过去的老鼠旁，她却发现了一颗崩掉的牙。

还有一个……老鼠洞？

洞不大，就够婴儿拳头塞进去，黑黢黢的，一点反光都没有，如果不特意凑过去，根本不可能看到。

洞？一闪而过的灵感，像滑溜的鱼一样让人抓不住。

想不出就不想，柳余不为难自己。老鼠洞很深，不知通到了哪里，在她准备用小棍拨一拨时，昏迷的老鼠醒来了。

在一阵急促的"叽叽叽"声后，老鼠连比画带蹦，跳进老鼠洞，拖出来一个徽章样的东西……

柳余发现，她居然能看懂它的意思。

"你是说，让我别动你的财宝，用这个交换？"

老鼠狂点头，盯着她的黑眼珠让她想起斑斑。

真……见了鬼了。

通过被咬，有了液体接触，所以她又……解锁了一门外语？

联想到前后发生的事，柳余迅速找到了关键。

"这是什么？"她蹲下身，拿起老鼠刚才拖来的徽章。当看到上面熟悉的红色五芒星时，愣住了……

五芒星下印着字：唐英。

老鼠指指另外一边，手舞足蹈起来。

"你说这是那边原来关着的人的？"

老鼠点头。

"还有他的别的东西吗？"

"叽叽叽！"

老鼠瞪着她，好像她是贪得无厌的"两脚兽"。

可似乎是有些畏惧，老鼠到底还是跳进了洞里，过了会儿，哼哧哼哧地拖出来一块卷起来的羊皮卷。

羊皮卷很软，卷成了烟卷的模样，那上面污渍斑斑，柳余还看到了干涸的血迹，褐色的。

她抽掉系带，怀着自己都不明白的期待打开了羊皮卷。羊皮卷上一片空白，只有一个勾勒出的五芒星的图案，大小跟她手里的……

柳余看了眼，差不多。

她将徽章印在绘有五芒星的地方……

一阵微弱的光划过，羊皮卷上露出了一行又一行的简体字。这些字出现又消失，停留的时间很短。

"……我试图寻找打破现在僵局的办法……如果按照游戏的思路，现在，这个最大的神祇其实就是该被推翻的boss……他就像是大家族里那个掌控着最高权力的大家长……要么等他死，但他似乎不老不死……或者，找到他的弱点……但他是规则诞生以来最完美的化身，并无弱点……"

"……我又试图寻找以信仰成神的办法，但后来发现这是一个悖论，信仰是控制的手段……是锦上添花的东西……对成神没有任何作用……能真正摧毁神的，只有他自己。"

柳余的心"扑通扑通"地跳了起来。

这个唐英似乎是个理科生，他清晰地罗列出了各种可能，并且头脑清晰地一条条排除，最后所有的猜测汇聚到了一条预言上。

"……这个预言我很在意，上面说，神抽取了他的肋骨制造了属于他的夏娃，可夏娃却用他赐予的肋骨制成长矛，插入了他的心脏……而后，汇入人群里，像一滴水一样消失了……"

不准。

柳余却还是大喘了口气，才要将羊皮卷合上，却发现，一直没动静的另一边传来了"砰"的声音。

像是人体砸到了地面。不一会儿，熟悉的呻吟隔着一道墙传了过来。

"娜塔西？"

柳余惊了。

那呻吟也停了，不一会儿就传来了声音："贝莉娅姐姐？"

娜塔西细细的、弱弱的声音传来。

"你怎么会来这儿？你不是……"柳余想起她那张跟黑暗交易后才得来的脸……闭上了嘴。

刚才消逝的灵感，重新回到了脑子里：打洞。

水泄不通的房间里，唯一的出路，就在地下。原来……她之前关于娜塔西的预感，应在了这儿。

娜塔西的神力一定没有被封印，如果借用神力，在地下挖出一条隧道逃出去……不过，娜塔西现在对她很抵触，一定。

得想办法说服娜塔西。

黑暗中，柳余的眼睛闪闪发亮。

当冲动和热血从身体退去时，她才发现，她一点都不想死。生命对她来说，是一场奇迹。

她努力到现在，也从未放弃过自己……

最起码，她不要死在这儿，像只灰老鼠一样终日与黑暗为伍，而后孤零零地、毫无分量地死去。

要有阳光和清风。

吉蒂神官微笑着将战战兢兢的城池主们送走。

这些在各大城池说一不二的权柄拥有者，在神的面前，连像蝼蚁一样被掸去的资格都没有。他们没有见到他们心中伟大的神明，就被温和可亲的神官们劝走了。

神不愿意见他们。

吉蒂神官去了神宫外的蔷薇园。

一夜之间，怒放的红蔷薇全遭了殃，它们东倒西歪地躺在泥里，红色的花瓣飘得到处都是，有的沾了泥水，再也看不出原来娇艳的模样。

神就站在园边，他身后是一片广袤的沃野，金黄的麦穗沉甸甸地鼓着，旁边是弯弯的蓝色河流，天上是棉花般的云层，风吹起他宽宽大大的白袍，白袍上银色的暗纹在阴沉的天光里若隐若现。

莫里艾沉默地站在神的身后，白色骑士装，腰佩黄金长剑，站得像杆枪一样笔直。

两人谁也没说话。

莫里艾是沉默……而神，似乎是在神游。

他像是并不在乎这些蔷薇，也并不在乎这个被他创造、支配着的世界。

"吉蒂神官。"莫里艾朝她打招呼。

吉蒂神官收敛起乱窜的心思，右手置于左胸，毕恭毕敬地行了个礼："尊敬的神，城池主们已经走了，可他们……"

"丽日和风，冰霜雨雪，都来自世界的赐予。"神看向远处，风吹起他的银发，"接受，才是正确的选择。"

"可如果继续这样下去，将会发生洪灾、雪崩，也许会有很多人失去家园，甚至失去生命……"

"吉蒂神官！你逾矩了！"莫里艾扬高声音，提醒她。

神偏过头去，吉蒂神官只能看到他淡漠精致的侧脸，心中一凛，重新垂下头去："是。"

吉蒂神官知道，神不会插手了。

有时，她觉得神仁慈而宽容，他对信徒们是那样温柔和善。

可有时，她又觉得，神过分冰冷。他没有温度，就像一尊冷冰冰的石像，永远只用规则、秩序说话。

人类会有怜悯弱小、同情困苦之心，可神没有。他可以看着一个人在他面前凄惨地死去，也可以平静地看着一个种族在他面前绝望地消亡……

神并没有多余的怜悯可以施舍。

雨已经下了大半个月了，再继续下去，恐怕……

莫里艾却与吉蒂神官持相反的意见。整个世界都来自父神的赐予，父神的意志就是世界的意志，世界运行自有规则，为了一个渺小的种族去烦扰父神，这是大不敬。

何况，父神的忧愁已经太多了。

"拔去蔷薇。"神看着面前的蔷薇园，突然道。

"是的，神。"吉蒂神官应了声，"是……要重新再换上红蔷薇吗？"

神沉默了很久。

就在吉蒂神官以为，他不会回答她时，神优美的声音传来："不用。"

声音散入风里。

等吉蒂神官抬起头，神已经走远了，风吹起了他宽大的白袍。

天暗沉沉的，忽然又下起雨来。吉蒂神官叹了口气，叫来圣子、圣女和花匠们，一起将蔷薇园收拾好，重新换上了新的花种……

神宫内有各式各样的花种，比起随处可见的红蔷薇，这些花种要珍贵稀罕得多。城池主们搜罗到的稀有花种，都会优先送入神宫。

而当吉蒂神官领着圣子、圣女们热热闹闹地收拾着蔷薇园时，莫里艾则跟随着神走在神宫内。

长廊上的少男少女们来来去去，活泼热情地互相问好，却没一个人发现他们。两人行走在雨中，却像是走在另一重空间里。

雨丝飘落在神的白袍和银发上，像是柔和的雾，莫里艾看着前面，微微有些出神。

他想起这次去梅尔岛时的所见……伦纳德小姐被关到那位的隔壁牢房，那位看起来气色还好，只是有些忧郁、苍白……要跟父神聊一聊吗？也许父神不愿意听……

莫里艾从没这么纠结过。

"父神。"

"嗯？"

前面的人没回头，只是脚抬了抬，往旁边的走廊而去。

莫里艾认出，那是往酒窖去的方向。他拿定了主意。

"异端……"

"暂且……就叫弗格斯小姐。"

莫里艾垂下头："是，莫里艾遵命。

"弗格斯小姐……"

"不用提。"

莫里艾一愣，其他要说的顿时被他咽入喉咙里。

他又垂下头："是。"

去往酒窖的路，人要少一些，大叶子树在神的银发上留下层层叠叠的阴影。等到酒窖门口，两人都未再说上任何一句话。

莫里艾当先一步，推开了酒窖的门，木门发出一道沉闷的"吱呀"声……

不知道为什么，这一刻，莫里艾竟然又想起了那个异端，她和神宫内的所有人都不一样。

其他人就像一幅静止的画，而她是活跃的、让人无法预测的。她像一团火，可有时又像水……

尤其当她来到这个酒窖时，那双多情的蓝眸里总是盛满了真挚的感情，好像里面藏着她渴望的、喜欢极了的宝藏，而她要把这宝藏挖出来，献给自己最爱的人。

神跨过门槛，白色的袍摆下，一双白靴纤尘不染。

在酒香的包裹里，神直直地、毫不犹豫地往存有艾诺酒的方向而去。莫里艾想了想，还是跟了上去。

原来放艾诺酒的地方，已经空了大半。

莫里艾张了张嘴，又闭上了。

父神一定知道，他原来酿的、只差最后一步就能成功的艾诺酒被弗格斯小姐用掉了。

父神的手抽出了架子上的羊皮卷，在打开时，突然问："她，怎么样？"

莫里艾立刻反应过来，父神口中的"她"是谁。

"弗格斯小姐在梅尔岛过得还算适应。她似乎有了个新朋友。"

"噢？新朋友？"父神的声音很低，但不知道为什么，莫里艾觉得周围有点凉。

他挺直了身板："一只老鼠。"

"一只老鼠……"父神打开了羊皮卷，声音自始至终都平静而温和。

他的目光落到羊皮卷上，莫里艾也跟着看去，而后，他瞧见了一行东倒西歪的、有点滑稽的神语，就跟在父神的笔迹后面……

"最后一次，我替你成功了噢，盖亚。看来，你这个神也不是无所不能的嘛。"后面画了张笑脸。

神没有说话，长长的睫毛盖住了他的眼睛，这让他看起来有些忧郁。莫里艾将目光移到旁边，而后，他就看到了那些被他另外封起来的、失败的作品。

"弗格斯小姐做出真正的艾诺酒前，失败了很多次……"

莫里艾也不明白，自己为什么会为那个异端说话。他想：一定是当时她蓝眼睛里的感情太真挚了。

"父神您喝到了真正的艾诺酒了吗？很好喝。"

神没有回答他。

他一抬手，将羊皮卷重新塞了回去，而后，长久地注视着最上面一排的酒罐子，一挥袖，酒罐子消失了。

"走吧。"神转身道。

话音落下的同时，神已经到了酒窖口，莫里艾匆匆跟了上去，却只看到一截消失的衣摆——神消失了。

莫里艾在原地站了会儿，一位骑士经过，惊讶地看着他："莫里艾，你发什么呆？我们都在找你！"

"噢，噢，好的，稍等。"

莫里艾回过神，锁好酒窖的门，跟着骑士一块儿走了。

神回了神宫，胖乎乎的灰鸟在他房间里的桌上半蹲着，见他进来，眼皮也不抬。

"午安，我的神。"

神没有回答它，他走到桌边，坐进他平时常坐的鎏金椅上，手支在华丽的金色扶手上，而后，一动不动地看向窗外。

窗外的雨越来越大了。长廊和屋檐都被打得"叮叮咚咚"响。

老实说，斑斑并不喜欢下雨，没有鸟类会喜欢雨天。

潮湿的雨会把它们茂密的羽毛打湿，还会让翅膀沉重得带不起身体。

斑斑斜着一对黑豆眼，先看看天，又看看神，正想说话，却见神手指一晃，桌上就多出了一只精美的银色酒罐。

酒罐上贴了字。

神还取出了一对配套的银色酒杯，酒杯上嵌着斑斑最喜欢的绿宝石……

"神您今天这么早回来，是为了请斑斑喝酒吗？噢，抱歉，斑斑不喜欢喝酒，不过如果神您坚持，斑斑还是愿意陪您喝一点的……"

神看了它一眼，斑斑聒噪的声音自动消了下去，它用翅膀捂住鸟喙，不敢再发声。

神拿起银酒罐倒了一杯，仰脖喝了下去。

喝到一半，竟然呛住，咳了起来。

咳完，玉白的脸上已有一层淡淡的红晕，绿眸里似有水光："……苦的啊。"

斑斑偷偷摸摸地瞧了神一眼，吓得脑袋一下都塞进了翅膀里。

靠海的一个小镇子。

雨下得太大了，街道上的行人纷纷去两旁的屋檐下躲雨，他们忧愁地看着发怒的天，不约而同地将手举过头顶，向神祷告。

可神没有聆听他们的祈祷。相反，雨下得越来越急，像是有人端着盆子，一盆一盆地从上往下泼。

"卡多瑙河的水已经漫过堤岸了，再这样下去……河两岸的城池恐怕会毁于一旦。"

"别提了，前天我碰见马尔买农庄来售卖粮食的人了，他们的农场主急得快要将自己吊死了……一百亩的田啊，全都烂了……"

"最近到底怎么了，以前可从来没有这样过……"

这时，街边走过来一个人，他看起来很高，有些瘦，撑着黑色的骨伞，一件黑斗篷将人整个罩住，露出的手和下巴白得像是从来没有照见过太阳。

行人们的抱怨声停止了，他们沉默地看着这个人，只觉得他浑身透着股阴郁。

那人抬起头，骨伞下的脸俊得出奇："听说，这世上的雨都是天神的眼泪……看来，我们的神不太愉快呢。"

"你是谁？"人们被他提起神时无谓的语气激怒了。

"我们怎么从来没有在附近见过你？"

"噢，不必担心，我只是一个吟游诗人……"黑发青年的那双眼眸浓黑得照不见一丝光，他友好地问，"劳驾，最近有船出海吗？"

"出海？"

人们摇头，附近确实有个靠船的港湾，但最近已经有大半个月没人出海了。"海上风浪很大，已经卷走了好几个驾船的好手。年轻人，你在这儿找不到船，去远一点的地方吧。"

"啊，那听起来有点可惜。看来我这十枚圣晶要浪费了……"

青年手里的圣晶十分美丽。重金之下，必有勇夫。

不一会儿，一个干瘦的老头从屋檐下跑出来："年轻人，我可以带你出海！"

"利特尔，你不要命了？！"

这是个小镇子，街市上的人大都互相认识，不过大家想到利特尔的现状，又都沉默了。

利特尔就一个女儿，现在一直用药吊着命，利特尔已大半个月都没接到活，眼看药就要断了。

十块圣晶，足够在十大主城买下一栋大房子。

利特尔追到那神秘的吟游诗人身边，让他检查自己一双蒲扇样的大手，手上还布满着常年被绳索勒出的痕迹。

"尊贵的先生，您可以去附近打听打听，我是这个镇子上最好的掌舵手，二十年来从没出过错。"

"我想去找一个地方，梅尔岛，听说过吗？"

叫利特尔的老舵手满脸迷惘，道："……先生，如果您有海图，利特尔也能帮您找到。如果我不能，那恐怕附近谁也办不到。"

"没有海图。"吟游诗人似乎看出了他的犹豫，笑着道，"也许我们在海上花费的时间会多一些，不过，在出发之前我可以先给你五块圣晶做定金，剩下的回来再结。"

五块圣晶，足够他女儿吃上三年的药了。

利特尔毫不犹豫地应下了。

那俊美的吟游诗人慷慨地将五块圣晶给他，在利特尔准备回家交代一声并收拾行李时，在他耳边道："别带着圣晶逃跑，否则……结果我可不保证。"

"您放心，利特尔向神发誓，绝不会带着您的圣晶逃跑！"

"是的，利特尔一家都是虔诚的光明信徒，从不骗人！"旁边有人帮腔。

"光明信徒？"吟游诗人脸上的笑更真诚了，"很好，那一个小时后，我还在这儿等你。噢，对了，利特尔先生，您可以叫我路易斯。"

"那等会儿见，慷慨的路易斯先生。"

利特尔安顿好家里的事务，赶往约定地点时，身边多出来一个孩子。

"路易斯先生，这是我的助手，米拉卡·摩西，您别看他小，却是个游泳的好手。"

米拉卡顶着红色的脑袋，笑得一脸灿烂："我是卡纳村的村民，从小就在海边长大，现在投奔利特尔叔叔，做个学徒。"

"卡纳村啊……"神秘的吟游诗人看向一片茫茫的大海，"这么小就出来做学徒吗？"

"米拉卡想找到救自己的恩人。"

红发小孩黧黑的脸上，牙齿白得反光。

"恩人？真巧，我也在找一个人……"黑发的路易斯先生揣着手，看向大海的方向，"她就在梅尔岛上……可惜，那个岛不见了。"

米拉卡看着他："路易斯先生找的人，对您一定很重要。"

"是的，很重要，很重要……"

看着新主顾脸上的笑，不知道为什么，利特尔打了个寒战，他连忙对着天空，做了个祈祷的姿势。

而在这一片茫茫的汪洋上，梅尔岛像一片飘零的叶子，随着海浪飘来飘去，没人寻访得到它的踪迹。它孤独地掩藏于大海和风浪之中……直到有一天，迎来了它的主人。

黑蒙蒙的天与地里，细雨绵绵，一个银发白袍的青年穿过细雨，落在了这座孤岛之上。

他的肩头站着一只灰扑扑的肥鸟，那鸟儿有一双贼溜溜的眼睛，正机灵地左看右看，时不时地发出一声"斑"的古怪叫声。

青年不太说话，整个人都笼罩在一片微光里，天地之间，仿佛只有他存在。

他就像是天地孕育的宠儿，长长的银发垂在身后，时不时被风撩起一丝。白靴明明触到了泥泞的地面，可那些尘世的污浊却似乎全然与他无关，一丝一毫都无法沾染到他的身上。

他是圣洁的，不容侵犯的。

而现在，这个圣洁的青年穿过绵绵细雨，来到一栋破败又森然的黑色建筑前。

低矮的联排房屋，有尖尖的顶，木门全部紧锁着，唯一与外界的通道，是高墙上一个小小的窗。

他伫立着，肩上的灰鸟拍了拍翅膀，发出一声疑问的"斑"，只是那声音像是碰到了一层膜，转了一圈，就消失在了空中。

"怎么了，我伟大的神？"活泼的灰鸟歪了歪脑袋，不明所以。

而神却已经迈步，走到了一间矮房前，斑驳的木门有些年月了，散发出一股难闻的陈腐的气味，灰鸟连忙用翅膀捂住鼻子："臭！"

神停住了脚步。

"这是哪儿？"

灰鸟的黑眼珠左看看右看看，最后，又落回身边。

神的银发被整个往后吹，露出了漂亮的额头，鼻梁像高高的山峰，皮肤在黑沉沉的夜晚白得吓人。

灰鸟打了个哆嗦，小脑瓜不禁开始回想……不久前，神还安静地坐在他的房间，一杯一杯地喝酒……酒很苦，神还是全部喝完了，一杯都没分给它……喝完后，神又支着额头，似乎打算靠着他的椅子眯一会儿……下一刻，他就到了这儿，还带着它一起。

所以，这是哪儿？！

灰鸟的黑眼珠猛地瞪向木门，它想到了一种可能，声音一下子大了起来："是贝比！神，这是您关贝比的地方吗？您是不是打算原谅贝比，来接贝比回去了？噢，圣光在上，您居然将贝比关在了这样的地方……它简直像个鬼屋……"

"哔……"灰鸟的聒噪被制止了。

它的鸟喙开开合合，却一点声音都发不出来。它愤怒地飞起，拍打着翅膀，在屋檐附近飞上飞下，但很快，又萎靡地蹲在地上。

神一动不动，他就这样站在门外，既没有推门，也没有再往前一步，仿佛这是最合适的距离。

风流连在他白色的袍角，外面的雨越下越大，有几丝飘过屋檐，落到青年的身上。"沙沙"的雨声遍布在天地间，灰败的屋檐下，一只翠鸟无意中飞进来，又吓得飞了出去。

蜘蛛偷偷地溜进了墙角缝里。

神站了一夜。当第二日天光渐亮时，那抹白色的身影消失了。

柳余睁开了眼睛，那双漂亮的、水波荡漾的蓝眸里，一片冰冷。她翻个身，稻草铺发出窸窸窣窣的声音，透过木门的缝隙，能看到天地间一片苍茫，大雨接天连地。

下得没完没了了，她想。

翻个身，闭上眼睛，又沉沉地睡去。

神在清晨离开了梅尔岛，灰斑雀踩着他的肩膀，跟着他掠过云层，到达了大海的尽头。这儿呈现出一副神奇的模样。

"这就是世界的尽头。"

神静静地看着，眼前是一片迷雾，视线无法穿透。

"您也不能过去吗？"

"那是规则无法延伸之地，我诞生于这片海，也看着这灰色的迷雾似要吞噬着大海的一切——混乱，毫无秩序。"神用厌恶的口吻道。

他静静地站于大海之上，峻冷的眉目像高山一样，沉默而平静地注视着那翻滚的迷雾。

白色的靴履滴水未沾，就这样踩着大海，一步步往那混乱的迷雾中走去。

"您要去那儿？"

斑斑惊恐得根根羽毛都竖了起来。它的肥身子缩成一团，瑟瑟发抖，那里给它的感觉是那么不安，就像蛰伏着一只巨大的猛兽。"为什么？"

"……忘掉。"神说了一句斑斑听不懂的话。

"谁？你要忘掉谁？！"

灰斑雀的脑袋晃来晃去，最后，却被逼面而来的迷雾吓得缩回了脖子。

而在这一瞬间，那简单的、似乎毫无智慧的小脑瓜突然反应过来："您想忘掉的是贝比？！那您来这儿做什么？噢，您喝了酒，就想去见贝比……但您到了那儿，又突然不想见她，所以只在外面站着……后来，又来了这儿，不，不对，这儿又和贝比有什么关系……"

"我厌恶沉眠，可比起贝莉娅·弗格斯……"神在快进入那片迷雾前，脚步顿了顿，又若无其事地迈了进去，"每当我进入这混乱的、毫无秩序的迷雾时，我都会陷入沉眠……一万年。"

"不！"斑斑尖叫起来，它不愿意！

一股巨大的吸力传来，将灰鸟也吸了进去。

一阵天旋地转，斑斑的黑眼珠无神地闭上了："不……"斑斑不愿意！

一只小小的石雕从神的手中掉下，石雕像上金色的鸢尾花在脖颈间闪闪发光。

而在神自囚于迷雾之中时，柳余正舌灿莲花地试图说服娜塔西。

"你不想出去吗，娜塔西？"

"不，不想。"娜塔西的声音过于沉郁，继昨天拒绝交流后，今天更是摆出了仇恨的模样。

"为什么不？就因为你恨我？"

娜塔西没有说话。

她的嗓子像是被什么毁了，不复清脆，半晌才用沙哑的声音回答她："……是的，我恨你，贝莉娅姐姐……你打破了我的美梦，你让我知道，我在这个世界上什么都不是，不是被父母捧在掌心的公主，而是一个不起眼的、随时会被抛弃的女仆……没人瞧得起我，他们看我，就像看啾啾一样，啊，啾啾就是那只灰斑雀。"

柳余没有说话。

"你为什么总在别人的眼里寻找自己的价值呢，娜塔西？"她轻轻地叹道。

"贝莉娅姐姐，如果你是我，你也会和我一样……一个平民，一个貌不出众的女孩，她既没有一万卢索的嫁妆，又没有足够的聪明才智……她没有价值……可如果没有你，我不会察觉到这些。"

娜塔西终于不再哭哭啼啼的了。

"不，没有我，也会有别人，娜塔西，你总盯着自己没有的。"

"别说得那么轻飘飘了，一个拥有一切的人，怎么会懂得我的痛苦？我什么都比不过你……我只能让自己更温顺、更善良，即使是欧仆们的一句称赞，都能让我快乐上一天……所以，我不断地向别人诉说着我的痛苦，我还必须保持温柔善良，即使我嫉妒得要命……"

柳余叹了口气，人的过去，对人的影响果然是根深蒂的。不论是她，还是娜塔西。

没有人是完美的，唯一能做的，是不让软弱在身上长久地停留。

她没有吭声，反倒是娜塔西越来越激动。

她压抑许久的情绪，一经爆开，就再按捺不住："我知道，你在笑我……是的，有时候我自己也瞧不起自己……我什么都想要，又什么都不敢豁出去要……我唯一做的，是换了一张和你一样的脸。可那又怎么样呢？神还是没有看到我……"

"娜塔西·伦纳德，你现在也是试图向一个铁石心肠的人诉说自己的痛苦。"柳余叹了口气，"没有人生来拥有一切。"

起码，娜塔西还享受过真正的父爱和母爱，她曾经出生在一个幸福的家庭里，生活富足。

"你有！"

"不，相信我，没有。我没有父亲，也没有富足的家庭，在你的父亲成为我的继父时，我甚至还在为三餐发愁。"

柳余若还想回到弗格斯夫人身边，就不会主动地揭开自己不是贝莉娅的事实。

半真半假的话，却激怒了娜塔西，她说："可你的母亲为了得到我父亲的财产，甚至联合情夫害死了他！他对你那么好，甚至超过我！他还给你唱过歌、弹过琴，哄你睡觉……"

"我的母亲并没有能力命令海上的风浪。"

"他们都那么说！"

"你该用自己的眼睛去看，娜塔西。"

柳余不能向她叙述弗格斯夫人的狼狈，只能道："伦纳德叔叔在出海时，将所有的财产都变成了货物，那些货物随着大海一起漂走了。如果你不信，等回到纳撒尼尔，可以问一问幸存的水手，我记得……当时伦纳德家的账房也活了下来。你会破谎术，娜塔西。你可以向我、向那些幸存的水手问一问真相。"

娜塔西那边的动静渐渐小了，柳余知道，她有些松动了，这个问题在她心里，一直是个坎儿。

柳余再接再厉。

"……而且，现在，你和我一样了。都不受神的宠爱。难道你要在这暗无天日的地方度过余生吗？你不渴望重新找到一个真正爱你的人吗？"

"不，来不及了……我的脸已经毁了。没有人会再爱我。"

娜塔西绝望地道："我和恶魔做交易，神审判了我，也毁了我。"

圣洁的光明力，将她体内的黑暗一扫而空，也让她的身体遭到了不可恢复的损伤。

"我会治愈术，最高级的治愈术，我能治好你。"

因缺爱而形成讨好型人格的人，只要意识到还有可能得到爱，就可能重整旗鼓。

"可我不信你，贝莉娅姐姐，你不会那么好心。"

这就难办了。

"我可以向光明神发誓。"

"你发过很多誓，"娜塔西毫不留情地戳穿她，"显然，你的誓言毫无作用。"

妹子突然变聪明了。

柳余想了想，"我只是想离开，但神禁锢了我，我需要借助你的神力，从这儿挖一条路通出去……这不是好心，是交易。我教你怎么做，你带我出去，我再治好你的脸。"她用骄傲又不屑的口吻道，"而且，你的脸对我来说毫无威胁，我没必要毁诺。"

在娜塔西犹豫时，柳余又给她加了一重砝码："神禁锢了我的神力，对你来说，我只是个凡人。即使要治愈你，也只是用你的神力，你可以随时收回。"

所以……她可以控制她。

娜塔西藏于黑暗的脸坑坑洼洼，她看向头顶的窗户，眼中闪过一丝渴望，她道："好，我们交易。"

这个地洞，挖了将近两个月才挖好。

在连接囚牢的地洞里，娜塔西按照柳余的指示，摆出了一个爆破的五芒星阵，伴随着一阵地动山摇，一条通往外面的地道被炸了出来。

"走。"柳余当先一步，弓着腰钻入地道。

娜塔西看着她的背影，摸了摸脸，也跟了上去。

远方，被包裹在重重迷雾之中的神睁开了眼睛。

似乎在透过迷雾看向远处，下一瞬，那高大的身影就消失在了迷雾之中。

而另一边，漂在海中的孤舟像是被一股力道推动，如箭一样冲向骤然出现的岛屿。

第四十二章

"路易斯先生，船……船自己动了……"

米拉卡攀着船沿，惊恐地看着小船以一种绝不可能的速度劈开海浪，迅速前行。附近是最险恶的杀人礁，再厉害的舵手到这儿，都得小心翼翼地挪动……可这小船在连续擦过几块杀人礁时，都安然无恙，可那动静明明足以将一艘装甲船都撞成碎片。

"路易斯先生！这船好像被魔鬼控制了……"

连颇富经验的利特尔也开始跟着米拉卡陷入了恐惧。

而站在船头，直面着汹涌海浪的吟游诗人却一脸平静，他的脸被蔚蓝色的海面一衬，显得更白了："啊，找到了……"

他闭起眼，深深吸了口气，转过头来时，那双黑瞳像是被火炬点亮了："我说过的，我在找一个人。"

"您……您是说……"

船头的青年弯了弯眼睛："……没错，那是往梅尔岛的方向……别怕，我的力量在推着小船，很快，就到了。"

不知道为什么，利特尔打了个寒战，他感觉有点冷。而在米拉卡张着嘴，惊奇地撑着船沿，嘴里不断地"哇啦哇啦"叫时，梅尔岛的一条地道里，钻出了一个金色的脑袋。

而后，脑袋的主人双手抓住洞口，一下跳了出来。

她的体态轻盈极了，穿着一条白裙子，裙摆被风吹得"呼啦啦"响，面孔蹭了点灰，可依然能看得出是个美人，露出的白色肌肤像雪一样晶莹，冰蓝色的眼眸映着天光，眼中如被点燃了一簇火焰，可这火焰，烧得无声、烧得纯净，却绝不软弱。

美人却像是被光刺到了，眼里一下子盈满了泪水，她眯起眼睛朝天空看了一眼，而后转过身，朝洞里伸出一只手："娜塔西，上来。"

"你闭上眼睛。"

一阵窸窸窣窣后，一位蓝裙少女一把抓住她的手，也成功地爬出了地洞。

在她即将睁开眼睛时，蓝裙少女用又急又哑的声音道："不许睁开眼睛！"

蓝裙少女的喉咙像是遭到了不可逆的创伤，声音刮过人的耳朵，有种砂纸磨过的粗粝感。

柳余立刻背过去："我不看你就行。"

柳余睁开了眼睛。远处是蜿蜒的海岸线，海水蔚蓝，海浪一浪又一浪地拍打着岸边的岩石，发出"轰隆隆"的巨响。

不管怎么样，得先想办法离开梅尔岛，柳余想。

"你得先给我治脸。"一道声音从后面传来。

柳余一愣，笑了："在这儿治？"

"在这儿治。"娜塔西的声音中透着股古怪的执拗。

"那不行，"柳余一下子拒绝了，"我们俩的交易是，我们离开梅尔岛，离开后，我给你治，对不对？"

"……对。"

"这不就完了。"柳余软下了声，她得先哄哄这姑娘，免得娜塔西撂挑子不干，"而且，我们还不安全……神随时都有可能察觉。"

"可……可是……"

"而且你是神眷者，我是个被封印了力量的凡人……你怕什么呢？"

海风拂在人脸上，带着点潮气。

娜塔西没回答，反倒是一道熟悉的声音从旁边传来："哟，真巧。"

"弗格斯小姐，伦纳德……小姐。"伴随着这道声音一同出现的，是一个黑发黑瞳的青年。

他懒洋洋地走来，浑身拢在一个黑斗篷里，露出的脸苍白又病态，衬得那双眼睛更加黑了。

"路易斯！"娜塔西喜出望外地叫了起来。

娜塔西似乎忘了自己的残缺，棕色的眼睛整个都亮了，下一刻，就像小鹿一样冲过去，一把抱住了来人的腰，小声啜泣道："路易斯大人，路易斯大人……您终于来了。娜塔西终于等到您了。"

柳余则抬头，隔着十多米的距离，和突然而至的男人对视。

他有一双黑漆漆的眼睛，很黑，浓墨一样。手臂揽着冲到怀里的少女，脸却抬起，直直看向她，用带了点暧昧的腔调道："你还好吗？"

柳余一哂，没搭腔，反倒警惕地看向他的来处……

那儿，一个小小的身影连滚带跳地过来，红头发、黑皮肤，看起来有些熟悉……

"我不好，路易斯，我不好。你看我的脸……"娜塔西粗哑的声音，带着小声的啜泣，响了起来。"我的脸毁了……但是你来了。我又好了。"

路易斯伸手揽住少女，松松垮垮的袖子垂下，将对方衬得无比娇小。他摸了摸怀中人的头发，没说话，只看着柳余，做了个朝海边走的姿势。

娜塔西却还在絮絮叨叨，沉浸在激动的情绪里："我好怕啊……关我的地方很黑，还有很多老鼠……幸好我出来了。而且，你别怕，我的脸会好的……贝莉娅姐姐答应要替我治……"

后面娜塔西用撒娇的口气道："路易斯，你得帮我监督她……"

路易斯似笑非笑地看着柳余道："看来，弗格斯小姐接下来有必要和我们待在一起了。"

"只要您不嫌弃。"柳余优雅地行了个礼。

茫茫大海中，她一个失去神力的凡人，当然得跟着这两个人了。

这时，一个瘦小的人冲过来，一下子跑到她的面前："恩人小姐？！"

"是您，对不对？恩人小姐，我是卡纳村的米拉卡·摩西。"似乎意识到对方的茫然，米拉卡努力介绍着自己,"上次您和神官先生一起来……您从海里救了我……"

柳余认出了他:"噢,是你,米拉卡……"

柳余难掩惊讶:"你怎么认出我的?"

她上次明明用了障眼法。

米拉卡摸了摸后脑勺,腼腆地笑笑:"米拉卡一眼就看出来了。恩人小姐您……"他努力想着措辞,"您不一样,就像、就像……母亲,对,母亲。"

这儿的人可真奇怪啊,总喜欢到处认"家长"。

"神官先生呢?"米拉卡左右看看,"他不在吗?噢……我还想看看他呢。"他看起来有些失落。

"走吧。"柳余率先迈开脚步。

几人连忙跟上她,不到一会儿,就到了海边。

"利特尔大叔!利特尔大叔!"

米拉卡兴冲冲地朝停靠在岸边的小船招手,利特尔一眼就看到了队伍里多出的两个女孩,一个美极了,就像传说中的安琪儿、海中的明珠,走路的仪态让他想起那些教养良好的贵族小姐们。

另外一个……利特尔看着英俊的雇主大人怀中揽着的女孩……

纤细柔弱,蓝裙子皱巴巴、脏兮兮地贴在身上,脸还算干净,只是坑坑洼洼的,像大雨过后被车碾压过的路面,泥泞又黏糊糊的。姿态也没有另一位美人看着舒服,扯着路易斯大人的袖子,像……鼻涕虫,也黏糊糊的。

利特尔那饱经风霜的脸上扯出一抹笑,问道:"路易斯大人,直接出发吗?"

黑发青年头也不回地掠过他,落到狭小的船间,将怀中的女孩放到了船边,又朝岸上伸手:"弗格斯小姐,请。"

利特尔又有点不确定了,雇主大人的眼睛对着那位金发美人时明显要更闪亮些,像天上的星星。

金发美人一下跳到了船上,没让谁扶:"直接出发。"

她向利特尔发号施令,利特尔下意识地遵从了,跟米拉卡一起起锚了。

小船被一股力量轻轻一推,一下子回到了海里。

"那是谁?"利特尔看了眼船头的金发少女,小声地问旁边的红发学徒。

米拉卡兴奋得脸通红:"利特尔大叔,"他努力压低声音,"那……那是米拉卡一直在寻找的恩人小姐!"

"恩人小姐?噢……"利特尔知道一点儿,"米拉卡,她看起来弱得一只鸡都提不起。"

"胡说!恩人小姐很厉害的!"米拉卡气愤地反驳,"不过,恩人小姐的情人神官先生更厉害!"

"神官先生?看来,她和雇主大人真的不是……"

利特尔摇了摇头,桨一荡,小船就像鱼一样滑了开来。

柳余坐在船头,在小船远去时,忍不住回头望了一眼。黑色的、森然而压抑的牢狱在视线里,只剩下了一个黑色的点,渺小到似乎轻轻一揩,就能揩去,可她的心却猛地一悸,狠狠地揪了起来。

就在这时,一道"叽叽叽"的声音从脚边响了起来。

她诧异地看去，一只灰扑扑的小老鼠用爪子使劲吊着她的裙边，小身子在那一抽一抽的。

"叽叽？"柳余诧异地弯腰。

当对上那双乌溜溜的、冒着精光的眼睛时，一下确定了，这就是那只啃了她一口，还被她敲了一笔"宝藏"的灰老鼠。

"弗格斯小姐总是很受这些……"路易斯低笑了一声，"动物们的青睐。"

"奇怪的天赋。"

路易斯懒洋洋地坐在船只中段，满不在乎的表情让他显得更加英俊。宽大的黑斗篷被海风吹得猎猎作响，他任娜塔西抱着，只是看向柳余的眼里带着炙热，像把钩子。

可惜，柳余对"钩子"免疫，她见过更美、更强大，也更让人无法抗拒的存在，至此后，所有的皮相对她来说，只是寻常。

"弗格斯小姐，您难道没有问题问我？"

"谢谢。"柳余没有问题，却诚挚地道了声谢，"如果不是您，我恐怕还要在梅尔岛上待一段时间。"

"路易斯！"娜塔西不安地将自己向他靠得更紧些，她已经失去了神，不能再失去路易斯了，"您……您……"

"娜塔西，听话。"路易斯低头，朝她微笑。

娜塔西将抗议全部咽回了肚子里。

柳余不耐烦看这一对："我想去最近的镇子，利特尔大叔。"

她有预感，如果现在不赶快，那么……她将永远都走不了了。

利特尔看向英俊的主顾大人，等候主顾发话，他可是有职业操守的。

"利特尔先生，按弗格斯小姐说的做。"

"好嘞！"

小船在大海中破浪而行，路易斯的目光落到船头："你看起来很紧张。"

柳余舔了舔嘴："是的，我很紧张。"

"放松……我给你讲个笑话。"路易斯抚摸着怀中女孩的头，声音低而温柔，"从前，有只黑乌鸦，噢，它不重要。黑乌鸦一直被白天鹅养着……"

他讲得语无伦次，却不像是个会讲笑话的。

"白天鹅是最高贵、最富有的，他拥有一整片池塘……只是池塘里经常会有一些外来的小虫子，白天鹅总是毫不留情地将这些虫子撇开或杀死……但有一只小虫子不同……"

"您想说什么？"柳余听出来了。

"小虫子披了一件白天鹅喜欢的外衣，她无数次地对白天鹅表白，她挡在白天鹅面前为他抵御危险，还为白天鹅死过……白天鹅感动了，他爱上了这只虫子……可后来发现，所有的一切都是谎言……虫子是白天鹅最讨厌的外来物种。白天鹅将虫子关进了笼子，但给了她自己最珍贵的东西……只是，虫子再也没有未来了……你说，虫子该怎么做？"

柳余的脸沉了下来："路易斯先生知道的，真是出乎意料的多。"

"相信我，活得久了就会知道很多秘密……"路易斯微微笑了起来，"父神太高傲了，他不像我，我喜欢和狡诈虚伪的人类一起玩。父神啊……他太纯净了，就像这世界最后一块水晶……"

"你们在说什么？"娜塔西直起身，"我怎么听不懂。"

"噢，乖女孩不需要懂。"路易斯将她的头重新按了回去，"弗格斯小姐，如果你是虫子，你会怎么做？"

"为了生存，当然是……奋力一搏。"柳余冷冷地道。

"好！"路易斯拍了下掌，"弗格斯小姐不愧是我见过最狠心也最舍得下的女人，那些女人，总是耽于情爱……那么，我送你一份礼物。"

在娜塔西警惕的眼神里，柳余看见，路易斯的手掌心里出现了一朵晶莹剔透的花。

"棘莱花？"她惊讶地道。

柳余突然想起那块铁片。

"神之骨，神之泪，神之血中血……"路易斯叹道，"这是神之泪所化……"

"你是说……"

柳余记得，她在去神宫之前，已经吃下了朵棘莱花。

"我从前游历东海那边时，到达了一个国家。那边的医术非常高明，他们喜欢将各种植物的根、茎、叶用来做药物，甚至还有一些动物身上的东西……但那药确实很神奇，多一点、少一点，药性都会变……"

路易斯说得颠三倒四，柳余却立刻明白过来：棘莱花是神之泪所化……可它不是神之泪……所以，她总是差了那么一点。

就在这时，风云翻滚，巨浪滔天……一道闪电划破长空，伴随着巨大的声势而来。雨滴砸到人脸上，生疼生疼的。

"啊，来了。"路易斯推开娜塔西，站了起来。

柳余也被这随后而至的"轰隆隆"的雷声震蒙了，心一下子"扑通扑通"地狂跳起来。她也跟着站起来："他……来了？"

"是的，我伟大的父神。"路易斯眯起眼睛。不过一会儿，几人已经被淋成了落汤鸡，唯有他还保持着干爽。

利特尔抱着船头的杆："雇主大人！这风浪……恐怕船……船要翻啊。"

米拉卡似乎想要过来，却像个"咕噜噜"转的陀螺，只能勉强拉住风帆不被吹走。

娜塔西吓得身体都在发抖："是……是神要来捉我了吗？"

她祈求似的看着路易斯，似乎他是她唯一的倚仗。

路易斯拍拍她的脸："娜塔西，父神不会捉你。"

他看向柳余，那美丽的金发少女，在雨下透着惊人的魅力。

"弗格斯小姐！"他喊道："虫子真的敢奋力一搏吗？"

"当然。"

金发少女转过了头，那幽蓝的眼睛里似有火越烧越旺。

"即使是杀死那只天鹅，"路易斯的黑瞳像是一片巨大的深潭，要将一切吞噬，"你也愿意吗？"

他看着少女那明亮的蓝眸："如果只能活一个的话。"

"当然。"她斩钉截铁地道。

"那么，冲破牢笼吧。"路易斯手一张，一滴绿色的液体从他的指尖滴落，掉到了棘莱花之上，"做到我未曾做到的一切。"

他的脸肉眼可见的灰败下来，身体开始颤颤巍巍的。

棘莱花却在瞬间化为一滴晶莹的眼泪。

"生命之树的……树心？"

柳余从那一滴绿色的液体里感受到了无尽的生机。

路易斯将那眼泪递过去："是啊，我路易斯可是父神用生命之树的树心做成的——世上除父神外，最独一无二的生命。服下它。"

"不！她休想！"

就在这时，一道蓝色的身影蹿了过来。

"娜塔西！"

这世上总有这样一种人存在。你以为那人黏糊糊、软趴趴的，看起来不像会有出息的样子，可那人偶尔做出的事又带着刺，冷不丁地扎你一下，不仅疼，还坏事。

柳余从前就吃过这种人的亏，尤其她现在是"人为刀俎，我为鱼肉"，警惕心更是拉到最高，所以当娜塔西冲来时，她下意识地就抬了下脚……

很轻的一声"咔"，谁也没瞧清，就见气势汹汹而来的蓝裙女孩手舞足蹈地摔了下去。

"扑通……"海面溅起巨大的水花。

蓝色的棉布在白色的浪花里浮浮沉沉。

米拉卡扒拉着船沿惊叫了起来："路易斯先生，您的情人掉水里了！"

"路易斯！路易斯救我！我……我害怕！救我！"

沙哑的、带着惊惧的声音随着女孩每一次浮起时传来。

利特尔和米拉卡丢下了绳子："快，快！抓住绳子！"

但浪太大了，完全抓不住。

耳边声音嘈杂，柳余却冷漠地注视着，时至今日，她发现，她已经能平静地坐视一条人命在面前消亡。

但让她奇怪的是，路易斯也没动。

黑发青年站得笔挺，那张脸白如纸，却连眉梢都没往下压一点，反而上挑，既没有伸手，也没有显出急切。

"您不去救人吗，路易斯先生？"

路易斯的掌心还摊开着。大雨倾盆，天光暗淡，可那滴眼泪却仿佛自带光华，让人挪不开眼睛。

"噢，为什么要救？"他玩味地看着水面上的人浮浮沉沉，"可怜的女孩，她忘了自己是神眷者了……"

一个浮空术就能解决了。

"难道弗格斯小姐又心软了？"

"那倒也没有。"柳余伸手，路易斯未避开，她顺利地取到了那滴眼泪。"我只是以为，娜塔西对路易斯先生来说总还有些不同。"

"不同？"路易斯笑了一声，那笑里带着狂妄，他坐下来，望着越来越沉的天，"但你知道的，人活久了……就什么都不特别了。"

他转过头看着她："是不是？"

一道闪电划破长空，乍亮的光落在路易斯那俊俏的脸上，柳余却仿佛看到了盖亚在对她说："鱼缸里的鱼来来去去……可都没什么稀奇。"

"我得承认,你和你的父神在某方面很像。"

柳余一仰脖,毫不犹豫地喝了下去。

如一滴油,落入沸水里。

"轰……"

骨骼、血液,都在发出快活的生长的声音,仿佛干涸已久的土地终于等来了露水的润泽。

一点都不痛苦,整个人像泡在了一团温水里。

绿叶抽条,长大,而后变成参天大树。

"啵……"

她似乎听到了雏鸟破壳而出的声响,身体前所未有地敏锐起来。

她听到了娜塔西咒骂时的尖叫,听到了十万里深海下某种巨怪的声响,感受到了遥远的沙漠里一滴清水的流动,这风、这云、这雨……都在她的知觉之下。

她无所不知,无所不能。

柳余闭上了眼睛。

"啪啪啪……"

封印被揭开了,而体内被下过的契约,不过是碰了碰,就消失了。她能感觉到,存在于某人和自己之间的羁绊消失了。

睁开眼,看见一道白色的身影徐徐落于半空,风吹起他的银色长发,整个人仿佛被浅浅的微光包裹。

他美极了,像汇聚了这世上所有的、无法被探知的奥秘。

"噢,圣光在上,神!是神!神出现了!"

利特尔放了船杆,五体投地拜下去,米拉卡也跟着匍匐下去。两人颤颤巍巍,却又激动不已。

路易斯端坐在小舟之上,仰望着高高在上的神:"父神……"这样大的一个男人,竟然能露出一个调皮的笑,"喜欢我送你的礼物吗,父神?"

神没有看他。

海浪翻涌,大雨瓢泼。一个大浪打来,小船没有撑住,直接翻了。米拉卡和利特尔一下子掉在水里,被浪头卷走了。路易斯却浮在了海面,他望着神,笑着问:"是什么惹怒了你,我亲爱的父神?"

柳余也在船翻的那一刻,飞到了半空。体内的封印被解开,她从未感觉到自己如此强大——她像是与这世界融为一体,共同呼吸,山川是她的身体,湖海是她的血液。

这风、这雨、这雷电,都在她的掌控之下。

她是神。真正的神,不生不死的神。

柳余伸手一招,万里之外的浮萍就出现在了海面。

绿色的叶片上,米拉卡和利特尔正懵懵懂懂地睁着眼睛,似乎还回不了神。

"去吧。"

叶片载着他们往海岸漂去。

米拉卡似乎意识到了什么,站起来挥舞着双手,大声喊:"神官先生!恩人小姐!再见!再见!祝你们幸福!"

利特尔长久地匍匐在叶片之上。

路易斯哈哈大笑了起来，紧接着，竟然捂住脸哭了："命运，啊，命运……父神！你看到了吗！"他痴痴地望着半空，"是命运……"

神没有看他，他看向了半空的少女，莹绿的眸光像蕴着这世上最温柔的水。

"贝莉娅·弗格斯。"他朝她伸出手，"跟我回去。"

"回去？去哪儿？"少女像是听到了这世上最好笑的笑话，"咯咯咯"地笑了，"跟你回去？再永生永世被你关在那暗无天日的牢狱？"

"你是异端。"

"那又怎样？！"

他的眸光泛起涟漪："除了死，只能这样。"

"为什么？"柳余问出一直疑惑着的问题，"为什么异端就该死？就因为他是异端？凭什么？你以为我愿意来这个世界吗？"

"你愿意的。"他道，一语道破她的心思，"比起朝生暮死，你更喜欢现在。"

"我们那儿曾经有个帝王，他举倾国之力只为寻找蓬莱仙岛，求长生不死……是的，能长生不死，谁愿意做那朝生暮死的蝼蚁？我来到这儿，没人问过我愿不愿意，现在，我也不愿意被人重新摁回去，当个土里的王八……"

"那么，就只有一种选择。"她看向他，蓝眸里是昂扬的战意，"要么战，要么死。"

他盯着她，看起来像是伤心。

"好。"

他闭了闭眼睛，再睁开时，那眼里就只有曼延万里的寒冰。

"来吧，贝莉娅·弗格斯。"

无数蓝色的丝线将天地遮蔽，海面忽起风暴，而在下一瞬，莹莹的蓝光与白芒碰撞在了一起，"轰隆隆"地爆出巨大的声响。那声响似乎能将一切摧毁。

翻涌的气浪咆哮着撞到一起。

柳余感觉自己变成了一叶扁舟、一颗星辰，或者别的什么东西——翻滚的气浪卷起她的裙摆，却无法撼动她。

她伸手一指，蓝色的织网幻化成一条巨大的鞭子，往前方鞭去，可鞭子带起的气浪连对方的一片衣角都没沾上。

命运。是的，命运。

在她眼中，万物都可幻化为网，只要她轻轻一拨，万物的命运就会发生改变。可唯独眼前人，是一片虚无。

他是万物，是世界，是不可撼动的……

"贝莉娅·弗格斯……"华丽的神语带着冰冷的温度穿破空间，落到她的耳边："审判。"

一道金光降落。柳余被刺得眯起眼睛，身体往后跃，蓝色长鞭往前甩去，恰好甩在那金光之上。"轰隆隆……"审判的金矛化成金色的碎影，如散落的阳光。

而那金影却在一瞬间调转方向，如无数刺芒向她射来。如果被射了个实，她势必要变成"刺猬"。

柳余往后一跃，身体与无处不在的蓝色织网融为一体。金影穿透了她的身体。

在两股力量碰撞的刹那，世界开始颤抖。土地震动，江海咆哮……纳撒尼尔、拉维西亚、诺森卡……无数星球上的生物纷纷出逃。人类从遮蔽的建筑物中跑出，他们惊恐地看着天空；

森林里的动物没头没脑地乱窜，兽潮涌动，整个世界都似乎陷入惶恐……

布鲁斯主教颤颤巍巍地拄着权杖，走到大殿之外，马兰冷酷地板着一张脸，领着骑士们一同到了神殿的广场上。

他们仰望天空。天空之上黑云翻滚，远处那斯雪山的火山发出巨大的"噗噗噗"声，岩浆开始迸发，颤抖的大地上，仿佛有一个巨人在愤怒地狂奔……

布鲁斯主教放下权杖，跪了下去。

"神！"他头、手贴地，"祈求神！"

"求神明宽恕纳撒尼尔的罪孽，祈求神灵宽恕生灵的贪婪……"

马兰也跟着匍匐下去。

所有星球的信徒们仓皇地跪下，他们共同祈求神灵降下怜悯，救信徒们于水火。

而又在一刹那，大地停止了颤抖。

风静，云止。

刚才仿若世界末日的情景消失了，人们面面相觑，不知道究竟发生了什么，而空中的战斗也已经停止了。

他们转移到了海的尽头，那片无边的迷雾里。金发少女半屈着身，气喘吁吁地用左手捂着胸口，胸口上插着一根白色翎羽，蓝色的液体不断地从指缝里"滴滴答答"地往外流，不一会儿，竟将她的白裙也染成了蓝色。

那颜色，和她的眼眸一样湛蓝、纯净。

少女的对面，银发青年张开巨大的翅膀，翅膀上是纯白的羽毛，在他身后如一片华丽的雪影。

"贝莉娅·弗格斯，继续反抗，那么，死亡将是你的归宿。"

他低低的声音，像是一曲华丽的葬歌。

少女无奈地笑了起来："可是，盖亚……"她柔柔地唤他，"我除了反抗，没有别的路走。"

"不，你有。"

他抬头，那绿眸里藏着一片静默的湖，湖下蕴藏着暗流。

"什么？"

"梅尔岛。"

"不！这不可能！"

"我可以将梅尔岛变成人人都向往的天堂。它将拥有这世上最美丽的花园、最华丽的宫殿、最贴心的仆人……你的一切要求都可以得到满足。珍贵的饰品、美味的食物、华贵的衣裳……可唯独有一点，你不能离开，永远。"

"可黄金打造的牢笼，终究还是牢笼。"

"我可以在梅尔岛上陪你。"他抿紧了嘴。

"可是盖亚……那又怎么样呢？我依然是要仰仗着你活下去。"少女抬起头，蓝眸里是细碎的浮影，她看起来苍白而脆弱，"我怕日复一日、年复一年，到最后，我就再也站不起来了。"

他看着她，眸光如粼粼的溪水。

"我知道，你听不懂……我也知道，在这个世界，我看起来很可笑……我明明做了许多无耻的坏事，我欺骗你，只是为了性命、为了力量，我做了许多许多让人不齿的事。"她捂着胸口，"可是，我心口的火熄不了。"

她熄不了，她得是她自己。

"即使是死？"

"即使是死。"

颤抖的睫毛下，是绿湖一样美丽的眼睛，他再一次闭上眼睛。当那眼睛睁开时，竟然有了泪。

"好，如你所愿……神圣之矛。"

华丽的神语落下，无数道金色利矛凭空出现，它们像霞光一样将这迷雾照亮。

"轰……"

世界的边缘都颤抖了一下，惊天的气浪似要将整个迷雾一扫而空。

而柳余，也在瞬间突破到他的身前，她的脑中浮现出那则预言："……神抽取了他的肋骨，制造出属于他的夏娃，可夏娃却用他赐予的肋骨制成长矛，插入了他的心脏。"

"啊啊啊……"

少女弓起身，右臂的手骨被一点点地抽了出来。

她的身体开始痉挛，脸揪成一团，蓝色的血液喷洒而出，溅到对面……

"贝莉娅！"

她跌入他的怀抱，被他用白色的翅膀拥住。

她依偎在他的胸膛，那里温热而宽阔，神之骨的两端生出长长的骨刺，而在神圣之矛贯穿她的身体时，那根金色的神之骨也同时刺入他的胸口。

他闷哼一声，两人同时跌了下去。

她摔到他的怀里，他半坐着，拥住了她。少女蜷缩在他怀里，像只柔弱的、垂死的羔羊。

一开口，就往外吐血。

"盖……盖亚……预……预言不准……"

他没死，她却要死啦。

青年低头，少女的胸口被金色的利矛洞穿出一个大洞。

"像……像不像……那斯雪……雪山的地……地底……莱……莱斯利，你……你这……这里也有一个……个大洞……原……原来有这……这么疼……"她的眼皮慢慢阖上，"盖……盖亚……我好……好累啊……太累……太累了……"

"贝莉娅。"

"我……我骗你的……其……其实，我爱你……"她吃力地开口，"盖……盖亚·莱……"

她的声音消失了。

他一动不动地抱着她。少女温热的身体开始一寸寸变凉，变得僵硬……

突然，一道尖厉刺耳的声音传来："贝比！"

随之而来的，是一只灰扑扑的肥鸟。

它闪电一样地扑过来："贝比！贝比！神，贝比怎么了？！她怎么了？！你快睁睁眼，看看斑斑，看看斑斑……"

"她死了。"青年抬头，"死了。"

"死了？"斑斑急红着眼抬头，却更加惊恐地叫道，"神……你，怎么了？"

"我……怎么了？"

他低头，却见曳地的银发一寸寸变灰，而后，化成浓重的黑色，羽翼张开，飘落的羽毛像夜鸦一样黑。

"神，神……你……你……你怎么变……"斑斑惊得扑棱起翅膀，"光明……堕落了。"

173

"光明……堕落了。"青年重复了一遍。

他像是用尽了力气，缓缓躺了下来，怀中还拥着死去的少女。头转向一旁，却见石雕像侧卧在旁，它朝他微笑。

"光明……堕落了。"他缓缓阖上了眼睛。

"神！神！神！……"

灰斑雀破锣般的嗓音在迷雾中传出老远。

"也死了，也死了，也死了……没气了……呜哇……呜哇……斑斑，斑斑怎么办……"

神阖眼的瞬间，光明已死，世界陷入漫长的黑夜。

灰斑雀在远处徘徊不去时，一道颀长的身影穿过重重的迷雾，悄悄地将金发少女带走了。

"父神，等您醒来时……新神的纪元该开始了。路易斯永远爱您。"

第四十三章

"嘘，轻点。"

"她还是没醒来吗？"

"是的，已经三天了。真可惜，这么漂亮的女孩。她也和外面那些人一样吗？"

"……噢，圣光在上，但愿她能够醒来。"

"莫里哥哥，你又要去请医师来吗？我们家只剩下三块卢索了……"

"西莱，不要这么抠门，生命是无价的。"

窸窸窣窣的声音传入耳朵，柳余感觉自己像是沉浸在一片广袤的海里，怎么也浮不出海面。胸口的伤口像被虫蚁啃噬着，又疼又痒……

原来，人死后还是有感觉的……还是说，她到了地狱？地狱也好……

突然间，一道光穿过重重的黑暗，照进海底……

柳余睁开了眼睛。

"你醒了？"

耳边传来一道稚嫩的声音，随后一张瘦巴巴的脸冲到了面前。他皮肤略黑，脸上还有些调皮的雀斑，一看见她，就欢快地叫起来："莫里哥哥！莫里哥哥！她醒了！她醒了！"

柳余却注意到他身上打了好几个补丁的衣服，以及手里提的油灯。

"这里是……"

她艰难地转过头，眼中出现的是褐色的土墙，用棉絮挡住的木门……

"你醒了？"一个年纪略长些的少年冲了过来，对上她的视线时，那对棕色大眼里浮出明显的惊艳之色，结结巴巴地道，"你……你还好吗？"

他似是回不了神，而在感觉失礼时，又骤然垂下头，脸颊通红。

"我……"柳余正要回答，却突然转头，看向窗外。

一道又一道的钟声遥遥地被风送入耳里。

"咚……"

"咚……"

"咚……"

钟声连绵不绝，响彻天地。

提着油灯的男孩和棕眼少年呆呆地看向窗外，他们的脸上突然绽放出欣喜，对视一眼后，不约而同地匍匐了下去。

"神，是神！"

"是神回归了！"

"是神回归了……"

他们长久地趴伏着，身体激动地颤抖着，像是在哭。

柳余则看向窗外。窗外的天黑漆漆的，像是被一块黑色的幕布遮住，一点光都透不进来。

所以……地狱里也会有神吗？

她莫名其妙地看着哭成一团的兄弟，手肘一撑硬板床，坐了起来。身体有些沉，被洞穿的地方还残留着微微的麻痒感，不剧烈。

白裙纤尘不染，她注视了会儿裙摆，白底上的金色鸢尾花栩栩如生。

她狠狠捏了自己一把：疼。她没死？

地上的兄弟似乎察觉了她的动静，转过头来，脸上还残留着泪，他们欣喜地道："你听见了吗？是钟声，钟声……"

"钟声？"柳余重复了一句。

"是的！钟声！吟游诗人说过，当钟声响起，神将再一次降临大地……神没有抛弃我们！光明终将回来，我们不会永远在黑暗中沉沦……"

柳余发现，她有点听不懂了。

"你们在说什么？"

她也注意到了不同寻常的地方。

太黑了。

即使是月亮被乌云遮住的夜晚，还是能依稀看到一点光，可这个世界……除了小男孩手里提着的油灯，光像是根本就不存在，它被黑暗吞噬了。

"一个月前，天就再也没有亮起来过。"叫莫里的少年哀伤地道，"光明从这个世界上永远地消失了……"

"是的，世界都乱了套……"小男孩转过头来，"母亲和父亲出去后就再没回来过，他们一定是被黑暗带走了……"

而在转头看到那屋中突然站起的少女时，他的眼睛睁得更大了。

"莫里哥哥，"他拍拍莫里，"你看她……她像不像城池中央那座……那座……"

莫里的眼睛也睁大了。雕像和真人是有区别的。

在黑暗笼罩大地、光明杳然无踪时，城池中央属于光明神的石像轰然倒塌，无数碎石崩裂，而与此同时，另一座雕像升起……

那雕像有卷曲的长发，有明媚的眼睛，穿着一条鱼尾长裙，发间是一朵四瓣的小花，手中是缠绕的丝线……她俯瞰大地，悲悯众生。

而当那幽幽的烛火照亮那双冰蓝色的眼睛时，雕像和他救回的少女重合了……

那少女微微蹙着眉："你救了我？"

莫里愣愣地点头，又摇头："三天前，我……我在路上捡了你，怕你被野兽吃掉就带了回来。"

"天已经一个月没有亮了？"

"是、是的。"

莫里看着那少女踱步到窗前,那与整个破屋格格不入的华丽衣裙被风吹起。少女回过头来:"那,这又是哪个世界?"

"纳……纳撒尼尔。"

"纳撒尼尔啊……"她用华丽的语调说了一句莫里听不懂的话,而后,整个人就从窗户飞了出去。

风吹起她的裙摆。整个天地都是一片乌压压的黑,这黑似乎能吞噬所有的光,可她却被包裹在一团蓝色的迷雾里,黑暗与她泾渭分明,互不侵犯。

莫里下意识地追出去,当跨出门槛时,脚又缩了回去:"你……"

"回去吧。"少女说了一句,她的目光似乎穿过重重黑雾,看向遥不可及的远方,"不论如何……希望永远都在。"

"莫里哥哥!"屋里的弟弟叫了一声,"别出去!"他害怕极了。

莫里紧张地动了动喉咙:"您……您是谁?您……是新的神吗?"

半空中的少女突然回头,朝他嫣然一笑,那笑明媚却又疏冷。

"作为你救我的回报,好心人,"她说,"祝福你,永远好运。"

一道蓝色的朦胧的光落到莫里的头顶,他像沐浴在一汪温泉里,下意识地趴伏下去:"感谢您的赐予。"

再直起身时,哪里还见得到那少女的身影。

弟弟跑出门来,奇怪地看着哥哥:"莫里哥哥,你怎么哭了?"

莫里擦了擦眼泪,他绝没有想到,几十年后,他会因为这份命运女神的馈赠,成为整个纳撒尼尔最富有的商人。再回忆起曾经的家徒四壁,再回忆起过去被黑暗笼罩的无望岁月时,他总会望着天空,会心一笑。

好心,是永远没错的。

柳余在黑暗中行走着,身体被穿透的地方还在隐隐疼痛,但伤口已经完全愈合。她有许多迷惑未解,盖亚去哪里了?

为什么世界陷入了黑暗……她又为什么还活着……

路上不是完全没有人,迫于生计的人们依然在黑暗中劳作,可是他们的脸上时不时会露出惊惧。黑暗滋长了罪恶,不过短短一段路,她就看到了好几拨藏于黑暗中的罪恶。有的只是抢劫钱财,有的却是看准了年轻貌美的女孩后将之拖入暗巷……

不过,城邦护卫队四处巡逻,秩序并未崩溃,出乎意料的是,还很井然。在经过城池中央时,她还看到了自己的神像。

在无数的废墟里,她的神像就那样屹立着,穿着光明神殿统一制服的教廷人员在附近捡拾着废墟上的白色石块……

柳余低下身,捡起一块,她认出,这是光明神石像的一节小拇指,拇指上的戒指,她在盖亚手上看到过。

"谁在那儿?"

一柄剑横在她的喉咙前,柳余仰起头,却是一愣,她看到了一个熟人。

"卡洛王子?"

对方也愣住了。他像是饱经沧桑,那张从来温和秀美的脸板得像冰块一样肃冷,气质大变。

而在对上她的视线时，那琥珀色的眼眸渐渐变得柔软，开始有了光。

"弗格斯……小姐？"

夜明珠的柔光将附近照亮，他像是做梦似的，轻轻地问："弗格斯……小姐？是你吗？"

剑收了回去，柳余顺势站了起来："这到底……怎么回事？"

卡洛王子的睫毛垂了下来，他又看向废墟般的城池中央，用难以置信的语气道："一个月前，光明……堕落了。"

他的眼里有了泪花："黑暗在狂欢。主教和大主教领着神使们，一直在祈祷，他们祈求神的回归……神殿已经乱了套。信徒们崩溃了，有的发疯，有的自杀……啊，马兰……马兰大人自杀了……"

"啊。"柳余张了张嘴，最后，又闭上了。

"偏执的信仰，会让人走向疯狂。"

"您说的对……弗格斯小姐，您总是对的。"

他看着她比从前更加闪亮的金发、比从前更加美丽的蓝眸，那蓝眸里似乎藏着美丽而神秘的风景。她看起来比从前更迷人了。

卡洛王子微微低头，在她的手背上落下虔诚的一吻，而后放开了她。

"我最近一直在想，将一种存在当作信仰，当那存在不存在时，我们的意义就被抹去了，这真的对吗？……而更让我疑惑的是，我的父王很高兴，他说，终于不用再战战兢兢地活着，不用假装对光明虔诚……"

柳余"哇哦"了一声，问："您的父王不虔诚？"

"父王说，是的。他没法对另外一个人顶礼膜拜。还说，他相信这世上有许多这样的人，只是平时，他们都将自己伪装得很好，因为怕被绑上火刑台……人的思想不该被禁锢，你看……"卡洛王子看向周围，"我父王很高兴，终于没有人再对着他的护卫指指点点了……在神殿瘫痪的时候，我父王的护卫队很好地接过了职责。"

世俗接过了权柄——从历史来看，也只是高层权力的更迭而已。

柳余半垂下眼睛，并不表态。自始至终，她只是为了自己。

至于意识的格格不入，那也与他人无关。甚至她和盖亚的冲突，更和他人无关。

"那雕像，"卡洛王子看着城池中央的雕像，"是你吗？"

柳余没有说话，迄今为止，她都不明白这石像是从哪儿来的。

"我得去找我的母亲了。"她道。

"弗格斯夫人？"卡洛王子摇头，"你找不到她，她被布鲁斯主教领着人看起来了。"

"为什么？"

"旧神陨落，而您曾经是神后，您的雕像现在却高高地在各大城池崛起……"卡洛王子低低地道，"没人是傻瓜。"

柳余没有回答，是的，没人是傻瓜。处在权力更迭的中心，他们比普通民众更敏锐。

"想用我母亲威胁我？"少女傲慢地一笑，丝毫没有意识到，自己的眼里有着还未消散的哀伤，"那不可能。"

"抱歉，我该走了。"她朝他礼貌地颔首。

卡洛王子眼里的情感像是压抑许久，此时才放出来。

"弗格斯小姐，您……缺一个侍从吗？"少年单膝跪地，向她臣服。

而在遥远的迷雾中央，在新神苏醒的刹那，代表黑暗的神祇也睁开了眼睛。

他那双美丽的绿眸专注似又迷离，过了会儿，他又闭上了眼睛。

一声叹息散入风中："贝莉娅·弗格斯……"

灰色迷雾无处不在，它们包裹着他的身体，像是要与他融为一体……

面对着卡洛王子深情的眼神，柳余发现，自己的心底一点涟漪都没有泛起……而他的长相，明明非常不赖，唇红齿白，眉清目秀，还有他翩翩风度。

"抱歉，我不需要侍从。"

面对她的拒绝，少年垂下了眼睛："是我失礼了。"

他看起来失魂落魄，像只可怜的、被主人抛弃的小狗。

柳余却记起，当她被捆在火刑柱上时，这人冲出又放弃的事实。

"卡洛王子，您是我见过的最符合我从前想象的王子，您具有王子的一切美好品格，正直、善良、温和，怜悯弱小，您很好……"

"……您还在怪我。"少年的睫毛颤了颤，那双琥珀色的眼睛清澈又温柔，"我也怪我自己。如果我勇敢一些……也许，现在您就接受了。可我不能，我的身后有整个卡洛王室，我不只是我自己，即使重来一次……"

"所以，您未来一定会是个合格的国王。"

卡洛王子听出了她的言外之意，在少女腾空即将消失时，追了上去："那他呢？神呢？难道他就是一个合格的爱人？追随者？"

"不，他也不是。"少女回过头来，那双蓝眸里平静无波，像一潭死水，"他和你一样。"

而此时的光明神殿，正陷入一场争吵。

弗格斯夫人被强制地押在大殿的中央，前面是损毁的光明神石像，旁边是干涸的圣池。以她为中心，地上绘制着一个巨大的六芒星阵，纵横的线条像是用红色的颜料绘成，凑近闻，还能闻到一股浓重的铁锈味，像是鲜血的味道。

罗芙洛教授、爱德华教授，还有布鲁斯主教领着一群光明神使将她包围，整个大殿中的气氛都像是凝固了。

"布鲁斯主教！这件事与弗格斯夫人无关，甚至光明陨落，您又怎么肯定跟弗格斯小姐有关？弗格斯夫人一直是虔诚的光明信徒，您将她囚禁在这儿……不对！这不对！"

爱德华教授像困兽一样，在大殿内走来走去。

"爱德华教授！看看外面的天空，看看我们的光明神石像，看看城池中央崛起的石像……你还能找到别的解释吗？她出现在神的身边，这本身就是一场诡计！"

罗芙洛教授痛心地看着面前的一切，"那则预言……那则预言……它生效了。

"马兰大人已经死去！那些自刎的骑士们……还有那些信仰崩塌的信徒们，我们究竟还需要多少牺牲？何况，我们只是想将那位引过来。"

"可如果不是呢？那是神的妻子……你们即将触怒神的妻子！噢，圣光在上……"

在众人吵得不可开交时，布鲁斯主教拄着手杖，颤巍巍地走到窗边。

他那双睿智的眼睛也开始浑浊了，他看向天空："一个月了……黑暗已经占据我们的世界一个月了……

"我们失去了我们伟大的神，失去了我们的指引和明灯……如果一定要有人来做罪人，那么，就让我来吧。"

"布鲁斯主教！"

"我老了……"布鲁斯主教转过头，"不是吗？"

爱德华的抗议戛然而止，他看着布鲁斯主教那张老泪纵横的脸，张了张嘴，又闭上了。

"是，一切都听您的，布鲁斯大人。"他颓丧地垂下了头。

从被"请"到这儿就一直一言不发的弗格斯夫人沉默地看着天空，好像那上面有什么值得深究的东西，而明明，只有黑暗。

"弗格斯夫人，抱歉，不得已将您请到这儿。"布鲁斯主教走到她面前，"我们……也是没有办法。"

弗格斯夫人啐了他一口："假惺惺！"

"你们如果有本事，应该去朝圣，去更远的地方请回伟大的神灵。而不是将我一个妇人请过来，去为难另外一个女孩。"

"可是，世界需要光明。"布鲁斯主教擦了把脸，"而我们，已经走到了绝路。"

"当我第一次失去丈夫时，也以为自己走到了绝路，可后来发现，路是人走出来的。没有光明，必定会有别的办法。"

"没有光明，种子不会发芽，我们不会再有食物……没有光明，我们的眼睛成了摆设，永远需要烛台……当黑暗笼罩世界，太阳不再升起……世界也许不会毁灭，但我们人类，一定会灭绝。"

"不，你们错了。"

弗格斯夫人的蓝眸里似乎也有一把火，这把火让这个寡妇看起来和从前完全不一样。

"再没有哪个物种比我们人类更顽强。终有一天，我们的眼睛会适应黑暗，我们将找到能在黑暗中生长的粮食。我们也会习惯黑暗。黑暗不会让我们灭绝，只有绝望会。"

"像黑暗生物那样？"罗芙洛教授嗤之以鼻，"噢，不，如果是那样，我情愿死亡。"

"当你们和国王像鬣狗一样争夺一块肉骨头时，就失去了正义的立场。"

弗格斯夫人还记得，当光明从天空离开时，黑暗里究竟发生了什么。

"弗格斯夫人，事情没有你想的那么简单。国王用他的狡诈欺骗了我们的信仰……我们不过是对他做出审判。当神归来时，他也会赞成我们的做法。"

弗格斯夫人不说话了。这一场辩论中，谁也说服不了谁。但她得承认，她对光明的信仰确实不够虔诚，相比较而言，她自己似乎更重要一些……

"这样看来，人都是自私的。"她在心里对此下了注解，"在攸关利益时，更多会选择自己。"

"抱歉……"这时，一道声音传来，华丽、空灵，像是来自另一个更高的维度，"我是不是来晚了？"

随即，一个貌美绝伦的少女凌空而来。她凭空出现在了这个诡谲阴郁的大殿，浑身包裹在幽秘而梦幻的蓝色里。

无所不在的黑暗，仿佛被一股玄奥的力量驱散了。

众人仰望着她。她的白色长裙犹如天空一样纯净，裙摆上的金色鸢尾花像是能让人闻到浅浅的花香。她微笑着，长发如金子般灿烂。而更迷人的，是那对冰蓝色的眼睛，像一望无垠的大海，高贵又神秘。

当那双眼睛注视着你时，灵魂都仿佛为之一颤，膝盖似乎随时都要屈跪在地，向她臣服……

布鲁斯大人勉强用权杖支着身体，在周围此起彼伏的跪拜声中，脸上的笑像酿了一坛苦酒。

"神后，您来了。"

"是的，我来了。所以，现在能放了我母亲了吗？"少女落了地，白色的裙摆像一朵绽放的蔷薇，"还有这个……"她指着地上的六芒星魔法阵，"是什么？"

"让您见笑了。我们原来是想要困住您，用您的母亲，她和您有一样的血脉……这是一个血契阵。"布鲁斯大人坦诚地道，"马兰大人和骑士队是自愿贡献的。"

少女脸上的笑消失了。

"可惜……看到您，我就知道，我们的一切打算都泡汤了，您已经成为一个真正的神。神……是不会受我们这些渺小的人类的束缚的。"

"为什么不阻止他们？"

"信仰消失，即死亡。"

布鲁斯主教满面肃然："您可以嘲笑我们的顽固，但不能嘲笑我们的信仰。"

"我尊重您的信仰，虽然我依然不理解。"柳余将右手置于左胸，真心实意地道了个歉，"……对我来说，最珍贵的，是对生命的敬仰和尊重。"

布鲁斯主教一愣，而后，就看着少女的手指轻轻一点，弗格斯夫人身上的特殊绳索就被轻而易举地解开了。一阵风托着弗格斯夫人，来到了少女的身边。

"您还好吗？"柳余看了弗格斯夫人一眼。

大约是被捆久了，她的脸色有些苍白，但精神还不错，看起来随时能跳起来怼人。

"放心，他们虽然捆了我，但没敢亏待我。"

罗芙洛教授、爱德华教授……陆陆续续有人站起来，他们的脸色看起来很不好，爱德华教授更是道："当然！我们可不是那些没风度、没教养的强盗头子，不会真正亏待一位尊敬的女士！"

柳余道："您将我的母亲捆住，就是您的风度？"

爱德华教授语塞。

布鲁斯主教抬了抬手，制止了其他人说话，"我知道，我们对您来说毫无分量，也没有任何可以打动您的东西，现如今，也只敢祈求您的怜悯……我想请求您告诉我们真相……"

他问："我们的神真的陨落了吗？这个世界，只能存在一个神吗？是您的晋升，导致我神的陨落吗？

"我神……还能回来吗？光明……还能重降人间吗？"

"抱歉。"柳余闭了闭眼睛，再睁开时，就有了坚定，"相信我，我知道的，并不比您多……我从沉睡中醒来时，世界就变成了这样。但我可以向您保证，我会将光明找回来。"

每一个神，对于规则，都有自己的理解。

盖亚是"光"，她是"命"——以命运为网，罗织万物……

当然，也包括太阳。

此时，所有的星球上空，都出现了一轮与所有人的认知都不同的"太阳"——这"太阳"不再是金色的，而带着幽幽的蓝色火焰。

天地之间，不再漆黑一片。

人们纷纷从屋中走出，彷徨而惊奇地看着新天地，对着城池中央新出现的女神像，向她臣服，为她欢呼。

而光明神殿、光明圣殿中的人们都怅然地看着天空，看着与他们的所知截然不同的世界。

"……没有什么不可取代。"

最后，布鲁斯主教甩开权杖，朝她匍匐下去，"神，您可以吩咐了，甚至，您可以取我的性命。"

"不必叫我神。"柳余道，"我对你们也并没有什么期待和吩咐。

"我不会干涉你们，你们也不必信仰我，我不会聆听你们的祈祷，也不会满足你们的愿望。你们想要的一切，请自己争取。你们可以选择去做自己喜欢的事，任何，一切。"

"任何，一切？您不需要我们信仰？"

看着这些茫然的、似乎失去了生命重心的神职人员，柳余什么都没说，她带着弗格斯夫人，回到了属于她们的小别墅。

"不需要信仰吗？"弗格斯夫人一到家，就忍不住问。

"也许需要，但我想……并不必要。"

少女脸上的表情有些怔，不像悲伤，不像困扰，倒像是某个埋在心底的记忆被不小心触动，等回过头来时，眼里却带了笑，"母亲，怎么了？"

"噢，噢，也没什么。"弗格斯夫人愣了会儿也笑了，"饿吗，贝莉娅？母亲去给你做点吃的……"

等她环顾一周后，忍不住就骂了起来，尖刻的嗓音回荡在不大的楼房里。

"噢，圣光在上，这可真冷，都怪那些该死的，把我抓走后，那些仆人们一定也都跑了……看我以后还雇不雇他们……"

壁炉中没点火，大约是之前走得太仓促，窗户都还开着，地上积了厚厚一层灰，桌上吃到一半的薄饼和牛乳已经发了霉，仔细看还能看到一动又一动的虫……

柳余收回视线，手指一弹，蓝色的光充盈在整个小别墅。

不一会儿，所有灰尘都被涤荡一空。连那些食物残渣，也消失了。

弗格斯夫人看着面前的一幕，眨了眨眼睛。

"哇哦……"她赞叹道，"这可真神奇。不过，还是得找欧仆。"

柳余觉得有点麻烦。

"噢，贝莉娅，不要用这样的眼神看我。"弗格斯夫人板起了脸，表情是那样严肃，似乎根本容不得她反驳，"你永远要记住，身为一个贵族，他不仅要具有足够的财产和土地，还得有足够量的仆人。一个女孩但凡什么都要她亲自做，亲自打扫、亲自下厨，那么她就绝对不再高贵。任何人都可以嘲笑她粗糙的脸蛋和手指，任何人。"

柳余张了张嘴，又闭上了。弗格斯夫人自小接受的熏陶就是这样——一个合格的贵族，是不必亲自做那些琐碎的事儿的。

"可我现在是神了。"

"那又怎么样？"

弗格斯夫人看着她，那双上了年纪的蓝眸一弯，就有些傲慢的鱼尾纹出来，道："你是神，可也是弗格斯家族的女儿，何况以前的神在，也收了很多圣子、圣女……他们一个个都漂亮极了……"

"对，对，你是神，得有排场。"弗格斯夫人似是想到什么，"我得给你找几个侍从，漂亮些的……"

"母亲。"柳余无奈地打断她。

"贝莉娅，可别学平民的那一套，这行不通。你是神，高高在上……你如果表现得太平易近人，他们就以为你温柔可欺……何况，有人伺候你，说好话哄你开心，不好吗？"

弗格斯夫人的喋喋不休让柳余闭上了嘴。

她心里的那丝沉郁，也被这吵闹尖厉的嗓音一同驱逐了。

世界上的妈妈都这样吗？唠唠叨叨。明明应该烦躁，却让人感觉像是一脚踏回了充满烟火味的人间。

温暖。连心都像是曝晒在阳光下，所有的沉重和阴郁都消失了。

柳余的眼底泛起一股潮意，猛然间上前一步，抱住她："母亲，您真好。"

弗格斯夫人愣住了，脸上的惊讶与喜悦同时泛起，她轻轻地拍了拍柳余的背，眼角的鱼尾纹都挤到了一块儿："噢，贝莉娅，瞧你这样……"

"您没有什么要问我的吗？关于神，关于我，或者别的。"怀中的少女抬起头来，那双蓝眸里，像是温柔的水。

弗格斯夫人是过来人，她最知道一个女孩的蜕变意味着什么。

"那你想告诉我吗，贝莉娅？"她问她。

柳余张了张嘴，突然不知道怎么说了。有些事，她不能说，可有些……她不知道怎么说。

"看，孩子长大了，总会有一些秘密……"弗格斯夫人朝她眨眨眼睛，"我只有一个问题，你还好吗，贝莉娅？"

你还好吗，贝莉娅？

柳余的眼泪一下子掉了下来。

弗格斯夫人的蓝眸里，全是温柔的、能让人沉溺进去而永远都浮不上来的爱。而她也永远不要浮上来。

柳余将头深深地埋入她的怀抱道："我有点不好。"

弗格斯夫人拍拍她的背，什么都没说，嘴里轻轻哼唱起一首歌。

那歌的曲调她从没听过，却让她觉得心里温暖。阳光穿过窗户，将这一切都照得暖融融的。

"神他……还在吗？"在柳余即将离开她的怀抱时，弗格斯夫人突然问，"所有人都说，神已经不在了。"

"我不知道。"

柳余一阵纠结，记忆似乎还停留在被他的翅膀抱住的瞬间，后背被金矛洞穿的痛苦与他的怀抱一起……

她闭了闭眼睛，转头看向窗外，照在大地之上的阳光是幽蓝色的，世界变得光怪陆离——一切都显得那么不真实。

"应该是不在了，光已经从所有的世界消失了……"

"那么，贝莉娅，虽然这听起来对神有些不敬，虽然光明神救了我，我感激他……可是我觉得，你该找一个英俊的、讨人喜欢的侍从……"

似乎难以启齿，但弗格斯夫人依然说了出来，"有一个讨人喜欢的情人在，你的伤心很快就会过去的。当初我为你父亲的离去那么伤心，可后来嫁了伦纳德，那伤心也就渐渐淡化了。忘记一段过去最好的办法，就是创造新的记忆……当然，我的女儿是神，你有尽情挑选的权力……我相信，只要你喜欢，他们都会想尽一切办法讨好你。"

弗格斯夫人越说越兴奋，两只眼睛简直闪闪发光。

"母亲！"

"噢,别害羞,我知道,那些人必定比不上那位,可是……他消失了,不是吗?他怪不到你头上……噢,我得赶快去发请帖……"

柳余无奈地看着弗格斯夫人一下子恢复了青春活力,苍白的妇人一下子变得热情满满。

在即将奔到厨房时,弗格斯夫人半探出头:"还没问你,贝莉娅,你会一直待在这儿,对吗?"

"我也可以带您去别的世界看一看。"

"噢,那可不行!我还得让他们看看,我的女儿是多么的出色。"

很显然,这个热衷于办各种宴会的妇人,因为女儿的华丽归来,并不想离开曾经的交际圈。

"您确定吗?也许别的世界更有趣。"

"暂时不想!我还得享受地看一阵伊芙那红着脸、不得不巴结我的样子呢!"

"伊芙?"

"噢,就是当初……我背着你去塔特尔医馆时,乘着马车经过,还嘲笑我们的伯爵夫人!"

柳余想起来了。她知道,弗格斯夫人从前必定在贵族圈里备受歧视,现在她扬眉吐气了,那么,没享受够是不会走的。

"好吧,随您。"

成了神后,一口气突然泄掉了。柳余现在既没有当女王的野心,也并不想劳心劳力地创造一个世界,她只想待在弗格斯夫人身边,享受一段脉脉的温情。

所以,只要是不过分的请求,她并不会拒绝。

环顾周围,弗格斯家变化不大。依旧是绛紫色的丝绸窗帘,连楼梯拐角处掉了一块的墙都没修过,二楼的楼梯口两边摆着枯萎的花盆,她手指一点,花盆里的花重新长出了花苞。

弗格斯夫人去厨房做点心,柳余则去了二楼。二楼连空气都充满了记忆,那记忆是躁动的,闭上眼就让人想起过去,她什么都没动,又下来了。

吃完点心,睡了一觉,第二天才起床,门就被人敲响了。弗格斯夫人披上了斗篷去开门。

柳余坐在窗边梳头,视线穿过小花园,落到弗格斯家的门外。密密麻麻的人群已经排到另一条街,而更远处,一辆又一辆华丽的马车将整个索伦城邦挤得水泄不通。

佩剑的守卫队,穿着白衣的神使,穿着黄金战甲的骑士……布鲁斯主教,还有红衣大主教?

"咚咚咚。"

"咚咚咚。"

弗格斯夫人开了门。

"尊贵的夫人,我们特地来拜见新神,并且,向神献上我们的礼物。"一位年轻儒雅的贵族右手置于左胸,向她行了最高礼。

弗格斯夫人却注意到,不远处,排成一列的雄赳赳、气昂昂的少年们。

他们个个英俊非凡,修长挺拔,而且,风格各不相同。

有秀气的、粗犷的,冰冷的、温柔的,甚至还有一个长得有些像以前的神。

"噢,请进,请进。"弗格斯夫人笑得更开心了。

"那些……也是吗?"

敲门的人往后看了一眼,微微一笑:"那些是自告奋勇的少年们,他们还有些调皮。"

弗格斯夫人这辈子都没这么风光过。

她在人群中穿梭,高高翘起的下巴,玫瑰色的裙摆,和插了一根羽毛的帽子,都让她……

"……像只骄傲的锦鸡。"有贵妇人用扇子掩着嘴,低低地道。

他们当然不大看得起贵族圈里曾经的"败者",可今时不同往日了。弗格斯夫人有个了不起的女儿。这足够抹平一切,让他们将她高高供起。

不大的弗格斯家挤满了从各处到来的人。他们怀揣着不安、恐惧、茫然,又藏着兴奋、期待、激动——变天了。

世界换了新模样,新的太阳正冉冉升起,也许,还将出现新的秩序。

混乱就代表机会。投机者们渴望新神的垂青,而旧王族势力害怕权利的旁落,从前的教廷则期待新神的指点。

他们当然不会轻易改变对光明的虔诚。艾尔文教廷已经传出话来,新神说,不需要人们信仰她。这意味着,他们不需要背叛光明,那么,偶尔聆听一下新神的教诲,也不过分,不是吗?

弗格斯夫人如果知道这些人的想法,一定会拍掌大声说一句:"没错,就是这样!"

她当然还是信光明的。只是人嘛,首先得为了自己活下去。总不能光明神走了,他们就要跟着一起殉葬。

真的那样做的那些人,都是疯子。

只是,偶尔想起在神宫时看到的神的倒影,就会忍不住遗憾和伤感,心想,这样完美的神……居然消失了。连她都难过,何况是贝莉娅呢?她可还记得,贝莉娅和那个叫莱斯利的少年在一块儿时的样子。

想到这儿,弗格斯夫人对那些俊俏少年的笑更灿烂了。

"弗格斯夫人!神什么时候才会允许我们觐见呢?"有人问。

弗格斯夫人往楼梯口看了看,一点动静都没有,她提起裙摆道:"噢,让我去问一问。"

走到二楼,"咚咚咚"敲响房门:"贝莉娅。"

门从内开了,弗格斯夫人看过去,女儿正坐在窗边的梳妆台前,眼睛眨也不眨地看着镜子……

她的心底产生一丝异样。撇去那丝异样,弗格斯夫人振作精神,走了过去:"贝莉娅,不下去瞧一瞧吗?你该有新的生活了……不要总是拒绝。"

少女抬起头来,那双蓝眸空寂得像一片荒原,弗格斯夫人喉头的话哽住了。

"好吧,我可怜的孩子……"

少女却站了起来:"走吧。"

"你愿意了?"弗格斯夫人惊讶地道。

"您说的对,人总要朝前看。而且,我还有些事要说。"金发少女的眼睛弯了起来,里面波光粼粼,像是哀伤,又像是别的无法辨清的复杂情绪,"不过,我不可怜。我已经获得自由选择生活的权力了。"

"噢,噢……"

不知道为什么,这一刻,弗格斯夫人觉得,面前的人是那样陌生,像是里面装着一个不同的灵魂……像之前的无数次那样,弗格斯夫人晃了晃脑袋,率先走了出去。

"走吧。"她道。

能进弗格斯家的,都是卡洛王国的大贵族,教廷势力也只允许大主教、主教以及有阶位的神使、骑士们进入。

年纪大些的,还能按捺住情绪,年纪小的,却已经互相聊了起来。

"再过一阵,其他王国的人也会纷纷过来。到时候,恐怕我们连门都进不了了。"

"神会出现吗？她会一直住在这儿吗？"

"我猜不会，据说，神掌控着无数个世界。"

"那她会愿意见我们吗？"

有的人野心勃勃，有的已经准备好台词，想好了用什么语气、什么姿势向新神投诚……

就在这时，楼梯口传来一阵"嗒嗒嗒"的皮鞋叩击木板的声音。

那声音是那样清脆，仿佛带有某种玄妙、能让人沉浸其间的魅力，让人不由得更加期待起新神的真容——必定是美的，还得有威严。

有些见过的，再回忆起时，那回忆里的美人则似乎披上了一层轻纱……

楼梯上的人出现了，玫瑰紫的丝绸裙，身量高挑，黑丝网帽子斜戴着，金发、蓝眼，颧骨微高，脸颊苍白，笑容灿烂得有点俗艳……等意识到来人是弗格斯夫人时，所有人的心都像经历了一场高空滑翔。

他们不约而同地舒了口气，而紧接着，另一道身影出现了。更曼妙、更高贵，金发像是被阳光亲吻过，蓝色的长裙如天空一样纯净，可是，再清楚一点的，就没有了——即使他们努力瞪大眼睛，新神的面貌对他们来说，依然不可见。

她像是被拢在了一片朦胧的光里。

于是，每个人的心头不由自主地浮现出一句话：神不可窥探。

他们恭顺地垂下了头颅。

"你们来找我？"

那声音很轻，却清晰地回荡在每一个人的耳边，震动着耳膜。

有人不由自主地匍匐下去，可弯到一半的膝盖却被一股柔和的力量推回了。

"不必拜我。"

"可……可是……"

"布鲁斯主教没有将我的意愿传达给各位吗？"

一位满脸络腮胡的男人分开人群出现在柳余面前，她认出了他身上的王冠和礼服，也看到了他身后站着的一脸肃穆的卡洛王子。

"卡洛国王？"

"是……是我，尊敬的神！"似乎被新神的威压震慑，这位年富力强的国王额头上淌着汗，他擦了把，还是将意愿表达了出来，"可我们已经习惯了神的统领，您倘若不管……"

柳余看出了他的言不由衷，她想起卡洛王子的坦诚告白，嘴角弯了弯道："我将世界交还给你们，这不好吗？"

巨人的一根手指落到小人国，都会引起十级地震。她倘若还是擅自插手，那么，再建起的秩序也依然是围着她这个"新神"转动，即使那不是她的本意——那样，还是走回了老路。

人类是最顽强的种族，顽固的秩序被击溃破碎后，会很快建立起新的、更适应人类自己的、完善的秩序。

人群似是陷入茫然。他们没有想到，神是真的不想管，可那是神……

神的责任，不是维持秩序、保证公平吗？

可再一想，神该是什么样的呢？没人说得出来。

红衣大主教往前一步，他右手置于左胸行了个礼："尊敬的神后，"他依然坚持叫她神后，"您的意思是，以后这个世界不论如何……您都不会插手，对吗？"

有人嚷嚷："可我们已经习惯了有神灵指导的世界。"

"那么现在，就请习惯一下没有神灵指导的世界。"

传来的声音，带着不容置疑的坚决，紧接着，像是要安他们的心，她又道："不过，如果是洪灾这样的……我会管一管。"

"那尊敬的神，您需要什么？"卡洛国王更加恭敬地问道。

"一份清静。当然，我的母亲喜欢参加宴会……请千万不要拒绝她。"

"当然，弗格斯夫人的到来，我想没有一个人会拒绝这样的荣耀。"卡洛国王率先做出承诺。

其他人纷纷附和，并且向弗格斯夫人提出了邀请。

教廷之人也得到了相对满意的答复，在留下珍贵的礼物后，一群人纷纷离开，弗格斯家一下子空了下来。

唯有那队漂亮的少年们挺起胸脯，不肯离开。

他们温顺地趴伏在地，用那清亮的嗓音求道："神！恳请您留下我们做您的侍从！"

"即使只是每天给您浇浇花、擦擦桌子也行！"

"我们会得很多！"

"我会唱歌！"

"我会跳舞！"

"我还能变魔术！"

一群漂亮活泼的少年"叽叽喳喳"地自荐着，他们的年纪不大，但眼里饱含热情和野心，将整个房间都变得生气勃勃。

弗格斯夫人看着，嘴角的笑就一直没停下来过："贝莉娅，你看，这些孩子们，多可爱啊。就让他们留下来帮忙，好不好？

"即使每天看看，都让人心情愉悦。再说了，我们一会儿还需要去市场请人，请他们也好。"

"我们只需要一块卢索！"少年们异口同声地回答。

柳余好笑地看着像是一下子变年轻的弗格斯夫人，正要开口答应，却见门外忽来一阵狂风，一只肥嘟嘟、灰扑扑的鸟没头没脑地冲进来，大翅膀一张就是一阵狂风："斑！"

少年们被吹得七零八落，站也站不稳。

柳余手一挥，狂风息了。

她看着面前停在半空的灰斑雀，惊讶地道："斑斑？"

斑斑的那双黑豆眼瞪着她，竟让她产生斑斑是一种凶狠的、食肉动物的错觉。

"斑！"它又凶了一句。

柳余发现，她居然听不懂斑斑的鸟语了。

"你没事？那……他呢？"

斑斑又瞪着她，朝她凶了一句："斑！"

这回，她听懂了，它说："贝比，你居然背着神找别的男人！"那双湿漉漉的黑豆眼里，凶狠没有了，它变得委屈，"你有斑斑不就够了吗？"

斑斑的黑豆眼小心翼翼地斜了她一眼。

柳余又觉得，这个斑斑熟悉了。

弗格斯家，少年们痴痴地看着楼梯，灰斑雀来时的一阵风，将神蔽体的神光吹散，虽然只是短暂地一瞥……

她多么美啊，蓝色的水眸里，蕴着神秘的、永远无法窥到尽头的星空，而被这双眼眸注视，连身体都不由自主地战栗，恨不得就此匍匐在她脚下，做一只乖顺的羔羊……

不过一刹那，少年们就已经神魂颠倒了。

当然，他们也看出来，新来的这只鸟不喜欢他们，它脑袋上高高竖起的翎羽，和冒着凶光的黑豆眼都在向他们表示，它不欢迎他们。这可就糟了。

"尊敬的鸟先生，我们都是神的仆人。

"我们可以和平共处。"

"斑！

"呸！谁要和你们和平共处！做梦！"斑斑的毛参开了。

一道白芒从它的翅膀飞出，眼看就要在少年们头顶炸开，就在这时，一道幽蓝色的光像网兜一样将这白芒兜住，丢开。

"贝比！你居然帮他们！"

"斑斑，够了。"

灰斑雀跳来跳去，暴躁得像只跳蚤，"不够！永远不够！贝比，难道你忘记神了吗？你怎么能背叛神对你的宠爱呢？你忘了你们曾经有多相爱……"

"闭嘴，斑斑。"柳余粗暴地打断了它，转而看向一楼的弗格斯夫人。弗格斯夫人仰着头，那双和原身如出一辙的蓝眸正期待地看着她……

"你们可以留下，不过……二楼是禁区。记住，不论什么时候，你们都不能上来。"

少女空灵的声音徘徊在房间内。

少年们不约而同地屈身行礼："遵命，我敬爱的神。"

"那么母亲，您可以尽情吩咐他们了。"说完，少女踩着轻盈的步子上了楼。

那只灰鸟栖息在她的肩头，楼梯口的光斜斜地照进来，她整个人都被拢在浅浅的蓝色光晕里，美丽得像一个梦。

少年们很久才醒来。

弗格斯夫人坐在桌边，傲慢地抬起她的下巴："现在，告诉我，你们都擅长什么。"

楼下的热闹，完全传递不到楼上，二楼十分安静。

柳余坐到她经常坐的位置上，靠着宽大的座椅，懒洋洋地看着柜子上的灰斑雀。

灰斑雀把自己肥肥的鸟身团成一团，几乎要藏到石像后，做贼似的，时不时地瞅一眼她，挪开，瞅一眼她，又挪开。

"所以，现在可以告诉我，你是怎么来纳撒尼尔的？"

柳余有很多问题，比如，盖亚在哪儿？他真的陨落了吗？

她记得，她明明已经死了，可为什么又醒了来？是谁救了她，还将她送到了纳撒尼尔——她一直期待的地方？

是……盖亚吗？

想到这种可能，她的心就忍不住发颤。

她活着，光明却从这个世界消失了，这让她不得不多想。而这一箩筐的问题，似乎能从这只鸟身上得到解答。

"斑……

"贝比，在这之前……难道你就不想抱抱斑斑吗？"

对着灰斑雀那双可怜巴巴的、带了点潮意的黑眼珠，柳余道："抱歉，我以前对你……太苛刻了。"

死过一次，有些事就看淡了。这个世界，不是非此即彼的。

斑斑无法抗拒神的魅力，却也不曾真的对不起她……

"呜哇……"谁知灰斑雀的眼泪一下子飙了出来，它没头没脑地撞进她的怀里，"贝比，你终于……终于原谅斑斑了，斑斑好高兴好高兴……不，斑斑好难过好难过。斑斑看到你躺在那里时，心都要碎了……"

"呜哇呜哇呜哇……"灰斑雀毫无形象地号啕大哭。

柳余轻轻抚了抚它的背，又摸了摸它的脑袋，声音柔和："好了，别哭了……我还活着，不是吗？"

斑斑一下子抬起头来："那贝比，你知道神陨落后……伤心吗？"

灰斑雀被眼泪洗过的黑眼珠是那样干净，黑得似乎能照见人的影子。柳余又觉得陌生了。

她张了张嘴，最后什么都没说，只是摸了摸它的脑袋："大人的事，小孩别管。"

"哼，斑斑是大鸟了！"灰斑雀不服气地挺起胖胸脯，"斑斑还有了雌鸟呢！也许那只雌鸟肚子里已经有斑斑的宝宝了，说不定……斑斑已经当爸爸了！斑斑才不是小孩！"

"所以，他……还活着吗？"柳余没有接茬儿，反问道。

这问题，把斑斑问倒了，它脑袋上最神气的一根羽毛耷拉下来："斑斑不知道……斑斑只知道，神一直躺在你们打架的那片迷雾里，他闭着眼睛，不论斑斑怎么叫都不理……噢，对了，他还抱着你，你们俩就躺在一块儿……斑斑一直守着你们……可是斑斑没守住，太饿了，就出去找虫子吃，回来你就不见了……神还在那儿。"

柳余知道，斑斑没有那么好的演技，它说的都是真话。

"最后一个问题，你怎么来的纳撒尼尔？"

斑斑更羞愧了，道："斑斑累睡着了，一觉醒来，就到了这儿，听到贝比你要找侍从……"它立马就义愤填膺起来，"你怎么能对不起神？"

"我死过一次……他杀的。"她用很轻的语气道。

这下，斑斑的立场不坚定了，在它们鸟类里，雄鸟捕猎、雌鸟做窝是规矩，雄鸟捕到猎物还要叼回来给窝里的雌鸟和孩子们吃，这是责任。

"这次……确实是神……神犯了错……换作我们鸟，伤害雌鸟的雄鸟是会被大家赶出去的。"斑斑垂头丧气地道。

"我也捅了他，很公平。"

"噢，噢……"斑斑是只"摇摆鸟"，"那你可以陪斑斑去迷雾里找神吗？"

"抱歉，斑斑，我在这儿有更重要的人。"

"弗格斯夫人？"

"是的，她是这个世界上对我最好的人，我得守在她身边。"少女顿了顿，又道，"不过，我可以先将你送回神的身边。"

"那……那……再让斑斑待几天，好吗？"

灰扑扑的肥鸟将头往她的怀里拱了拱，谁知突然惨叫了一声，像是被烫到那样，忙不迭地离开她的怀抱，扑棱着翅膀飞了起来。

柳余吓了一跳："怎么了，斑斑？"

灰斑雀泪眼汪汪地摇头："不……不知道。"

柳余发现，它毛乎乎的灰脸蛋上透着丝红。

"怎么了，斑斑？"

她想用手触摸斑斑，它却像是牙疼一样，用翅膀捂住脸："斑斑……斑斑脸疼。"

就在这时，门被人"咚咚咚"地从外敲响了。

"贝莉娅，我要去集市一趟！你有什么需要我带回来的吗？"

弗格斯夫人的声音听起来是那么活泼。

柳余站起身："我陪您去。"

"那也行！让勃朗特驾车。不过，你的模样太显眼了……太久没回来了，家里缺很多东西，银器……装饰……还有丝绸……"

弗格斯夫人喋喋不休着。

柳余没有提醒她，她说的那些东西，她可以用她的丝网"纺"一个出来。

买的过程，其实更让人愉悦。

最后，她变作了一个模样普通、皮肤微黑的少女，提着花篮，跟着弗格斯夫人上了马车。灰斑雀"斑斑斑斑"地叫着跟上了，还时不时地啄两下年轻的车夫。

等到了集市，车夫收拾整齐的头发已经乱得像稻草窝一样了。柳余的注意力，却放在了集市上。

这是索伦城邦最繁华的街市。看得出来，还未完全恢复，但已经有零星的摊贩出来摆摊了，路两旁的商铺大大敞着门，有穿着时新的人们进进出出。

城邦守卫队在附近巡逻，领头的人牵着的一条大黑狗在路上嗅来嗅去。

治安似乎恢复了。

"贝莉娅，看什么呢？"弗格斯夫人催促道。

"噢，没什么，"柳余收回视线，"走吧。"

她以前也养过一只狗。一个人太寂寞了，有这样软乎乎的小动物陪着，好像就显得不那么孤家寡人了，特别是当小狗用湿漉漉的黑眼睛看着你时。

弗格斯夫人也看了那狗一眼，厌恶地撇了撇嘴："噢，真晦气，走快些，贝莉娅。"

柳余却想起一事："母亲，再过五天是不是就是你生日了？"

弗格斯夫人立马就忘了刚才的不愉快，眉开眼笑地道："噢，贝莉娅，这是你第一次那么清楚地记得我的生日！一眨眼，都四十岁了……我老了。走，去买些东西！我一定要办个风风光光的生日舞会！"

回到家时，弗格斯夫人兴冲冲地清点着足足两车的东西，柳余却没什么兴趣，径自去了二楼，回了自己的房间。

她躺在床上，看天空，看月亮，看星星……她还给斑斑做了个小床，就放在柜子上。

月色幽幽，一人一鸟都沉入了梦乡。

而在徘徊的月影里，本来耷拉着眼皮睡觉的灰斑雀却突地睁开眼睛。黑色的光从它的羽毛里丝丝缕缕地往外泄，最后，凝成一道修长挺拔的身影。

那身影披着白色的斗篷，曳地的长发如墨一样漆黑，月亮的清辉悄悄地透过窗，却像是被那浓重的黑暗完全消融了。

只隐约一点光，照着一张绝美的、如玉一样的脸，眉峰如刀，长长的睫毛下，一双绿眸如被雾霾笼罩的森林。神秘,又幽静。

他踱到床边,眸光落到蜷缩着手脚的少女身上。

她睡得很熟,呼吸一起一伏,顺着曼妙的曲线一路往上,是精致漂亮的锁骨、纤细的脖颈,微微翕张的嘴唇,顺着嘴唇往上,是挺翘可爱的鼻头、略深一些的眼窝、卷翘的睫毛……

他微微屈身,浓黑的发丝流水一样落到少女的身上。

她一无所觉,睡得一脸乖甜。

他将吻印到了她的眼睛上,轻声道:"最重要的人?那么,贝莉娅,就让我们来看一看……真实。"

第四十四章

醒来时，阳光已经照进了屋子。

浅浅的蓝色。

柳余的手覆在额头，看着光透过手指，发现自己竟然已习惯了阳光的颜色，好像它本来就该是这样。

梦幻的，美丽的。

她还想起了昨晚的梦，莫里艾顶着布鲁斯主教的那张脸对她笑，他对她说，神从不睡觉。梦里的她却愤愤道："胡说！我就睡觉！"后来，路易斯带着她去了神宫，用她发间的幸运花跟生命之树换了一滴树心之水……最后，却是一个吻。又轻又淡的吻。吻她的那人头发又黑又长，嘴唇冷得像一块冰。

他似乎在她耳边说了什么。

她想醒来，却似乎沉溺在海里，怎么也浮不出水面。

"斑！"

"早安！"柜子边的灰斑雀摆了个孵蛋的姿势，然后用破锣嗓跟她打招呼。

"早安。"

"今天要做什么，贝比？"

"老实说，我还没想。"少女伸了个大大的懒腰，起床走到窗前，阳光落在她洁白细腻的侧脸，转过头来时，瞳孔似乎也反射着光，"不过，暂时还只是想陪在弗格斯夫人身边。"

"贝比，你变懒了。"灰斑雀老气横秋地叹了口气，"如果是斑斑成了神，第一件事一定是将世界上最好吃的虫虫全部吃一遍！全部！"

"哦。"柳余敷衍地点头，"很伟大的志向。"

斑斑更加骄傲地挺起它的小胸脯："斑斑还要让所有的鸟儿都围绕在斑斑身边，尤其是那些不可一世的秃鹫！"

它用厌恶又艳羡的口气喊了两遍"秃鹫"。

"让它们给斑斑唱歌，叫斑斑'大王'，唱不好听就……就不给……罚……罚站！对！罚站！还不给虫子吃！"

柳余笑道："虫子？噢，斑斑，秃鹫不吃虫子。"

"还有鸟不喜欢吃虫子的？"斑斑惊讶地道。

"当然。"少女始终有些漫不经心。

可当她的目光落到窗沿时，却蓦地停住了。她的眼睛睁得那样大，像是见到了极不可思议之事，以至于半天都回不过神来。窗台延伸出去的地方，放着一枝被拔去了刺的白蔷薇，蔷薇花瓣上的露珠也还在。

"蔷薇……"

"噢，斑斑摘的！贝比喜欢吗？"

斑斑的黑豆眼湿湿的，像被清晨的露珠浸过，它看上去小心翼翼的："还是说贝比……不喜欢？斑斑看神以前总摘花哄你开心，斑斑也想让贝比开心……"

"谢谢。"柳余捡起花，闻了一下，"我很喜欢。"

"噢噢噢，噢噢噢……"斑斑扑棱着翅膀，一下子飞了起来。

它在高声唱歌，只是不知道在唱什么。柳余站在窗边，眼睛微微弯了起来。

如此美好。

她想要的、她喜欢的，都在身边。

这样的话……暂时停泊一下，也没什么不好，对吗？

洗漱完，下了楼。

"尊敬的神，早安！"年轻英俊的侍从见她过来，忙站直身体行礼。

他们穿着挺括的制服，统一的白底金边，肩宽腿长，赏心悦目。

柳余的目光轻巧地扫了过去："我母亲呢？"

"噢，弗格斯夫人出门去了，她说昨天遗漏了件很重要的东西……"少年期盼地看着她，他依然看不清她的面貌，却不影响他由衷的爱慕，"您……需要早餐吗？"

其实是不需要的。她可以不吃饭、不睡觉，许多事情甚至只用一个口诀就能实现，可柳余并不想改。

"需要。"

"这就给您端上来。"少年一下子就高兴了，他干劲十足地走向转角的厨房间。

柳余得承认，弗格斯夫人的话是对的。她也有点了解，盖亚为什么要留那些年轻的圣子、圣女们在身边。他们就像春天小溪里流动的水——又新鲜，又生动。

好像给人的生命也注入了活力。

"斑！"灰斑雀突然出现，瞪她。

"贝比，花心是不对的！"

"斑斑！"

"这些小男生一个个长得那么丑那么丑，连神的一根小指头都比不上！不，一根头发都比不上！"斑斑不忿地道，"他们没神高，没神英俊，也没神强大……"

"尊敬的神，早餐到了，不知道您喜欢什么，劳伦斯做了很多种……"

一个腰间系着白色围裙、头戴厨师帽的少年有些腼腆，搓了搓手，接话道："希……希望神您喜欢！"

一样又一样的白瓷碟被放上了桌。

柳余的目光却落到新出现的劳伦斯身上。他也有银色的头发，只是没那么长；也有绿色的眼眸，很清澈干净，他看着她时眼里盈满了痴迷和仰慕……五官有着欧式的立体感，眼窝深陷，乍一看去，已经足够英俊了。

"你叫劳伦斯？"她问。

劳伦斯的脸一下子红了，脸上有着克制过的兴奋，两只眼睛亮闪闪的，拼命点头："是的，我是劳伦斯！劳伦斯大公爵是我的父亲，我是他的二儿子！"

"这些都是你做的？"

"是的，神！都是劳伦斯做的。您尝一尝，喜欢什么，然后告诉我……"

"斑！"

斑斑跳起，要将劳伦斯的头发抓成鸟窝，却被凭空而来的一道蓝色细线给捆住了。

柳余将它摁到桌上："待着。"

斑斑瞪着劳伦斯，身上的羽毛一根根奓了起来："神也会下厨！会做很多很多好吃的！快乐糖是神做的！还有……还有你吃的星星饼，也是神亲自做的！而且，他长得还没有原来的莫里艾骑士好看！"

就在这时，一道"汪汪"声从门口传来。

昨天给她们驾车的勃朗特抱着一只白色的小奶狗进来，那"汪汪"声就是从他怀里发出的。

"噢，狗！"

斑斑立刻就忘了刚才的喋喋不休，它一下飞了起来，绕着小狗转圈，"贝比，贝比，快看！是狗！"

"这是……"

叫勃朗特的少年小心翼翼地将狗放到地上，它毛茸茸的，像个肉乎乎的小团子，毛纯净得像雪，一点杂质都没有。

"尊敬的神，勃朗特想，也许您喜欢狗，就特地去买了一只。它很温顺，也不咬人。"

眼睛湿漉漉、黑乎乎的，它一落地，鼻子嗅了嗅，就朝柳余的方向奔来，而后，在她的裙边打转。

柳余伸手摸了摸，小狗像是十分喜欢她，用脑袋蹭了蹭她的掌心。软软的，柔柔的。柳余的心一下子软了起来。

就在这时，门口传来一阵"嗒嗒嗒"的急促的皮鞋声，弗格斯夫人指挥着几个少年替她将几卷绸布抬来，见她先是一笑，紧接着，那笑就僵在了嘴角。

"贝莉娅，你不是……"

柳余瞬间感觉到了不对，她的手还停留在小狗的脑袋上，可弗格斯夫人睁大了眼睛，像是这一幕对她来说十分不可思议。

她一下子缩回了手。

糟糕，她大意了。

心不由得"怦怦"直跳。

"贝莉娅！小心！该死的，是哪个将狗带来的……贝莉娅，你小时候被狗追过……一直很讨厌狗，看见一条都要打死的……"

弗格斯夫人恼得要踢，小狗"呜咽"一声，从柳余手底溜走了。

"母亲，我现在是神了，早就不怕狗了。"柳余圆了一下。

"勃朗特，还是将它送出去吧。"

少年一脸尴尬地应"是"。

弗格斯夫人的惊讶消失了,她又招呼柳余去看她新买的料子,并且道:"我请了裁缝上门……"

柳余不由自主地舒了口气。

可不知道为什么,不安却像是无法斩断的藤蔓——挥之不去。

柳余吃完早餐,就去了一趟集市。

集市上的人比昨天又多了些,许多人走出屋子,看着蓝幽幽的太阳,脸上或是茫然,或是厌恶,但大多数时候还是该干什么干什么……她还去自己的石像那儿转了一圈。

"神啊……"

许多人围在石像前,跪倒拜服,口中念念有词。

时常萦绕在耳边的祈祷,让她感觉闹哄哄的。

柳余看向匍匐的人群,心想,即使她宣布不必信仰神,世界似乎也没有太大的变化。

只是金太阳变成了蓝太阳,光明神石像变成了她的。即使如此,她也不像个神。柳余对回应祈祷并没有任何兴趣。

一个路人念念有词地经过她:"神啊,请保佑我务必攒到一千卢索,我的二女儿又胖又矮,没有一千卢索恐怕嫁不出去……您是女神,请保佑我的大女儿生个可爱活泼的孩子……"

柳余不知道说什么好。

所以,她不仅负责婚嫁之事,还负责生孩子之事?

"您好。"她叫住了这个路人,"我记得新神宣布过,不必信仰她。"

路人听见了,看见拦住他的是个年轻的少女,也就不计较了,叹口气道:"……噢,没有神的庇佑,这简直不可想象。"

"您就不怕触怒新神吗?"

"触怒?噢,不会的,孩子,没有人会拒绝别人的仰慕和尊敬。"看着少女脸上的笑容很亲切,他便愿意多说一些,"信总比不信好……啊,我的二女儿要是像你一样瘦就好了……"他可惜地道。

"谢谢。"她微笑着提出感谢,路人摆摆手。

"斑……"

"为什么变得那么快呢?"肩膀上的灰斑雀蔫耷耷的,"他们以前那么信神,噢,你们人类真是长了一颗石头做的心,还不如我们鸟类!"

"有点难受?"柳余摸了摸软乎乎的鸟脑袋,斑斑一下子安静下来。她看向远方,"都是为了生存。"

"神要是知道,一定很伤心。"斑斑扁了扁嘴巴,黑豆眼变得更小了。

"不,他不会的。"柳余看向远方,声音很轻很淡,"他不在乎这些……有也好,没有也好,对他来说,都无所谓。"

少女在阳光下的侧脸,白到几乎透明,在梦幻的浅淡的蓝光里,她仿佛是脆弱又易碎的琉璃,可斑斑知道——她不是的。

她是石头,世界毁灭了,星球毁灭了,也能独自流浪的石头。

"那……现在去哪儿?"斑斑拍了拍翅膀问。

"去买点东西。""石头"笑了,笑得灿烂无比,"我得给母亲准备个礼物,她快过生日了。"

"噢,礼物?你要准备什么?"斑斑的兴致一下子高昂起来。

"我还没想好，你有什么主意吗？"

"虫子！吧唧一口可以冒出汁的虫子！"

"闭嘴！"

最后，买回来一车的鲜花。

纳撒尼尔的人喜欢用浓烈的香料来掩盖体味，只是那香味过于刺鼻，一到公共场合，人的鼻子就不管用了……时间久了，香味和汗味混合在一起，会发酵成一种奇特又难闻的气味。

而贵族，却是以淡香为荣，他们有足够的条件天天洗澡……

柳余就想亲自做一款香水送给弗格斯夫人，这不难，只是有点费时。

她在神宫的图书馆时，看神术看累了后，就会找一些闲书打发时间，其中有一本书上提到过鲜花提取液的配比。

"噢，贝比，你偏心！都没有给神和斑斑做过……"

"不，我做过艾诺酒，也做过蛋糕……还给你编过一个毯子。"柳余道。

斑斑不说话了。不知道为什么，这一刻，她居然从它肥嘟嘟的身体上看到了一丝落寞。

那落寞与平时的它截然不同。倒像是花开败后留下了一丝余香，它拼命地嗅，却再也找不到原来的花了。

"该走了。"

时间过得又慢，又快。

这几天，陆陆续续又来了许多想上门觐见的贵族或神殿之人，柳余一律拒绝了，只是这也无法阻挡周遭环境的变化。

经常有人在附近徘徊，再远远地拜上一拜……而更出乎意料的是，这条街附近的房子都被人大手笔地买下了，那些置产的大贵族们为了更靠近她一些，斗得跟公鸡似的，仿佛跟她接近一些，就能沾点神气似的。

而弗格斯夫人始终高高兴兴的，她进进出出地，为了生日宴的到来忙得脚不沾地，柳余只有在三餐时才能见到她。

万幸的是，在生日宴的前一天，她调的香水好了。

弗格斯夫人适合更妩媚些的气味，她取了玫瑰、佛手柑、鼠尾草、苦橙叶等一点点地调配，最后调配出更富层次的苦玫瑰气味。这香气冲入鼻间，就像一个富有故事和风情的女人在款款地向你走来——与时下单薄浓烈的气味相比，要更淡、更媚，更显层次和高级。

而更难得的是，即使在刺鼻的香水味里，这气味也丝毫不会被吞噬，它就像袅袅而来的美人，没人能忽略它……

柳余花了很多心思，在调配时，甚至去了别的世界取材——有些特殊的材料，在纳撒尼尔是没有的。

她还为它捏了个相配的细颈瓶出来。符合时下审美的鎏金瓶身，瓶盖捏成了玫瑰花的样式，瓶身上镶嵌了红色的玛瑙，整个瓶子显得十分精巧可爱。

柳余也想不到，自己竟会为另外一个人这样细致地做一件事。这要放在前世，简直是不可能的。

能让她这样尽心尽力的，只有客户，只有甲方，而在这个世界，却不止一人了。

"好了。"

柳余收好了香水瓶。楼下传来弗格斯夫人一迭声的呼唤，即使成了"神"的母亲，她的仪态和脾气也并没有改善多少，她依然是初次相见时，那个尖着嗓子说话的女人。

"就来！"柳余头也不回地道。

今天，弗格斯夫人亲自下厨，要和她度过一个独属于母女俩的生日宴——明天才是邀请了许多人的派对。

侍从们都离开了，整个一楼焕然一新。

从楼梯口开始，就绑上了漂亮的缎带，弗格斯夫人穿着鲜亮华丽的丝绸裙子，戴着高高的假发，仔细看，脸上还敷了一层薄薄的珍珠粉。

弗格斯夫人端端正正地坐在餐厅里的圆桌前，桌子上铺了一层玫瑰紫的桌布。

桌上还有一枝新摘来的蔷薇，鎏金烛台被点亮了，照着一盆精心烹制的蔬菜汤、一块煎牛排、一份奶酪点心，还有蔬菜拼盘。

食物的香气充盈在鼻尖，弗格斯夫人涂着红色的口红，坐在桌前朝她微笑……美丽得就像一幅油画。

和她梦中所见的那样，傲慢得像个女王，温柔得像个母亲。

"贝莉娅，快来！"

她一朝她招手，柳余就不由自主地笑了起来："母亲！"

少女的脚步是那样轻盈，裙摆像绽开的花一样……

斑斑用黑豆眼斜了一眼，又"哼"的一声扭过头，它像个雕塑般蹲在楼梯口，时不时用翅膀挠挠背，再懒洋洋地朝餐厅睨一眼。

餐厅里的弗格斯夫人也笑了，她站起身，一边替柳余拉开椅子，一边问："今天……喝点酒，怎么样？"

"好啊。"柳余当然不会拒绝她。

"您想喝什么，母亲？"

"你等着。"

弗格斯夫人神神秘秘地起身，去厨房拿了一个瓷罐。看得出那瓷罐有些年头了，深色的漆都磨得掉了一些。

"还记得吗？你父亲过世的时候，除了留给我们这一套房子，就剩下这一罐酒了。这是他珍藏多年的酒，说在你出嫁前，一定要和你在这儿好好喝一杯……你是他最宝贵的女儿，要不是他病了……你的父亲还没病前，可是整个索伦城邦最斯文、最英俊的贵族，他会的东西可多了，唱歌、弹琴，还会用叶子吹曲子，会编可爱的蝈蝈……还会给你编头发。"

弗格斯夫人说起过世的弗格斯先生时，像个娇羞的少女，那双蓝眸是那样闪亮，带着点点润泽的水光。

对着这样的一双眼眸，柳余狼狈地闪躲开，从没有哪一刻会像现在这样，让她强烈地感觉到，自己就是一个卑鄙的盗贼，享受着不属于自己的亲情……

"不过，你现在是神啦，就算要嫁，恐怕母亲也等不到那一天了。而且这酒……应该在之前就开的。你猜，你父亲本来打算说什么？"

弗格斯夫人给两人都斟了一杯酒。

"……他想说什么？"

"你父亲想说，"弗格斯夫人温柔地看着她，像是要抚摸她的灵魂，"贝丽，谢谢你的诞生，你的存在对他来说是世界上最美好的事。"

柳余的眼睛一下子湿了。

"母亲，我……"

一股冲动迫使她张开嘴，想要将一切告诉对方……可当看到弗格斯夫人温柔的眼睛时，她又退却了。

再过一阵吧。

再过一阵，让她再贪恋一会儿这样的亲情……

"来，喝酒。"她举起手里的杯子。

漂亮的珐琅杯碰到了一起，发出清脆的一声响。

"喝酒！"弗格斯夫人一饮而尽。

两人默默地喝着酒。她还给她盛汤，罗勒叶、香菇和奶汁混合在一起的汤，散发出一种迷人的香气。

柳余喝了两大碗汤，牛排煎得有点老，不过，她还是全部吃了。

两人聊了很多，柳余还聊了莱斯利，聊了神，聊了在神宫的一切。

"你爱他。"弗格斯夫人无比笃定地道。

柳余笑着，她喝得多了，一双眼睛亮得像天上的星辰，补充道："曾经。"

"为什么是曾经？这样一个男人，如果母亲年轻二十岁，也会不可自拔地迷上呢。"

弗格斯夫人还记得第一次见面时，那少年英俊和强势，这是任何一个女人都无法抗拒的魅力。

"他杀死了我。"柳余"咯咯咯"地笑，"他囚禁我，看我逃，又想杀死我……"

少女带着一丝执拗，认真地告知弗格斯夫人："对外面的人，我随便他们怎么样……"

她做出一副满不在乎的样子，"可我爱的人，他一定、一定、一定要把我摆在第一位。"

"那恐怕有点难。"弗格斯夫人忧愁地道，"即使是你父亲最迷恋我的时候……如果我做出有辱弗格斯家族名誉的事，他也会毫不留情地把我逐出门。"

"我知道，我知道，这很难……"少女支着下颌，不住地点头，醉意让她的双颊透出嫩粉，憨态可掬。

她一挥手道："所以，我不要爱他了。"然后她捂着心口，"爱太苦了……我才……才不要爱。"

"……以前你父亲很喜欢话剧，在他还站得起来的时候，经常带我去看……其中有一部，他反复看了十几遍，而每看一次，都会流泪……母亲从前不懂，后来懂了，话剧的名字我到现在都记得，叫《孤独的旅行者》……里面有一段台词，"弗格斯夫人用抑扬顿挫的语气吟唱着，"……漫长的黑夜吞噬了一切。我只是一个盲人，在孤独的道路上走了很久很久，可有一天，我看到了曙光，我欣喜若狂。可那曙光一闪而逝，黑暗占据一切……

"我是一个盲人，我希望我是个盲人……我在孤独的道路上行走，我希望我从不曾见过光明，让黑暗只是黑暗，让荒芜永远荒芜……可现在，我见过光明了……我再也回不到过去……我是个盲人，可我的内心充满诗歌，我见过了天空的色彩，闻到了风的气味……"

"贝丽，"她轻轻地唤她，"你见识过、拥有过爱。那么，你就不再是个盲人了。"

不知道为什么，明明是很平淡的语气，柳余听着，刚才没掉下的眼泪，就稀里哗啦地掉了下来。

真没出息。

"不要再抗拒爱，爱下一个人吧。"弗格斯夫人道。

柳余捂着脸："我，我……"

她感觉，她在一点点变好。

那些荒芜的地方，开始长出青青绿草，开出鲜妍的花。

第四十五章

鎏金烛台，食物的香气，啜泣的少女，还有温柔的贵妇。

"噢，贝莉娅……是母亲的错，又让你想起了那些伤心事。"弗格斯夫人轻轻地摸了摸她的脑袋，"不说了，喝酒。明天还有一场生日宴会等着我们。"

柳余擦了擦眼泪，红红的眼睛和鼻头让她看起来像只兔子。她点点头道："嗯。"

声音里还带着一丝不自觉的羞赧。

弗格斯夫人拔开酒罐的塞子，汩汩的酒液重新注入酒杯，推过来："喝吧。"

她又亲手给她盛了碗汤，目光注视着汤碗上漂浮着的碎叶，轻声道："这罗勒叶很难得，只有大贵族和宫廷才能有……你小时候偶然吃过一回，就一直吵着再要……没想到隔了那么多年，这是第二回。"

柳余没吭声。

弗格斯夫人抬头，眼里有着怀念："我说的，是不是太多了？"

柳余摇头："不，母亲，我喜欢听这些。"

两人碰杯，断断续续地喝着。

拜酒精所赐，弗格斯夫人一直絮絮叨叨，讲了许多发生在弗格斯家的趣事……柳余弯着眼睛听着，仿佛也真的参与进了这段过去，好像自己是弗格斯夫人口中那个备受宠爱又"受了大委屈"的女儿……

"我很幸福，母亲，我很幸福。"少女捂着脸，眼睛闪亮，"……脸好烫。"

"噢，贝莉娅，你醉了。"弗格斯夫人支着下颌，"咯咯咯"地笑着。

她笑起来嗓音更尖了，像是一把"突突突"的机关枪，可配上她的风情，以及眼角挤出的鱼尾纹……仿佛与窗外的月色、面前的烛光相融，组合成了一幅母亲的底色……

柳余看着她，突然道："母亲，今晚……我跟你睡，好不好？"

弗格斯夫人莞尔："噢，贝丽，你今天就像个孩子。"

柳余起身，在弗格斯夫人惊讶的眼神里，从身后抱住她，将头枕在她的肩膀上，闷闷地道："我就是个孩子。"

弗格斯夫人拍了拍她的手背，任她抱了一会儿，回过头道："好了，贝丽，母亲今天陪你睡。"

你喝得够多了，我们上去吧。"

弗格斯夫人大大的蓝眼睛是那么温柔。少女高兴地点头："嗯！"

"走吧。"

两个人互相搀扶着上楼，楼梯口蹲着的灰斑雀斜睨着两人，突然间一拍翅膀，飞了起来。

"斑！"

空中传来一声凄厉的鸟鸣，而后，夜又恢复了寂静。

柳余躺到了床上，那双蔚蓝的眼睛一眨不眨地看着给她脱鞋、擦脸、掖被子的弗格斯夫人，一刻都不肯挪开，生怕她离开似的。

"母亲，你永远不会不要我的，对吗？"她问，声音软软的、柔柔的，像是刚出壳的小鸟。

弗格斯夫人低头，将她乱散的发丝捋到耳后，温柔地道："噢，当然，哪个母亲会不要自己的孩子呢。"

不，有的。这世上，不是每个人都适合做母亲，也不是每个母亲都会喜欢自己的孩子。

少女的蓝眸里滑过一丝黯然。

"我永远不会离开我的贝莉娅。"弗格斯夫人轻轻拍着她的被子，"好了，快睡吧。"

少女像是得到了了不起的承诺，满足地闭上眼睛，过了会儿，突然又睁开："我想听母亲唱歌。"

"……嗯，贝莉娅想听什么歌呢？"

"随便，只要是您唱的，什么都行。"

少女大大的眼睛里满是诚挚，被酒精熏红的小脸让她看起来像一朵绽放的花儿。

弗格斯夫人上了床。

给两人拉好被子，一只手搭在被子上，轻轻哼唱起来："……安睡吧，宝贝……丁香花、红玫瑰，都已经闭上眼睛……圣婴树会在梦中出现……宝贝，闭上眼，圣光照耀你，天神守卫你……静静地睡吧，愿你梦到天堂……静静地睡吧，愿你梦到天堂……"

在一下又一下的拍打中，柳余慢慢地闭上了眼睛。

睡意、酒意，以及女人身上的香气，混合成一种独特的味道，不很好闻，却很温暖。

柳余感觉到了踏实。夜色渐渐深沉，似乎整个世界都陷入沉睡。

柳余又开始做梦了。这次，她的梦里出现了一条巨大的眼镜蛇，蛇的眼睛又小又黑，摇摆着巨大的身体追在她屁股后面跑。她气喘吁吁地逃，逃了一圈又一圈。就在她几乎绝望时，面前突然出现一片湖。

她一个猛子扎进湖中，在张开嘴笑时，突然对上眼镜蛇的黑眼珠。柳余被吓醒了。

一身的冷汗里，一道寒光猛地冲入眼帘……

她下意识地往后一躲，只听一声轻轻的"噗"，那带着寒光的利刃扎入了薄薄的羽被。

再拔起时，白色的羽绒被挑起。柳余怔怔地看着散了满天的羽绒，一时回不过神来。

下一刻，"叮……"

利刃与胸口相撞，发出清脆的一声响。

柳余眨了眨眼睛："母……亲？"

她像是傻了似的。

"别叫我母亲！"弗格斯夫人瞪她。

弗格斯夫人手执着匕首，匕首上干干净净的。

少女的睡裙破了个洞，露出白皙的肌肤，那上面，一点伤痕都没有。

"您知道了，对吗？"柳余眨了眨眼睛。

"是的，你这个怪物！"弗格斯夫人愤怒地道。

柳余这才发现，当面前这张脸不再温和、坚硬地板起时，就显示出她独有的冷酷和刻薄来。尤其是她高高的颧骨，抿嘴时出现的法令纹，都在显示，这不是一个好惹的女人。

"母亲……"

她试图去拉她，却被甩开了。

"闭嘴！你不配叫我！"

"母亲，您刚才还告诉我，说永远不会不要我……"

"可你不是我的贝莉娅！你占据了她的身体，你只是个怪物！"弗格斯夫人看着她，蓝眸里有着深深的恐惧和厌恶，"怪物！"

"可我爱你的心是真的，我爱你，母亲。"少女摇着头，眼泪像断了线的珠子。

她试图去拥抱她，那把匕首却再一次刺了上来。

这回，柳余没有抵抗。她放开了她所有的防备，放松自己的身体，让自己像个凡人一样……利刃轻而易举地破开脆弱的表皮，刺入她的血肉，而后，精准地扎进她的心脏。

疼。疼死了。

少女闷哼了一声，却笑了："您原谅我，好不好？

"我爱您，母亲。您不是教我，要去爱下一个人吗？我不是怪物，我也是人，您爱我一下，好不好？"

她的姿态是那样卑微、那样绝望，像在拼命攥着自己最后一根救命稻草。

"我可以给您很多……很多，财富，权力……只要您想，我都可以为您找来……"

"可我只想要我的贝莉娅！我的贝莉娅！我从小养到大的孩子！你能还给我吗？"弗格斯夫人坚决地拔出匕首，鲜血喷洒到她的脸上、她的眼睛上，"你死了，我的贝莉娅就回来了！"

匕首又狠狠地刺向她……

柳余闭上了眼睛。

"哐当……"就在这时，一道白色的光挥开了弗格斯夫人。

匕首落到地上，发出清脆的一声响。

弗格斯夫人跌在了地上，紧接着，一道黑色的影子突然出现，将少女抱住了。他长长的黑发披散下来。

而那比月光更耀眼的五官上，绿眸如冰一样冷。

"神？"弗格斯夫人惊讶地道。

她没有想到，她曾经模模糊糊地看见的神，竟然换了副模样。他像从黑暗中走来，化身为黑暗的使者，而那高大挺拔的身躯里，光明自动消融，他像是巨大的空洞，能吞噬一切。

他看了她一眼，如同她只是低贱的、挡道的蝼蚁："让开。"

"不。"弗格斯夫人站了起来，"我不会让开，您可以杀了我。"

神怀中的少女睁开了眼睛，她拍拍他的手臂，他就放开了她。少女下了地，脸上的肌肤薄透苍白，上面还残留着湿漉漉的眼泪。

她走到弗格斯夫人面前："您……什么时候发现的？"

对着那双和自己如出一辙的蓝眸，弗格斯夫人的眼泪也下来了，她看起来太难过了……

如同凋零、已近末年的花。

"……自己的女儿换了，身为母亲的我怎么会不知道呢？可我太迟钝、太高兴了……当你在走廊碰到罗德尼那头猪猡时，你说，你不介意我的过去时……我高兴疯了……我明明知道，我的贝莉娅不可能原谅自己会有一个这样的母亲……"她捂了把脸，"我明明有很多机会，可我自己不愿意相信。"

"怎么可能呢？黑暗的种子，怎么可能种在我可爱的贝莉娅身上？她怎么就消失了……噢，可是那只狗……还有罗勒叶……"弗格斯夫人捂着脸，"贝莉娅厌恶狗……噢，你看它的眼神却那么温柔，这不对，不对……我没法欺骗自己了……"

"所以那时你就决定了今天的晚餐吗？"

"是的，晚餐……罗勒叶，贝莉娅第一次喝这个汤时吐了，说这是'低贱的味道'……所以，弗格斯家绝不允许出现狗，也绝不会出现罗勒叶……它不会出现在任何一个贵族的桌上……我说是宫廷，你却一点反应都没有……"

"原来……"少女看着她，"我有那么多的破绽。"

"是的，我再也没法欺骗自己！"弗格斯夫人痛恨地看着她，"你只是个怪物！怪物！"

"怪物"两字不断地回荡在狭小的房间内，柳余直挺挺地站着，身体内的血液像是被冻结了。

蓝色血液还残留在弗格斯夫人的脸上，她张大嘴朝她怒吼——连悲情都显得那么荒诞。

"母亲，"她闭了闭眼睛，再睁开时，那眼里已经一丝泪都没有了，"您说的没错……我看到了天空的色彩，闻到了风的气味。"

"可我情愿是个盲人。"少女的眼泪又掉了下来。

玉白的手掌摊开，一只鎏金细颈瓶突然出现在她的掌心，瓶盖是一朵绽放的、精美的玫瑰花。

"虽然有点早，不过我想，您明天应该不想见到我了……"她努力朝弗格斯夫人扯出一抹笑，"很遗憾，我不是您的女儿，这个生日礼物就提前送您……"

"滚！谁稀罕你的礼物！"

弗格斯夫人一挥手，"啪"的一声，香水瓶掉在地上，往前滚了滚，瓶盖撞在墙角，盖子开了。橙黄色的液体流了出来，一股淡淡的苦玫瑰味在房间萦绕。

不该为了追求高级，用苦味的，果然很苦。柳余想。

"那么，我走了。"

柳余朝她礼貌地点头，在走出房门时顿了顿，就迅速消失了。

"斑！"灰斑雀急促的叫声，在黑夜里显得突兀又让人惊惧。

弗格斯夫人怔怔地看着，神消失了，少女也消失了。

所有的一切都像是一场梦。

她却仿佛看到了那个有着澄澈蓝眸的少女朝她腼腆地一笑，说："母亲，以后由我来养您！"

少女时常用孺慕的、小心翼翼的眼神看着她，一看到她，就甜甜地笑道："母亲！"

弗格斯夫人弯腰捡起地上的鎏金香水瓶，清浅的香气是那样迷人，她突然蹲下身，捂住脸："贝莉娅……"

一只黑猫踩着轻巧的步伐上来，看了她一眼，突然走过来，用柔软的身体蹭了蹭她。黑暗中，嘶哑的啜泣如同干涩的琴音。

那琴音在唱："嘿，我的宝贝不见了。

"她回来了，带着陌生的模样。

"我痛恨她的陌生，可我也爱她的可爱。

"我既不敢爱她，又无法杀了她。

"于是，我决定丢掉她……

"我决定丢掉我的宝贝。

"嘿，我的宝贝不见了。"

低低的哭声徘徊在天空。

柳余走在空寂的街上，只有佩剑的城邦守卫队在来来去去，他们看不见她。身旁的男人披着黑衣，静静地走在她身旁。

灰斑雀远远地飞在后面。

"贝莉娅。"

"啪……"

一道清脆的巴掌声响起，他被打偏了头。

柳余回过头来，看着出现时机那么恰巧的、熟悉又陌生的男人："你怎么没死？"

她的表情那样冰冷，像埋葬在十万里地底的寒冰，可颤抖的身体，又是那么柔弱。

这让她看起来有股更胜从前的、奇异的魅力。

"让你失望了，抱歉。"

男人有礼地颔首，黑色的长发在黑色的长袍上逶迤，反而让那张玉白的脸更加清冷而美丽，一捧幽蓝的月光洒在他的身上。

"你做的，对吗？"少女紧握着拳头，"……那条狗，还有罗勒叶……"

"哦？为什么是我？"他用了反问句，语气却是那样平静。

"我恨你！"

少女却像是认定了，又甩过去一巴掌，手腕却被握住了。

"贝莉娅，抓贼可是需要证据的。"

他朝她微笑，那笑是那样美丽、那样纯净……仿佛任何一丝质疑落到他身上，都不应该。

"证据，不需要。"少女颤抖的身体，完全不妨碍她用蓝色织网将他整个捆住，"你死了，就好了。"

男人纯净的绿眸在黑夜里如神秘的雾霭。

"可你知道的，"他怜悯地看着她，"迟早有一天……她会知道一切，别自欺欺人了。"

她被他的眼神刺痛："那又怎么样？我的人生不需要你来决定！即使只多一天，多一天……我也会快乐一天……"

"贝莉娅，告诉我，你的真名是什么？"

他却另起了一个话题。

"啪……"她又打了他一巴掌。

男人似乎一点都不介怀："真名。"

"听好了。你、去、死。"少女朝他露出一抹残酷的笑，"你、去、死。"

"你果然恨我。"

蓝色的丝网越勒越紧，他却似毫无所觉般，一下抓住她扣到墙边，捏住她的下巴，认真地看进她的眼睛，突然一笑："恨我？也好。"

说完，他吻了下去，吻得热烈而激狂。月光下，那张清冷的脸像是深陷爱与欲。

"亲够了吗？"柳余问。

男人微微抬起头，似乎在观察她的神色，最后，他失望了。

"没有。"

他又低下头来，却被一根手指抵住了。

他顺势握住了她的手指，与她一起靠着墙，抬头看着天空的月亮。隔着三条街就是城池的中央，远远地似乎能看到高高的金发女神像。

"为什么恨我？我以为，我只是……戳破了虚假，还原真实。"他美妙的声音里没有别的情绪，只有好奇，好像是真的在疑惑。

柳余想，他有时洞察力敏锐，可落到细微处，却又差了一点。她的愤怒如潮水一样消失了。跟这样的人，生什么气呢？他连共情都没办法。

"有人闯到你的家里，说你不是你父亲亲生的，而后，你父亲把你狠狠骂了一顿，赶出了家……你恨不恨？"

他认真地想了想："不恨。"他理所当然地转头，看向她，夜色中，那绿眸纯净得不可思议，"这世上除了你，没人能让我产生愤怒、悲伤，或者任何别的情绪……当然，如果你赶我走，我会很不高兴。"

她转过头："弗格斯夫人是我的一个梦想。"

"你没有经过我的同意，打着为我好的旗帜，打碎了我的梦想，你连事先问我一句都没有……"

"你又要提'尊重'了吗，贝丽？"

她哑然，好笑地摇头："不单单是尊重……盖亚·莱斯利……"

她眯起眼睛，这动作她做起来就像只猫一样，慵懒又迷人。

他又俯身，亲吻了下她的眼睛。

她却表现得像是被一截木头亲到，毫无反应："在你的心里，是不是所有人都要受你的摆布？你不必在意他们的想法，想怎样就怎样？"

"我为什么要在意他们的想法？"他惊讶地道，"恰恰相反，我只在意你的想法，我插手这件事……"

"是为了什么？"柳余问。

她低头，看着被他握在手中把玩的手指，明明是这么亲昵的事，她却没有任何感觉。没有激动，没有反感，没有恼怒，也没有……爱。她的情绪像是在激烈地迸发后，干涸了。

"为了你，当然，还有我。"

他的声音飘散在空气里，柳余的注意力，却落到了另一条街上的酒馆。

酒馆外，大大的灰色旗帜在风中飘荡。弗格斯夫人跟她说过，只有那些坏家伙们才去酒馆……

"我要喝酒。"

她带着半报复的心，往酒馆而去。

男人默不作声地跟了上去，两人踏着夜色一路往热闹处去，行人越来越多，经过的人们都讶然地看着他们……

"真怀念。"他轻轻道，"以前你挽着我，在光明学院里散步时，他们也是这样看我们的……

如果再来一句，'莱斯利先生，你好啊'，就更好了。"

柳余的脚步一顿："莱斯利先生？"

她用神术将两人的脸换成了普通的模样。

"别告诉我，你现在又肯承认自己是莱斯利了。"她用嘲讽的语气道。

说话间，两人已经步入了酒馆。酒保们踩着轻盈的步伐，端着酒来来去去，见到他们，还高兴地问好："先生，小姐，想要来点什么？"

昏黄的灯光下，酒馆内的人却不少。

一眼看去，有穿着粗布褐衣的平民，有些一看就是矿工的打扮，胡子里还掺杂着没掸干净的煤渣……还有些用俚语跟人调笑的女人，黑皮肤的女人尤其受欢迎，有两个男人甚至为了争夺她开始打架……

还有戴着假发、敷着粉的贵族，他们大都在二楼，端着杯子，分别抱了个女人在那儿聊天。

柳余看了眼，就坐到了酒馆的柜台前。

"美丽的小姐，您需要什么？"酒保只抬头看了一眼，调笑就打住了。

深夜来酒馆的女人，大多不是什么正经女人，可不知道为什么，对着这张普普通通、还带了点雀斑的女孩，他却一丝一毫的不敬都不敢有。

"一杯血腥玛格丽特。"

"血腥玛格丽特？"酒保疑惑地道，"这……是什么？"

就在这时，女孩身边的位置被人拉开了，一个男人坐了下来，他的长发是那样黑，而这黑衬得那皮肤越加白，绿眸如一汪清澈的水。他看向他，酒保手里调着的酒一下子掉下来……一只手住了它。

修长白皙，能看到苍白皮肤下分明的骨节。

酒保的喉头动了动，这男人明明并不英俊，平常得在人群里扫一眼都看不见……可不知道为什么，自己的眼睛却怎么也挪不开，这男人的笑仿佛自带魅力。

"我可以试一下吗？"

酒馆愣愣地点头，而后，他看着这个陌生男人转头，朝那雀斑女孩说了几句，而后以让人眼花缭乱的动作迅速调出了一杯酒。

红色的，纯净得像是纯度极高的红宝石。

他还不知道从哪儿拿出了一只精美华丽的水晶杯，水晶杯折射着酒馆的灯光，这是酒保终其一生，都不曾再见过的美丽。

"你尝一尝，是不是你要的那种？"

男人将盛了红色酒液的水晶杯推给了身旁的女孩，这一刻，他眼里的绿满得像是要泛出来。

柳余拿起了酒杯，轻轻尝了一口，酸酸甜甜的口感，像果酒。

"不太像，不过，味道很好。"

盖亚也给自己调了一杯，修长的手指捻起酒杯看了会儿："我把你存在酒窖的苦艾酒喝完了。"

"噢？"柳余不太感兴趣地道，"所以呢？"

"很苦。"他抬起眼睛，绿眸像是要看进她的眼底，"那时我想，你在酿酒时，想到的是什么呢？"

"我断臂的时候，莱斯利死的时候，还有……我被抛弃的时候。"少女安静地道。

她浅粉的嘴唇上粘了红色的酒液，有种艳丽的美感。他的指腹落到她的嘴唇，在她朝他看来时，定定地道："我是莱斯利，我承认。"

"……哦。"少女看着他的蓝眸里，似不见星星的夜空，没有那喜悦都快跳出来的闪亮了。

"所以呢？"她歪了歪头，"你是盖亚，还是莱斯利……和现在的我，有什么关系？"

"我爱你。"他迅速道。

"爱？"柳余笑了笑，"你原来也爱我，可还是把我关在了暗无天日的监牢……你知道，那小小的地方，当我必须与老鼠为伍，没有人、没有希望……怕寂寞，我甚至和老鼠说话，那是种什么感受吗……如果不是我心够硬，也许，你看到的将是一个疯子。

"我逃出来后，你又追出来了……你把我杀死了……当那金矛穿过后背时，我以为我是真的要死了。"

他的绿眸里，仿佛有什么东西在缓缓地碎裂。

"贝莉娅……"

"如果是个陌生人，或者，我对他没有任何感情、期待……那么，这一切我都会觉得是成王败寇，应该的……"柳余笑自己，"就当我是矫情。可做这一切的是你……那就不一样了。人死了，所有的事就都埋葬了。可我没死……"

"贝莉娅。"

他突然抱住她，无视满酒馆突然看来的视线……

"如果我现在去酿艾诺酒，一定是没有味道的水，我们完了，盖亚·莱斯利，我们完了……"少女嘴角的笑是那么甜蜜，吐露出的字句却淬着毒液，"你还破坏了我唯一渴望的东西……"

他没有说话，只是抱着她的力道是那样大，像是要将她嵌入身体里。

"不，贝丽，你为什么要在虚假里狂欢？她不爱你，只有我，只有我爱你……"

"嘭……"

一个啤酒瓶砸到了两人身边，溅了一地的酒。一个粗鲁的大汉走来，他有短而卷曲的金发，蓝眼和胡碴让他显得性感而别具魅力。

"噢，先生，您没发现，她不愿意吗？强迫一位女士可不是什么值得称赞的行为。"

柳余趁机跳到一边去了。

盖亚微微抬起头来。大汉明显一愣，这披着绣着金丝蔷薇的黑袍，不英俊却格外吸引人的男人用那双绿眸看着他，并问他："劳驾，如果可以的话，告诉我，怎么追求一个淑女才不失礼。

"你看起来很擅长。"

"这位先生，想要追求女孩吗？"一个长相艳丽，还在跟人调情的蓬蓬裙少女扬声道，"你可以问我啊。"

深夜的小酒馆，暧昧的光线，充盈的酒气，以及汗液、香料的气味交织在一起，混合成一种躁动的气氛。

蓬蓬裙少女的公然调情，让酒馆里的其他人发出了一声口哨："噢，蕾妮！你又看上了谁？"

"快去试试！让他看看你的魅力……"

酒保隐晦地朝偷笑的雀斑女孩瞥了一眼，低声道："蕾妮是我们酒馆的常客，只要她愿意，没有客人不会拜倒在她的裙下，您……"

他想说，您提防些。谁知那少女笑眯眯地道："确实很迷人。"

在柳余看来，这个女孩确实迷人。

她身上有股满不在乎的劲儿,生动、活泼,像是在一片石子地里野蛮开出的花。

酒红色长卷发,冷白皮,带一点灰的绿眸,加上介于少女与成熟女人之间的风韵,确实会一个照面就让男人轻而易举地迷上她。

蕾妮端着酒杯走了过来。

在这样的小酒馆里,这种天然的风情带来的吸引力几乎是致命的。

"噢,劳驾,让一让。"

蕾妮当然不会把那普通的雀斑女孩放在眼里。柳余顺势让开。蕾妮直接坐了过去,半靠着酒柜,在那些看直了眼睛的男人们面前,将酒杯往那黑衣男人面前一放,问:"先生,不请我喝杯酒吗?"

她的目光,从他修长的手指落到那华丽的水晶酒杯上,杯子里的酒液如红宝石般纯净。

凑近了看,才发现,这人有多迷人。而这种迷人不在于皮相,而是他身上隐隐透出的、一切尽在掌握的强大,他像是不会被任何东西动摇,即使看见她——蕾妮也没在那冷淡的绿眸里看到任何一丝痴迷。

她最迷恋这样的男人……

"抱歉。"男人摇了摇头,"这恐怕不行。"

"噢,为什么?一杯酒而已。"蕾妮惊讶地挑眉。

"我的妻子恐怕不会喜欢。而现在……我在努力讨她的欢心。"男人看向一旁穿着蓝裙子的少女,绿眸纯净而专注,"如果你没有诀窍告诉我,那么,请走吧。"

他的冷淡,让她觉得自己只是一块毫无吸引力的石头。

蕾妮气结,这才认真地看向一旁端着水晶杯、百无聊赖的少女。这一看,才发现,她以为普通的女孩并不普通,她的金发比金子更灿烂,冰蓝色的眼眸似深蓝色的大海,她站在那儿,幽蓝色的月光斜斜地透过纱窗,将她照得神秘而冰冷……

她和自己不一样,和在场的所有人都不一样,却和她身边,这个神秘的黑袍男人有种契合的气场。

他们是同类。

而在这样的人面前,似乎所有人都变得卑微起来。

那少女似乎发现了蕾妮的视线,还朝她举了举杯。蕾妮脸一红,下一刻,却挺起胸脯,像是刻意要证明自己的魅力似的:"噢,如果一定要说诀窍的话……先生,女人都喜欢强大的男人。"

这时,她准确地接收到了盖亚专注又带着热度的眸光,他的声音低沉而性感,看着她道:"谢谢您的建议,我会认真考虑。"

蕾妮耸了耸肩,看得出来,这两人之间没有自己插入的余地,就无趣地端了酒杯回到了她的男人堆里。

那群人瞬间爆出一阵剧烈的大笑。

"噢,蕾妮!蕾妮……"

"看来我们的蕾妮也踢到铁板了……"

摔酒瓶的汉子在听到男人口中的"妻子"时,隐晦地看了一眼没有否认的女孩,也退开了。

手风琴的琴音在酒馆里流淌,哄闹声不断。

柳余安安静静地靠着柜台,小口小口地喝着酒,盖亚又让酒保将工具给他,亲自调了杯绿色的果酒。

绿色的酒液，就和他的眼睛一样美丽。

"这是什么？"柳余瞥了一眼。

他推过来，意有所指地看着她："希望之森。"

希望之森……

"抱歉，恐怕这片森林在我这儿是一片虚无，寸草不生。"柳余看向人群里跟男客们调情的蓬蓬裙少女，"那边……有现成的希望在等候您。她很迷人，不是吗？"

"贝莉娅，你是第一个踩过草地的人。"

"以后会有更多的人来。"

"不，草地永远只会记得第一个脚印。"

对着盖亚专注的眼神，少女樱花般的嘴唇微微勾了起来，这使得她有种漫不经心却又傲慢的美感来。

"盖亚·莱斯利，"她的蓝眸微微弯起，笑意却未落到眼底，"您堕落了，说情话的本事倒是变强了。"

眼前的男人垂下了眼睛，他的睫毛长而卷，冷白的皮肤在光下有种高级的美感。等再睁眼时，那绿眸就像清透的水，一眼就能看到底。

"不，不是。"他摇头，"我只是坦诚，像莱斯利一样。"

少女抬起头，认真地看了他一会儿，突然笑道："那我也得坦诚一句，你还差得远呢。"

他的脸色瞬间变了，绿眸里似小溪凝结成了冰，可不知想起什么，又融化成了柔柔的春水："即使如此……我们也曾经快乐过。"

柳余被他看得扭过头去，却又被掐着下巴扭了回来。

旁边是一盏烛台，跳跃的烛火落在两人的脸上，他的绿眸里映着火焰，就在他要吻过来时，她朝他嘲讽地笑道："您还要像上次那样，强迫我吗？"

他没有放开她，两人对视良久，他突然道："我活了很久很久很久。"

"所以？"

"这足以让我成为一个很好的猎手，"他停顿了下，凑近，一个轻轻的吻落到她的唇间，"当我有想要的……时。"

那两字隐在嘴里，她没听清，不过也不在乎了，不外乎"猎物""东西"……

"噢，拭目以待。"柳余没有示弱。

两人的视线较量般地胶着到一起，他的眼底像是藏着黑色的漩涡，要将一切吞噬，就在这时……

"砰……"一阵剧烈的声响传来。

酒馆的门被人从外打开，又带上。

盖亚放开了她。柳余拿起"希望之森"轻轻啜了一口。

这时，一队混混模样的人走进来，领头的是个典型的西方大汉，体格魁梧，脸看不清，大半被络腮胡遮住了，露在外的一双灰眼睛像狮鹫一样凶狠。

他的目光在酒馆里绕了一圈，而后迅速锁定目标，大声叫道："蕾妮！你这个贱女人！"

蕾妮的表情立刻变了，白着脸道："布朗德？你……你不是……"

"噢，要不是我机灵，恐怕已经被你的情人送去了诺丁桑……你这个贱人！要不是我的资助，你早就被你那酒鬼父亲卖了……"

叫布朗德的大汉骂得又脏又狠。

蕾妮挺起胸脯，"哼"了一声，"资助？你可别把自己说得那么伟大。"

"那时候你那酒鬼的父亲，可是要把你卖出去。"布朗德哼哼笑道，"我好心给你机会……"

客人们哄堂大笑，显然把这一段过去当成了让人兴奋的八卦。

"噢，真可怜……"

酒保显然知道这段过去，跟他们讲述道："蕾妮的父亲是个酒鬼，我们这的很多女孩在一出生后就被抛弃了……"

"为什么？"

柳余第一次听到这样的事。

"小姐您一定是贵族，我们贫民很多自己都养不起自己，女孩能干什么？出嫁时还要准备一份嫁妆……很多人一生下女婴就会偷偷送走……蕾妮的母亲拼命保下了她，但天天被她父亲打骂，在她十岁时死了……她母亲一死，她父亲就迫不及待地要把她卖出去……"

柳余看向店中央跟人厮打时毫不落下风的女孩。

酒保说得隐晦："后来，布朗德一直养着她，他对蕾妮很好……蕾妮哄着他，让他送她去上学，当然不是贵族上的那种学……谁知蕾妮后来结识了贵族少爷，就想办法把布朗德下了狱，流放去诺丁桑……后来那少年腻了蕾妮，蕾妮又攀上了一位老男爵，老男爵很宠爱她，死前偷偷给了她一大堆遗产……你瞧，她现在活得多自在。"

酒保半是艳羡、半是嫉妒地道。

是的，挺自在。有钱，男爵遗孀……

还能在小酒馆跟一堆男人打情骂俏，喜欢谁，就招谁当入幕之宾。

盖亚喝了一口"希望之森"，看向旁边目不转睛地看着场中人的女孩，对她道，"贝莉娅，该走了。"

"不。"柳余拒绝。

这时，蕾妮支使她的入幕之宾将布朗德和他带来的人打了一顿，又踩着丝绸做的高跟鞋走到他们面前："噢，可怜的布朗德叔叔……我可不是以前那个随便你打骂的小蕾妮了。"

布朗德怨恨地看了她一眼，骂了句脏话。

蕾妮一脚踩到他的掌心，碾了碾："布朗德，记住这种感觉……当初我承受的可比这个痛多了。"

她"咯咯咯"地笑着，布朗德脸上凶狠的刀疤却在这时一紧，他朝她一笑……猛地起身扑过来，而一直隐藏在袖口里的匕首也狠狠地往蕾妮的胸口插去。

蕾妮大惊失色地尖叫起来，这时，一道蓝色的光拦截了一下，匕首撞到那光，发出一声清脆的"铛"——匕首落到了地上。

布朗德被掀开了，蕾妮下意识地随着光的来处看去，而后，她就看到了柜台前端着酒杯的少女。少女安静地站着，依然朝她一笑，那笑如夜晚静静开放的玫瑰——美，又清。

这个世界上存在着神术。当然，蕾妮见过几次，那些神眷者们可以使用神力，做到很多人类无法做到的事。

但他们不会出现在小酒馆，不是在王庭之中，就是在神殿，偶尔会因为一些重大的事件出现在市集之内，她没想到……会在小酒馆碰到他们。

那么，他也是……

蕾妮朝对方颔了颔首,脸上轻浮的笑消失了。

布朗德被捆了起来,嘴里还不干不净地骂骂咧咧,蕾妮踢了他一脚:"该死的家伙,城邦守卫队会送你去该去的地方……在那里赎罪吧。"

说着,她提起裙摆,雀跃地走到少女面前:"谢谢。"

柳余看了她一会儿,确定地道:"你恨这个世界。"

在少女冰蓝色的、带着安抚意味的眼神里,蕾妮也知道为什么,一直以来绷着的神经松懈了,道:"恨?当然。我恨这个该死的世界。它让教育只在贵族和教廷手里。贫民窟里的女孩和你们这些贵族不一样,嫁人后必须忍受暴虐丈夫的拳打脚踢,她们没有机会从事体面一点的工作,因为付不起上学的卢索……她们日复一日地操劳,一天天地衰老,布朗德的妻子也是一样。她们就像一匹没脑子的骡子,希望能从教廷里得到慰藉……希望将来能在天国得到安息……

"我才不要这样。"她倔强地道。

柳余沉默了。她期待的和平与自由的世界,慢慢地发展,要经历漫长的时光,而这时光里出现的尸骨,却能摞成山。

可她如果出手——只需要一句话,那些女孩们的命运就会被改变。可最后,世界会变成什么样呢?

相比世界的广袤,她太无知了,却又怕所掌握的力量太强大……

就在这时,蕾妮突然看向安静地喝酒的黑发男人道:"先生,要打动一个女人的心,你得知道,她想要的是什么。

"她喜欢玫瑰,你可以送她一座玫瑰园;她喜欢卢索,你可以送她无数珍宝……就比如我……"

她张了张嘴,突然发现自己说不了话了,下一刻,她就出现在了酒馆门外。

蕾妮奇怪地摸了摸头,看到一旁英俊的马车夫,便娴熟地露出一抹笑。

马车夫被她迷得神魂颠倒。

而酒馆内,柳余收回了视线。

"为什么帮她?"一直沉默的男人开了口。

"她有点像我。"柳余道。

从蕾妮出现的那一刻,柳余就看到了她的终点。

她会在这酒馆里,被那个粗鲁的男人用匕首刺死,血流了一地……她的那些情人们只会惊慌失措地尖叫,而在不久后,又聚集在这个酒馆谈天说地了。

"像?不。"盖亚摇头。

"如果起点再低一些……"柳余喃喃道,"这个世界,给很多人的选择并不多。人只能戴着枷锁跳舞。"

"那很幸运,你跳出来了。"盖亚用一种漫不经心的口吻道,随后问出自己最关心的问题,"你最喜欢的,是什么,贝莉娅?"

"我喜欢的?"柳余看向外面的天,正要说话,却愣住了。

酒馆里的人,也纷纷看向窗外。

他们嬉闹的脸上,笑消失了,取而代之的,是惊恐。

"月亮……月亮消失了!"

"光明再一次消失了!"

"噢、天哪……"

马车内胡天胡地的蕾妮停了下来,她用力地掀开车夫,一下子扯出裙摆跳下马车,愣愣地看着天空:"月亮……消失了。"

世界彻底陷入了黑暗。

柳余能感觉到,她仿造出的"太阳"和"月亮",在一刹那,消失在她的"感知"里。果然,仿的还是差了一点。

不是太阳消失,也不是月亮消失。

而是……

她看向盖亚:"光……消失了。你的本体……是不是出了问题?"

她仿造的光,毕竟也只是仿品……只是按照推测,起码还能用个几千年。如果出现问题,只有可能是世界的主人出了问题。

盖亚优美的眉一下子蹙了起来:"抱歉,我只是个化身。"

他向她提出邀请:"如果需要答案,恐怕要去一趟迷雾。"

"斑!"

斑斑扑棱着翅膀,停到了柜台上:"去!"

第四十六章

柳余飞上了天空。而在她飞上天空的一刹那，所有的伪装消失了。

酒馆内的人疯了一样涌出去，看着蓝裙少女站在半空，仰望着浓墨一样的天空。在那一片漆黑里，唯有她是亮的，她占据了所有人的视野。

她卷曲的金色长发一路延伸，直至脚踝。裙子散发出梦幻的天空蓝一样的色彩，而在那浅淡的蓝色的云雾里，她的皮肤比安迪山脉的净雪还要纯净，蓝眸似广袤无垠的星河……

似乎她眨一眨眼，世界就被点亮了。人人匍匐下去。

蕾妮怔怔地站着，她……她是……

就在这时，一道比浓夜更神秘、更强大的影子站到了金发少女的身旁。

他高大如山岳，比冰川更冷冽，比黑夜更漠然，浓墨一样的黑发被风吹散，那张脸更是华美到了极致，只是那狭长的眼睛带着天然的高傲俯瞰……便叫人膝盖打战，忍不住匍匐下去。

"是……是掌管黑暗之……神吗？"蕾妮终于也忍不住匍匐下去。

酒保更是心惊不已，他的消息要更灵通一些，丹普大街在索伦城邦的东面，离酒馆虽然有些远，但传说中的新神……联想到城池中央的雕塑……几乎是立刻确定了对方的身份。

而他刚才竟然和这样的存在搭过话……

酒保趴伏在地面的身体越发恭敬地往下伏了伏。

"神！"

"求神灵庇佑！"

"祈求光明重新临世！"

地下的呼声此起彼伏，而柳余的注意力却已经不在那上面了。她专注地看着天空，试图用神力寻找仿品月亮的痕迹……

果然，一丝一毫都没有，没有月亮，且明天的太阳不会升起。

这对人类世界来说……不啻刚给了希望，又将希望夺走。

秩序会崩溃的，比起第一次，这次会崩溃得更迅速、更彻底！

恐惧会吞噬人的理性，烧、杀、抢、掠……到时，妖魔鬼怪都会出来，这个暗无天日的世界，将会哀鸿遍野……

柳余下意识地看向身旁。身旁的男人漠然地俯瞰着漆黑的大地，如神情不变的石像。于是，她知道，这个堕落的神不会出手了。

下一刻，代表着命运的神力敲响了各地塔楼的钟声。

"咚……"

"咚……"

"咚……"

一道又一道的钟声响彻大地，连绵不绝。

在还存世的"神音"里，沸腾的世界终于安静下来。人们躲在暗处，看着天空，听着一道又一道的钟声，心里的惶恐渐渐消失了。

神还在。神没有抛弃他们。等待，只需要等待……

各个神殿的主教拄着权杖，率领着神使和骑士们仰望天空："光明……还会再来吗？"

各国的王室子弟聚集在宫廷之中，他们也仰望天空："光明还会再来吗？"

"光明终将回归。"一道柔和的声音，在这无尽的夜里，在无数人的耳边响起，带着无上的威仪，"但在回归前，请保持仁慈、宽容、镇静……"

主教仰头。

王室子弟仰头。

"那我们需要做什么……"他们的手置于胸口，这是对至高无上的神的礼仪，"神？"

"等待。

"信仰你们自己，保持你们自己，也请保护你们挚爱的人民。"

"是。"

神殿与王室的掌权者共同垂下了他们温顺的头颅。

神消失了。

人们面面相觑，红衣大主教率先下达指令："……所有神使和骑士们出动，在光明未复之前，配合各大城池的城邦守卫队……"

各国王室也反应了过来。

而这时的柳余，却已经飞向天空之外，那里，是一片迷雾之地。

"斑！"

胖胖的灰斑雀一拍翅膀发出一声短促的尖叫，在黑袍男人跟上时，两人一鸟就这样消失在了半空。

迷雾之地。

柳余一落地，就发现了不同。

寸草不生的地面，长出了一茬茬嫩嫩的绿草，草叶是两瓣的，看起来像是刚发芽，密密地在地上铺了一层，给人生机盎然的感觉。

"是这个地方吗？"她问。

黑袍男人落到她身边，清淡的雪松气味被风送来："是这儿。我能感觉到……本体的存在。"

肥肥的灰斑雀扑棱着翅膀飞起来，徘徊一圈又落下，拼命点头："斑！"

"是的，贝比！神的身体就躺在这儿！噢，不会被虫子吃了吧……斑斑真担心。"

"不会的，神的身体可不是那么容易毁坏的。"

眼看那双黑豆眼又快水汪汪的了，柳余连忙安慰，她可不想再一次领教斑斑那能将神经都喊虚弱的破锣嗓音。

"真的？"斑斑歪了歪脑袋。

"真的。不过……似乎不用带路了。"柳余眯起眼，看向远处。

那里的迷雾形成一个巨大的漏斗，最深处，灰雾浓得几乎发黑……还没靠近，就有种神魂都要被吸走的感觉。

"噢，噢……"斑斑惊讶地张大鸟喙，黑豆眼睁得圆溜溜的，"怎……怎么回事？斑斑上一次见，还没有这个东西……神……神发生什么了？"

"那得看看才知道了。"

柳余率先抬脚，往里去。

规则在这儿似乎不适用，她无法使用浮空术，而当试着朝天空发个光明弹时，才脱离手指，就哑火了。

这里不知道发生了什么，像是被某种强横的力量破坏了……

神术无法使用，她变成了一个普通人。

普通人走在这遍布小石子儿、土坑，偶尔还有一片沼泽的地方时，难免磕磕绊绊……当再一次被绊着时，盖亚朝她伸出了手。

"贝莉娅。"他用那绿眸鼓励她。

"不。"柳余笑着拒绝。

"为什么？"他似乎不解，优美的眉毛拧在一起，"在过去，你受伤时，我抱着你踏过星月桥，从光明学院走到神殿，又从神殿走回光明学院……很多很多次。"

"为什么？"他美丽的脸上满是疑惑。

"因为那时候，我想要你爱我。"少女微笑着道，"但现在，不想要了。"

"不想要了？"他轻轻地道。

绿眸里，映着浅浅的光，他像是伤心。

"不想要了……原来如此。"

他的声音很轻，散入风里，像是风在呜咽。

柳余看向天空，没有下雪。

当意识到自己在做什么时，忍不住笑了笑："走吧，跨过这片草地……想必就能到了。"

草地消失，没有到旋涡，出现在面前的，却是大片大片的蔷薇。

那蔷薇怒放了一地，红得像是人心头的血液……

乍一看去，眼睛都似乎要被这浓烈刺痛。

"噢，贝比，快看！有蔷薇！好像神宫！"斑斑很快忘记了担忧，快活地叫起来，不过，很快它脑袋上的羽毛就耷拉了下来，"神宫外的蔷薇……都被拔掉了。"

"得快点了。"

柳余什么都没说，率先迈步，试图穿过蔷薇，而她的脚踩在黄褐色的土地上时，人却像木偶一样定住了。

她站在那儿，脸上的表情还停留在刚才的一瞬，蓝眸里的光从晶亮到熄灭……直至渐渐暗淡。

从刚才起就一言不发的男人徐徐走到她身边，乌压压的黑发下，皮肤是惨烈的白，也因此，衬得那绿眸有种诡异的浓翠……

他站定，手指轻轻抚过她的脸颊，最后，停留在她的胸口："贝莉娅，告诉我……你的恐惧，你的欢喜，你的……过去。"

这一幕看起来诡异极了。

斑斑全身的毛都竖了起来，它凄厉地叫了一声："神，您要对贝比做什么？"

"嘘，别吵。"

站在红蔷薇中的黑发男人拂袖一挥，刚才聒噪的鸟叫就戛然而止了。

他目不转睛地看着渐渐阖上眼睛的少女，好像她是这个世界上独一无二的珍宝："不要将我的贝丽吵醒了。"

"噢，疯了！疯了！神疯了！您怎么了？噢，斑斑知道了，这一切一定是您安排的……你要将贝比引到这儿……我想想，我想想……您是不是听信了那个蕾妮的疯话？噢，不，要打动一个雌性的心，要尊重、要讨好……绝对不是这样，不是这样……噢，贝比一定会更生气的……"

斑斑在一个气泡里左冲右突，却怎么也冲不出去，最后只能用翅膀捂住脑袋，不看了。

"它说我疯了。"盖亚微微低头，将头碰到少女的额头，"我怎么会疯呢……你还在啊。"

声音散入风里，他闭上了眼睛。

下一刻，他出现在了一个奇怪的地方。一群脏兮兮的小孩在一个狭小的地方跑来跑去，他们大的大、小的小，大都穿着不合身的衣服，有的流着鼻涕，有的头发乱七八糟，还长了虱子……

盖亚的视线漠然地扫过他们——他的贝莉娅，一定不在这儿。

黑发男人像是一抹幽灵，穿过跑来跑去的孩子们，往门口走去，没人看得见他。

可当脚尖要跨过门槛时，他像是撞见了某样东西，没跨过去——他停下了脚步。

再回头时，神色就有些奇异。

原来漠然的眸光起了变化，变成一汪纯净又柔软的绿水。

"原来……你在这儿。"

他的声音很轻，像风一样滑过斑驳的墙壁、暗沉沉的屋顶。

院子中央一棵树、一石墩，墙角爬满青苔，刚下过雨，地面湿滑。

男人的目光掠过像跳蚤一样跑来跑去的孩子，落到石墩边。石墩的阴影旁，蹲着一个很小很小的孩子，三四岁的样子。

羊角辫，衣服很短，露出细细的手臂和小腿。她太瘦、太小了，团在那儿像个出生才一个月的羔羊。

盖亚不自觉地走了过去，他和她一起蹲下来。

阴沉沉的天光穿过树影，落到小女孩的身上。和那些脏兮兮的小孩不同，她的脸洗得很干净，皮肤不算很白，但眼睛很大，眼珠很黑，一根羊角辫胡乱地翘着，手里抱着一只布娃娃，乌溜溜的黑眼珠认真地看着树根下的蚂蚁。

她不说话，安静得和那些"跳蚤"们不一样。

"尿床精！"

"尿床精！"

"尿床精！"

一群孩子经过树下。

小女孩没回头，一个小男孩跑出队伍，狠狠拽了一下她的羊角辫。

小女孩被拉倒了，一屁股坐到地上。她像是习惯了，拍拍屁股，就坐了起来，另一只手还小心翼翼地护着她的布娃娃。

"噢！尿床精摔倒喽！"

"尿床精摔倒喽，摔倒喽！"

孩子们拍手叫好。

敦实的男孩得意地摸了摸鼻子。小女孩只是仰起头，用黑白分明的眼睛看了男孩一眼，不说话，又背过身去继续看蚂蚁。

男孩又伸手。

"哗啦啦……"

小女孩被推到了泥坑里，泥坑里的水溅起来，将她怀里的布娃娃也弄脏了。

她看了眼布娃娃，布娃娃的小裙子上溅满了泥点子。

男孩一脚踩上去，嘴里喊："踩死你这个告状精！踩死你这个告状精！让你去跟院长妈妈告状，让你去跟院长妈妈告状……"

小女孩的黑眼珠盯着被一下下踩着的布娃娃，突然像小牛犊一样冲了过去。男孩被撞倒了。

"噢噢噢，告状精打人了！告状精打人了！院长妈妈、院长妈妈……告状精打人了！"

孩子们一哄而散。

"干什么？干什么？打架的今晚不许吃饭！"

一个黄皮肤、黑眼睛的中年女人冲出来呵斥道。

下一刻，盖亚出现在了一个黑乎乎的房间里。

依然是很小的房间，没点灯，木门紧闭。小女孩靠着墙壁，抱着她的布娃娃蹲在那儿。一双眼睛睁得大大的，恐惧而警惕。

门外传来声音："小余，这是你第三次打架了……"

小女孩紧紧地抱着怀里的布娃娃，不说话。

"他们都说……"

"他踩我的娃娃。"

外面传来一声轻轻的叹息："虽然这是捡到你时……算了，你在这儿反省一夜吧。"

房间被黑暗占据。

盖亚倚着墙坐在了小女孩的身边。她靠着墙，明明恐惧得发抖，却一声不吭。

他突然抬手，在手掌快要落到她毛茸茸、黑乎乎的脑袋上时，停了停："贝莉娅……"

他的手落了下去："柳余。"

声音温柔而坚定，"原来……你是这样的啊。"

小女孩懵懂地抬头，大大的眼睛对上他……

下一瞬却又低下头，摸了摸怀中的布娃娃。

"娃娃，你见过小余的妈妈吗？"她问。

房间很小，又似乎很空荡，没人回答她。小女孩若无其事地抬头，一眨不眨地看着月亮。

盖亚一只腿支了起来，倚靠在墙上，也抬头看月亮。月亮是银色的，很圆，和他的世界中的一样。

"柳余。"他突然开口，用一种古怪而拗口的语调念起。

"柳余……"

美妙的声音散入空中，带着某种韵律和玄奥，仿佛这个名字也变成了某种神圣、矜贵的存在。

盖亚侧过头，一眨不眨地看着小女孩。她团在那儿，小小的一团。脸上、衣服上都残留着泥点，惨不忍睹，唯有一双眼睛很亮。

她还在看月亮。

毛茸茸的脑袋上，一个羊角辫散歪着。

盖亚微微阖上眼睛，下一刻，却进入了一个明亮的房间。骤然从黑暗走入光明，他眯起了眼睛。

雪白的墙壁，明亮的玻璃。

阳光直晃晃地照进来，房间很大，列着一排排整齐却陈旧的桌椅，四四方方的桌面擦得很干净。一群孩子整整齐齐地坐在椅子上，双手背在身后，挺起胸脯。

他们都穿着合身的衣服，脸擦得干干净净，期待地看着被院长妈妈带进来的两个人……

那是一对年轻的男女。黄皮肤，黑眼睛，穿着奇怪的衣服。

"陈先生，马小姐，这些孩子都是三到五岁之间……您看看……这是……"

盖亚的目光轻轻掠过他们，落到边上最小的女孩身上。

她似乎大了些，扎着两个羊角辫，红色的头绳打成漂亮的蝴蝶结。很瘦，头发有些黄，但眼睛很亮。

一男一女走过她身边，又停了下来。

女人蹲下来，眼神温柔："你叫什么名字？"

"我……我叫柳余！"小女孩的胸脯挺得高高的，"柳树的柳，年年有余的余！"

"几岁了？"

"三……三岁了！"

"真可爱。老公，就她了，好不好？"

"不再多看看了？"

"不了。你看，她有一对梨窝儿，跟我一模一样，很有缘分……"女人伸出手，"小余，跟我们走，好不好？"

小女孩看了看她的眼睛，小心翼翼地将手搭了上去，女人一把握住她的手。

小女孩挪下了椅子，另一只手被男人牵住，三人走了出去。

阳光斜斜地照出三人的影子，温柔的声音飘了过来……

"以后啊，小余就有家了……"

"家？"

"对啊，以后，你就跟着叔叔姓陈，好不好？就叫陈余。"

"那你就是我的新妈妈吗？"

"当然，小余以后就有爸爸和妈妈啦。"

小女孩走出院门口时，回头看了一眼。

她朝门口招手："院长妈妈，再见！小余走啦！小余有新妈妈啦！"

她的眼睛是那样亮，怀里还抱着她的布娃娃。

盖亚踩着她的影子，一步步跟了上去。

他看着那女人将小女孩哄得一点点高兴起来。

她就像个普通的三岁小孩，会抱住女人的脖子撒娇，会大声喊"妈妈、妈妈"，会高兴地跑到那对夫妻的床上吵着要一起睡。

还会要求扎漂亮的小辫子，穿漂亮的小裙子。

渐渐地，小女孩忘了自己的布娃娃，金发、蓝眼的布娃娃被冷落了。终于有一天，被清理到了一楼的杂物间里。

而所有的快乐，在某个温暖的午后戛然而止。

"陈东，我们将小余送回去吧？最近我总是做梦，梦见她一直盯着我的肚子……"

"丽君，小余才四岁！"

"你看看新闻里，干出坏事的全部是这种半懂不懂的小孩……万一她撞我的肚子……我一把年纪，好不容易怀上了……"

"丽君！小余也是我们的孩子！"

"你是没见到她的眼睛，眼珠黑不溜秋的，吓死人了……"

"丽君！"

"好了好了，不说就不说……先说好，我以后是不会管她的，我得安心保胎……"

盖亚蹲下身，小女孩就缩在郁郁葱葱的藤蔓后。她一动不动。

等那对男女吵完架，等他们消失在院子里，等月亮悄悄地爬上天，她才慢吞吞地挪了出来。清冷的月光照见一张小小的脸，脸上满是泪。

盖亚的心，像被一个巨大的、无形的钟撞了一下，一下，又一下。

一个月后，小女孩将布娃娃从杂物间里重新找了回来。她抱着布娃娃看月亮。

看一下月亮，又看一下布娃娃，她对着布娃娃说："娃娃，大人为什么总是喜欢骗人呢？

"她明明说过小余的眼睛又大又黑，很好看……

"不过小余还是喜欢妈妈。"

妹妹出生了。

小女孩又对着娃娃说："妹妹的眼睛没有小余大，也没有梨窝儿……她长得一点都没有小余可爱……这样，妈妈会不会多喜欢小余一点？"

妹妹会笑了。

妹妹会爬了。

妹妹会吃饭了。

妹妹的每一件事，都是大事。

小女孩却越缩越小，越来越沉默。

她在这个家里安静地来来去去，活得像个幽灵，她也不再跟布娃娃说话了。

妹妹上幼儿园了，小女孩也上小学二年级了……

终于，在一次爆发的争吵升级后，小女孩被送了回来。

男人站在福利院门口，满脸羞愧："对不起，这孩子实在是养不下去了……"

女人抱着妹妹，冷漠地坐在车上。小女孩只背着书包，书包里就装着一个旧得不能再旧的布娃娃。

她低头看着脚尖："没关系。"

她又抬起头来："我已经不需要妈妈啦。"

男人一下红了眼睛："对不起……"

他像是仓皇而逃般，一下上了车，迅速开走了。

天边是灿烂的晚霞，小女孩看了会儿天，郑重地告诉身边的院长妈妈："院长妈妈，你说错了……我的'余'不是年年有余的余，是多余的余。"

盖亚也在看晚霞。

莱斯利的声音在耳边响起:"……我希望,有一天,当那个小女孩说起不要的时候,是满不在乎的语气,因为她拥有全世界,所以对一切都无所谓,而不是站在门外,看着门内的玩具,不敢靠近。

"贝莉娅……让那个小女孩,不要继续哭泣了。

"让那个小女孩,不要继续哭泣了。

"你值得这世上最好的一切。"

原来在这里……他怎么就忘了呢。

那个小女孩从未长大啊,她一直住在她心里。

柳余像是做了一个长长的梦。

她梦见自己回到了过去,将过去又经历了一遍,再睁开眼时,发现自己被人抱在怀里。

"盖……亚?"她惊讶地道,正对上一双温柔的绿眸。

那绿眸眨了眨,一滴泪就掉了下来,地面开出一片雪白的棘莱花。

"你……"

他什么都没说,只是紧紧地抱住她。

"你怎么了?"

柳余感觉到古怪,她挣了挣,没挣脱。

他抱住她,强横又带着小心翼翼,似乎怕弄痛她。

"放开我。"

柳余想起刚才的梦,她看向蔷薇花,在浓郁的一片红里,找到了一点点像萤火一样的绿意。

"寻梦草,能将人带进过去的梦魇里……"她蓦地看向他,脸色大变,"你……"

"是我做的。"他向她承认。

"你……"

盖亚抚摸着她的眼睛:"你在愤怒……可是,你也看过我的记忆。"

她的愤怒戛然而止。

是的,她看过。

"……那么,扯平了。"

"所以,这一切,都是你为了引我来设下的?阳光呢?还有……挖我的记忆,对你有什么好处?"

"那个女人说,想要打动一个人的心,就要看她需要什么。她需要玫瑰,就给她一座玫瑰园;需要卢索,就给她无数珍宝……"

"所以,你就翻搅我的过去,试图找到打动我的地方?"

柳余又愤怒,又不甘……可她没有立场去责备。

过去她对莱斯利做的……不是同样的事吗?

"你……"

柳余所有的情绪,都在看到那双眼睛时消失了,那绿眸里藏着的伤心,浓得像一片海。他看着她说:"我看到你的过去……"

"所以,柳余……"他用一种古怪的语调轻轻地念着,"母亲对你来说……竟然那么重要。"

"你想说什么?"

"我也不知道……柳余,"他道,"我虽然是神……却不是无所不能,就像现在……我很伤心,却不知道,该怎么制止自己的伤心。"

"你伤心什么?"

"我也不知道。"他将她的手放到自己胸口,"明明我对所有的情绪都很淡……可唯独,你给我的痛苦、愤怒和伤心都很浓郁,它们有色彩。"

手下的那颗心脏在"扑通扑通"地跳动,这让柳余产生了错觉。

他在伤心她的伤心,痛苦她的痛苦。

她抽回手,退开。这次,很顺利地离开了他的怀抱。男人看着她,他身后是浓郁的红蔷薇。

"过去,我做的是将你拉近我……而现在,我戳破你和弗格斯夫人……是将你推离我。你不会再原谅我,是不是?"

他似是才意识到这一点,脸颊苍白到没有一丝血色。

"是。"柳余道,"绝对不会。"

"虽然如此……"他的脸上竟然泛起笑,上前一步,额头抵着她,"但我也不会放弃呢。"

"没有你的世界太寂寞了,全是黑的。"他轻轻地道。

柳余的视线落到盖亚近在咫尺的脸上,他多么美啊,伤心的模样似乎要让全世界也跟着一起伤心。

天空开始飘起一层又一层的雪,大雪似乎要将这一切掩埋。

"你知道吗?那个布娃娃,被我藏在了最深的柜子里,再也没拿出来过。"

"没关系。"他捧起她的脸颊,"即使这样,它也还在你的柜子里。"

像是要验证这一点,他将吻印在了她的额心:"我会等到你重新将它取出的一天。

"从此,我将是你的父亲,你的母亲,你的丈夫,你的朋友……所有的爱,我都会捧到你的面前。"

"疯子。"柳余忍不住骂了一句。

柳余只当这是耳边风,何况,现在她有更重要的事要去做。

"那么盖亚……"她问,"你现在能让光重新回来吗?"

"抱歉,暂时……恐怕不行。"

"为什么?"

"我的本体出现了问题。"盖亚眯起眼朝远处看,黑发被风吹得和他的黑袍一同扬起。远处的天空,灰色的旋涡发出尖厉的呼啸,"它……陷入了沉眠。"

"沉眠?"

"是的,我的身体被束缚在了这片迷雾中。设想一下,当黑暗进入纯粹的光明,会出现……"

他看向她问:"什么样的场景?"

极端又截然不同的力量出现在同一个地方,要么排异,不争个你死我活不会结束;要么互相融合,就像正负极的两端。

她想了想,说道:"我记得,在艾尔文大陆时你的神力一度变成了灰色,不过后来又因为回归,变成了白色。可你出现在这儿,说明还没有到最差的地步。"

"噢,贝丽,你真聪明。"盖亚像是奖励般地摸了摸她的脑袋,她柔顺的金发像一匹华丽的缎子。

哄小孩呢？

柳余一把拍开他的手，问："所以，现在到底怎么回事？世界不能没有光。"

然后，盖亚就问了她一个问题："上一次在迷雾之地……如果你提前知道，你捅下去的一下会让世界失去光明，你还会继续吗？"

柳余认真地想了想，最后，她摇头："抱歉，我不知道……"

"我记得你告诉过我，你对当救世主并没有兴趣。"

"是的，当然……"少女的蓝眸里一片迷茫，"我也不信能力越大责任越大的道理……我只是想活下去，活得更好点……但让我就这样坐视不管，好像也做不到。"

她的声音里带着一丝半妥协的无奈。

"做不到就不用做了。"头发又被揉了揉。

男人微微低头。柳余看着那双纯净到了极致，又温柔到了极致的绿眸，心里暗骂了句脏话，这男人果然想要套路她。

"现在，先去找到我的身体……怎么样？"

听起来跟恐怖片似的。

柳余点头，金发也随之跳动，正要开口，嘴里就被塞进来一样东西，甜甜的，像甘蔗汁。

柳余一下在记忆中找到了对应物：快乐糖。

他……在哄她吗？套路一个一个的。

"心情好点了吗？"他朝她伸出手，玉白的手指在这一片雾蒙蒙里莹莹若有光，"好点的话，该出发了。"

还是哄小孩的口气。

柳余无视他的手，擦肩而过："谢谢你的糖，确实很有用。"

"不过，"少女回头，朝他微笑，"我不会在同一块石头上绊倒三次。"

"可我不是石头。"

男人的黑袍滑过红色的蔷薇花丛，跟了上来。

"等等……"在即将走出蔷薇花丛时，柳余喊出了声，"前面是什么？"

灰色的迷雾消失不见了，往前一步，就是高陡的悬崖，悬崖下，是一片蔚蓝色的大海。

无尽之海？

柳余转过头："我们是不是走了回头路……"

话还没完，悬崖下就传来一股巨大的吸力，她只来得及"啊"一声，就被这吸力卷了进去。

"扑通……"

海面溅起巨大的水花。

蓝色的裙子沾了水，穿在身上沉重得像块棉被，柳余使劲踢掉鞋子，浮出水面。

"哗啦啦……"

旁边也钻出一个人头，浓墨一样的长发，睫毛沾了水，黑瞳……

柳余惊讶地喊出了声："路易斯先生？"

"噢，弗格斯小姐，好久不见。"路易斯伸出手，朝她摆了摆，"没想到……我们会在这儿相见。"

"盖亚呢？"柳余环顾左右。

海面很平静，微风吹过，带起丝丝涟漪。

"你是说……父神？"路易斯的表情有些奇怪，"他不会出现在这儿。"

"可他刚才还在。"

柳余感受了下，神力还没恢复。

这应该还是在迷雾之地，可是看海岸线……又像是回到了连接迷雾之地的无尽之海。

这时，斑斑小心翼翼地飞了下来。它先用翅膀撩了下水，又连忙往上飞了飞，确保自己离海面足够远才停下来："贝比！神不见了！你还好吗？"

"我想，也许你能回答我的疑问。"柳余看着出现得恰到好处的暗夜公爵，"还有……之前我死而复生，是因为你吗？"

"噢，当然，你得感谢伟大的路易斯十世。"路易斯得意地道，"否则，你现在应该躺在我父神的怀里，和那些沉眠在这块土地的天神们一起……啪，死了。"

"谢谢您，伟大的路易斯十世。"

"你就不问我，怎么救下你的？"路易斯奇怪地道。

"我们还泡在海里……您确定要在这儿跟我谈论这些？"

柳余只想离开这鬼地方，不能使用神力，意味着她必须和普通人一样在海里扑腾，裙子又重又沉……

一个巨大的黑影从脚下游过，她忍住了浑身泛起的鸡皮疙瘩。

"确定。"路易斯笑嘻嘻地道。

柳余无言以对。

她感应了下之前旋涡出现的地方，选了个方向就开始游。

"我想，应该跟您之前给我的那滴液体有关，是吗？"

"噢，弗格斯小姐的聪明从来都不会让路易斯十世失望。"路易斯游到她身边，"没错……那滴液体保住了你的心脏……后来，我又从父神那儿把你偷出来，噢，这可不容易……我带着你偷偷去了趟神宫，把你泡在神树旁的水潭里，又把我神树之心最后的几滴液体都给了你……这回，路易斯十世的损失可太大了。"路易斯愤愤地道。

对于旁人的挑衅、威胁、怒目，柳余一向应付得得心应手。可一旦对方输送来的是好意，她就有点不知所措了。对于善意，她并不那么习惯。

"谢……谢谢。"她道。

"你脸红了。"路易斯讶然地看着她，"噢，弗格斯小姐如果因此爱上我……"

他的脸上露出陶醉向往的神色："父神一定会嫉妒死路易斯十世。"

这人……

"谢谢，绝没有那一天。"她咬牙切齿地道。

路易斯看起来有些遗憾，他耸了耸肩："好吧，我期待这一天的到来。"

"说说别的吧，路易斯先生。你之前说……迷雾之地有许多天神死亡过？盖亚又为什么……不会出现在这儿？"

为什么路易斯知道的，似乎比盖亚还要多一些？

"这里是迷雾之地，可又不是迷雾之地。"路易斯痴痴地看着天空，"看……又出现了。"

柳余顺着他的视线看去，海天一线里，突然出现一抹光。

那光极明极亮，像自另一个维度的空间坠落，而在它坠落的一刹那，世界像焕发了新生。

海水温柔地涌动，仿佛也在庆祝这个新生命的到来。

一个声音在耳边响起："光。"

不知道为什么，仅仅是一个声音，柳余的眼泪就开始汩汩地往外流。

无数情绪自心底涌出。像是她的，又不像是她的，像是整个世界都在为这奇迹的出现而感动。

海面悄悄浮起无数道影子，黑的、白的、黄的、五彩斑斓的……小的、大的、美丽的、狰狞的……

它们与她一同痴痴傻傻地仰望着天空。

海天一线里，一个单薄的、小小的少年浮于半空。

他的四肢纤细修长，五官华丽精致，像是这世间倾尽所有的美丽，才能创造出这样伟大的艺术品。他长长的银发随意地披散着，像是缀着整条银河。

一切都圣洁而美丽，让人丝毫起不了亵渎之意。

"真美。"路易斯痴痴地道。

"是的……真美。"柳余惊叹地道，"我想，我知道……这是什么地方了。"

斑斑一下子俯冲下来："贝比！那是不是……是不是……神……神小时候？神、神……变小了？"

柳余摇头："不，是记忆。"

神诞生时的记忆。

"记忆？这……这可太奇怪了……我们都进到了神的脑袋里？"

柳余看向一旁的路易斯。

"我想……应该是将虚幻变为了现实，就像在那斯雪山，莱斯利曾经做过的那样。"她道。

"弗格斯小姐总是那样敏锐。"路易斯收回视线，点头，"是的，没错。父神以为你死亡的那一刻，精神溃散，不久后，他又失去对身体的控制……而从他身体中逃逸出的神力和精神，将他的记忆一同衍化成现实……"

"所以，之前在我身边的盖亚，不是真的？"想到这一种可能，柳余的脸都快绿了。

如果是记忆衍化的……噢，天哪！

"是真的，"路易斯看傻子似的看着她，"父神无所不能。"

"他感应到你存在的那一刻，一丝魂灵就逃脱身体的束缚，去纳撒尼尔找你了……当然，靠近身体后，又回到了自己的身体。"

"噢！这听起来真有趣！"斑斑兴奋地拍拍翅膀。

"是的，很有趣。"路易斯一脸兴奋，"走，我们去父神的记忆里探险！"

"我想……路易斯先生，您恐怕有一些重要的信息没有说。"柳余道，"如果这么简单，您恐怕早就出去，到您敬爱的父神身边去了。"

"想知道？"路易斯看着她。

柳余点头。

"我路易斯十世不做亏本的买卖。"

"你已经做过很多次。"

柳余意有所指。

"噢，确实。"路易斯摊了摊手，"好吧，记忆是个死循环……"

"需要打破死循环，才能出去的话……"柳余立刻意识到问题的关键是什么了，"我们得具有超过盖亚的神力……"

"是的，没错。你不过是个新神，父神已经活了很多很多很多年……即使只是父神溃散出去的神力……在这秩序已经紊乱的地方，弗格斯小姐，我们没可能出去。"说起不能出去，路易斯却一脸无谓的样子。

"抱歉，我没有坐以待毙的习惯。也不喜欢被关在长久的虚妄里……总要试试。"

半空中的少年神消失了，一个巨大的海浪拍来，下一刻，柳余就消失在了巨大的旋涡里。

路易斯和灰斑雀，也跟着一个俯冲，进入了旋涡里。

当再有意识时，柳余发现，自己站在一座繁华的城池前。她进了城，城池中央有一座还在建造的高塔。

无数衣着素朴的人类在塔上来来去去，他们担来砖头，勤勤恳恳地建着城，砌着高塔。

城池越来越繁华，越来越坚固。而高塔直入云霄，天边出现一道彩虹……

"巴比伦城，还有巴别塔。"路易斯揣着手走到她身边，也看着蚂蚁一样来来去去的人们，"啊，我父神第一次发怒的地方。"

"发怒？"

"是的。父神仁慈，他将彩虹放入云彩，作为它和世上所有有血肉的活物之间的约定，告诉他们，当云彩覆盖大地之时，彩虹将在云间显现，这样一来，洪水不会再泛滥……他一直庇佑着这世界上所有的活物。"

云彩上，一道高大的身影若隐若现。

柳余看到了他白色的流云似的广袍，以及飘散于云彩间的银色长发。

路易斯继续道："可当越来越多的人类拥有共通的语言后，他们开始质疑起父神的决定，认为不应该将希望寄托在云彩上，于是建起了这世界上最强大的城池——巴比伦城，和最高的通天之塔——巴别塔。"

"他们想做什么？"问完后，柳余轻轻"啊"了一声。

"是的，他们想要通过这高高的塔楼，进入天堂！人类真是这个世界上最贪婪的物种，他们不懂得感恩，不但质疑父神的信用，认为彩虹不可靠，还未经允许妄想进入天堂……"

柳余听得不太舒服："我想，进取是一个种族强大的内在驱动力。而且，黑暗生物也不见得懂感恩，像你这样。"

路易斯顿时就有些恼羞成怒："还要不要听了？"

"继续。"

"父神不太高兴，他有种被背叛的愤怒。于是，他将大陆一个个分开，捏成不同的星球，人类被隔在不同的地方，他们语言不通、交通不便，渐渐地，也就不再联合起来反抗父神了。"

柳余抬头看去，云层中的青年，露出的半张脸美丽又冷清。

所以……是为了便于管理？而不是她一开始猜测的那样，信仰对成神有"加成"作用。

"父神更喜欢温顺的物种。"路易斯下了注解。

"我可不觉得。"柳余想起他在某些时候的表现。

不……她突然想到，如果是深刻记忆的话，那她和莱斯利在小树林、荆棘丛、马车上的那些……算不算？

不，不行！得赶快想办法出去。

光想一想，柳余就起了一身的鸡皮疙瘩。

"记忆如果是个封闭的死循环……那是按照时间走,还是按照记忆的深刻度?"

"时间。"路易斯猛然间凑近她,那张过分苍白的脸上,一双黑眸照出两个小小的影子,里面藏着好奇,"弗格斯小姐,您脸红了。"

"为什么?"他歪了歪头。

"我有点紧张。"柳余若无其事地道,"如果我现在上去,对盖亚打声招呼,你说……怎么样?"

"不怎么样。"

显然,路易斯的注意力没有被转移,他探究般地看着她,不一会儿,像是得出什么结论,遗憾地告诉她:"……抱歉,弗格斯小姐,虽然您很美丽,但我可无法爱上一块干巴巴的木头。路易斯十世可是很挑剔的。"

"干巴巴的木头?"

"噢,是的。"路易斯耸了耸肩,"相比较而言,我更喜欢艾尔文大陆上的弗格斯小姐。那时候您虽然每天都笑得很假,满口谎言,但老实说……很迷人。噢,该怎么形容呢,就像一缕阳光?不,不对,是有韧性、有希望的……杂草?希望没有冒犯到您。而现在,就像一捧火,砰……火烧干了,只剩下一点灰。"

"很生动的比喻呢。"柳余笑眯眯地道,"我承认,您说的都对……但有一点,您搞错了。"

她也靠近他,轻轻道:"有你父神珠玉在前,我怎么看得上一个……仿冒品?"

路易斯说的太对了,即使她心里不太舒服,也无法反驳。

她成神了,猛然间爬到顶点,确实让她短暂地失去了生活目标。

她也不可能再和弗格斯夫人一起生活……以后,她要做什么?

"噢,这可真让人伤心。"路易斯捂住胸口,"为了救弗格斯小姐,路易斯十世可是亲手把心脏挖出来了。"

"路易斯先生真会开玩笑。您说过,您没有心。"少女不以为然,"不提这些……我想,我们得尽快出去。路易斯先生,就不担心您在外面的父神吗?"

"您有什么想法,弗格斯小姐?"

柳余目不转睛地看着云层之上高贵的神祇,他指尖弹动,大陆就分裂成了无数块,与那些海水被温和而浩瀚的力量包裹,形成一个个星球——星球以一种特定的轨道旋转着……

这一幕十分奇妙,她和路易斯、斑斑明明身处其间,却像站在屏幕外,看着大屏幕上的真人大戏。

他们只是看客,无法对既定记忆幻化的真实起到任何影响。

"只是有一点想法……"

话还没说完,星球就在眼前消失了。

下一刻,她站在了一个熟悉又似陌生的地方,黑黢黢的空间,狭小而逼仄,耳边有滴水的声音。

"路易斯先生?"她轻轻地问。

路易斯没有回答她,反倒是斑斑"斑"了一声,"贝比,这是哪儿?"

"索伦学院……我捡到盖亚·莱斯利时的山洞。"

"噢,贝比,那是你吗?好可怕……"

斑斑用翅膀捂住黑豆眼,视线里,一个金发蓝眼的少女诡异地盯着一个闭着眼睛的银发少年，"那……那是神？神怎……怎么会……噢，贝比，您在干吗？你居然挖神的眼睛？"

斑斑只知道神和贝比之间闹过别扭，却怎么也没想到会是这么可怕的……

"那不是我，斑斑。"柳余摸摸吓坏的灰斑雀，"是另外一个……人。"

路易斯的气息出现在身边，他的语气里有着快意。

"噢，这一幕终于到了。"

"我一直很奇怪，路易斯先生，您能回答我一个问题吗？"柳余转头看向这个自始至终都在突破她认知的男人，"贝莉娅为什么会去挖盖亚·莱斯利的眼睛？"

没有任何人能抵抗得了那样一个美丽而精致的少年，更没法对那样的美下手。

"因为我不需要父神看见，还因为……她嫉妒。有的人看到美，就想占为己有。有的人看到美，就远远地欣赏。但还有一种人，虽然少见，看到比自己更美的东西，她会嫉妒，想要毁灭。娜塔西的姐姐，就是这样一个人。"

"别告诉我，你什么都没做。"

"噢，我只是在后来将父神的眼睛捡回去了。还记得吗？那颗像猫眼石的东西……一颗在我这儿，一颗给了你，否则，你最爱的弗格斯夫人早就死去了……"

柳余想起那时从路易斯手中接过来的猫眼石，就是它吊住了弗格斯夫人的命……

她突然间不寒而栗。路易斯知道多少？

她一点点地爬到这个位置，可回顾过去，似乎总能在关键节点找到路易斯的痕迹。是他……操纵了这一切吗？

"噢，不要用这样的眼神看我……"路易斯用伤心的眼神看着她，"我也没想到……起初，我只是想看到父神多一点点的情绪。我以为娜塔西这样纯净的女孩会打动父神的心，没想到……是弗格斯小姐这样的带刺玫瑰。"

面前，失明的少年满身鲜血。

他立在金发少女面前，那张脸圣洁而美丽，像堕入人间的天使。

他问："你是谁？"

那声音像清风过森林，美妙而空灵。

"贝莉娅，我是贝莉娅。"

"是你救了我吗？"

"是我。"

这时，隐在暗处、黑发黑瞳的男人突然回头一笑，问："像不像……一个创世纪的开端？美丽，又浪漫。"

柳余注视着那一幕，目光因浸满回忆而柔软。

人的记忆就是这样一种东西，当你以为忘了时，却又会在偶然间像藤蔓一样丝丝缕缕爬出来，缠满全身。

"以欺骗开始的感情，最终也不会得到好的结局。"

"你听起来很冷漠。"

路易斯看着少女一丝绯红都没有的脸颊，她冷得像块冰。

"事实如此。承认您刚才所言，我现在……"少女一字一句道，"就、是、一、块、干、巴、巴、的、木、头。"

所以，现在要怎么出去呢？

记忆的车轮一路"轰隆隆"地往前碾，柳余却感觉，自己又像是经历了那些过去。

从第三视角审视着，她能很清楚地看到自己一点点沦陷的过程。

也许是从那句"孩子，值得一个原谅的机会"，也许仅仅是每天一趟星月桥的来去……

是的，骗人时不带一点真情实感，怎么能骗到对方呢？就像她曾经认为的那样，耳鬓厮磨……

不只是他在与她亲近，她也在让对方跨进自己的圈里，不知不觉，还扬扬得意。

"原来，父神私底下也会笑，也会对一个人撒娇、纵容……"路易斯酸溜溜地道。

少女窝在少年的怀里，两人靠在图书馆前，阳光静静地洒下来，光明弹像烟花一样在半空中一个个炸开，少年一只手轻轻地抚过那些书卷……

突然，少女直起身，在少年的唇间偷了个吻——一切都因纯真而显得那样美。

如果没有之后的那些事的话……

柳余的视线滑过，当她的目光落到一边时，突然顿了顿。

那里似乎……正要凝神再看，却发现，刚才的异样消失了，快得像是错觉。

下一刻，人已经出现在了一座小树林里，是光明学院的那片树林。

时间顺序……好像有点不对？

路易斯！

她瞬间想到路易斯，却没想到刚才如影随行的路易斯和斑斑都没有来。

清浅的月光里，少女踮起脚尖，捧着少年的脸，亲吻他，又被推开。他们像是在演一场无声又生动的默剧。

"你流泪了。"一道喑哑的声音出现在她身边，紧接着，一个黑袍黑发的男人从身后轻轻抱住了她，"贝莉娅。"

少女无声地哽咽着。

是的，她难过。她为自己，为那时的莱斯利，也为将来。

谁能想到，那么甜蜜的一对，到将来……竟然会连拥抱都觉得疼痛呢？！

"这也是你的安排……就为了唤起我的回忆、我的情感吗？"她轻轻地问。

否则，无法解释为什么路易斯和斑斑同时消失了。

"是的。"他的回答也很轻。

"我们不可能了，盖亚。"

"为什么？"男人的手放在她的胸口，"我能感觉，你的心仍在为我跳动。"

"是的，我爱你。"柳余终于对自己承认，"可我不甘心，我不甘心……你懂吗？我不甘心。

"我不甘心就这样和你复合，我的心里永远都像插了根刺……永远都会记得，你囚禁我，又杀死我……你甚至害我失去了弗格斯夫人……"

少女泪流满面，"因为我爱你，所以，就无法容忍。请放过我吧，盖亚。"

她想过得轻松点。

"让光重新回到世界，让我自由。"

"不，"男人执拗地抱紧她，"除非我死。"

少女直挺挺地站着，既不回应，也不拒绝。

"我带你去看一样东西。"突然间，他牵起她，下一瞬间，她出现在了一个巨大的裂隙前。

裂隙前，躺着一具美丽而圣洁的……尸体。

他黑色的翅膀大大地张开，地上是一地凌乱而美丽的羽毛。

"你的……身体？"少女惊讶地道。

盖亚拉着她的手，放到了地上的身体的额头上，一瞬间天旋地转，她出现在了一片虚无之中。

"这是哪儿？"

"最后的记忆。"

最后的……记忆？

"盖亚？"她喊。

没有其他的声音。

刚才牵着她手的男人消失了，紧接着，她感觉自己在一路往下坠，直坠到实地才停止。层层的灰色迷雾重新泛起，将她包裹，面前的场景有些熟悉，小路、石粒……

当目光落到正中的那对男女身上时，她终于知道，所谓最后的记忆是什么了。

风吹得少女的金发飞扬，幽幽的蓝眸里全是水光，手中执着的金色神之骨直直地刺入男人的胸膛……

她掉了下来，被洞穿的身体颤抖着，又被男人一把抱住。

她被他拥在怀里。

蓝眸里是渐渐暗淡的光，声音随风散去："……我爱你，盖……盖亚·莱……"

声音飘到耳朵里，柳余突然捂住胸口坐了下去。

平静的情绪突然被一股巨大的、深沉的绝望攫住，怎么也挣不脱。

她忍不住抬头，朝前看去，少女已经闭上了眼睛。她的脸呈现出死灰般的颜色，抱着她的男人一动不动，他望着天空，白袍像浸入这灰淡的天色里。

银发一寸寸变黑，连着他巨大的羽翼，也成了沉沉的黑色。

天色暗淡下来，他倒了下去。柳余清楚地看到，一滴泪自那美丽的脸上滑落。

柳余也捂住胸口倒了下去，她快要窒息了。

绝望与痛苦，如同一座大山击垮了她，她看着天……啊，天黑了……

灰斑雀在空中徘徊，暗淡的天光里，却只能看见躺在那儿的一对男女。

少女躺在男人高大的身躯之上，被他紧紧拥住，金色的长发与黑发缠绕着。旁边是一尊小小的石雕，浅浅的绿草摇曳着，一抹金色掩在草丛里。

她蜷缩起身体，不明白，自己为什么会有这样浓烈的情绪……

绝望。

黑暗。

毁灭。

像是眼前的一切都有了一层重影，暗淡的天光里，刚才的一幕又在重演。

时间在这里似乎静止了。

眼角的余光里，她只能看着少女一次又一次地将骨刺刺入银发青年的胸膛，看着她被巨大的金矛洞穿身体，看着她孤独地死去……

浓重的绝望如海水一样，从脚底一路往上，漫过她的喉咙，又继续往上，直至灭顶。

泪水不住地落下来，她抱着自己，却无法阻止那不断攀缘上来的不属于自己的情绪……

一个身体靠了上来，柳余瑟缩了一下，却能感觉到对方从背后拥住她，轻轻地唤："贝莉娅。"

"你放开我。"她咬住"咯咯"打战的牙齿，"一切都是你的阴谋，对不对？"

浓重的阴郁、绝望，就像身后这人，似乎要将她一同拖入地狱，再不得往生。

"是的，我的阴谋，我想让你感受我，贝莉娅……感受下我当时的绝望。"他轻轻地道，"在你醒来之前，在那一个月里，这一幕在我的面前不断重演，一次，一次，又一次……"

"你……"柳余的喉咙颤了颤，什么话也说不出来。

她感觉到自己几乎承受不住，而这样的痛苦，他经历了整整一个月，简直是暗无天日。

他将她转了过来，让她面对自己。柳余看着他的眼睛，她还记得他回归那日的眼睛，如明媚的春日，如纯净的翡翠——不染尘埃，高贵光华。

而此时，这片翡翠被阴郁、孤独和绝望的灰雾占领。

"我就这样看着金矛洞穿你千次万次，看着你一次又一次地闭上眼睛，听着你一次又一次地跟我说，你爱我……"

他的语气是那样平静，甚至面上也不见痛苦，可光对着那双眼睛，柳余都觉得自己要窒息了。

"你疯了。"她试图挣开他。

黑色的神力索将她牢牢地捆绑。

"是的，我疯了……贝丽，这一切都是因为你。"他突然凑近她，"什么原则、秩序，什么光明、世界……比起你，一切都不重要。"

"只要你在我身边，即使是恨我……"他冰冷的唇瓣碰触到她，"也没关系。"

柳余愣住了，她的心微微颤抖起来，她看到了他长长睫毛下滚出的一滴泪，也看到了那泪下的绝望。

"你也杀死了我，贝丽。"他告诉她，"身为神的我。"

柳余的心里翻起了滔天的巨浪，可她告诉自己，那又怎么样呢？

"你想做什么？"她问。

"留在我身边，"脸颊被捧住，永远高高在上的神祇朝她低声下气地祈求着，"贝丽，留在我身边。"

"我……"柳余的嘴唇颤了颤。

"……别拒绝我。"他凑近，一个吻落在她的嘴角，又落在她的眼睛上，然后看着她，"问问你的心……贝丽，就这样放弃我，你甘心吗？"

她的眼泪一下子落了下来，她张了张口，又颓然地闭上了。

"是的，我不甘心……接受你，我不甘心……可就这样放弃你，我也不甘心……怎么样，都不甘心……你叫我怎么办？"柳余捂住了脸。

手指被掰开，他美丽的脸出现在面前，他替她擦泪，又一下下地吻她："不甘心也没关系，贝丽……这次换我来，换我来追逐你……一次，两次，三次……直到你的不甘心消失……人生漫长，不是吗？"

迷茫中，柳余仿佛看到那个银发少年对她回头一笑，说："人生漫长……"

"是的，人生漫长。"她轻轻道。

"……别放弃我，贝丽。"

她看向前面，他抵着她的额，睫毛长得可以触到她，而那睫毛下的一双绿眸中荡漾着她从未见过的祈求。

那样的近,那样的悲伤,也那样的卑微。

仿佛在她面前,那个黄金座椅上高高在上的神祇消失了。

他对着她,像个普通男人一样向她求爱。

她的心,像被泡在酸酸软软的水里。

他却似接收到她的答案,一下子微微笑了起来,那笑里带着丝孩子气的欢快,牵起她的手:"贝丽,你答应了,是不是?"

柳余抽回手,声音冷硬:"没有。"

他却没有生气,只是看着她:"没关系,贝丽,你什么都不必做……这次换我来。"

柳余看了他一眼,青年漆漆的眉下,绿眸中漾着深深浅浅的温柔,那温柔像是要将人彻底湮没一样。

"也许到最后,我也不会接受。"

说完,她移开视线,看向远处的天空。

男人垂首看向她,暗淡的天光穿过云层落到他美丽而圣洁的侧脸,也映到了那双浅浅的绿眸里。

那绿眸也跟着微微弯起。

"别离开我啊,贝丽。"

下一刻,柳余就发现,自己回到了刚才那巨大的罅隙前。

一道高大的影子站到她身边,柳余没看他。灰色的迷雾层层**叠叠**,形成一股巨大的旋涡。

盖亚的身体就躺在那儿,胸口巨大的伤口还未愈合,灰色旋涡在碰到他的伤口时,又变成细细的柔雾……

雾气钻入他的身体,他苍白而美丽的面庞上,一双绿眸染了淡淡的灰。他看着天空,始终不曾闭上眼睛。

"你的身体……到底怎么了?"柳余问,"别告诉我,你不知道。"

今天的一切,都是他的安排。他引她过来,窥探她的记忆,又用过去两人的记忆绑住她,用乞怜的语气祈求她——他算无遗策。

"贝丽,我不是无所不能……但我想,这些灰色雾气,应当是光明与黑暗的融合。"他随手捏了一个灰色的神力球给她看,"看到了吗?

"不单纯黑暗,也不单纯光明。"

"那这些雾气……"

"众神陨落,复得光明……光明之始,是旁边的无尽之海……我想,我是众神陨落后的神力催生的……"

"你是说……"柳余想起之前路易斯的话,"这是众神陨落之地?"

"我猜,是的。也许,还会因祸得福。"盖亚点头。似乎是她惊讶的样子太过可爱,他伸手捏了捏她的脸,并且彬彬有礼地提出请求,"贝丽,我可以吻你吗?"

"噢,抱歉,不可以。"

她冷冷地瞪他,谁知男人却上前一步,捧住她的脸,一下吻了下去。那吻如蜻蜓点水,像根羽毛轻轻滑过,带着冰冷与温柔。

而后他抵着她的额头:"抱歉……我忍了很久。但有点难忍。"他轻轻地道,"当然,只是一点。"

柳余太讨厌他了。

一个男人，怎么能同时做到强大又卑微、讨厌又可爱的？尤其是当他把他那苍白又美丽的脸往她面前一送，用他那澄澈明媚到了极致的眼眸深情地凝望着她时，再强势、再恶毒的女人，也都会软化成水。他太善于揣摩人心了，只要他想，似乎可以攻克一切，得到他想得到的东西。

"莱斯利先生，您真的、真的很讨厌。"柳余看着他，慢吞吞地道。

她心里跟明镜似的，她被套路了。

从世界再一次陷入黑暗开始，她就在他的计划里，甚至连她的心情、她有可能的反应，他也预料到了……也许告白、示弱，也是他用来软化她的手段。

"讨厌啊……这也没办法呢。"

他轻轻笑着，脸上却有着不符合笑容的苍白，那苍白激得柳余猛然移开视线。

她看向地面："'他'什么时候会醒？"

"等神力完全转换成灰色。"

"要多久？"

"十天，半个月，十年，百年……都有可能。"

那可不行，她等得起，这世界可等不起。

"有别的办法吗？"她问他。

"没有。"他朝她微笑地回答。

柳余看了他一会儿，突然道："莱斯利先生，您说过……您要追逐我，是吗？"

"是的，当然。"青年微微屈身，向她行了个绅士礼，"静候您的吩咐。"

他黑袍上滚边的金丝蔷薇纹泛了一丝光，衬得他的脸简直美丽得过分，尤其是直起身来时，对着她的眼神一笑……

柳余也笑了："什么都行？"

"什么都行。"

他始终彬彬有礼。

"那么……就先让我在您身上种下'恶之花'吧。"

少女的脸上露出捉弄、淘气的笑。

"恶之花？"青年愣了愣，很快又点头，"遵命，我的……小姐。"

柳余念起了神术口诀："……盖亚·莱斯利，我期待你脸上开满恶之花的一天。"

"莱斯利对您没有秘密。"

"噢，是吗？那么，告诉我……我想让太阳出现，世界重新有光，有别的办法吗？"

他沉默了，过了半晌，才道："有。"

"哈……秘密。"她用夸张的口气道，猛然间凑近他，"……什么办法？"

两人一时挨得极近，瞳孔里映着彼此的影子。"用你命运的丝网构建规则，造出一轮太阳，再将米斯金兽放进去。"

"米斯金兽？"

柳余的眉蹙了起来，米斯金兽——她可是第一次听到这种东西。

"我的神界里，就封印着一头米斯金兽……多少年了？"他像是陷入了回忆，"十万年……也许是二十万年……米斯金兽可以将光储存在它的身体里……这么多年吸收的光，足够用上百年了。"

柳余想起神宫中，黄金扶手上那颇具灵性的黄金竖瞳。

她惊讶了下："所以，那是……"

盖亚点点头："嗯，是。"

"为什么不告诉我？"

柳余起身要走，却被拽住了。青年看着地面："米斯金兽是头……挺特别的兽。"说完，才抬头道，"我不希望你碰触它。"

青年难得展露的孩子气，让柳余感觉又好气又好笑，问："就为了这个？"

他点头："米斯金兽可以诱惑所有种族，所有。"

"可那跟我有什么关系？"柳余不解道，"它可以给世界带来光。"

"你这么美，米斯金兽一定会纠缠你。"

犯规！犯规！脑子在向她发出警报，可心脏却像被一根羽毛轻轻划过。

她仰起头，他看着她的美丽眼睛里，只有温柔——绝对没有虚假。

他是真的这么觉得的。

她抽出手来，面无表情道："那也要去。

"你如果不想看到，那么，告诉我解除封印的法子……我自己去"

"今天出不去。"

"为什么？"

"一到夜晚，无尽之海和迷雾之地的通道就会关闭……"

柳余看了他一会儿："好吧，那就再等一天。"

说着俯下身，捡起滚落一边的石雕像，蹲到他身体的旁边，伸手摸了摸他的羽翼，黑色的羽翼在手中有种丝缎般的顺滑手感。

"你的羽翼……只在神后大典和与我决战时出现。"她转过头问："为什么？"

他也坐了过来，高大的影子一下子将她罩入，一条腿支着，一条腿放平，黑色的丝绸裤管包裹出劲瘦修长的大腿，黑色的长袍流水一样铺到地面。

"只有重大的场合……"他靠向墙，"才有资格让它出现。"

"这代表了什么？"

柳余瞟了他一眼，不得不承认，同样的装束，盖亚要比路易斯出色太多。他如同暗夜行来的王者，连传递过来的气息都带着致命的、罂粟般的吸引力。

"代表着无比的荣光。"

他也顺着羽毛抚摸过来，两人的手相碰。

柳余垂下视线，以为他要像之前那样捉住她的手，他也确实捉住了……却顺势拿走了她另一只手中的石雕，而后，放开她，拿出不知在哪儿放着的锉刀一点一点地修了起来。柳余这才发现，那石雕像的手指竟然撞坏了一块，掉了一点石屑，不仔细看根本看不出来。

她的目光落到他的锉刀上，又往上滑，落到那长长的睫毛上。

他真美……柳余漫不经心地想。

他冰凉的指腹抚过她的嘴唇，突然低头，在那嘴唇上留下冰凉的一吻，抬起时与她对视："我得承认，我被你驯服了……"

那绿眸里，似藏着暗夜鬼魅，像是要勾人一起跳入欲望的深渊。

柳余的心"扑通扑通"地乱跳起来。

如果此时有测心率的机器，柳余敢肯定，现在那机器一定爆表了。

不过，她觉得情有可原，有哪个女人能抗拒这样的时刻呢？

一个高高在上的男人对你低下他高贵的头颅，收敛起全身的傲气，他对你说："我被你驯服了……"

可下一刹那，柳余就推开了他，说："虽然我很心动，但是……"

"别说但是，"手被抓住了，轻轻一带，就被他带入了怀里，他的下颌压在她的发顶，"别说但是，贝丽。我不想听但是。"

她被他拥住了。熟悉的雪松气味萦绕在鼻尖，又清又淡。

四周很安静，只有水"滴滴答答"地响，灰色的迷雾无所不在。她靠着他宽阔的胸膛，隔着精致的、绣了金色蔷薇纹的黑色丝绸，柔软中又带着一丝温度——连风都是暖的。

面前的一切，似乎能消磨人的意志。

柳余突然很想靠一会儿，只是一会儿，她……有些累。

可下一瞬间，理智却已经回笼，她推开他，坐正身体："虽然您不想听，但我还是要说，盖亚·莱斯利，这不是追求人的方式。"

"那追求人的方式……是怎样的？"

盖亚也坐正了，他肩宽背直、四肢修长，即使坐着也依然无法掩盖他的气势，黑袍如水一般逶迤在地面。

"我该怎么做？"他认认真真地向她发问，"我从没有过这样的经验，贝莉娅……告诉我，该怎么追求你？"

柳余的脸突然红了，他是那样认真，认真到让人感觉到虔诚——仿佛这是一件十分重要、值得全力以赴的事。

不得不说，被人这样重视，很让她愉快。

"起码在她同意跟您交往前……"

"交往？什么是交往？"

"我们那个世界的'交往'，就是您这个世界的做'情人'。当然，情人只能有一个，彼此要求绝对忠贞。"

"噢，当然，这很好，非常好。"

黑袍青年微微弯起嘴角，连绿眸也一同弯起，里面像是盛了一叶弯弯的小船。

柳余收回视线："不论是谁追求谁，在没有同意交往前，都不能随意碰触对方……哪怕是一根头发丝。"

"就像您刚才，随意亲吻我，是错的。"

"如果我征求你的同意呢？"他突然看向她，纯净的绿眸在一瞬间像是藏了重重迷雾的森林，"比如现在……我很想吻你……"

风将他的声音送到耳边。

"而你同意了……那么，我就可以吻你了，对吗？"

"对。"

柳余闭了闭眼睛。得承认，这神天生……就具备勾引人的本能。当他看着她时，她仿佛已经被他亲吻过千遍万遍。

"唔……"

下一刻，嘴唇就被吻住了，柔软的，冰凉的……

柳余猛地睁开眼睛，他的脸近在咫尺，皮肤白得无一丝瑕疵，睫毛长得已触到她的脸颊……他也睁开了眼睛。

那抹纯净的绿里照出一个影子，小小的，蓝裙、金发。眼里灼着热焰，下一刻，人却已经退开。

浓墨一样的黑发下，耳尖泛着红，他看着她："贝丽，你刚才同意的。"

"那个同意，不是这个同意！"

她有点恼，正要说话，面前却出现一个石雕塑，蓝裙、金发的小人躺在他的掌心，朝她露出一抹笑，那笑像漠漠荒野里开出的一朵小花，天真的，快乐的。

柳余注意到，"她"的手指修好了。

"你看，贝丽……她很漂亮，也很像你。"

青年将石雕放到她的手心，手指在石雕的头发上一点，石雕就活了过来。

小小的身体拎着裙摆在她的掌心摇啊摇，还唱起了歌："月亮还在天边……我心爱的姑娘，她穿着蓝色的长裙……请忘记一切愚蠢，那不过是情不自禁……我心爱的姑娘，她穿着蓝色的长裙……她是多么美丽……多么美丽……月亮终将落下，太阳总会升起……我心爱的姑娘，请原谅我的情不自禁……我心爱的姑娘……我是多么多么想你……"

他看着她："请原谅我的情不自禁，贝丽。"

随着他话音落下，层层叠叠的灰色迷雾里，开始开出大朵大朵的红莲，漫天，遍野。

柳余的眼眶湿润了，她仿佛看见那个少年从迷雾中走来，和面前挺拔修长的青年合二为一。

他们问她："贝莉娅，好看吗？"

"好看的。"她轻轻地道。

小石雕停止了唱歌，他创造的一场魔法消失了，可柳余的心情却好了很多，甚至愿意和盖亚多说一会儿话了。

第二天，黑夜消散，白昼降临，两人就出了迷雾之地，去神宫了。

而当两人的背影一消失，一大一小两个黑乎乎的身影就同时出现在了罅隙前。

灰斑雀一下子飞了过来："斑！

"神！是神的身体！路易斯先生，您说贝比一定在这附近，贝比呢？"

路易斯听而不闻地看着罅隙。

神美丽而苍凉的身体就这样躺在那儿，他匍匐过去："我的父神……路易斯来了。"

他的头重重地落到地面。

斑斑拼命瞪大一双眼珠，看着那匍匐在地的"大乌鸦"，拍了下翅膀："路易斯先生，您可别打什么坏主意……否则，斑斑一定告诉神，让他把你打得……屁滚尿流，噢，不，满地找牙！"

路易斯长久匍匐不起，等抬起头时，斑斑才发现，他满脸是泪，可又在癫狂地发笑。

"神……神经病！吓死你斑大爷了！"斑斑忍不住用翅膀抱了抱自己。

"噢，异端……"路易斯哈哈大笑，"砰……

"结束了。"

神宫里……

"光又消失了。"

"神到底去哪儿了？"

"会不会……会不会……是神后和神打了一架,神……神……"圣女们靠着栏杆,看向走廊外的天空。

谁也无心办事。自光明从大地上消失,神宫内就流传着一种可怕的传言:神,陨落了。

骑士队集体出动,去各地寻找神的踪迹,期望找到他们尊敬的父神,神官们也跟着去各个城池安抚人心……神宫内,只留下了吉蒂神官和年轻的、惴惴不安的圣子、圣女们。

其中有些灰心的,已经离开神宫,自逐去了神之国度。但大部分还抱着希望留在神宫,而眼看这些希望,也随着光明再一次从大地上消失,破灭了。

连吉蒂神官都开始不再训斥他们灰心的言论了——她了解的东西比那些圣女们还要多些。

她甚至知道,神后与神之间,并不和睦。他们似乎存在着很大的分歧,也许……缘由在于,神后对黑暗的态度暧昧,神盛怒之下,将神后关到了梅尔岛。

再一个月后,神也消失了……

"也许,是神后将神杀死了。"

想起天上蓝色的太阳,吉蒂神官越来越无法阻止自己的这个想法。

神后的神力是蓝色的,蓝色的太阳……

也许是神最终心软了,放过了神后,但神后却因为长期的囚禁,所有的爱意消失殆尽……

"吉蒂神官!吉蒂神官!看!快看!那是什么?"一个圣女叫了起来。

一道幽蓝色的光落到地面。这光,在那黑黢黢的不见五指的夜里,显得那样明亮悠远。

吉蒂神官一下子就看到了蓝光笼罩着的人。

神后?

她悚然一惊,旁边稚嫩的圣子、圣女们却欢快地奔了出去,他们雀跃得像小鸟儿一般。

"神后!神后小姐!您回来了?"

"您知道神去哪儿了吗?"

"别去……"吉蒂神官发现,自己喊出口的声音是那样微弱。

可一想到自己的职责,连忙拎起裙摆跟了上去。不论如何,她总是要保护这些可爱的孩子们的。

等走到近前,却是一愣。

在明艳逼人的神后身边,幽蓝色的光里,还立着一道黑色的、仿佛能吞噬一切光源的高大存在,他浓墨一样的发丝披散着,几乎及地,宽大的黑色丝袍被风吹得荡起……

整个人都包裹在一团浓重的黑里,仿佛与邪恶同行。

吉蒂神官有种果然如此的感觉,神后还是与黑暗携手了……而在下一刻,当那存在抬头向她看来时,她却愣住了。

"神?"吉蒂神官的喉头发出一声古怪的声响。

"光明……神?"

她的膝盖重重地磕到地上,整个人都瘫了下去。

幽蓝的光照出一张圣洁而美丽的脸,那美纯净无瑕,却又似乎带着无边的黑暗和邪恶……而那绿眸,如永不枯竭的生命之河。

曾经冰冷,又温柔。

可此时,只剩下咆哮的,可以席卷一切、吞噬一切的冰冷。

圣子、圣女们也感觉到了不祥,他们纷纷停下脚步,面面相觑……

"怎么了？"

吉蒂神官高高昂起头，双手举向天空叫喊："光明，堕落了！"

她的神情似癫似狂，她像是一下子疯了。

"吉蒂神官！"

一个照面，柳余就看到了吉蒂神官身上生命线的流动，从生到死……

死？！下一秒？！不假思索间，她伸手轻轻一拨，无形的神力就弹到吉蒂神官的生命结上，死结松动了……

一只手握住了她："贝莉娅……"

近在咫尺的绿眸里，满溢着不赞同。

柳余猛地挥开他，神力再一拨——死结松开了。

"咳咳咳……"一阵撕心裂肺的咳声过后，吉蒂神官捂着喉咙，一口气终于喘了出来。

圣子、圣女们围着她："吉蒂神官，吉蒂神官？您怎么了？您噎着了吗？"

"您还好吗？"

这些年轻的孩子还没有反应过来，到底发生了什么事。

吉蒂神官倒卧在地上，透过攒动的人头，看向不远处……

那儿，矗着一座巍巍的雪山，可那雪山染了乌云，再不见纯白，她茫然又恐惧，不知如何是好。浑身发抖，像被冰冷的海水浸泡着，膝盖打着战，怎么也站不起来，最后，只能以头抢地，号啕大哭。

"神啊，您是我们的神啊……

"我们的光明之神，希望之神，秩序之神！我们以您为人生，为信仰，为不可毁灭的存在……可您……您为什么背弃了我们，堕入了黑暗？！

"您背弃了我们，背弃了光明！背弃了我们千千万万个信徒……

"乌云蔽日！乌云蔽日啊……"

句句含血，字字含泪。

柳余沉默地看着这一幕，突然想起了马兰大人，他当时，也是这样崩溃吗？

她下意识地看向一旁，美丽的神祇隐在黑暗里。

他的面色晦暗不明，却不难看出情绪的平静，仿佛面前的一切再平常不过，不过是滚滚岁月终将碾过的一粒尘埃而已。

她从前以为，他待自己冷……可如今看来，那还不算真正的冷。真正的冷是像现在这样，你将所有都捧到他的脚下——信仰，甚至人生，你状若疯魔，可他却风轻云淡。

而昨夜，那个在迷雾之下向她告白、向她乞求的男人……和这个神祇，是同一个吗？她有些迷惑了。

"贝莉娅？"

这时，他空灵的、略带一丝温度的声音在耳边响起……

柳余恍过神来，她似乎又钻了牛角尖。

手指一弹，一道蓝色神力直直地灌入吉蒂神官的头顶，吉蒂神官安详地闭上了眼睛。

"睡吧，一觉醒来，就什么都不会记得，光明不曾堕落，黑暗即将消失。而你的神还在……"

柳余没想到，路易斯教她的迷幻术，会在这里派上用场。

蓝光顺势绵延开来，张成一张巨大的网，罩在人们的头顶，圣子、圣女们奇怪地看着头顶蓝色的光网，"叽叽喳喳"地问："神后小姐，您要做什么？"

不一会儿，他们的瞳孔也开始涣散，似乎连一开始想问的问题，都忘记了。

"神后，还有她身边那位……黑色的……"

"咦，是什么呢？"

可仔细想，却什么也想不起来。记忆到这里，变成了一团混乱的、未解开的灰色迷雾。

"走吧。"

柳余率先走向通往神殿的走廊，黑袍青年长腿一迈，跟了上去。

"您刚才为什么阻止我？"

"生老病死，这是秩序。"

"秩序？"柳余停下脚步，"那我该怎么做？就这么坐视吉蒂神官死亡，还是坐视那些年轻的、对您忠诚的圣子、圣女们信仰破裂？他们也许也会因信仰而死……"

"秩序不该违背。"他告诉她。

"你可以救得了所有的人类和动物吗？"他问她时声音平静。

仿佛死亡对他来说司空见惯，对比他漫长的生命，人类不过是朝生暮死的蜉蝣。

"……所以，我只救眼前……命运存在无数道岔口，它让我窥见，就足以证明，它并不反对我改动，不是吗？何况盖亚……"

她伸手，轻轻抚过他的领口，道："在你放弃杀我的时候，秩序就已经不复存在了呀。"

青年的脸有一瞬间苍白无比，这让他的绿眸有种格外的、让人心折的瑰丽，他目不转睛地看着她："……是的，贝丽。"

"……在我放弃杀你的那一刻，秩序就已经被我踩在了脚下。"

走廊外，银屑似的雪花飘了起来，柳余伸出手，看着雪花在掌心化成水汽。

他好像……又伤心了呢。

"盖亚，你知道……我为什么想成神吗？很简单，我不想死。我还想拥有选择的权利，好好地活着，没有任何人能强迫我、阻碍我……吉蒂神官，还有你的那些信徒们，他们从一开始就被剥夺了选择的权利，他们只能信仰光明，将光明和你当作他们活着的全部意义……"

"你看到我梦中的世界了吗？怎么样？"她问他。

盖亚认真地想了会儿，说道："如果以人类为主体看，还不赖……但他们居然不信神，这简直不可思议……"

"我来的那个世界中，每个人都是为了自己而活着……快乐或伤心，贫穷或富有，所有的一切，都属于自己……"少女的眼中露出怀念，"盖亚，我是从人类中走来，我注定和你不同，这辈子都将带着人类的烙印……我无法坐视同族的生命在眼前逝去而无动于衷……"

"所以，请原谅我，没法遵守您所谓的秩序。"她轻轻地道。

她睨了盖亚一眼："能将您的头发遮一遮吗，莱斯利先生？"

"你讨厌它？"

黑袍青年长长的黑发被风吹起。

"因为它让您看起来像路易斯。"少女朝他露出抹调皮的笑，"……如果您不介意，我看它一次就想起一次路易斯的话。"

"抱歉，我其实……有点介意。"他慢吞吞地道。

紧接着，一道莹白的光束从天而降，将他裹住……

那浓夜一样漆黑的长发在一寸寸变白，最后，化成雪的颜色。

那样圣洁，那样美丽，仿佛将整条银河都披在了身上。婉转的流光里，他就这样安静地站着，仿佛还是圣洁无匹、美丽强大的神祇。

柳余微微眯起眼睛道："去找找米斯金兽吧，盖亚。"

"恐怕得快些了。"

"咔啦啦啦……"神殿的门开了。

神殿还是老样子，一眼望见的，是高高在上的金色神座，还有无数星球沿着既定的轨迹运转……

六芒星铺满了地面。而不同的是，那无所不在的金色细沙一扫而空，神圣的殿堂变得冷清又寂寥。

盖亚走了进去。他一步一步上了台阶，柳余也跟着一步步上去。

黄金扶手上的金色竖瞳又一次睁开了。

柳余以前总是一扫而过，这次，却在那金色的瞳孔里找到了……雀跃？快活？

"贝丽，离远一点。"

青年的手一展，莹白的手掌上，一个黑色的字体突然出现，柳余认出，那是被染黑了的"光"。那"光"字不停地转，不一会儿，空气中竟又有金色的细沙弥漫开来。

那些细沙如纱幔般一点点缠到那黑色的"光"字上，"光"字重新开始变成金色——它在转变。而在金沙厚得快落下时，扶手突然光芒大作……

"轰隆隆……"

一阵地动山摇里，扶手上跃出一个……先看到的，是一截洁净的脚踝，可这是……人？

柳余以为自己看错了，正要再细看，眼睛就被遮住了。

盖亚的手横在她的眼前，黑色丝袍覆住了她的眼睛："贝丽，不要看。"

"神，您可终于把我放出来了……"

一道懒洋洋的、极富磁性的声音在殿中响起，光听声音，就能在脑海中勾勒出一张成熟而英俊的脸，身躯必定矫捷有力，极富荷尔蒙……

"噢，神后小姐，您缺情人吗？"

而下一刻，那声音就变了调，暴躁地道："该死的神！你又将我打回……"

"叽咕！"一声剧烈的"叽咕"声后，柳余的眼睛能看见了。

她的面前出现一个皮球大小的、金色……毛茸茸？

那毛茸茸特别圆。圆球上，两只金色的眼睛水汪汪的，扁扁的嘴巴像是鸭嘴兽的嘴，开开合合着："叽咕！叽咕！叽叽咕咕咕……"

"这……是什么？"

没有一个女人能拒绝毛茸茸，少女的眼睛一下变得水汪汪的，她扯扯身边人的袖子问。

"米斯金兽。"

"米斯金兽？可我刚才明明看见……"

金色毛茸茸一蹦一蹦地跳到她面前，圆溜溜的眼睛一眨，就有两汪眼泪掉出来："叽咕叽咕……"

圆溜溜的眼睛湿漉漉的。

"你想说什么?"柳余蹲下身。

毛茸茸抽抽噎噎的,眼泪掉啊掉,十分可爱。

她正要伸手摸一把,另一只手就伸了过来,拎起毛茸茸:"贝丽,你该开始了。"

那手极美,骨节分明,十指修长。

"……你都没跟我说,米斯金兽竟然这么可爱。"柳余恋恋不舍地收回视线。

可惜……这么可爱的毛茸茸要挂到天上去了。

这时,金色毛茸茸"叽叽咕咕"、剧烈地扭动起来:"叽咕叽咕叽叽咕咕叽叽叽咕咕咕咕咕咕……噗……"

他的肚子鼓得大大的,最后,嘴巴大张,又吐出一个皮球来——那皮球薄薄的,能看见里面交错复杂的脉络。

一道奶声奶气的声音同时响起:"哎哟,可憋死我了。"

"别挂我,挂这个,我的光囊……"毛茸茸一蹦,就将它吐出的皮球砸到柳余面前,"美丽的神后小姐,请接受我的光囊,它很有用,储存了一百年的神力,足够照亮一百年!"

柳余看向盖亚,在得到他肯定后,用蓝色神力仿造"光"的规则,造出了一个圆形的网。

最后,将那光囊往里一推……蓝色的丝网提着光囊慢慢升入天空。

神奇的一幕出现了。

黑暗像潮水一般消散,金色的光芒一点点地铺上大地——世界又变成了原样。

黑夜消失,白昼降临。

她的耳边似乎能听到潮水般的哄闹声,人们走上街头,奔走相告:"光回来了,我们不必再行走于黑暗,将拥有金色的太阳……"

这时,金色毛茸茸一蹦一蹦地跳到她的裙边,圆溜溜的眼睛看着她:"叽咕……"

它吊着她的裙摆,手脚并用地往上爬……柳余这才发现,它有短短的、胖乎乎的手和脚,可爱极了,就像是圆乎乎的姜饼人。

她蹲下身,想戳它一下……可谁知,下一刻,一声剧烈的"叽咕"后,毛茸茸像个皮球一样砸到墙上,接着划出一道圆弧曲线,破窗而出,消失在了半空。

"盖亚,是不是你……"柳余直起身,下意识地要斥问,人却被压到了墙上,金色的镂着莽纹的华丽墙壁磕着她的后背,又冷又硬。

她的双手被他钳住压在头顶,绵绵密密的气息将她包裹,而那华丽精致的脸就在眼前,他高挺的鼻梁就要与她相碰。

而注视着她的绿眸那样幽深,仿佛要将她吞噬,他越来越近,头越来越低。

柳余的喉咙往下滑了下,就在她以为,他要亲下来时,高大的男人消失了,取而代之的,是一只小小的金色羔羊。

那羔羊有短短的、卷卷的金毛,朝她仰着头,轻轻"咩"了一声。

柳余的心都要化了。

"盖亚!"

柳余蹲下身,小羊羔乖乖地站在那儿,它的身体太小了,不过两个巴掌大,比从前莱斯利变的还要小。

四只小羊蹄轻巧地落到地面,整个羊身金灿灿的,像铺了一层柔软的金沙。短短的卷毛,让小羔羊像蓬松的毛线团,眼睛就像陷在毛线团里的绿宝石。

柳余没好心地伸手，一戳，小羊羔就倒了。

四只小羊蹄朝天蹦了一下，倒在那堆黑色绣了金线的宽大丝袍里。

小羊羔翻了过来，看着她的绿眼睛水汪汪的："咩！"

柳余"咯咯咯"地笑了起来，所有的坏心情不翼而飞："莱斯利先生，这可是你自己变的……不怪我。"

"……咩。"小羊羔的脑袋耷拉下来，连毛也耷拉了。

如果是盖亚做这样的动作，柳余一定不会心软。

但对着这样一只软绵绵的小毛茸茸，她的心一下子化成了水。

"盖亚，你作弊……"她轻轻道，伸手将小羊羔抱在了怀里。

小羊羔的耳朵一下竖起来，它警惕地看了她一眼，四只小羊蹄乖乖地缩着。

她咳了一声："莱斯利先生，我可不像你……我的心肠很好。"

可惜，她没有大袖子。

柳余左右看了看，想找块大小合适的布给小羊羔包起来，这时，大殿的走廊外传来一阵乱糟糟的脚步声。

视线穿过金碧辉煌的殿门，能看到走廊转角"呼啦啦"地来了一群人。

是刚才见过的圣子、圣女们，他们个个脸带喜悦，长廊外金色的阳光落到他们身上，给他们披上了一层欢快的柔光。

吉蒂神官领头，他们来得非常快。

圣子、圣女们"叽叽喳喳"地讨论着："是神……神回来了吗？"

"神会在神殿吗？"

"噢，我太高兴了，我们还没有被神放弃，被光明放弃……"

"咔啦啦……"门开了。

柳余没有避开，圣子、圣女们一眼就看到大殿内抱着金色羊羔的少女。

她身量高挑，窈窕修长，天空蓝的长裙像朦胧的蓝雾。而比长裙更美的，是那双眼睛，冰蓝如幽沉的大海，神秘又玄奥，与之对视，仿佛连神魂都会被吸走……她的怀里，还趴着一只小小的金色羊羔。

不知怎的，吉蒂神官发现自己竟有一种在面对神的错觉。

她下意识地匍匐下去："尊敬的神后……"

"好久不见，吉蒂神官。"神后美妙的声音在大殿内响起。

圣子、圣女们也不由自主地跟着匍匐下去："尊敬的神后。"

而下一瞬间，那缥缈的感觉消失了。

吉蒂神官这才起身问："神后，光明回来了……您看到了吗？"她喜出望外地道，"是神……神回来了吗？您看见神了吗？"

圣子、圣女们希冀地看着殿中的少女。柳余确定，他们确确实实都将之前的一幕忘光了，尤其是吉蒂神官……

她又变成了神宫里那个对神尊敬无比、温柔和蔼的女神官了，看着自己的眼神中即使藏了一丝警惕，但大体还是友善的。

"神在一个地方。"她道，"也许不久就会回来。"

吉蒂神官的眉眼都柔和起来，他们太需要这样一个消息了。

"噢，那太棒了！"

圣子、圣女们也松了口气。这一松气，注意力就落到了柳余的怀里，他们的眼睛立刻亮了起来，尤其是圣女们，他们围了过来，"叽叽喳喳"地道："神后小姐，你的羊好可爱！"

"它是金色的！好美、好特别的颜色！"

"我可以摸摸它吗？"

柳余躲开了："噢，不行，我的羊……有些怕生。"

小羊羔抬头看了她一眼，眼睛像纯净的绿宝石。

柳余摸了摸它的脑袋，它又低下头去，四只小羊蹄紧紧地抓着她的衣襟，柔软的小肚子贴着她。

"神后，还会离开神宫吗？"

"当然。"

柳余可不想在这个地方待着，她想去各个世界走走，找找……她接下来想做的事。

那天在小酒馆里碰到的那个女孩，总让她有些在意。

贫民窟里的女孩是那样长大的吗？这个世界里，到底有多少同样遭遇的少女呢？她们从婴儿开始，一天天地长大，从少女变成妇人——她们遭受着什么呢？

这个被光明信仰支配的世界，陡然间失去光明，又得到光明——信仰，是否松动了？

她还没想通……不过，多见见这个世界，总有一天，她会想明白的。

"那么，能否请神后多留一天呢？莫里艾骑士他们一定已经收到了消息，我想他们明天就会回来……也许，他们会想问一下您，有关神的事。"吉蒂神官面带祈求道。

柳余看了她一眼，说："那我明天见过莫里艾再走。"

"还有，你可以叫我贝莉娅小姐。"她道，"我已经不是神后了。"

"可是……"吉蒂神官想开口，可等她对上金发少女的眼神时，所有的话就都消失了。

她低下头道："……是，贝莉娅小姐。"

吉蒂神官领着"叽叽喳喳"的圣子、圣女们离开，在即将步出大殿的门时，她突然停住脚步，对她说："贝莉娅小姐……在您去梅尔岛时，神宫内每天都在飘着雪和雨。"

柳余微微颔首："所以，我该感谢吗？"

那些黑暗、老鼠和影子。

吉蒂神官什么都没说，她只是退后一步，恭敬地关上了殿门。

柳余轻轻抚摸着怀中羊羔柔软的后背，冷不丁地，狠狠掐了一把。

"咩！"小羊羔的身体一下子弓起。

它仰起头看了她一眼……柳余注意到，那双绿眼睛水汪汪的。

"噢，抱歉，"她不怎么真诚地道，"……一不小心就下了重手。"

这才松开，小羊羔团在她怀里，被抱去了内宫。

内宫还是老样子，柳余施了个除尘术，里面就焕然一新了。穹顶的壁画苍凉而磅礴，她一样样看过去……最后，在那个雕镂着精美蔷薇纹的衣橱前停下了。

里面似乎又换了一批衣裙，各式各样的都有，蓬蓬裙、鱼尾裙、梦幻又飘逸……柳余的手指一点点划过，最后落到一条嫩黄色的裙子上。

怀里的小羊羔突然挣扎起来，四个蹄子一跃，就想跃出她的怀抱……

柳余拉住它的后腿，轻轻一拍它的屁股："调皮。"

小羊羔的身体僵住了，它愣愣地回头，金毛泛着一层可疑的红晕，仰头："咩！"

神宫内殿。

"选一条吧，小裙子，还是小裤子？"

金色的小羊羔被放在小短裙和小裤兜中间，它短短的四只小羊蹄踏在柔软的被面上。

小羊羔耷拉着脑袋不说话。

"啊，都不想选？"

小羊羔仰起头，朝她"咩"了一声。

"那……我帮你选好了。小裙子，怎么样？"柳余笑眯眯地道。

"咩！"

小羊羔短短的卷尾巴一下子竖起，下一刻，它跳到了金色的床柱上。

漂亮的雕花床柱上，小小的一团"金云"，"绿宝石"高傲地看着她……

"噢，亲爱的莱斯利先生……"床边的少女抬起头，雪一样白净的脸上，笑容俏皮又可爱，"您变羊可不是我强迫的。"

"可不许变回去哦。"她笑眯眯地道。

小羊羔安静地看着她。

"您之前不还说，要追我……"

小羊羔一下跳了下来，四只小羊蹄分毫不差地踩在那鹅黄色的小裤兜上："咩……"

"您是说……这个？"柳余伸手。

小羊羔优雅又矜贵地迈开它的小羊蹄。柳余成功拿到了小裤兜。

裤兜的前面，绣了两个大大的口袋，一边别着一片新鲜的绿叶，可爱极了。

"确定是这个？很不方便呢。"柳余半遗憾地道。

小羊羔的绿眸里泛起浅浅的涟漪……下一刻，它突然跳到她的肩膀，伸出一只小羊蹄，轻轻摸了摸她的头。

那力道是那样轻、那样软，像是满载着温柔。

"咩。"小羊羔轻轻地叫道。

柳余又想笑了，她一把捞过它："走咯，去穿裤子。"

"咩……"

当报时鸟响过六声，夜幕成功降临时，柳余忍不住松了口气。

正常了。起码，看起来正常了。月亮接过太阳的职责，月光静悄悄地笼罩着大地。

金色的小羊羔乖巧地趴在桌面上，身上穿着嫩黄的小裤兜，头上还扎着两个小鬏，银色细绳在浅金色的毛发里泛着浅浅的光……

柳余满意地收了手。她让吉蒂神官送来一个花篮，花篮里铺着棉花垫，垫子外包了一层柔软的丝绸，旁边还点缀着几朵不知名的花。

花色浅粉，香气浅淡。吉蒂神官还有些抱歉，告诉她，神宫外的蔷薇都被一场冰雹打坏了，现在换上了别的花……

"你今晚就睡在这儿吧。"

柳余将小羊羔捞起，放到花篮里。

小羊羔昂起头，一动不动地看着她……

"盖亚，别这么看我……我不会心软的。"少女拽了拽小羊羔脑袋上的鬆鬆。

啊，太可爱了！

如果小羊羔继续盯着她……她就把它放到外面去。

小羊羔不再看她了，它将小脑袋搁在自己的小羊蹄上，毛全部耷拉下来，看起来有些萎靡。

柳余拿来一块小被子替它盖上，又把花篮放到鎏金桌面上，和蓝肚细颈花瓶并排。

"晚安，莱斯利先生。"

她熄灭壁灯，躺在了床上。

"咩。"小羊羔也轻轻地回答她。

一时间，空气中只剩下轻浅的呼吸声，月亮的清辉透过透明的窗玻璃照进来，在地上落下一片朦胧的剪影，华丽的金色墙壁在朦胧中仿佛有细碎的流光泛起。

柳余闭上了眼睛。神不需要睡眠，可她需要。

良久，当月亮爬上树梢，连虫鸣都开始变得有气无力时，一道颀长挺拔的身影沐浴着朦胧的月光在桌边出现。

他站在那儿，浓夜一样的黑发披散着，衬得那皮肤越白，绿眸如永不凋零的迷雾之森……

他比月光更皎洁，比黑夜更深沉，仿佛所有的言词落到他身上，都是一场亵渎。一件绣了金丝的华丽黑袍罩上了他的身体。他拢了拢衣襟，袍摆下，一双赤足如雪。

他踏着月光的碎影，一步步走到床边，长长的黑发飘到少女沉睡的脸颊上，她似是感觉到不适，睫毛颤了颤……

一道黑色的碎光落下。

少女紧皱的眉头松开了，她翻了个身，脸正好朝着床铺外。

月光如水，照见一张脸，褪去了所有的桀骜和张牙舞爪，只剩下乖巧。

他伸出手，修长白皙的手指沿着她的轮廓一点点下滑："贝丽。"

"余。"

"时间啊……"

声音散入空气里，喑哑低沉，仿佛每个字都透着渴望与疼痛。

他站在那儿，竟是痴了，过了不知多久，才像是醒转过来，直起身往外走。在一步步往金色的殿门去时，黑发寸寸变银雪。

在夜晚，神宫幽静得如同另外一个世界。他一步步地踏着长廊，风吹起他冷而冰的银发，却带不动他厚重的黑袍。

穿过重重绿色迷雾，直走入花园深处。那里有一汪湖泊，湖泊中央，矗立着一棵直插入天的苍树。苍树郁郁，矗立在那里千年万年，仿佛永不凋零。

一片枯叶飘到他的脚下，他弯腰捡起："你……也老了啊。"

仿佛只是来看那么一眼，他又转身离开了。

夜色铺满他的脚下，月光翩跹在他的银发上，它们钟爱他，又似恐惧他，不断靠近，又不断远离……

而身在中心的他却似毫无所觉，踏着长廊，脚步一拐，去了酒窖。

待到晨光熹微，他才沐着晨露回到了内宫，床上，少女枕着手酣睡未醒。

一道金光划过，金色的碎影幻化成一只金色的小羊羔，轻巧地落到少女的枕边，被她的手一搂，搂入了怀里。

"别动。"

小羊羔的绿眸动了动，眼皮微阖，竟也在那热气里入睡了。

"叽叽喳，叽叽喳……"

耳边传来一阵嬉闹的鸟鸣，柳余的睫毛颤了颤，眼睛就睁开了。

浅金色的阳光穿过窗户，落到床前。她下意识地用手遮住眼睛，在逐渐适应光线后，才挪开。于那弥漫的朦胧的浅金色阳光里，一张美到了极点的脸映入眼帘。

他有长长的睫毛，有笔挺的鼻梁，有削薄的嘴唇，还有……那睫毛颤了颤，如一泓秋水的绿眸就这样撞入她的眼睛。

柳余的心"扑通扑通"地跳了起来。

那睫毛又颤了颤，一层水汽泛上来，那绿眸就如漫起雾霭的森林。

似是还有些迷糊，看了看她："贝丽，我……"

柳余的目光从他的嘴唇挪开，顺着水银般的长发一路往下，光洁的肌肤、流畅的肌理……

脸腾地起了火，正要开口，他却倾身过来，捧住她的脸，给了个极其自然的吻："早安，贝丽。"

柳余一脚把他踢下了床。

"盖亚·莱利斯！你……"

所有的指责，在对上地面金色小羊羔的绿眼睛时，戛然而止。

"狡猾。"

居然变羊。小羊羔仰头，朝她轻轻"咩"了声。

第四十七章

  吉蒂神官站在内、外宫交界的长廊处，安静地等待着。
  自清晨的第一缕阳光穿过窗户，照亮她的房间，她被乌云笼罩了一整个月的心就开始放晴了。多好啊，光明回来了，而这不是一场梦！
  她领着圣子、圣女去宫外摘了花，又将神宫里里外外重新布置，焕然一新，做完例行的祈祷后就来这儿等着，即使神后迟迟不出，也丝毫没有不耐烦。
  一位圣女提着花篮经过，问道："吉蒂神官，您在这儿做什么？"
  吉蒂神官温和地笑着回答："等神后小姐。"
  神后是给人带来福音的，她一来，世界就重新有了光。
  "……噢，"圣女奇怪地道，"可是神后小姐出去了啊……就在花园，我经过时看见神后小姐正坐在秋千上，噢，对了，怀里还抱了只金色的小羊羔。"
  "秋千？"吉蒂神官一愣，"什么秋千？"
  花园里可没有秋千。
  "是的……白色的秋千，花纹很漂亮，就架在紫藤萝花架下……白云上还有彩虹，噢，美极了……"
  被两人提及的神后小姐此时正抱着小羊羔，坐在秋千上。
  一股柔和的风轻轻推着秋千摆动，头上是绿油油的紫藤萝花架，紫色的小花点缀其间。她穿了一条绣有星月银纹的白色长裙，裙摆长长地垂下来，被风一吹，就像波浪一样散开。
  莫里艾一进花园，见到的就是这样的场景，少女安静地坐在白色的秋千上，紫藤萝在她的发顶，阳光在她金子般的长发上流连——她被包裹在那暖阳里，整个人如传说中的安琪儿那样圣洁美丽。
  她抬起了深海般的蓝眸……
  莫里艾下意识地垂下眼睛："拜见母亲。"他右手置于左胸，行了个礼。
  少女美妙的声音在耳畔响起："莫里艾，你来了。"
  莫里艾抬起头来，这才发现，少女的怀中还趴着一只金色的小羊羔。
  小羊羔毛茸茸的，蜷在那儿像浅金色的云团，少女正一下一下地抚摸着它。

玫瑰与她的神明

似是察觉到他的视线，小羊羔懒洋洋地抬起眼皮……

于是，莫里艾发现，它的眼睛似一片神秘的幽绿，如雾霭重重的迷雾之森，悠远又让人琢磨不透。这让他想起伟大的父神。

"是的，劳烦母亲久等。"

只要一想到，他的脚步还没踏进神宫，耳边就响起这位的命令，莫里艾脸上的神色就越发恭敬了。

"吉蒂神官说，你也许有事找我。"

"是的，母亲。"莫里艾微微屈身，"您还好吗？父神……他还好吗？"

"光明已经重回大地。至于你的父神，他还在迷雾之地未归。莫里艾，你应该知道你的父神做了什么，不要叫我母亲。"柳余平静地叙述着。

莫里艾一愣："好的，弗格斯小姐……"

"贝莉娅小姐。"

"好的，贝莉娅小姐。那么请问……父神什么时候能回来？"

"也许一个月，也许半年，也许百年……"柳余慢悠悠地道，"我不知道。"

莫里艾抬头看了她一眼，在对上对方的视线时，终于知道，这位神后说的都是真的。

他似是被某件事情所困扰，那张和布鲁斯主教如出一辙的脸上满是凝重，在沉默良久后突然跪了下去，佩剑随着他的额头触到地面时一同落了地。

"贝莉娅小姐，我和骑士队去各个世界寻找父神时发现，明塞顿世界出现了一道巨大的裂隙……马汀和罗曼诺被那裂隙吸了进去……"

马汀和罗曼诺是骑士队的人。

"裂隙？"柳余问。

"是的，裂隙，非常巨大、非常可怕的裂隙……"莫里艾的脸上露出伤感之色，"马汀和罗曼诺都被吸进了裂隙里，我们的神力根本无法与那裂隙抗衡……而且，那道裂隙在越变越大……我想，如果不及时阻止，那裂隙会将整个明塞顿世界都吞噬。"

柳余没说话，示意莫里艾继续。

"……那道裂缝是在一个贫民窟发现的。不知道母亲您还记不记得，三个月前，我们曾经将一个罪犯押到梅尔岛，那道裂隙就距离那个罪犯的住所不远……"

"唐英？"柳余下意识地问道。

"对，就是这个古怪的名字。"莫里艾点头。

不知道为什么，此时再听到这个名字，柳余有种心惊肉跳的感觉。

她面上却神色未变，问道："所以，你想寻求我的帮助？"

"是的，贝莉娅小姐，我们联系不上父神……而您的力量我们都见过，"莫里艾诚挚地看着她，言谈间似乎完全忘了之前的龃龉，"您已经是半神了……或者，已经成为新的神祇。"

他的眼眸里有着了然："那蓝色的太阳，还有世界上各大城池中出现的石像……"

"吉蒂神官一直守在神宫，她不知道，但我们……很清楚。"莫里艾垂下头。

柳余看着他："莫里艾，你和从前有些不一样。"

骑士满布皱纹的脸上露出苦笑："光明来了又去……总是会有些不一样的。"

柳余骤然明白过来。她往完好的窗户上扔了一块砖头，于是，风和光就透进了原来密闭的空间。

蓝太阳的出现打破了人们既定的认知，世界接连两次沉沦黑暗，即使后来光明恢复，可也已经打破了人们原来对光明的认知。啊，它不是一切，它也会被打败，它也会沉沦黑暗……

就如同一根铁棍打碎了牢不可破的冰面。这固然带来了破坏和混乱，可也带来了新的认知。

信仰，开始松动。松动过后，开始思考。

思考，将去除蒙昧，带来清醒。

当然，这将是一个漫长的过程，也许要覆盖一代又一代的人类。也许，人类终将获得自由。想到这儿，她的心突然松快了些。

这一松快，对待莫里艾的态度就自在了许多。

"没错，你猜的都对……那么，你要将你的长剑指向我吗，莫里艾？"柳余问。

莫里艾恭敬地垂着头："不，莫里艾不会对您不敬。"

"为什么？你不再信仰你的父神、你的光明了吗？"

"我当然信仰我的父，我的神，我的光明，甚至愿意以死明誓……但在父神没有否定您妻子的身份前，我的刀锋永远不会指向您。

"而且，我始终认为，父神爱您，您也爱父神。"莫里艾抬起头，眼神清亮，"您和他之间，始终存在割舍不断的情感……而这情感断裂之前，你们始终是夫妻。"

互拼刺刀的夫妻？她笑了。

"我会去明塞顿世界，但不是因为你的请求。"

就像从前的每一次那样，她没法对已经得知的灾难视而不见。

"谢谢，谢谢您，贝莉娅小姐！您真是个大好人！"

莫里艾险些喜极而泣。

柳余忍不住挪开了视线。

"还有，贝莉娅小姐，您的羔羊真可爱，它很特别，父神一定会喜欢……"莫里艾似是想起了什么，乐呵呵地告诉她，"您离开神宫时，父神因为太喜爱羔羊，对神宫内所有的生物都施展了变羊术……"

"变羊术？"柳余呆了呆。

"是的，但那些羔羊都是白色的，父神似乎很失望……当时他的眼神……"莫里艾使劲回忆了下，"我看了，很难过，就像有人往他心里塞了一团冷飕飕的棉花。"

"哦，是吗？"柳余若有所思地看了怀中的羔羊一眼。

它从莫里艾进来，就一直乖巧地趴在她怀里，似乎对所有的话题都缺乏兴趣，此时，一双耳朵却悄悄地竖了起来。

"谢谢你，莫里艾，我自己去明塞顿世界就行了……你们的职责，是守卫神宫，等候神的归来。"

柳余问莫里艾要了具体的地址，就打发他走了。

"是，贝莉娅小姐，期待您的凯旋！"莫里艾提出告辞。

等他的身影消失在道路的尽头后，柳余才捏住小羊羔的耳朵："你把所有人变羊了？抱他们了？"

小羊羔摇脑袋。

"这还差不多。"

玫瑰与她的神明

柳余知道，自己这样很变态，她既不想这样简单地接受，可又不想拒绝，偏偏还霸道地想独占他，不许他对其他人特殊……

用从前的话说，是"占着茅坑不拉屎"。

可她不想改。

她成神，不就是想活得顺心痛快吗？

她跳下秋千，说："该把秋千收起来了，这可是你的道歉礼……盖亚。"

她可不希望自己离开神宫后，有别的人坐上它，毕竟……这可是小羊羔用它可爱的小蹄子，一蹄子一蹄子做好，安上的。

这时，一道金色的屏障凭空出现，将秋千和紫藤萝花架一同罩了进去。浅金色的光幕里，秋千，紫藤萝花架，风轻轻地吹……一切美得像一场幻梦。这法子更好。

柳余高兴地摸了摸小羊羔的脑袋。

"咩！"小羊突然抬起小羊蹄，冲她"咩"了声。

"受伤了？"

柳余一下就看到了小羊蹄上扎着的两根小木刺。

小羊羔点了点头，蔫头耷脑。

"莱斯利先生，您变羊了，好像连心智也变小了……"她慢吞吞地道，"您以为我会相信，您堂堂一个神祇，不故意的话……会让木刺扎到？"

"咩……"小羊羔垂下了小小的羊脑袋，它看起来垂头丧气的。

柳余伸手，一下将那木刺拔了出来。

小羊羔仰起头，绿眼睛亮晶晶的。柳余却注意到，它短短的卷尾巴在一甩一甩的。

"咩！"它冲她张口。

柳余忍不住挪开视线，这一刻，她不得不承认，即使是变羊，这羊的可爱值也足够吊打——一、切、毛、绒、绒。

亚索里城邦是明塞顿世界最大的城邦，它最繁华，也最堕落。

在亚索里城邦，有着最繁华的东区。东区的街道有着最完善的下水道，路面永远干净整洁，时常有穿着鲜艳丝绸的贵族坐着马车飞驰而过。

而西区则截然相反，它充斥着罪恶和堕落，有着整个明塞顿最大的贫民窟。走在路上，不仅得提防随处可见的扒手，还得警惕随时从街边泼出的生活污水。

整个街面都充斥着腥臊的气味，污水更是无人清理。

而这一天，鲜少有贵族肯踏足的西区迎来了一对奇怪的客人——一男一女。

男人将自己整个包裹在斗篷里，神神秘秘的，而女孩却没有遮遮掩掩。她大大方方地向众人展示着自己出众的美貌，金子般的波浪卷长发，肌肤比牛乳更白、更细腻，她还有一双神秘又冰冷的蓝眸。

当那蓝眸看来时，所有人的心都忍不住颤抖和心悸，好像在一刹那，心底所有的秘密都无所遁形。

他们悠闲地漫步在混乱的西区，举止间不经意地流露出贵族式的优雅，他们还穿着平民望而却步的丝绸衣服，每一处都和这个乱糟糟的地方格格不入。

西区的人们稀奇地看着他们。他们在暗处兴奋地讨论着，为他们编出一个又一个狗血又夸张的故事。

"噢，见鬼，这些贵族怎么会来西区？难道东区还装不下他们高贵的身体？"

"不不不，你看他们身上的衣服，一定是最高贵的大公爵才能享受……我以前在东区的安东尼伯爵家干过一阵子活，那伯爵家的小姐也没有这么体面美丽的衣服，就像天边的云彩……"

"珊妮，你看她的脸上没有涂厚厚的珍珠粉，也没有戴高贵的假发……也许，只是某个贵族家的少爷带着女伴私奔，来我们东区躲一段时间？"

"我喜欢他们！"有人声称，"不像那些眼睛长到头顶的贵族，而且他们也没有捏着鼻子骂，'噢，这些该死的、肮脏的下水道臭虫'。"

"嘘，那可是贵族。"

暗中的交谈中断了。

"你说……"良久，有人轻轻问，"他们会不会是为了那个？"

"那个？你是说黑暗使徒家附近出现的裂隙？东区已经来过几拨人了……我记得最早还是光明神殿派的人，他们几乎损失了整个骑士队……最近又来了几个贵族老爷，他们的能耐要大一些，但是好像也有两个贵族老爷被吸进裂缝了……真可怕……"

"但愿他们不是，听说那可是黑暗使徒的阴谋……"

想起一个月前，光明从大地上消失，世界被黑暗笼罩的惨淡情况，所有人都噤声了。

而作为话题中心人物的柳余则小心翼翼地提着裙摆，绕过一处可疑的污水路面。

她当然没有像人们讨论的那样淡定，在初次踏入这条街道时，也险些被空气中混杂的各种气味给熏闷过去。

那感觉就像是被装入一个臭鱼缸……

但所有的难受，在盖亚落到她身边时一扫而空。

她像被人从臭鱼缸里提出来，放到了一片鸟语花香的世界。

鼻尖被青年如松如雪的清冽气味包裹，但沉闷的感觉，却没有因此消失。

西区仿佛连天空都蒙着一层暗淡的灰，路上的行人大多穿着粗布麻衣，补丁叠补丁，连面色都是暗淡的。他们仿佛被生活折磨得没了脾气，看见她，要么远远地躲开，要么各怀心思地打算在他们这两只"肥鱼"身上敲一笔。

她看向一旁，青年全身都罩在华丽的黑底金丝斗篷里，只能隐约看到一截白皙精致的下巴，一缕黑发飘散在外——降临到明塞顿世界时，他就变了回来。

"莱斯利先生，我以为光明统治的世界中，不会有这样的地方。"

"有光就有影。"

青年转过头，湖绿的幽眸在一瞬间对上她……柳余失语了，他真的太美了，尤其距离这样近时，那美不加掩饰，更加有视觉冲击力……

而显然，他自己也深谙这一点。

柳余挪开视线，目光落到了街巷的暗处——那里，一个站街女郎被一个粗鲁的男人压在墙上。

这时，一个站街女郎伸手拦住了他们，确切地说，是拦住了盖亚。她长得很不错，只是皮肤因常年风吹日晒而有些粗糙，还有双灰色的眼睛，她眯着眼看人时，有种格外的风情和娇媚。

大约是十分自信的，只是当目光触及斗篷下的那张脸时，竟然有了一丝自惭形秽。青年冰冷的目光滑过她，携着少女走过她的身旁。

站街女郎这才反应过来，连忙提起裙摆追了上去："等等！等等！先生……"

249

突然，一道风刮了过来，站街女郎被风沙迷了眼，再睁开眼时，哪里还见得到那对人的影子。

"罗蒂，别做梦了！这世上的贵族老爷，怎么会看上你一个街边女郎呢？"

站街女郎恶狠狠地道："呸！总会有一个贵人出现，心甘情愿地把我带出这个该死的西区！噢，到处都是臭虫……我要是不给自己打算，不是得病死在这儿，就是等有一天饿死……"

街道越往里，就越接近贫民窟，而她的心情也越加沉郁，像是蒙了一层擦不去的灰。

柳余发现，世界并不像她一开始来到时所见的那样美好，也不像光明教廷吹嘘的那样。越贫穷，越罪恶。

而这里的罪恶，连光明都无法遮掩。

婴儿被遗弃在了路边，蹬着腿号哭，行人们来来去去，仿佛司空见惯。

最后，她拿出一块光明圣晶，想请一个人将他送到附近的孤儿院……

"孤儿院？那是什么地方？"路人奇怪地问她。

他穿得破破烂烂，瘦得脸颊整个凹陷下去。

"就是被遗弃的孩子能够得到抚养的地方。"

"没有那种地方……不过，东区有个收容所，那是神殿办的，收容所里都是寡妇在干活。那些贵族闹出笑话来，不要的孩子都往收容所丢……一个月一百块卢比，婴儿贵些，一百五十块……至于我们这儿，要是能碰到好心人，给点吃的能慢慢活下去……不然……"

他满脸麻木。

"这是遗弃。"

"遗弃？"路人摇头，"这还是好的，也许会有好心人经过，抱他回去……但有些女婴，生下来就被掐死了。"

"为什么？"柳余的喉咙像是堵了块石头。

她想起纳撒尼尔小酒馆里的那个蓬蓬裙女郎。

"女孩们麻烦，长大了还要准备一笔陪嫁……少了还嫁不出去。"

柳余忍不住看向一旁低窄的屋檐，破破烂烂的房子……这到底是个什么样的世界？唐英一直生活的……就是这样的地方吗？可他的日记里，生活充满阳光。

"送他去收容所。"

突然，一道美妙的声音响了起来，青年黑袍下修长如玉的手指捻起她掌心的光明圣晶，抛到那路人手里，"留足十年的抚养费。"

光明圣晶，是这个世界上最昂贵也最稀罕的货币，它无法用卢比来衡量……

即使要留下十年的抚养费，剩下的也有一大笔。

路人面上一喜："当……当然，尊敬的大人，我这就送去。"

像是生怕他们反悔，他抱着婴儿就往西区外跑。

柳余看着他一路跑出西区，这才收回视线。

这人不敢欺骗一个贵族老爷。

"贝丽……"

这时，一团蓬松的、像棉花糖一样的东西挡在她在面前。

"棉花糖？"

柳余这才发现，盖亚不知什么时候已经站到她面前，手里举着一个大大的粉色棉花糖。

华丽的金丝斗篷，与对方精致的面孔相称，尤其是那黑发还如绸缎一样垂下来……可这样一个人，却举着一个一看就是哄孩子的东西。

"……你可以给它取这个名字。"他道。

不知道为什么，柳余从面前人平静的口气里听出了一丝雀跃。

可抬头看去，青年苍白美丽的面上，绿眸似一片平静的湖，风过，一丝涟漪都没有。

他安静地看着她。

"……哦。"柳余接过竹签，嘴角微微翘了起来，"走吧。"

棉花糖咬进嘴里，化成糖水，甜丝丝的。

她想起盖亚在迷雾之地时的宣言，他说，要做她的母亲，她的父亲，丈夫，朋友……所以，这是在拿棉花糖哄她吗？

柳余咬了口棉花糖，又看了眼盖亚，他正一眨不眨地看着她，绿眸深深。对着那样的眼神，她的心像被蚂蚁轻轻咬了一口，有点痒，有点麻，还有点……颤。

"我想吻你。"他突然道。

柳余直接将棉花糖塞入他嘴里，拍拍手："走吧，亲爱的……"她拖长声音，"莱、斯、利、妈、妈。"

柳余很确定，盖亚知道"妈妈"是什么意思。他进入过她的梦，甚至会因为她幼时的一个渴望，而做了棉花糖来哄她……

不过，他什么时候做的？她想不出。

盖亚又拿了一个棉花糖出来，是浅浅的蓝，像天空的颜色。

"盖亚，你像哆啦Ａ梦。"

"哆啦Ａ梦？"

"嗯，我那个世界中的一种……很可爱的小伙伴，它的口袋里总是藏着各种各样的宝贝，可以随时拿出来……我小时候就很希望有个哆啦Ａ梦。"

少女接过蓝色棉花糖，眼睛弯成了一个月牙儿。

"谢谢，我的荣幸。"青年将手里的粉色棉花糖递过来。

柳余看了他一眼，轻轻咬了口，甜丝丝的。她又咬了口蓝色棉花糖，眼睛不由得睁大了些："啊，玫瑰味的……"

"好吃吗？"

"嗯，好吃。"

柳余又咬了口："说说看，还有别的颜色吗？"

"就这两种。"

"啊……为什么？"

盖亚没有回答。

柳余抬头，当对上对方的视线时，突然想到一种可能："所以，粉色是因为粉色的……羔羊吗？"

那蓝色……

"蓝色是因为你的眼睛。"

"哦，眼睛啊……"

柳余有点高兴，又有点不高兴。

她的眼睛是黑色的！

算了。她安慰自己。

"那……下次你可以做出草莓的味道来吗？"她问。

"草莓？可以。"

头发突然被揉乱，柳余打理了下，面前却出现一张脸。他半弯下腰，手放在她的头顶，阳光被大片地遮去，她只能看到那湖一样绿的眼睛，眼里映着整个她。

"还可以有葡萄，或者任何东西……

"只要你要，只要我有。"

只要你要，只要我有。

柳余的心微微颤抖起来……所以，这就是，被宠爱的感觉吗？

再任性的要求都能被满足。

"我感觉……"她眨了眨眼睛，"你在温水煮青蛙。"

青年直起身，阳光重新回到她的面前。

手被自然地牵起来。从她的角度，只能看到半张晶莹的侧脸，以及黑色丝绸的金色流光。

她眯起眼睛，却听见他道："但愿你能看到我的心。"

两人沿着逼仄狭窄的路面往前走，越接近贫民窟，街道越狭窄，来来去去的行人身上的衣服也就越破烂。

柳余看到了用木板勉强拼凑起的房子，一家子挤在豆腐块一样大的地方，孩子们都没人管，他们三三两两地窝在一个地方，要么玩游戏，要么用各色眼神打量着路过的行人……

她不太喜欢这样的眼神，褪去了孩童的天真，只剩下赤裸裸的掠夺感。

"走这儿。"

灵活地避开一个泥坑，柳余感应了下裂隙的方向。

不远了，在这前面……

她转过身，蹲下，对着身后的小尾巴道："我要去危险的地方，别跟着我了。"

那是一个小鼻涕虫。

三四岁的样子，浑身脏兮兮的，像刚在泥里打了滚，栗色小卷发贴着头发，油乎乎的，看上去很久没洗了。整个人瘦得可怕，皮包骨一样，却有一双清澈的黑眼睛。

小鼻涕虫似乎没听懂她的话，眼神渴望地看着她手里的棉花糖。

"你想要这个？"柳余看着她问。

小鼻涕虫点点头，又摇摇头。

柳余将棉花糖递了过去，小鼻涕虫又摇摇头。

"怎么了，你不是想要吗？"

小鼻涕虫将手从嘴里拿了出来，叉着腰，昂着头道："母亲说，坏人都是这样骗小孩的！"

声音奶声奶气的，居然是个女孩子。

"我像坏人？"

柳余的第一反应竟是这个，盖亚在旁边轻轻笑了声。

黑色的长发飘到她的脸颊边，她忍不住抬头瞪了他一眼："你还笑！"

青年的嘴角与眼眸一起弯了起来，道："贝丽，你真可爱。"

她转过头，用后脑勺对着盖亚，看着面前的小鼻涕虫。小鼻涕虫的眼睛像是被棉花糖黏住了，黏得几乎能拉出丝。柳余将棉花糖拿到左边，小鼻涕虫的脑袋就跟着扭到左边；她将棉花糖拿到右边，小鼻涕虫的脑袋就跟着扭到右边。

她把棉花糖往前一递，问："真的不要？"

小鼻涕虫依依不舍地移开视线，嘴里说："母亲说，隔壁家的丽莎姐姐就是这样被拐走的！她不会错！我不要！"

说着，她挪开脑袋，眼睛却悄悄地瞄着棉花糖。

她"扑哧"笑了声："看来你的母亲很爱你。"

"当然，"小鼻涕虫挺起胸脯自豪地道，"母亲最爱我！"

"好了，给你……"

柳余也奇怪，自己竟然和一个孩子说了那么多，她使了把巧劲，将棉花糖丢到了对方怀里。

小鼻涕虫手忙脚乱地接住，等抬起头时，只看到少女远去的背影，身旁还站着那个可怕的黑色阴影。

"我……我可以将它带回去，给母亲尝一口吗？"小鼻涕虫鼓起勇气大声问。

"随便。"

远处传来美妙的声音。

"谢谢，谢谢好心人！愿圣光庇佑您！"

小鼻涕虫小心翼翼地舔了口棉花糖，眼睛猛地瞪大，下一刻，已经"噔噔噔"地拿着棉花糖往自己家跑去了。

"母亲，母亲！有特别特别好吃的东西！"

远处传来了声音："你总是对孩子很心软……贝丽。"

"因为他们太柔弱了。"

"柔弱？"

"只能被动地承受世界的施与，好，或者坏……"

"到了。"柳余停下脚步。

面前是一道巨大的裂隙，附近人迹全无，什么都没有——确切地说，是所有的一切，都被裂隙中间那道巨大的旋涡吸了进去，飞沙走石，阳光也像被吞噬了，整个空间暗淡无光。

柳余一下子飞到天上，裙摆被风吹得猎猎作响。她闭上眼睛，感觉到空气中似乎存在着某种具有爆破力量的粒子，那是一种可怕的力量，具有极强的破坏性。

这时，一道气浪翻涌而来。柳余睁开眼睛，指尖一弹，蓝色的光点爆出，与那气浪相撞，发出"砰"的一声巨响。

远处的贫民窟里有人在探头探脑，他们都看到了空中的袅娜身影。

"那……那是……"

"东区的神殿又派人来了吗？"

人们不约而同地匍匐下去，祈求救赎。

柳余微微蹙眉，手指抖动，一张密密实实的蓝色大网朝裂隙的方向罩去，可谁知，还没触到，就被黑色的旋涡吸了进去。那吸力如此之大，险些将她也吸了进去。

一只黑色神力化作的大手揽住她，往下一拽，她就被拽落了地。

"你怎么想？"她转头，问身旁始终缄默的人。

他于风中挺立，岿然不动，斗篷已经被风吹落，于漫天的暗淡灰雾里，那张脸有种玉质的剔透感，圣洁而华美。

253

绿眸如水，落到地上的裂隙："明塞顿是我创造的第一个世界。"

"所以，你创造的世界出现裂隙……"柳余想起迷雾之地出现的裂隙，"这意味着……什么？"

她悚然一惊。

青年抬起眼睛："不必担心……等我的身体醒来，这些裂隙就会修复。"

"可是裂隙会扩大，也许等你醒来，明塞顿上的一切都消失了。"

"贝丽，你要习惯……世界总需要牺牲。"

青年的表情有种静谧的华美，也冰冷。

柳余咬住了唇，她不是圣母，却也无法对着群体性的灾难无动于衷。她不是盖亚，她不是看着鱼缸长大的，她是鱼缸里的鱼，她从弱小中走出，曾是人类，或者，现在也是。

她总算理解为什么灾难片里的那些小人物，总在最后做出人们意想不到的事了。因为除了反社会人格的人，没人能视而不见。

"既然无法填上……"柳余回忆着在图书馆里看到的那些书，试图在里面找到一个合适的魔法阵。"稳定，对，稳定，不让裂隙扩大造成更多的灾难……"

"极环。"

"啊！对！"柳余的眼睛亮亮的，"极环九芒星阵。"

极环九芒星阵画起来不难，材料虽然繁杂，但也难不倒已经活了无数年、藏有无尽宝藏的某位神祇，而其中最关键的一份"神之血"……柳余将一个小小的拇指瓶从怀中取出。拔开塞子，倾倒下去。

两滴金色血液瞬间滴入凹槽，"轰隆隆……"水银色的光芒冲天而起，一座巨大的九芒星阵凭空出现。

远远看去，华丽非常，整个天空都被这银色照亮。

远处东区的神殿塔楼上，十几个白衣神使同时浮空，他们眺望着西区问："那……那是什么？"

红衣主教拄着权杖，也飞到了半空，浮空术让他飞得更高，鹰眼术让他看得更远。

他眯起眼："是禁咒魔法阵！"

"禁咒魔法阵？"

"九芒星……你们看，天边亮起的星辰……"

白衣神使们看向权杖所指的方向，在水银色光芒直冲天际的地方，隐隐有九道银色的光。

"走，去看看！"

红衣主教一挥权杖，率先飞了出去，数十个白衣神使也跟着往西区掠去。浮空术托着他们在屋檐上飞驰，不一会儿，就到了禁咒魔法阵设立的地方。

那儿，已经空无一人。

曾经吞噬了一整队黄金骑士和许多英雄的黑暗裂隙，已经被亮银色的禁咒魔法阵包围。连空气都变得安静了。

"也许……"红衣主教将心中的猜测收回，吩咐神使们，"去附近问问，是不是见到了不寻常的存在。"

而在红衣主教派人四处寻找他们时，柳余正站在街道的不远处，看着转角……那儿，一个长满络腮胡的壮汉正试图从一个瘦弱的妇女怀里扯出孩子。

他们身后是一间豆腐块大小的房子，屋顶铺了稻草，墙壁是木板拼的，摇摇晃晃的，仿佛一阵风来就能把屋子吹倒。

透过破破烂烂的门，能看到屋里简易的木板床，和不知打哪儿捡来的方桌。家徒四壁，也就是这个样子了。

三人拉拉扯扯着，妇女牢牢地抱着孩子，就是不肯放，孩子在她的怀中闷头哭号："不！不！我不要离开母亲！我不要离开母亲！"

那声音还带着奶气，有些耳熟。

壮汉踹了妇女一脚，嘴里还骂骂咧咧的："你要是继续留着这小兔崽子，也给我滚到外面去！"

"霍尔！她是我们的女儿。"妇女祈求地看着他。

"她已经四岁了，足够了，把她给我，或者，你也给我一起滚出去！"

有个稳定的、强壮的伴侣，在这个贫民窟有个落脚之地，对这儿的女人来说，已经是最好的选择了。

能真正逃离西区、去东区的，要么是那些幸运的神眷者，要么……就是能扒上一个阔绰的贵族老爷。

柳余沉默地看着这一切，身旁的青年看了她一眼："我以为你会去帮忙……贝丽。"

"不，我在心里跟自己打了个赌。"

"噢，赌？什么赌？"

"赌那个母亲会不会遗弃那个鼻涕虫。"

少女的视线落到地面，污水里，蓝色的棉花糖掉在那儿，像是染了褐色的、肮脏的陈血。

小鼻涕虫奶声奶气的声音还在耳边。

"母亲说，坏人都是这样骗小孩的！

"当然，母亲最爱我！

"我……我可以将它带回去，给母亲尝一口吗？"

会……遗弃吗？

"我希望你赢，贝丽。"

贫民窟里连天空都是灰的，光照不进来。

路过的行人麻木地看着这一切，这种男人打女人的戏码，在贫民窟每天都会上演好几次，尤其这儿的男人大都干的是重体力活，回到家对女人拳打脚踢、骂骂咧咧，太正常了。

这时，一个穿着发黄衬裙的胖女人经过，语重心长地劝道："噢，安娜，你这样可不行！霍尔先生已经够慷慨了！"

旁边的女人也劝："安娜，霍尔先生要是真的把你赶出去，你可怎么办？想想帕米拉，上次见她……她已经……"

"想想自己……孩子、孩子总会再有的，说不定还是个男孩！"

"母……母亲！"小鼻涕虫紧紧地拽着母亲的衣服，吓得直哭。

"哭哭哭！就知道哭！我老霍尔家可不需要没用的人！安娜，你自己选！要么她滚，要么你带着她一起滚！"

这时，壮汉从后面踹了一脚，妇女一个趔趄，险些摔到地上。

柳余紧紧攥住拳头：等一会儿，再等一会儿……突然，一只手覆住了她的手背，盖亚担忧的绿眸出现在面前。

"贝丽……"

柳余抽回手道："专心。"

场面乱成一团，"好心人"的劝阻声、壮汉的骂骂咧咧声、孩子的哭号声混在一起，就像贫民窟这混杂刺鼻的气味，让人感觉不到希望。

妇女闷着头不说话，乱糟糟的栗色头发下，脸上的神情看不清。

柳余的目光落到她的手上，那手紧紧地拽着小鼻涕虫，瘦得跟鸡爪似的，它在抖，而且越抖越厉害。

小鼻涕虫似乎感觉到了什么，只是仰起头，懵懂地看着她："母亲……"

一滴泪砸到她的脸上，而后，越来越多……

"母亲，别哭……"小鼻涕虫踮起脚，想要帮她擦泪。

柳余收回视线，转身道："走吧。"

她的声音很轻。

"不看了吗？"身边人的声音传来。

"结果……不是出来了吗？"

她抬起眼睛看着对方，蓝眸如一口无波澜的古井。

"也许……未必和你想的一样。"他道。

"是吗？"

柳余还是停下了脚步。有什么东西始终牵绊着她，让她不往前走，却也不转身，沉落的心明明已经触底……

这时，一道沉闷的钝响传来，伴随着一阵惊呼："安娜？！"

"你在干什么？噢，霍尔先生……你怎么样？"

她猛地转过身……却见那瘦弱的妇女将小鼻涕虫挡到身后，地上躺着刚才还不可一世的壮汉，他像是被猛然间砸了个闷拳，还没回过神来，铜铃大的眼睛瞪着那叫安娜的妇人。

那妇女明明怕得身体都在打摆子，却还是道："我……我……霍尔！我、我不会丢掉我的孩子，永……永远不会！"

这世上存在这样美丽的情感——够了。

柳余微微笑了起来。

似乎某种"沉疴"被阳光治愈，连魂灵都变得轻松。她忍不住看向一旁的青年，他暴露在阳光下的那双绿眸似潺潺的溪水，里面是流动的船，他似乎能理解她。

她又转向街道，壮汉已经站了起来："凭你？你养得活她吗？"

"我不会放弃！我永远不会让我的女儿像我一样长大，更不会让她像可怜的丽莎一样……只要我活着一天！"

"呸！"

壮汉朝她吐了口痰，黏糊糊的、黄浊的痰液在空中划出一道曲线，眼看就要落到安娜的脸上……这时，蓝色的光点降落。

光点与那痰液在半空一触；痰液就顺着原路返回，直接落到了壮汉大张着的嘴里。

壮汉闭上嘴，"咕咚"一下咽了回去。

即使是不讲究的巴顿太太也忍不住呕了声。

他们下意识地顺着蓝色光点来的方向看去，还没看清，就听小鼻涕虫高兴地叫了起来："母亲！那就是送糖给我吃的漂亮小姐！"

只见刚才还没人注意的转角，站着一对一看就是贵族的男女。他们长得太美了！尤其是那穿着斗篷的青年，长长的黑发随意地披散着，神秘而高贵。苍白的脸上，绿眸如纯净的翡翠，看人时带着不近人情的冰冷。

仿佛他们所有人都是该臣服在他脚下的蝼蚁。

而他旁边站着的少女，有一头金子般的长发，但比长发更耀眼、更灿烂的，是她脸上的笑容——像暖春，像炎夏，像缓秋，唯独没有冬。

所有的冰层都被化去，只剩下柔柔的水、和煦的风。

仿佛美好，仿佛希望。众人都看痴了。

唯有小鼻涕虫伸出手晃了晃："漂亮小姐！漂亮先生！你们好！"

说完就又紧紧地攥住面前妇女的衣服，生怕被丢下。

安娜也一眨不眨地看着那对年轻人，她比女儿知道的多——这样的先生、小姐，一看就是东区中尊贵的大人，而且他们还会神术……

柳余走了过去，她走到这位可敬的母亲面前，问："你想去东区吗？"

安娜迷茫地看着她，眨了眨眼睛。这位高贵的小姐……在说什么？

她还没回过神来。小鼻涕虫仰头看看母亲，又看看美丽的小姐，吸了吸鼻涕。

就在这时，街道上突然落下数十道白色的身影。

星月袍？！神殿的白衣神使？！

整条街都像凝固了，没人敢发出声音。

只有柳余还泰然自若地看着突然出现的神使们。

"你说，他们来做什么？"她问盖亚。

青年垂下眼睛，长长的睫毛遮住湖绿的双眸。斗篷帽子无风自动，重新将他美丽的容颜遮住。

"他们看到了魔法阵。"

"所以……是来找我们的？"柳余说的是问句，语气却很平静。

她刚才还在犹豫，怎么安顿这对母女——毕竟她不可能在明塞顿世界久待，现在却有了答案。

街道上的人们，噤若寒蝉地看着这些平时在西区永远不得见的高贵存在……他们在街边有序地站定，仰着头仿佛在等待什么。

突然，一道红色的身影从天而落。宽袍猎猎，绣着日与月，新来的人拄着光明权杖，头顶金色王冠……

"红衣主教？！"有人失态地喊了出来。

"主教大人！人找到了。"

神使们不约而同地低头。

红衣主教的目光往街上一落，立刻就确定了目标——那对男女太出色了。他们就像是这茫茫尘埃里的星辰，无法被任何的灰暗遮掩。

连这讨厌、肮脏的贫民窟都像变成了高贵典雅的殿堂。也只有这样的存在，才能使出那样宏大的魔法阵。

街道上的贫民纷纷跪了下去，他们喊："拜见主教大人！"

红衣主教早已对这司空见惯，他匆匆地、以恭谨的姿态走到那对存在面前，深深地垂下头："拜见阁下。"

那位少女回了话："主教大人。"

"请问，那禁咒魔法阵是阁下设立的吗？"红衣主教问。

"是的。"

"那……"

他下意识地抬头，眼睛却被弥漫的金光刺痛。

于是，红衣主教知道了，这两位尊贵的大人无意跟神殿多接触。虽然迷惑于对方的身份，但高贵的光明神殿可不会凭空揣测，何况仅凭那个魔法阵，也知道对方的实力远超过自己，并且没有恶意。

"阁下救了整个亚索里城邦，也救了整个明塞顿世界……我们无比感激……如果您有什么需要，也可以吩咐。"他毕恭毕敬地道。

"确实有件事想拜托您。"

"阁下请说。"红衣主教的王冠垂得更低了。

越靠近对方，越能感觉到对方的实力深不可测——相比对方浩瀚的神力，他渺小得就像尘埃。

"请帮我将安娜小姐和她的女儿带到东区，在神殿的庇佑下生活……您放心，我会给她们留下一笔财产，助她们独立生活……"

对方提了个奇怪的要求。

"安娜小姐？"

红衣主教当然不会认识这对底层的、随时会被生活碾死的小人物。

柳余手一招，那瘦弱的妇女和小女孩就被一阵风送到了主教面前："就是她们。"

红衣主教抬起头，眼前的那对母女穿着破破烂烂的衣服，畏畏缩缩，一看就是从贫民窟出来的……这要求可真奇怪，他想。

"当然可以，神殿一定会完成阁下您的托付。"

"那就谢谢了。"

这是柳余送给这位可敬的母亲的礼物。

而这时的安娜已经明白过来，这意味着什么。

这意味着，她能逃离这个可怕的、永远都看不到希望的地方，去东区生活。

东区的街道永远干净，东区的人们天生高贵，东区是他们梦想中的天堂。

而且，她们还拥有神殿的庇佑！那些流浪汉、坏人，都不敢欺负她们母女俩。她可以去东区做工。贵族们看在神殿的面上，也会聘请她，她可以靠自己养活女儿。

安娜连忙拉着女儿跪了下去："谢谢！谢谢大人！"

"不用谢我……"柳余的声音柔软下来，"你是位可敬的母亲。"

安娜喜极而泣，小鼻涕虫则懵懵懂懂地看着她，她伸出袖子："母亲，母亲……"

想为她擦泪。

柳余则看向不远处的霍尔。

霍尔的身体打着摆子，不敢有一丝反对，连红衣主教都尊敬的存在，一根手指就能碾死他。他一动不敢动，连头都不敢抬。

似乎感觉到头顶上的视线，他抬起头，一个激灵，开始磕起头来："请……请大人饶了我！饶了我！我有罪！"

"你有什么罪？"柳余问。

"不……不该……"

霍尔支支吾吾，显然不知道自己犯了什么错——不就是打了妻子吗？

柳余叹了口气，无意跟他辩驳，手指一弹，一个蓝色光点就这么落到他的手臂上。霍尔突然感觉，手臂像是被一根棍子狠狠地砸了下，下意识地惨叫一声："啊……我手断了！我手断了！"

"没有断，但你必须承受这断臂的痛苦三个月，记住这痛苦……"她看向周围噤若寒蝉的人们，"你们也记住，如果继续打妻子和女儿……再被看到，你们也将和霍尔一样，或许，还会死。"

柳余当然知道，这没法真正地阻止什么。

人的思想受环境禁锢，即使要改变，也需要一代一代地慢慢变化，但一个高位者的警告，还是能起到一点作用的。

红衣主教等候在一旁，在柳余忙完后，发出了让他们去神殿一住的请求，至于她旁边的男人……

红衣教主看一眼，都觉得心惊肉跳，根本不敢跟他说话。

柳余拒绝了。

下一刻，在众人的目光里，与身边的神秘黑袍人相携往外走。

白色的裙衣与黑袍交错、分开。安娜抬起头……不知道为什么，她总忍不住回忆起那位青年神秘的幽瞳，仿佛带着迷幻的魔力。

亚索里城邦，东区。

柳余只想找个安静的地方待着，她哪儿也不想去。最后，在东区一条僻静的街道尽头，找了家不起眼的小旅馆。

小旅馆有两层，门匾是用褐色的椰子壳做的，从外面能看到旅馆里四处布满了大叶绿植，这让柳余想起前世那些颇具热带风情的特色旅店。

一个穿着藏蓝色制服的青年迎了上来，他的五官只不过算是端正，但一笑却让人很舒心。

"您好，是住店，还是喝酒？"

"住店。"

柳余正要回话，视线就被一道宽阔的背影挡住了。

盖亚丢出一个光明圣晶，青年吓了一跳，手忙脚乱地接住。

"尊敬的先生，您这……太多了。"

"包下整个旅店。"

"包下？可……可是……已经有人住了。"青年为难地道。

一个胖乎乎的中年男人拍了下青年的肩膀，接过他手中的光明圣晶："没问题先生，有这块圣晶，您包一个月都没问题。"

"所有人都离开。"

"好的，先生，没问题先生……"胖老板点头哈腰，"那厨房的……"

"不需要。"

胖老板给了这客人一个铃铛："如果您有什么需要，摇响这个铃铛……我就住在隔壁，随时等候您的吩咐。"

"谢谢。"

客人有礼地接了过去，不过，在青年离开旅店时，发现那铃铛被随手抛在了旅店的长台上，他摇摇头，"真是奇怪的客人。"

只是青年再回忆起这客人的模样时，脑子里却一片模糊。

柳余已经躺到了她的床上，她看着手掌，薄透的阳光透过指间流泻进来，将一切照得亮堂。她又一次微微笑了起来，她赢了……

她很高兴，特别高兴。她想喝酒。

她猛地坐了起来……这时，一道敲门声响起。

"贝丽。"还没等她应答，门已经被人从外推开了。

阳光如流水一样倾泻下来，在来人的身上镀了层光，模模糊糊的光影里，只能看到他美丽俊挺的轮廓，还有如清泉般的绿眸。

他朝她微笑，问："喝酒吗，贝丽？"

柳余仰起头看了他一会儿，也笑了起来："你带酒了？"

她想要什么，他就给什么。

她的目光落到他拎着的银色酒罐上。

她一下就认出了他手中的酒罐。

冷银色，精致的缠枝花纹，酒罐的盖子上还有一道轻微的划痕。那是神后大典当日，她从酒窖中取出时不小心刮到的。

"这是……"她脸上露出奇怪的表情，"我当时装艾诺酒的酒罐？"

盖亚将酒罐放到了桌上，说："等一会儿。"

这一等，就等到彩霞满天，夕阳开始往地平线滑落……柳余看了眼酒罐，干脆推门出去。

整个旅店都很安静，古铜色的壁灯嵌满各个角落，人都出去了，不大的旅店也显得空落落的，只有幽谧的斜阳穿过窗户，照进大厅。

木质的地板被照得亮堂堂的。

"当啷……"柳余才走到一楼，就听到楼梯后面传来一声响。

像是什么掉在地上后碎裂的声音。她绕了过去，转过楼梯和一条长长的过道，一个小小的厨房就露了出来。

空间逼仄，墙壁被油烟熏得发黑，还有……乱七八糟的、堆满了各种食材的台面，地上是一只碎了的瓷碟。

不过，柳余的目光却落到了厨房中央。那儿，站着一个身姿挺拔的青年，他穿着华丽的黑色宽袍，站在长长的青石暗台前，在认真地……和面？

她以为自己看错了，忍不住揉了揉眼睛。

厨房在，人也还在。宽大的袖口被他挽到手肘，露出一截白皙修长的手臂，那手正在和一团面疙瘩斗争。

额头处的头发不听话地垂落，勾勒出精致的眉眼。盖亚没看向她，似乎所有的注意力都落在那小小的一团面上。

"你在做什么？"她奇怪地问。

这是柳余第一次看到他下厨。

又一声"哐当",旁边的一个白瓷碟被他碰了下去。青年抬起头来,从来平静无波的脸看起来有些紧绷。

"很快就好了。"

"……哦。"柳余点了点头,"所以,你在做饭?"

她的视线滑过角落,那黏糊糊的、长长的东西是……还没看清,那团湿答答的东西就消失在了面前。

"怎么没了?"

她抬起头,却见盖亚一脸认真地告诉她:"那是垃圾。"

柳余心中划过一丝猜测,联想到刚才等了很久的事实:"垃圾?"

对方点头:"是的,垃圾。"

柳余"扑哧"一声笑了出来,边笑边煞有介事地道:"是的,看来一定是非常伟大的垃圾,毕竟……它出自伟大的光明神阁下。"

"贝丽!"盖亚看着她,声音中夹了一丝无奈。

柳余不当回事地摆手:"好好好,是垃圾,是垃圾没错……只是一想到伟大的光明神阁下还有不擅长的事……"

"……贝丽,"嘴巴被突然捂住了,他宽大的胸膛挡在她面前,"闭嘴。"

柳余却注意到他的黑发下莹白耳尖上的一点点红。她眨了眨眼睛,表示"闭嘴"。

盖亚这才放开她,她才要开口,"盖亚……"嘴巴就又被捂住了。

"别笑。"他道。

柳余点头表示:嗯,不笑。

他放开了她,绿眸中有一丝紧张,正专注地盯着她。柳余朝他笑:"莱斯利先生,我发现……"她慢吞吞地继续说,"您有很严重的偶像包袱。"

"偶像包袱?"他露出了迷惑的表情。

"嗯,就是说……您很英俊。"

他的耳尖有点红,脸上却还是平静的。

"我知道,这毋庸置疑。"

柳余咳了一声,又笑了起来,眉眼弯弯,蓝眸里全是潋滟的水光,他似乎失了神,手落到她的头顶,她一把打开,问他:"我跟你一块儿?"

"一块儿?"

"下厨。"

脚步才迈进厨房,就被拉住了,盖亚美丽的绿眸弯起,如微风荡过的湖面。

"不,贝丽……不需要。"

"不需要?"

"你什么都不必做,等着就可以了。"

她被推了出去。柳余还想回头,脑袋却被扭了过去,"我会做好的。"

既然都说到这份儿上了,柳余也不上赶着帮忙了。

她懒洋洋地靠着墙壁,看着专心做事的盖亚。

他披散的头发不十分方便,被一个精致的黑金束扣扣住,露出华丽精致的脸。眼睛专注地盯着手中的面团，面团似乎有些坨，他又撒了些面粉。

那双堪称艺术品的双手沾了白色的粉末，还在那揉揉按按……这一幕，实在很奇怪，可又似乎很协调。

一缕斜阳穿过窗户，柔柔地洒在他颀长挺拔的身躯上。浅金色的光给他镀了层柔边，他像是从高高的云端，走入这万家灯火，在这普通的、非但称不上豪华、甚至可以说是简陋的厨房里，亲自洗手做一碗羹汤……柳余几乎看痴了，这是她从未见过的盖亚。

多像一个家啊。温暖的、平常的……

盖亚突然抬起头："贝丽，不要一直看着我……"

"哦？"

"我会紧张。"

柳余笑了："可是，你这么好看，我没法不看你。"

对着她直白的眼神，他垂下了头，柳余却发现，那耳尖越来越红，越来越红……

这个无一不精致、无一不华美的男人此时有点糙，袖子沾了面粉，额发微湿，甚至失去了从前的游刃有余，可柳余却觉得，这一刻的他，比任何时刻都让她更心动。

他变了，变得有温度了。

"贝丽，你真的该走了……不然，我恐怕会再犯错。"他抬起头，绿眸里含了一丝无奈。

柳余想了想，说："那我在房间等着，但愿你能快一些。"

说完，她踩着轻巧的步伐上了楼。

对于接下来的等待，耐心就足了些。最后一缕斜阳落入地平面，黑暗笼罩了大地，蝈蝈儿与不知名的昆虫在窗外奏起了欢快的曲子，月亮挂上树梢，星星在黑色的幕布上闪烁……

过了不知多久，门"吱呀"一声开了，盖亚站在门外，手里托着一个深色橡木盘。橡木盘上装着银色器皿，器皿做成了梅花的样式，上面冒着热腾腾的气……另一边，用银色的盖子罩住，看不出里面装了什么。

"莱斯利先生，您可算来了……我以为我要等到地老天荒。"

柳余坐在桌边，支着下颌朝门口笑。

她发现，盖亚换了一身白色的星月袍。银色的滚边在宽大的袍摆上泛着微弱的流光，黑色的长发披散在脑后，月光如轻烟一样笼罩着他。

盖亚走进来，放下了托盘，古铜色的雕花壁灯与桌上烧制的琥珀琉璃灯被他一弹指后点亮了。

房间顿时亮了起来。

"为什么不点灯？"

"啊，忘了。"

"忘了？"

"因为肚子太饿，行吗？"柳余迫不及待地看着梅花型器皿里的东西，"这就是你做的……面条？"

粗粗细细、弯弯扭扭，模样十分粗糙，倒是质地很特别，在灯光下呈出水晶的质感，像是……前世她爱吃的水晶虾饺皮。

还撒了点葱花。很香。

一双精致的银筷递了过来，筷身上有精致的雕花。

柳余娴熟地拿在手里，端详了下："这也你是做的？"

这个世界只有刀叉，筷子是没有的——上次她做生日面时，还特意让人用树枝削了两双木筷出来，只是做工比起眼前这一双差得太远。

盖亚点头。

"噢，你简直就像是……"柳余想了想，"你有什么不会的吗，盖亚？"

"很多。"盖亚的眉蹙了起来，"比如这个……"

他不知从哪儿取出两个白色瓷碗，胎薄细腻，碗边有一圈金色的缠枝花纹。

然后，就伸手用银筷挑面，面条"哗啦啦"地从筷缝里"刺溜"了出去。

"就不会。"他像是气馁地道。

柳余第一次见他这么"接地气"的表现，觉得可爱，还有点自豪——果然，她家乡的筷子一般人可使不好。

"那这个呢？"

她的注意力又落到旁边。

盖亚看了她一眼，伸手提起旁边的银色盖子……

"草莓蛋糕？"

柳余惊讶地站了起来。

奶白色的圆形蛋糕坯，上面贴着许多切成一半的新鲜草莓。

比起粗糙的面条，这甜点就做得十分可爱了，他甚至还发挥了下，在中间的奶油空白处，用红色的花汁绘出了一个蓬蓬裙少女……

那少女的姿态，像只骄傲的天鹅。

"喜欢吗？"他看着她，向来信心十足的眼里竟划过一丝不确定。

柳余瞟他一眼，竟然有些心疼，可一想到上一次草莓蛋糕的遭遇，以及坨掉的、堵得烧心的面条，顿时就又不高兴了。

"噢，我不喜欢。"她道。

他的脸瞬间苍白了下……

即使揣测到对方在扮可怜，她的心脏依然不可避免地颤动了下。

她只好低头用银筷从梅花器皿里捞出面条，放到两个白色的瓷碗里；盖亚则取出两只精致的薄胎翡翠杯，拔开酒罐盖子，将黄澄澄的酒液注入翡翠杯。

"喝喝看。"

他将酒杯推了过来，柳余也将面碗递了过去。

两人仿佛是在进行一场默剧似的，面对面坐着，隔着一盏伞形的琉璃灯。

一人一碗面，一人一杯酒。

中间是一个草莓蛋糕。

两人不约而同地拿起酒杯，碰了下，又一饮而尽。

当黄澄澄的酒液一入喉，柳余的眼睛瞪大了："艾诺酒？！"

"哪来的？"

酒杯落到桌上发出清脆的一声响："我酿的。"

他看着她，眼神里带着热度："我酿的。"

"你……酿的？"

这酒慢慢地滑入喉咙，仿佛能将人带回那些美丽的过去。

她的眼前，仿佛浮现出了一个绝美的金发女孩。

她那样美，又那样狡黠，她构建了一个又一个的谎言，她欺骗了那个美丽纯净的银发少年，让他堕入情网，让他殒命……

少年醒来，成了世界之主，成了拥有无尽岁月的神祇，他抗拒爱，又沉迷爱，他别别扭扭，却总在黑暗中凝视她。他为了她快乐，去极远处的山巅采摘七色花做成快乐糖，赠予她。为她的轻浮而愤怒，又去十万里的深海取到海藻，制成波利饼警告她……他为她做尽一切他从不曾为任何一个生物做过的事，别扭又狼狈。他强迫她、囚禁她，心脏却比受到所有的刑罚更痛……直到用利刃杀死她……

他也杀死了自己。

银发成浓夜，光明与黑暗共沉沦。

所有的画面，最后汇成一幅……

金发少女回眸一笑："莱斯利先生，我爱你啊。"

其甜如蜜，其伤似刀。

这酒里，藏着他所有的秘密、情感、丝丝绵绵，纠纠缠缠。品一口，是快乐；品一口，是缠绵……这一杯艾诺酒，比她酿的更醇、更甜，也更苦涩……不只是愉悦，不只是幸福。

柳余说不出话来，也许她酿的，也不是真正的艾诺酒——这才是。

这是人生五味，情爱哪会只有愉悦和幸福？还往往伴随着陷阱、挣扎和苦涩。

他对她，竟是……

"恭喜你。"柳余仓促地低头，"你成功了。"

"就一次。"他道："贝丽，只一次……我就成功了。"

他用手指挑起她的下颌，眼神中带着灼热的温度。柳余发现，保持了一天温柔的男人终于撕破了他的假象，露出了霸道又极富攻击力的一面。

"你……"

柳余以为，他会说什么"我想吻你"，或者别的什么……

她从他的眼里看到了汹涌的欲望。

谁知盖亚又收回了手："继续。"

他拿起酒杯，自顾自地斟了一杯，白皙的手指被翡翠映出浓艳的绮丽，仰脖，一饮而尽。

柳余却匆匆地拿起银筷，似掩饰什么一样地往嘴里塞了一口——味道出乎意料地不赖……

他似乎做什么都能做得很好。

即使这面条的卖相一般，却有股温暖的感觉，像是……院长妈妈的味道。

"怎么了？"似是察觉她的神色不对，他问。

柳余闷着头，又吃了口，恶声恶气地道："关你什么事。"

他不说话了，只是切了一块蛋糕推过来。两人安静地喝酒、吃东西，一时间，房间内只剩下碗箸、酒杯碰撞的声音。

柳余渐渐地醉了，一只手伸过来，按住她倒酒的手："贝丽，你不能再多喝了。"

她打开了他的手："关……关你什么事……"

"你以前，都不……不管我喝酒的。"

"那是以前。"

他郑重地道，手一抽，就拿走了她手里的翡翠杯。

柳余要去抢，却一下子倒在了他怀里。

他柔软的丝袍蹭着她的脸，她仰起头，却见他长长的一双睫毛下，绿眸如水，那水清楚地映出一个小小的人。

她伸手摸了摸他，说："盖亚，我想喝酒。

"你酿的艾诺酒。"

"你今天已经喝得够多了。"

"可……可那是你的酒，"少女孩子气地站起来，试图去够那翡翠杯，"你酿给我的酒……你本来就打算给我喝的酒。"

他将翡翠杯一抛，价值连城的翡翠杯就这么被抛在地上，碎成了一片一片。

柳余顿时不高兴了，她拍他："你干什么？"

"贝丽！"盖亚拉住她，"你该去睡了。"

柳余"咯咯咯"地笑着，她似醒非醒，蓝眸中流出一点潋滟的波光来，用手指点他："你装什么呢，亲爱的莱斯利先生？别告诉我，你要装正经。"

"你又是做面条，又是做蛋糕，还准备了艾诺酒……难道不是为了让时光倒流，让一切回到从前，好让我跟你和好？"她凑近他，"告诉你，你做梦。"

盖亚的脸色未变，绿眸却沉了下来。

"贝丽，我送你去床上。"

他俯身，一把抱起她。少女在他怀里却不安分，像只扭来扭去的虫子。

"难道不是吗？你大费心思，总不能……"

"是为了庆祝，"他终于道，"你跟自己打了个赌，不是吗？"

女孩的思路还被酒精缠着："是，我打了个赌。我赌，安娜妈妈不会放弃她的孩子，如果她不放弃……就证明，这个世界还是值得期待的。

"如果我赢了，我就跟自己和解……我要把以前都忘了，再也不要去想我的妈妈是谁，她为什么抛弃我……是因为生活艰难，还是她已经不在了？你知道的，我总是会去想这些，总是不甘心……我还会想，这个世界为什么总在我得到希望的时候，又让我失望……

"我痛恨它。"

"可你现在又喜欢它了。"盖亚将她放到了床上，温柔地道，"所以我今天做的一切，是为了庆祝贝莉娅小姐的新生。"

"新生？"少女蹙眉，"你是说……我的生日？新的生日？"

他还没回答，她却已经快活地笑起来，眉毛弯弯，眼睛弯弯，"我喜欢！就这样！以后每年的今天，我都要过生日，新的生日！"

"那我有希望得到贝莉娅小姐的邀请吗？"他还弯着腰，那双眼睛里全是笑，"每一年的今天。"

少女眨了眨眼睛："你看起来有点讨厌……但你是第一个。给我做草莓蛋糕，和我一起吃蛋糕的人……我还喜欢你的酒，你做的面条……"

"那好吧。"她勉为其难地、慢吞吞地答应了。

盖亚替她拉过被子，又摸了摸她柔软的头发："我该走了。"

"你去哪儿？"他才要直起身子，却被少女一把揪住了领口，酒意将她的理智湮没了，"你去哪儿？你不陪我吗？"

"贝丽……"

他要扯开她。

"这是什么？"

可女孩的注意力却落到了他的领口。

星月袍的领口被她的蛮力拉开，露出了一点细碎的光。

那……是什么？

她伸手一拽，那金色碎光就露了出来。

一朵……

"我的，噢，不，弗格斯家族的……鸢尾花？我的我的！你还给我！"她要把鸢尾花拉出来，却被青年利落地塞了回去。

再去找，却怎么也找不着了。

她在他的胸口扒拉着："咦，我的鸢尾花呢？我的鸢尾花怎么不见了？去哪儿了？鸢尾花……你还给我！你还给我……"

他宽大的白袍被扯得大敞，露出里面玉白的肌肤，能看到流畅又不夸张的肌肉线条。

随着她的小手到处寻找，他的肌肤渐渐烫了起来，连声音都是哑的："贝丽，你再不放开……"

"把我的鸢尾花还给我！"

少女脸颊红扑扑的，眼睛里全是亮晶晶的光。因为蹭来蹭去的，她的裙子已经翻卷了上来，露出白皙纤细的小腿。

"贝丽……"

他闭了闭眼睛，"我不想……"

谁知，刚才还吵吵闹闹的少女突然半直起身，在他的嘴唇上落下轻轻的一吻："你真好看，特别特别好看……"

第二天。

第一缕阳光照进窗户，雀鸟"啾啾啾"地在耳边吟唱，柳余艰难地睁开眼睛——身体前所未有地沉，像是压着块沉甸甸的石头。

"早安。"

身边传来声音，她惊吓般地睁大眼睛，一张华美精致的脸直冲入眼帘。

浅浅的阳光里，青年支着头，黑发铺满了整张床，就这样用那灼热得几乎要将她烧穿的眼神看着她："早安，我很想你。"

她在被子下踢了他一脚："滚下去。"

"你是故意的，对不对？"

她不免迁怒于他。

青年直起身来，被子从胸口滑下，露出漂亮的八块腹肌："如果你没有记忆，我不介意……"

"你闭嘴，明知道我喝醉了……"

"抱歉，贝丽，即使你什么都不做，当风将你的气息吹来，我就无法抗拒你。"盖亚平静地道，绿眸里有种一眼望到底的澄澈，"你知道的，我不能撒谎。"

最近一个月，他似乎渐渐在向她展露真实的自己。

比如，他不喜欢别人碰他的耳朵，因为他的耳朵很敏感；他喜欢在前面，那样能看清她的表情；他不喜欢一切难看、粗糙的东西；他挑剔而傲慢，从不委屈自己；他不喜欢自己有不擅长的东西，万一有，他就会花上许多年研究，直到精通……

他有着天生的强大威猛，以及那张过分美丽的身躯和脸蛋。这世上恐怕少有女人能抗拒。

意识到自己又开始跑偏，柳余连忙拉回奔腾的思绪，却见盖亚点了点头。

他看着她，坦诚地对她承认："你我之间，我更希望建立一种长久而美妙的关系……

"当然，我会一直期待这一天的到来。"

老实说，对着这样一张认真诚挚的脸，柳余难免动摇了下……现在，他要去给她弄点吃的。

"我要吃小羊排、可可饮、奶酥塔……哦，还有波利饼。"

"波利饼？"

"也许你很爱吃啊。"

少女软糯的声音飘出窗外，阳光渐渐地热烈起来。

吃完早餐，柳余就开始捉弄盖亚，看着他无奈地吃下一大块波利饼后，才去了亚索里附近的神殿。

安娜母女被神殿安排得很好。

安娜被安排进了一个神殿的"育幼所"，跟其他的寡妇一起负责照顾那些孩子。而小鼻涕虫则跟着安娜一起在"育幼所"跟其他孩子们玩。

一见柳余来，小鼻涕虫立马就像只快活的小马驹一样蹦了过来："尊贵的小姐，尊贵的先生……你们怎么来了？"

她似乎懂得了尊卑，脸上却还透着天真无邪。脸上没了鼻涕，看起来有些可爱，眼睛圆溜溜的，气色好了很多。

柳余蹲下来问："怎么样，最近过的？"

"过的……"她似乎不太明白她的意思。

"最近高兴吗？"

小鼻涕虫大大地点了下头："高兴！这儿有许多许多的朋友，他们都能陪我玩……而且，我的手再也不痛了……"她还想拉起裙摆给她看，"父亲再也不会打我了……告诉你一个秘密……"她的眼睛瞪得圆溜溜的，"他就像是大魔王！"

"噢，大魔王啊……"

柳余神秘兮兮地将手在空中一划，小鼻涕虫就见这位漂亮的小姐手心里出现一个五颜六色的东西。

她踮了踮脚尖问："这是什么？"

"嗯，快乐糖……"尊贵的小姐递给她，脸上带着再亲切不过的笑容，"吃一颗，会感觉到非常非常快乐哦。"

"真的吗？"

小鼻涕虫眨了眨眼睛，伸手想拿，最后还是强忍着收回了手。

她将小手背到身后，说："母亲说，好孩子不能随便拿别人的东西……"

"这一定很贵……"

这时，穿着黑色蓬蓬裙、戴着白色兜帽和白色围裙的安娜急急忙忙地过来，拉着小鼻涕虫就想下跪——柳余阻止了。

玫瑰与她的神明

她始终记得，这位母亲挡在孩子面前那瘦弱佝偻的身体，不强大，却绝不软弱，她值得被尊重。

"尊贵的小姐，尊贵的先生，"安娜拘谨地握着双手，她一向不知道怎么和这些尊贵的大人物打交道，可他们是救了自己和女儿的恩人，"我……我……"

"啊，没关系，我只是来看看您和您的女儿过得怎么样。"

少女眉眼柔和。在安娜看来，她就和头顶的阳光一样温暖。

"托您的福，"安娜右手置于左胸，用最近才学到的姿势行了个礼，"再过两年，卡特琳就能去平民就读的学院学习了。"

"卡特琳？她很好。"

"是的，很好。"安娜看起来气色好了些，她摸了摸女儿的头，"我做梦也没有想到，有一天，我会来到东区……我的女儿，还能上学……等她上了学，以后还可以做家庭教师……她再也不需要回到那个可怕的地方了……"

柳余也很高兴，她发现，获得更高的权力、地位固然让人快乐，可力所能及地帮助旁人，同样能获得快乐。

她突然想起弗格斯夫人，弗格斯夫人摆下鸿门宴，与她喝酒，却说了一句话："贝丽，你不再是个盲人了"。

我在变好，以后……要变得更好。

金发少女和青年相携离去，他们看起来那样亲昵、那样般配……

安娜双手合十，忍不住在心里为他们祈祷："光明神在上……请让他们幸福，一定幸福。"

"母亲，您在说什么？"小鼻涕虫仰起头问。

"我在说，我们都应该和恩人一样，拥有一颗伟大而仁慈的心。"

安娜摸了摸她的头，又向前望了眼，他们的身影已经消失了。

"走吧，该进去了。"

"听说明塞顿世界的日出很美。"

柳余看着天边的朝霞，忍不住瞪了旁边的盖亚一眼。

都是他，每次都让她错过。朝阳照在他苍白的脸上，给他敷上了一层薄晕。

他仰着头，长长的黑发被风扬起，似乎也在看天。不一会儿，转过了头："明塞顿的日出？"

"不，有个地方更美……我带你去。"

他牵起她的手。她只觉一阵天旋地转后，自己已经出现在了一个陌生的地方。

金色的沙滩，像浮动的流光，海面如同一块巨大的蓝宝石。而远处，水天交接的地方，一轮红日即将升起……

置身其间，竟仿佛置身在美丽的童话世界。

"这是哪儿？"柳余问。

她踢掉鞋子，赤足踩在沙滩里，这一粒一粒的沙子都是浅金色的，漂亮极了。有小螃蟹从脚边溜过。

"喜欢这儿？"他问。

柳余点头："喜欢。"

红日从天边冉冉升起，世界仿佛在这一刻被它唤醒，每每见到这一幕，人们油然生出希望……

她的脸被别了过来，盖亚看着她："那是米斯金兽的胃囊。"
"喂！"
柳余不快地踢了他一脚，扬起一地的沙子。
盖亚没退，浅金色的细沙撒在他的黑色宽袍上，他只是看着她，眼角带了笑意："这确实是米斯金兽的胃囊没错……
"虽然他喜欢叫它光囊。"
柳余瞪他："你还说！"
她都快不能直视这太阳了……
阳光直照大地，海风轻轻地吹，天地似乎也因这一抹光开始焕发生机。那光照在少女洁白的脸上，还能看到一点点细小的绒毛……
盖亚望了她一会儿，突然倾身过来，亲了她一口："噢，贝丽，你真可爱。"
柳余的脸一下红了："我当然知道。"
再看对方，那比著名影星还要英俊上几万倍的脸，还有那深情的绿眸……她又觉得自己小小的动摇可以被原谅。
谁能拒绝呢？没人。
"贝丽，你开朗了许多。"他看了她一会儿，突然道。
柳余伸了个懒腰："放过自己，不去强求自己得不到的东西，但也相信它的存在……当然快乐。"
她转过头问："所以……这是哪儿？"
"无尽之海的另一边。"
"连着迷雾之地的无尽之海？"
柳余惊讶了，无尽之海她见过，可没有这么美。
青年点头，阳光下，那张脸透出冰玉般的质感。
他转头看向大海，仿佛要穿过那重重的水雾，看向更远、更神秘之处。
"无尽之海很大很大……这附近的沙滩是最美的，在潮汐水退时，还会有橙色的海螺和金色的乌龟留下来……不过很少。"
柳余听得眼睛都睁大了起来："真神奇……"
橙色的海螺？金色的乌龟？世界之大，无奇不有……
"我一直想问你一个问题，盖亚……"她背着手走到他面前，"既然世界是你创造的……那这些东西呢？橙色的海螺、金色的乌龟，还有鲛人……它们也是你创造的吗？"
"不，贝丽，也许在你眼中我无所不能……"
"……抱歉，这一定是你的错觉。"柳余毫不客气地打断了他。
少女不服气得腮帮子都鼓起来了，盖亚伸手轻轻一戳……柳余捂住脸瞪他，却见他微微笑了起来。他长长的黑发被风吹起，阳光洒在他的脸上，连眼角都盈满了笑意，那笑纯净又明媚，好像连这世界中的污浊都被这笑涤净了。
她是第一次见他这样笑，不含任何杂质，只有快乐，纯粹的快乐。
"你……"
"贝丽，"他转过头来，"世界是我创造的？这也不对………当我诞生时，只有一块大陆，与这无尽之海相连……

"后来,当我将大陆分割成一个个星球后,世界万物就自发形成了……很神奇,是不是?一度我着迷于研究这些东西……可比起我漫长的岁月,它们朝生暮死,一代又一代……就像人类,他们现在是这些星球上最接近神的存在,可他们终究也会消失……"

"也许有一天,"他淡淡地道,"神也会消失。"

柳余不喜欢听这些,她不喜欢听"消失"的事。

盖亚正要继续讲,却听身后传来一阵杂乱的脚步声。

那脚步声越来越近,随着一阵快活的笑闹声,数十人出现在不远处的沙丘边,男的穿着白底金边的宫廷制服,女的穿着美丽的蓬蓬裙,身后还跟着一群卑躬屈膝的仆人。

"噢,那是谁?"

"居然有人敢私自闯入我们哈利城主的私人沙滩?"

柳余转过身,这群人很年轻,看得出个个家境不错,脸上都带着高人一等的优越感……而当她转身的瞬间,对面那些贵族青年不可避免地露出了惊艳之色。

浅金色的沙滩,蔚蓝色的海面,以及穿着一袭天空蓝长裙的少女,她赤足站在沙滩上,长裙被风微微吹起,整个人就像是大海孕育出来的精灵,美得梦幻又神秘。

"哈……哈利城主,看……看到没?"有人的喉咙"咕咚"了声,"那……那个……"

被众星拱月着的城主意外地年轻英俊,他有一头青色的短发、棕色的眼睛,腰间佩着红色的玛瑙剑……

看得出来,围着他的女孩们出身良好,她们眼里闪烁着爱慕,对这突然出现的美丽少女明显升起强烈的戒备心。

柳余早习惯了同类的戒备,她一眨不眨地看着那城池主,觉得对方有些熟悉。

"贝丽……"

"你等等。"

柳余眯起眼,当看到城池主身上的蓝色织网时终于认出来了……

是神诞日那天碰到的,想跟她抢一块布的公爵小姐的未婚夫——第二大城池主的儿子。

"达特先生?"她叫了出来。

对方惊讶地问:"你认识我?"

不,我认识你身上的网。他身上的网更加歪歪扭扭的了,看上去比从前复杂许多。柳余却一眼就看清楚了,真是野心家啊。

"……达特先生您娶了阿加莎·卡斯顿,获得了卡斯顿城池主的赏识……他视你为继承人,将手里的权力让给你一部分……而你却在哈利城池主,噢,就是你的父亲和岳父碰面的会上,下了毒药……阿加莎,你的父亲,你未出生的孩子,还有岳父都一起死去……"

"没有人会怀疑一个对妻子爱慕、对岳父敬爱的绅士,尤其他还风度翩翩,知书达理。"

达特皱着眉道:"你在说什么?我听不懂。"

他注意到其他人看他的目光有些不对。

柳余笑了笑,道:"达特先生,您真是我见过的最冷酷的人……第一次见您,您已经为了当第一顺位继承人,杀了您的哥哥……现在,您又接管了卡斯顿城池和哈利城池,成为神之国度中最大的城池主……了不起,真了不起。"

她鼓了鼓掌。

"这一定是其他城池的阴谋,抓她过来。"

达特的脸上一点笑都没有了。

少女"咯咯咯"地快活地笑起来，与此同时，沙滩上出现了几十个穿着青色骑士服的护卫。

"贝丽，别淘气。"

一道美妙的声音传来，众人这才发现，在浅金色的沙滩上，还站着一个人。

他身姿挺拔，浑身裹在黑色的斗篷里，斗篷的边缘嵌着金丝，他就那样淡然地看着他们。从他们的角度，只能看到对方精致的下颌，以及浓墨一般的乌发。乌发被风吹起。不知为什么，他只唤了一声，便叫所有人心中一凛。

"盖亚，我们来玩个游戏，怎么样？"柳余的眼珠转了转，"接下来……我们全力逃脱他们的抓捕，你带我，不许用任何神力和神术，就像个普通人一样……"

"贝丽……"他不赞成地道。

"盖亚……"少女看着他，"你连对我英雄救美都不肯吗？"

青年的声音再一次响起，带着一丝不易觉察的无奈："好。"

护卫们一拥而上，金发少女一点反抗都没有，可在瞬息间，那黑斗篷青年已经挡到她的面前，剑戟被一股力道荡开。

"贝丽，上来。"

柳余看着面前宽阔的背部，黑袍被风吹得猎猎响，他顺手抽出一把剑，挽了个漂亮的剑花，以精湛的剑术短暂地击退了刺来的长剑。

"贝丽。"

"哦。"

柳余一下跳到了他的背上。她知道自己很任性，甚至在努力试探对方包容自己的底线……可那又怎样呢？她本来就不是乖女孩，至于另一重原因……

柳余垂下眼睛，双手紧紧地抱住他的脖子，随着青年腾挪。

达特·哈利看着沙滩上拥有精湛剑术的青年，冷酷地发布命令："杀了他们，别让奸细跑了。传我的命令，招来附近所有的军队。"

对他来说，美人固然重要，但永远不及权势醉人。

"哈利城主！"有人提出不同的意见，他是卡斯顿城池里最古老家族的继承人，"即使她是其他城池派来的奸细，也必须先上审议庭。"

达特看了他一眼："她污蔑我的名誉，我哈利家族从未出过这样的丑闻。我的父亲、岳父，我的妻子和未出生的孩子，甚至是我的兄长……这不幸，并不是他人杜撰丑闻的理由。我哈利家族与她誓死不休！"

"达特先生的无耻，和您的英俊成反比呢！"少女扬高声音对他说。

这时，与护卫们周旋的青年却突然往后一跃，柳余猝不及防，鼻子一下撞到他的背："盖亚！"

"英俊？"青年有点冷的声音传来，"很英俊？"

"噢，最最最英俊的莱斯利先生，"金发少女趴在黑袍青年的身上"咯咯咯"地笑，"您吃醋了？"

"吃醋？"

"噢，就像吃了很多很多波利饼。"

"那确实吃了一些。"盖亚的声音很淡。

黑袍翻飞间，一剑竟将十几位护卫逼退。

他一步步往前，斗篷如翻滚的流云，流云所过之处，无人是一合之敌。护卫们已经心生退意。

达特·哈利高举手中之剑，道："我以哈利家族之名起誓，今日能杀死奸细者，赏一万卢比！活捉，赏十万卢比！"

重赏之下，必有勇夫。刚才还畏畏缩缩的护卫们顿时像打了鸡血，不要命地冲杀上来："誓死保卫城主！"

沙滩外，无数穿着藏蓝制服的护卫们潮涌而来。

达特·哈利脸上的表情明显松了些。

他和兄长都是由老哈利城池主悉心培养的，请来的击剑师父更是一位会神术的高端骑士——整个哈利城可没有哪位剑师能超过他师父的。

所以，他当然看得出，这位不速之客的剑术十分精妙，远在他师父之上。

一把普通的佩剑，竟使出了星辰之剑的气势。

"……投降，告诉我你的来处，并将你背上满口谎言的奸细献上，我就留你一条性命。如果表现得好，我还可以聘请你当我的护卫。"

达特·哈利很惜才。

"谎言……奸细……献上……"

青年停下了脚步，他的声音在沙滩之上响起，在这刀兵与脚步声里，那么美妙、那么清晰，仿佛在了每一个人的心间。

达特·哈利心生一种奇异之感。

他突然想起曾经和阿加莎逛街时碰到的一对年轻男女，那男人穿着白色的神官袍，女孩穿着红色丝塔芙绸裙，模样不算出众，可奇异的是，他们的形象和面前的一对重合了。

"你……我是不是见过你们？"

在话脱口而出的刹那，达特·哈利不禁有些懊恼。

那位神官先生是银色的长发……而这位，是不祥的黑色。

可刚才还往外退的青年竟然踩着不紧不慢的步伐往回走，护卫们的铁剑和层出不穷的招式在他面前，发挥不了任何作用。美丽的沙滩被冷兵器的阴影笼罩，在贵族小姐们的尖叫、绅士的怒骂和铁剑的冷锋里，青年就这样，一步步走到了年轻的城池主面前。

达特·哈利这才看清青年身上的斗篷，黑色的斗篷上还点缀着无比昂贵的金丝，即使是身为城池主的他，也不会这样奢侈地将那金丝穿在身上。而少女梦幻的蓝色裙摆上，那一闪一闪的不是珍珠，倒像是……

"见过。"青年咏叹调一样的声音从近处听，有种震撼人心的魅力，"我没想到……"

"没、没想到什么？"

达特·哈利感觉到恐惧，那恐惧来自面前的青年，仿佛面前是深渊绝境，既让他感到暗无天日，又无从抵抗。

他的师父也从未给过他这样的感觉，就像是……另一个更高更远的维度中那位存在的意志。

"居然有一天我会因为这样寻常的话……"天际突然划过一道闪电，雷声"轰隆隆"地响起，"……愤怒。"

"哐当……"

冷剑掉落，达特·哈利已下意识地跪了下去。

他瑟瑟发抖，又惶恐又迷惘……只敢遵从本能，恭敬地低头："求……求大人您的宽恕。"

护卫们奇怪地看着他，这个高高在上的城池主在这一对陌生的年轻人面前，抖得像摊烂泥。

他可是高贵的哈利城池主!

他勇武的长剑还未使出,竟然已经对敌人投了降!

贵族小姐们掩嘴惊呼,贵族先生们更是目露不解和鄙夷……这样的人,还是他们曾经打算誓死追随的对象吗?他的膝盖那样软,他的头颅那样谦卑,他的骨气一文不值。

柳余看着面前这一切,突然感觉很没意思。

她将脸贴住盖亚坚实的后背道:"盖亚,我们走吧。"

"不处理了他?"盖亚轻轻问,在光下如美丽的雕塑。

"算了……别脏了你的手。"

一年后,这位肮脏的野心家就会死在一次巡逻中,被卡斯顿城主的忠部刺死,这也算因果循环了。

"走吧。"

护卫们沉默地让出一条道,目送着这对男女离去。

沙滩上似乎也陷入了沉默,一波一波的潮水涌来。良久,那匍匐在地的达特·哈利才白着一张脸,站了起来。

"回城!"他道。

沉默的护卫队拥着贵族先生和小姐们上了附近的马车,一行车队浩浩荡荡地出了金滩,往大道走去。

而在另一条小道上,柳余将下巴枕在盖亚的背上问:"你刚才是不是想杀他?"

"……是。"

"……就因为他侮辱我?"少女蛮不讲理地翻起旧账,"你以前也说过,我是满口谎言的坏人、狡诈者、骗子等等。"

青年沉默了。

柳余不忿地揪他的耳朵:"你也说过的!"

"嗯。"他往上托了下她,声音很轻,"只有我能说。"

"喂,"她的声音也轻了下来,"……你也不许说。"

"好,不说。"他似无奈地回答。

"可惜,好好的一场赏日出被搅和了。倒是你,怎么看待那位达特·哈利?"

"英俊?"

"喂。"柳余不满地道。

他轻笑了一声:"没什么感觉。"

"你不觉得他很坏吗?"

"人类就是这样充满欲望和渴求的物种。"他平淡地道,"权力通常都伴随着肮脏和鲜血,这不稀奇。为了最顶端的地位,他们可以豁出一切。"

她闷闷地道:"你刚才说,人类就是这样肮脏、充满欲望的物种……我不赞同。"

"哦?"

"……你在鱼缸外看到的鱼,总是格外突出的那些。而那些想要跃龙门的鱼,总会做出一些出格的举动的,那本来就不是普通人类的世界。"

"哦?"他侧过脸来。

柳余看着盖亚被阳光照得近乎透明的眼珠，问他："那些鱼缸里平平淡淡地游着的鱼，你又看过多少，见过多少？"

"见得不多。毕竟，你知道的……它们总是很无聊。"

柳余明白他的意思。

就像一部电影，要波澜壮阔才引得起观众的注意，如果播每天种地、吃饭，种地、吃饭，日复一日，年复一年，观众很快就会厌倦了。

"可我却觉得，这些普通鱼的世界很精彩，莱斯利先生，你只是缺少一双发现美的眼睛。"

"你是想告诉我，这些普通鱼是高贵的？比那英俊的哈利鱼更……"

"够了，你要把这个词提到什么时候？"柳余恼怒地瞪着黑斗篷。

"贝丽，你又生气了……"他将她放下，转过来，嘴角带着微微的笑意，"……那不如我们去看看普通鱼的世界，体验一下，怎么样？"

他看着她的幽绿色瞳孔中显示出某种洞悉，柳余愣了会儿，突然也笑了，这样的提议，似乎比她之前设想的还要好。

也许……这位高贵的神祇，会因此生出对人类的些微认同呢。

"好啊，"她带着些微的促狭道，"不过……我有个要求。"

"要求？"

"是的，"她伸手，替他理了理衣襟，又踮起脚，在他掩在斗篷帽下的薄唇上亲了口，看着他笑，"你知道的，你很英俊，非常非常英俊……"

他的嘴角微微翘起。

柳余继续："你太英俊了，普通人可没有您这样的，我希望，您能变得普通一些……嗯，胖一些，矮一些……嗯，皮肤得粗糙一点，像个农夫……手？对，手也得粗糙，骨节要大，得像经常劳作的……农夫。"

他的嘴角一点点垮下来。

"也许……不一定非得是农夫，"他慢吞吞地道，"也可以是一个英俊的牧马人。"

"莱斯利先生，您知道，您有很重的偶像包袱吗？"

不论什么时候，都穿着体面精致的衣服……就像现在，明明是用斗篷遮掩，可精致全在细节上了。

"我知道，我很英俊，贝丽，你不用总是强调。"

他的嘴角又一点点地翘了起来。

柳余"扑哧"一声笑了出来，见他狐疑地看看自己，忙道："是的，您说的没错。"

她又踮起脚尖，亲亲他："不论您变成什么样，莱斯利先生，您在我心中都是最最最英俊的，无人能及……所以，变丑一点，好吗？这样我会安心些……免得总有人觊觎您。"

他看了她一眼，终于慢吞吞地"哦"了一声。

"那……"他道，"记得，你也得变丑一些。"

第四十八章

　　比起周围繁华热闹的大镇，特瑞斯镇是个安谧祥和的小镇，除了偶尔经过的客商，大多时候没什么陌生人来……

　　这天，镇子的东门口来了一对陌生人。

　　男的宽宽胖胖，个子不高，穿着一身起了毛边的灰衣，戴一顶毛毡帽，脸上有一颗大痦子，乍一看去不怎么好看，甚至还有些丑。倒是他旁边的女孩出乎意料地年轻，金发蓝眼，穿一条碎花裙，站在男人旁边像一朵娇嫩的玫瑰——新鲜又漂亮。

　　女孩的手搭在男人的臂弯，时不时地转头和他说话，一笑嘴边还露出两个笑窝儿。

　　镇东最八卦的卡娜太太一见，眼睛都亮了："噢，光明神在上，这可真是……"

　　她一把将怀里的儿子丢给旁边的瓦伦太太："瓦伦太太，我去看看！"

　　瓦伦太太知道，卡娜又犯老毛病了。

　　果然，不一会儿，卡娜带着熟悉的笑回来了，她朝瓦伦太太挤眉弄眼："你猜，那对……是什么关系？"

　　"兄……妹？"

　　"噢，瓦伦太太，你绝对想不到！"卡娜眉飞色舞，"他们是夫妻！夫妻！"

　　"夫……妻？"瓦伦太太也"噢"了一声，"那这位先生……"她看了眼对方，"运气不错！"

　　"是的，运气不错！"

　　"这样一个美丽的女孩，放在我们特瑞斯镇，可是要让那些优雅的绅士们为她决斗的！"卡娜太太一边可惜着，一边又带着强烈的优越感道，"……不过我猜，她的出身一定不怎么样。"

　　"卡娜太太！"瓦伦太太不赞成地道，"你不记得上次的教训了吗？"

　　卡娜太太摸了摸好不容易长出头发的脑袋，心有余悸地道："知道了知道了……不过，你一定想不到他们要来做什么！他们要来这儿定居！来我们特瑞斯镇！"

　　"噢，这可真稀奇。"这回，连瓦伦太太都忍不住感叹起来了。

　　他们特瑞斯小镇什么都没有。有些野心的年轻人更愿意到邻镇去发展，那儿有更多的机会，极少会有年轻人愿意在这儿定居——整个镇子就像一潭死水，来来往往的都是熟人。

　　"他们已经从镇长那儿得到了许可……"卡娜太太"叽叽咕咕"着。

其实，柳余一开始并没打算和盖亚以夫妻相称。

他们先去找了特瑞斯镇的镇长。

镇长是个白胡子老头，精瘦的个子，听到他们的来意后还吓了一跳："噢，你们要在特瑞斯定居？我得提醒你们，特瑞斯镇什么都没有，没有煤矿，也没有大海……除了没开荒的土地，一半土地属于欧文庄园，一半属于这儿的老镇民。"

"确定。"

老镇长推了推眼镜，拿出一支羽毛笔，蘸了蘸墨水，问："所以，你们的关系是……"

"兄妹。"

"夫妻。"

两人同时出声道。

老镇长的羽毛笔在白纸上划出了一道长长的曲线，他又推了推眼镜，试图从薄薄的镜片里看到两人的真正关系。

美貌的女孩，其貌不扬的贫苦男人……

他放下羽毛笔，郑重地问："美丽的小姐，您是不是受到了胁迫，或者，任何可怕的威胁……如果有……"

老镇长暗示性极强地看了眼墙上代表权力的欧文家族族徽："请不要害怕，我以欧文家族的名义起誓，绝不会让您受到一丝一毫的危险。"

她忍不住看了眼盖亚，发现他也看了自己一眼。

那长了一颗大痦子的脸上，绿眸如幽幽的湖水，里面流淌着……委屈？

她咳了一声，主动牵起盖亚的手，在老镇长面前晃了晃："您放心，镇长，我刚才只是跟我的丈夫闹了些矛盾……"

她露出一边的笑窝儿："他很疼我，我让他往西，他绝不敢往东。"

她注意到，盖亚又看了她一眼……

那眼神里含着的东西……不知道为什么，柳余下意识地转过了头，用手背贴了下脸——有点热。

老镇长将信将疑地看了她一眼，最后还是给她开了份定居证明。

"如果需要离开，请再来我这儿盖一下章。"

"好。"

柳余将证明折叠好，在老镇长的眼皮子底下牵起盖亚的手："那么，先告辞了。"

两人告辞离开，老镇长这才发现，这位其貌不扬的男人行起礼来时动作翩翩，带着贵族与生俱来的优雅和气度，而这，即使是欧文子爵也比不上。他的脸色又变了变，心想：莫非是哪位大贵族落魄了的子孙？如果是这样的话……这位美丽的小姐愿意嫁，倒也合理。

柳余当然不知道仅仅一个照面，老镇长的心情就跟过山车似的，大起又大落。

她只是高兴又解决了一桩事。接下来就是想办法安顿下来，两人的手里只剩下五十卢比了……

是的，按照约定，要过普通人的生活，神力或者任何巨额财物，都不被允许使用。

一切从零开始。

"不过……神宫那边不要管吗？而且你的身体还在迷雾之地沉睡…"

柳余总感觉有种违和感，她像是从一个片场，突兀地闯入另一个片场，上一个片场的烂摊子还没解决，又要开始进入新的剧集了。这让她有些不安。

"神宫里的人早就习惯了我的离开，有莫里艾在，不会出错。至于我的身体……"他看向远方，"我们可以一边在这儿生活，一边等他醒来…"

"当然，贝丽，如果你有特别想做的事……我也可以陪你去做。"

"抱歉……我还没想明白。"少女的脸上露出迷惘，"我来这个世界，能做的似乎很多，但又似乎很有限。我想改变盲从的人类……"

似乎意识到自己说了什么，她看了眼盖亚："抱歉，虽然您不高兴…"

盖亚亲了下她的手背，抬头望她："莱斯利太太可以做一切她想要做的事。"

很深情的一番话……如果没有那颗大瘊子的话。

柳余"扑哧"一声笑了起来，她笑得前仰后合、花枝乱颤，盖亚那宽宽胖胖的脸上露出少见的懊恼："贝丽……"

"不许变回来。"

淘气几乎要从那水汪汪的蓝眸里流出来，"这样我才不会总被你迷惑。"

盖亚："……"

"如果莱斯利太太坚持的话。"他用无奈的、粗哑的声音回应道。

柳余又笑。

"唔……"

下一刻，她不由自主地睁大了眼睛，盖亚的脸近在眼前。

脏兮兮的皮肤……大瘊子……塌鼻子…

幸好，眼睛还是美的。

他在吻她。几个字缓缓地进入脑子……

柳余清醒了！这丑男人竟然当街吻她！

这时，盖亚放开了她，眸中带着少见的得意扬扬："莱斯利太太，你可以继续笑。"

好让你继续吻吗？

柳余顿时什么想法都没有了，她忘了，这个盖亚不是之前每天都英俊、霸气的盖亚了。

他会笑、会怒、会逗人了。

"先去租个房子。"她匆匆别过红彤彤的脸颊，"不过租完房子，我们就一个卢比都没有了。"

"你们要租房子？"一个胖乎乎的妇人抱着孩子过来，她就听了个尾巴，"什么样的？"

"五十卢比能租得起的房子。"

"五十卢比？哦，那只能去城西了……美丽的小姐，您这样的人去城西，恐怕第一天就会被那些坏人抢走了！城西可都是些恶棍！"

胖妇人热心地道，"您不如去欧文家做个女仆，一个月就有两百卢比……"

"这儿最近的集市在哪？"

胖妇人看着那其貌不扬的男人打断自己，她不大高兴地道："集市？特瑞斯镇可从不办什么集市，想要什么东西，都得来街上转转，偶尔会有商人过来售卖……"

于是，柳余知道了这是个多么落后的小镇。

她看向盖亚："去城西？"

"城西。"他缓慢地点头，"最多一天，贝丽。"

"不，我很期待呢。"

柳余笑眯眯地道："大多数时候，恶棍都是因为吃不饱饭、混不下去才做的恶棍……莱斯利先生，我刚才说过，我有很多事想做。

"先从种地开始也很好。"

"贝丽。"盖亚不赞成地道。

"盖亚，我想去看看……我想试验一种农具，但你知道的，我只在书上见过，而且，我没见过种地。你不觉得很有趣吗？"

"不觉得。"盖亚的手搭在她的肩膀上，"你很怕七彩虫。"

"所以？"

"田地里有一种红色的会吸血的虫子，也是一伸一缩的……"

"盖亚！"

从城东走到城西，就仿佛从繁华走向破败。

一栋栋小楼变成了低矮的屋棚，街道从干净的青石板路变成了尘土飞扬的黄泥路，一个没注意，鞋跟还会陷进深深的泥坑里，再拔出来时，鞋子也和这周围的脏乱差完美地融合在了一起。

"……五十卢比一个月，要不是有镇长开的证明，我可不会租给你们。"房东给了他们一串钥匙，就骂骂咧咧地走开了。离开之前，还忍不住看了眼男人旁边的小妻子：可真是小镇子里难得一见的漂亮小姐。可惜喽，在城西……没点本事可守不住。

柳余则抬头看向面前的房子，石头砌的屋子，就一层，硬抠出一个歪歪扭扭的小窗。

从窗户往里看，一张床，一把椅子，与床相对的另一边，还有个用石头垒起来的灶台，靠墙放了些发霉的稻草，像是许久没住过人的模样。

可真是……

"贝丽，你还可以后悔。"

"后悔？不，从不。"

柳余率先迈开一步，大大方方地用钥匙开了门。木门一关，隔绝开周围窥伺的眼神，才微微叹了口气——家徒四壁啊。

"一块卢比都没有了……莱斯利先生，米缸是空的，没有小麦，没有牛乳，更没有小羊排。

"不过，"她拿起桌上一块灰扑扑的布，"万幸的是，我们还有抹布和水桶。"

她朝他笑："亲爱的莱斯利先生，我们来打扫吧。"

少女的笑在昏暗的屋子里有种金子般的夺目。

他从她手中夺过抹布，推她到一边坐下："坐，亲爱的莱斯利太太。一位绅士是绝不会让他的淑女动一根小指头的。"

"你的意思是……我坐着，你干活？"

"是的，贝丽……"他半蹲下身，握住她的肩膀，和她平视，"你只需要负责玩耍和快乐。"

柳余看了他一会儿，突然道："你会把我宠坏的，盖亚。"

"如果可以的话，贝丽，你可以更坏一点。"

他拍了拍她，就起身离开了。

柳余微微失了神，她的膝盖上放着十几颗五颜六色的快乐糖，那是刚才他推她坐下时给她的，他确实是把她当孩子一样哄啊……

她看向远处，特瑞斯镇的西边没有青山绿水，没有华堂金殿，灰蒙蒙的街道，只有一个宽宽胖胖、不太起眼的男人，他穿着普普通通的衣服，拎着一个水桶去河边取水。

夕阳在他的身上镀了层柔光，让他的背影看上去坚定而温暖。

石头屋虽然不大，但等里里外外都擦洗干净，也已经到了深夜。

万籁俱寂，只有街头的犬吠此起彼伏。屋内只有一张狭窄的木床，椅子也是木做的，还瘸了一条腿，发霉的稻草被丢到了门外。

柳余站在窗边，看向窗外的月亮。

"原来是满月啊……"

一道阴影笼罩住了她。盖亚站到她身边，也抬头看月亮，问："在想什么？"

柳余往旁边看去，才发现，不知什么时候他已经恢复了原来的模样。

宽大的黑底金丝袍被风吹得扬起，墨发披垂，几近于地，脸上一双绿眸如迷雾中的森林。他站在她身边，如同暗夜里掌控一切的君王……

又好像变得遥远了，她不太喜欢这样的感觉，伸手捂住他的眼睛。

"怎么了？"

"你一变回来……我就觉得像是另一个世界的人。"

"还不习惯？"

他抓下她的手。

"是的，没法习惯。"柳余直勾勾地看着他，"你美得无与伦比。"

他像是被她的直接取悦了。

低头，在她的手心亲了亲："所以，美得无与伦比的莱斯利先生，可以要求我们的关系更进一步吗？"

她笑嘻嘻地抽出手："还得看您的表现。"

青年并不恼，只是转头看向窗外："所以，贝丽你看……皮相的迷惑只是暂时的，动摇不了你。"

柳余不否认，她对着他那张脸，就能生出欲望，可再进一步……

她也看向窗外。

"我第一次来到这个世界的时候，也是满月。"她像是陷入回忆，"那个时候我很害怕，我怕我活不了多久。"

"现在还害怕吗？"

"也怕，也不怕……"

"怎么说？"

"人只要有期待，有想抓在手里的东西……就没法不害怕。"

青年转过了头，月色中，少女的眼睛澄澈无比，但里面似乎蕴着心事。

气氛突然陷入安静。

"那你期待的东西里……"青年顿了顿，"有我吗？"

柳余没说说话，过了会儿，突然笑了起来："我小时候一定想不到，未来的某一天，我居然会选择自讨苦吃……要知道，我可是讨厌虫子、老鼠……噢，还有黑暗和饥饿。"

盖亚的面前晃过那个被关在黑屋里的小女孩。

他抬手，轻轻按了按她的脑袋："因为她长大了。"

话锋突然一转："怎么样，要不要做点别的？"

她板起脸，冷冰冰地拒绝了。

"……不，贝丽，你恐怕误会了。"

青年笑了，绿眸在月光下闪闪发光，像一顷粼粼的湖水："我只是想画一幅画……"

柳余的脸一下红了。

鼓起腮帮的少女，像只可爱的海豚。

他亲亲她，又推着她，让她坐到床边，调整了下姿势："嗯，很好，坐这儿……就这样。"

"所以，盖亚……你想画我？"少女一把拉住他的手，不让他起身，人也顺势坐进他的怀里，双手环住他的脖子，"但八爪鱼大叔说……你从不画人。"

青年微微失了神，过了会儿才道："莱斯利太太当然和别人不一样。"

经过一番打闹，两人也累了。

夜深沉，月深沉。

身边人的呼吸平稳下来，青年睁开了眼睛，他安静地看向窗外，过了会儿，才披袍下床。

石头屋里什么都没有，空荡荡的。

他像是游魂一样，在屋内转了会儿，等到清晨的第一缕光照进屋子……在少女的眼皮动了动后，伸手，一缕黑色的光坠落。

"昏睡术。"

少女重新睡了过去，青年推门出去。

在一步步迈出屋檐时，高挑修长的身体开始变得矮胖，华丽的黑金宽袍变成了灰扑扑的平民装，华美精致的脸也掩在了平凡、粗庸之下。

平民们开始醒来，为生计奔波。

街道上的行人渐渐多了起来，直直的烟囱里冒起尘烟，空气里弥漫起食物的香味——大多是不怎么诱人的。

盖亚沿着街道慢慢往外走，他的面色始终平静，并未被这勃然的生机感动，仿佛像在评估某种东西一样看着街边庸碌的生物。

冰冷，不带任何情绪。

最后，似乎观察够了，站到了一面宽阔的大门前。

街道整洁而干净，大门前站着两位侍从，他们穿着黑马甲、白衬衫，棉裤松松地塞入黑色的马靴，看见他来就伸手驱赶："这可是欧文子爵家！哪来的平民，竟敢挡在子爵大人的门前！走！快走！"

"我找欧文子爵。"

"你以为子爵大人谁都见吗？"侍从们还要赶，但在对上那双绿眸时，所有的轻慢不知不觉都消失了，他们恭敬地垂下头颅，"是，大人！这就给您通报。"

欧文子爵这时正在梳他的小胡子，一听侍从的报告，就要赶人，可出口的话兜个弯，却变成了："好，好，请大人他进来，进来。"

说着，竟是亲自将人迎到了贵宾厅。

"大人，您有什么指示？"

欧文子爵恭敬地站着，看着那平民就这样坐到了首位。

"我缺卢比。"

"大人您要卢比，吩咐一声，我立刻派侍从给您送去。"

欧文子爵的腰弯得更低了。

"不，她说要像普通人一样。"首位上的人说了句欧文子爵不明白的话。他顿了顿，突然问，"你……是特瑞斯镇最富有的人，缺画吗？"

"画？什么画？"

"买下我的画。"他理所当然地道，"付出劳动，获得酬劳……对，这不算破坏规矩。"

"大人您要为我画像？我有很多了。"欧文子爵不太好意思地道。

他发现，首位上的人用绿眸看了自己一眼，心中一凛，正要接受，却见他不知从哪儿取出来一张白纸、笔刷和颜料盘。

大笔一挥，不一会儿，面前突然出现一幅……

子爵大人眨了眨眼睛："绿螳螂？"

画中央，站着一只雄赳赳气昂昂、绿得油光发亮的大螳螂。

欧文子爵和绿螳螂的大眼睛瞪来瞪去。

"买下它，一万，不，五千卢比。"

平民皱着眉，那表情好像是贱卖了一样。

"管家，拿五千卢比来。"

等那平民拿着卢比悠闲地走出大门时，欧文子爵突然失心疯般地拍了下自己的脑袋，他刚才……怎么了？

怎么就对着一个平民卑躬屈膝，还花五千卢比买下一幅……绿螳螂？

疯了，真疯了。

可看看那画绿螳螂的笔触——可真是大师级的。不知怎的，欧文子爵还是毕恭毕敬地将绿螳螂挂到了自己的卧室里，每天晨起晚睡时都和它大眼瞪小眼。

柳余是在一阵食物的香气中醒来的。

热可可、草莓饼，还有……罗勒叶拌松子？

她半直起身子，发现屋内大变样了，多了许多东西。昨晚还"吱呀吱呀"的木板床，变成了一张结实的白色雕花床，床幔是金色的流苏。石窗上，一朵白色的蔷薇插在透明的花瓶里。

毛巾架，水盆，两把椅子，桌子也变漂亮了。

灶台缭绕着烟气，盖亚正笨拙地拿着一双银筷，似乎要将那草莓饼从锅里取出来。

"你昨晚去做小偷了？"她掀被起床。

"莱斯利太太，要我提醒你，昨晚莱斯利先生做了什么吗？"

"噢，那就不必了。"

柳余一点都不想回忆火热的夜晚。

她披着衣服走到盖亚面前，踮脚亲了亲他的脸："虽然很高兴多了这些东西……但我并不希望这是用神术或圣晶换来的。"

对于她的质疑，他似乎不大高兴，说："我卖了一幅画。"

"普通人也能卖画。"

"……哦。"柳余讪讪的，"这样啊……"

她居然忘了，即使不用神术，对盖亚来说挣点卢比也不难。

看他闷头不理自己，就伸手扯了扯他的袖子："盖亚。"

看没有回应，她又扯了扯："盖亚……"

他这才抬起头，绿眸幽幽地看着她："你想说什么？"

"还生气吗？"

"不气了。"

"那你亲亲我。"

他低头，亲了亲她翘起的嘴角。

"画卖了多少？"

"五千卢比。"

他的声音听起来有些闷，据柳余观察，像是觉得贱卖了。

"不过，卖的螳螂。"

所以……很骄傲吗？

"还剩下多少？"

"一百卢比。"

这败家男人。算了。

"盖亚，不要再卖画了，我不喜欢你的画给别人拿着……"

真实的理由是，这样一来，所有的事情对他们来说都太轻而易举了，太过轻松的人生，连情感都来得敷衍。"你的酒、画，别的……我都不想跟人分享。"

"如果你坚持的话。"他看了她一眼，答应了。

柳余立马就高兴地亲了他一口："你最好了，盖亚！"

他抿了抿嘴，似乎想将那不小心翘起的嘴角抿平……柳余觉得，这一刻的盖亚，连大痦子都可爱爆了！

环顾左右，毛巾架上的毛巾折叠整齐，水盆里已经打来了水，冒着热气，还有放好盐的毛刷……

一颗冷掉的心，倘使被一个人时时刻刻地揣在怀里焐着、暖着，怕你冷，怕你热，怕你受委屈，怕你不高兴……怎么不会热起来呢？

柳余眨了眨眼睛，眨去那一点水汽，说："我去洗漱……等吃完早饭，我们去买些农具，看看附近的荒地，怎么样？"

在等待他的身体醒来的时间内，也许可以做些事。

"斑！"

"贝比！"

就在这时，一只灰扑扑的鸟没头没脑地从窗外冲进来，一下子钻到柳余怀里，又一个激灵，被两根手指拎了起来。

斑斑挣扎了起来，见挣扎不脱，就干脆不动了，只是用那小小的黑豆眼对着对方的绿眼睛，又看看对方宽宽胖胖的脸和脸上那颗大痦子，眨了眨："贝比！你居然又找了个情人？！噢，光明神在上，还是个丑八怪！"

她怜悯地看着灰斑雀头上新长出的翎羽。

"天哪，丑八怪！好丑好丑好丑！贝比，如果一定要换情人的话，斑斑投路易斯一票！毕竟，他很英俊。"

"他很英俊？"

丑八怪的声音还挺好听，斑斑昂着脑袋想。

"投路易斯一票?"

丑八怪的声音挺耳熟。

斑斑继续昂着脑袋,用那小脑瓜使劲地想、拼命地想……想不到。

"我看你头顶的羽毛也该修一修了。"

在一声惨烈的"斑"后,斑斑捂着光秃秃的脑袋,哭了。

它终于知道这双专拔鸟毛的罪恶之手属于谁了。

"斑斑斑!

"神?丑八怪?神?丑八怪?……神是丑八怪,丑八怪是神?"

斑斑反反复复,仿佛被秃头打击得只会这两句。

要不是柳余知道斑斑天生胆小怕事、小脑袋不发达,恐怕要以为它是故意了。

她将手按到男人宽厚的手背:"别跟一只鸟较劲,盖亚。"

"可它说我丑,还说……要你和路易斯在一起。"

男人脸上的不满和他的大瘩子一样显眼。

柳余"扑哧"一声笑了出来:"莱斯利先生,别这么可爱。"

她发现,越相处,他的另一面展露得就越多,比如,偶尔的孩子气。

他板着脸不说话。

柳余踮起脚尖亲了亲他:"好啦,不生气……"

她晃晃他的胳膊道:"不生气,好不好?你是这世界上最英俊的男人,我怎么会看上别人?"

他抬起眼皮问:"真的?"

"真的。"柳余哄他。

他的脸色这才缓了些。安抚完一个,柳余才看向另一个。

可怜的斑斑。她也不知道,斑斑那张满是毛的脸是怎么展示似天崩地裂、日月无光的感觉的,反正,它做到了。

"怎么知道我们在这的?

"盖亚的身体还好吗?"

她问了一串的问题,奈何斑斑"嘴炮"厉害,头脑简单,半天都回答不到点子上,最后只破罐子破摔一样道:"……闻着味过来的……神的身体还好,老样子……"

"你要留在这儿?"

随着盖亚的声音再一次响起,斑斑的小身子一抖,秃掉的脑袋也跟着一块儿抖。

柳余摸了摸它:"别吓它了,盖亚,它胆子小。"

"现在我们要出去,斑斑,你是要跟我们一块儿出去,还是留在这儿看家?"

斑斑将小脑袋伸出翅膀,偷偷看了眼盖亚,才和他眼神一对,又立马缩了回去:"不!斑斑看家!"

柳余又摸了摸它的小脑袋说:"行,斑斑看家,可别让人进来把东西偷拿走了哦。"

斑斑偷摸着抬头,瞧了她一眼,似是疑惑,又瞧了她一眼。

柳余注意到,问:"怎么了?"

斑斑吞吞吐吐:"贝比变得温柔了,有……有点吓到斑斑。"

真是……

她狠狠弹了下斑斑的脑袋,冷哼一声,"盖亚,走了。"

两人头也不回地出了门。

等"咔嗒"的清脆的关门声响起，斑斑才将脑袋伸出翅膀，呆呆地看着两人消失的地方，一双黑豆眼突然变得很伤感。斑斑心想：神啊……你到底在想什么呢……

特瑞斯小镇。

"……阳光好暖。"柳余眯起眼，感受了下街面吹来的风。

时已近正午，大约是不够繁华的缘故，街上的行人不算多，阳光照在身上暖融融的。她看了眼旁边安静的男人，盖亚也正眯眼看着头顶的太阳……

似是意识到她的目光，转过头来："去哪儿？"

"镇长说，可以去看看荒地。"

就在这时，一个瘦巴巴的少年走到他们身边："……快……快离开这儿。"

"离开？"

"是的，离开。爱德华要对付你们，他可是附近出了名的坏人……"少年戴了顶脏兮兮的毛毡帽，声音又低又急，抬头看她一眼时脸都红了，"总之，你们得离开，否则……"

"噢，谢谢。"

柳余朝对方笑了笑，那张脸变得更红了。

盖亚的那双绿眸被阳光照得清透。

"贝丽，该走了。"

"噢，光明神在上，让我瞧瞧这是谁……新搬来的邻居？"这时，一行人从转角浩浩荡荡地走过来。中间那人穿着黄格子马甲，脚蹬黑皮靴，双手插兜，晃晃悠悠地走来，直走到柳余面前，那双眯眯眼越睁越大，"噢，这位美丽的小姐……"

他自认风度翩翩地伸手，道："我是爱德华，迈里加·爱德华……啊！谁？谁？！谁在用石子砸我？！有种站出来！"

爱德华龇牙咧嘴地跳了起来，柳余发现，他的掌心破了块皮。往旁边看，盖亚安静地站在阳光里。

而爱德华找不到暗算他的人，一把揪住旁边戴着毛毡帽的少年："库克，是不是你？每次，每次都是你坏我的好事！"

"不，不是我！不是我，爱德华先生！"

库克试图甩开抓住他胸口的蛮横男人，路边的行人怕遭殃，纷纷躲开这一带。

爱德华一脚踹了过去，眼看黑皮靴就要踹中库克的膝盖时，一阵风突然刮来，爱德华一个踉跄，左脚拌右脚，重重地摔了个狗吃屎。

旁边人一阵笑，和他一块来的也都是街上的混混。

"爱德华，你行不行？"

"不行我来帮你！"

又是一阵哄堂大笑。

爱德华砸了下地，脸涨得通红，手一撑就要站起来，可谁知手肘那儿像是被块大石头砸到，一阵剧痛之下，没撑住，又摔了下去。

这下撞到了鼻子，他一摸，一手的血。

爱德华的脸都青了。旁边的嘲笑声更大了。随着一阵轻盈的脚步声，爱德华的视线里出现一双白色的高跟鞋，鞋面上绣着的蝴蝶仿佛振翅欲飞。

鞋子就停在他面前，他抬起头，却见娇俏的少女半蹲下朝他笑："爱德华先生，有件事要麻烦您。"

"麻烦……我？"

爱德华发誓，他当时一定是看到了恶魔的微笑。而此后，所有的事都在向他证明，这个预感没错。

他和他的伙伴们，都被这个女恶魔驱赶着去了西边的荒地，一人被分派了一把农具，在荒地上开荒。女恶魔则撑着把漂亮的花伞，驱使着她平庸又普通的丈夫一会儿给她端茶，一会儿给她递水，偶尔还会下地和他们一起开荒。

可不知怎的，爱德华渐渐觉得，这日子变得有趣起来。

他们开始拥有属于自己的第一块土地，女恶魔还教他们怎么给土地施肥，怎么从远处引来活水灌溉——那精妙的渠道设计，居然出自那平庸的男人之手……

爱德华承认，他看走眼了。那女恶魔的丈夫，那个大多时候不和他们说话的丈夫，才是真正的狠角色，有几次和他漂亮的绿眸对上时，爱德华都有种灵魂被刺穿的痛苦。那感觉很难形容，就像自己在他面前是透明的、蠕动的爬虫，他该匍匐、该发抖、该求饶……

而不是和他站在同一个空间谈笑。

相比较起来，女恶魔才是有温度的。起码，在她眼里，他算一个人。

爱德华从不敢靠近那沉默的男人，只要男人在场，他就从不与女恶魔搭话。至于库克，那个一看到女恶魔就红脸的傻子……爱德华一点都不觉得奇怪。

特瑞斯镇是个温柔的小镇，像烟雨江南，一切都慢悠悠的……

光明神殿在这里没有分殿，人们并没有纠结于信仰，大多数时候，都是在为生计奔波。特瑞斯西镇的也并没有如东镇的居民所说的那么难缠，起码对柳余来说，他们是上门送菜的。

她支使着爱德华那些年轻人，开垦荒地，引入活水，一点点地从细微处改变着。盖亚提供了引流和蓄水的思路，并将其绘成图纸，而柳余则依着原来的一点记忆，慢慢地试验，造出了水车和双曲犁……

而这些看似很小的变动，却让特瑞斯西镇变得繁华起来。

柳余甚至为此和斑斑争论过。

莱斯利先生显然并不愿意加入他们的争论。

时间就这样悄悄地过去了。

某一天，同样的争论再次开始。

"为什么要这么麻烦？贝比，你只需要在神宫对所有的星球发出命令……可以轻易获得这些便利的东西，你的计划就会立刻得到实施……"

斑斑珍惜地摸着自己脑袋上又长出来的翎羽。

"那下次呢，下下次呢？人们会永远期待神来替他们解决问题，因为对神的信仰，他们不再学着思考，总是祈祷神会降临、指示……时间将停止流动，世界会再次固化。"

斑斑奇怪地歪了歪脑袋："可你也是神啊，你介入了，贝比。"

真是令人窒息的回击。

一旁恢复自己模样的青年走了过来。

他缎子一样的黑发被精致的束扣扣住，露出光洁的额头和干净的眉眼，长长的睫毛下，绿眸如水："可贝丽没有用神力，也没有使用这个时代不接受的知识，这一切，会慢慢扩散到其他地方……当人类从繁重的劳动里走出，得到温饱，就会开始寻求教育，知识使人明智……"

斑斑的翎羽耷拉了下来，不一会儿，又直起来，它尖着嗓子怪里怪气道："噢，贝丽！你总是对的！"

它学着盖亚说话，柳余笑了起来。

她笑起来时，眼睛总是眯起，露出一排洁白的牙齿："莱斯利先生当然帮莱斯利太太了。"

这一年里，盖亚一直陪在她身边。

他确实做到了他曾经说的那样，如她的父、她的母、她的朋友、她的爱人，偶尔还像幼稚的、闹脾气的孩子……他从雾遮花柔的云端走入烟火的尘世，一点点地向她展露着真实。

他不总是从容的，偶尔还会犯错，也会因为她对其他男人多笑了几次，就拒绝和她说话，与她冷战，可很快，又会忘了那些不愉快，转过头来哄她……

她能感觉到他的努力，还有笨拙，他在努力用他的所有来填补她的缺失。

她躺在蜜的海洋里，一点点被融化，被这炊烟，被这生活，被这独一无二、只属于她的盖亚·莱斯利填满。

斑斑懊恼地转身，将越来越肥的屁股对着他们，还在喋喋不休："明……明天斑斑一定找只新的雌性！这次一定不会嫌弃斑斑的羽毛不够鲜艳！她也会帮斑斑说话……呜呜，斑斑讨厌你们……讨厌贝比，讨厌坏神……"

"可是，斑斑，"柳余笑嘻嘻地半蹲到鸟笼前，"明天就是我生日了，你想好送什么了吗？"

"那贝比想要什么？"斑斑一下忘了生气，转过了身体，"不能是七彩虫啊，神现在越来越抠门了……或者，斑斑可以给你去摘一朵花……"

这时，门被人从外面叩响了，柳余去开门。

老爱德华先生拎过来一只三斤重的火鸡："莱斯利夫人，这是爱德华和伙伴们去后面的那座山上打来的……他说，明天是您的生日，就不过来打扰您和莱斯利先生了……"

莱斯利夫人和莱斯利先生现在是整个特瑞斯西镇最受尊重的人，他们拥有丰富的学识和让人敬佩的修养，老爱德华先生对他们十分感激，时常送东西过来。

柳余伸手收了："替我谢谢爱德华。"

"要不是您，爱德华还是个混混，更不会成家……"

老爱德华先生乐呵呵地走了。

不一会儿，库克和他妹妹也过来了。库克送来一只像斑斑的小鸟，是他用麻绳做的，库克的妹妹送来一个亲手做的蓝色花环。他们只在门外说话——附近的人都知道，莱斯利先生有些古怪，他不喜欢旁人踏进自己的屋子。

兄妹俩都是提前来向莱斯利夫人表达生日祝福的。

"莱斯利夫人，这……这是蓝铃花，它很美，风一吹还会像铃铛一样响，希望您喜欢。"

库克的妹妹是个腼腆的小女孩，她伸着细细的胳膊将花环递给她。柳余接过，笑着道了声谢。

"莱斯利夫人，请您告诉莱斯利先生，最近不要去山上，听说那儿出现了一只黑乎乎的猛兽，爱德华和他的伙伴们差点儿就被拖下去了……"库克郑重其事地告诉她。他知道，莱斯利先生经常去西山打猎，偶尔会提回来一只锦鸡或者山猪，也会和邻居们分享。

"谢谢您的消息，我会转告他，再见。"

柳余拿着花环和小鸟玩具进了门。

门一关，斑斑就冲了过来。

它撅着屁股，对着她手里的小鸟玩具做了个"观察"的表情，过了会儿，得出一个结论："丑，真丑。"

这时，柳余已经走到了盖亚面前。

他站在窗边，手里拿着一个提壶在给窗台上的花浇水，水蓝色的宽袖垂下来，袍边银色的滚纹在光下如流淌着的银色雾气，这光与雾，将他也衬得缥缈起来。

他似乎在想心事，提壶里的水洒到了外面，顺着石墙的缝隙流了下来。

"盖亚。"柳余唤他，她发现，他最近越来越容易陷入恍惚。

"啊，贝丽……"他的目光落到她手上，"小鸟。"

他朝她伸手，她无语地将小鸟递给他，他抬手就将鸟玩具丢给了斑斑。

斑斑欢呼一声，啄了小鸟玩具就走，这会儿也不嫌它丑了，拿着玩具在那儿一下一下地拨弄着。

"库克看见一定会哭，"柳余无奈地道，"一个孩子的礼物……"

盖亚别过她的头："孩子？我可不觉得。他的眼神告诉我，他喜欢你。"

"没人不喜欢我。"柳余笑嘻嘻地道，"就像你一样。"

"事实确是这样。"他捧住她的脸，绿眸微微弯起，"所以，我亲爱的莱斯利夫人，明天……你想要什么礼物？"

少女的脸一下子鼓起来："礼物？"

"莱斯利先生，你得知道一点，我们女孩儿喜欢的，是拆礼物时那一瞬间的惊喜。你提前问，就很没意思了……这得你自己想。"

他伸手一戳，一下子将她鼓鼓的腮帮戳了下去。

"盖亚！"柳余瞪他。

"好，好，"盖亚举手投降，"我自己想……不过，在这之前，我想先送莱斯利夫人一个礼物。"

"噢，你的礼物还分成好几份？"少女好奇地看着他。

"当然，莱斯利先生可不是一般地富有。"

盖亚袖子一甩，啄着绳子鸟的斑斑就被丢到窗外，窗户"哐当"一下关了起来。

"斑！"

斑斑愤怒地用翅膀拍打起石屋："盖亚！"

它学着柳余"斑斑斑"地骂了起来。

路过的行人奇怪地看着一只肥得惊人的鸟突然头朝下，往地上砸去……

地面溅起一片尘土，而那肥鸟跟没事鸟儿一样拍拍翅膀站了起来，继续围着石屋上蹿下跳，嘶着喉咙"斑斑斑"叫半天才停下。

"贝丽，别动。"

少女此时的脸颊如玫瑰般红艳，她朝他笑："莱斯利先生，别告诉我，您的第一份礼物，是自己。"

"莱斯利夫人总是那么聪明。是，第一份礼物，是我自己。"

"你……"柳余张了张口。

下一刻，她却发现盖亚的手中出现了一支细细的笔，以及一个精致非常的颜料盘，颜料盘里的颜色美极了，红如最纯净的红玛瑙，蓝似最澄澈的天空，黄如金黄的稻穗……

　　他执笔蘸了一点颜料，冰冷的笔尖落到她的身上。

　　她抖了一下。

　　"盖亚，你这是……"

　　他没回答她，专注地画了起来。细细的笔刷蘸了颜料，一笔一画地在那片雪白上勾勒，长长的睫毛遮住眼眸，偶有绿流出来，被那饱满的颜料与壁灯一衬，有种浓艳绮丽。

　　很安静。

　　只有笔刷细细的声响。

　　柳余不太好受，那笔刷太软了，触到肌肤上又热又痒。

　　于是只好低头看他画。他画得太专注了，仿佛这是他目前为止唯一在乎的东西。

　　渐渐地，她知道他在画什么了——他在画自己。

　　很小的一个自己。

　　人物渐渐成型，黑色长发，黑色宽袍，袍上的金丝如跳跃的金色碎光，一双绿眸纯澈，干净得像是能映出人影……

　　这一画，就到了第二日。东方既白，盖亚绘出最后一笔，笔刷和颜料盒一齐消失在半空。

　　混沌的睡意里，柳余看见他低头，轻轻吻了下她。

　　"你拥有我的心，贝丽……"

　　"永远。"

　　不知道为什么，柳余从这一吻里，感觉到了悲伤和诀别，眼皮沉重得像铅……

　　她还是抵不过睡意，沉沉地睡去了。

第四十九章

"斑！斑斑！"

"醒醒，醒醒！贝比！"

聒噪的鸟鸣在耳边响起。柳余手遮额头，试图挡去透过窗户而来的光，一只灰扑扑的胖头鸟冲过来："斑！斑！"

鸟的声音凄厉，柳余一个激灵，清醒了过来。

她像是做了一个长长的梦，一觉醒来，梦里所有的事都记不清了。

"贝比，你醒了？"

柳余眨了眨眼睛，蓝色的瞳孔渐渐有了焦点："斑……斑？"

斑斑的黑豆眼开始往外淌水："呜……贝……贝比……呜……"

"怎么了？"

柳余手一撑就坐了起来，掀被下床，经过落地镜时还忍不住驻足看了会儿，胸口的人物绘像栩栩如生，盖亚……

心莫名就软了下来。

环顾左右，石头屋内被这一年里添置的东西装得满当当的，有风透过窗户，吹得窗前的绿萝一晃一晃……灶台的案板上，放着一块草莓蛋糕和一碗用神术保持新鲜的细面。

青花瓷碗，汤面上撒了嫩嫩的绿葱花。

"盖亚呢？"话才问出口，门外就传来一阵杂乱的脚步声，紧接着门就被人"咚咚咚"地敲响了。

"莱斯利先生！莱斯利夫人！莱斯利先生！莱斯利夫人！你们在吗？"

是爱德华的声音。

柳余将衣襟拢了拢，披件晨衣去开门。门一开，就见爱德华那伙人站在门口，一脸焦急。

"爱德华，怎么了？"

"莱斯利夫人，生日快乐！"爱德华将手置于左胸先行了个礼，抬起时才急急地问，"莱斯利夫人，莱斯利先生在吗？"

"你们找他有什么事吗？"

据她所知，这帮人对盖亚总是充满着恐惧，没必要时根本不敢跟他接触。

"镇西的后山……后山裂开了！"

"裂开了？"

不知道为什么，柳余心生一种不祥的预感，魂灵在这一瞬间，脱离躯壳，与这大地共振，穿过熙熙攘攘的街道，穿过庸碌惊惶的人群，投到后山之上……

一道巨大的、仿佛能将一切都吞噬的裂隙正张大着嘴朝她笑。

柳余感觉到了一阵眩晕。

这个裂隙，比明塞顿世界的大上足足十倍有余，横在那儿像是将整座后山都劈开了，附近寸草不生。

魂灵继续往外，无形的蓝色织网在天地间蔓延，大地，天空，星球，星球之外……

仿佛有一双眼睛，于高高的穹顶俯瞰。

于是，柳余看到了，大地开始出现裂痕，一道又一道，星球这个本该封闭的球体，像被刀斧劈过……

似乎有股不知名的力量在一瞬间出现，正试图摧毁这个世界。

"咔啦啦……"大地被撕裂的声音响起。

无数的神殿骑士和神使们齐聚在神殿的大堂，他们共同向天空祈祷。

"神，您已经整整一年不曾聆听信徒们的祈祷了……"

"神，您真的要抛弃您忠诚的信徒吗？"

"《神约》中的末日要来临了，神，您听见了吗？！"

蓝色的光影里，柳余仿佛看到了纳撒尼尔，看到了弗格斯夫人，看到了头戴王冠的卡洛王子，看到了红衣主教、罗芙洛教授……

她看到了无数或熟悉或陌生的人们。

茫然与凄惶占据了他们的内心，面对着突如其来的灾难，人类不过是即将被洪流卷走的蝼蚁。

"盖亚呢？"

灰斑雀猛地朝天空蹿去，嘶吼出一声："斑！"

凄厉的鸟鸣在耳边炸响。

柳余心神巨震，某个猜测才浮现在脑海，人已飞上半空，雪白的裙裾在空中飞扬。她的手指舒展开，蓝色的细线顺着空气的流动，往巨大的裂隙而去……

爱德华、库克几位年轻人只觉眼前一花，刚才还在面前的娇俏少女突然间消失，下一刻已出现在半空，齐腰的金发在风中暴长至脚踝，在空中荡出卷曲的弧度。

一只灰斑雀在她的身旁乍然张开翅膀。

爱德华失声叫了出来："莱……莱斯利夫人？！"

少女沐浴在一片光里。

爱德华的眼睛被刺得流泪，却还是努力向上望。像是有一层泥壳在光中一点点消融，她的皮肤越发光洁，如安迪山脉上最纯净的一抹初雪，金发如璀璨的、不灭的流光，而那蔚蓝色的眸光扫来……

她仿佛在看他们，又仿佛在穿过他们，看向更遥远的未来。

"神！"

"是神！"

"拜见神！"

街道上的行人忍不住匍匐下去，来自云巅之上的存在让他们无法生出一丝亵渎之意。

爱德华、库克等人也一个个匍匐了下去。

这一刻，他们已经将那亲切的莱斯利夫人和城池中央的石雕重合在了一起，他们唤她："神！"

神并未顾及他们。

她抬头往上看了一眼，仿佛那儿存在着更吸引她的东西……下一刻，所有人的眼中都失去了她的身影。

灰斑雀一振翅，发出一声急促的"斑"，也消失在了半空。

过了很久，人们才醒来。

爱德华爬起来，一脸恍惚："如……如果莱斯利夫人是神的话……那……那莱斯利先生是谁？"

他想起那双冰冷而不可触的眼眸，想起无数次自身体里生出的恐惧和战栗……

人们面面相觑。

"爱德华！爱德华！欧文子爵和老镇长带人过来了！"

这时，街道尽头传来一阵规律的马蹄声，爱德华、库克等人连忙迎了过去。

"发生了什么事，爱德华？"

"后山出现了……"

柳余已到了神宫，灰斑雀急切地跟在她身边，扑棱着翅膀，鸟喙开开合合："斑斑！斑斑！斑斑！"

可柳余却听不懂它的话了。

斑斑所有的意图都被罩在一个真空的罩子里，除了毫无意义的"斑斑"二字，她什么都理解不了。

到底发生了什么？

盖亚呢？那些裂隙代表了什么？真的是《神约》中的末日吗？如果是末日，那她之前所做的一切，又有什么意义？

他……还好吗？

柳余步履匆匆地走在神宫的金色长廊里，试图找到那个消失的盖亚·莱斯利。

吉蒂神官迎上来，带着讶异道："神后，您怎么会这个时候来？您有什么需要……"

"……神呢？"柳余打断她。

"神？神不在神宫。"吉蒂神官奇怪地道。

"他没回来？一次都没有？"

"没有。"

吉蒂神官招来圣女，叫她去找莫里艾骑士。

柳余摇摇头："不必，我已经……问过他了。"

"那……"

不等吉蒂神官再问，长廊边突然刮起一阵风，少女雪白的裙摆微晃着，下一刻人就消失在了长廊之上，只有声音散入风中，远远传来："……你留在这儿，不用跟来。"

吉蒂神官茫然地抬头，不明白到底发生了什么。

玫瑰与她的神明

神宫内一切都一如往常。

柳余踏着花园小径，一步步地往她预感的方向走去。

藤蔓，绿植，紫藤萝花架，还有白色的秋千。

阳光穿过蓬蓬绿叶，一切都充满生机，可她却仿佛闻到了萧瑟与不祥的味道。

心提到了嗓子眼，而所有的坏预感，在看到凋零了一地的枯枝时，得到了证实。

生命之树本该永远苍翠、永不凋零，而此时，它已经成了光秃秃、圆溜溜的一根焦木，就这样插在干裂的泥土里。

绕树的湖泊已经干涸，弥漫的绿色雾气变成了稀薄的灰色，而这灰色，似乎带着一股死气，才站一会儿，已让她浑身不适。

柳余往前走了一步。被碾在足底的枯叶发出细碎的痛鸣……

这时，旁边传来一道懒洋洋的、极富磁性的声音："噢，真可怜……生命之树终于要迎来死亡。"

死亡？！

柳余转过头，却见一位长手长脚、极富魅力的金发男人斜倚着一旁的藤蔓，向她看来。

他有一双金色的竖瞳，如果不是脸上的表情太过热情，会让人感觉如被猛兽盯住。

"米斯金兽？"柳余用确定的口气道。

金发男人"啪啪啪"地鼓起了掌："不愧是神爱慕的女人，一猜就猜中了。美丽的神后小姐，等……"

话说到一半，就戛然而止。

刚才还有十步之遥的女人不知什么时候冲到面前，右手食指上缠绕着的蓝色细线紧紧地箍住他的脖子，似乎只要一用力，就能结果了他……

"神后小姐，您审问人的礼仪，可不怎么样。"米斯金兽扯了扯脖子上的神力索。

"到底发生了什么？裂隙，生命之树死亡……这是什么意思？"柳余攥紧指间的神力索。

米斯金兽咳了一声，脸颊泛起红紫："咳咳咳……噢，神后小姐，难道你不知道，神与这生命之树共生？生命之树存在的那一天，神就存在。生命之树死亡，神就消失。你看……"

柳余顺着他的视线往前看去，焦褐色的树干在灰色的大雾下显得十分苍凉。

米斯金兽用华丽的咏叹调道："生命之树要枯萎了。它要死了。"

"神要死了！"

他的话像一颗巨大的滚石，"轰隆隆"地砸在柳余的心头。

"这不可能！"

她下意识地反对道，指间的神力索松了松，米斯金兽趁机往后一躲，就躲开了。

他猖狂地大笑："神要死了！死了！"

"他在哪儿？"柳余追了过去。

米斯金兽跑得非常快，一下就消失在了她面前，声音被风递来："神后小姐，这应该问你自己。神的影踪，怎么会让我们知道？"

他大笑而去，柳余站在原地，茫然地看着光秃秃的神界之树，他在哪儿？

下一刻，柳余却像是想到什么，消失在了原地。

灰斑雀扑棱着翅膀赶来，却只看到庞大的生命之树砸向地面，发出"哗啦啦"的声响。

"斑！"灰斑雀惨烈地叫了起来。

一穿过无尽之海，柳余就察觉到了不对。

迷雾之地上空终年不散的迷雾消失了，只见到干涸的土地上，绿植被狂沙摧折，入眼处一片荒芜。

沿着旧路一路往前，半路上，红色的蔷薇花还在热烈地盛放，而那反复循环、记忆化作的"真实剧幕"已经消失了，取而代之的，是一片寸草不生的荒土。

干涸的土地之上，遍布缝隙，有呼呼的寒风自缝隙之中刮来，像是要连她的魂灵也一起卷入。

一道寒鸦的尖啸划过长空。

柳余这才意识到，她竟然停住了脚步，她害怕了，米斯金兽说的话……

少女重新迈步，走向记忆里那个人的身体躺着的地方。

越往前，越感觉荒凉，她的心提得越来越高……突然，她停了下来。

只见一片荒芜的焦土之上，巨大的裂隙如同大地的伤口……

而裂隙之上，是一个巨大的旋涡般的黑洞，一道美丽纤细的身影就贴在那黑洞之上，相比黑洞的庞大和威赫，大张着翅膀的男人如同粘在蛛网之上的飞蛾。

脆弱而美丽。

风吹起他的长发，他向她看来……

"盖亚？"柳余叫出了声。

"哈哈哈哈哈哈哈……哈……哈哈哈哈哈哈哈……"突然，一阵癫狂的笑声传来。

柳余这才发现，黑洞之下，一个黑发黑袍的男人就那样跪在那儿，他漆黑的长袍被风吹得猎猎飞舞，他在笑，大笑不止。

"弗格斯小姐！弗格斯小姐！你做到了！你做到了！"他转过头来，苍白的脸上全是泪，他如癫似狂，"你看！你做到了！神要死了！世界之主将死……"

"轰隆隆！"

天际传来一道雷声，紧接着，沉沉的雨就落了下来。

"死？！"柳余重复了声。

"谁要死了？"

"哈哈哈哈……他要死了！"路易斯笑得上气不接下气，"父神……父神要死了！看到了吗？弗格斯小姐，他要死了！他要死了！哈哈哈……他要死了，要死了……"

他笑完，又捂住了脸："他要死了，父神要死了……"

柳余走过路易斯的身侧。

神力托着她往上，站到了那黑洞之前，美丽的男人就那样粘在黑洞上……

柳余发现，他的翅膀与黑发已经褪色，褪成了冷淡的灰银，那灰银散在一片黑暗里。

他似乎说不了话了，只是静静地看着她，绿眸微微眯起。

柳余放出一股神力，但蓝色织网在靠近黑洞时，像缥缈的云雾，一下子被卷走了。

"你怎么了？"她问。

他没有回答她，似乎连表情都僵住了。

一股无措抓住她的心："他怎么了？！"

柳余转过头来。

"怎么了？"路易斯站了起来，他哈哈大笑，笑得前仰后合，"你问我怎么了？弗格斯小姐，这一切的一切，都是拜你、拜我所赐啊！"

"拜你、拜我所赐？"

柳余只能机械地重复着。

她不明白，无数个疑惑在心里打成死结。

"想一想，弗格斯小姐，想一想，不要被爱蒙蔽了你聪明的头脑。难道你没看出来，父神一直在瞒着你吗……在你成神的那一刻，这个结局就注定了。"

"注定了？为什么？"

柳余伸手，试图去拽向盖亚，可才靠近，就被一股巨大的力量弹开了。

"路易斯，快来帮我！你不是最爱你的父神吗？"

路易斯哈哈大笑，声音中带着哽咽："弗格斯小姐！我从未忘记过我的梦想，你忘了吗？

"我要这山川大地各有名，要这世界再无枷锁……父神就是最大的枷锁……他要死了，死了……从此后，自由的盛世即将到来……"

柳余悚然一惊，是的，她险些忘了："可你爱他！"

"爱？"

路易斯微微笑了起来，"这个世界上有谁会不爱他？你，娜塔西……父神是这世间最完美的生物……没有人会不爱他……"

"可你还是希望他死。"

柳余的手指在快要触及黑洞时，仿佛触到了一层滑溜的薄膜，她被弹开了。

黑洞之上的青年沉默地看着她，悲伤如湖水一样漫过他的绿眸。

"我可以死，父神当然也可以死，甚至只要他一句话，路易斯就愿意去死。"路易斯道，"可我将你推到了他身边，一步、一步，看着他走向现在。当我将你救活……我就知道，这一天终将会来临。"

"疯子！"

柳余一把用神力索套住路易斯。

从前对她来说无比强大的暗夜公爵，此时只是她手里的玩偶。路易斯被掼到了地上。

她走过去问："告诉我，怎么救他。"

"救？救不了了……连父神自己都救不了自己，世上没人救得了……"路易斯咳出一口血，似乎毫不顾惜自己的生命，他用眷恋的眼神看着那美丽的神祇，又看向面前鲜妍的少女。那眼神让柳余觉得，他似乎也是爱她的。

"说！"

她踩到了他的胸口。

路易斯哈哈大笑："父神是为你死的，贝莉娅·弗格斯，这个世界没人能摧毁神，除了神自己……"

"说清楚！"

"看看这个破碎的世界吧！弗格斯小姐，难道您不曾疑惑过，为什么总说，您破坏了秩序？这就是秩序……这就是破坏秩序的代价。"

柳余看向大地之上的裂隙，以及上空的黑洞，问："你是说这些……是我造成的？"

"你不是这个世界的产物，就像唐英。但唐英只是小虫子，而你，弗格斯小姐，你是只大

294

虫子……原本你也是小虫子，如果你安安分分地当一个普通人，那也不会有什么，可你的贪婪、你的欲望永无止境……"路易斯痴迷地看着她，"你一步步地走，走到今天，成了神……

"你的力量让世界本身感到了威胁。"

所以，世界在排挤她？

路易斯看懂了少女的脸色，更是大笑起来："没错，时间过得越久，世界就破裂得越厉害。父神已经拖不下去了……接下来，他的骨骼和血液，将和这个世界融为一体，迷雾之地是这个世界的中枢，在这儿往外输送……裂隙将会得到填补，世界将重新变得完整……而你，也会得到这个世界的真正承认，因为它将混有父神残留的骨血和意志。"

"我不要！"

光想到这一幕，柳余就快窒息了。

她放开路易斯，飞到半空。

"不要，盖亚，不要……"少女落着泪，看向半空中的盖亚。她一次又一次地试图去拥抱他，想要将他与黑洞分开，却只是徒劳无功。"不要，盖亚，不要……我不喜欢这样……"

路易斯仰望着天空。

他黑色的袍子在雨中被淋得湿透了。

"弗格斯小姐，知道什么是神吗？

"神是秩序，是规则。自父神降生起，规则和秩序就已经印在他的骨血里，可你蛮横地出现，夺走他的理智和情感，他爱你的每一天，都在违背他的原则。

"这一年，他将身体留在这儿，堵住缝隙，又将情感和执念抽离，变成化身去陪伴你。这是父神此生唯一的一次放纵。神啊，在爱人面前，也不过是和我们一样的可怜虫……"

路易斯又哭又笑。

"闭嘴！你闭嘴！不许你侮辱他！"柳余手中的神力索再次套住他的脖子，"否则，我现在就杀了你……"

路易斯微笑："那也很好，我可以陪着父神一起死。"

"疯子！"柳余狠狠地把他拽倒，很快又求他，"路易斯，路易斯，你一定有办法的，你有那么多条命……"

"抱歉，弗格斯小姐，"他悲哀地看着她，"我也没有办法。"

随着他话音落下，柳余心一狠，神力化作利刃，"轰隆隆"地往盖亚和黑洞粘连的地方斩去，即使这要伤到盖亚的身体。

可气势汹汹的利刃在碰到黑洞时，化作了微风，一下掠了过去。

再来几次都是如此。

"……没用的，弗格斯小姐，父神要欺瞒一个人、要做一件事，从来没有不成功的。"

"不！"

柳余不信。

她向黑洞跳去，却只狼狈地撞上一层软弹的薄膜。

少女狼狈地跌落在地。

路易斯的声音突然传来："生命之树已死。

"现在……轮到父神了。"

柳余猝然抬头，却见黑洞之上美丽而脆弱的神祇的睫毛颤了颤，下一刻……他那似罩了一层薄透冰罩的脸龟裂成一片一片，而后，被风一吹，化成齑粉。

"盖亚！"她惨烈地叫了起来。

半空中，那美丽的神祇仿佛只是一个泡影。

什么都没有了。

空气中，仿佛有清妙的、温柔的声音传来："贝丽，别哭。"

贝丽，别哭。

柳余一下哭了出来。

盖亚……

盖亚·莱斯利……

路易斯走到她身边："你以为梅尔岛只是困住你的牢笼和枷锁，但同时它也是守护你的堡垒……梅尔岛是这个世界唯一一座永世漂流、永不沉没之岛。只要你在岛上一天，就不会被世界探知……

"父神爱你，爱得很挣扎。"

山河在无声地震颤，一片模糊里，柳余仿佛看到裂隙在被迅速修补，淅淅沥沥的雨停了，而后，阳光和彩虹出来了。

荒谬。

真荒谬。

盖亚没有了，可世界恢复得那样快，仿若一切都不曾发生。

她转身。

"你去哪儿？"路易斯问。

"回家。"

柳余去了石头屋。

草莓蛋糕和面还是离开时的样子，神术将一切都保持得很完美，青花瓷碗上还冒着热气。

柳余拿出银筷，抄起面吃了起来。

吃到一半，才觉痛彻心扉，捂住胸口哭了起来。

她什么都没有了，什么都没有了。只有这个……他留给她的这个……

"骗子，盖亚，骗子……我们明明说好……今年、明年、后年，以后的每一年，你都在，你永远都会陪我过生日、吃蛋糕……"

她还没告诉他，她的不甘没有了……

她还没告诉他，他可以转正了……

他怎么就走了呢……

模糊的水光中，她仿佛看到，案板前美丽的青年正朝她伸手："噢，贝丽，你怎么又哭了……"

对，我哭了。狠狠地哭了。快来哄我。

浅绿色的窗帘被微风吹得荡了荡，阳光里，一片空荡荡。

柳余又接着吃。

青花瓷碗空了，干干净净的，连汤都没留下。盖亚的手艺很好，再普通的食材到他手里，都能变成一桌美味。

这一年里，他究竟是用什么样的心情陪伴在她左右？陪她说话、逛街、玩耍时又在用什么样的眼神看着她？这过一日少一日的日子，他开心吗？

为什么什么都不说……

柳余褪去长裙，走到镜子前。

镜中照出一个细腰长腿的美人，左心口，绘着一个小小的人像，那人像就像是他在她生命里烙下的印记，栩栩如生，永不褪色。

真霸道，又……真狡猾啊……

柳余的手轻轻地按在那人像上，闭着眼，像是缅怀，又像是悲伤。过了会儿，才重新穿上衣服落座。

蛋糕还没吃。切成半片的草莓排成一个圈，红色的樱桃汁勾勒出一个穿着红色蓬蓬裙的小女孩，小女孩抱着布娃娃坐在一个高高的沙丘上，抬头看头顶的天。

天空上，是一朵朵白云，一只金色的小羊羔从云层里探出头，悄悄地偷看她。

小羊羔的脸都红了。

柳余闭了闭眼睛，她想，他做蛋糕的时候在想什么呢？是想她吗？他遗憾吗？会不舍吗？

可他一句话都不肯留下来，一句都不肯！

柳余拿起刀，恨恨地朝着小羊羔切了一刀，横一刀，竖一刀。

可她立刻又感到了后悔。这是他留给她的极少极少的东西了。

柳余用细细薄薄的银刃切出这一块，囫囵吞枣地往嘴里塞，才塞到一半，一股胃酸倒流的恶心感就直冲喉咙。

她强咽了下去。正要再取一块时，却再忍不住，跑到盥洗池那边一阵干呕，却什么也呕不出来，烧心的感觉堵在胸口，她呛得眼泪直流。

她胡乱擦了把泪，喃喃着："我们说好的……说好的……"

可不管怎样，那个温柔的、仿佛能将整个世界都捧到她面前，只为哄她一笑的男人再也没有出现了。他像是彻底消失在了这个世界。

柳余靠着墙，任神力伸展，蓝色的织网伸向天空，又展向大地，可没有，什么都没有。

他已经彻彻底底消失在了这个世界中。

渐渐地，光消失了。夜沉沉地压下来。

柳余浑浑噩噩地爬到床上，躺了下来。

枕上还残留着一点熟悉的气息，她将头整个埋了下去，渐渐地竟睡着了。

第二天醒来，身子很沉。

柳余习惯地用手覆住眼睛，适应一会儿，旁边传来一阵轻笑："贝丽大懒虫，再不起床，太阳就要晒屁股了……"

"我才不是懒虫……"

她转过头笑，笑到一半却僵住了。

漫天的光里，什么都没有。

人最难过的是什么时候呢？大抵就是现在了。

生活里处处都是记忆的影子，那些可怕的影子总会在人松懈的时候冒出来，狠狠地咬上一口——他不在了。再没有拥抱，再没有亲吻，连空气都变得冰冷。

柳余慢悠悠地起身，漱口时，当看到并排放在那儿、一起烧制的牙杯时，终于忍不住，狠狠地哭了起来。

她想：这个地方，不能待了。

在熟悉的反胃感觉泛上来时，柳余去了神宫。

神宫塌了。柳余漠然地看着神宫中坍塌一地后的残壁……

曾经人人向往的华美天堂，已经成了一堆废墟。

吉蒂神官送走最后一批圣子、圣女们，回来时，就看到驻足而立的窈窕少女。

她穿着红色的蓬蓬裙，如艳丽的蔷薇，而这浓艳的颜色衬得她的脸白得吓人，她看起来美丽极了，也脆弱极了。

"神后小姐。"

吉蒂神官上前行了个礼，她以为少女会问神宫的事，可转过头来的少女的蓝眸里有种病态的、咄咄逼人的锐利："吉蒂神官，你会医术的，对吗？"

神殿里的神使为了传教，会学一些基础的医术，也会辨认一些基础的草药。

而神宫里的神官，医术更要精湛一些——万一那些远离家乡的圣子、圣女们生了病，也好立刻得到治疗。

吉蒂神官点头："会。"

不等她反应，一只白得几乎能看见皮下青色血管的手伸了过来。

"那你帮我看看……"

少女的脸上有种熟悉的漠然，"我是不是怀孕了？"

吉蒂神官一愣，紧接着，发出的声音又尖又厉："您怀孕了？"

少女将手往前递了递："吉蒂神官，麻烦您帮我看一下。"

吉蒂神官的面色越发凝重起来，她有一肚子疑问，可这些疑问都在神后小姐可能怀孕的消息中被打消了。

"好，好，神后小姐。"

吉蒂神官小心翼翼地将手搭了上去，一缕白色的光从她指间透出，落到柳余的手腕……

过了半响，她摇了下头。

少女眼里的火一下子熄灭了。

吉蒂神官知道她误会了，急急地道："抱歉，神后小姐，我只是个神官！您的身体和人类的不同，也许，您可以去一趟生命之树那里……如果……如果这是神的孩子，生命之树一定会有感应的！"

"生命之树……不是已经死亡了吗？"

柳余的心提了起来。

"生命之树死了？！什么时候？"

"您没去看过吗？"

吉蒂神官摇头，像是遭受了重大打击："没……没有！神宫昨……昨天突然就塌了！我领着圣子、圣女们逃出来，后来，就……就进不去了……"

她失魂落魄地看着神宫："莫里艾骑士他们说要去找神……他们说要去找神……如果生命之树死亡，神……神……"

"神……神也死了吗？"

吉蒂神官凄惶地往前看去，废墟前，少女的身影已经消失了。

柳余进了废墟。

神宫是一下子坍塌的。雕梁画栋，成了断壁残垣，大石头滚得到处都是。后花园的土都被翻过来了，花花草草枯萎了一地。柳余凭着记忆一路走过去，她想看看生命之树。

她不甘心。

一只灰斑雀蓦地俯冲过来，看见她，就在她的头顶徘徊了一圈："斑！"

它发出一声"斑"，黑豆眼就不停地往外冒出泪来。

"斑斑？"

柳余伸出手臂，灰斑雀一振翅膀，就停在了她的手臂上。

"贝比！你终于来了！"

"生命之树……"

"生命之树死了！它突然倒下来……"斑斑流着泪，它似乎无法控制自己的眼泪，"神……神死了，对不对？对不对？"

柳余慢慢地走过去。

她已经看到了地面的枯树，粗壮的枝干上砸出一个巨大的洞。

它身上所有的生机都已经流失。

"是的，死了。"她道，"生命之树……死了。"

她还在期待什么呢？

柳余准备离开，可在转身时，体内有样东西动了动——那感觉很奇妙。

就像是她的肚子里有片叶子，那叶子轻飘飘地翻了个身，打到了她的肚子和心脏，于是，僵住的血液就开始快速流动起来。

……不！

她蓦然转身，天地间突然出现无数蓝色织网，织网往枯树钻去，最后，从树心里小心翼翼地网出一段小小的根须，风一吹，根须悄悄展出三片嫩绿的叶片。

叶片朝她晃了晃。

柳余突然捂住嘴，哭了出来。

"斑斑，你看……"她又哭又笑，"生命之树还活着！还活着！"

"活着？！活着？！生命之树还活着？那神……神……"

"神也活着。"

"我怀孕了，斑斑，我怀孕了！"

她拥有了神的骨血，她与这个世界就不再是分裂的了……

斑斑被晃得发晕："什……什么意思？"

"我要去找神，我要去找盖亚……"

柳余没有给它解惑的意思，裙带飘了起来。

她飞越过土地、城池，奔向无尽之海的深处。

灰斑雀跟着她："这……这到底怎么回事，贝比？我被绕糊涂了……"

而在无尽之海的深处，在生命之树的叶片与某个新生命共颤时，被包裹在深蓝海水里的美丽神祇的睫毛颤了颤，又颤了颤，良久，绿色的双眸睁开……

"贝丽……"他道。

一个窈窕的金发少女冲进了他怀中："盖亚！"

她紧紧地抱住了他。

番外一

吉蒂神官最近很苦恼。

她亲眼看见神宫在一夜之间坍塌，又亲眼见它在一瞬间崛起，华美的殿堂恢复得和从前一模一样，除了那棵生命之树——那树现在只剩下两片绿芽儿，被神后小姐用一个蓝色的光罩小心翼翼地罩着。莫里艾领着骑士队第一时间归来，等候神的归位。

而神却是在一个月后，领着神后回归的。

归位后，他宣布了两件事。

第一件，神后怀孕了。

第二件，他要重新举办婚礼。

得知第一个消息的时候，吉蒂神官是发自内心的喜悦。她相信，神也是这么想的。

毕竟，神之国度已经艳阳高照了一个月了，那阳光……说不出哪里不一样，但落在人身上，会让人不由自主地感觉到快乐，仿佛这世上所有的黑暗、烦恼，都没什么大不了。

光明庇佑一切。

可……婚礼？难道神和神后每吵一次架、每闹一次别扭，都要再举办一次婚礼？

"婚礼要像上次那样吗？再……将各大城池主请过来庆贺吗？"

吉蒂神官十分苦恼，可这苦恼，她不敢跟神倾诉，也不敢和已经怀孕的神后小姐倾诉，只能找莫里艾先生。

"而且神宫坍塌时，送出宫的圣子、圣女们……要接回来吗？"

莫里艾也有自己的苦恼。

最近八爪鱼先生总拉着他哭诉，说神总霸占着他的地方，他很怕会丢了工作，被赶出神宫去——八爪鱼先生还想在神宫养老呢……

"还是去问问神后小姐吧。"

两人目光一对，不约而同地得出一个结论。

相比将一切都看淡的神来说，神后小姐明显要更平易近人些，有她在的神宫，总是生机勃勃的，连神都要比平时好说话些。

吉蒂神官和莫里艾一同去了神殿。

神殿之上，无数颗星球还在有序地运转，吉蒂神官每见一次，都忍不住目眩神迷一次。这样强大的、能将整个世界都握在手中的力量，是如此让人向往……

神座之上，那向来高高在上的美丽神祇并不在。

莫里艾道："也许在后花园？"

"或者是在内殿。"吉蒂神官道。

如果是在内殿，他们是进不去的。

"你有没有觉得，神自从回归后，就有点……不太一样？"吉蒂神官道。

莫里艾问："不太一样？"

"他现在已经不太管神殿的事了……"

吉蒂神官看起来有些惴惴不安。神回归后，就变得跟从前不太一样了，长发从霜雪似的银白变成了更冰更冷的灰银，那绿瞳里——偶尔，吉蒂神官能从中察觉到深渊的气息。

可她又能感觉光明还在神的身上，并未离去。

"父神总是对的。"莫里艾右手置于左胸，尊敬地对天空行了个礼，"也许父神现在有了别的想法。他的智慧如海，我们只是渺小的虫蚁，不该去揣度天空的量度……"

"你是对的。"吉蒂神官的脸色舒缓了些，"现在，我该考虑的……是怎么将神的婚礼举办得更好些。"

"也许神后小姐有些别的主意。"莫里艾提醒她。

"噢，当然，当然……"

吉蒂神官以女性特有的直觉发现，在这些时候，神后小姐的话要比神……管用些。

在内宫的柳余可没吉蒂神官想的那么幸福。她快被肚子里的小东西给折腾坏了，吃什么吐什么。

"我可是神啊！"少女虚弱地躺在白袍青年怀里，像只被折腾坏的小猫，等着人一下一下地梳毛，"神怎么会孕吐？"

这不科学！

"贝丽，我想，也许是因为……他溢出的神力超出了你能承受的范围。"盖亚轻轻地将手放在她的小腹，灰色的神力像团云雾一样进入她的身体，他美丽的绿瞳里满是担忧，"你还好吗？"

柳余将下巴搁在他的膝盖上："不太好。

"如果你能帮我生就好了，就像海马先生那样。"

"海马先生？"

盖亚一愣。

"我以前世界中的一种动物，很温柔的动物……海马太太将宝宝放到海马先生的口袋里，然后海马先生就会一直带着它，直到将它生出来……"柳余嘟着嘴，"海马先生真体贴。"

"贝丽，抱歉……虽然我可以做你的海马先生，创造一个类似的环境，但这次不行。"

少女立马就不高兴了："盖亚，你不爱我了！

"你对我好，只是为了我肚子里的孩子！"

也许是怀孕的人特别敏感，她竟然还抽噎起来。

盖亚垂目看着被泪水浸湿的白色袖袍："贝丽，他拥有你和我的骨血，在你的身体里不仅能掩盖住你的气息，还会一点点改变你的身体……等你将他生下，这个世界就不会再排斥你了……所以,你需要他。"

"你就是不爱我!"

少女无理取闹着,嘴巴嘟得能吊两个酱油瓶。

他的目光落到她的嘴唇上,低头吻了下,蜻蜓点水似的,额头抵着她:"贝丽,耍赖可不行……"

他在她耳边轻轻笑着,喉结微微抖动,有种说不出的性感。

他近来似乎总是爱笑。

"喂,你别随便乱笑。"

"嗯?"

"反正别乱笑。"

不然她会忍不住想亲他。

下一刻,他却亲了下来,在她意乱情迷时道:"贝丽,我们再办一次婚礼,只属于我们两个的……婚礼。"

"为什么,不是办过了吗?"

"那不一样,贝丽。你想一想,那不是婚礼,那只是我们彼此都不肯妥协的一场话剧,而且,这场话剧并没有完美落幕……"

番外二

婚礼当天,神宫变成了花的海洋。

红色蔷薇在宫殿的每一个角落绽放,空气中盈满了花的芬芳,走进神宫,就像是陷入一场热恋。

吉蒂神官换了一身新的神官服,面带喜悦地和以莫里艾为首的骑士队互道祝福。

"吉蒂神官,这次都托您的福……这么多蔷薇……"

莫里艾面露惊叹,神宫内那些可爱活泼的圣子、圣女们没有被父神召回,所有的装饰几乎都是吉蒂神官一人完成的。

当然,还有八爪鱼先生和绿螳螂先生。

不过据莫里艾所知,这两位先生还添了些乱。

"蔷薇都是神亲自从花圃挑选的……"吉蒂神官笑着道。

她还记得昨天,她挎着篮子去神宫外的花圃摘花时,看到神拿着一把银剪,悠闲地穿梭在花丛里,一枝枝挑选蔷薇花。

他冷灰银的长发和宽大的白袍,与那热烈的红蔷薇形成鲜明的对比,可脸上的神情是那样温柔,仿佛面前不是普通的花,而是他倾尽心力去呵护、值得珍惜的某种东西。

他将那些蔷薇交给她时,还施加了时光魔法,每一朵都保留着它在枝头时最美的模样。

莫里艾道:"我想,也许那些花对父神来说有不同的意义。"

"来了。"吉蒂神官提醒他。

莫里艾领着骑士队分列在神殿的两侧,他们都换上了华丽的白底金边骑士服,腰间佩着金色的长剑,望着通向神殿的金色长廊。长廊两边,分列着白色的雕花柱,每根柱子上都盛放着一捧蔷薇花。

长廊尽头,神挽着他的妻子走来。

他们看起来是那样美貌、那样登对。

吉蒂神官和莫里艾立刻垂下头去,可刚才的一幕,却深深地映在脑海,即使是多年后都挥之不去。

神多么美啊,可更美的,是他望向身边人的眼神,比湖水更温柔,比春风更隽永,那里饱含着的热烈的情感，让看的人都忍不住为之动容。

吉蒂神官的心"怦怦"地跳了起来，眼角的余光只能看见神后小姐白色的蓬蓬裙摆翩跹过眼帘，浅金色的光在那白色的软纱上跳跃。

他们一步步上了台阶。

吉蒂神官抬头仰望着，不知道为什么，这一刻，她的眼里有了泪光。

她感觉到幸福，连空气中都似乎弥漫着让人快乐的味道。

柳余也看着旁边的盖亚，他穿着和上次一样的法袍，白底金边，袍上金色的太阳和银色的月亮交相辉映；戴着和上次一样的王冠。唯一不同的，是那头长长的、几乎曳地的银发，颜色变成了更具有灰度的银。

这代表着，他不是纯粹的光明，也不是纯粹的黑暗，而是将光明和黑暗统协为一体的创世之神。

他朝她递出手，眸光暗含鼓励："贝丽，来。"

柳余不假思索地将手搭了上去，双手交握的刹那，盖亚现出了他的完全体。

巨大的灰色翅膀张开，遮天蔽日，世界为之震颤。

天际，一道彩虹突然出现，百灵鸟在歌唱，白鸽在自在翱翔，无数花儿同时绽放。

各个星球上的人们停下劳作，神殿的神使和骑士纷纷看向天空，仿佛那儿有神秘而美妙的东西在召唤……

一切都和上一次的神后大典一样。

柳余心生一种奇妙的感觉，也许，今天他会给她一个惊喜……

他正看着她，眼神专注，姿态虔诚，下一刻，屈身在她的手背上一吻，抬头看她："你将是我唯一的妻子。从此后，无论顺境或逆境、快乐或忧愁，我都将永远爱你，珍惜你，对你忠诚，直至死亡。"

美妙而空灵的声音在殿堂内响起。

柳余愣住了。

他……他将誓词改了。

心微微颤抖起来："你……"

原来他执意要重新办一场婚礼是为了现在。所以，他穿着和之前一样的礼服，戴着一样的王冠，细心地挑选装饰神殿的花朵，为今天做了许多准备……

就是为了给她曾经的耿耿于怀一个交代。

眼泪在眼眶里翻滚。

盖亚看着她，无奈地道："贝丽，该你了。"

少女眨眨眼睛，面色庄重地向着面前的男人起誓："你将是我贝莉娅唯一的丈夫。从此后，无论顺境或逆境、快乐或忧愁，我都将永远爱你，珍惜你，对你忠诚，直至死亡。"

话毕，她对着他灿烂地笑了起来。

笑容甜得像藏着最浓稠的蜜，空气中仿佛有鲜花绽开。

盖亚低头，在她的唇间一吻："欢迎来到我的世界。贝丽，很期待和你在一起的时光。"

"我也很期待。"

柳余踮起脚尖，搂住他的脖子，深深地吻了下去。

吉蒂神官在台阶下悄悄地捂住了眼睛，噢，多么火热的爱情……

内宫和之前装饰的一样，不过，两人进来的方式却是不同的。

柳余搂着盖亚的脖子，指挥他将自己放到桌边。

桌上放着一个熟悉的银酒罐，她欢呼了一声："是艾诺酒？"

"是的。"

他将她放下，少女却不肯。

"我要坐你大腿上。"

"贝丽……"

"我就要。"

柳余才不管他，她推着他，让他坐到那宽宽大大的座椅上，又将鎏金嵌玛瑙杯倒上酒，一刺溜就钻进了他怀里。

"现在，你可以喝酒了。"

她乖乖地窝在他怀里。

生活往往平平淡淡，并没有太多的波澜壮阔，却充满着各种琐碎的幸福细节，如柳余曾经无数次憧憬过的一样。

不，也是有奇特的事的。

人类怀胎十月生子，她这个胎——怀了十年。

番外三
帕加索斯的日记

（一）

我叫帕加索斯。

我的父神是伟大的创世神盖亚，我的母神是美丽的命运女神贝莉娅。

（注："美丽"是母神强迫我一定要写上的。）

对了，我今年五岁了（但母神说，我在她的肚子里待了十年，所以有十五岁）。

哼，母神骗人！

帕加索斯才不会相信呢。

★批注

母神大人：我确实很美，帕加索斯。而且你确实在我的肚子里待了十年没错。

父神大人：你母神说的对。

帕加索斯：哼！

（二）

帕加索斯生气了！

真的真的生气了！！

父神明明说过，帕加索斯是世上最可爱、最漂亮的孩子！！！

可今天，却抱着母神，夸她是世上最可爱、最漂亮的孩子！！！

难道帕加索斯不是世上最可爱、最漂亮的孩子吗？！

★批注

母神大人：帕加索斯，你确实是世上最可爱、最漂亮的孩子啊。

父神大人：帕加索斯，不要总是偷偷地用"隐身术"。

帕加索斯：哼！父神大人是坏人！

（三）

今天母神带帕加索斯去了一个叫纳撒尼尔的地方。当然，这不奇怪。毕竟，母神和父神每年都会抽出大半时间去不同的世界住上一阵——在那儿,母神和父神就会像个普通人一样工作、生活,当然,帕加索斯也变成了个普通的小孩,和其他孩子一起玩耍。

这感觉并不坏。

神宫内总是很寂寞的。虽然有吉蒂神官,和长得很老很老的一队"哥哥们"。

真奇怪,那些很老很老的哥哥们也是从母神肚子里出来的吗?

那母神究竟有多老呢?

她看起来很年轻。

噢,对了,纳撒尼尔。可母神在纳撒尼尔变得有些……嗯,就是有些奇怪。

她领着帕加索斯偷偷地跟在一个老婆婆身后,那个老婆婆的声音很尖很厉,像一只老母鸡(对不起,帕加索斯找不到更像的词语了)。

然后,你知道帕加索斯看见什么了吗?

母神哭了!

母神竟然哭了!

不知道为什么,帕加索斯很难过。

帕加索斯有点不太喜欢那个老婆婆了,她又凶又坏,总是对着仆人呼来喝去,还喜欢坐着马车去豪华的地方跳舞,那些看起来还算体面的人们居然都给她请帖。

为什么?!

她都那么老了!!!

★批注

母神大人:帕加索斯……

父神大人:纠正你三个问题,帕加索斯。第一,你的莫里艾哥哥们并不是出自你母神,只有你才是我和你母神真正的孩子。第二,尊老爱幼是神的美德,就像你母神和我一直爱护你一样,年迈的人值得尊重。第三,在没有足够了解一个人的时候,不要轻易下判断。最后,你的母神不是看起来很年轻,是确实很年轻。

帕加索斯:父神大人在说什么?

(四)

噢,萨利里真是我最爱的一个世界!

它拥有所有星球里最大的海洋,也拥有许多许多好吃的海洋生物。

真希望能在萨利里住上一辈子!

不过,今天在一个小渔村,我和母神见到了一个奇怪的人,她的脸和手像是被父神实验室里的某种液体腐蚀过,坑坑洼洼的——看起来有些倒胃口,还有些可怜。

她很瘦,佝偻着背,正被一个喝醉酒的男人追着打。

我以为母神会阻止,可她只是看着,什么也没做,脸上还露出一种奇怪的、伤感又像讨厌的表情。那表情,就像我看见喜欢吐口水的唧唧兽一样。

我有点不高兴。

这都不像我认识的母亲了。

不过后来,等那个女人和男人离开,听到街上那些人的议论时,我就明白了。

母神一定是事先知道了!

原来，那个女人是在河边被那个男人原先的妻子捡到的。他的妻子很好心，把她领回去后悉心照顾，还给她看医师，供她吃穿。可等她好了，却勾引了那个男人。那个妻子离开丈夫后，她就正式跟了他。只可惜，这个男人是个酒鬼，他原先的妻子性格强势，他才不敢酗酒，现在，他又重新染上了酒瘾，一喝醉就打人。而这个女人竟然被一个酒鬼哄着，一直都没离开，还说他爱她。

噢，我听街上的人叫她"娜塔西"。

很好听的名字，可惜了，心眼和脑袋都不怎么样。

（为什么我十岁了，还要写日记！）

★批注

母神大人：那现在……帕加索斯还喜欢母神吗？

父神大人：帕加索斯，你最近吃得有点多。

（五）

我是帕加索斯。

继承了父神银色的头发，也继承了母神蔚蓝色的眼睛。他们都说，帕加索斯是这世上除了父神以外最英俊的男人，我也这么觉得。

我喜欢我的名字。

因为母神说，帕加索斯，意味着希望。

希望之神。

虽然，我依然有许多不明白的事，就像我不明白，母神大人和父神大人为什么宁愿舍弃最简单的办法——向各个世界颁布法令，巩固信仰。他们不愿意再建造神殿，而宁愿变成普通人，一个星球一个星球地引导人类，让他们过得富足，接受教育……

但我想，总有一天，我会明白的。

就像母神所说："在未知中探索。"

不走到时间的尽头，谁知道，什么是对，什么是错呢？

最后，父神大人！

请务必不要再将母神大人拐走去到处游玩了！

帕加索斯的生日快要到了！

★批注

父神大人：你该学着独立了，帕加索斯。

在遥远的星球，柳余看着帕加索斯派信使传来的信息，忍不住笑了："盖亚，帕加索斯的生日要到了。"

她看向盖亚，这么多年过去，他依然如醇酒般迷人。

只是偶尔，会非常孩子气。

"贝丽，你不觉得你太关注帕加索斯了吗？"他低头望她，表情平静，"雏鹰需要放手，才能经得起风雨。"

"莱斯利先生，帕加索斯已经独立一百年了。"

她提醒他。

"早就不是雏鹰了。"

面前的男人眉毛微微拧起:"哦,是吗?"

"好了,盖亚,我们总要回去的……"柳余依偎进他的怀抱,"而且,我们也该将好消息告诉帕加索斯,对吗?他都要当哥哥了。"

盖亚抱住她,两人拥抱良久,他突然问:"我做到了,对吗?你很幸福。"

柳余点头,闭着眼想:是的,她很幸福,每时每刻都幸福!

"现在想想,我那时候很愤世嫉俗,总对你不满。"

她想错了,她来的那个世界没有神,而这个世界,神天然存在,这无法否认。他圈养了万物,也将万物保护在他的世界内,抵挡着外来的危险。

但也许,她可以摸索出另一条路。

时光漫长,不是吗?

"不满?"他低低地笑,"你现在也经常不满。"

"喂,"她慢吞吞地道,"莱斯利先生,今天您恐怕得睡到书房了。"

"贝丽……"他有些无奈地道。

瞧,这些琐碎的、"酸臭"的日常。柳余微微笑了起来。

阳光透过窗户,照在她白皙剔透的脸上,照出了一脸幸福的余韵。

番外四
莱斯利的独白

我原来的世界是一片纯白,直到我降落在那个叫纳撒尼尔的星球,遇到了一只狡黠的狐狸。
我以为我驯服了这只狐狸。她不断地对我表白,她告诉我,她爱我,她对我一见钟情。
我信了。
后来,我才知道,这一切不过是一场谎言。

(一)

我是一个盲人。
没有过去,不知未来的盲人。
我遇到了一个女孩。
她纯洁可爱,善良灵动。
她救了我,还典押了她最重要的家徽,安顿了我。
她告诉我阳光的气味,告诉我丁香花的颜色,她还追随我去了光明学院。
她告诉我,她爱我,她对我一见钟情。
我很平静。
这个世上任何人爱我,都不足为奇。
可她有一点特别。
这个世界对我来说如此喧嚣,唯有待在她的身边,我才能得到片刻安宁。
我默许了她的追随。
我被引诱了。
理智并没有完全湮灭,双手还能够推开,可我依然和她在一起了。
她是罂粟。
是欲望的深渊。
可我还是决定将她移植到我的花圃,毕竟她有一点特别。
偶尔在深夜,我也会想起彼此肌肤相亲时欲望燃烧的感觉……
是的,她有一点特别。

只有一点，仅此而已。

（二）

我发现，也许她不是一枝纯洁的丁香，而是一朵带刺的玫瑰。

她让我替她做三件事，我答应了。

她是我的花，我可以慷慨一些。

可她居然对那个人类王子说，她被一个黑暗使徒强迫了，在那一刹那我有些愤怒。

很轻微的一点，很快就消散了。

她是我的花。

我决定忽略这一点无伤大雅的瑕疵。

我的花受伤了。

我提前布置在她房中的魔法阵被触动了，在感应到她微弱的气息时，我赶了过去，甚至为此爬了墙，还弄丢了一只鞋子。

当她柔弱地躺在我怀里时，我的心稍微紧张了下，我的花……会死吗？如果她死了，我也许会有一点难过。

我救了她。

我的过去似乎很强大。

我决定寻找过去。

被我救下的花开始依赖我。

她很喜欢吻我，也喜欢钻进我的怀抱，在我安静的时候捣乱，我的世界又开始喧闹起来。

可这种闹，我并不讨厌。

我对她有一点纵容，我承认。毕竟，她是我的花。

（三）

我答应了一个女孩，要和她跳舞。

可我的花生气了。

她像个怕被夺走玩具的孩子，不断地用眼泪和哭泣，企图让我违背原则。不过是一个舞。

她还为此跳了河。

那一瞬间，我有些愤怒，还有些奇怪的感觉。我救了她，并再次拒绝了她的无理请求。

那个人类王子吻了她的手背，我感觉到愤怒，有点强烈的愤怒——

有人觊觎我花圃里的花。

我抱走了她，但依然拒绝了她。

我的原则不可违背。

她的眼泪并不足以动摇我。

人类国王到来的那天，她再次祈求了我。

我有点心软，可依然拒绝了她。

快到开场舞了。

高高的、充满着奶香气息的东西被推来时，我发觉了她的诡计。

她假装是那个女孩推她，让自己重重地撞到蛋糕上，狼狈地掉进了奶油里。

我知道，她在等我的心软，她用自己作赌注——赌我在众目睽睽之下会选择她，还是那个女孩。

一个奇怪的青年出现了，他身上有着和黑暗使徒相似的气息，却很微弱。他抱起了她。

我的花柔弱地躺在了别人的怀里，我抢了过来。

平生第一次，我违背了我的原则。

我告诉自己，这是因为，我担忧我花圃里的花。

虽然，我的花圃里只有一朵花。

（四）

"她告诉我，爱是自私和占有。"

舞会过后，我的花好像得到了某种保证，是的，保证。

她变得比从前更热情、更大胆，大胆地向我索吻，热情地对我拥抱……

她还向我寻求防御的神术。

阳光照在午后的图书馆里，照得人懒洋洋的。

我告诉了她一个相反的。

她变成了一只羊，一只……小小的羊羔。

她是粉红色的。

那一定一定是最可爱的，毕竟，她是我的花。

卡洛王子和我住在一个蘑菇屋。

他下床时，我遮住了小羊羔的眼睛。

淑女可不能看到那么丑陋的东西。

不过……

我发现，我的花似乎有了一些小秘密。

她似乎和新来的教授有点奇怪的交集。

（五）

我的花想当圣女。

这……很奇怪。

但似乎这里所有的人都以此为荣……

我答应了她。

这不过分。

所有参选的神眷者被集中在一起，奔向那斯雪山。

我们途经一个叫雷姆洛的村庄。

村民们的热情，就如同夜晚的篝火，欲望和火焰都在这深沉的夜色里一起燃烧。

一个少女在我面前跳舞。

风带来她身上的气息……

和我的花一样，她身上充满着混杂的、满涨的欲望。那欲望告诉我，她渴望我。

可很奇怪，我毫无感觉。

那少女对我来说，就像路边的一块石头，或者，路边的小草。

如果是我的花，我的血液大概会渗出一点温度。

那奇怪的教授，向我的花告白了。

讨厌的感觉。

就像是一只跳蚤企图跳过我的栅栏，玷污我的土地。

我碾碎了他告白用的玫瑰。

我为我的花下了一场盛大而纯净的莲花雨，在那一刻，我似乎能感觉到大地的脉动、山川的震颤。而更清晰的，却是我的花在那一刻绽放的愉悦花姿。

我将我的花篮给了她。

这些对我来说毫无用处的东西，竟然让她快乐得如同孩子。

（六）

我送了她一只粉红兔，和一个花环。

她很高兴。

还给兔子取了名，叫"茜茜"。

我们一路到了那斯雪山。

在即将回程的夜晚，我遇到了我这短暂的一生中最为懊悔的事。

我伤害了我的花。

虽然……

这基于我的原则。

但我伤害了我的花。

当蟒蛇啃下她的手臂，当花环被脚碾碎，当她的眼泪落到我的手背……

我并不难过。

岩浆的燥热还残存在空气中，风却有些凉。

仅此而已。

可却不知为什么，断臂的一幕，在之后的日日夜夜，总出现在我的梦里。

我不难过。

我真的一点都不难过。

我只是……会忍不住回忆起来罢了。

可是，在我生命即将终了的刹那，对着她奔涌的眼泪，我才知道，那是懊悔，最深最深的懊悔。

她可是我的花，我用心浇灌、培育的花。

我给她除过草、浇过水，也给她挡过风，还跟她一起晒过太阳。

她注定和这世间千千万万的花朵不一样。

是我贫瘠的生命里，唯一绽放过的玫瑰。

我爱她。

（七）

我没想到，有一天，我会为我的花而死。

夜莺凄厉地啼叫着将身体送入枝杈。

白雪皑皑，夜幕森森。

313

玫瑰与她的神明

我闭上眼睛时,只有一个想法:我的花恐怕又要哭了。

我……很不舍得。

很不舍得。

而后,他醒来了。

番外五
路易斯的独白

我是路易斯,除父神外最强大的生命。

当我降生时,第一眼看到的,就是伟大的父神。

他是那样的强大,那样的完美。

阳光洒在他圣洁的脸上,落进他纯净的绿眸里。

他温柔地朝我微笑,并告诉我:"以后,你就叫路易斯。"

于是,我就叫路易斯了。

我崇拜我的父神。

我崇拜他的完美、他的强大,可也恨他的完美、恨他的强大。

世间万物都无法映入他冰冷而淡漠的双眸。

我痛苦而绝望。

可当我堕入黑暗,第一次在那虚无的绿眸里看见泛起的涟漪时,我就知道,我没有回头路了。

父神那时的表情太惊艳了。

我被放逐了。

永远地放逐。

我在星球之间流浪。

一千年……

两千年……

直到误入迷雾之地,得以窥见一线天光。

我在纳撒尼尔等待。

在等待中,我渐渐地学会了游戏人间。

我喜欢纯洁的、干净的灵魂,那会让我想起父神。

娜塔西就是这样。

她纯净的灵魂就如同透明的水晶,连血液都干净得让人惬意。

我以为,她会是预言中那个改变了父神的人。

我助她一步步走到父神身边,登上高位。

可父神依然如同冰冷的镜面。

桑田还是沧海，荒原还是野漠，对他来说，不过是虚无。

我长久地仰望着父神孤独的背影，以为自己再也无法看到那淡漠的脸上露出别样的美丽时，睁开眼，却发现世界进入了新的轮回……

唯一不同的，是那眼里燃烧着欲望的少女。

她美得如同一团火。

"轰"的一声，旧秩序炸得粉碎。

我爱上了她。

我还爱自由。

我终于找到了自己的使命。

番外六
卡洛王子

阿芙拉是马塞洛斯·卡洛的王后。

在她还是大公爵女儿的时候，就见过当初还是王储的卡洛王子。他年轻英俊，有着翩翩风度，而且还是高贵的骑士——在索伦王国，卡洛王子是无数贵族女儿心中最理想的丈夫。

阿芙拉嫁给了卡洛王子，跟着他从王妃变成王后……

她一直觉得，她是个幸运的女人。

马塞洛斯·卡洛性情温和，从不会对女人大呼小叫，也不会让任何人难堪。他天生高贵的品行，让他并没有像上一代索伦国王那样广纳妃子、豢养情人，他始终只有她一个妻子。对孩子温和与严厉并存。

虽然阿芙拉偶尔也会期待卡洛的热情似火，可他似乎天生缺少这一根筋，他从不会拥有炙热和滚烫的少年情感。

阿芙拉一直是这么认为的。

直到有一天，她看到卡洛仰望星空时的眼神。

那是一个夜晚。

阿芙拉极少见地深夜醒来，发现枕边已经空了。

马塞洛斯·卡洛不在。她当然不会以为高贵的国王会背着自己找情人。

阿芙拉披上晨衣，在侍女的指引下走到了索伦王国最高的建筑上。那是一座高高的白色尖塔，也是星象师眺望天空的舞台。

在那儿，她找到了马塞洛斯·卡洛。

国王披着宽大的白色晨衣，侍从在他身边沉默地守候着，他安静地靠着瞭望台，挺直的背脊让他在星空下如不动的山岳。

阿芙拉突然不敢动了。

不知道为什么，这一刻的索伦国王让她感觉十分陌生。

他仰望着星空，背影蕴满孤独，风吹起他的晨衣和他蓬松的短发。

"王？"

阿芙拉出了声。

年轻的国王转过了身。而后，阿芙拉看到了他的眼睛。

那温柔的琥珀里蕴满悲伤与孤独，还有……深切的思念。

这一刻，阿芙拉突然明白了一个事实：马塞洛斯·卡洛并非天生缺乏炽热。

他一定深深地、深深地爱着某一个人。

番外
异世界脑洞——游戏

柳余最近迷上了角色扮演的游戏，但要说动盖亚·莱斯利陪她玩却不容易。

这个人有时候温柔得好像没什么脾气，有时候却固执得像永远不倒的神山。

所以，在听到她的想法后，盖亚立马就说了"不行，贝丽"。说这话时，还用那双美丽如静湖一样的眼睛看着她，那感觉就像她十恶不赦一样。

柳余险些心软了。

即使过了万年，帕加索斯已经出生，她也依然没办法对这张脸"免疫"。

不过……

"真的不行？"柳余道，"那我只能自己去了。"

盖亚无奈地看着她，长长的银发披散在脑后，几乎垂至地面。

斑斑已经变成了一只胖鸟，尾巴上还插着潘帕星球特产的火鸡羽毛——五色的翎羽将它灰扑扑的身体衬得更像一块臃肿的灰抹布了。

"斑斑！斑斑！

"去！去！贝比，带上斑斑、啾啾一起去！"

啾啾是斑斑的后代。

柳余还记得，斑斑有一段时间经常飞出神宫，两个月后，就带回来一只灰斑雀幼崽。那幼崽跟斑斑长得一模一样，一样的黑豆眼，一样灰扑扑的皮毛，一大一小蹲在那儿，好像是复制品一样。

当时柳余还问斑斑："啾啾的妈妈呢？"

谁知道把斑斑问郁闷了，这还是她第一次那么清晰地从鸟脸上看出沮丧，之后她就不问了。

不管是人，还是鸟，都会有失恋的时候嘛。

"你也要去？"柳余惊奇地问道，"你去干吗？"

这也是柳余前几天的发现。

她在盖亚的神域里发现了一颗外表跟蔚蓝星相似的星球，神影投射后，发现那里竟然和她来的那个世界极其相似。

科技文明，人人不信神。也有个东方文明古国，也有个移民组合建起的国家……

如果不是国家的名字不一样，她几乎以为是她来的那个世界。

所以，她想去那个世界逛一逛。

至于叫盖亚干什么……当然是她的恶趣味。

因为，这次她的要求是：他们降临时，要封印之前的记忆，做一对陌生的同学，重回校园。盖亚……盖亚他不是很乐意。

"为什么，贝丽？封印记忆并不必要。"盖亚道，他很少有过于外露的情感，此时微微蹙眉，已经表明他对这个提议的抗拒。

斑斑却拍打着翅膀，表现得兴奋无比："斑斑要去，斑斑和啾啾也要去！"

斑斑快活地唱起歌来。

柳余无语。大概是有一次她哼歌，被斑斑学去了，它不知怎么回事，特别喜欢，总是爱在神宫里唱，魔音穿脑……

"闭嘴，斑斑！"

啾啾也唱起来了。她拉着盖亚，脚步一踏，已经到了神宫外的蔷薇花圃。随着一年一年过去，这蔷薇花圃已经扩展得一眼望不到边，有年轻的女孩们提着篮子在里面穿梭，见到他们也不怕，笑了一下就离开了。

柳余还能听到那放低了的笑声，夹杂着议论："……感情很好呢。"

"据上一代圣女们说，这花圃是神为神后建的……永不凋零，好浪漫……"

盖亚温柔地看着她。柳余知道，他在等她给一个说服他的理由，柳余却不想给。

她只是踮起脚，亲了亲他，然后看着他，笑盈盈地叫了声"莱斯利先生"——她已经很久没这么唤他了。漫长的神生，那一段关于少年莱斯利的记忆却如同醇酒一般，引人怀念。

盖亚突然明白了她的意思。

"而且盖亚，"柳余道，"难道你就不好奇，在封印住记忆的时候，你会不会再一次爱上我？"

女孩的眼睛依然如从前那样明亮。

"好。"盖亚如同受到爱神的蛊惑，微笑着答应下来。

（一）

柳余趴在桌子上，被头顶上电风扇"嗡嗡嗡"的声音吵得头疼。

"柳余，快别睡了，老师来了。"

耳边同桌的嗓音灌入耳朵，柳余被这消息惊得猛地坐了起来。

一身冷汗。

窗外聒噪的蝉鸣更是叫得人心浮气躁。

穿着白衬衫的老师胳肢窝下夹着两本书，等走到讲台前，"啪"地就将书和教案甩下来，教室里昏昏欲睡的人群一个激灵，都清醒了。

柳余也彻底醒了，但她有点奇怪，这一切本该习以为常的场景，对她来说有点陌生。

这教室内斑驳的绿色墙皮，窗外的樟树……甚至刚才叫她的眼镜同桌也透着股陌生。

宋毅超被她一看，脸上就泛起红，推了推眼镜："这节是马老师的课。"

柳余知道这马老师，凶得很，曾经将班里最皮实的一个男同学骂得哭着回家找妈。

而此时的马老师却对着门口，和颜悦色地道："进来啊。"

她那张脸因常年板着，延展出两条极深的法令纹。此时那两条法令纹都舒展着，她转过头来道："同学们，今天咱们班里转来一位新同学。同学，自我介绍一下。"

柳余就看着门口走进来一个清瘦高挑的少年，蓝白校服妥帖地穿在他身上，显出一股干净清雅来。

这一刻，不知道为什么，柳余的心开始"怦怦"乱跳起来。而当看见这个人的脸时，柳余竟生出一眼万年的感觉来。

这是柳余第一次见到盖亚·莱斯利的感受：这是个美到好像能夺去世间万物呼吸的少年。

而这也几乎是所有三年级九班同学的感受。

"大家好，我是盖亚·莱斯利。你们可以叫我莱斯利。"

盖亚·莱斯利说话时，目光不由自主地定在第三排那个黑发黑眼的女孩身上。

她有一双世界上最明亮的眼睛，此时她却像潘帕斯草原上的麋鹿，迷惘地看着自己。

而他想亲吻她的眼睛。

盖亚·莱斯利垂下了眼睛。

这是不对的。对一个淑女来说，太过失礼。

（二）

九班新来的转学生，引起了全校轰动。

谁都对他的发色惊奇，对他如静湖一样美丽的眼睛着迷，也对他始终彬彬有礼的仪态惊叹。这就像从小说里走出来的人一样，充满着不真实，却又活生生地出现在校园里。

"你是国外的贵族吗？"有人好奇地问他。

在这个满是黑发黑眼的黄种人校园里，盖亚·莱斯利稀奇得就像大熊猫，谁都对他的来历好奇。毕竟……画风太不一样了。

看到他，就想到漫画里的美少年走到现实。

盖亚·莱斯利坐在教室里，迷惘地看着面前的桌椅，陈旧的桌椅上还留着许多任主人曾经的痕迹，小刀刻的，还有磨不去的圆珠笔印。

围在周围的同学有男有女，全都用崇拜的眼睛看着他。

盖亚却觉得，胸膛里的那颗心并没有因为这些眼神躁动，它平静得像一潭死水，只有在看到右前方的女孩时，才会产生一丝涟漪。

她在睡觉，沐浴在阳光下的侧脸上，细小的绒毛被暖阳照得浅淡又温柔。

她的皮肤也像是被阳光烘烤过，暖融融的，让盖亚·莱斯利很想伸手触碰一下。他的指尖有些发痒。

为什么，她不肯像其他的女孩一样，看他一眼呢？盖亚·莱斯利摸了摸出门前特意打理过的头发，心想。

"莱斯利？莱斯利？"周围的人还在问他各种各样的问题。

盖亚·莱斯利却突然起身，径直走到柳余桌旁。

在闭着眼小憩的柳余只感觉到一片阴影罩在眼皮上，下意识地睁开眼，却正对上一双美丽的眼睛。

那眼睛看着她。"我叫莱斯利，请问……"问她话的美丽少年似乎有些紧张，顿了顿才道，

玫瑰与她的神明

"你叫什么名字？"

柳余眨了眨眼睛，才意识到对方在说什么。

"我？"她也不知道为什么紧张了起来，"同……同学，高中不能早恋！"

说完，班级中的人哄堂大笑。

柳余的脸也红了。

上帝啊，如果现在有一条缝，请立刻让她跳进去吧！

面前的转学生也笑了，柳余突然想跳起来咬他一口，问他"笑什么笑"，等意识到自己在想什么，又是一怔：为什么总感觉这一幕已经做过无数回一样？

"我叫莱斯利，"少年的眼神似乎带着认真，又问了一遍，"你叫什么名字？"

"我？"女孩红着脸，"柳余，江柳共风烟的柳，余……"她想说"多余"的"余"，可脑中似乎有个声音在说"不是"。

"年年有余的余，对不对？"面前的人笑道。

柳余被他脸上的笑晃了一下，等回过神来，下意识地道："你中文说的不错！"

"是不错，"盖亚道，"所以，大学就不算早恋了，是不是？"

周围一群人开始"哦哦哦"地激动地大叫，柳余对着那美得不似真人的少年，脸烫得像发烧。

脑子里顿时什么柳什么余都不存在了，只有一句话：这外国人可真……会啊！

（三）

她像一只滚烫的小鹿。

盖亚·莱斯利只觉得，胸膛里的那颗心脏很奇怪地不听使唤，有点难受，又有点……奇怪的、像被羽毛挠过的酥痒。

这就是书中所说的一见钟情吗？

他想，他恋爱了。

可惜，现在这只小鹿还不属于他，不过，他有的是耐心。

盖亚·莱斯利向对方绽放出一个他被所有人都夸赞过的笑容，果然，就又看见那只小鹿亮闪闪的眼睛了。

她也喜欢他，盖亚·莱斯利高兴地想。

再后来，柳余和盖亚·莱斯利果然上了同一所大学。在报到的那天，这位少年直接捧了一束玫瑰，向他挚爱的小鹿告白了。

（四）

所以，亲爱的贝丽，不管我失去记忆多少次，不管你的面容是什么样，我都永远爱你。

——你亲爱的盖亚·莱斯利先生